Wolfgang Stroebe

Grundlagen der Sozialpsychologie I

Klett-Cotta

CIP-Kurztitelaufnahme der Deutschen Bibliothek

Stroebe, Wolfgang:
Grundlagen der Sozialpsychologie /
Wolfgang Stroebe. - Stuttgart: Klett-Cotta.
1. - 1. Aufl. - 1980.
ISBN 3-12-936940-6

1. Auflage 1980
Verlagsgemeinschaft Ernst Klett - J. G. Cotta'sche
Buchhandlung Nachfolger GmbH

Printed in Germany
Satz: Textverarbeitung Stuttgart GmbH
Druck: W. Röck, Weinsberg

Für Maggie

Inhalt

Vorwort

Wenn man für mehr als ein Jahrzehnt jährlich eine Übersichtsvorlesung in Sozialpsychologie zu halten hat, wächst die Versuchung, ein Lehrbuch zu schreiben, in dem Theorien und Forschungsergebnisse der Sozialpsychologie den eigenen wissenschaftlichen Vorstellungen entsprechend ausgewählt und abgehandelt werden. Dieser Versuchung wurde in den folgenden Seiten so ausgiebig nachgegeben, daß eine Aufteilung in zwei abgeschlossene Teilbände ratsam erschien.

Der nun vorliegende erste Band behandelt neben methodischen und methodologischen Fragen die sozialpsychologische Forschung zu individuellen Prozessen, also zur sozialen Wahrnehmung und zu sozialen Einstellungen. Bei der Beschreibung von Theorien und empirischen Befunden auf den einzelnen Gebieten wurde nicht nur versucht, den jeweils neuesten Informationsstand zu berücksichtigen, sondern auch einen Eindruck von der Entwicklung der Forschungsarbeit zu geben und auf noch ungeklärte Probleme und Kontroversen hinzuweisen. Es wurde keine Enzyklopädie der Sozialpsychologie angestrebt, sondern ein Buch, das es durch Auswahl und ausführliche Darstellung der Forschungsergebnisse dem Leser ermöglicht, die Schlußfolgerungen des Autors selbst nachzuvollziehen. Inwieweit diese Absichten verwirklicht werden konnten, können letzten Endes allerdings nur die Leser beurteilen. Zur besseren Lesbarkeit wurden auch Zitate aus der englischsprachigen Literatur ins Deutsche übersetzt. Diese Übersetzung wurde, soweit nicht anders angemerkt, vom Autor durchgeführt. Das Buch eignet sich als Text für Kurse in Sozialpsychologie, sozialer Wahrnehmung und Einstellungsforschung für Hauptfach- und Nebenfachstudenten, wendet sich aber auch an Sozialwissenschaftler, die sich für ihre Arbeit über den Stand der sozialpsychologischen Forschung auf den dargestellten Gebieten informieren wollen.

An dieser Stelle möchte ich auch den Freunden, Kollegen und Mitarbeitern danken, die mich bei dieser umfangreichen Aufgabe unterstützt haben. So wurden einzelne Kapitel von Dipl.-Psych. Michael Diehl, Dr. Volker Gadenne und Dr. Margaret Stroebe gelesen, für deren Anregungen und Kritik ich dankbar war. Da ich allerdings nicht alle Ratschläge befolgte, liegt die Verantwortung für möglicherweise noch verbliebene Fehler alleine bei mir. Mein Denken wurde auch wesentlich durch die zahlreichen Gespräche beeinflußt, die ich über die Jahre hinweg mit den Marburger Kollegen Prof. Dr. Ferdinand Merz und Prof. Dr. Hartmann Scheiblechner geführt habe, sowie durch die Diskussionen mit Marburger Studenten, denen ich Teile des Bandes im Rahmen meiner Sozialpsychologie-Vorlesung vortrug. Besonderer Dank gebührt weiterhin Frau Dipl.-Psych. Ute Degner, Frau Elisabeth Ferstl und Frau Hannelore Omasta für ihre unschätzbare Unterstützung bei der Herstellung des Druckmanuskriptes sowie Frau Diplom-Volkswirtin Ursula Scherer für ihre großen Verdienste um die Lesbarkeit des Manuskriptes. Schließlich danke ich dem Klett-Cotta-Verlag und hier ganz besonders Herrn Dr. Peter Stehlin, der nicht nur das Projekt anregte, sondern durch seine geschickte Festlegungsstrategie wesentlich zur endgültigen Verwirklichung beitrug.

Tübingen, Februar 1980 *Wolfgang Stroebe*

1. Einführung: Die sozialpsychologische Fragestellung

1.1 Was ist Sozialpsychologie?

Wie viele Fragen, die in diesem Buch aufgeworfen werden, wird sich auch diese Frage nach dem Gegenstand der Sozialpsychologie nicht völlig zufriedenstellend beantworten lassen. In einer Vorlesung kann sie gewöhnlich umgangen werden, indem gleich mit der Besprechung eines Themenkreises begonnen wird und es damit dem Hörer überlassen bleibt, sich im Laufe des Semesters eine eigene Vorstellung zu entwickeln. Dies entspricht jedoch nicht der akademischen Tradition, nach der kein neues Sachgebiet besprochen werden soll, ohne zuvor etwas vorzunehmen, was gewöhnlich eine Gegenstandsbestimmung genannt wird. In dieser Gegenstandsbestimmung soll, wie der Name schon andeutet, der Gegenstand der Disziplin bestimmt und diese gegen Nachbargebiete abgegrenzt werden. Ein solches Unterfangen wäre jedoch nur dann sinnvoll, wenn sich die Sozialpsychologie durch ihren Gegenstand von ihren Nachbargebieten unterscheiden würde. Dies ist jedoch nicht der Fall. Sozialpsychologie befaßt sich mit der Erklärung und Vorhersage menschlichen Verhaltens und teilt sich somit ihren Forschungsgegenstand nicht nur mit den anderen Untergebieten der Psychologie, sondern auch mit anderen Sozialwissenschaften etwa der Politologie, der Ökonomie, der Anthropologie und der Soziologie. Da es jedoch gerade einem Sozialpsychologen schlecht anstünde, ein Lehrbuch in traditionsverletzender Weise zu beginnen, soll der Versuch unternommen werden, zwar nicht den Gegenstand der Sozialpsychologie, aber doch die spezifisch sozialpsychologische Fragestellung zu beschreiben, mehr in der Hoffnung, die Neugier des Lesers zu wecken, als sie zu befriedigen.

Der sozialpsychologische Ansatz und seine Abgrenzung gegenüber benachbarten Gebieten läßt sich vielleicht am einfachsten am Beispiel eines Experimentes erläutern. Die Versuchspersonen bei diesem Experiment waren Studenten an einem kleinen College an der Ostküste der Vereinigten Staaten. Die Aufgabe schien recht einfach zu sein. Von drei Linien unterschiedlicher Länge, die auf einer weißen Unterlage dargeboten wurden, mußte jeweils diejenige ausgesucht werden, die der Länge einer auf einer zweiten Unterlage dargebotenen Linie entsprach. Mit jeder Versuchsperson wurden 18 Vergleiche durchgeführt, sie mußte also 18 Urteile abgeben, wobei jeweils andere Standard- und Vergleichsreize dargeboten wurden.

Ganz offensichtlich also ein Wahrnehmungsexperiment, in dem vermutlich die Unterschiedsschwelle bei Längenschätzungen festgestellt werden sollte. Der Versuchsleiter wollte demnach prüfen, welche Unterschiede in den Strichlängen bestehen müssen, bevor die Versuchspersonen die Linien als unterschiedlich lang beurteilen – eine der klassischen Fragen der Wahrnehmungspsychologie. Dem Kenner psychophysischer Methoden fällt allerdings auf, daß hier eine etwas unorthodoxe Vergleichsmethode verwendet wurde. Bei genauerer Überprüfung der Untersuchungsmethode lassen sich noch weitere Unregelmäßigkeiten feststellen. Anstatt die Reize jeweils nur einer Versuchsperson darzubieten, nahmen an diesem Versuch mehrere Versuchspersonen gleichzeitig teil. Daran wäre an sich nichts auszusetzen, wenn eine gegenseitige Beeinflussung der Versuchspersonen unmöglich gemacht worden wäre. Dies kann erreicht werden, indem man etwa die Versuchspersonen die Antworten niederschreiben läßt und visuelle Kontakte durch Zwischenwände ausschaltet. Solche Vorsichtsmaßnahmen wurden aber in diesem Versuch nicht getroffen. Die Versuchspersonen saßen alle an einem Tisch und gaben ihre Urteile der Reihe nach laut ab.

Hier liegt anscheinend ein eklatanter Methodenfehler vor. Eine Bestimmung der Unterschiedsschwelle, die aus einem solchen Versuch stammt, ist äußerst fragwürdig, da eine gegenseitige Beeinflussung der Versuchspersonen wahrscheinlich ist. Nehmen wir einmal an, daß bei einem der Vergleiche der ersten Versuchsperson ein Fehler unterläuft und sie die falsche Vergleichslinie auswählt. Die nächste Versuchsperson, die alleine vielleicht ein korrektes Urteil abgegeben hätte, wird jetzt vom Urteil der ersten Versuchsperson beeinflußt und macht denselben Fehler. Die nächste Versuchsperson, obwohl sie vielleicht an der Richtigkeit der abgegebenen Urteile ernsthaft zweifelt, wird kaum widersprechen wollen und deshalb dasselbe Fehlurteil abgeben. Damit ist aus einem Wahrnehmungsversuch eine Untersuchung sozialer Einflußprozesse geworden.

Wie Sie sicher schon vermutet haben, war es nie die Absicht dieses Versuchsleiters, Wahrnehmungsschwellen festzustellen. Die hier beschriebene Versuchsanordnung wurde von Solomon Asch (1956) in seinen klassischen Konformitätsuntersuchungen benutzt. In jeder Versuchsgruppe war nur eine einzige Versuchsperson „echt", alle anderen waren Mitarbeiter des Versuchsleiters, die beauftragt worden waren, bei einigen der Vergleiche einstimmig ein falsches Urteil abzugeben. Die Mitarbeiter waren so gesetzt, daß sie ihr Urteil stets vor der echten Versuchsperson abgeben mußten. Der Versuchsleiter wollte feststellen, ob sich die echten Versuchsspersonen tatsächlich von den Falschurteilen der anderen „Versuchspersonen" beeinflussen lassen würden. Die Vergleichsreize wiesen derart deutliche Längenunterschiede auf, daß ein Irrtum kaum möglich war (und bei einer

Kontrollgruppe von alleine urteilenden Versuchspersonen auch nicht auftrat). Wenn sich also eine echte Versuchsperson den falschen Urteilen der Mehrheit anschloß, tat sie dies wider besseres Wissen. Asch fand dennoch, daß unter dem Einfluß einer falsch urteilenden Mehrheit (aus drei oder mehr Mitarbeitern) etwa ein Drittel Fehlurteile abgab.

Mit dieser Versuchsanordnung hat Asch in seinem Laboratorium eine aus dem Alltagsleben vertraute Situation nachvollzogen. Es geschieht manchmal, daß die Mitglieder einer Gruppe anderer Meinung sind als man selbst und man sich vor die Entscheidung gestellt sieht, entweder die eigene Meinung zu vertreten und damit das Risiko einzugehen, sich lächerlich, vielleicht sogar unbeliebt zu machen, oder aber seine Meinung zu ändern, zumindest so zu tun, als ob man zustimme. Wie man sich in einer solchen Situation verhält, hängt sicherlich von vielen Faktoren ab, die sich aber auch mit der von Asch entwickelten Versuchsanordnung untersuchen ließen und auch tatsächlich untersucht wurden. Es wird vermutlich wesentlich sein, wie überzeugt man von der Richtigkeit der eigenen Meinung ist, wie bedeutsam die richtige Entscheidung für einen selbst oder für die Gruppe ist oder wie gut man die Gruppenmitglieder kennt. Man gibt vermutlich auch eher nach, wenn man sich einer einstimmigen Mehrheit gegenübersieht, als wenn noch andere Gruppenmitglieder die eigene Ansicht teilen.

Das Asch-Experiment eignet sich, den Unterschied zwischen der Sozialpsychologie und der „asozialen" allgemeinen Psychologie zu verdeutlichen. Wenn Asch tatsächlich an Wahrnehmungsschwellen interessiert gewesen wäre, hätte er die Längenunterschiede zwischen den Vergleichsreizen systematisch variiert und gemessen, inwieweit diese Variation die Wahrnehmungsurteile beeinflußt. Das beobachtete Verhalten (Wahrnehmungsurteile) wäre das gleiche geblieben, nur wäre es dann in Abhängigkeit von der Veränderung der *physikalischen* Reizkonstellation unter Konstanthaltung des *sozialen* Kontexts untersucht worden. Asch hingegen hielt die physikalische Reizkonstellation relativ konstant und variierte den sozialen Kontext.

Am Beispiel der Asch-Situation läßt sich auch – zumindest schwerpunktmäßig – der Unterschied zwischen Sozial- und Persönlichkeitspsychologie erläutern. Als Sozialpsychologe fragt Asch nach dem Einfluß, den die Charakteristiken der sozialen Situation auf das Verhalten der Versuchspersonen haben. Ergibt sich mehr Konformität, wenn die Zahl der falsch urteilenden Versuchspersonen erhöht wurde; mindert es die Konformitätsrate, wenn die Versuchspersonen ihr Urteil anonym abgeben usw.? Aschs Vorgehen ist typisch für sozialpsychologische Forschung, die gewöhnlich die Merkmale der sozialen Reizsituation variiert und die Wirkung dieser Variation auf das Verhalten der Zielperson untersucht.

Der Persönlichkeitspsychologe würde hingegen die Merkmale der sozialen Reizsituation unverändert lassen und untersuchen, warum manche Versuchspersonen sich von der falsch urteilenden Mehrheit beeinflussen lassen, während andere unbeeinflußt bleiben. Er würde also nach den Persönlichkeitsmerkmalen fragen, die verschiedene Personen in der gleichen Situation verschieden reagieren lassen. Er würde zum Beispiel untersuchen, ob intelligente Versuchspersonen weniger zur Konformität neigen als unintelligente oder ob autoritäre Persönlichkeiten mehr zur Konformität neigen als nichtautoritäre.

Allerdings würde der Persönlichkeitspsychologe nicht bei der Frage nach den Persönlichkeitsunterschieden stehenbleiben, sondern er würde sich auch für die Entwicklung dieser Persönlichkeitsmerkmale interessieren. Können zum Beispiel Unterschiede im Selbstwertgefühl auf unterschiedliche Erziehungsmethoden der Eltern zurückgeführt werden, wie entwickelt sich die autoritäre Persönlichkeit usw.? Schwerpunktmäßig könnte man also versuchen, die Fragestellung von Sozial- und Persönlichkeitspsychologie folgendermaßen zu trennen: Jedes Verhalten wird von drei Komponenten beeinflußt: (1) der Konstitution einer Person, (2) ihren erworbenen Eigenschaften und (3) der sozialen Bedeutung der Situation. Während sich die Persönlichkeitspsychologen hauptsächlich mit der Frage befassen, wie bestimmte Eigenschaften erworben und wie sie das Verhalten in bestimmten sozialen Situationen beeinflussen, fragt der Sozialpsychologe nach dem Einfluß, den die Charakteristiken der sozialen Situation auf das Verhalten haben.

Ganz so einfach und eindeutig ist die Unterscheidung zwischen den beiden Gebieten allerdings nicht zu treffen. So bezeichnet eines der zentralen Konzepte der Sozialpsychologie, die soziale Einstellung, eine individuelle Disposition zur positiven oder negativen Bewertung eines Einstellungsgegenstandes. Obwohl sich Sozialpsychologen hauptsächlich dafür interessieren, wie Veränderungen der sozialen Situation zu Einstellungswandel führen, befaßt man sich auch mit der Frage, wie individuelles Verhalten aufgrund von Einstellungsmessungen vorhergesagt werden kann. Weiterhin haben Sozialpsychologen in den letzten Jahrzehnten immer mehr Gebiete übernommen, die traditionell der Persönlichkeitspsychologie zugeordnet wurden. In einer Übersicht über den Stand der Persönlichkeitspsychologie spricht Sechrest (1976) sogar von einer Identitätskrise auf diesem Gebiet:

> „Es ist heutzutage äußerst schwierig, zwischen Sozial- und Persönlichkeitspsychologie zu unterscheiden. Gebiete, die eindeutig der Persönlichkeitspsychologie zugerechnet werden könnten oder müßten, werden

heute von Sozialpsychologen dominiert oder sogar der Sozialpsychologie zugeordnet. ... So wird die Untersuchung von Gefühlen und anderen inneren Zuständen heute weitgehend als Sozialpsychologie betrachtet, weil ein Sozialpsychologe, Schachter, diese Forschung begann. Edward Jones, ein anderer Sozialpsychologe, annektierte die Attributionspsychologie für die Sozialpsychologie, obwohl ein Großteil dieser Forschung für die Persönlichkeitspsychologie genauso relevant ist ..." (S.5).

Sechrest (1976) führt diese Liste der Sozialpsychologen, die wesentliche Teile der Persönlichkeitsforschung für die Sozialpsychologie vereinnahmt haben, noch weiter fort, und man gewinnt den Eindruck, daß die Definition der Sozialpsychologie als der Teil der Psychologie, der von Sozialpsychologen betrieben wird, nicht nur gerechtfertigt ist, sondern auch die einzig mögliche Definition darstellt.

Diese Schlußfolgerung wäre allerdings übertrieben. Wie auch Sechrest (1976) zugibt, haben Sozialpsychologen ein berechtigtes Interesse an Persönlichkeitspsychologie und umgekehrt Persönlichkeitspsychologen an Sozialpsychologie. Da jedes Verhalten sowohl durch Persönlichkeitsmerkmale als auch die Charakteristiken der Situation beeinflußt wird, ist es offensichtlich, daß eine zufriedenstellende Erklärung sozialen Verhaltens nur in einer Zusammenarbeit von Sozial- und Persönlichkeitspsychologen erzielt werden kann. Damit sind die Überschneidungen in der Forschungsarbeit von Persönlichkeits- und Sozialpsychologen ebensowenig Zufall wie die Tatsache, daß eine der bedeutendsten Zeitschriften für das Gebiet der Sozialpsychologie (Journal of Personality and Social Psychology) sowohl sozialpsychologische wie auch persönlichkeitspsychologische Beiträge abdruckt.

1.2 Versuch einer Begriffsbestimmung

Irle (1975) begründete seine Verweigerung einer Definition der Sozialpsychologie damit, daß es keinen Gegenstand oder kein Arbeitsgebiet gibt, das einer Wissenschaft alleine gehört. Man kann dem nur zustimmen. Aber dennoch scheinen Sozialpsychologen wie auch Persönlichkeitspsychologen recht genaue Vorstellungen darüber zu haben, welche Gebiete zu ihren Disziplinen gehören sollen und welche nicht. Hätten sie dies nicht, wäre etwa eine durch sozialpsychologischen Imperialismus verursachte Identitätskrise unter Persönlichkeitspsychologen schwer denkbar.

Obwohl eine Definition der Sozialpsychologie bisher bewußt unterlassen wurde, beruhen unsere Ausführungen auf einem Verständnis von Sozialpsychologie als einer Wissenschaft, die sich mit „behavioral interdependence" (Zajonc, 1967), also mit der wechselseitigen Abhängigkeit menschlichen Verhaltens befaßt. Von diesem Ausgangspunkt kann man in zwei Richtungen gehen. Man kann die Geordnetheit menschlicher Interaktionen auf Faktoren außerhalb des Individuums, auf Normen, Rollen und Institutionen zurückführen. Eine solche eher soziologische Orientierung wird zu Theorien der Entwicklung von sozialen Organisationen und sozialen Systemen führen. Man kann diese Ordnung aber auch durch Ursachen innerhalb der Person begründen, durch Motive, Meinungen und Einstellungen. Eine solche individualistische Orientierung wird zur Entwicklung von Motivations- und Einstellungstheorien anregen.

Während der letzten zwei Jahrzehnte hat sich die Sozialpsychologie überwiegend von der individualistischen Orientierung leiten lassen. Dabei wurde die Frage nach der *wechselseitigen* Abhängigkeit menschlichen Verhaltens umformuliert und vereinfacht. Man konzentrierte sich auf eine Person und fragte sich, wie ihr Verhalten durch die Gegenwart anderer beeinflußt wird. Allports (1968) Definition der Sozialpsychologie ist typisch für diesen Ansatz:

> „Mit wenigen Ausnahmen betrachten Sozialpsychologen ihre Disziplin als einen Versuch, den Einfluß, den die tatsächliche, vorgestellte oder implizierte Gegenwart anderer auf die Gedanken, Gefühle und das Verhalten einer Person hat, zu verstehen und zu erklären" (S. 3).

Diese individualistische Orientierung der sozialpsychologischen Forschung hat zu wesentlichen Fortschritten im theoretischen Verständnis von sozialer Wahrnehmung und Attribution sowie von Organisation und Wandel sozialer Einstellungen geführt. Allerdings wurde gleichzeitig ein klassisches Gebiet der Sozialpsychologie, die Kleingruppenforschung, vernachlässigt (Steiner, 1974). Das ist kein Zufall, sondern ergibt sich aus der Schwierigkeit, die Struktur einer Kleingruppe, das Normen- und Rollensystem, das die Interaktion der Gruppenmitglieder steuert und ordnet, aus deren Motiven abzuleiten. Dies sind jedoch Probleme, die uns erst im zweiten Band dieses Lehrbuches beunruhigen müssen. In diesem Band werden wir uns auf die Darstellung sozialpsychologischer Theorien und Untersuchungen zur sozialen Wahrnehmung und Einstellungsforschung beschränken und somit von den Vorteilen einer individualistischen Orientierung profitieren.

1.3 Plan des Buches

Im zweiten Kapitel wird auf wissenschaftstheoretische Grundlagen und Methoden der Sozialpsychologie eingegangen. Dabei bildet die Diskussion des Experimentes den Schwerpunkt unserer Darstellung. Die Beschränkung auf eine Methode erklärt sich zum Teil dadurch, daß die Mehrheit der später dargestellten Arbeiten experimentelle Untersuchungen sind. Sie läßt sich aber auch damit begründen, daß jede andere Methode, die zu Schlußfolgerungen über Ursache-Wirkungs-Zusammenhänge führt, derselben Logik unterliegt. Im wesentlichen werden wir uns mit folgenden Fragen befassen: (1) Was ist eine Erklärung, und warum werden Theorien benötigt, um beobachtete Zusammenhänge zu erklären? (2) Wie werden Hypothesen experimentell überprüft? (3) Welche Schlußfolgerungen erlauben solche Prüfungen über die Gültigkeit einer Theorie?

Im dritten Kapitel wird dann die inhaltliche Darstellung der Sozialpsychologie aufgenommen. In diesem Kapitel werden wir uns mit den Prozessen beschäftigen, die es ermöglichen, Struktur und Ordnung in der potentiell unbeschränkten Reizvielfalt unserer dinglichen Umwelt wahrzunehmen. Als erstes werden wir auf den Prozeß der Kategorisierung eingehen, durch den wir unsere Umwelt vereinfachen, indem wir nicht identische Reize zu Äquivalenzklassen zusammenfassen. Hierbei ist zu fragen, ob wir diese Ordnung in unserer Umwelt vorfinden oder sie durch beliebige Bildung von Kategorien selbst schaffen. Genau wie unsere dingliche Umwelt vereinfachen wir auch unsere soziale Umwelt, indem wir Personen aufgrund ihrer Gruppenzugehörigkeit zu Kategorien zusammenfassen. Derartige Kategorien, denen wir gemeinsame Eigenschaften zuschreiben, werden als Stereotype bezeichnet. Da individuelles Verhalten in der Regel sowohl durch eine Vielzahl von Motiven wie auch situativen Charakteristiken beeinflußt wird, ist es auch nach persönlicher Interaktion mit anderen schwierig, die ihr Verhalten bestimmenden Motive, Einstellungen und Eigenschaften zu erkennen. Wie wir als naive Psychologen aus Verhalten dennoch individuelle Motive, Einstellungen und überdauernde Persönlichkeitseigenschaften erschließen, wird im Abschnitt über Attributionsforschung behandelt. Dabei werden wir auch auf die weniger offensichtlichen Schwierigkeiten eingehen, die uns beim Verständnis unserer eigenen Einstellungen und Gefühle entstehen. Abschließend wird dann ein Modell der Integration dieser Einzelinformationen zu einer Gesamtbewertung der Person dargestellt.

Diese Prozesse der sozialen und interpersonalen Wahrnehmung sind wesentliche Determinanten von Einstellungen, einem zentralen Forschungsgebiet der Sozialpsychologie, dem wir uns in den letzten drei Kapiteln dieses Bandes zuwenden werden. Einstellungen werden als Bereitschaft zur positiven oder negativen Bewertung eines Einstellungsobjektes definiert, die auf Gefühlen und Meinungen über diesen Gegenstand beruht. Im Kapitel über Einstellung und Verhalten beschäftigen wir uns mit Methoden der Einstellungsmessung sowie der Frage, ob derartige Messungen Aussagen über das Verhalten erlauben. Der Zusammenhang von Einstellung und Verhalten wurde in den letzten Jahren problematisiert, und wir werden diese Diskussion ausführlich darstellen. Die Frage ist wichtig, da sich Sozialpsychologen mit Einstellungen nur deshalb so intensiv befaßt haben, da sie von der Annahme ausgingen, daß die Kenntnis der Determinanten von Einstellungen und Einstellungswandel auch Vorhersagen über Verhalten und Verhaltensänderung erlauben würden.

Die Kapitel 5 und 6 enthalten die Darstellung der Hauptarbeitsgebiete der Einstellungsforschung. Diese Forschung läßt sich grob in zwei Kategorien einteilen, nämlich in Untersuchungen, die durch eine bestimmte Einstellungstheorie angeregt wurden und der expliziten Prüfung von aus dieser Theorie abgeleiteten Hypothesen dienen, und andererseits in Untersuchungen, die sich mit dem Prozeß der Überredung befassen und die Variablen zu klären suchen, die einen Kommunikator oder eine Kommunikation besonders überzeugend machen. Die Einstellungstheorien (funktionalistische, lerntheoretische und konsistenztheoretische) werden in Kapitel 5 behandelt, die Forschung zu Kommunikation und Einstellungswandel in Kapitel 6. Während die Untersuchungen zum Überredungsprozeß gewöhnlich mit nur geringfügigem Bezug zu Theorien dargestellt werden, wird in diesem Kapitel intensiv auf die theoretische Interpretation dieser Befunde eingegangen.

2. Das Experiment in der Sozialpsychologie[1]

Ziel der Sozialpsychologie, so wurde im letzten Kapitel argumentiert, ist die Erklärung von Prozessen der wechselseitigen Abhängigkeit menschlichen Fühlens, Denkens und Verhaltens. Sozialpsychologen suchen sich diesem Ziel zu nähern, indem sie Theorien entwickeln, Hypothesen ableiten und diese einer empirischen Prüfung unterziehen. Dieser Forschungsprozeß, den die Sozialforschung mit allen empirischen Wissenschaften gemeinsam hat, soll hier kurz beschrieben werden.

Die Diskussion der experimentellen Methode bildet den Schwerpunkt dieses Kapitels. Die Kenntnis der Logik der experimentellen Forschung ist zum Verständnis der in diesem Buch besprochenen Untersuchungen nicht nur deshalb notwendig, weil Sozialpsychologen sich auch heute noch nahezu ausschließlich der experimentellen Methode bedienen, sondern weil auch jede andere Methode, die zu Schlußfolgerungen über Ursache-Wirkungszusammenhänge führt, dieser Logik unterliegt. In diesem Kapitel werden wir uns mit folgenden Fragen befassen: (1) Was ist eine Erklärung, und warum werden Theorien benötigt, um beobachtete Zusammenhänge zu erklären, (2) wie werden Hypothesen experimentell überprüft, und (3) welche Schlußfolgerungen erlauben solche Prüfungen über die Gültigkeit der Theorie?

2.1 Theorie und Erklärung

Ziel einer Wissenschaft, so liest man es manchmal in Lehrbüchern, sei die Vorhersage und Kontrolle von Ereignissen. Das ist meiner Ansicht nach unzutreffend. Wissenschaft will empirische Regelmäßigkeiten erklären, und wenn sie dabei erfolgreich ist, zeigt sich dies in der Fähigkeit zur Vorhersage und Kontrolle von Ereignissen.

Was ist eine wissenschaftliche Erklärung? Nehmen wir einmal an, ein Sozialpsychologe habe bei einer Untersuchung von Diskussionsgruppen große Unterschiede zwischen den Gruppen in der Sympathie der Mitglieder füreinander festgestellt. Während die Mitglieder einiger Gruppen gut miteinander aus-

[1]Dieses Kapitel ist eine Ausarbeitung meines gleichnamigen Aufsatzes in: W. Stroebe (Hrsg.), Wege der Forschung: Sozialpsychologie, Band 1. Darmstadt: Wissenschaftliche Buchgesellschaft, 1978 b.

kommen, sich äußerst sympathisch finden, ist die gegenseitige Sympathie in anderen Gruppen sehr gering. Wie würde man diesen Befund erklären? Es wäre denkbar, daß der Sozialpsychologe bei weiterer Nachforschung feststellt, daß große Sympathie zwischen den Mitgliedern seiner Gruppen immer dann auftritt, wenn sie sich in ihren Einstellungen ähnlich sind. Da bekannt ist, daß Einstellungsähnlichkeit Sympathie hervorruft, ließe sich die beobachtete Sympathie auf die attraktionsfördernde Wirkung der Einstellungsähnlichkeit zurückführen.

Ein Ereignis erklären bedeutet nach Popper (1968), eine Aussage, die dieses Ereignis beschreibt, aus einer Menge von Aussagen abzuleiten, die aus einer oder mehreren Gesetzesaussagen und weiterhin gewissen singulären Aussagen, den Anfangsbedingungen, besteht. Singuläre Aussagen sind Sätze, „die behaupten, daß etwas an einem bestimmten Ort und einem bestimmten Zeitpunkt (oder einem bestimmten Zeitraum) der Fall ist, kurz gesagt: Sätze, die sich auf ein bestimmtes Raum-Zeit-Gebiet beziehen" (Opp, 1976, S. 69). Aussagen über Beobachtungen sind natürlich immer singuläre Sätze, da Ereignisse notwendigerweise in bestimmten Raum-Zeit-Gebieten auftreten. Aber auch die sogenannten Anfangsbedingungen (hier: „In bestimmten Gruppen herrscht mehr Einstellungsähnlichkeit als in anderen") müssen durch singuläre Aussagen beschrieben werden. Die Gesetzesaussage „Einstellungsähnlichkeit fördert zwischenmenschliche Anziehung" ist hingegen eine universale Aussage, die in ihrem Gültigkeitsanspruch nicht auf ein bestimmtes Raum-Zeit-Gebiet beschränkt ist.

In den Anfangsbedingungen wird das im vorderen Teil der Gesetzesaussage enthaltene Konstrukt bestimmten Individuen oder Gruppen von Individuen zugesprochen. So wird etwa in unserem Beispiel das Konstrukt „Einstellungsähnlichkeit" durch die Aussage über die Anfangsbedingungen als in bestimmten Gruppen gegeben festgestellt. Mittels dieser Anfangsbedingungen kann man jetzt die Aussage über den beobachteten Zusammenhang aus der Gesetzesaussage ableiten. Wenn nämlich Einstellungsähnlichkeit zu zwischenmenschlicher Anziehung führt, und wenn in Gruppen mit hoher Sympathie Einstellungsähnlichkeit festgestellt wurde, dann ist erklärt, warum sich die Mitglieder in manchen Gruppen wesentlich sympathischer finden als in anderen. Dieses deduktive Erklärungsmodell (Hempel & Oppenheim, 1948) läßt sich in folgendem Schema zusammenfassen:

Explanans

Gesetzesaussage:	Einstellungsähnlichkeit führt zu zwischenmenschlicher Anziehung
Anfangsbedingung:	In bestimmten Gruppen herrscht mehr Einstellungsähnlichkeit als in anderen
Explanandum:	In diesen Gruppen sind sich die Mitglieder sympathischer als in den anderen

Und dennoch stellt uns diese Art von Erklärung nicht sonderlich zufrieden. Wir fragen uns nämlich, *warum* Einstellungsähnlichkeit attraktionsfördernd wirkt, und fragen damit nach einer Theorie, mit der man wiederum die Gesetzesaussage erklären kann. Turner (1967) nennt dann auch die Erklärung singulärer Aussagen durch Gesetze „Erklärungen auf niedriger Ebene" und unterscheidet davon „Erklärungen auf höherer Ebene", in denen das *Explanans* der „niedrigeren Erklärung" zum *Explanadum* wird, indem man die Gesetzesaussage aus einer Theorie ableitet.

Im Sinne der „Erklärung auf höherer Ebene" gelten also empirische Befunde als erklärt, wenn sie sich auf empirisch bewährte Theorien zurückführen lassen. Dies soll im folgenden am Beispiel der dissonanztheoretischen Erklärung des Zusammenhangs von Einstellungswandel nach einstellungskonträrem Verhalten und Belohnungshöhe erläutert werden.

Der empirische Befund: In einer Reihe von Untersuchungen hat sich gezeigt, daß Versuchspersonen, die vom Versuchsleiter veranlaßt werden, eine Meinung zu vertreten, die ihrer eigenen Meinung widerspricht, die Diskrepanz zwischen Einstellung und Verhalten durch Einstellungswandel verringern. Dieser Einstellungswandel tritt um so stärker auf, je geringer der finanzielle Anreiz ist, durch den die Versuchsperson zu dem einstellungskonträren Verhalten veranlaßt wird.

Die Theorie: Dissonanz ist ein Spannungszustand im kognitiven System einer Person, der von ihr als unangenehm empfunden wird und sie motiviert, diese Spannung zu verringern oder ganz zu beseitigen (Konsonanz herzustellen). Dissonanz entsteht, wenn kognitive Elemente (Annahmen, Meinungen, Überzeugungen) in *dissonanter Beziehung* zueinander stehen. Zwei *kognitive Elemente* stehen in dissonanter Beziehung zueinander, „wenn – zieht man nur die beiden in Betracht – das Gegenteil des einen aus dem anderen folgt" (Festinger, 1957). Dissonanz kann in ihrem Stärkegrad variieren. Die Stärke der sich in einer bestimmten Situation ergebenden Dissonanz hängt vom Anteil der dissonanten Kognitionen an der Gesamtheit der für diese Situation *relevanten Kognitionen* ab (dissonante +

konsonante). Je größer der Anteil der dissonanten Kognitionen ist, um so größer ist auch die Dissonanz, wobei allerdings noch jede Kognition nach ihrer Wichtigkeit gewichtet ist. Mit wachsender Stärke der Dissonanz wächst auch das Bedürfnis nach Dissonanzreduktion.

Eine Theorie besteht also (1) aus einer Reihe von abstrakten Begriffen oder Konstrukten und (2) aus Hypothesen über die Beziehung zwischen diesen Konstrukten. Die wesentlichen Konstrukte der Dissonanztheorie sind „Dissonanz", „Bedürfnis nach Dissonanzreduktion", „dissonante Kognition", „konsonante Kognition", „relevante Kognition", und „Wichtigkeit". Diese Begriffe wurden auch zum Großteil[2] verbal definiert. Zum Beispiel wurde Dissonanz als ein „Spannungszustand im kognitiven System einer Person" beschrieben, der von ihr als „unangenehm empfunden wird". Eine dissonante Beziehung wurde als eine Beziehung zwischen zwei Kognitionen definiert, die dann besteht, „wenn ... das Gegenteil der einen aus der anderen folgt". Über die Beziehung zwischen den theoretischen Konstrukten wurden folgende Aussagen gemacht: „Mit wachsender Stärke der Dissonanz steigt auch das Bedürfnis nach Dissonanzreduktion." „Je größer der Anteil der dissonanten Kognitionen (an der Gesamtheit der relevanten Kognitionen) ist, um so größer ist auch die Dissonanz, wobei allerdings noch jede Kognition nach ihrer Wichtigkeit gewichtet ist". Hypothesen sind Aussagen über die Beziehungen zwischen zwei oder mehr theoretischen Konstrukten. Der wesentliche Unterschied zwischen Theorien und Hypothesen scheint darin zu bestehen, daß Theorien stets eine Vielzahl von Hypothesen enthalten.

Die Korrespondenz zwischen empirischem Befund und Theorie: Bevor jedoch die dargestellte Theorie zur Erklärung der empirischen Befunde herangezogen werden kann, muß noch eine dritte wesentliche Komponente von Theorien eingeführt werden, nämlich diejenigen Annahmen, durch die der Zusammenhang zwischen theoretischen Aussagen und empirischen Befunden hergestellt wird. Bisher haben wir die theoretischen Konstrukte nur verbal definiert und Operationalisierungen unterlassen. Durch Operationalisierungen wird die Theorie aber erst einer empirischen Prüfung zugänglich gemacht. Mit Operationalisierungen werden die empirischen Operationen angegeben, durch die die mit den theoretischen Konstrukten korrespondierenden Zustände in der Wirklichkeit hergestellt oder empirisch erfaßt (gemessen) werden können. So wird etwa angenommen, daß die Kognitionen einer Person, die X glaubt, aber non-X öffentlich vertritt, in dissonanter Beziehung zueinander stehen. Es wird also davon ausgegangen, daß

[2] Unsere Beschreibung der Theorie ist unvollständig. Die verbalen Definitionen sind zu knapp, und einige Begriffe der Theorie wurden überhaupt nicht definiert. Für eine ausführlichere Beschreibung siehe Seite 232 ff.

die Aufforderung an eine Versuchsperson, sich einstellungskonträr zu verhalten, zu den empirischen Manipulationen gehört, durch die Dissonanz erzeugt werden kann. Das Angebot einer finanziellen Belohnung für das einstellungskonträre Verhalten wird hingegen als eine Operationalisierung einer konsonanten Beziehung zwischen zwei Kognitionen betrachtet. Die Bezahlung dient der Versuchsperson als Rechtfertigung ihres Verhaltens. Die Variation der Belohnungshöhe letztlich wird als Operationalisierung der Wichtigkeit der konsonanten Kognition verstanden. Für Dissonanz und Dissonanzstärke bestehen gegenwärtig noch keine operationalen Definitionen. Sie können nur indirekt über den angenommenen Zusammenhang zwischen Dissonanzstärke und Dissonanzreduktion erfaßt werden. Es wird angenommen, daß die Anpassung der Einstellung an das Verhalten einen Weg der Dissonanzreduktion darstellt. Bei höherer Dissonanz sollte also auch größerer Einstellungswandel auftreten. Dieser Einstellungswandel kann erfaßt werden, indem man die relevante Einstellung der Versuchsperson vor Einwilligung in das einstellungskonträre Verhalten und nach Ausführung des Verhaltens mittels einer Einstellungsskala erfaßt.

Da jedes der in diesem Experiment manipulierten oder gemessenen Konstrukte durch eine Vielzahl von Operationen hätte empirisch verwirklicht oder erfaßt werden können, muß gefragt werden, woher ein Forscher weiß, daß seine Operationalisierung eines theoretischen Konstruktes tatsächlich der verbalen Definition des Konstruktes entspricht. Dies kann er nie mit Sicherheit wissen. Idealerweise sollten sich aus einer Theorie präzise Anhaltspunkte für eine Operationalisierung des Konstruktes ableiten lassen, also die Gesamtheit der für dieses Konstrukt möglichen Operationalisierungen klar umreißen lassen. Die Abgrenzung sollte so eindeutig sein, daß sie einen Konsensus zwischen Forschern darüber erlaubt, ob eine gegebene Operationalisierung tatsächlich den in der verbalen Definition gegebenen Bedingungen entspricht. Tatsächlich ist dieser Idealzustand jedoch nicht zu erreichen (siehe die Diskussion der Konstruktvalidität, S. 47 f.).

2.2 Das Experiment und kausale Schlußfolgerungen

Der Prozeß der Prüfung von Theorien ist mit dem Erklärungsprozeß symmetrisch. Man leitet aus Theorien Vorhersagen über Ereignisse ab, die man dann empirisch überprüft. Bestätigt sich eine Vorhersage, gilt das vorhergesagte Ereignis gleichzeitig als erklärt. Im Unterschied zur Prädiktion (Vorhersage) ist Erklärung Postdiktion. Der Zusammenhang zwischen den Theorien einer Wissenschaft und ihren Methoden ist also sicherlich nicht zufällig. Ohne uns hier auf eine Diskussion der Frage einzulassen, ob die

Vorherrschaft einfacher linearer Kausalmodelle in der Sozialpsychologie mit der Vormachtstellung der experimentellen Methode begründet werden muß oder umgekehrt (Stroebe, 1979), kann sicherlich festgestellt werden, daß das Experiment die geeignetste Methode zur Prüfung der Theorien ist, die Sozialpsychologen bis heute entwickelt haben. Bei allen berechtigten Zweifeln am Experiment, auf die ausführlich eingegangen werden soll, erlaubt es doch immer noch eine strengere Prüfung kausaler Hypothesen als jede andere Methode.

Zur Prüfung der Hypothesen, daß zwischen zwei Variablen A und B eine kausale Beziehung besteht und daß die Richtung der Kausalität von A nach B verläuft, also A die Ursache und B die Folge ist, muß untersucht werden, inwieweit folgende drei Voraussetzungen gegeben sind:

1. Die vermutete Ursache A muß zeitlich vor der vermuteten Veränderung in B aufgetreten sein.
2. Eine Veränderung in A muß von einer Veränderung in B begleitet worden sein.
3. Es sollte, soweit möglich, ausgeschlossen worden sein, daß die Kovariation von A und B durch eine gleichlaufende Veränderung in einer dritten Variablen C verursacht wurde.

Wenn zum Beispiel aus der sozialen Vergleichstheorie (Festinger, 1954) die Hyothese abgeleitet wird, daß Einstellungsähnlichkeit attraktionsfördernd wirkt, so wäre die Beobachtung, daß sich Ehepaare in ihren Einstellungen ähnlicher sind, als nach Zufall zu erwarten wäre (Kovariation von Einstellungsähnlichkeit und Anziehung), nur ein schwacher Beleg für diese These. Es gibt nämlich Alternativerklärungen, durch die sich dieser Zusammenhang ebenso überzeugend erklären läßt. Zum Beispiel könnte die erhöhte Ähnlichkeit eine Folge und nicht eine Ursache der Eheschließung sein. Unterschiedliche Standpunkte der Ehepartner geben sicherlich Anlaß zu gemeinsamen Diskussionen, die wiederum zu einer Annäherung der Standpunkte führen sollten. Es ist also anzunehmen, daß sich die Meinungen und Ansichten der Partner im Verlauf der vorehelichen und ehelichen Interaktion mehr und mehr angenähert haben.

Als weitere plausible Erklärung des beobachteten Zusammenhangs bietet sich an, daß sowohl die Ähnlichkeit wie auch die Eheschließung auf eine dritte Variable, etwa die soziale Schicht der Partner, zurückzuführen sind. Es läßt sich belegen, daß die Wahrscheinlichkeit einer Begegnung (unter Umständen, die die Entwicklung einer romantischen Beziehung ermöglichen) für Mitglieder derselben sozialen Schicht höher ist als für Mitglieder unterschiedlicher Sozialschichten und, weiterhin, daß Einstellungen von Angehörigen derselben sozialen Schicht ähnlicher sind als von Angehörigen unterschiedlicher sozialer Schichten.

In einer experimentellen Untersuchung ließe sich eine Situation herstellen, in der die attraktionsfördende Wirkung von Einstellungsähnlichkeit unter Ausschluß der eben besprochenen Alternativerklärungen geprüft werden könnte. Ein solches Experiment wurde etwa von Byrne (1961) durchgeführt. Die Versuchspersonen, deren Einstellungen zu einer Reihe von Fragen einige Wochen vor der experimentellen Sitzung erhoben worden waren, glaubten an einer Untersuchung zur Personenbeurteilung teilzunehmen. Es sollte angeblich festgestellt werden, inwieweit sie in der Lage waren, andere aufgrund minimaler Informationen zu beurteilen. Die einzige Grundlage für ihr Urteil bildete ein Einstellungsfragebogen, der (angeblich) von der anderen Person ausgefüllt worden war. Tatsächlich war dieser Fragebogen, der dieselben Fragen enthielt, die die Versuchsperson einige Zeit zuvor selbst beantwortet hatte, jedoch vom Versuchsleiter ausgefüllt worden, und zwar so, daß der Fremde für die Hälfte der Versuchspersonen äußerst ähnliche Einstellungen vertrat, für die andere Hälfte hingegen äußerst unähnliche. Über die Zuordnung der Versuchspersonen zu der Ähnlichkeits- oder Unähnlichkeitsbedingung war nach Zufall entschieden worden. Neben Urteilen über die vermutliche Intelligenz, Allgemeinbildung usw., mußte die Versuchsperson auch angeben, ob sie glaubte, daß ihr der andere bei näherem Kennenlernen sympathisch sein würde. In Übereinstimmung mit seinen Erwartungen konnte Byrne (1961) feststellen, daß der Fremde in der Ähnlichkeitsbedingung wesentlich sympathischer eingeschätzt wurde als in der Unähnlichkeitsbedingung. Dieser Befund läßt sich durch die beiden Alternativerklärungen nicht interpretieren. Da der Versuchsleiter experimentell (willkürlich) den Grad der wahrgenommenen Einstellungsähnlichkeit in den beiden Versuchsbedingungen variierte, ist sichergestellt, daß sie der Entwicklung der Sympathie zeitlich vorausging. Da er weiterhin seine Versuchspersonen den verschiedenen Bedingungen nach Zufallsgesichtspunkten zugeteilt hat, kann er darauf vertrauen, daß sich die beiden Gruppen innerhalb bestimmter Irrtumsgrenzen vor der experimentellen Manipulation in nichts unterschieden.

Allerdings werden die oben erwähnten Alternativhypothesen als Erklärung der beobachteten Einstellungsähnlichkeit von Ehepartnern durch dieses Experiment nicht widerlegt. Der experimentelle Befund stützt zwar die Annahme, daß Einstellungsähnlichkeit *ursächlich* zum Entstehen von Attraktion beiträgt, aber es ist durchaus möglich, ja sogar wahrscheinlich, daß die Einstellungsähnlichkeit von Ehepartnern *zusätzlich* auch noch eine Folge der ehelichen Interaktion wie auch der Ähnlichkeit in ihren soziologischen Charakteristiken ist. Zur Prüfung unserer kausalen Hypothese haben wir aus einem Netz von Wechselwirkungen, unter Vernachlässigung anderer Beziehungen, einen Aspekt überprüft, nämlich die Wirkung der Einstellungsähnlichkeit auf das Entstehen von zwischenmenschlicher Attraktion. Zur Beantwortung dieser Frage haben wir Einstellungsähnlichkeit zur unabhängigen Variablen und Attraktion zur abhängigen Variablen gemacht. Wäre uns dagegen an einer Prüfung der Hypothese gelegen, daß Attraktion eine Erhöhung der Einstellungsähnlichkeit herbeiführt, hätten wir umgekehrt Attraktion experimentell manipuliert und Einstellungsähnlichkeit als abhängige Variable gewählt.

2.3 Eine Definition des Experiments

Ein Experiment ist eine Untersuchung, in der der Versuchsleiter eine oder mehrere *unabhängige Variable(n)* manipuliert oder variiert, andere relevante Variablen kontrolliert und eine oder mehrere *abhängige Variable(n)* beobachtet. Die Wahl der unabhängigen und abhängigen Variablen ergibt sich aus der spezifischen Hypothese, die überprüft werden soll. In dem eben beschriebenen Experiment ist Einstellungsähnlichkeit die unabhängige Variable und Sympathie die abhängige Variable. Die Kontrolle anderer relevanter Variablen (*störende Bedingungen,* die möglicherweise für den beobachteten Zusammenhang hätten verantwortlich gemacht werden können) wurde durch Zufallszuordnung der Versuchspersonen zu den experimentellen Bedingungen durchgeführt.

Das eben beschriebene Experiment würde man in Abgrenzung zum *Feldexperiment* als ein *Laboratoriumsexperiment* bezeichnen, da die experimentelle Situation vom Versuchsleiter speziell zum Zwecke der Untersuchung hergestellt wurde. Dies würde mit der definitorischen Abgrenzung Bredenkamps (1969) übereinstimmen, der den wesentlichen Unterschied zwischen Feld- und Laboratoriumsexperiment darin sieht, daß das Feldexperiment im natürlichen Milieu durchgeführt wird, während bei der Durchführung von Laboratoriumsexperimenten erst ein Milieu hergestellt wird. Cook und Campbell (1976) ziehen eine ähnliche Abgrenzung, sehen aber den Unterschied weniger in der tatsächlichen Natürlichkeit des Milieus als darin, daß die Versuchsperson im Laboratoriumsexperiment weiß, daß das Milieu speziell für die Untersuchung hergestellt wurde, während sie im Feldexperiment glaubt, sich in einer natürlichen Umgebung zu befinden. Dadurch ist es im Feldexperiment oft möglich, die Versuchsperson völlig darüber im unklaren zu lassen, daß sie an einem Experiment als Versuchsperson teilnimmt. Dies wirft zwar ethische Probleme auf, bringt methodisch aber den Vorteil, daß es Hinweisreize der experimentellen Situation (Orne, 1962, 1969) unwirksam macht.

2.4 Versuchsplanung und die Kontrolle störender Bedingungen

Um es wahrscheinlich erscheinen zu lassen, daß die beobachtete Veränderung der abhängigen Variablen tatsächlich auf die vorausgegangene Manipulation der unabhängigen Variablen zurückzuführen ist, muß der Versuchsleiter zeigen können, daß andere möglicherweise relevante Variablen kontrolliert wurden. Alle Variablen, die außer der in einem Versuch absichtlich manipulierten oder variierten unabhängigen Variablen eine Veränderung in der abhängigen Variablen herbeiführen können, stellen für diesen Versuch *störende Bedingungen* dar. Die Kontrolle solcher störenden Bedingungen ist das wesentliche Ziel der Versuchsplanung.

Störende Bedingungen können in den verschiedenen Versuchsgruppen in unterschiedlicher Ausprägung auftreten und damit zu Unterschieden zwischen den Versuchsgruppen in der mittleren Reaktion auf die abhängige Variable führen. Ein derartiger *systematischer Fehler* verleitet gewöhnlich zu der irrtümlichen Schlußfolgerung, der beobachtete Unterschied sei auf die experimentelle Manipulation zurückzuführen.

Wenn eine störende Bedingung in allen Versuchsbedingungen im Mittel in gleicher Ausprägung auftritt (Randomisierung), dann trägt sie zu einer Erhöhung der Variabilität innerhalb der Gruppen (Fehlervarianz) bei, führt aber nicht zu Unterschieden zwischen den Gruppen. Solche *unsystematischen Fehler* sind unvermeidbar und begründen wesentlich die Notwendigkeit der Verwendung von Kontrollgruppen. Sie verringern jedoch die Präzision von Experimenten, was im Grenzfall zu einer irrtümlichen Akzeptierung der Nullhypothese (also der Annahme, es bestünde kein Unterschied zwischen den Gruppen) führen kann.

Bei Bestehen einer Wechselwirkung zwischen störender Bedingung und experimenteller Manipulation kann der beobachtete Wirkungszusammenhang allerdings von der mittleren Ausprägung der störenden Bedingung abhängen. Dies führt dann dazu, daß in scheinbar identischen Versuchen aufgrund unterschiedlicher mittlerer Ausprägung der störenden Bedingung unterschiedliche Wirkungszusammenhänge zwischen den experimentellen Variablen beobachtet werden. Nehmen wir einmal als hypothetisches Beispiel an, ein Versuchsleiter *X* beobachtet an studentischen Versuchspersonen, daß zweiseitige Kommunikationen (also Kommunikationen, die auch Gegenargumente berücksichtigen) effektiver sind als einseitige. Ein Versuchsleiter *Y*, der denselben Versuch an Hauptschülern durchführt, erhält genau das umgekehrte Ergebnis. Beide Versuchsleiter haben ihre Versuchspersonen zufällig auf die experimentellen Bedingungen verteilt.

Die Erklärung für diesen scheinbaren Widerspruch könnte im Einfluß der störenden Bedingung „Intelligenz der Versuchsperson" liegen. Studenten haben vermutlich im Mittel eine höhere Intelligenz als Hauptschüler. Wenn jetzt die zweiseitige Kommunikation nur bei Personen mit hoher Intelligenz wirksamer ist als die einseitige, während bei durchschnittlicher Intelligenz das Gegenteil zutrifft, würde diese Wechselwirkung zwischen Intelligenzgrad und experimenteller Manipulation den scheinbaren Widerspruch zwischen beiden Befunden erklären. An diesem Beispiel kann man sich auch deutlich machen, daß dieses Problem weder durch Nutzung „repräsentativer Stichproben" noch durch „Konstanthaltung" beseitigt werden kann.

2.4.1 Ein allgemeiner Katalog störender Bedingungen

Campbell und Stanley (1963) haben die wichtigsten störenden Bedingungen, die in jeder experimentellen Situation auftreten können, katalogisiert und die Möglichkeit der Kontrolle diskutiert. Sie beschäftigen sich dabei wesentlich mit der Frage, wie die durch diese störenden Bedingungen verursachten systematischen Fehler durch entsprechende Kontrolltechniken in unsystematische Fehler umgewandelt werden können. Aus dieser Aufzählung sind die folgenden acht Kategorien störender Bedingungen entnommen. Anschließend soll besprochen werden, wie diese Störfaktoren kontrolliert werden können.

Zeiteinflüsse. Unter diese Kategorie fassen Campbell und Stanley alle spezifischen Ereignisse, die zusätzlich zur experimentellen Manipulation zwischen dem Vortest und dem Nachtest auftreten. Zum Beispiel könnte das Thema, das in einer experimentellen Kommunikation angesprochen wird, zufällig vor dem Nachtest von Zeitungen aufgegriffen werden, etwa wenn der Nachtest, um das Überdauern der Wirkung zu prüfen, erst Wochen nach der Kommunikation durchgeführt wird.

Reifeprozesse. Unter diesen Begriff fallen alle Prozesse, die zwischen dem Vor- und dem Nachtest in der Versuchsperson ablaufen und die einfach eine Folge der Zeitdauer sind. Zum Beispiel wird die Versuchsperson müde und gelangweilt und füllt deshalb möglicherweise den Nachtest-Fragebogen nicht mehr so sorgfältig aus, was zu systematischen Unterschieden führen kann.

Instrumentierungseffekte. Eine zwischen dem Vor- und dem Nachtest sich ereignende Veränderung der Kalibrierung der Meßinstrumente oder Ermüdung der Beobachter kann zu Unterschieden zwischen den Ergebnissen des Vor- und Nachtests führen.

Statistische Regression. Versuchsgruppen, die wegen besonders hoher oder niedriger Vortestwerte zusammengestellt wurden, werden im Nachtest weniger extreme Werte aufweisen. Dies ist ein statistisches Artefakt, das auf der unvollkommenen Korrelation von Vor- und Nachtest (eine Folge der nicht vollkommenen Reliabilität der Meßwerte) beruht.

Versuchspersonenauswahl. Werden Versuchspersonen nicht zufallsmäßig auf die verschiedenen Versuchsgruppen verteilt, können Unterschiede zwischen den Gruppen auf Unterschiede zwischen den Versuchspersonen, die schon vor Versuchsbeginn bestanden, zurückgeführt werden.

Versuchspersonenverlust. Versuchspersonen nehmen gewöhnlich freiwillig am Experiment teil und können deshalb auch vor Abschluß des Experimentes ausscheiden. Bei unterschiedlich hohem Versuchspersonenausfall in den verschiedenen Versuchsbedingungen kann dies zu systematischen Fehlern führen.

Testeffekte. Hiermit sind Auswirkungen gemeint, die etwa die Beantwortung des Vortests auf den Nachtest haben kann. Wenn zum Beispiel beide Intelligenztests sind, verbessern Versuchspersonen möglicherweise aufgrund der Übung durch den Vortest ihre Werte beim Nachtest.

Interaktion von Vortest und Manipulation. Der Vortest kann die Versuchsperson für die experimentelle Manipulation sensitivieren und damit die Wirkung der Manipulation verändern. Wenn zum Beispiel der Vortest aus einem Wissenstest besteht und die Versuchsperson bei sich beschämende Wissenslücken entdeckt, wird sie motiviert, einer nachfolgenden Kommunikation, die diese Wissenslücken ausfüllt, ihre Aufmerksamkeit zu schenken. Ohne den Vortest hätte sie möglicherweise gar nicht zugehört. Wenn einmal von Fällen abgesehen wird, in denen der Vortest das Mißtrauen der Versuchspersonen bezüglich des Versuchszweckes weckte, sind Belege für Vortestsensitivierung bisher kaum erbracht worden (Lana, 1969). Hingegen gibt es einige Hinweise dafür, daß Versuchspersonen durch den Vortest, etwa eine Einstellungsskala, so auf ihre Position festgelegt wurden, daß sie für die experimentelle Manipulation weniger empfänglich waren als nicht vorgetestete Versuchspersonen (etwa Deutsch & Gerard, 1955; Fraser, 1971).

2.4.2 Allgemeine Kontrolltechniken

Das wirksamste methodische Hilfsmittel zur Kontrolle störender Bedingungen ist die *Zufallszuweisung* oder *Randomisierung.* So verwenden Cook und Campbell (1976) Zufallszuweisung als das Merkmal, in dem sich *echte* experimentelle Forschung von *quasi* experimenteller Forschung unterscheidet. Nur wenn die Zufallszuweisung der Versuchspersonen zu den verschiedenen Versuchsbedingungen gegeben ist, handelt es sich um ein echtes Experiment. Der Vorteil der Zuweisung der Versuchspersonen auf die verschiedenen Versuchsbedingungen nach dem Zufall liegt darin, daß dadurch, innerhalb gewisser Irrtumsgrenzen, gewährleistet wird, daß sich die verschiedenen Versuchspersonengruppen zu Beginn des Experiments in allen Merkmalen im Mittel gleichen. Man kontrolliert also selbst solche Faktoren, deren potentielle Relevanz zum Zeitpunkt der Versuchsdurchführung unbekannt war. Der eine Nachteil, den man allerdings in Kauf nehmen muß, ist der, daß die Wirkung der störenden Bedingungen durch Randomisierung nicht aufgehoben wird. Es werden nur systematische in unsystematische Fehler umgewandelt.

Wenn man deshalb bestimmte Störbedingungen in ihrer Wirksamkeit identifiziert hat, wird man *zusätzlich* zur Zufallszuweisung noch versuchen, diese Bedingungen dadurch zu kontrollieren, daß man sie entweder ganz *eliminiert, konstant hält* oder als *Faktoren in den experimentellen Versuchsplan einbaut.*

Viele störende Bedingungen kann man zwar nicht eliminieren, aber konstant halten. Wenn etwa vermutet wird, daß die experimentelle Manipulation auf männliche Versuchspersonen anders wirkt als auf weibliche oder auf solche mit niedriger Intelligenz anders als auf solche mit hoher, kann man das Geschlecht oder die Intelligenz als Variable ausschalten, indem nur weibliche (oder nur männliche) Versuchspersonen und/oder nur Personen mit hoher (oder niedriger) Intelligenz verwendet werden. Konstanthaltung führt in diesen Fällen allerdings zu einem gravierenden Informationsverlust. Man weiß anschließend nicht, inwieweit die Befunde auch für das andere Geschlecht und/oder andere Intelligenzgrade gültig sind.

Dieser Informationsverlust ist besonders schwerwiegend, wenn eine Wechselwirkung zwischen störender Bedingung und experimenteller Manipulation besteht. Wie schon früher besprochen, kann dies bei unterschiedlicher Ausprägung der störenden Bedingungen in verschiedenen Untersuchungen zu scheinbar widersprüchlichen Befunden führen. Dies verursacht gewöhnlich große Konsternierung und gegenseitige Vorwürfe bei den betroffenen Forschern. Ein klassisches Beispiel ist die Kontroverse zwischen Verstärkungs- und Dissonanztheoretikern bezüglich der Wirkung der Belohnungshöhe auf Einstellungswandel nach einstellungskonträrem Verhalten. Während die Dissonanztheoretiker (etwa Festinger & Carlsmith, 1959) bei geringer Belohnung größeren Einstellungswandel beobachteten als bei hoher Belohnung, berichtete Rosenberg (1965) genau den umgekehrten Zusammenhang. Nach nicht immer sachlich geführter Diskussion konnte der scheinbare Widerspruch auf die Wirkung der störenden Bedingung „Wahlfreiheit" zurückgeführt werden, die in den verschiedenen Experimenten in unterschiedlicher Ausprägung konstant gehalten worden war. Bei Festinger und Carlsmith (1959) trafen die Versuchspersonen ihre

Entscheidung unter hoher Wahlfreiheit, während in Rosenbergs (1965) Versuch nur geringe Wahlfreiheit gewährt wurde. Wie Linder, Cooper und Jones (1967) zeigten, findet sich der dissonanztheoretisch vorhergesagte negative Zusammenhang zwischen Belohnungshöhe und Einstellungswandel nur bei hoher Wahlfreiheit, während bei geringer Wahlfreiheit ein positiver Zusammenhang festzustellen ist. Es empfiehlt sich also immer, Variablen, deren Bedeutsamkeit vermutet wird, nicht durch Konstanthaltung zu kontrollieren, sondern dadurch, daß sie systematisch variiert und als unabhängige Variablen in den Versuchsplan integriert werden.

Der Begriff der Konstanthaltung wird gewöhnlich auch noch in der Bedeutung der *Standardisierung* von *Versuchsbedingungen* gebraucht. Es ist natürlich von großer Bedeutung, daß alle Versuchspersonen innerhalb einer Versuchsbedingung genau derselben experimentellen Situation ausgesetzt sind. Weiterhin muß sichergestellt sein, daß sich die experimentelle Situation für verschiedene Versuchsbedingungen nur hinsichtlich der unterschiedlichen experimentellen Manipulation unterscheidet. Dies wird gewöhnlich dadurch gewährleistet, daß etwa die Instruktionen auf Tonband gesprochen und nur abgespielt werden, daß der Versuchsleiter, der die abhängigen Maße erfaßt, die experimentelle Bedingung, in der sich die jeweilige Versuchsperson befindet, nicht kennt (um den Einfluß von Versuchsleitererwartungen zu minimieren), daß unterschiedliche Versuchsbedingungen, soweit möglich, in derselben Sitzung durchgeführt werden usw.

2.4.3 Experimentelle Versuchspläne

Zur Prüfung der Wirkung einer experimentellen Manipulation auf das Verhalten, das durch die abhängige Variable erfaßt wird, sind mindestens zwei Messungen oder Beobachtungen notwendig, nämlich eine, die den Zustand der Versuchsperson (Gruppe) ohne das Einwirken und eine, die ihn nach dem Einwirken der experimentellen Manipulation erfaßt. Diese Messungen können entweder beide an derselben Versuchsperson (Gruppe) oder aber an unterschiedlichen Versuchspersonen (Gruppen) durchgeführt werden. Im Falle der Meßwiederholung an derselben Versuchsperson erschließt man die Wirkung der experimentellen Manipulation aus dem Vergleich der Werte einer vor der Manipulation (Vortest) und einer nach der Manipulation (Nachtest) durchgeführten Messung. Wenn die beiden Messungen an verschiedenen Versuchspersonen durchgeführt werden, erschließt man die Wirkung der experimentellen Manipulation aus dem Vergleich der Meßwerte einer Gruppe, die der experimentellen Manipulation unterzogen wurde, mit den Werten einer Gruppe, an der keine experimentelle Manipulation durchgeführt wurde.

Der Vergleich von Meßwerten, die an zwei Gruppen erhoben wurden, ist natürlich nur dann sinnvoll, wenn Grund für die Annahme besteht, daß die beiden Gruppen ohne die Einführung der experimentellen Manipulation auf der durch die abhängige Variable erfaßten Dimension im Mittel praktisch identische Positionen eingenommen hätten. Obwohl sich dies durch Zufallszuweisung der Versuchspersonen zu den verschiedenen Versuchsbedingungen einigermaßen sicherstellen läßt, bringt eine solche Annahme natürlich immer ein Risiko. Da bei einer Meßwiederholung dieses Problem vermieden wird, indem man jede Versuchsperson mit sich selbst vergleicht, wird man fragen, ob ein Vergleich zwischen Gruppen überhaupt notwendig ist.

Er ist notwendig. Der Einsatz von Kontrollgruppen ist eine Minimalforderung experimenteller Versuchsplanung, und der Vergleich von Experimental- und Kontrollbedingungen impliziert immer einen Vergleich zwischen Gruppen. Wer sich der Hoffnung hingibt, daß eine einfache Meßwiederholung an einer Versuchspersonengruppe (also folgender Versuchsplan: M_1 X M_2, wo M_1 und M_2 für Vortest und Nachtest und X für die experimentelle Manipulation stehen) schon für eine strenge Prüfung einer Hypothese über die Wirkung einer experimentellen Manipulation ausreicht, sollte nochmals die oben aufgeführten allgemeinen Störbedingungen durchgehen. Er sollte sich dabei überlegen, inwieweit Unterschiede, die bei einem solchen Versuchsplan zwischen M_1 und M_2 auftreten, durch das Auftreten solcher störenden Bedingungen verursacht werden können. Er wird sich leicht klarmachen können, daß sein Versuchsplan, mit Ausnahme von Versuchspersonenauswahl und Versuchspersonenverlust, keine der aufgeführten störenden Bedingungen kontrolliert.

Hingegen lassen sich alle aufgeführten Störbedingungen, mit Ausnahme der Interaktion von Vortest und Manipulation, durch eine Kontrollgruppe, in der zwar ein Vor- und ein Nachtest, aber keine experimentelle Manipulation durchgeführt wird, leicht kontrollieren. Allerdings muß dabei durch zufallsmäßige Zuordnung von Versuchspersonen zu den beiden Gruppen die Vergleichbarkeit der Gruppen sichergestellt werden. Ein solcher Versuchsplan wird *Vortest-Nachtest-Kontrollgruppen-Versuchsplan* (Pretest-Posttest Controlgroup Design) genannt.

Der Vortest-Nachtest-Kontrollgruppen-Versuchsplan:

R	Gruppe 1	M_1	X	M_2
R	Gruppe 2	M_3		M_4

Das R symbolisiert die Zufallszuordnung der Versuchspersonen zu den zwei Gruppen. M_1 und M_2 stehen für den Vor- und Nachtest in der Gruppe 1, die der experimentellen Manipulation X unterzogen wird. M_3 und M_4 bezeichnen den Vor- und Nachtest der Gruppe 2, die keiner experimentellen Manipulation unterzogen wird.

Mit diesem Versuchsplan lassen sich, außer der Interaktion von Vortest und experimenteller Manipulation, alle oben aufgeführten störenden Bedingungen kontrollieren. Zum Beispiel kann ein Unterschied in der Differenz zwischen M_1 und M_2 und der Differenz zwischen M_3 und M_4 bei korrekter Versuchsdurchführung nicht auf Zeiteinflüsse, Reifeprozesse, Instrumentierungseffekte oder statistische Regression zurückgeführt werden, da diese Faktoren auf beide Gruppen denselben Einfluß ausüben sollten. Diese störenden Bedingungen bilden also keine alternative Erklärung für Unterschiede, die nur zwischen M_1 und M_2, nicht aber M_3 und M_4 auftreten.

Die Interaktion von Vortest und experimenteller Manipulation bleibt, da sie nur bei der Experimentalgruppe auftreten kann, im Vortest-Nachtest-Kontrollgruppen-Versuchsplan unkontrolliert. Diese Interaktion läßt sich allerdings mit relativ einfachen Mitteln dadurch vermeiden, daß man sowohl bei der Experimentalgruppe wie auch bei der Kontrollgruppe den Vortest wegläßt. Ein solcher Versuchsplan wird *Kontrollgruppen-Versuchsplan ohne Vortest* (Posttest only controlgroup design) genannt.

Der Kontrollgruppen-Versuchsplan ohne Vortest:

R	Gruppe 1	X	M_1
R	Gruppe 2		M_2

Das R steht wieder für Zufallszuordnung und das X für die experimentelle Manipulation. M_1 bezeichnet den in der Experimentalgruppe durchgeführten Nachtest und M_2 den Nachtest der Kontrollgruppe. Da durch Zufallszuordnung der Versuchspersonen dafür gesorgt wurde, daß sich die Gruppen, innerhalb gewisser Irrtumsgrenzen, vor Einführung der experimentellen Manipulation in allen Merkmalen ähnlich waren, wird angenommen, daß statistisch zuverlässige Unterschiede, die zum Zeitpunkt des Nachtests zwischen den Gruppen bestehen, auf die experimentelle Manipulation zurückgeführt werden können.

Der Kontrollgruppen-Versuchsplan ohne Vortest verhindert zwar das Auftreten einer Interaktion von Vortest und experimenteller Manipulation, aber er erlaubt natürlich auch keine Schlußfolgerung darüber, ob eine solche Interaktion aufgetreten wäre. Außerdem läßt sich mit einem solchen Versuchsplan die Wirkung einer experimentellen Manipulation unter Umständen weniger leicht nachweisen als mit einem Vortest-Nachtest-Kontrollgruppen-Plan. Ein Experiment ist um so sensitiver, je geringer die Fehlervarianz ist, also der Anteil der Gesamtvarianz, der nicht durch die experimentelle Manipulation erzeugt wurde. Im Vortest-Nachtest-Kontrollgruppen-Versuchsplan werden nur die Unterschiede der Vor- und Nachtestwerte der Versuchspersonen verglichen. Dadurch können die Unterschiede, die zwischen den Vortestwerten der Versuchspersonen bestanden, kontrolliert werden, während sie beim Kontrollgruppen-Versuchsplan ohne Vortest in die Fehlervarianz eingehen. Besonders wenn sich die Versuchspersonen in ihren Vortestwerten stark unterscheiden, besteht beim Kontrollgruppen-Versuchsplan ohne Vortest immer die Gefahr, daß aufgrund der hohen Fehlervarianz die Wirkung der experimentellen Manipulation nicht mehr nachweisbar ist.

Das Beste beider Welten kann man haben, wenn man eine Kombination beider Versuchspläne bildet und damit einen Solomon-Vier-Gruppen-Versuchsplan herstellt:

Solomon-Vier-Gruppen-Versuchsplan:

R	Gruppe 1	M_1	X	M_2
R	Gruppe 2	M_3		M_4
R	Gruppe 3		X	M_5
R	Gruppe 4			M_6

Die Verwendung dieses Versuchsplanes erlaubt es, zusätzlich zur Wirkung der experimentellen Manipulation auch die Wirkung des Vortests sowie einer Interaktion von Vortest und experimenteller Variable zu überprüfen. (Der Vortest wird hier praktisch als eine zweite experimentelle Manipulation eingeführt.) Dies läßt sich verdeutlichen, wenn man den Versuchsplan in der geläufigeren faktoriellen Form schreibt:

			Faktor A Experimentelle Manipulation	
			ja	nein
Faktor B	Vortest	ja	M_2	M_4
		nein	M_5	M_6

Die Wirkung der experimentellen Manipulation wird überprüft, indem man das Gesamtmittel der beiden Gruppen, die der Manipulation unterzogen wurden (M_2/M_5), mit dem Mittel der Gruppen, die keiner Manipulation unterzogen wurden (M_4/M_6), vergleicht. Varianzanalytisch würde ein solcher Unterschied als Haupteffekt des Faktors A bezeichnet. Die Wirkung des Vortests überprüft man, indem man die Mittelwerte der vorgetesteten

Gruppen (M_2/M_4) mit jenen der nicht vorgetesteten Gruppen (M_5/M_6) vergleicht, also den zweiten möglichen Haupteffekt (den des Faktors B) überprüft. Die Interaktion oder Wechselwirkung zwischen Vortest und experimenteller Manipulation kommt beim Vergleich von (M_2/M_6) mit (M_4/M_5) zutage. Allerdings würde man diesen Aufwand zur Überprüfung möglicher Vortestwirkungen nicht routinemäßig auf sich nehmen, sondern diesen Versuchsplan nur dann verwenden, wenn ein begründeter Verdacht bezüglich möglicher Vortestwirkungen besteht und außerdem die Überprüfung solcher Vortesteinflüsse von theoretischem Interesse ist.

Der Solomon-Vier-Gruppen-Versuchsplan, ist ein Beispiel für einen faktoriellen Versuchsplan, weil hier gleichzeitig die Wirkung von zwei Variablen (nämlich Vortest und experimentelle Manipulation) im selben Experiment untersucht wird. Dadurch wird es möglich, neben den Einzelwirkungen der Variablen (Haupteffekte) mögliche Wechselwirkungen oder Interaktionen zwischen den Effekten zu erfassen. Wechselwirkungen sind Effekte, die aufgrund einer Kombination der Einzelwirkungen auftreten und die sich nicht einfach aus den Einzeleffekten vorhersagen lassen. (Beispiele: Einseitige Kommunikation führt bei niedriger Intelligenz zu mehr, bei hoher Intelligenz zu weniger Einstellungswandel als zweiseitige Kommunikation. Bei hoher Wahlfreiheit führt einstellungskonträres Verhalten zu um so mehr Einstellungswandel, je geringer die Belohnung ist; bei geringer Wahlfreiheit tritt der umgekehrte Zusammenhang auf.) Solche faktoriellen Versuchspläne sind in der Sozialpsychologie die Regel und nicht die Ausnahme. Häufig werden die verschiedenen Variablen nicht nur, wie im Beispiel des Solomon-Vier-Gruppen-Plans, in zwei Stufen (vorhanden/nicht vorhanden), sondern in mehreren Stufen oder Ausprägungen manipuliert oder variiert. Zur Untersuchung der Wirkung des Selbstwertgefühls, etwa auf die Interpretation von Erfolg und Mißerfolg, kann man die Versuchspersonen nicht nur in solche mit hohem und niedrigem Selbstwertgefühl dichotomisieren, sondern auch eine Dreiteilung in eine hohe, mittlere und niedrige Gruppe vornehmen. Nur bei einer Einteilung in mehr als zwei Stufen lassen sich auch Hypothesen bezüglich nicht-monotoner Zusammenhänge prüfen.

2.5 Sozialpsychologische Aspekte der experimentellen Situation als störende Bedingungen

Bei unserer Diskussion der Versuchsplanung und der Kontrolle störender Bedingungen haben uns bisher nur die formalen Aspekte des Experimentierens beschäftigt. Aber ein Experiment ist auch eine soziale Situation, in der mindestens zwei Akteure – nämlich Versuchsleiter und Versuchsperson – miteinander in Interaktion treten. Und genau wie formale Organisationen stets durch die Entwicklung informeller Strukturen abgeändert und verfremdet werden, so treten bei der Durchführung eines Versuchs durch die sozialpsychologische Dynamik der experimentellen Situation störende Bedingungen auf, die leicht die Intentionen des Versuchsplaners zunichte machen können. Im Rahmen dieses Kapitels kann nur auf einige ausgewählte Probleme eingegangen werden. Für eine ausführliche Darstellung sei auf Gniech (1976), Rosenthal (1976), Rosenthal und Rosnow (1969) und Timaeus (1974) verwiesen.

2.5.1 Die Erwartungen des Versuchsleiters

Versuche werden durchgeführt, um Hypothesen zu prüfen. Diese Hypothesen sind dem Versuchsleiter in der Regel bekannt. Er hat also ganz bestimmte Erwartungen, wie sich die Versuchspersonen in den einzelnen Versuchsbedingungen verhalten sollten. Diese Erwartungen des Versuchsleiters können das Verhalten der Versuchspersonen beeinflussen und somit zu einer Verfälschung der Ergebnisse führen. Hiermit ist nicht gemeint, daß der Versuchsleiter bewußt das Verhalten der Versuchsperson beeinflußt, um seine Hypothesen zu bestätigen, sondern daß er ganz unwissentlich, etwa durch nonverbale Hinweise, Versuchspersonen beeinflußt, die sich möglicherweise dieses Einflusses nicht einmal bewußt sind.

Das klassische Beispiel, das in einer Diskussion von Versuchsleitererwartungen nicht unerwähnt bleiben darf, ist der Fall des „klugen Hans", das Pferd eines Mathematiklehrers, der ihm das Rechnen beigebracht hatte. Hans konnte die schwierigsten Aufgaben beantworten, indem er so lange mit dem Huf klopfte, bis die der Lösung entsprechende Zahl erreicht war. Hans beantwortete auch Fragen, die ihm in Abwesenheit seines Herrn gestellt wurden, was die Möglichkeit eines einfachen Tricks zu eliminieren schien. Pfungst (1907) und sein Kollege Stumpf versuchten, das Rätsel dieses Rechengenies zu lösen. Der Durchbruch gelang ihnen, als sich zeigte, daß das Pferd nur dann Aufgaben korrekt lösen konnte, wenn es in der Lage war, den Fragesteller zu sehen. Wurde der Fragesteller durch einen Schirm abgedeckt, war es mit der Rechenfähigkeit des klugen Hans vorbei.

Es stellte sich schließlich heraus, daß das Pferd eine erstaunliche Fähigkeit besaß, auf die kleinsten Veränderungen der Haltung oder des Gesichtsausdrucks des Fragestellers zu reagieren. Zum Beispiel war es typisch, daß ein Fragesteller zu Beginn des Klopfens etwas vorgebeugt stand, um sich dann langsam aufzurichten, je näher Hans der richtigen Lösung gekommen war. Dies war anscheinend einer der wesentlichen Hinweise, die sich der kluge Hans zunutze machte.

Rosenthal und Fode (1963 a) ließen sich von diesen Befunden zu einem Tierversuch stimulieren. Im Rahmen eines experimentellen Praktikums wurden 60 Ratten unter zwölf studentischen Versuchsleitern aufgeteilt. Diese Ratten sollten das Durchlaufen eines T-Labyrinths erlernen und zwar sollten sie immer in die weißgestrichene Abzweigung abbiegen, die manchmal auf der rechten und manchmal auf der linken Seite angebracht war. Der Hälfte der studentischen Versuchsleiter wurde gesagt, daß die Ratten einer besonderen Züchtung entstammten, die Labyrinthaufgaben sehr schnell erlernen könnten. Der anderen Hälfte der Versuchsleiter wurde gesagt, daß die Ratten gerade auf besonders langsames Labyrinthlernen hin gezüchtet worden seien. Tatsächlich stimmten beide Angaben nicht. Ratten aus derselben Züchtung wurden zufallsmäßig auf die Versuchsleiter aufgeteilt. Dennoch zeigte sich nach kurzer Zeit, daß die „klugen" Ratten bessere Lernfortschritte machten als die „dummen" Ratten. Es zeigte sich also, daß die Ratten, von denen *erwartet* wurde, daß sie schneller lernen, tatsächlich schneller lernten als Ratten, von denen langsames Lernen *erwartet* wurde.

In weiteren Arbeiten versuchten Rosenthal und seine Mitarbeiter die Wirkung von Versuchsleitererwartungen auch im Verhalten von Versuchs*personen* nachzuweisen. Am bekanntesten wurden wohl die Untersuchungen, bei denen eine Personenwahrnehmungsaufgabe Verwendung fand (Rosenthal & Fode, 1963 b). Das Versuchsmaterial bestand aus zehn Photographien von Gesichtern, die von den Versuchspersonen auf einer 21-Punkte-Skala danach eingestuft werden sollten, inwieweit sie Erfolg (+ 10) oder Mißerfolg (- 10) ausstrahlten. Aufgrund von Vortests waren nur Photographien ausgewählt worden, die um den Nullwert herum eingeschätzt wurden. Unterschiedliche Versuchsleitererwartungen wurden dadurch erzeugt, daß der Hälfte der Versuchsleiter mitgeteilt wurde, die Bilder würden typischerweise als Erfolg ausstrahlend eingestuft, während der anderen Hälfte versichert wurde, die Bilder seien für Mißerfolg charakteristisch. Tatsächlich unterschieden sich dann die Ergebnisse in Abhängigkeit von den Versuchsleitererwartungen. Rosenthal (1969) gibt eine Übersicht über zahlreiche weitere Untersuchungen mit dieser Versuchsanordnung. Die überwiegende Mehrheit dieser Untersuchungen bestätigte die Ergebnisse des Experiments von Rosenthal und Fode (1963 b).

Rosenthals recht weitreichende Schlußfolgerung bezüglich der Verbreitung solcher Versuchsleitereffekte wurde später einiger Kritik unterzogen (etwa Barber & Silver, 1968). Zwar bezweifelte niemand, daß Versuchsleitererwartungen das Verhalten der Versuchspersonen beeinflussen könnten, es wurde aber bestritten, daß derartige Vorfälle so häufig aufträten, wie man das nach Rosenthal glauben müßte. Neben Kritik an der statistischen Auswertung wurde Rosenthal vor allem vorgeworfen, daß er seine studentischen Versuchsleiter beim Experimentieren nicht ausreichend überwacht habe. Bei der Personenwahrnehmungsaufgabe, bei der der Versuchsleiter die Bewertung jedesmal selbst notiert, ist es durchaus möglich, daß wissentlich falsche Werte aufgeschrieben werden. Selbst wenn der Versuchsleiter aber die Versuchspersonen unwissentlich beeinflußte, ist immer noch offen, inwieweit solche Einflußnahmen auch auftreten können, wenn etwa die abhängige Variable in Fragebogenform vorgelegt und von der Versuchsperson selbst auszufüllen ist, möglicherweise noch in einem Gruppenversuch, in dem alle Versuchsbedingungen gleichzeitig durchgeführt werden.

Obwohl die Interaktionen zwischen Versuchsleitern und Versuchspersonen gewöhnlich zeitlich eng beschränkt und gut überwachbar sind, ist immer noch nicht genau geklärt, auf welchem Wege sich die Versuchsleitererwartungen den Versuchspersonen mitteilen. Man kann aber davon ausgehen, daß die Hinweise entweder beim Geben der Instruktionen durch Betonung gewisser Punkte oder im Ablauf des Experiments durch positive Verstärkung hypothesenkonformen Verhaltens (beziehungsweise Bestrafung „falschen" Verhaltens) vermittelt werden. Die Hinweise können nonverbaler Art sein (etwa Körperhaltung, Gesichtsausdruck, Gesten, Sprechweise) oder aber auch aus unbeabsichtigten verbalen Signalen bestehen. In allen Fällen besteht der beste Schutz wohl darin, die Interaktionen zwischen Versuchspersonen und Versuchsleitern weitmöglichst zu standardisieren und auf ein Minimum zu beschränken (etwa durch schriftliche oder über Tonband gegebene Instruktionen, Fragebögen usw.). Weiterhin sollte man versuchen, Versuchsleiter über die Hypothesen im unklaren zu lassen, zumindest aber darüber, in welcher Versuchsbedingung sich die jeweilige Versuchsperson befindet (Blindversuch).

2.5.2 Der Aufforderungscharakter der experimentellen Situation

Versuchspersonen, die an psychologischen Versuchen teilnehmen, sind keine hirnlosen Roboter, die passiv alles über sich ergehen lassen und gutgläubig alles akzeptieren, was sie vom Versuchsleiter erzählt bekommen. Es ist eher wahrscheinlich, daß die typische Versuchsperson die experimentelle Situation als eine Problemlösesituation auffaßt, in der sie zu erraten sucht, was denn nun wirklich von ihr erwartet wird. Bei „erfahrenen" Versuchspersonen, die schon mehrfach an Versuchen teilgenommen haben, ist dieses Verhalten vermutlich dadurch motiviert, daß sie in der Vergangenheit gelernt haben, den Erklärungen des Versuchsleiters nicht völlig zu vertrauen. Da schätzungsweise in mehr als der Hälfte der gegenwärtig in sozialpsychologischen Zeitschriften veröffentlichten Untersuchungen die Versuchspersonen über den wahren Zweck des Versuchs getäuscht wurden, ist dieses

Mißtrauen auch nicht völlig unberechtigt. Aber selbst bei Versuchspersonen, die völlig versuchsunerfahren sind, wird man vermutlich ähnliches Verhalten antreffen. Eine Versuchsperson, für die die experimentelle Situation völlig neu und ungewohnt ist, wird sich vermutlich Sorgen machen, ob sie sich nun „ richtig" verhält. Sie wird deshalb alle Informationen nutzen, die es ihr ermöglichen herauszufinden was denn in dieser neuartigen Situation von ihr erwartet wird. Sie will sich schließlich nicht blamieren und sie will auch vermutlich den Versuch nicht durch „falsches" Verhalten gefährden.

Die experimentelle Situation wird stets eine Reihe von Hinweisen auf den tatsächlichen Untersuchungszweck enthalten. Mit *Aufforderungscharakter der experimentellen Situation (Demand characteristics of the experimental situation)* bezeichnet Orne (1962, 1969) die Gesamtheit der Hinweise in der experimentellen Situation, die die Versuchsperson beim Erraten der experimentellen Hypothesen unterstützen.

Orne und Scheibe (1964) demonstrieren die Wirkung des Aufforderungscharakters recht eindrucksvoll in einer „Replikation" einer Untersuchung zur sensorischen Deprivation. In solchen Untersuchungen hatte es sich gezeigt, daß Versuchspersonen, die eine gewisse Zeit in einer Situation verbringen, in der sie von allen Sinnesreizen abgeschirmt sind (z.B. in einem schallisolierten Raum, auf einer weichen Couch liegend), unter Halluzinationen, Wahrnehmungsverzerrungen usw. zu leiden beginnen. Diese Störungen scheinen immer nach Ablauf von etwa zwei Dritteln der Versuchszeit aufzutreten, gleichgültig ob der Versuch nun zwei Tage, zwei Wochen oder nur acht Stunden dauern sollte (Orne, 1969). Dies führte Orne und Scheibe (1964) zu der Vermutung, daß diese Befunde nicht allein auf die sensorische Deprivation zurückgeführt werden können, sondern daß auch andere Faktoren eine Rolle spielen.

Um diese Vermutung zu überprüfen, führten sie eine Untersuchung durch, die in allen Aspekten einer echten Deprivationsuntersuchung glich, außer daß die Versuchspersonen keiner sensorischen Deprivation unterzogen wurden. Wie in den Deprivationsuntersuchungen werden die Versuchspersonen vor Beginn des Experiments von einem Arzt untersucht und einer kurzen Anamnese unterzogen. Anschließend mußten sie ein Formular unterzeichnen, in dem sie den Versuchsleiter sowie das psychiatrische Krankenhaus, in dem die Untersuchungen durchgeführt wurden, von allen Haftungsansprüchen befreiten. Sie wurden dann an einer Schale vorbei, in der allerlei Spritzen und Medikamente für den „Notfall" bereitlagen, in den Versuchsraum geführt, der hell erleuchtet und nicht schallisoliert war. Es wurde ihnen gesagt, daß sie von allen ungewöhnlichen Sinneserlebnissen, die sie verspürten, über ein Mikrophon berichten sollten. Wenn sie es nicht mehr aushalten könnten, sollten sie den roten „Panik-Knopf" drücken, um den Versuch abzubrechen.

Kontrollversuchspersonen verbrachten dieselbe Zeitdauer in einem identischen Versuchsraum. Sie wurden aber keiner medizinischen Untersuchung unterworfen, und es wurde ihnen gesagt, daß sie Kontrollversuchspersonen für einen Versuch zur sensorischen Deprivation seien.

Als beide Versuchsgruppen nach etwa vier Stunden einer Testreihe unterzogen wurden, die die typischerweise verwendeten Tests enthielt, zeigte die Versuchsgruppe verglichen mit der Kontrollgruppe eine ganze Reihe von Abweichungen, von denen in den Untersuchungen zur sensorischen Deprivation berichtet wird. Dieser Befund beweist natürlich nicht, daß die Störungen, die Versuchspersonen nach tatsächlicher sensorischer Deprivation aufweisen, nicht durch diese Deprivation verursacht wurden. Er zeigt jedoch, daß vergleichbare Störungen auch allein durch den Aufforderungscharakter der experimentellen Situation suggeriert werden können.

Motive der Versuchspersonen: In der Untersuchung von Orne und Scheibe (1964) ist es eigentlich ganz einleuchtend, daß die Charakteristiken der experimentellen Situation zu psychologischen Beeinträchtigungen geführt haben. Wenn man einer Versuchsperson durch zahlreiche Vorsichtsmaßnahmen zu verstehen gibt, daß sie sich in einer höchst gefährlichen Situation befindet, wenn man ihr weiterhin suggeriert, daß sie möglicherweise unter Sinnesstörungen leiden wird, um sie dann vier Stunden lang einsamer Introspektion zu überlassen, kann es nicht völlig überraschen, daß anschließend auch derartige Beeinträchtigungen auftreten.

In den typischen sozialpsychologischen Experimenten muß aber die Frage aufgeworfen werden, welchen Einfluß der Aufforderungscharakter auf das Verhalten der Versuchspersonen hat. Die Tatsache allein, daß in der experimentellen Situation Hinweise auf die Hypothesen des Versuchsleiters enthalten sind, besagt ja noch nichts darüber, was die Versuchsperson mit diesen Hinweisen anfängt, wie sie darauf reagiert. Sozialpsychologen bieten recht widersprüchliche Spekulationen über mögliche Motive der Versuchspersonen an. Die vier Möglichkeiten, die gewöhnlich in Betracht gezogen werden, nämlich die „Gute Versuchsperson" (Orne, 1962), die „Loyale Versuchsperson" (Fillenbaum, 1966), die „Negativistische Versuchsperson" (Cook et al., 1970; Masling, 1966) und die „Bewertungserwartende Versuchsperson" („evaluation-apprehension", Rosenberg, 1965, 1969) decken praktisch das gesamte Spektrum möglicher Verhaltensalternativen ab.

Orne (1962, 1969) geht mit seiner *„Guten Versuchsperson"* davon aus, daß die Versuchsperson die in der experimentellen Situation enthaltenen Hinweise zum „Nutzen" des Versuchsleiters verwendet und sich bemüht, die experimentellen Hypothesen zu bestätigen. Als Belege für diese Annahme führt Orne informelle Beobachtungen an, etwa daß die Versuchspersonen stets ängstlich besorgt seien, alles richtig zu machen, und daß sie in ständiger Furcht zu leben schienen, ihr Verhalten könne die Ergebnisse beeinträchtigen.

Warum sollte der Versuchsperson das Wohl des Versuchsleiters so am Herzen liegen? Manchmal ist der Versuchsleiter auch ein Student, der an seiner Diplomarbeit oder Dissertation arbeitet und dem man natürlich kollegial (oder solidarisch) helfen muß. Außerdem sind Versuchsleiter in der experimentellen Situation mit ungewöhnlicher Macht über die Versuchsperson ausgestattet. Diese Machtposition beruht zum Teil darauf, daß die Versuchsperson dem Versuchsleiter durch ihre Zustimmung zur Teilnahme am Experiment eine weitreichende Vollmacht erteilt hat, die es ihm erlaubt, ungewöhnliche und der Versuchsperson nicht einsichtige Forderungen zu stellen, die sie im Alltagsleben vermutlich ablehnen würde. Psychologiestudenten können sich dies leicht demonstrieren, indem sie nach einer Vorlesung einige Kommilitonen auffordern, etwa 15 Liegestütze zu machen. Es ist wahrscheinlich, daß die Kommilitonen dies energisch zurückweisen werden. Wenn man sie hingegen bittet, an einem Versuch teilzunehmen, und sie dann auffordert, die 15 Liegestütze durchzuführen, ist es wahrscheinlich, daß sie widerspruchslos einwilligen werden. Orne (1962) berichtet in diesem Zusammenhang vom Scheitern seiner Bemühungen, eine Aufgabe zu finden, die so sinnlos und langweilig war, daß Versuchspersonen die Mitarbeit ablehnen würden. Unter anderem ließ er die Versuchspersonen Zahlenkolonnen auf einem Bogen addieren. Sobald sie fertig waren, erhielten sie die Instruktion, den Bogen zu zerreißen, einen neuen Bogen von einem Stapel zu nehmen und erneut Zahlen zu addieren. Ornes verständliche Annahme, daß Versuchspersonen die Mitarbeit nach kurzer Zeit aufkündigen würden, erwies sich jedoch als falsch. Es war der Versuchsleiter, der nach vier Stunden den Versuch abbrach. Dieser Punkt wird auch durch die Milgram-Untersuchungen (1963) eindrücklich belegt, die zeigen, zu welchen Verhaltensweisen sich Versuchspersonen in der experimentellen Situation bereit finden.

Die ungewöhnliche Macht des Versuchsleiters über die Versuchsperson beruht aber sicherlich häufig auch darauf, daß Versuchspersonen in psychologischen Experimenten gewöhnlich den Verdacht hegen, ihre Fähigkeit, ihre Persönlichkeit, ihre Intelligenz usw. würden bewertet. Diese „Bewertungs-Erwartungen" (evaluation-apprehension, Rosenberg, 1965, 1969) veranlassen die Versuchspersonen zu der Bemühung, beim Versuchsleiter einen möglichst guten Eindruck zu hinterlassen. Anders als die „Gute Versuchsperson" wird sich die *„Bewertungserwartende Versuchsperson"* jedoch nicht immer hypothesenkonform verhalten. Weber und Cook (1972) nehmen an, daß sich die bewertungserwartende Versuchsperson immer dann nicht entsprechend den Hypothesen verhalten wird, wenn hypothesenkonformes Verhalten sie etwa konformistisch, bestechlich, aggressiv oder mit sonst einer unerwünschten Eigenschaft behaftet erscheinen lassen würde.

Eine weitere Version der *„Guten Versuchsperson"* ist die *„Loyale Versuchsperson"* („faithful subject", Fillenbaum, 1966), die glaubt, dem Versuchsleiter am besten dadurch zu dienen, daß sie allen Instruktionen getreulich folgt, und sich bemüht, ihr Verhalten unter keinen Umständen durch etwaige Verdachtsmomente bezüglich der experimentellen Hypothesen beeinflussen zu lassen.

Im Gegensatz zu diesen Annahmen wird von Cook et al. (1970) und Masling (1966) eine eher negative Motivation der typischen Versuchsperson für möglich gehalten. Mit der „Negativistischen Versuchsperson" beschreiben sie einen Typ, der alles daransetzt, die Hypothese des Versuchsleiters zu widerlegen, das Experiment zu sabotieren. Auch diese Motivation läßt sich mit der Machtstellung des Versuchsleiters begründen, die in der Versuchsperson Aggressionen weckt, die sie durch die Sabotage am Versuch straflos, da unnachweisbar, abreagiert. Vielleicht noch einleuchtender könnte man solches Verhalten damit begründen, daß eine Versuchsperson, die aus ihr vielleicht (und nicht völlig ohne Berechtigung) illegitim erscheinenden Gründen verpflichtet wurde, an zahlreichen Versuchen teilzunehmen, wenigstens dafür Sorge tragen will, daß ihre Fronarbeit keine Früchte trägt. Besonders wahrscheinlich ist eine solche negativistische Einstellung natürlich bei Versuchspersonen, die schon mehrere Täuschungsexperimente hinter sich gebracht haben.

Die Schlußfolgerung, die man aus dieser Diskussion ziehen kann, ist, daß die Wirkung von Aufforderungscharakteren auf das Verhalten der Versuchsperson von der Motivation der Versuchsperson abhängt. Akzeptiert diese die Rolle der guten Versuchsperson, wird sie den in der experimentellen Situation enthaltenen Hinweisen Folge leisten. Nimmt sie hingegen eine negativistische Haltung ein, wird sie sich bemühen, diesen Hinweisen entgegenzuarbeiten, während eine loyale Versuchsperson versuchen sollte, die Hinweise nicht zu beachten. Bewertungserwartende Versuchspersonen werden immer dann negativistisches Verhalten zeigen, wenn hypothesenkonformes Verhalten ein schlechtes Licht auf ihre Fähigkeiten oder ihren Charakter werfen würde wie etwa bei Konformitätsexperimenten oder Untersuchungen zum einstellungskonträren Verhalten unter Belohnung.

Weber und Cook (1972) geben eine Übersicht über Untersuchungen, in denen die Frage der Versuchspersonenmotivation überprüft wurde. Die direkteste Strategie besteht darin, einem Teil der Versuchspersonen vor

Durchlaufen eines Experimentes Informationen über die zu erwartenden Befunde zuzuspielen. Die Ergebnisse dieser Versuchspersonen werden dann mit denen von Versuchspersonen, die am Experiment ohne Vorkenntnis der Hypothese teilnahmen, verglichen. Eine weniger direkte Prüfung besteht im Vergleich von Ergebnissen von „mißtrauischen" Versuchspersonen, die schon zuvor in einigen Täuschungsexperimenten „hereingelegt" wurden, mit Befunden von unerfahrenen Versuchspersonen, die an ihrem ersten Versuch teilnahmen. Weber und Cook (1972) kommen zu der Schlußfolgerung, daß sich die Mehrzahl der Befunde im Sinne von Bewertungserwartungen interpretieren läßt.

Die in unserem Zusammenhang natürlich wesentliche Frage ist, inwieweit sich solche Hinweise vermeiden oder zumindest in ihrer Wirkung kontrollieren lassen. Neben ausführlicher post-experimenteller Befragung der Versuchspersonen schlägt Orne (1969) die Verwendung von Rollenspieltechniken vor, um den in der experimentellen Situation enthaltenen Aufforderungscharakter zu identifizieren. Man fordert die Versuchspersonen auf, sich vorzustellen, sie nähmen an einem bestimmten Versuch teil. Man führt sie in den Versuchsraum, zeigt ihnen die Versuchsanordnung und gibt ihnen alle Instruktionen. Sie erhalten also alle Informationen, die auch eine „echte" Versuchsperson erhalten würde, durchlaufen aber nicht die experimentelle Prozedur. Anschließend werden sie gebeten, die abhängigen Maße so auszufüllen, als hätten sie den Versuch tatsächlich durchlaufen. Sind diese Ergebnisse den experimentellen Ergebnissen ähnlich, bedeutet dies allerdings nicht, daß die Ergebnisse der experimentellen Versuchspersonen *tatsächlich* auf dem Aufforderungscharakter beruhen. Es zeigt nur, daß sie darauf beruhen *könnten.*

In der experimentellen Praxis ist man über dieses Problem weniger beunruhigt, da fraglich ist, inwieweit die Versuchspersonen die oft durchaus komplexen Versuchsanordnungen durchschauen können. Es gibt aber einige Gebiete, die besonders gefährdet sind (etwa Untersuchungen zur Konformität oder zum Konditionieren von Einstellungen). Ein sorgfältiger Versuchsleiter sollte sich jedoch immer vorsehen, indem er (1) seine Versuchssituation völlig glaubhaft gestaltet und alles, was Mißtrauen erwecken könnte, vermeidet (etwa eingebaute Einwegspiegel abdecken, wenn sie nicht benötigt werden; für jede Aufgabe, die die Versuchspersonen durchführen müssen, eine ausreichende, plausible Begründung geben usw.) und indem er (2) die Versuchspersonen nach Abschluß des Versuches und vor Aufklärung über den Zweck der Untersuchung ausführlich über möglichen Verdacht befragt (z.B.: „Beschreiben Sie bitte in Ihren eigenen Worten, was Ihrem Eindruck nach das Ziel dieser Untersuchung war!"). Diese Maßnahmen bieten keine absolute Sicherheit, aber doch einen gewissen Schutz.

2.6 Die Gültigkeit experimenteller Befunde

2.6.1 Die Theorie der internen und externen Validität

Nach Campbell (1957) und Campbell und Stanley (1963) gibt es zwei Gütekriterien, die eine psychologische Untersuchung zu erfüllen hat, nämlich *„interne Validität"* und *„externe Validität"*. Das Problem der internen Validität beruht auf der Frage, ob die experimentelle Manipulation tatsächlich für den zwischen den Gruppen beobachteten Unterschied verantwortlich gemacht werden kann. Externe Validität bezieht sich auf die Frage, inwieweit die aus dem Experiment gezogenen Schlußfolgerungen auf andere Stichproben, situative Gegebenheiten, experimentelle Manipulationen und Meßmethoden verallgemeinert werden können.

Campbell und Stanley (1963) betonen die Priorität der internen über die externe Validität. Nur wenn man sicher sein kann, daß die in einer gegebenen Untersuchung beobachteten Veränderungen der abhängigen Variablen tatsächlich auf die experimentelle Manipulation der unabhängigen Variablen zurückzuführen sind, wird die Frage nach der Verallgemeinerung dieses Befundes erst relevant. Solange man sich nicht einmal sicher sein kann, ob eine Schlußfolgerung überhaupt für die beobachtete Situation zutrifft, ist es müßig, sich zu fragen, auf welche anderen Situationen sie sich verallgemeinern ließe.

Campbell und Stanley (1963) unterscheiden zwei Arten von störenden Bedingungen, die die interne oder externe Validität einer Untersuchung gefährden. Die interne Validität wird durch alle jene störenden Bedingungen gefährdet, die *statt* der experimentellen Manipulation eine Veränderung der abhängigen Variablen hervorrufen, die dann fälschlicherweise der Wirkung der experimentellen Manipulation zugeschrieben wird. Beispiel für diese Kategorie von störenden Bedingungen, die wir mit Gadenne (1976) als störende Bedingung 1. Art bezeichnen, sind Zeiteinflüsse, Reifeprozesse, Instrumentierungs- und Testeffekte sowie Versuchspersonenauswahl und Versuchspersonenverlust.

Die externe Validität wird durch solche störenden Bedingungen (störende Bedingungen 2. Art) bedroht, die im Versuch auftreten und deren *Gegenwart* erst die Wirkung der experimentellen Manipulation *ermöglichen.* Hier bewirkt also eine experimentelle Manipulation, die allein keine Veränderung der abhängigen Variablen zur Folge gehabt hätte, eine Veränderung erst im *Zusammenwirken* mit dieser störenden Bedingung. Der Versuchsleiter kann dadurch zu der falschen Auffassung verleitet werden, daß die Manipulation der Variablen X zu einer Veränderung in Y führt, wenn tatsächlich aber diese Veränderung nur dann auftritt, wenn zusätzlich zu *X* auch noch eine Bedingung *Z* gegeben ist. Die Interaktion von Vortest und experimenteller Manipulation, etwa im Sinne einer Vortest-Sensitivierung, ist ein Beispiel für eine störende Bedingung 2. Art. Die experimentelle Kommunikation *X* führt nur deshalb zu einer Meinungsänderung *Y*, weil die Versuchspersonen durch den Vortest *Z* für die Frage, die in der Kommunikation behandelt wird, sensitiviert wurden. Das Ergebnis des Versuchs kann also nicht auf Versuchspersonen, die keinem Vortest unterzogen wurden, verallgemeinert werden.

2.6.2 Die Modifikation der Theorie der internen und externen Validität

In einem kürzlich erschienen Buch haben Cook und Campbell (1976) die Theorie der internen und externen Validität einer Revision unterzogen. Zusätzlich zur *internen* und *externen* Validität unterscheiden sie jetzt noch die *statistische Schlußfolgerungs*-Validität und *Konstrukt*-Validität. Da statistische Schlußfolgerungs-Validität im ursprünglichen Ansatz als Teilproblem der internen Validität und Konstrukt-Validität als Teilproblem der externen Validität behandelt wurden, ist die Aufsplitterung unter Beibehaltung der alten Begriffe etwas verwirrend.

Die Gültigkeit der Antwort auf die Frage, ob eine Veränderung der unabhängigen Variablen *X* tatsächlich zu einer Veränderung der abhängigen Variablen *Y* geführt hat, hängt nicht nur von der Kontrolle aller störenden Bedingungen 1. Art ab, sondern auch von der Verwendung adäquater statistischer Prüfungsmethoden, zuverlässiger abhängiger Maße usw. Diese Probleme, die in gängigen Statistikbüchern, teilweise aber auch in Texten zur Testkonstruktion abgehandelt werden, fassen Cook und Campbell (1976) als Fragen der statistischen Schlußfolgerungs-Validität zusammen.

Als der externen Validität verwandtes Problem betrifft Konstrukt-Validität die Frage der Repräsentativität der experimentellen Manipulation und der abhängigen Variablen für die theoretischen Konstrukte, die sie verwirklichen sollen. Während bei der Frage nach der internen Validität geprüft wird, ob der beobachtete Zusammenhang von *X* und *Y* nicht auf eine unkontrollierte Veränderung einer dritten Variablen *Z* zurückführbar ist, wird bei der Frage nach der Konstrukt-Validität davon ausgegangen, daß die Veränderung in der abhängigen Variablen *Y* durch die Veränderung der unabhängigen Variablen *X* verursacht wurde. Was hingegen in Frage gestellt wird, ist, ob mit der Operationalisierung von *X* tatsächlich das Konstrukt, das manipuliert werden sollte, manipuliert wurde und ob mit der abhängigen Variablen *Y* tatsächlich das Konstrukt, das erfaßt werden sollte, erfaßt wurde.

Dies ist eine wichtige Frage, die einem sowohl bei der eigenen Forschung wie bei der Lektüre von Forschungsberichten immer wieder zu schaffen macht. Sie ließe sich an vielen Beispielen diskutieren. Hier wird ganz willkürlich die Untersuchung von Aronson und Mills (1959) herausgegriffen. In diesem Experiment wurde die dissonanztheoretische Hypothese geprüft, daß Dinge, um die wir uns sehr bemühen, durch diesen Aufwand an Attraktivität gewinnen. Zur Überprüfung dieser Vorhersage wurde ein Experiment durchgeführt, in dem weibliche Versuchspersonen glaubten, daß sie an einer Gruppendiskussion über sexuelle Probleme teilnehmen sollten. Bevor sie aber zu der Diskussion zugelassen wurden, mußten sie sich einer Prüfung unterziehen, angeblich um festzustellen, ob sie nicht zu schamhaft seien, um an einer solchen Diskussion teilzunehmen. Für die Hälfte der Versuchspersonen bestand dieser Test aus dem Vorlesen einiger ziemlich farbiger Stellen aus der pornographischen Weltliteratur. Vor nahezu 20 Jahren war das Vorlesen solcher Texte in Gegenwart eines männlichen Versuchsleiters noch äußerst peinlich und beinhaltete eine größere psychologische Belastung als das Vorlesen relativ neutraler Texte, dem sich die Versuchspersonen in der Versuchsbedingung „geringer psychologischer Aufwand" unterziehen mußten. Allen Versuchspersonen wurde dann mitgeteilt, daß sie den Test bestanden hätten. Anschließend hörten sie einer äußerst langweiligen Gruppendiskussion über das Geschlechtsleben von Tieren zu, die angeblich ein Beispiel der Gruppendiskussion war, für die sie sich dem Test unterzogen hatten. Die abhängige Variable bestand aus der Einstufung dieser Diskussion als „interessant" oder „uninteressant". Wie vorhergesagt, wurde diese Diskussion von Versuchspersonen, die sich dem harten Test unterworfen hatten, für interessanter gehalten als von Versuchspersonen, die nur dem leichten Test unterzogen worden waren.

Später wurde jedoch die Frage aufgeworfen (Gerard & Mathewson, 1966), ob in dieser Untersuchung tatsächlich der *Grad des psychologischen Aufwands* manipuliert worden war. Zum Beispiel wurde eingewandt, daß der „schwere" Test für die beteiligten Mädchen derart peinlich war, daß sie von der Diskussion das Schlimmste befürchteten. Als sich dann die Diskussion als relativ harmlos herausstellte, waren sie erleichtert und beurteilten *deshalb* die Diskussion wesentlich positiver als die Versuchspersonen, die dem leichten Test unterzogen worden waren und deshalb keine solchen Befürchtungen hegten. Die experimentelle Manipulation veränderte also nicht den Grad des psychologischen Aufwands, sondern die Befürchtungen bezüglich der Diskussion.

Ein anderer Einwand beruht gerade auf der gegenteiligen Annahme, nämlich daß die Mädchen, die die pornographischen Stellen verlesen hatten, sexuell erregt worden seien und *deshalb* an einer Diskussion noch Gefallen fanden, die für die weniger erregten Versuchspersonen äußerst langweilig war. Mit anderen Worten: Niemand bestreitet, daß der Unterschied, der zwischen den Gruppen in der Bewertung der Diskussion auftrat, auf die experimentelle Manipulation zurückzuführen war. Was bestritten wird, ist, ob diese Manipulation tatsächlich den Grad des psychologischen Aufwands oder nicht etwa Befürchtungen oder sexuelle Erregung variierte.

Zweifel daran, ob die abhängige Variable tatsächlich das Konstrukt erfaßt, das sie erfassen sollte, werden relativ selten angemeldet. Dies beruht allerdings weniger darauf, daß solche Zweifel nicht berechtigt wären, sondern auf der Tatsache, daß sich Sozialpsychologen immer weniger um die abhängige als um die unabhängige Variable gekümmert haben. Ein Gebiet, in dem diese Diskussion jedoch regelmäßig auftaucht, ist die Aggressionsforschung. Zum Beispiel wird in den Untersuchungen von Bandura (1965) und seinen Mitarbeitern zum Erlernen aggressiven Verhaltens durch Beobachtung Aggression häufig durch die Zahl der Schläge erfaßt, die ein Kind einer Gummipuppe versetzt. Man kann sich natürlich fragen, ob Verhalten, das gegenüber einem Objekt gezeigt wird, tatsächlich als Aggression aufgefaßt werden kann.

Weniger problematisch sind die Untersuchungen von Berkowitz (1965) und seinen Mitarbeitern, in denen Aggression durch Elektroschocks erfaßt wird, die die naive Versuchsperson glaubt, einer zweiten Versuchsperson zu verabreichen. Die naive Versuchsperson glaubt, an einem Lernexperiment teilzunehmen, in dem sie dem Schüler (der zweiten Versuchsperson) - sozial sanktioniert - elektrische Schocks verabreicht. Aber auch hier kann man sich fragen, ob das Verabreichen von Schocks in dieser Situation tatsächlich als aggressives Verhalten aufgefaßt werden kann.

2.6.3 Kritik der Theorie der internen und externen Validität

In zwei kürzlich erschienenen Arbeiten (Gadenne, 1976; Kruglanski & Kroy, 1976) wurde die Theorie der internen und externen Validität einer strengen Kritik unterworfen, die in derselben Form auch auf den revidierten Ansatz von Cook und Campbell (1976) zutrifft. Kruglanski und Kroy (1976) wenden sich vor allem gegen die Unterscheidung von interner und externer Validität, die sie für künstlich halten. In beiden Fällen handele es sich um die Validität einer Hypothese, die überprüft werde, nur daß die Hypothesen mit unterschiedlicher Abstraktheit formuliert würden. Interne Validität sei die Frage nach der kausalen Beziehung zwischen den operationalisierten Variablen (der „Manipulation" und dem „Maß"), während externe Validität die kausalen Beziehungen zwischen den theoretischen Konstrukten betreffe.

So würden Bedrohungen der internen Validität etwa bei der Prüfung der Hypothese angenommen, daß Kinder, denen die Süßigkeiten vorenthalten werden, ihre Puppen schlagen, während bei der Hypothese, daß Frustration zu Aggression führt, die Frage nach der externen Validität im Spiel sei. In beiden Fällen, argumentieren Kruglanski und Kroy, handele es sich aber um die gleiche Frage, nämlich, ob die in der Hypothese spezifizierten Konstrukte und Beziehungen in der experimentellen Situation adäquat verwirklicht wurden. Also sei nicht nur, wie Campbell und Stanley (1963) annehmen, die Frage nach der externen Validität, sondern auch die Frage nach der internen Validität ein Problem der Repräsentativität, nur daß im zweiten Fall gewöhnlich mehr zusätzliche Annahmen gemacht würden als im Falle der ersten Hypothese. Damit sei aber auch das Ziel der internen Validität nie völlig erreichbar und keine Liste von störenden Bedingungen je vollständig.

Noch grundlegender ist jedoch die Kritik von Gadenne (1976), der zeigt, daß die Theorie der internen und externen Validität viel eher mit einer induktiven als mit einer deduktiven Methodologie vereinbar ist und damit im Widerspruch zur Popperschen (1968) Wissenschaftslehre (Falsifikationismus oder kritischer Rationalismus) steht. Sie veranlasse zu Schlußfolgerungen von singulären Aussagen auf allgemeine Hypothesen, die nach einer deduktiven Methodologie nicht gerechtfertigt sind. Während es vermutlich einleuchtet, daß das Prinzip der externen Validität, also die Annahme, man könne bei genügender Kontrolle der störenden Bedingungen Befunde auf andere Versuchspersonengruppen und andere Situationen verallgemeinern, induktivistisch ist, scheint dieser Vorwurf beim Prinzip der internen Validität weniger leicht zu rechtfertigen. Hier argumentiert Gadenne (1976) folgendermaßen: Das Prinzip der internen Validität besagt, daß eine Untersuchung dann intern valide ist, wenn alle Drittvariablen, die statt der experimentellen Manipulation zur Erklärung der Unterschiede zwischen den Gruppen herangezogen werden könnten, kontrolliert wurden. Mit anderen Worten: Um den Wahrheitsgehalt einer Hypothese zu beweisen, also um ein intern valides Experiment durchzuführen, müßten *alle* alternativen Interpretationen, alle störenden Bedingungen 1. Art ausgeschaltet werden. Dies ist jedoch unmöglich, da man ja immer nur diejenigen störenden Bedingungen eliminieren kann, die einem beim gegenwärtigen Stand der Erkenntnis plausibel erscheinen. Damit ist nie auszuschließen, daß andere Wissenschaftler oder man selbst zu anderen Zeiten alternative Erklärungen der Befunde vorbringen kann.

2.6.4 Wissenschaftstheorie und Wissenschaftspraxis

Da Campbell wesentlich dazu beigetragen hat, den *kritischen Rationalismus* in den Vereinigten Staaten bekanntzumachen, entbehrt die Kritik seiner Theorie der internen und externen Validität als induktivistisch nicht einer gewissen Ironie. Sie kann als Indiz dafür gewertet werden, wie schwierig es für einen praktizierenden Forscher ist, Falsifikationist zu sein. Holzkamp (1970) hat sicherlich nicht völlig unrecht, wenn er den Psychologen (wie auch anderen Wissenschaftlern) eine Verhaftung mit dem naiven Empirismus vorwirft. Mancher, der sich als kritischer Rationalist gibt, hängt doch im Herzen einem naiv-empiristischen Wissenschaftsbild nach, das sich etwa folgendermaßen beschreiben läßt:

> „Empirische Wissenschaft ist eine Institution zur Gewinnung von wahren Erkenntnissen über die Natur. Basis für diesen Erkenntnisgewinn sind Beobachtung und Experiment. Der Prozeß wissenschaftlichen Forschens beginnt mit dem Sammeln von Daten aus Beobachtung und Experiment. Von solchen Daten kommt man dann auf induktivem Wege per Generalisierung o.ä. im günstigen Falle zur Entdeckung von Naturgesetzen, wobei Naturgesetze als etwas in der Natur Gegebenes angesehen werden, das der Forscher nur zu finden hat" (Holzkamp, 1970, S.9).

Gegen diese Wissenschaftsauffassung, die heute von keinem Wissenschaftstheoretiker mehr vertreten wird, lassen sich schwerwiegende Einwände vorbringen. *Erstens* ist Beobachtung in der Wissenschaft wie im Alltagsleben immer selektiv. Jegliche Beobachtung beruht auf einer mehr oder weniger bewußten Entscheidung, was wann und wo beobachtet werden soll. Die „Natur" kann einem nicht sagen, was man an ihr beobachten soll; diese Entscheidung muß jeweils vom Forscher getroffen werden. Solche Entscheidungen beruhen gewöhnlich auf theoretischen Überlegungen, aus denen sich erst die Bedeutung einer bestimmten Beobachtung ergibt. *Zweitens* erlauben Beobachtungen nur singuläre Aussagen (etwa: In meiner am Ort X zum Zeitpunkt Y durchgeführten Untersuchung reagierten die Versuchspersonen N auf die Bedingungen A, B und C mit dem Verhalten Z). Theorien sind hingegen gewöhnlich universale Aussagen (etwa: An jedem Ort, zu jeder Zeit zeigen Versuchspersonen, die den Bedingungen A', B' und C' ausgesetzt wurden, das Verhalten Z')[3], also Aussagen mit einem allgemeinen Geltungsanspruch. Es ist nicht gerechtfertigt, solche universalen Aussagen aufgrund von noch so zahlreichen Einzelbeobachtungen als *verifiziert* zu betrachten. Die universale Aussage „Alle Schwäne sind weiß"

[3] Bei A'... handelt es sich um theoretische Konstrukte, während A...die Operationalisierung der Konstrukte darstellen.

kann auch nach Beobachtung noch so vieler Schwäne nicht als bewiesen angesehen werden. Selbst wenn man in der Lage wäre, alle gegenwärtig existierenden Schwäne auf ihre Weißheit hin zu prüfen, ließe sich nicht ausschließen, daß kurz nach Beendigung dieser Prüfung ein schwarzer, grüner oder gar roter Schwan geboren würde.

Aus dieser Sachlage ergibt sich natürlich für den empirischen Wissenschaftler ein gewisses Rechtfertigungsproblem. Wenn es schon „a priori", aufgrund von logischen Überlegungen offensichtlich ist, daß wir Theorien nicht als „richtig" oder „wahr" beweisen können, wie können wir dann unsere Existenz als Forscher überhaupt rechtfertigen und welche Gültigkeit kann man dann den Erkenntnissen unserer Wissenschaft überhaupt zubilligen? Allerdings könnte auch umgekehrt die Position vertreten werden, daß die empirischen Wissenschaften über die Technologie ihre Existenzberechtigung schon lange bewiesen hätten und daß es nun endlich an der Zeit wäre, daß die Philosophie ihre eigene Existenz rechtfertigt, indem sie nämlich zeigt, wie das blühende Unternehmen „Wissenschaft" möglich ist.

Diesen Nachweis hat Popper (1934) nach Ansicht vieler erbracht, indem er auf eine Asymmetrie in der Beziehung von universalen und singulären Aussagen hinwies. Universale Aussagen können zwar durch singuläre Aussagen nicht verifiziert werden, aber sie können mit ihnen *in Widerspruch stehen.* Man kann die universale Aussage „Alle Schwäne sind weiß" auch durch Beobachtung noch so vieler Schwäne nie verifizieren, aber es bedarf nur der Beobachtung eines einzigen schwarzen Schwanes, um die Aussage zu falsifizieren. Theorien können also nie als wahr oder wahrscheinlich erwiesen werden, man kann sie jedoch falsifizieren. Man hofft, sich dem Ziel der Wahrheit anzunähern, indem man seine Theorien einer strengen Kritik unterzieht. Dies geschieht, indem man einerseits nach Fakten sucht, die von der Theorie erklärt werden können, andererseits aber nach einer *Theorie mit höherem empirischem Gehalt,* das heißt einer Theorie, die sowohl alle Fakten erklären kann, die durch die alte Theorie erklärt wurden, wie auch noch die Fakten, die mit der alten Theorie in Widerspruch standen. Das Wechselspiel von Konstruktion und Kritik ermöglicht einen Erkenntnisfortschritt, indem die Suche nach den Schwächen der vorgeschlagenen Theorie zur Formulierung neuer, besserer Theorien führt.

Der Fortschritt der Wissenschaft beruht also auf einem Prozeß von Versuch und Irrtum oder „Conjectures and Refutations", wie dies Popper (1963) im Titel einer Aufsatzsammlung formuliert. Dabei ist der Beginn dieses Prozesses, die Entwicklung einer neuen Idee oder Theorie, einer wissenschaftslogischen Analyse nicht zugänglich. Die Frage, wie es zu dieser Idee oder Theorie gekommen ist, wird von Popper (1968) aus der Wissenschaftstheorie ausgeklammert, da es keinen logischen Weg gibt, zu neuen Theorien zu gelangen. Jede Entdeckung enthält ein „irrationales Element", beruht auf „kreativer Intuition" (Popper, 1968) und ist damit höchstens Gegenstand einer wissenschafts*psychologischen,* nicht aber einer wissenschafts*logischen* Analyse.

Aus dieser Theorie werden dann mittels deduktiver Logik – und dies ist Gegenstand der Wissenschaftstheorie – empirisch prüfbare Hypothesen abgeleitet. Sollten sich diese Hypothesen bestätigen lassen, dann wird die Theorie durch diese Befunde zwar nicht verifiziert, aber sie hat sich bewährt. Um zu vermeiden, daß sich falsche Theorien *scheinbar bewähren*, müssen allerdings die abgeleiteten Hypothesen *streng* geprüft werden, das heißt also in Untersuchungen, die so angelegt sind, daß das Scheitern der zu prüfenden Theorie wahrscheinlich ist, falls diese falsch sein sollte. Mit der Gefahr solcher Scheinbewährungen begründet dann auch Gadenne (1976) die Notwendigkeit der Forschungsstrategie zur Ausschaltung störender Bedingungen, wie sie von Campbell und Stanley (1963) und Cook und Campbell (1976) diskutiert werden.

Gefährlicher noch als Scheinbewährungen sind aber für den Fortschritt der Wissenschaften die *Scheinfalsifizierungen.* Während eine Theorie auch nach vielfacher Bewährung immer wieder in neuen Ableitungen geprüft wird und somit eine ungerechtfertigte Bewährung höchstens einen Aufschub, nicht aber überdauernde Rettung bedeutet, gerät eine einmal als falsifiziert betrachtete Theorie leicht völlig in Vergessenheit. Damit besteht die Gefahr, daß die Scheinfalsifikation einer Theorie einen Wissenschaftszweig auf Jahre vom rechten Wege abbringt. Der Wissenschaftler wäre also schlecht beraten, wenn er eine „bewährte" Theorie schon bei der ersten Falsifikation einer Hypothese aufgeben würde. Da der Einfluß störender Bedingungen nie ausgeschaltet werden kann, besteht immer die Möglichkeit, daß die Falsifikation in diesem Falle durch störende Bedingungen zustande kam und daß sich die Hypothese ohne diese störenden Umstände hätte bestätigen lassen. So gibt es denn auch kaum eine Theorie, die nicht mit einigen „Anomalien" behaftet ist, das heißt Befunden, die theoretischen Vorhersagen zu widersprechen scheinen.

Wenn wir aber eine Theorie nicht nach der ersten Falsifikation verwerfen, muß gefragt werden, wie viele Falsifikationen denn notwendig sind, bevor man sie als endgültig falsifiziert betrachten kann. Gibt es irgendwelche Regeln, die den Forscher bei dieser Entscheidung leiten, oder bleibt es der Ausdauer des einzelnen überlassen, wie schnell er seine Lieblingstheorie aufgibt? Ist Holzkamps (1968, 1970) Position wirklich gerechtfertigt, der auch die Möglichkeit, Theorien zu falsifizieren, bestreitet:

„In immanenter Kritik des Popperschen Ansatzes wird man feststellen müssen, daß die Annahme, eine wissenschaftliche Theorie sei durch einen anerkannten Basissatz, der der Theorie widerspricht, falsifiziert, nicht zwingend ist. Es besteht vielmehr die Möglichkeit, eine Theorie trotz widersprechender empirischer Befunde beizubehalten, indem man die Theorie gegenüber diesen Befunden ‚exhauriert', d.h. die theoriedivergenten Daten auf ‚störende Umstände' zurückführt" (Holzkamp, 1970, S.15).

Obwohl zugegeben werden muß, daß die Entscheidung über die Verwerfung oder Beibehaltung einer Theorie eine der Schwachstellen der Popperschen Wissenschaftslehre darstellt, ist diese Entscheidung doch nicht völlig der Willkür des einzelnen Forschers überlassen, wie das nach Holzkamps Darstellung den Anschein haben mag. Holzkamp unterstellt nämlich hier Popper eine Position, die man als „naiven Falsifikationismus" bezeichnen kann und von der zweifelhaft ist, ob sie von ihm in dieser Form jemals vertreten wurde. Die spätere Position Poppers (1963), wie sie etwa von Lakatos (1970) umrissen wurde, weicht in einem ganz wesentlichen Punkt von dieser naiven Position ab.

„ ‚Falsifikation' im Sinne des naiven Falsifikationismus (bewährte Belege gegen die Theorie) ist keine ausreichende Bedingung zur Verwerfung einer spezifischen Theorie: Trotz Hunderter bekannter Anomalien betrachten wir eine Theorie nicht als falsifiziert (das heißt: eliminiert), solange wir nicht über eine bessere Theorie verfügen" (Lakatos, 1970, S. 121).

Eine solche „bessere Theorie" ist eine Theorie, die nicht nur alle Befunde erklären kann, die mit der alten Theorie vereinbar waren, sondern auch noch jene, die der alten Theorie widersprechen.

„Für den raffinierten Falsifikationisten ist eine wissenschaftliche Theorie T nur dann falsifiziert, wenn eine andere Theorie T' vorgeschlagen wurde, die über folgende Charakteristiken verfügt: (1) T' hat gegenüber T einen Überschuß an empirischem Gehalt: das heißt, T' sagt neuartige Tatsachen voraus, die im Lichte von T nicht wahrscheinlich, ja verboten waren; (2) T' erklärt den früheren Erfolg von T, das heißt, der gesamte nicht widerlegte Gehalt von T ist (innerhalb der Grenzen des Beobachtungsirrtums) im Gehalt von T' enthalten; und (3) ein Teil des Gehaltsüberschusses von T' ist bewährt" (Lakatos, 1970, S.116).

Auch für die Rettung einer Theorie durch Ausbesserung mittels Zusatzhypothesen sind klare Richtlinien gegeben:

„In Bezug auf *Zusatzhypothesen* schlagen wir als Regel vor, daß sie nur dann akzeptabel sind, wenn ihre Einführung den Grad der Falsifizierbarkeit oder Prüfbarkeit des fraglichen theoretischen Systems nicht vermindert, sondern ihn sogar erhöht" (Popper, 1968, S.82 f.).

Bei Einhaltung dieser Regeln ist es also kaum möglich, Theorien, wie Holzkamp dies unterstellt, unbegrenzt gegen theorie-divergente Befunde zu verteidigen. Selbst wenn der einzelne Forscher so sehr von einer Theorie überzeugt ist, daß er weder motiviert noch in der Lage ist, eine im obigen Sinne bessere Theorie zu entwickeln, hat er gewöhnlich auf seinem Forschungsgebiet keine Monopolstellung. Wenn er die notwendige Weiterentwicklung nicht selbst vollzieht, wird sie über kurz oder lang von anderer Seite aus erfolgen. Auch die Wissenschaft funktioniert hier nach marktwirtschaftlichen Gesichtspunkten.

2.7 Zusammenfassung

Theorien sind Erklärungssysteme, die sich nicht logisch aus Beobachtungen ableiten lassen, sondern erfunden werden, um beobachtete Zusammenhänge zu erklären. Sie bestehen aus (1) abstrakten Begriffen oder Konstrukten, (2) Annahmen über die Beziehungen zwischen den Konstrukten und (3) denjenigen Annahmen, durch die der Zusammenhang zwischen theoretischen Konstrukten und empirischen Zuständen hergestellt wird. Hypothesen sind Annahmen über die Beziehung zwischen zwei oder mehr theoretischen Konstrukten, die in der Regel aus einer Theorie abgeleitet werden. Soweit die Konstrukte operational definiert sind, ist die Hypothese einer empirischen Prüfung zugänglich. Durch diese Prüfung kann die Theorie aber nicht als wahr erwiesen (verifiziert) werden. Eine Bestätigung der Hypothese bedeutet nur, daß sich die Theorie bewährt hat und bis auf weiteres beibehalten werden kann. Wird die Hypothese nicht bestätigt, muß die Theorie allerdings auch nicht zwangsläufig als falsch verworfen (falsifiziert) werden, da das negative Ergebnis auch durch bei der empirischen Prüfung aufgetretene störende Bedingungen verursacht worden sein könnte. Eine Theorie wird in der Regel erst dann verworfen, wenn eine neue Theorie mit größerem empirischem Gehalt entwickelt wurde, also eine Theorie, die sowohl alle Fakten erklärt, die durch die alte Theorie erklärt wurden, wie auch noch die Befunde, die mit der alten Theorie in Widerspruch standen. Allerdings sind negative Ergebnisse bei der Überprüfung von Hypothesen gewöhnlich ein Hinweis auf Problemstellen der Theorie, der vom Forscher um so ernster genommen wird, je strenger die Hypothese durch die empirische Untersuchung überprüft wurde.

Für die in der Sozialpsychologie typischen kausalen Hypothesen gilt das Experiment immer noch als strengste Methode der Prüfung. Bei der Prüfung der kausalen Hypothese, daß die Veränderung einer Variablen A die Ursache für eine Veränderung der Variablen B darstellt, muß geklärt sein, (1) daß die Veränderung in A zeitlich vor der Veränderung in B auftritt, (2) daß die Veränderung in A stets von einer Veränderung in B begleitet wird und (3) daß der Zusammenhang zwischen A und B nicht durch die Veränderung einer dritten Variablen C verursacht wird. In einem Experiment können die zeitliche Antezedenz von A und die Kovariation von A und B dadurch optimal überprüft werden, daß der Versuchsleiter die Veränderung in der vermuteten Ursache A (der unabhängigen Variablen) selbst herbeigeführt hat und dann die Veränderung in der abhängigen Variablen B beobachtet. Um aber wahrscheinlich erscheinen zu lassen, daß die beobachtete Veränderung der abhängigen Variablen tatsächlich auf die vorausgegangene Manipulation der unabhängigen Variablen zurückzuführen ist, muß der Versuchsleiter zeigen können, daß andere möglicherweise relevante Variablen kontrolliert wurden. Alle Faktoren, die außer der in einem Versuch manipulierten oder variierten unabhängigen Variablen die Veränderung der abhängigen Variablen hätten verursachen können, stellen für diesen Versuch störende Bedingungen dar. Der Nachweis solch störender Bedingungen in einer Versuchsanordnung ergibt eine Alternativerklärung der Befunde. Es ist Ziel und Aufgabe der Versuchsplanung, die Plausibilität solcher Alternativhypothesen herabzusetzen. Zur Kontrolle von störenden Bedingungen werden Kontrollgruppen, Randomisierung, Konstanthaltung und andere Kontrolltechniken eingesetzt. Da aber nie *alle* störenden Bedingungen kontrolliert werden können, sondern nur solche, die zum Zeitpunkt der Untersuchung theoretisch plausibel erscheinen, kann der Einfluß störender Bedingungen nie mit Sicherheit ausgeschlossen werden.

So schwer es fällt, müssen wir uns mit der provisorischen Natur unserer Erkenntnisse abfinden. Da die Theorien, mit denen wir empirische Befunde erklären, grundsätzlich nicht als wahr erwiesen werden können, sind auch alle Erklärungen nur vorläufig. Sie werden so lange beibehalten, bis sich eine bessere Erklärung durch eine bessere Theorie findet. Es bleibt nur ein Trost. Indem wir unsere Theorien immer wieder einer strengen Kritik unterziehen und einerseits nach theoriedivergenten Fakten suchen, andererseits nach Theorien mit höherem empirischem Gehalt, die neue interessante Vorhersagen erlauben, können wir zumindest hoffen, uns der Wahrheit anzunähern. Wissen werden wir dies allerdings nie.

3. Die soziale Konstruktion der Realität

Eine der Folgen der „kognitiven Revolution", die sich in den letzten Jahrzehnten in der Psychologie vollzogen hat, ist das neu erwachte Interesse an den Determinanten der individuellen Wahrnehmung der Situation. Menschliches Verhalten, so wird heute wieder betont, steht nicht unter der Kontrolle irgendwelcher „objektiver Reizgegebenheiten", sondern beruht auf der Wahrnehmung, Beurteilung und Interpretation der Handlungssituation. Der erste Schritt zur Verhaltensvorhersage muß also in der Untersuchung der Prozesse bestehen, die dieser Interpretation zugrunde liegen. In diesem Kapitel werden wir uns deshalb mit Kategorisierung, absoluten Urteilen, Stereotypisierung, Attribution und der Integration von Informationen befassen.

3.1 Der Prozeß der Kategorisierung

Obwohl unsere dingliche und soziale Umwelt aus einer praktisch unbeschränkten Zahl von Reizgegebenheiten besteht, wird sie gewöhnlich als geordnet und wohlstrukturiert wahrgenommen. Wir erleben eine Welt, die gut unterscheidbare Gegenstände enthält, die mit relativ stabilen Eigenschaften behaftet und damit in ihren Funktionen und Charakteristiken vorhersagbar sind. Die Frage, die die Sozialpsychologen in diesem Zusammenhang bewegt, ist, ob wir diese Ordnung in unserer Umwelt vorfinden oder ob wir sie durch eine relativ *beliebige* Bildung von Kategorien erst selbst schaffen.[1]

Allein im Bereich der Farbwahrnehmung kann ein normalsichtiger Erwachsener vermutlich mehr als 7 Millionen Farbschattierungen unterscheiden (Brown & Lenneberg, 1954) und auch in anderen Bereichen ist die Zahl der unterscheidbaren Reizgegebenheiten praktisch unbegrenzt. Da kein Organismus eine solche Reizvielfalt verarbeiten kann und gewöhnlich

[1]Leider können wir nicht auf entwicklungspsychologische Aspekte eingehen, also darauf, wie Kategorien gelernt werden und wie sich die Wahrnehmung der psychischen und sozialen Welt im Laufe der Entwicklung ändert. Der bedeutendste Beitrag zu unserem Verständnis dieser Prozesse wurde von Piaget (etwa Piaget & Inhelder, 1973) geleistet. Eine ausgezeichnete Einführung in die relevanten Prinzipien geben Ginsburg & Opper (1975).

auch keine Notwendigkeit dazu besteht, vereinfacht er seine Umwelt, indem er Kategorien bildet und nicht identische Reize als äquivalent behandelt. Durch Kategorisierung vermindert der Organismus die Komplexität seiner Umwelt und reduziert damit auch die Notwendigkeit zu ständig neuem Lernen. Dadurch, daß wir Objekte trotz vieler Unterschiede aufgrund ihrer Ähnlichkeit in gewissen Eigenschaften oder Funktionen zu Äquivalenzklassen zusammenzufassen und etwa als „Stühle", „Messer" und „Gemüse" kategorisieren, sparen wir die Notwendigkeit, uns in jedem Einzelfall erneut über die Eigenschaften und Funktionen eines Dinges informieren zu müssen. Sobald ich das Objekt vor mir als „Stuhl" identifiziert habe, kenne ich seine Funktion und kann es, bei Bedarf, benutzen. Oder wenn ich eine Substanz aufgrund von gewissen Anzeichen als giftig „erkannt" (kategorisiert) habe, dann lassen sich aus dieser Zuordnung Schlußfolgerungen für geeignete und ungeeignete Handlungen ziehen. Diese Schlußfolgerungen gelten unabhängig von anderen Eigenschaften der Substanz, also für giftige Pilze genauso wie für giftige Flüssigkeiten oder vergiftete Pralinen.

Bruner (1957) definiert Kategorien als Regeln, nach denen Gegenstände, Personen oder Ereignisse für gleichwertig betrachtet und derselben Klasse zugeordnet werden. Diese Regeln operieren gewöhnlich unbewußt und steuern unseren Kategorisierungsmechanismus. Bruner führt folgende Kriterien an, die durch die Regel für die Zuordnung eines Items zu einer Äquivalenz-Klasse festgelegt sein müssen: (1) die kritischen Eigenschaften, die das Item besitzen muß, um einer gegebenen Klasse zugeordnet zu werden, (2) die erlaubte Variationsbreite dieser Eigenschaften, (3) die Art, in der diese Eigenschaften kombiniert sein müssen und (4) ihre Gewichtung. Zum Beispiel muß eine Frucht rund und orangefarbig sein, und als Orange kategorisiert zu werden. Dies sind kritische Eigenschaften, deren Abänderung die Wahrscheinlichkeit vermindern würde, daß der Gegenstand als Orange identifiziert wird. Allerdings gibt es für beide Eigenschaften einen gewissen Variationsspielraum. So würde eine Orange, auch wenn sie nahezu zitronengelb oder tomatenrot wäre, bei Gegebenheit der anderen Kriterien immer noch als Orange identifiziert (allerdings bei erhöhter Wahrscheinlichkeit einer Mißidentifikation). Eine Orange muß beide Eigenschaften gemeinsam besitzen, um als solche erkannt zu werden und beide sind gleich wichtig.

In der von Bruner (1951, 1957) und Postman (1951) entwickelten Hypothesentheorie der Wahrnehmung wird davon ausgegangen, daß jede Wahrnehmung eine Kategorisierung voraussetzt. Erst durch die Zuordnung einer Kategorie erhält der Wahrnehmungsinhalt seine *Bedeutung* (Bruner, 1957). Um eine „Empfindung" wahrzunehmen, müssen wir sie irgendwie identifizieren, etwa als „Geräusch" oder „Berührung", und damit einer, wenn auch einfachen, Kategorie zuordnen. Durch diese Zuordnung wird es dann erst möglich, diese Wahrnehmung anderen mitzuteilen. Wenn wir einen Gegenstand einer Kategorie zuordnen, machen wir damit in der Regel *Voraussagen,* die weit über das Wahrgenommene hinausgehen. Wenn ich etwa den Gegenstand vor mir aufgrund seines Aussehens als Orange identifiziert habe, impliziert dies eine Reihe von Hypothesen über Eßbarkeit, Geschmack, Farbe des Fruchtfleisches etc. Bruner (1957) vergleicht Kategorien mit Modellen (Theorien?), die wir von wirklichen Gegebenheiten haben und die in der Regel auf Erfahrung beruhen. Wird ein sensorischer Input aufgrund gewisser „cues" einem solchen Modell zugeordnet (kategorisiert), dann läßt sich aus dieser Zuordnung eine Vielzahl weiterer Vorhersagen über die Beschaffenheit des Gegenstandes ableiten. Genau wie andere empirische Hypothesen können natürlich auch Hypothesen, die sich aus der Zuordnung eines Items zu einer Kategorie ergeben, empirisch überprüft werden. Wenn ich zum Beispiel beim Versuch, den von mir als Orange identifizierten Gegenstand zu schälen, entdecke, daß er aus bemaltem Porzellan oder aus Gummi besteht, dann sehe ich mich zu einer Neu-Kategorisierung des Objektes als „Zierfrucht" oder als „orangenhaft aussehender Kinderball" genötigt. In diesem Fall beruht die falsche Vorhersage auf einer falschen Kategorienzuordnung (Kodierung). Eine zweite Fehlermöglichkeit besteht natürlich darin, daß zwar meine Zuordnung richtig war, aber mein Modell der Wirklichkeit falsch, etwa weil meine Kategorie Annahmen über die Kombination von Eigenschaften enthielt, die in dieser Form in der Wirklichkeit nicht auftreten oder zumindest nicht notwendigerweise auftreten. Wenn ich zum Beispiel nach einmaliger Erfahrung glaube, daß Sherry süß schmeckt, also Süße des Geschmacks für eine kritische Eigenschaft von Sherry halte, wird diese Hypothese beim ersten Genuß eines trockenen Sherrys revidiert werden müssen.

Wie bei Theorien lassen sich aber auch die aus Kategorien-Modellen abgeleiteten Hypothesen nur dann auf ihre Gültigkeit prüfen, wenn sie falsifizierbare Vorhersagen machen. Dies ist gerade bei sozialen Kategorien jedoch häufig nicht der Fall. Vor allem die in Stereotypen enthaltenen Annahmen (Hypothesen) über die Eigenschaften von Mitgliedern bestimmter Nationalitäten, Rassen, Bevölkerungsgruppen usw., sind in der Regel nicht falsifizierbar. Wenn ich zum Beispiel der Ansicht bin, daß die meisten Wienerinnen charmant sind, dann ist diese Hypothese nur mittels eines klaren operationalen Kriteriums für „Charme" und einer repräsentativen Stichprobe zu prüfen. Weiterhin muß zuvor noch bestimmt werden, welchen Anteil der Stichprobe man unter „die meisten" versteht. Da gewöhnlich aber das Kriterium und immer die Repräsentativität der Stichprobe fehlen, sind solche Vorhersagen kaum je überprüfbar.

Der Einfluß der Kategorisierung auf die Wahrnehmung. Strittig ist allerdings, ob wir Kategorien *beliebig erfinden* können, ob wir also in einer relativ unstrukturierten Umwelt leben, in die wir erst durch die Bildung von Äquivalenzklassen Ordnung hineintragen oder ob unsere Kategorien eine in unserer Umwelt tatsächlich bestehende Ordnung widerspiegeln. An einem Extrem vertritt etwa Whorf (1956) die Ansicht, daß Kategorien beliebige Klassifikationsgesichtspunkte sind, durch die der Mensch das Reizchaos seiner Umwelt ordnet. Diese Position wurde von Leach (1964) folgendermaßen formuliert:

> „... das Kind nimmt seine physische und soziale Umwelt als Kontinuum wahr. Sie enthält keine intrinsisch unterschiedlichen Dinge. Das Kind lernt dann rasch, seiner Umwelt eine Art von diskriminierendem Gitter aufzuerlegen, das ihm hilft, die Welt als aus einer Vielzahl von unterschiedlichen Dingen bestehend zu sehen, von denen jedes eine Bezeichnung trägt" (S. 34)

Rosch (1977, 1978) hält diese Ansicht für unsinnig, da sie voraussetzte, daß die Welt unstrukturiert sei. Unstrukturiertheit bedeute aber (Garner, 1974), daß alle Kombinationen von Eigenschaften mit gleicher Wahrscheinlichkeit aufträten. Dies sei in unserer Umwelt nicht der Fall. So hätten Federtiere gewöhnlich eher Flügel als Pelztiere und Laubbäume eher Früchte als Nadelbäume. Im Gegensatz zu Whorf (1956) vertritt Rosch die Ansicht, daß die Welt „intrinsisch unterschiedliche Dinge" (intrinsically separate things) enthält und daß unsere Kategorien die kognitive Repräsentation dieser natürlichen Klassen darstellen.

Für die Annahme der Beliebigkeit von Kategorien scheint die große Variabilität zu sprechen, mit der verschiedene Kulturen ihre Umwelt in Segmente zerlegen. Seit langem haben Anthropologen darauf hingewiesen, daß manche Völker nur einen Begriff für eine Gegebenheit besitzen, für die es in anderen Sprachen viele Bezeichnungen gibt. So haben zum Beispiel die Eskimos drei unterschiedliche Worte für Schnee, während Azteken nur über ein Wort für „Eis und Schnee" verfügen (Whorf, 1940). Die Araber sollen 600 Worte für Kamel haben, von denen alleine 50 die verschiedenen Stadien der Schwangerschaft bezeichnen (Klineberg, 1954, zitiert in Triandis, 1964) und die Hanunoo haben 92 Worte für verschiedene Reissorten (Brown, 1965).

Der amerikanische Sprachforscher Benjamin Whorf vertritt dann auch die Ansicht, daß die Art und Weise, in der eine Sprache die Umwelt in Kategorien zerlegt, die Wahrnehmung der Mitglieder dieser Sprachgruppe formt:

„Die Kategorien und Typen, die wir aus der Welt der Erscheinungen isolieren, finden wir dort nicht etwa deshalb vor, weil sie jedem Betrachter ins Auge fallen. Ganz im Gegenteil stellt sich die Welt als eine kaleidoskopische Flut von Eindrücken dar, die in unseren Köpfen organisiert werden muß. Diese Organisation wird hauptsächlich durch unsere Sprache vollzogen. Wir zerlegen unsere Umwelt auf ganz bestimmte Weise, organisieren sie in Begriffe und schreiben diesen Bedeutung zu, hauptsächlich weil wir Partner bei einer Vereinbarung sind, sie so zu organisieren. Diese Vereinbarung ist für unsere gesamte Sprachgemeinschaft bindend und wird durch unser Sprachsystem kodifiziert. Diese Abmachung ist natürlich implizit und nirgends niedergeschrieben, aber ihre Bestimmungen sind absolut zwingend. Wir können nur sprechen, wenn wir die Organisation und Klassifikation akzeptieren, die durch diese Abmachung festgelegt wurde... Damit wird ein neues Relativitätsprinzip vorgestellt, nach dem nicht alle Beobachter durch dieselben physikalischen „Tatsachen" zum selben Bild des Universums gelangen, es sei denn, sie ähneln sich in ihrem linguistischen Hintergrund ..." (Whorf, 1956, S.212 ff.).

Wie man zu Whorfs These der *linguistischen Relativität* steht, hängt sicherlich wesentlich von der Großzügigkeit ab, mit der man den Begriff der Wahrnehmung definiert. Faßt man ihn sehr eng, dann wird man Whorfs Ansicht vermutlich nicht teilen können. Es spricht nämlich wenig dafür, daß etwa Amerikaner, die nur ein Wort für Schnee besitzen, nicht in der Lage wären, verschiedene Schneequalitäten zu unterscheiden oder zumindest diese Unterscheidung zu erlernen. Der Amerikaner Whorf (1940) konnte zum Beispiel durchaus die drei Schneesorten der Eskimos beschreiben. Nur benötigte er zur Beschreibung einer Sorte jeweils mehr als ein Wort (etwa: „Schnee, hart gepackt wie Eis").

Brown und Lenneberg (1954) entwickelten eine psychologische Erklärung für derartige Unterschiede in der Differenziertheit von Sprachkategorien und deren Einfluß auf die Wahrnehmung. Sie gehen davon aus, daß die Zahl der Kategorien, die eine Sprachgruppe in einem Bereich entwickelt, von der Häufigkeit abhängt, mit der Unterscheidungen in diesem Bereich getroffen werden müssen. Es ist zum Beispiel wahrscheinlich, daß Eskimo häufiger als der durchschnittliche Amerikaner Urteile über die Schneequalität fällen und anderen mitteilen müssen. Dabei wäre es natürlich umständlich, wenn sie jede der Schneequalitäten mit mehreren Worten umschreiben müßten, und es ist deshalb verständlich, daß sie einen „Kode" entwickelten, der es erlaubte, jede der Sorten mit nur einem Wort zu bezeichnen. So verfügen ja auch Skifahrer, die sich in einer ähnlichen Situation befinden, über spezielle Bezeichnungen für verschiedene Schneesorten.

Diese Annahme wird durch die Befunde des Linguisten Zipf (1935) gestützt, der in allen von ihm untersuchten Sprachen einen Zusammenhang zwischen der Länge von Worten und ihrer Benutzungshäufigkeit zeigen konnte. Auch in unserer jüngsten Sprachgeschichte gibt es viele Beispiele dafür, daß Worte mit steigender Gebrauchshäufigkeit verkürzt wurden. Aus Automobil wurde Auto, aus Omnibus Bus und Photographie wurde Photo.

Brown und Lenneberg (1954) folgerten weiterhin, daß die Häufigkeit, mit der eine Kategorie in einer Sprachgruppe benutzt wird, ein Anzeichen für die Vertrautheit der Mitglieder dieser Sprachgruppe mit den von der Kategorie bezeichneten Gegebenheiten ist. So würde sicherlich ein Beduine ein Kamel leichter in einer Herde wiedererkennen als ein Eskimo. Brown und Lenneberg (1954) vermuteten deshalb einen Zusammenhang zwischen der Kodierfähigkeit einer Kategorie (bestimmt durch die Länge und Zahl der Worte, mit der sie identifiziert werden kann) und ihrer Verfügbarkeit für kognitive Operationen. So sollten etwa in einer Sprache besonders kodierfähige Items von Mitgliedern dieser Sprachgemeinschaft mit relativ kurzer Reaktionszeit benannt und auch besser behalten werden als weniger kodierfähige Gegebenheiten.

Zur Überprüfung dieser Hypothese benutzten Brown und Lenneberg (1954) Farbtafeln als Reizmaterial. Sie ließen amerikanische Studenten 24 Munsell-Farbtäfelchen benennen. Es wurde jeweils nur eine Farbe dargeboten, und die Versuchspersonen mußten sie schnellstmöglich benennen. Verschiedene Reaktionsmaße korrelierten hoch mit der Länge des Namens: Je länger der Name war, umso länger dauerte es bis die Versuchsperson anfing, ihn zu sagen, und umso geringer war die Übereinstimmung zwischen den Versuchspersonen in der Benennung der Farben. Weiterhin konnten sie die Farben, die einen kurzen Namen hatten, bei einer Wiedererkennungsaufgabe wesentlich besser identifizieren als langnamige Farben. Die Korrelation zwischen Kodierfähigkeit einer Farbe und Wiedererkennung erhöhte sich noch, wenn zwischen der Darbietung eines Farbreizes und der Wiedererkennung ein längeres Zeitintervall eingeführt wurde.

Der Nachweis des Einflusses der Kodierbarkeit auf die Gedächtnisleistung, der in der Untersuchung von Brown und Lenneberg gelungen zu sein scheint, ermutigte zu weiterreichenden Folgerungen. Da aus anthropologischen Berichten bekannt war, daß große interkulturelle Unterschiede in den Farbnamen bestanden, wurde nun angenommen, daß verschiedene Kulturen das Farbkontinuum in beliebige Abschnitte aufteilen und daß dann jeweils die in einer Sprachgemeinschaft am besten kodierbaren Farben am besten behalten werden. Daß wir also im deutschen Sprachraum rot, grün und blau als besonders hervorstechende Farben betrachten, liegt nach dieser These weder an den Farben noch an den Eigenarten unseres Wahrnehmungsapparates, sondern daran, daß sich diese Farben in der deutschen Sprache einfach kodieren lassen.

Zweifel an dieser Annahme erhoben sich erstmals, als eine Untersuchung (Burnham & Clark, 1955; siehe: Lenneberg, 1961) zeigte, daß der Zusammenhang zwischen Kodierbarkeit und Identifizierbarkeit von der Auswahl der spezifischen Farbreize beeinflußt wurde. Während aber Lenneberg (1961) diesen Widerspruch noch erklären konnte, waren die interkulturellen Schlußfolgerungen aus der Untersuchung von Brown und Lenneberg (1954) nach der klassischen Arbeit von Berlin und Kay (1969) nicht mehr zu halten. Diese Anthropologen hatten sich gewundert, daß es ihnen, trotz der Unterschiede in den Farbbenennungen, immer so leicht gefallen war, die Farbnomenklatur der von ihnen untersuchten Kulturen zu erlernen. Sie unterzogen deshalb die anthropologischen Berichte über Unterschiede in Farbnamen einer Analyse und stellten fest, daß es in all diesen Kulturen nur eine kleine Anzahl von grundlegenden Farbnamen zu geben schien. Als grundlegende Benennung erachteten sie solche, die nur aus einem Bedeutungselement bestanden (etwa „grün" vs. „dunkelgrün") und nicht von Objektbezeichnungen abgeleitet waren (etwa „rot" vs. „weinfarbig"). Bei Benutzung dieser Kriterien stellten Berlin und Kay fest, daß keine Sprache mehr als 11 grundlegende Farbnamen enthielt, nämlich 3 achromatische (schwarz, weiß, grau) und 8 chromatische (rot, gelb, grün, blau, rosa, orange, braun, purpur). Berlin und Kay (1969) ließen weiterhin Versuchspersonen aus 20 verschiedenen Sprachgruppen aus Munsell-Farbtafeln die Farben auswählen, die die Grenzen der einzelnen Farbbereiche darstellten und die für die Farben am typischsten waren. Während sich bei den Kategoriengrenzen große Unterschiede zwischen den einzelnen Sprachgruppen zeigten, erwiesen sich die Kategorienmittelpunkte als interkulturell relativ konstant.

Diese Befunde lassen vermuten, daß es im Farbspektrum einige besonders hervorstechende, zentrale Farben (focal colors) gibt, die aufgrund ihrer Auffälligkeit in allen Kulturen besonders einfach kodiert und besser behalten werden (Rosch, 1977). Um diese Hypothese zu prüfen, muß man feststellen, ob die zentralen Farben auch von solchen Kulturgruppen besser erkannt werden, in deren Sprache sie nicht einfacher kodiert werden als die peripheren Farben. Zwar fanden Berlin und Kay (1969), daß keine Kultur über *mehr* als 11 zentrale Farben verfügt, es gibt aber noch einige Sprachgruppen, die wesentlich einfachere Farbnomenklaturen haben. So verfügen die Dani (Neu Guinea), die auf einem Entwicklungsstand leben, der dem der Steinzeit entspricht, nur über zwei Farbnamen, die in etwa „hell" und „dunkel" bedeuten. Eleanor Heider (1972) führte mit Dani-Versuchspersonen die von Brown und Lenneberg (1954) entwickelte Farbwiedererkennungsaufgabe durch und konnte zeigen, daß auch die Dani die zentralen

Farben besser als die peripheren Farbschattierungen im Gedächtnis behalten konnten. Da die Dani die zentralen Farben nicht besser kodieren konnten als andere Farben, läßt dieser Befund auf die erhöhte Erkennbarkeit der zentralen Farben schließen.

Der Nachweis der erhöhten Erkennbarkeit zentraler Farben für Sprachgruppen, für die sie keine erhöhte Kodierbarkeit aufweisen, schließt noch nicht aus, daß eine höhere Kodierbarkeit, wenn sie gegeben ist, die Identifizierbarkeit der zentralen Farben noch erhöht. Aufgrund dieser Befunde muß allerdings die Annahme, daß verschiedene Kulturen das Farb-Kontinuum in beliebige Abschnitte aufteilen, die sie dann mit Farbnamen bezeichnen, verworfen werden. Offensichtlich sind gewisse Farben aufgrund der Konstruktion unserer Wahrnehmungsorgane auffälliger als andere und werden auch leichter behalten. Es ist anzunehmen (Rosch, 1977), daß diese auffälligen Farben zuerst benannt werden. Später wird dann der Geltungsbereich dieser Namen auf ähnliche Reize ausgedehnt. Die zentralen Farben dienen also nach Rosch (1977) als „Prototypen" für die Farbkategorien, als natürlicher Kern, um den herum sich die Kategorien bilden.

Rosch (1977) vertritt die Ansicht, daß auch die Kategorien für konkrete Objekte, genau wie die Farbkategorien, um Prototypen herum gebildet werden. So zeigen Versuchspersonen eine gute Übereinstimmung in ihrer Einschätzung, inwieweit gewisse Items für eine Kategorie (etwa: Möbelstück, Fahrzeug) mehr oder weniger typisch sind (Rosch, 1973, 1975). Genau wie es typische und weniger typische „Rot" oder „Blau" gibt, sind manche Items für eine bestimmte Objekt-Kategorie wesentlich typischer als andere. Diese typischen Items, so vermutet Rosch, sind die Prototypen, um die herum die Kategorien gebildet wurden. Als weiteren Beleg für diese Annahme führt sie an (Rosch, 1977), daß Kategorien nicht als Aufzählung der einzelnen Mitglieder einer Kategorie oder der formalen Kriterien, die für die Zuordnung zu einer Kategorie ausreichen, im Gedächtnis behalten werden, sondern dadurch, daß man sich ein typisches Beispiel eines der Kategorie zugehörigen Objektes (Prototyp) vorstellt.

Die Welt besteht also nach Rosch (1977) nicht aus einem „kaleidoscopic flux of impressions" (Whorf, 1956), den wir durch willkürliche Schnitte in einzelne Kategorien zerlegen, sondern unsere Kategorien werden von dem bestimmt, was sie als die „real-world correlational structure" bezeichnet. Dies schließt allerdings kulturelle Unterschiede in der Kategorisierung konkreter Objekte keineswegs aus, da verschiedene Völker aufgrund unterschiedlicher geographischer, klimatischer und technologischer Bedingungen auch in unterschiedlichen Umwelten leben.

3.2 Kategorien als Bezugssysteme absoluter Urteile

Bisher haben wir Kategorisierung als einen Prozeß betrachtet, durch den wir unsere dingliche und soziale Umwelt in Äquivalenzklassen aufteilen, in denen nicht identische Reize als in gewisser Weise gleich behandelt werden. Diese Gleichbehandlung bedeutet aber nicht Differenzierungs*unfähigkeit*. Wir sind durchaus in der Lage, die verschiedenen Items, die wir einer Kategorie zugeordnet haben, nach der Ausprägung ihrer Attribute zu beurteilen. So unterscheiden wir große und kleine Orangen, gute und schlechte Ärzte oder hellhäutige und dunkelhäutige Neger.

Solche Urteile, durch die Items (Personen, Objekte usw.) nach der Ausprägung gewisser Attribute auf Eigenschaftsdimensionen plaziert werden, werden in der psychologischen Fachliteratur seit Wever und Zener (1928) als *„absolute Urteile"* bezeichnet. Diese Bezeichnung ist allerdings irreführend, da die sogenannten „absoluten Urteile" stark mit dem jeweiligen Urteilskontext variieren. So mag einem leitenden Angestellten ein Gehalt relativ niedrig erscheinen, das einem ungelernten Arbeiter fürstlich vorkommt. Eine Aktentasche wird einem leicht erscheinen, wenn man gerade einen schweren Koffer trug, aber schwer, wenn man zuvor nichts zu tragen hatte.

Das Verständnis der Prozesse absoluter Beurteilung ist für die Sozialpsychologie von Bedeutung, da menschliches Verhalten sich nicht direkt an „objektiven Reizgegebenheiten" orientiert, sondern an der individuellen Definition oder Beurteilung der Situation. Sozialpsychologen wie auch Soziologen haben sich in diesem Zusammenhang besonders mit den Determinanten individueller Zufriedenheit mit Ergebnissen von Handlungen oder den eigenen Lebensumständen befaßt und dabei immer wieder Abweichungen zwischen sozialen Urteilen und den scheinbar objektiven Gegebenheiten festgestellt. So machten etwa Stouffer und seine Mitarbeiter (Stouffer et al., 1949) bei der Befragung amerikanischer Soldaten während des Zweiten Weltkriegs die überraschende Feststellung, daß die in Europa hinter der Front in provisorischen Lagern stationierten Truppen mit ihrer Situation zufriedener waren als die noch nicht nach Europa verschifften Truppen, obwohl objektiv gesehen die Lebenssituation der in den Staaten liegenden Truppen wesentlich besser war als die der in Europa stationierten Einheiten. Es scheint auch schwer verständlich, daß die Rassenunruhen in den Vereinigten Staaten zu einem Zeitpunkt auftraten, als die amerikanischen Neger den höchsten Lebensstandard ihrer Geschichte erreicht hatten (Pettigrew, 1967).

Ähnliche Diskrepanzen vermerkte Easterlin (1974) bei einer Analyse der Befunde von Umfragen, in denen die Bewohner zahlreicher Länder den

Grad der Zufriedenheit mit ihren augenblicklichen Lebensumständen auf Kategorienskalen (etwa: „sehr glücklich", „ziemlich glücklich", „nicht sehr glücklich") einstufen mußten. Easterlin, der als Ökonom von einem positiven Zusammenhang zwischen dem Grad der Zufriedenheit und der Höhe des Lebensstandards ausging, führte drei Arten von Vergleichen durch: (1) Vergleiche innerhalb eines Landes: Fühlen sich reiche Bewohner glücklicher als arme Bewohner? (2) Vergleiche zwischen Ländern: Fühlen sich die Bewohner reicher Länder im Mittel glücklicher als die Bewohner armer Länder? (3) Längsschnittvergleich im selben Land: Fühlen Sie die Bewohner der USA 1970 bei höherem Realeinkommen im Mittel glücklicher als 1946? Bei den Vergleichen *innerhalb* der einzelnen Länder fand Easterlin in Bestätigung seiner These einen Zusammenhang zwischen Lebensstandard und Zufriedenheit. Die wohlhabenderen Bürger eines Landes sind im Schnitt mit ihren Lebensumständen zufriedener als die weniger wohlhabenden. Hingegen ließ sich beim Vergleich *zwischen* Ländern kein derartiger Zusammenhang feststellen. Die mittlere Zufriedenheit der Bewohner „reicher" Länder erwies sich keineswegs als höher als die der Bewohner „armer" Länder. Bevor man sich zu sehr in Vorstellungen vom glücklichen Leben auf der Scholle oder dem freien Jägerdasein im Busch verliert, wo der Besitz weltlicher Güter irrelevant ist, sollte man sich erinnern, daß *innerhalb* eines jeden dieser Länder ein Zusammenhang zwischen Wohlstand und Zufriedenheit feststellbar war. Eine ähnliche Diskrepanz ergab sich bei den Längsschnittdaten. Obwohl das Realeinkommen in den USA seit 1946 drastisch angestiegen ist, fand sich kein entsprechender Anstieg in der durchschnittlichen Zufriedenheit der US-Bürger.

Alle diese Befunde sind nur dann schwer interpretierbar, wenn man den Urteilskontext, also die Bezugssysteme, die den einzelnen Urteilen zugrunde lagen, außer acht läßt. Um diese Zusammenhänge zu klären, muß im folgenden auf Theorien und Forschungsergebnisse zum „absoluten Urteil" eingegangen werden. Das war ursprünglich ein Forschungsgebiet der Psychophysik, das erst in den letzten Jahrzehnten auch auf die Beurteilung „sozialer" Reizgegebenheit ausgedehnt wurde.

3.2.1 Theorien absoluter Urteile

Das normale Verfahren bei Untersuchungen von absoluten Urteilen besteht darin, die Versuchspersonen eine Serie von Reizen, die entlang irgendeiner physikalischen Dimension, etwa Länge, Gewicht, Lautstärke, variieren, auf dem entsprechenden psychologischen Kontinuum anordnen zu lassen. Wenn die Person etwa Gewichte beurteilen soll, wird ihr eine Serie von Gewichten vorgelegt. Sie muß jedes einzelne Gewicht anheben und beurteilen, wie schwer oder leicht sie es findet. Die Urteile muß sie mittels vorgeschriebener Kategorien abgeben, etwa den Kategorien „sehr schwer", „schwer", „durchschnittlich", „leicht" und „sehr leicht". Durch Veränderung der Reizserie läßt sich nun zeigen, daß die absoluten Urteile vom jeweiligen Kontext abhängen. Wenn wir zum Beispiel eine Versuchsperson bitten, eine Reihe von Gewichten zwischen 50 g und 200 g mit den eben genannten Kategorien zu beurteilen, wird sie schon nach wenigen Wiederholungen oder Durchgängen das 50 g-Gewicht als „sehr leicht" und das 200 g-Gewicht als „sehr schwer" beurteilen und die mittleren Kategorien für die mittleren Gewichte benutzen. Wenn wir nun, ohne der Versuchsperson etwas zu sagen, die bisher benutzten Reize durch eine Serie, die von 200 g bis 500 g variiert, ersetzen, wird unsere Versuchsperson vermutlich zu Anfang alle Gewichte als „sehr schwer" beurteilen. Nach kurzer Zeit wird sie sich jedoch anpassen und nun das 200 g-Gewicht als „sehr leicht" und das 500 g-Gewicht als „sehr schwer" beurteilen. Damit würde also das 200 g-Gewicht in einer Serie von leichteren Gewichten als „schwer" und in einer Serie von schwereren Gewichten als „leicht" bezeichnet. Einen solchen Effekt des Kontexts bezeichnet man als „Kontrast"-Effekt. Kontrasteffekte sind die typischste Wirkung von Kontextveränderungen auf das absolute Urteil.

Die Urteilstheorien, die zur Erklärung dieser Kontexteffekte entwickelt wurden, lassen sich grundsätzlich in zwei Klassen einteilen, nämlich in Ansätze wie die „Adaptationsniveau-Theorie" von Helson (1964), die die Urteilsveränderungen auf Wahrnehmungsänderungen zurückführen, und Ansätze wie Volkmanns (1951) „Gummiband-Modell", die solche Kontexteffekte mit der Relativität der sprachlichen Bezeichnungen erklären. Im folgenden sollen diese beide Theorien kurz beschrieben werden.

Die Adaptationsniveau-Theorie: Helson (1964) geht davon aus, daß die Kontrasteffekte bei absoluten Urteilen auf der Adaptation der relevanten Sinnesorgane beruhen. Ein Zimmer, das jemandem, der gerade aus der Kälte kommt, überheizt erscheint, mag kalt sein, wenn man den ganzen Tag nahe der Heizung verbracht hat. Ein Autoscheinwerfer, der in der Nacht blendet, wird bei Tageslicht kaum bemerkt. Dieses Phänomen wurde von dem Physiologen Hering erstmals beschrieben, der seine Versuchspersonen eine Hand in kaltes, die andere in heißes Wasser legen ließ. Anschließend mußten sie beide Hände in eine Schale mit lauwarmem Wasser halten. Die Versuchspersonen hatten die paradoxe Empfindung, daß das Wasser von der einen Hand als heiß, von der anderen hingegen als kalt empfunden wurde. Das Paradox läßt sich mit dem unterschiedlichen Adaptationszustand der Sensoren in beiden Händen erklären. Helson (1964) nimmt an, daß die Kontrasteffekte, die etwa beim Beurteilen einer Gewichtsserie auftreten, auf ähnliche Adaptationsphänomene zurückzuführen sind. Nachdem sich die Versuchsperson an die leichte Serie adaptiert hat, *nimmt* sie das 200 g-Gewicht als schwer *wahr.* Im Kontext der schweren Serie erscheint es ihr hingegen als leicht, allerdings erst, nachdem die Adaptation an die schwere Serie vollzogen ist.

Nach der Adaptationsniveau-Theorie wird jeder Reiz in Beziehung auf einen psychologischen „Nullpunkt" oder „Neutralpunkt" wahrgenommen und beurteilt. Dieser „Nullpunkt" stellt das jeweilige Adaptationsniveau (AL) der Rezeptoren auf die entsprechende Reizserie dar. Reize, die nahe an diesem Nullpunkt liegen, werden als neutral, als wenig intensiv wahrgenommen, während mit zunehmender Distanz auch die wahrgenommene Reizintensität wächst. Mit jedem neuen Reiz ändert sich aber auch das AL. Es bewegt sich etwa auf den neuen Reiz zu.

Quantitativ entspricht das AL dem arithmetischen Mittel der *wahrgenommenen* Reizintensitäten. Da Helson von der Gültigkeit des Weber-Fechnerschen Gesetzes ausgeht, das einen logarithmischen Zusammenhang zwischen physikalischer Reizintensität und wahrgenommener Reizintensität annimmt, entspricht das AL dem geometrischen Mittel der physikalischen Reizintensitäten. Wenn wir also zum Beispiel zu unserer Gewichtsserie zurückkehren, die zwischen 50 g und 200 g in 10 g-Schritten variiert, würde sich das AL nach mehrmaliger Beurteilung der Serie auf den Reiz einpendeln, der genau dem geometrischen Mittel der Reizserie entspricht. Dieses Gewicht würde als „durchschnittlich" beurteilt werden. Je größer der Abstand zwischen einem Gewicht und diesem AL ist, um so extremer, also etwa leichter oder schwerer, sollte dieses Gewicht beurteilt werden. Allerdings folgt aus dieser Mittelwertsannahme auch, daß ein leichter Reiz das AL jeweils ein wenig senken, ein schwerer Reiz es hingegen anheben würde. Somit würde etwa ein 150 g-Gewicht, das nach Darbietung von 200 g nur als „schwer" beurteilt wurde, etwa nach Darbietung des 50 g-Gewichtes als „sehr schwer" eingeordnet. Es folgt weiterhin, daß diese Fluktuationen mit wachsender Zahl der Durchgänge immer schwächer werden.

Das „Gummiband-Modell": Während Helson die Relativität absoluter Urteile auf Wahrnehmungsänderungen zurückführt, betont Volkmann (1951) mit seinem „Gummiband-Modell" die Relativität der Bedeutung von Urteilskategorien. Wenn man einen Gegenstand als klein oder leicht bezeichnet, vergleicht man ihn implizit oder explizit mit einem großen oder schweren Gegenstand. Wenn man eine Reizserie von unbekannter Variationsbreite beurteilt, kann man solche Urteile überhaupt nicht sinnvoll abgeben. Erst wenn man den Variationsbereich der Reize in Erfahrung gebracht hat, kann beurteilt werden, ob ein gegebener Reiz etwa groß oder klein, leicht oder schwer ist.

Volkmann geht davon aus, daß sich die Kontextabhängigkeit absoluter Urteile auch *ohne* Annahmen über Sinnesadaptation allein aus der Relativität der Bedeutung der verbalen oder numerischen Kategorien erklären läßt. Bei Beurteilung einer Reizserie wird einfach die Distanz zwischen den beiden Endreizen, je nach Zahl der vorgeschriebenen Kategorien, gleichabständig unterteilt. Bei nur zwei Kategorien würde die Grenze zwischen den beiden Kategorien genau auf den Mittelpunkt fallen, also die wahrgenommene Distanz zwischen den beiden Endreizen halbieren.

„Es sind hauptsächlich die End-Reize, die die Oszillation der absoluten Skala kontrollieren. Der Mitte der Reizserie kommt keinerlei besondere funktionale Bedeutung zu" (Volkmann, 1951, S. 283). Die Kategorienskala ist also wie ein Gummiband, das man an beiden Endreizen verankert hat. Wird die Reizserie erweitert, dann dehnt sich das Gummiband, die einzelnen Kategorien werden weiter; wird die Reizserie in ihrer Variationsbreite verkleinert, tritt der umgekehrte Effekt auf. Wird etwa beim Beurteilen einer Gewichtsserie nur der schwere Endreiz durch einen noch schwereren ersetzt, dann dehnt sich die Skala einseitig in diese Richtung aus und die bisherigen Reize werden leichter beurteilt, ein Effekt, der allerdings mit zunehmender Nähe zum entgegengesetzten Ende der Serie immer schwächer wird. Mit diesen Annahmen können Kontrasteffekte ohne Rückgriff auf eine sensorische Adaptation erklärt werden. Dabei schließt Volkmann solche Wahrnehmungsänderungen nicht grundsätzlich aus, er glaubt nur, daß sie keine ausreichende Erklärung für die Relativität absoluter Urteile darstellen.

Wie Parducci (1965) später ausführte, zeigen die Beurteiler von Reizserien neben der von Volkmann (1951) angenommenen Tendenz zur Gleichaufteilung der Distanz zwischen den Serien-Endreizen noch eine Tendenz, die zur Verfügung stehenden Kategorien mit ungefähr gleicher Häufigkeit zu benutzen. Ihr Urteil stellt jeweils einen Kompromiß zwischen diesen beiden Reaktionstendenzen dar. Man kann sich dies am Beispiel einer Reizserie verdeutlichen, die mit nur zwei Kategorien beurteilt wird. Nach der Tendenz zur gleichabständigen Aufteilung müßte die Kategoriengrenze (der Limen) auf den Mittelpunkt der Reizserie fallen, nach der Tendenz zur Gleichbenutzung der Kategorien auf den Median. Als Kompromiß kommt der tatsächliche Limen dann zwischen Mittelpunkt und Median zu liegen. Da sich an dieser Stelle gewöhnlich auch der Mittelwert befindet, erklärt dies den Vorhersageerfolg der Adaptationsniveau-Theorie von Helson (1964)[2].

---

[2] Dieses erweiterte „Gummiband-Modell", das Parducci (1965) nach den zwei angenommenen Reaktionstendenzen „Range Frequency"-Modell benannte, liefert bisher die beste quantitative Beschreibung absoluter Urteile im Bereich der Psychophysik. Bei sozialen Urteilen konnte hingegen nur die Wirkung der Veränderung des Reizbereichs (range) nachgewiesen werden (Upshaw, 1962), während sich der Einfluß der Häufigkeitsveränderung (frequency) nicht belegen ließ (Stroebe, 1968).

Bezugssysteme absoluter Urteile: Sowohl die Adaptationsniveau-Theorie wie das Gummiband-Modell gehen also davon aus, daß die „absolute" Beurteilung eines Reizes relativ zu einem Bezugssystem erfolgt, das aus allen Reizen einer gegebenen Reizkategorie gebildet wird, mit denen die Versuchsperson in der Vergangenheit Erfahrungen gesammelt hat. Die beiden Ansätze unterscheiden sich allerdings in ihren Annahmen über diese Bezugssysteme sowie über die Prozesse, die der Bildung dieser Systeme zugrunde liegen. Die Adaptationsniveau-Theorie geht davon aus, daß jeder Reiz nach seiner Entfernung von einem psychologischen Nullpunkt oder Neutralpunkt beurteilt wird, der die Adaptation des Organismus an die Stimulusintensitäten der bisher wahrgenommenen Reize darstellt. Das Gummiband-Modell nimmt dagegen an, daß der einzelne Reiz nach seiner wahrgenommenen Entfernung von den beiden extremen Reizen einer Reizserie beurteilt wird.

Bei den in psychophysischen Laboratorien untersuchten Reizen wird das Bezugssystem nahezu ausschließlich von der Reizserie beeinflußt, da die Versuchspersonen außerhalb des Laboratoriums gewöhnlich wenig Umgang mit grauen Metallwürfeln oder Punktemustern haben. Mit solchen ungewohnten Reizserien läßt sich die *Entstehung* von Bezugssystemen optimal untersuchen. Gibt man den Versuchspersonen hingegen vertraute Gegenstände zur Beurteilung, dann bringen sie schon etablierte Bezugssysteme zur Anwendung. So fand etwa Witte (1960), der die Länge von Bleistiften beurteilen ließ, daß die durch die Serie repräsentierte Reizverteilung nur geringen Einfluß auf die Urteile ausübte. Da studentische Versuchspersonen häufigen Umgang mit Bleistiften haben und da Bleistifte seit dem Ende des letzten Jahrhunderts in ihrer Länge normiert sind, ist die Stabilität des Bezugssystems für Bleistiftlängen kaum erstaunlich.

Die in psychophysischen Untersuchungen verwendeten Reize sind auch gewöhnlich bis auf die zu beurteilende Dimension in allen Aspekten identisch. Im Alltagsleben unterscheiden sich Reize dagegen in vielen Aspekten, und es hängt vom Kategoriensystem einer Person ab, ob ein Gegenstand *X* noch zur Kategorie der beurteilten Gegenstände gehört oder nicht. Hier überschneidet sich also die psychologische Literatur zu absoluten Urteilen mit Arbeiten zur Bildung von Kategorien.

Der Einfluß von zu einer Reizserie unähnlicher Reize auf absolute Urteile wurde nur in einigen wenigen psychophysischen Experimenten untersucht. So forderte Brown (1953) seine Versuchspersonen während des Beurteilens einer Serie von Gewichten auf, einen Behälter mit vier Gewichten auf die Seite zu stellen. Obwohl der Korb um einiges schwerer war als das schwerste Seriengewicht, hatte er keinen Einfluß auf die Beurteilung der Reizserie. Hingegen wirkte sich die Einführung eines Gewichts, das der

Form nach den Seriengewichten glich, aber gleich schwer war wie der Behälter, ganz eindrücklich auf die Urteile aus. Brown (1953) zog daraus die Schlußfolgerung, daß ein Reiz nur dann ein bestehendes Bezugssystem beeinflußt, wenn er der gleichen Kategorie von Objekten zugerechnet wird wie die anderen Reize. In weiteren Experimenten bestätigten Bevan und Pritchard (1963) diese Schlußfolgerung.

Nach diesen Befunden, die sich meiner Ansicht nach nur schwer mit Helsons (1964) Annahmen über Adaptationsprozesse als Grundlage der Urteilsrelativität vereinbaren lassen, geht der absoluten Beurteilung eines Reizes eine Kategorienzuordnung voraus. *Diese Kategorienzuordnung entscheidet darüber, welches Bezugssystem man zur Beurteilung eines Reizes heranzieht.* Erst nachdem man einen Reiz als Apfel oder Ei identifiziert hat, kann man sagen, ob er klein oder groß ist. Ob ein als solcher identifizierter Apfel allerdings dann als „klein", „mittelgroß" oder „groß" beurteilt wird, hängt von der Größe der Äpfel ab, mit denen man in der Vergangenheit zu tun hatte. Da sich die Variationsbreite dieser Früchte in naturgegebenen Grenzen bewegt, ist die interindividuelle Variabilität bei derartigen Urteilen relativ gering. Deshalb sind Beschreibungen von Gegenständen groß, klein, lang oder dünn – zumindest innerhalb einer Kulturgruppe – allgemein verständlich.

Die Beurteilung sozialer Reize: Nach der Diskussion der Prozesse, die absoluten Urteilen zugrunde liegen, dürfte die Interpretation der zu Anfang gegebenen Beispiele sozialer Urteile kaum Schwierigkeiten bereiten. Wenn etwa die während des Zweiten Weltkriegs hinter der Front gelegenen US-Truppen, trotz objektiv schlechterer Lebensumstände, mit ihrem Los zufriedener waren als ihre Kollegen in den Staaten, muß man annehmen, daß die Truppen in Europa ein anderes Bezugssystem zur Anwendung brachten als die Einheiten in den USA. Je nachdem, welche Theorie man heranzieht, würde man vermuten, daß ihr AL durch neue Erfahrungen drastisch gesenkt wurde, bzw. der Endreiz ihrer Urteilsskala sich nach unten verschoben hat. Für diese Veränderung im Bezugssystem der Truppen hinter der Front waren vermutlich die Erfahrungen der noch wesentlich schlechteren Lebensumstände an der Front verantwortlich. Es ist weiterhin wahrscheinlich, daß die Verschiffung nach Europa überhaupt zur Bildung einer neuen Kategorie geführt hat. Während die Soldaten in den USA noch sehr stark „Bürger in Uniform" waren, die ihre Situation an einem im Zivilleben gebildeten Bezugssystem beurteilten, mögen sie nach der Verschiffung die Irrelevanz dieser Maßstäbe für die Beurteilung ihrer veränderten Lebensumstände erkannt haben.

Auch die Tatsache, daß die schwarzen US-Bürger während der sechziger Jahre, trotz sich verbessernder Lebensumstände, immer unzufriedener wurden, könnte auf systematische Veränderungen ihrer Bezugssysteme zurückführbar sein. Es ist anzunehmen, daß in das Bezugssystem, mit dem man die eigenen Lebensumstände beurteilt, nur einigermaßen relevante Erfahrungen eingehen. Wenn die Fords, die Rockefellers und Gettys die oberen Endpunkte der Skala bilden würden, an denen alle Menschen ihre finanzielle Situation beurteilten, dann müßte sich praktisch die gesamte Menschheit äußerst arm vorkommen. Wie nicht zuletzt auch die Ergebnisse von Easterlin (1974) zeigen, der selbst innerhalb eines Landes keine allzu großen Unterschiede in der Zufriedenheit von reichen und armen Bürgern fand, ist dies nicht der Fall. Vermutlich wird der oberste Endpunkt unseres Bezugssystems von der Situation von Leuten „wie wir selbst" gebildet. So vergleichen etwa Universitätsprofessoren ihre Einkommen gewöhnlich nicht mit denen von Unternehmern, sondern von Kollegen und Akademikern, die in Privatberufen tätig sind.

Die Tatsache, daß schwarzen US-Bürgern während der fünfziger und sechziger Jahre der Aufstieg in Einkommensgruppen möglich wurde, die ihnen früher verschlossen waren, muß eine drastische Ausdehnung ihrer Bezugssysteme nach oben zur Folge gehabt haben. Auf der anderen Seite waren es aber erst wenige, denen der Aufstieg gelang. Für alle anderen hingegen müßte diese Ausdehnung des Bezugssystems nach oben zu einer Verschlechterung der Einschätzung ihrer gegenwärtigen Lebenssituation geführt haben. Diese Interpretation stellt eine Alternative zu Davies' (1962) Theorie der Revolution dar, die die Unzufriedenheit in solchen Fällen auf einen plötzlichen Knick in einem langjährig steigenden Trend sich für eine Gruppe ständig verbessernder ökonomischer Umstände zurückführt.

Mit ähnlichen Annahmen lassen sich auch die Ergebnisse von Easterlin (1974) interpretieren. Nach unseren Kenntnissen der Prozesse der Reizkategorisierung ist naheliegend, daß das Bezugssystem, an dem sich die Zufriedenheitsurteile orientieren, nur von der Lebenssituation von Menschen in der Umgebung des Urteilenden beeinflußt wird. Wenn aber der höhere Lebensstandard in den „reichen" Ländern nicht in die Bezugssysteme der Bewohner armer Länder eingeht, ist kaum überraschend, daß sich bei Vergleichen zwischen Ländern mit unterschiedlich hohem Lebensstandard keine Unterschiede in den Zufriedenheitsurteilen feststellen lassen. Auch eine das gesamte Land betreffende Einkommensverbesserung kann sich auf die Zufriedenheitsurteile nicht auswirken, da diese von der relativen Position innerhalb der Einkommenshierarchie abhängig sind.

Der kritische Leser dieser Interpretationen wird allerdings bemängeln, daß sie auf ungeprüften Annahmen über nicht erfaßte Verschiebungen von Bezugssystemen beruhen. Während es bei den Befunden von Easterlin (1974) noch einigermaßen offensichtlich ist, daß etwa Lebensumstände in anderen Ländern, über die die Mehrheit der Befragten vermutlich nicht einmal orientiert war, die Bezugssysteme dieser Personen nicht beeinflußten, sind die den anderen Interpretationen zugrunde liegenden Annahmen weniger eindeutig. Dies ist aber ein Problem, das über die Theorie sozialer Urteile hinaus die gesamte Bezugsgruppentheorie (Merton & Rossi, 1968) betrifft. Bezugsgruppen sind Gruppen, die wir bei der Beurteilung unserer Einstellungen, Fähigkeiten und Lebensumstände als Standard heranziehen. Sie liefern die Informationen, die in unsere Bezugssysteme eingehen. Es ist aber das Hauptproblem der Bezugsgruppentheorie, daß die einzelnen Bezugsgruppen einer Person nur schwer vorhergesagt werden können.

3.3 Kategorisierung und interpersonale Wahrnehmung

Wie unsere dingliche Umwelt besteht auch unsere interpersonale Umwelt aus einer potentiell unbeschränkten Zahl von Reizgegebenheiten. Kein Mensch gleicht völlig dem anderen, und selbst identische Zwillinge sind bei näherem Kennenlernen alles andere als identisch. Auch hier wird die Komplexität durch Kategorisierung verringert, da Menschen, die sich in vieler Hinsicht unterscheiden mögen, aufgrund von Kriterien wie Geschlecht, Beruf, Rasse, Nationalität usw., zu Äquivalenzklassen zusammengefaßt werden können. Nach einer kurzen Diskussion von Rollenerwartungen werden wir uns in diesem Abschnitt hauptsächlich mit dem Prozeß der Stereotypisierung befassen.

Die Kategorisierung von Personen erfolgt hauptsächlich nach zwei Gesichtspunkten: ihrer *Funktion* und ihrer *Gruppenzugehörigkeit*. Die Einteilung nach der Funktion geschieht in Rollenkategorien (etwa: Lehrer, Kollege, Vater). *Rollen* sind Komplexe von Verhaltenserwartungen, die an den Inhaber einer Position gerichtet werden. Sie sind überindividuell, das heißt, diese Erwartungen und Verpflichtungen bestehen unabhängig von der Person des Rolleninhabers. Wenn man in ein Restaurant geht, erwartet man vom Ober, daß er eine Bestellung aufnimmt, das bestellte Essen bringt, beim Kassieren ehrlich ist usw. ... Alle diese Erwartungen treffen auf *alle* Ober zu und machen damit das Verhalten dieser Kategorie von Personen vorhersagbar. Verletzungen dieser Erwartungen werden mit negativen Sanktionen bestraft.

Die Einteilung in Gruppen erfolgt aufgrund von physischen oder sozialen Charakteristika wie Geschlecht, Rasse oder Nationalität. Dabei ist es keine notwendige Voraussetzung, daß Personen, die wir einer gemeinsamen Gruppe zuordnen, sich auch tatsächlich als solche empfinden. *Stereotype* sind Komplexe von Eigenschaften, die Personen aufgrund dieser Zuordnung zu einer Gruppe zugeschrieben werden, etwa, daß Italiener sehr musikalisch sind, Frauen sehr emotional und Deutsche äußerst steif und methodisch. Sie sind allgemeine Eindrücke von Gruppen, die zwar manchmal auf persönlichen Erfahrungen beruhen, häufig jedoch indirekt von anderen Personen oder Massenmedien wie Zeitungen, Büchern, Film und Fernsehen übernommen werden. Sie stellen also kulturell vorgeformte Kategorien dar, und es kann kaum überraschen, daß sich - zumindest was Nationalitäten- und Rassenstereotypen betrifft - in Untersuchungen immer wieder eine große Übereinstimmung feststellen läßt.

Wie jede Kategorisierung erlaubt es auch die Stereotypisierung, alle Items (hier Personen), die einer Klasse zugeordnet werden, als in vieler Hinsicht gleich zu behandeln. Damit stellen Stereotype grobe Modelle dar, die es uns ermöglichen, über Personen allein aufgrund gewisser kritischer Attribute (Rasse, Nationalität usw.) ohne „persönliche" Kenntnis Vorhersagen zu machen. Diese Vorhersagen mögen sich häufig als falsch erweisen, aber sie erlauben uns, die komplexe Vielfalt unserer interpersonalen Umwelt zu vereinfachen und zu ordnen.

Kelvin (1969) führt als wesentliches Unterscheidungsmerkmal zwischen Rollen und Stereotypen an, daß Rollen die Menschen nach ihrer Funktion *innerhalb* einer Gruppe zusammenfassen, während Stereotypen Kategorien sind, die *zwischen* Gruppen unterscheiden. Als weiteren Unterschied könnte man anmerken, daß Rollenerwartungen sich meist auf spezifische, engumschriebene Verhaltensweisen beziehen (ein Lehrer soll unterrichten, Arbeiten korrigieren), während Stereotypen auf Zuschreibungen allgemeiner Eigenschaften beruhen (Schotten sind sparsam, Engländer steif usw.). Weiterhin haben Rollenerwartungen normativen Charakter (d.h., Abweichungen werden in der Regel bestraft), Stereotypen hingegen nicht.

Wie alle Unterscheidungen treffen auch diese nur schwerpunktmäßig zu. So beziehen sich Rollenerwartungen nicht *nur* auf spezifische Verhaltensweisen, sondern manchmal auch auf Eigenschaften des Rolleninhabers. Wenn etwa von einem Pfarrer erwartet wird, daß er vertrauenswürdig ist, ist dies kein Stereotyp, sondern eine Rollenerwartung. Enttäuscht er diese Erwartung, muß er mit negativen Sanktionen rechnen. Weiterhin verbinden sich mit manchen Rollen auch ausgeprägte Stereotype. Den Rolleninhabern werden Eigenschaften zugeschrieben, die nichts mit ihrer Rollenfunktion zu tun haben. Andererseits leiten sich auch aus Stereotypen gewisse Verhaltenserwartungen ab. So würde man etwa von einem Schotten erwarten, daß er kein Trinkgeld gibt, oder von einem Italiener, daß er mit allen Damen flirtet. Allerdings sind diese Verhaltenserwartungen wesentlich allgemeiner als typische Rollenerwartungen und sind weiterhin keinen normativen Sanktionen unterworfen. Wir beschweren uns nicht, wenn ein

Italiener nicht flirtet oder ein Schotte ein großes Trinkgeld gibt, hingegen muß ein Ober, der eine Bestellung nicht ausführt, mit negativen Konsequenzen rechnen.

Nationale und ethnische Stereotype. Eine der klassischen Untersuchungen nationaler und ethnischer Stereotype wurde 1932 von Katz und Braly (1933) an der Universität Princeton durchgeführt. Katz und Braly gaben studentischen Versuchspersonen eine Liste mit 84 Eigenschaften, wie zum Beispiel fleißig, intelligent, methodisch, aggressiv, faul, und forderten sie auf, für mehrere Nationalitäten und Rassen (Amerikaner, Japaner, Engländer, Iren, Deutsche, Neger, Juden usw.) die fünf passendsten Eigenschaften auszusuchen. Die Übereinstimmung war überraschend. So beschrieben 78% der Versuchspersonen Deutsche als „wissenschaftlich orientiert" (scientifically minded), 65% als „fleißig", 32% als „intelligent" und 31% als „methodisch". Neger wurden von 84% der Studenten als „abergläubisch" und von 75% als „faul" bezeichnet. Auch anderen Nationalitäten und Rassen wurden Eigenschaften mit überraschender Einheitlichkeit zugeordnet. Man kann sich dies verdeutlichen, wenn man sich überlegt, daß bei einer zufälligen Auswahl der Eigenschaften jeweils nur etwa 6% der Wahlen (5/84 von 100) auf eine der Eigenschaften hätte entfallen dürfen.

Die Untersuchung von Katz und Braly wurde von Gilbert (1951) und von Karlins, Coffman und Walters (1969) mit Studenten der Universität Princeton wiederholt.[3] Die Ähnlichkeit der Ergebnisse der drei Untersuchungen ist erstaunlich. Obwohl die Versuchspersonen in den Untersuchungen von Gilbert (1951) und Karlins et al. (1969) die Aufgabe äußerst widerwillig ausführten, zeigten nur die Ergebnisse von Gilbert ein signifikantes Abfallen in der Einheitlichkeit der Stereotypisierung (gemessen an der kleinsten Zahl der Eigenschaften per Nationalität oder Gruppe, auf die die Hälfte der Wahlen entfiel). Karlins et al. (1969) fanden ein annähernd mit den von Katz und Braly (1933) erzielten Ergebnissen vergleichbares Niveau der Übereinstimmung. Auch der Inhalt der Stereotypen scheint sich über die 30 Jahre erstaunlich wenig gewandelt zu haben:

> „Ein Aspekt der Befunde, der immer wieder beeindruckend ist, ist die große Übereinstimmung der ‚neuen' Stereotypen mit den alten .... Über drei Studentengenerationen weisen Maße der Stereotypisierung, etwa deren Einheitlichkeit oder Bewertung, eine signifikante Korrelation auf" (Karlins et al., 1969, S. 14).

---

[3] Vergleichbare Untersuchungen wurden in Deutschland von Sodhi und Bergius (1953) und Bergius et al. durchgeführt.

Die Methode von Katz und Braly wird häufig kritisiert (Brigham, 1971; Brown, 1965), da sie zur Stereotypisierung zwinge; den Versuchspersonen bleibe keine andere Wahl, wenn sie Urteile allein aufgrund der Kenntnis der Nationalitäten oder Rassenzugehörigkeit abgeben müßten. Eysenck und Crown (1948) berichten sogar, daß 19% ihrer Versuchspersonen sich bei einer Replikation der Untersuchung von Katz und Braly weigerten, die verlangten Urteile abzugeben. Diese Kritik ist aber nicht unbedingt stichhaltig. Die Tatsache, daß die Studenten in der Untersuchung von Karlins et al. (1969), trotz Bedenken bei der Abgabe der Urteile, derart hohe Übereinstimmung zeigten, läßt auf eine Internalisierung der Stereotypen schließen. Sicherlich weiß inzwischen jeder, daß Stereotypisierung schlecht ist und charakteristisch für Faschisten (Kommunisten, Imperialisten) und andere Autoritäre. Wenn deshalb in einer experimentellen Situation ganz offensichtlich Stereotype erfragt werden, kann man durch eine Weigerung beweisen, daß man über diese Dinge erhaben ist. Läßt sich aber daraus schließen, daß Stereotype auch in weniger offensichtlichen Situationen keinen Einfluß auf Urteile von Personen ausüben? Häufig weiß man über jemanden, den man aufgrund seiner Augenstellung als Chinesen oder wegen seiner Kleidung als amerikanischen Studenten identifiziert hat, kaum mehr als diese Zuordnung. Es ist anzunehmen, daß Urteile in solchen Situationen durch die in den Stereotypen enthaltene „Kenntnis" beeinflußt werden.

Die Akzentuierungstheorie der Stereotypen: Urteilstheoretisch besteht ein Stereotyp in einem angenommenen Zusammenhang zwischen einer oder mehreren Eigenschaftsdimensionen und einer diskreten Kategorisierung (Tajfel, 1969). Nationalitäten oder Rassenzugehörigkeiten sind gewöhnlich diskrete Kategorien. Jemand gehört entweder der Nationalität X, Y oder Z an. Es gibt keine Zwischenstufen. Die Größe einer Person oder ihre Intelligenz sind hingegen kontinuierliche Eigenschaften, die von „klein" bis „groß" oder „dumm" bis „intelligent" stufenlos variieren können. Die Untersuchungen von Katz und Braly (1933), Gilbert (1951) und Karlins et al. (1969) zeigen, daß Versuchspersonen mit großer Übereinstimmung aus der Zugehörigkeit von Personen zu gewissen diskreten Kategorien, wie Deutscher oder Neger, Erwartungen über deren Position auf einer Reihe von kontinuierlichen Eigenschaftsdimensionen ableiten. Zum Beispiel wurde von einer Mehrheit der Versuchspersonen der Untersuchung von Katz und Braly (1933) angenommen, daß auf der Dimension „fleißig-faul" die Deutschen eher am fleißigen und die Neger am faulen Ende anzusiedeln seien.

Nach der von Tajfel (1969; Tajfel & Wilkes, 1963) entwickelten *Akzentuierungstheorie* führt eine derartige systematische Überlagerung einer kontinuierlichen Dimension durch eine Klassifikation zu einer urteilsmäßigen

Akzentuierung der Unterschiede auf dieser Dimension zwischen Items oder Personen, die in unterschiedliche Klassen fallen (Akzentuierung der Inter-Klassen-Unterschiede), bei gleichzeitiger Unterschätzung der Unterschiede zwischen Items oder Personen, die derselben Klasse zugeordnet werden (Unterschätzung der Intra-Klassen-Unterschiede). Eine Überlagerung einer kontinuierlichen Urteilsdimension durch eine Kategorisierung ist dann systematisch, wenn eine konsistente und vorhersagbare Beziehung (Korrelation) zwischen der Kategorisierung und der Reizvariation auf der Urteilsdimension besteht oder zumindest vom Beurteiler angenommen wird.

Für die Akzentuierung von Inter-Klassen-Unterschieden gibt es eine Reihe von Belegen. In einer Untersuchung von Campbell (1956) mußten die weißen Schüler einer gemischtrassigen Schulklasse die Abschlußnoten ihrer weißen und schwarzen Mitschüler vorhersagen. Wenn man davon ausgeht, daß die weißen Schüler das Stereotyp, daß Schwarze dümmer sind als Weiße, teilen, dann würde man eine Überschätzung der Schulnoten der weißen Schüler und eine Unterschätzung der Noten der schwarzen Schüler erwarten. Diese Vorhersage ließ sich bestätigen.

Tajfel und Wilkes (1963) erzeugten den vergleichbaren Effekt in einem Laboratoriums-Experiment. Die Urteile bestanden aus der Einschätzung (in cm) der Länge von acht Linien. Während eine Kontrollgruppe die Linien ohne Überlagerung durch eine Kategorisierung beurteilte, wurden in den Experimentalgruppen zwei Kategorisierungsbedingungen eingeführt. Bei *systematischer* Kategorisierung wurden die vier kürzeren Linien mit dem Buchstaben „A" gekennzeichnet, die 4 längeren Linien mit dem Buchstaben „B". (Zur Kontrolle wurde die Zuordnung für die Hälfte der Versuchspersonen umgekehrt vorgenommen.) Zwischen der Kategorisierung und der kontinuierlichen Variation auf der Urteilsdimension bestand also in dieser Bedingung eine völlig konsistente und vorhersagbare Beziehung. Bei *unsystematischer* Kategorisierung wurden die Buchstaben den Linienlängen zufallsmäßig zugeordnet. Vor Beginn der Beurteilungen wurde allen Gruppen ihr gesamtes Reizmaterial dargeboten. Erwartungsgemäß führte nur die systematische Kategorisierung zu einer Akzentuierung der Inter-Klassen-Unterschiede. In dieser Bedingung wurde die Länge der mit „A" gekennzeichneten Linien relativ zu den Kontrollgruppenurteilen unterschätzt und die der mit „B" bezeichneten Linien überschätzt. Offensichtlich „lernten" die Versuchspersonen den systematischen Zusammenhang zwischen Kategorisierung und Reizvariation und benutzten die Kategorisierung als zusätzlichen Hinweis bei ihren Urteilen. Diese Befunde wurden in Untersuchungen von Lilli (1970) und Marchand (1970) repliziert.

Die Parallele zu den Ergebnissen von Campbell (1956) ist offensichtlich. Im Campbell-Versuch erfüllt die Hautfarbe die Funktion der Buchstaben bei Tajfel und Wilkes (1963) und statt Länge wurde Intelligenz beurteilt. Wie im Experiment von Tajfel und Wilkes hatten auch Campbells Versuchspersonen gewisse Erwartungen über den Zusammenhang zwischen der Kategorisierung und der kontinuierlichen Variation, die dann zu systematischen Über- und Unterschätzungen führten.

In keiner der bisher dargestellten Arbeiten wurde jedoch die These einer Unterschätzung der Intra-Klassen-Unterschiede bestätigt. Allerdings gibt es zwei Untersuchungen, die die Hypothese stützen. Lilli und Lehner (1971), die unterschiedliche Stirnhöhen in Darstellungen von Gesichtern schätzen ließen und die Reize mit einer systematischen Klassifikation überlagerten, berichten eine hochsignifikante negative Korrelation zwischen Überschätzung von Inter-Klassen-Unterschieden und Unterschätzung von Intra-Klassen-Unterschieden. Je mehr eine Versuchsperson die Unterschiede zwischen den Klassen überschätzte, um so mehr unterschätzte sie auch die Unterschiede innerhalb einer Klasse.

Die zweite Untersuchung ist insofern interessanter, als hier die These anhand von stereotypen Beurteilungen von Personen überprüft wurde. Tajfel, Sheikh und Gardner (1964) ließen zwei Inder und zwei Kanadier, die vor den Versuchspersonen etwa acht Minuten lang interviewt wurden, auf einer Reihe von Persönlichkeitsdimensionen beurteilen. Da die Verringerung der Intra-Klassen-Unterschiede nur auf solchen Eigenschaftsdimensionen auftreten sollte, die Teil des entsprechenden Stereotyps sind, sagten die Autoren jeweils eine geringere Differenz in der Beurteilung der beiden Personen auf den für das Stereotyp relevanten Dimensionen als auf den irrelevanten vorher. Diese Vorhersage ließ sich sowohl für die Inder als auch für die Kanadier bestätigen. Taifel et al. (1964) interpretieren diese Befunde

> „als Beleg für die Minimierung der Unterschiede zwischen den ethnischen Gruppen auf Eigenschaftsdimensionen, die als für diese Gruppe charakteristisch erachtet werden" (S.199).

Einwände gegen Stereotypisierung: Seit der Einführung des Begriffs „Stereotyp" in die wissenschaftliche Fachliteratur (Lippman, 1922), war man sich über die verwerfliche Natur dieser Prozesse einig. Stereotype wurden häufig als *irrtümliche* Beschreibungen von Gruppen betrachtet, die auf *fehlerhaften* Denkprozessen beruhen (etwa: Katz & Braly, 1933; Klineberg, 1954; Lippmann, 1922) und auch angesichts gegenteiliger Erfahrungen nicht verändert werden (etwa: Adorno et al., 1950; Kerr, 1943).

Die Annahme, daß Stereotype irrtümliche und fehlerhafte Beschreibungen von Gruppeneigenschaften sind, die selbst angesichts widersprechender Erfahrungen nicht korrigiert werden, setzt einen empirischen Maßstab voraus, an dem die Validität solch stereotyper Erwartungen überprüft werden kann. Eine derartige Prüfung ist sicherlich manchmal möglich. Wenn jemand zum Beispiel glaubt, daß alle Iren katholisch sind, dann muß er diese Annahme als widerlegt betrachten, wenn er einem Iren begegnet, der der anglikanischen Kirche angehört. Dieses Beispiel ist aber insofern ungewöhnlich, als es eine Aussage über *alle* Mitglieder einer Gruppe enthält, die zusätzlich noch an einem klaren empirischen Merkmal überprüft werden kann. Wenn hingegen Studenten der Universität Princeton glauben, daß die meisten Italiener leidenschaftlich sind (Karlins et al., 1969), ist eigentlich schwer zu sehen, wie diese Erwartung entkräftet werden kann. Denn welches Verhalten ist eindeutig leidenschaftlich und welches nicht, und wieviele Italiener müßten sich „unleidenschaftlich" verhalten, damit dieses Stereotyp als widerlegt gelten kann? Man kann also Stereotypen zwar nicht vorwerfen, daß sie notwendigerweise falsche Hypothesen über die Wirklichkeit enthalten, aber sicherlich, daß sie häufig *nicht falsifizierbare* Annahmen enthalten.

Wenn Stereotype Annahmen enthalten, die an objektiven Kriterien überprüfbar sind, und wenn sich jemand diese Mühe macht, dann stellen sich Stereotype, genau wie andere Urteile, manchmal als richtig und manchmal als falsch heraus. LaPiere (1936) fand zum Beispiel keinen Beleg für die Richtigkeit des damals in Kalifornien verbreiteten Stereotyps über armenische Arbeiter, nach dem diese als unehrliche, lügenhafte Unruhestifter galten. LaPiere stellte fest, daß Armenier weniger häufig vor Gericht erschienen waren, weniger oft von der Wohlfahrt lebten und in ihrer Kreditwürdigkeit nicht schlechter eingeschätzt wurden als andere ethnische Gruppen, die man nicht so nachteilig beurteilte. Auf der anderen Seite führt Brown (1965) eine Reihe von Befunden an, die für die Richtigkeit des amerikanischen Stereotyps vom „ehrgeizigen Juden" sprechen. Mehr jüdische Kinder besuchen die Universität als Kinder von anderen Familien mit vergleichbarem sozioökonomischen Status (Seligman, 1950). In der Schule erweisen sich jüdische Kinder unverhältnismäßig oft als „overachiever", das heißt, sie schneiden besser ab, als nach ihrer Intelligenz zu erwarten wäre (Clark, 1949; Terman & Oden, 1947). Jüdische Akademiker scheinen auch höhere Einkommen zu beziehen als altersmäßig vergleichbare katholische oder protestantische Akademiker (Havemann & West, 1952).

Die Untersuchung von LaPiere (1936) wurde vielfach kritisiert. Brigham (1971) merkte zum Beispiel an, daß die notwendigerweise oberflächliche Natur der Untersuchung die Frage der Gültigkeit des Stereotyps offenließ. Auch die Schlußfolgerungen Browns (1965) ließen sich bei genauerer Analyse der herangezogenen Untersuchungen sicherlich in Zweifel ziehen.

Wenn also Fachwissenschaftler, trotz erheblichen Forschungsaufwands nur unter Schwierigkeiten in der Lage sind, die Gültigkeit von zwei vergleichsweise eindeutigen Stereotypen zu prüfen, dann kann man dem Mann auf der Straße kaum die irrtümliche Natur seiner Stereotypen vorwerfen.

Auch Kritiker der Stereotypisierung haben dies eingesehen und ihre Einwände inzwischen auf andere Punkte verlegt. So bemängelt Campbell (1967), daß Stereotypen, soweit sie auf tatsächlich bestehenden Gruppenunterschieden beruhen, diese stark übertreiben und Überschneidungen zwischen den Gruppen vernachlässigen. Wenn etwa Italiener im Schnitt eine etwas geringere Körpergröße aufweisen als Norweger, entwickelt sich als entsprechendes Stereotyp, daß Italiener *klein*, Norweger hingegen *groß* sind. Bei dieser Kritik wird übersehen, daß eine Unterschätzung der Unterschiede zwischen Items, die derselben Kategorie zugeordnet werden, bei gleichzeitiger Akzentuierung der Unterschiede zwischen Kategorien ein *notwendiges* Ergebnis der durch die Kategorisierung bewirkten kognitiven Vereinfachung darstellt.

Weiterhin wird gegen Stereotype eingewendet, daß sie dazu verleiten, genetische Unterschiede für Verhaltensunterschiede verantwortlich zu machen, die möglicherweise durch soziale oder ökologische Faktoren bedingt sein können (Brown, 1965; Campbell, 1967). So wurde in den USA die Tatsache, daß Schwarze an den Universitäten unterrepräsentiert sind, zumindest früher als Beweis für niedrigere Intelligenz der Schwarzen gewertet, wobei Einkommensunterschiede, die unterschiedliche Qualität weißer und schwarzer Schulen und weitere „Umweltunterschiede" als Faktoren außer acht gelassen wurden. Bei dieser Kritik wird übersehen, daß eine allgemeine Tendenz bei der Erklärung von beobachtetem Verhalten besteht, die persönliche Verursachung relativ zu situativen Faktoren überzubewerten (Jones & Nisbett, 1972).

Der Prozeß der Stereotypisierung weist jedoch zwei Eigenarten auf, die ihn von anderen Kategorisierungsprozessen unterscheiden und den Verdacht rechtfertigen, daß Stereotype, über die für alle Kategorisierungen typischen Akzentuierungseffekte hinaus, zusätzliche systematische Verzerrungen bei der Personenwahrnehmung verursachen. So scheinen Stereotype von Fremdgruppen allgemein negativer zu sein als die von Eigengruppen. LeVine und Campbell (1972) stellten in einer interkulturellen Untersuchung fest, daß sich die Tendenz zur Abwertung von Fremdgruppen in praktisch allen Kulturen nachweisen läßt. Tajfel und seine Mitarbeiter (Billig & Tajfel, 1973; Tajfel, 1970, Tajfel, 1978; Tajfel et al., 1971) konnten in einer Reihe von Untersuchungen zeigen, daß die Auslösebedingungen für die Abwertung von Fremdgruppen minimal sind. Versuchspersonen, die nach einem völlig irrelevanten Kriterium in zwei Gruppen eingeteilt wurden, gaben bei einer Geldverteilungsaufgabe konsistent den Mitgliedern der eigenen Gruppe mehr Geld und schätzten sie auch auf einer Reihe von Eigenschaftsdimensionen positiver ein (Doise et al., 1972).

Weiterhin werden Stereotype häufig als Begründung für die Abneigung gegenüber einer Nationalitäten- oder Rassengruppe angeführt, wenn tatsächlich die im Stereotyp enthaltenen negativen Meinungen nicht Ursache, sondern Folge der Abwertung sind (Campbell, 1967). So konnten etwa Tajfel und Jahoda (1966) zeigen, daß englische Kinder schon im Alter von sechs bis sieben Jahren in ihrer Vorliebe und Abneigung für andere Nationen erstaunlich gut übereinstimmten, obwohl sie noch keinerlei Kenntnisse über diese Länder besaßen. Die positiven oder negativen Bewertungen waren also lange vor jeglichem objektiven Wissen erworben worden.

Solche Bewertungsvoreingenommenheiten können aber einen Einfluß auf die Wahrnehmung von Gruppen ausüben. Aufgrund von konsistenztheoretischen Überlegungen (S. 194 ff.) ist zu erwarten, daß Beobachter dazu neigen werden, Verhalten negativ bewerteter Personen oder Gruppen eher auf negative Eigenschaften oder Motive zurückzuführen, bei positiv bewerteten Personen oder Gruppen hingegen eher positive Handlungsmotive zur Erklärung heranzuziehen. Da sich für die Handlungen einer Person gewöhnlich mehrere Motive als alternative Erklärung anbieten, ist es für einen Beobachter leicht möglich, ein beobachtetes Verhalten so zu erklären, daß es sich konsistent in das bereits bestehende Bild (Vorurteil) einfügt. Verhalten, das bei positiv bewerteten Personen oder Gruppen etwa als Zeichen der Hilfsbereitschaft interpretiert würde, kann bei negativ bewerteten Personen oder Gruppen unschwer als Symptom ihrer Unterwürfigkeit oder ihrer Abhängigkeit von sozialer Anerkennung gesehen werden. Auch läßt sich positives Verhalten unsympathischer Personen oder Gruppen immer dadurch abwerten, daß man es auf Situationsdruck (statt auf positive Persönlichkeitseigenschaften) zurückführt.

Selbst wenn dieselben Eigenschaftsdimensionen zur Erklärung herangezogen werden, kann unterschiedliche Bewertung immer noch durch unterschiedliche Beurteilung der Extremität der Position zum Ausdruck gebracht werden. Was bei positiv bewerteten Personen oder Gruppen noch Sparsamkeit ist, kann bei anderen schon als Geiz beurteilt werden. Gleichermaßen kann Großzügigkeit leicht als Verschwendungssucht oder Entschlossenheit als Starrköpfigkeit gewertet werden. Da die Beurteilung eines Verhaltens als mehr oder weniger extrem (bzw. ungewöhnlich, deviant) immer relativ zu einer Norm getroffen wird, und da weiterhin die Norm (also das was normal ist) gewöhnlich durch das Verhalten der eigenen Gruppe bestimmt wird, ist diese Art der Abwertung bei der Beurteilung von Fremdgruppen besonders naheliegend.

3.4 Naive Verhaltenstheorien und die Ursachenerklärung menschlicher Handlungen

Genau wie wir in unserer dinglichen Umwelt nach Regelmäßigkeiten, nach überdauernden Charakteristiken der Reizgegebenheiten, suchen, bemühen wir uns auch, unsere zwischenmenschliche Umwelt durch Auffinden von Regelmäßigkeiten im Verhalten unserer Interaktionspartner vorhersehbar zu machen. Stereotype und Rollenerwartungen sind Teil dieses Prozesses; aber wirklich zufrieden sind wir als „naive" Beobachter erst, wenn wir die Persönlichkeitseigenschaften einer Person „erkannt" haben. Erst wenn wir jemanden als großzügig, idealistisch, dominant, selbstsicher kategorisiert haben, glauben wir, sein Verhalten zu verstehen und vorhersagen zu können, wie er sich in Zukunft verhalten wird.

> „Die Zuschreibung von Dispositionen vereinfacht und stabilisiert unsere soziale Umgebung, indem das Verhalten anderer Personen zusammengefaßt (charakterisiert) wird, was Vorhersagen über deren zukünftiges Verhalten ermöglicht" (Zadny & Gerard, 1974, S.34).

Solche Schlußfolgerungen vom Verhalten einer Person auf überdauernde Eigenschaften werden aber dadurch erschwert, daß Verhalten immer auf einer Vielzahl von äußeren und inneren Bedingungen beruhen kann. Ein Mann, der mich in der Kneipe anrempelt, mag aggressiv sein. Es ist aber auch möglich, daß er nur betrunken ist oder von einer Gruppe von Freunden zu diesem Verhalten ermutigt wurde. Jemand, der mir hilft, mag hilfsbereit sein oder aber nur berechnend auf einen Gefallen meinerseits abzielen. Meine Reaktion auf das Verhalten anderer wie auch meine Annahme über ihr zukünftiges Verhalten werden wesentlich von meiner Interpretation ihrer Beweggründe beeinflußt. Da aber meine Reaktion wieder Einfluß auf ihr Verhalten hat, hängt von solchen Attributionen - besonders in den Anfangsstadien einer Beziehung - die zukünftige Entwicklung der Beziehung ab.

Welche Information benutzen wir als „naive" Beobachter im Alltag bei Schlußfolgerungen auf die Ursachen, die ein bestimmtes Verhalten eines Interaktionspartners bewirkt hat? Wie läuft dieser Prozeß ab, durch den wir im Alltag die ursachenbezogene Erklärung der Handlung anderer vornehmen? Dies sind Fragen, die die *Attributionstheorie* im Bereich der *interpersonalen* oder *Fremdwahrnehmung* zu klären sucht.

So überraschend es auf den ersten Blick erscheinen mag, treten ähnliche Probleme auch bei der *Selbstwahrnehmung* auf, also bei der Wahrnehmung unserer *eigenen* Einstellungen, Motive, Gefühle und Dispositionen. Die Selbstwahrnehmungstheorie von Bem (1965, 1972) geht sogar explizit davon aus, daß Personen ihre eigenen Einstellungen, Emotionen und andere interne Zustände teilweise erst durch die Beobachtung ihres eigenen Verhaltens und der Berücksichtigung des Verhaltenskontextes kennenlernen. Nach dieser etwas extremen Formulierung sind wir also bei der Schlußfolgerung auf eigene innere Zustände häufig auch in keiner wesentlich günstigeren Position als bei der Erschließung der inneren Zustände anderer Personen.

Im folgenden werden wir erst die Ansätze von Heider (1958), Kelley (1967, 1972, 1973) und Jones und Davis (1965) darstellen, in denen versucht wird, die Grundprinzipien der Attributionsprozesse zu erarbeiten. Obwohl sich zumindest Heider (1958) und Jones und Davis (1965) nahezu ausschließlich mit Fragen der Fremdwahrnehmung befassen, gehen sie davon aus, daß Selbst- und Fremdwahrnehmung nach analogen Prozessen operieren. Allerdings treten bei der Selbstwahrnehmung, vor allem bei der Wahrnehmung der eigenen Gefühle, eine Reihe von spezifischen Problemen auf, die die Behandlung dieser Frage in einem gesonderten Abschnitt notwendig machen.

3.4.1 Attribution und Fremdwahrnehmung

3.4.1.1 Die Theorie von Heider

Heider (1958) geht davon aus, daß wir bei unseren Bemühungen, das Verhalten anderer zu erklären, vorherzusagen und zu beeinflussen, im Alltag nicht anders verfahren als in der Wissenschaft und versuchen, Verhalten auf relativ überdauernde Bedingungen in der handelnden Person und/oder ihrer Umwelt zurückzuführen. Eines der Hauptprobleme besteht hierbei für den Beobachter darin, abzuschätzen, inwieweit *Personen-* oder *Umweltfaktoren* zu einem bestimmten Handlungsergebnis beigetragen haben. Die Attributionstheorie beschreibt diesen Interpretationsprozeß sowie die Informationen, die dabei herangezogen werden.

Wenn etwa der Gymnasiast Peter in einer Lateinarbeit eine mangelhafte Note erhält, stehen seiner Mutter eine beschränkte Zahl von Erklärungsmöglichkeiten offen. Sie kann sich sagen, daß Peter einfach keine *Fähigkeit* für Latein hat, etwa weil ihm ein Sprachtalent abgeht. Andererseits kann sie aber auch annehmen, daß Peters an sich hohe Begabung aufgrund *mangelnder Anstrengung* nicht zum Tragen kam. (Der Junge ist ja so gescheit, wenn er nur arbeiten würde!) In beiden Fällen würde sie von einer persönlichen Verursachung ausgehen, obwohl man für Dummheit gewöhnlich weniger verantwortlich gemacht wird als für Faulheit. Andererseits könnte die Mutter das Unglück natürlich auf Umweltfaktoren zurückführen. Die Lateinarbeit war viel zu *schwierig*, die ganze Klasse hat schlecht abgeschnitten. Oder aber Peter hat einfach diesmal Pech gehabt, es war alles ein unglücklicher *Zufall* und wird nicht mehr passieren. Vermutlich wird ihre endgültige Erklärung eine Mischung aller vier Faktoren enthalten, wobei allerdings die Maßnahmen, die sie ergreifen wird, je nach der relativen Stärke der einzelnen Attributionen unterschiedlich ausfallen werden. Ist Peter nämlich für Latein zu dumm, sollte man vielleicht eine andere Schulrichtung erwägen; ist er hingegen zu faul, wären vielleicht Hausarrest, die Abmeldung im Sportverein und andere Maßnahmen in Betracht zu ziehen, die es Peter ermöglichen würden, mehr Zeit auf seine Hausarbeiten zu verwenden. Bei zu hohem Schwierigkeitsgrad der Arbeiten könnte ein Besuch beim Lateinlehrer angebracht sein. Führt man das Ergebnis hingegen auf Zufall zurück, wird man nichts unternehmen und abwarten.

Heider (1958) spricht von der *wirksamen Kraft* (ff) der Person oder der Umwelt, wenn er die Gesamtheit der Kräfte meint, die aus der einen oder anderen Quelle stammen. Ein Handlungsergebnis ist von der jeweiligen Stärke der wirksamen Kraft der Person und der Umwelt abhängig. Heider geht davon aus, daß die beiden Kräfte additiv verknüpft sind, da ein bestimmtes Handlungsergebnis manchmal auch in Abwesenheit der einen Kraft, allein aufgrund der anderen zustande kommen kann. (Zum Beispiel mag jemand, der über einen See rudert und einschläft, sich beim Aufwachen vom Wind ans erwünschte Ufer getrieben finden.)

Die effektive persönliche Kraft besteht aus zwei Komponenten, einem *Machtfaktor* (power), der gewöhnlich durch die Fähigkeit einer Person repräsentiert wird, und einem *Motivationsfaktor*, der sich sowohl auf das bezieht, was eine Person zu tun versucht (ihre Absicht), als auch darauf, wie sehr sie sich bemüht, ihr Ziel zu erreichen (Anstrengung). Heider (1958) geht von einer multiplikativen Verknüpfung von Macht (Fähigkeit) und Motivation (Anstrengung) aus. Wenn etwa Peter sich überhaupt nicht anstrengt, schreibt er auch bei hoher Begabung schlechte Arbeiten. Andererseits, wenn er unsäglich dumm ist, nützt auch große Anstrengung wenig.

Die effektive Kraft der Umwelt besteht in der Regel aus zwei Komponenten, nämlich der *Schwierigkeit* der zu vollbringenden Aufgabe und dem *Zufall*. Obwohl Heider (1958) die Kombination dieser Faktoren nicht explizit bespricht, kann hier wiederum von einer additiven Verknüpfung ausgegangen werden, denn einerseits können Aufgaben auch ohne Einwirkung des Zufalls erfolgreich abgeschlossen werden, andererseits löst man aber manchmal durch Glück ein an sich unlösbares Problem oder versagt aus Pech bei einer leichten Aufgabe.

Werden Handlungsergebnisse überwiegend auf die Wirkung von Fähigkeit und Anstrengung zurückgeführt, also auf interne Faktoren der Person, dann spricht man von einer *internen* Attribution. Werden Handlungsergebnisse hingegen überwiegend durch Umwelteinflüsse erklärt, also personenexterne Faktoren, dann spricht man von einer *externen* Attribution. Dem Beobachter eines Handlungsergebnisses stehen also in der Regel vier potentielle Ursachen zur Verfügung, die er für das Zustandekommen des Ergebnisses verantwortlich machen kann: Fähigkeit (F), Anstrengung (A), Schwierigkeit (S) und Zufall (Z). Zwei dieser Faktoren (F, A) sind *Personenfaktoren* und zwei (S, Z) *Umweltfaktoren.* Weiner et al. (1972) betonen zusätzlich noch die Unterscheidung in *variable* und *überdauernde* Faktoren. Während die Fähigkeit einer Person zur Durchführung einer Aufgabe sowie die Schwierigkeit der Aufgabe relativ stabile, überdauernde Faktoren sind und höchstens längerfristigen Veränderungen unterworfen, können Zufall und Anstrengung von Augenblick zu Augenblick variieren und werden deshalb bevorzugt zur Erklärung von kurzzeitigen Leistungsveränderungen herangezogen.

Heider (1958) geht also davon aus, daß ein Beobachter bei seiner Interpretation eines Handlungsergebnisses H folgendes algebraisches Modell des Zusammenwirkens der vier Ursachen-Faktoren heranzieht:

$$H = f\left[(F \times A) + (S + Z)\right]$$

Da gewöhnlich alle vier Faktoren, wenn auch in unterschiedlicher Stärke, zu einem Handlungsergebnis beitragen, und da weiterhin je nach dem relativen Beitrag der einzelnen Komponenten recht unterschiedliche Prognosen über zukünftige Handlungsergebnisse der Person in vergleichbaren Situationen getroffen werden müssen, ist es wichtig zu wissen, welche *Informationen* ein Beobachter für diese Schlußfolgerungen heranzieht. Heider (1958) und später Weiner et al. (1972) diskutieren folgende Hinweise, die Beobachtern die Einschätzung des relativen Beitrags der vier Komponenten zu einem Handlungsergebnis erlauben:

Fähigkeit: Die Fähigkeit einer Person für eine bestimmte Aufgabe wird häufig aus den Leistungen erschlossen, die sie in der Vergangenheit bei ähnlichen Aufgaben erbracht hat. Wenn Peter in Latein bisher immer gut abgeschnitten hat, ist eigentlich anzunehmen, daß er über gute Fähigkeiten auf diesem Gebiet verfügt. Ein weiterer wichtiger Hinweis für die Fähigkeitsattribution ist die relative Leistung einer Person im Vergleich zu anderen. Wenn Peter notenmäßig an der Spitze seiner Klasse steht, wird man ihn für fähiger halten, als wenn seine Noten unter dem Klassendurchschnitt liegen.

Aufgabenschwierigkeit: Die Erfolgsquote bei einer Aufgabe ist wohl der wichtigste Hinweis für ihre Schwierigkeit. Wenn nur wenige erfolgreich abschneiden, wird man eine Aufgabe für schwieriger halten als wenn praktisch alle Erfolg haben. Heider (1958, S.90) führt weiterhin auch sichtbare Anstrengung als möglichen Hinweis für Aufgabenschwierigkeit an. Man denke nur an den Pantomimen, der eine Gummi-Hantel mit theatralischem Stöhnen hochstemmt und damit das unerhörte „Gewicht" dieser Hantel sichtbar macht.

Zufall: Hervorstechende Inkonsistenz einer Leistung ist wohl der Haupthinweis auf den Beitrag des Zufalls. Wenn ein Anfänger der Schießkunst, der sonst immer an der Scheibe vorbeischießt, plötzlich ins Schwarze trifft oder der Klassenprimus eine fünf in Latein erhält, wird man geneigt sein, diese Ereignisse dem Zufall zuzuschreiben. Weiterhin zieht man den Zufall zur Erklärung von Ergebnissen bei sogenannten Glücksspielen heran.

Anstrengung: Bei körperlicher Anstrengung sind die Zeichen wie Anspannung der Muskeln, Perspiration usw. relativ leicht ersichtlich. Bei geistiger Anspannung hingegen muß man sich auf die Einschätzung der Konzentration oder des Aufwands für die Vorbereitung verlassen. Wenn sich etwa Peter wochenlang auf die Lateinarbeit vorbereitet hat, während er auf andere Arbeiten, bei denen er besser abschnitt, nur wenig Zeit verwendet hatte, dann wird man die schlechte Leistung kaum auf mangelnde Anstrengung attribuieren können.

Obwohl Heider dies nie besonders betont, geht er davon aus, daß kein grundsätzlicher Unterschied zwischen der zwischenmenschlichen und der Selbstwahrnehmung besteht. Zwar wird Peters Mutter möglicherweise zu einer anderen Interpretation seines Mißerfolgs bei der Lateinarbeit gelangen als er selbst, wenn er heimlich Kriminalromane las, während seine Mutter glaubte, er bereite sich auf die Arbeit vor. Wenn aber beide über gleiche Informationen verfügen, dann sollten auch ihre Attributionsprozesse auf vergleichbare Art verlaufen und zu gleichen Ergebnissen führen.

3.4.1.2 Die Kovariationsanalyse von Kelley

Mit der Entwicklung eines „varianzanalytischen" Modells der Attribution systematisierte Kelley (1967) die Überlegungen Heiders. Er geht davon aus, daß ein Beobachter, dem Informationen aus mehrfachen Beobachtungen einer Person zur Verfügung stehen, eine „naive" Version von Mills „Methode der Unterschiede" zur Anwendung bringt, das *Kovariationsprinzip,* das Kelley folgendermaßen beschreibt:

Bei mehrmaliger Beobachtung wird ein Effekt (Empfindung, Handlung, Ergebnis) immer der Bedingung (Ursache) zugeschrieben, die zugegen ist, wenn der Effekt auftritt, aber abwesend ist, wenn der Effekt nicht auftritt. Er wird also auf die Ursache zurückgeführt, mit der er über die Zeit hinweg kovariiert.

Die unabhängigen Variablen dieser quasi-experimentellen Analyse sind die potentiellen Ursachen, die abhängigen Variablen sind die beobachteten Effekte. Kelley unterscheidet drei Klassen von potentiellen Ursachen: *Reizgegebenheiten, Personen* und *Zeitpunkte/Modalitäten.* Obwohl er dies nicht ausdrücklich feststellt, ist anzunehmen, daß diese Klassen die möglichen Ursachenarten abdecken. In jeder Attribution wird es eine Reizquelle geben, die Kelley unter die Klasse der Reizgegebenheiten subsumiert. Weiterhin wird es einen Beobachter geben, der zusammen mit anderen Personen in die Klasse der Personen gehört und einen Beobachtungskontext, den Kelley in Zeitpunkte und Modalitäten aufteilt. Wenn wir jetzt die Reizgegebenheiten, Personen und Zeitpunkte/Modalitäten jeweils auf einer Dimension anordnen, können wir den in Abbildung 3.1 dargestellten Attributions-Datenwürfel herstellen. Kelley (1967) nimmt an, daß ein Beobachter zu einer Ursachen-Zuschreibung gelangt, indem er das Kovariationsprinzip entlang jeder der drei Dimensionen anwendet.

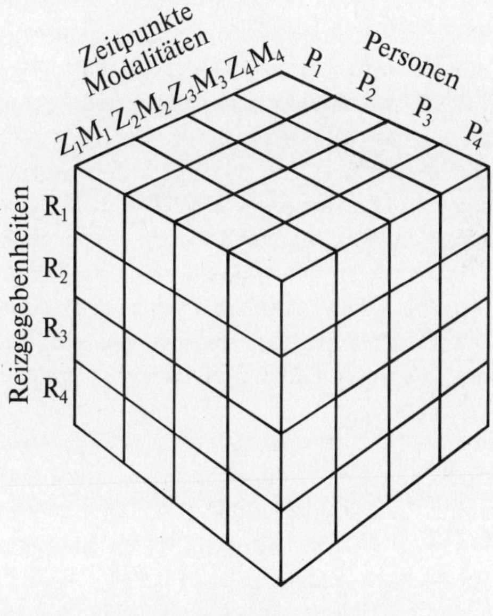

Abbildung 3.1: Der varianzanalytische Bezugsrahmen für ursächliche Schlußfolgerungen (nach Kelley, 1967).

Greifen wir nochmals auf den Gymnasiasten Peter zurück, der eine schlechte Lateinarbeit geschrieben hat und bei dem es zu klären gilt, ob dies an ihm lag (mangelnde Fähigkeit, mangelnde Anstrengung) oder etwa an den überzogenen Anforderungen in Latein (Aufgabenschwierigkeit). Diese Frage kann man mittels des Kovariationsprinzips folgendermaßen angehen:

Wenn sich herausstellt, daß Peter in allen Fächern schlecht steht (Reizgegebenheiten), daß dies schon immer so war (Zeitpunkte), daß er auch mündlich regelmäßig schlechte Noten erhält (Modalität) und weiterhin, daß alle Klassenkameraden in dieser Arbeit wesentlich besser abgeschnitten haben als er (Personen), dann würde man Peter für das Versagen verantwortlich machen (interne Attribution) und ihn für faul oder dumm halten. Stellt sich hingegen heraus, daß Peter nur in Latein, nicht aber in anderen Fächern schlecht abgeschnitten hat, daß er auch schon früher in Latein mündlich und schriftlich schlechtere Noten erhielt als in anderen Fächern und daß auch die meisten Klassenkameraden in Latein ziemlich schlecht abschneiden, dann würde man vermutlich folgern, daß eben in Latein überhöhte Anforderungen gestellt werden (externe Attribution). Die Residualkategorie der besonderen Umstände würde man hingegen heranziehen, wenn man erführe, daß Peter mündlich wie schriftlich seit Jahren gut steht und daß er als einziger in dieser Arbeit ein derart schlechtes Ergebnis erzielt hat.

Unsere Schlußfolgerungen bei mehrfacher Beobachtung einer Person hängen also von unserer Information über den Grad der Ausprägung von vier Kriterien ab: Die *Distinktheit* ist hoch, wenn der Effekt nur in Gegenwart der Reizgegebenheit, nicht aber in ihrer Abwesenheit auftritt (Peter schneidet nur in Latein schlecht ab; in anderen Fächern hat er gute Noten); die *zeitliche Konsistenz* ist hoch, wenn die Reizgegebenheit den Effekt auch zu verschiedenen Zeitpunkten erzeugt (Peter schreibt in jeder Lateinarbeit schlechte Noten); die *Konsistenz über Modalitäten* ist hoch, wenn die Reizgegebenheiten bei verschiedenen Interaktionsmodalitäten denselben Effekt erzeugen (Peter erhält in Latein auch mündlich schlechte Noten); der *Konsensus* ist hoch, wenn die Reizgegebenheiten bei allen Personen denselben Effekt erzeugen (auch alle Klassenkameraden schneiden in Latein schlecht ab). Die verschiedenen Informationsmuster, die zu einer Zuschreibung auf eine Reizgegebenheit, eine Person oder besondere Umstände führen, sind in Tabelle 3.1 nochmals zusammengefaßt.

Wie Heider (1958) unterscheidet also auch Kelley (1967) zwei Umweltfaktoren (Reizgegebenheiten, Umstände), wobei die besonderen Umstände etwa mit dem Heiderschen Zufall vergleichbar sind. Denn wenn ein Effekt als Folge einer besonderen Kombination von Umständen auftritt,

Tabelle 3.1: Informationsmuster, die zu Sachverhalts-, Personen- und Umstände-Attributionen führen.

Ursachen	Informationen			
	Distinktheit	Konsistenz über Zeitpunkte	Konsistenz über Modalitäten	Konsensus
Reizgegebenheit	hoch	hoch	hoch	hoch
Person	niedrig	hoch	hoch	niedrig
Umstände	hoch	niedrig	niedrig	niedrig

dann wird man ihn in den meisten Fällen dem Zufall zuschreiben. Bei den wirksamen Kräften der Person unterscheidet Kelley nicht zwischen Fähigkeit und Anstrengung, obwohl eine solche Analyse in sein Modell integriert werden könnte. Auch Kelley geht davon aus, daß die Attribution bei Fremd- und Selbstwahrnehmung nach denselben Prinzipien operiert.

Empirische Überprüfung: Die wohl systematischste Prüfung von Kelleys (1967) ANOVA-Modell wurde von McArthur (1972) durchgeführt, die Versuchspersonen Informationen über das Verhalten fiktiver Personen zur Beurteilung vorlegte. In diesen Informationen wurde unter anderem Distinktheit, Konsistenz und Konsensus entsprechend einem 2 x 2 x 2-faktoriellen Versuchsplan variiert. So erhielt eine Versuchsperson etwa folgende Information: John lacht über den Komiker A (das zu erklärende Verhalten). John hat kaum je über einen Komiker gelacht (Distinktheit). Über den Komiker A hat er aber auch in der Vergangenheit immer gelacht (Konsistenz). Beinahe jeder lacht über den Komiker A (Konsensus). Die Versuchspersonen mußten dann aus vier vorgegebenen Ursachen (Person, Reizgegebenheit, Umstände, Kombination der drei Ursachen) die für das beschriebene Verhalten wahrscheinlichste Ursache auswählen. Die Ergebnisse bestätigten die Vorhersage des ANOVA-Modells.

Ungeklärt ist allerdings bisher die *relative* Bedeutung von Distinktheit, Konsistenz und Konsensus bei der Erzeugung von stabilen Attributionen. Überraschenderweise hat sich hier in mehreren Untersuchungen (etwa: Feldman et al., 1976; Hansen & Donoghue, 1977; Nisbett & Borgida, 1975) gezeigt, daß sich gerade die Konsensus-Information, der man intuitiv den größten Einfluß auf die Attributionen zumessen würde, nur wenig auswirkte. Dies kann aber an Schwächen dieser Experimente gelegen haben, in denen unterlassen wurde, Informationen über Sachkenntnis oder Einstellungsähnlichkeit der anderen Personen zu vermitteln. Konsensus ist aber sicherlich nur dann bedeutsam, wenn es sich um Experten oder Bezugspersonen handelt.

3.4.1.3 Die Konfigurationsanalyse von Kelley

Für Attributionen mittels der Kovariationsanalyse benötigt ein Beobachter stets Informationen aus mehrfachen Beobachtungen. Diese stehen aber häufig nicht zur Verfügung. Wir scheinen dennoch in der Lage zu sein, auch bei nur einmaliger Beobachtung eines bestimmten Effektes recht zutreffende Vermutungen über seine potentiellen Ursachen anzustellen. Dabei wird vermutlich auf frühere Erfahrungen aus ähnlichen Situationen zurückgegriffen.

In einer Untersuchung von Thibaut und Riecken (1955) mußten studentische Versuchspersonen, die eine Person mit niedrigerem Status (Erstsemester) und eine mit höherem Status (Doktorand) erfolgreich zu einer Hilfeleistung (Blutspende) überredet hatten, die Beweggründe der beiden Personen interpretieren. Die Versuchsperson konnte das Verhalten entweder auf Eigenschaften der Person, etwa ihre Hilfsbereitschaft, zurückführen oder aber auf externe Ursachen, etwa den durch sie selbst ausgeübten Druck. Eine Entscheidung zwischen diesen beiden Möglichkeiten wäre natürlich erheblich einfacher gewesen, wenn die Versuchsperson die beiden anderen schon mehrfach in Hilfe-Situationen beobachtet hätte. Wenn etwa die eine gerade zuvor einer alten Frau über die Straße geholfen und einem Bettler Geld gegeben hätte, wäre die Interpretation ihres im Experiment gezeigten Verhaltens relativ eindeutig gewesen. Aber die Versuchspersonen verfügten nur über Informationen aus einer einmaligen Verhaltensbeobachtung. Dennoch waren sie nur bei der Interpretation des Verhaltens der Person mit niedrigerem Status unsicher, während sie bei der Person mit höherem Status einheitlich zu einer internen Attribution gelangten.

Kelley (1973) nimmt an, daß die Versuchspersonen etwa folgende Überlegungen anstellten: Der Doktorand hat einen viel höheren Status als ich. Er wird sich also durch mich kaum haben einschüchtern lassen. Trotzdem hat er sich bereit erklärt, mir zu helfen. Das beweist, daß er ein netter, hilfsbereiter Mensch ist (interne Attribution). Der Student im ersten Semester mußte sich natürlich von mir, einem höheren Semester, etwas unter Druck gesetzt fühlen. Möglicherweise hat er nur deshalb zugestimmt. Auf der anderen Seite ist auch möglich, daß er sich aus reiner Hilfsbereitschaft und Nettigkeit bereit gefunden hat, mir zu helfen. Ich kann also hier nicht richtig entscheiden, ob sein Verhalten intern oder extern erklärt werden sollte. In diesem Fall wird also Hilfsbereitschaft als Ursache angezweifelt, da eine weitere plausible Ursache (externer Druck) gegeben war, die das Verhalten auch hätte bewirken können. Kelley (1972) nennt diese Abwertung einer Ursache aufgrund der Gegenwart weiterer plausibler Ursachen das *Abwertungsprinzip.*

Bei der Interpretation von Verhaltensweisen in derartigen Situationen greift man nach Kelley (1973) auf „kausale Schemata" zurück, also Annahmen darüber, wie zwei oder mehr Ursachen-Faktoren in der Erzeugung bestimmter Effekte zusammenwirken. Diese Annahmen beruhen auf früheren Beobachtungen oder auf dem, was man über die kausale Struktur der Realität von anderen gelernt hat. Im Prinzip werden durch kausale Schemata die unvollständigen Datenmuster einer Einzelbeobachtung mittels der Erfahrungen aus früher in ähnlichen Situationen durchgeführten Kovariationsanalysen vervollständigt.

Eines der grundlegenden kausalen Schemata, das Kelley bespricht, ist das der *mehrfachen hinreichenden Ursachen.* Hier wird vom Beobachter angenommen, daß jede der Ursachen für sich alleine ausreicht, um einen Effekt zu erzeugen. Das Abwertungsprinzip ist ein Spezialfall dieses Schemas. Bei Anwendung dieses Schemas können Schlußfolgerungen auf interne Verursachung nur in Abwesenheit einer externen Verursachung einigermaßen eindeutig vollzogen werden. Deshalb gelangten die Versuchspersonen im Experiment von Thibaut und Riecken (1955) auch nur bei der Person mit hohem Status zu einer einheitlichen Attribution. Bems (1965) Interpretation der „forced compliance"-Experimente (etwa: Cohen, 1962) ist ein weiteres Beispiel für das Abwertungsprinzip. Eine Versuchsperson, die aus ihrem eigenen Verhalten (dem Schreiben eines einstellungskonträren Aufsatzes) Schlußfolgerungen auf ihre Einstellung (interne Ursache) zum Aufsatzthema ziehen möchte, wird den diagnostischen Wert ihres Verhaltens unterschiedlich beurteilen, je nachdem ob eine starke externe Ursache (Bezahlung) gegeben war oder nicht.

Ein weiteres Schema, das Kelley (1972, 1973) das Schema der *kompensatorischen Ursachen* bezeichnet, ist bei gegenläufiger Wirkung der Ursachen gegeben, etwa wenn die externe Ursache die Wirkung der internen Ursache nicht fördert, sondern unterdrückt.[4] Dann wird man in Gegenwart einer ex-

[4] Leider ist Kelley (1972) in diesem Fall in seiner Klassifizierung nicht völlig konsistent und behandelt Sonderfälle des Schemas für kompensatorische Ursachen als mehrfache hinreichende Ursachen. Erst 1973 stellt Kelley eindeutig fest, daß das Aufwertungsprinzip immer kompensatorische Ursachen impliziert.

ternen Ursache noch stärker auf eine interne Ursache attribuieren als wenn keine externe Ursache gegeben ist. Nehmen wir einmal an, zwei Personen sprechen sich für das Hochschulrahmengesetz aus. Während der eine ein Hochschullehrer ist, der seine Äußerungen vor einer Gruppe von Kollegen macht, ist der andere eine Student, der bei einer Fachschaftsvollversammlung spricht. Angesichts der extremen Opposition gegen das HRG von seiten der Fachschaften, würde man dem Studenten, der sich trotz des heftigen Gruppendrucks äußert, eine wesentlich positivere und intensivere Einstellung zum HRG zuschreiben als dem Hochschullehrer. Dies bezeichnet Kelley (1972, 1973) als das *Aufwertungsprinzip.*

Bei extremen oder ungewöhnlichen Effekten wird häufig das Schema für *mehrfache notwendige Ursachen* zur Interpretation herangezogen. Wenn jemand etwa eine ganz hervorragende Leistung vollbringt, dann geht ein Beobachter davon aus, daß dies nicht nur allein aufgrund von Fähigkeit oder allein aufgrund von Anstrengung erreicht werden konnte, sondern daß eine Person sowohl fähig sein mußte und sich angestrengt haben mußte, um derart gut abzuschneiden. Bei Anwendung des Schemas für mehrfache notwendige Ursachen wird angenommen, daß beide Ursachen gegeben sein müssen, um den beobachteten Effekt zu erzielen.

Algebraisch gesehen scheinen sowohl das Schema für mehrfache hinreichende Ursachen wie auch das Schema für kompensatorische Ursachen auf Annahmen über eine additive Kombination der Wirkungen zu beruhen. Beim Abwertungsprinzip wird von gleichen, beim Aufwertungsprinzip hingegen von umgekehrten Vorzeichen ausgegangen. Das Schema für mehrfache notwendige Ursachen impliziert hingegen die Annahme einer multiplikativen Verknüpfung der Wirkungen. Der Effekt kann nicht auftreten, wenn eine Ursache abwesend – also in ihrer Wirkung gleich Null – ist. Allerdings sind diese Implikationen, besonders was die algebraische Verknüpfung im kompensatorischen Schema angeht, nicht völlig eindeutig. Im Vergleich zur Kovariationsanalyse scheint mir die Schema-Analyse wegen der Unklarheit über die zugrunde liegenden Prozesse einen theoretischen Rückschritt zu bedeuten. Die Schema-Analyse ist auch bisher in empirischen Untersuchungen kaum direkt überprüft worden.

3.4.1.4 Die Theorie der korrespondierenden Schlußfolgerungen

Während sich Heiders (1958) Überlegungen, aber vor allem die Kovariationsanalyse von Kelley (1967) hauptsächlich mit der Unterscheidung zwischen *Personen-* und *Umwelt*-Verursachung befassen, setzt sich die Theorie der „korrespondierenden Schlußfolgerungen" von Jones und Davis (1965) mit der Frage auseinander, wie ein Beobachter nach Bejahung persönlicher Verursachung die Beweggründe analysiert, die zu einer Handlung geführt haben. Sie versucht zu klären, wie ein Beobachter, der davon ausgeht, daß die Konsequenzen einer Handlung für die handelnde Person vorhersehbar waren und daß diese die für das Handlungsergebnis benötigte Fähigkeit besaß, Rückschlüsse auf die Motive des Handelnden zieht. Selbst wenn man nämlich weiß, daß jemand mit Absicht gehandelt hat, weiß man noch nicht unbedingt, was seine Absicht war, denn Handlungen haben in der Regel mehrere Konsequenzen, von denen möglicherweise nur eine oder wenige die Handlung motiviert haben. Dabei kann man davon ausgehen, daß eine Handlung stets das Endprodukt einer Entscheidung ist, bei der mindestens eine Handlungsalternative, die auch aus Inaktivität bestanden haben kann, bevorzugt wurde. Ohne ein Mindestmaß an Wahlfreiheit wäre auch keine persönliche Verantwortung gegeben.

Die Gemeinsamkeit von Konsequenzen: Um herauszufinden, welche Konsequenzen einer Handlung tatsächlich beabsichtigt waren, wird ein Beobachter als erstes die Konsequenzen der Handlung mit denen der unterbliebenen Handlungsalternativen vergleichen. Dabei wird er als Gründe für die zwischen zwei Alternativen getroffene Entscheidung alle die Handlungskonsequenzen ausschließen, die den beiden Alternativen gemeinsam sind. Offensichtlich muß der Grund für eine Bevorzugung von A gegenüber B in ihren Unterschieden und nicht in ihren Gemeinsamkeiten gesucht werden.

Nehmen wir einmal folgendes Beispiel: Der Hochschullehrer H, der an der Universität Bochum arbeitet, nimmt einen Ruf nach Marburg an. Der Beobachter B weiß, daß beide Stellen gleich gut bezahlt werden, daß beide Institute gute Arbeitsmöglichkeiten bieten, daß die Kollegen in beiden Instituten gleich verträglich sind, daß aber die Lebensqualität von Marburg wesentlich höher ist als die von Bochum. Bezahlung, gute Arbeitsmöglichkeiten, nette Kollegen sind also Effekte, die beiden Instituten gemeinsam sind und können somit nicht der Grund für H's Stellenwechsel sein. Der Beobachter B wird deshalb die höhere Lebensqualität von Marburg für die Rufannahme verantwortlich machen.

Wenn der Beobachter nun nachträglich erfahren würde, daß H in Marburg auch noch eine zusätzliche Assistentenstelle erwarten konnte, und weiterhin, daß H's Frau, die in Bochum keine Stelle finden konnte, in Marburg ein gutes Angebot hatte, dann wird er möglicherweise die Gültigkeit seiner früheren Interpretation in Zweifel ziehen. Vielleicht war es gar nicht die höhere Lebensqualität von Marburg, sondern die zusätzliche Assistentenstelle oder die Karriere seiner Frau, die H zum Umzug bewegte. Sobald wir *eine* plausible Ursache (positive und nicht-gemeinsame Handlungskonsequenz) identifiziert haben, nimmt die Sicherheit der Schlußfolgerungen mit jeder zusätzlichen plausiblen Ursache ab. Dies war uns ja schon aus Kelleys (1972, 1973) Abwertungsprinzip bekannt.

Die Erwünschtheit der Konsequenzen: Ein zweiter wesentlicher Faktor, den der Beobachter bei seinen Schlußfolgerungen in Betracht zieht, ist die Erwünschtheit der Handlungskonsequenzen. Sind alle nicht-gemeinsamen Handlungskonsequenzen allgemein erwünscht, dann sagen sie wenig über die *besonderen Charakteristiken* der handelnden Person aus. So leben vermutlich die meisten Leute gerne in einer netten Stadt und H's Umzug von Bochum nach Marburg sagt somit wenig über seine persönlichen Eigenschaften aus, außer, daß er eben so ist, wie die meisten anderen. Wenn hingegen, bei sonst identischer Situation, H's Frau in Bochum eine gute Stelle gehabt hätte und Marburg ihr nichts Vergleichbares bieten konnte und wenn weiterhin H in Bochum eine eigene Sekretärin hatte, die er in Marburg mit zwei Kollegen teilen müßte, dann wären wir nicht nur überzeugt, daß H seine Entscheidung für Marburg aufgrund der höheren Lebensqualität getroffen hat, sondern weiterhin, daß ihm *ungewöhnlich* viel an hoher Lebensqualität liegt. Denn welcher Kollege würde schon derartige finanzielle wie arbeitsmäßige Kosten auf sich nehmen, nur um in einer schönen Umgebung zu leben! Man lernt also mehr über die individuellen Charakteristiken einer handelnden Person, wenn sie sich so verhält, wie sich wenige verhalten, also nach weniger wünschenswerten Effekten strebt und/oder hohe Kosten auf sich nimmt, um eine Handlungskonsequenz zu erreichen. Die Annahme, daß einer potentiellen Ursache mehr Bedeutung beigemessen wird, wenn sie trotz der Gegenwart von hindernden Ursachen (etwa: Kosten, Gruppendruck) ein Verhaltensergebnis herbeiführt, ist uns aus Kelleys (1972, 1973) Aufwertungsprinzip bekannt.

Die Korrespondenz von Schlußfolgerungen: Nachdem ein Beobachter erst die den Handlungsalternativen gemeinsamen Konsequenzen von der Betrachtung ausgeschlossen hat und dann die verbleibenden nicht-gemeinsamen Effekte auf ihren allgemeinen Erwünschtheitsgrad hin analysiert hat, kann er jetzt eine Schlußfolgerung bezüglich der persönlichen Motive ziehen, die zu dieser Handlung geführt haben. Die „Korrespondenz" dieser Schlußfolgerung wird von zwei Faktoren abhängen: (1) der Zahl der nicht-gemeinsamen Effekte und (2) der Erwünschtheit dieser Effekte. Vor einer weiteren Präzisierung dieses Zusammenhangs muß jedoch darauf eingegangen werden, was mit der Korrespondenz einer Schlußfolgerung gemeint ist. Nach nicht immer einheitlichen Definitionen schlagen Jones und McGillis (1976) neuerdings folgende Definition vor, die allerdings schon in dem Kapitel von Jones und Davis (1965, S. 234) angedeutet wurde:

> „Wenn sich eine Attribut-Effekt-Verbindung anbietet, die erklären kann, warum eine bestimmte Handlung vollzogen wurde, bezieht sich ‚Korrespondenz' auf das Ausmaß an Information, das über die Wahrscheinlich-

keit oder Stärke des Attributes gewonnen wurde" (Jones & McGillis, 1976, S. 391).

Die Korrespondenz einer Schlußfolgerung aus einer Handlung wird also durch den Gewinn an Information über die handelnde Person bestimmt. Je größer dieser Gewinn ist, um so höher ist die Korrespondenz der Schlußfolgerung. Eine Schlußfolgerung ist von um so höherer Korrespondenz, (1) je geringer die Zahl der nicht-gemeinsamen Effekte und (2) je geringer die allgemeine Erwünschtheit dieser Effekte ist. Dieser Zusammenhang wurde von Jones und Davis (1965) nahezu tautologisch so formuliert: Je mehr distinkte Gründe eine Person für eine Handlung hat und je mehr diese Gründe allgemein erwünscht sind, um so weniger besagt diese Handlung über die persönlichen Eigenschaften der Person.

So einleuchtend diese Formulierung der funktionalen Abhängigkeit der Korrespondenz einer Schlußfolgerung von Distinktheit und Erwünschtheit der Handlungskonsequenzen auch ist, so steht sie doch im Widerspruch zu einem unserer Beispiele. Wir gingen nämlich davon aus, daß sich die Korrespondenz von B's Schlußfolgerungen über H's Bedürfnisse nach Lebensqualität noch erhöhen würde, wenn wir erführen, daß H durch seinen Umzug nach Marburg seine Sekretärin und das Gehalt seiner Frau einbüßte. Mit anderen Worten, die Information über zwei weitere „nicht-gemeinsame" Konsequenzen erhöhte die Korrespondenz statt sie zu erniedrigen. Hier führen Jones und Davis (1965) eine Unterscheidung zwischen positiven und negativen Handlungskonsequenzen ein und argumentieren, daß Handlungen gewöhnlich *trotz* und nicht wegen negativer Konsequenzen (Kosten) ausgeführt werden. So hat etwa der Kauf eines Autos zwei Konsequenzen, nämlich den Erwerb eines Fahrzeugs und eine deutliche Verschuldung. Dennoch wird der normale Beobachter kaum zweifeln, daß das Auto und nicht die Verschuldung das angestrebte Ziel der Handlung darstellte. In Anbetracht dieser Überlegungen müßte die Formulierung der funktionalen Abhängigkeit noch folgendermaßen erweitert werden: Die Korrespondenz einer Schlußfolgerung ist umso größer, (1) je geringer die Zahl der nicht-gemeinsamen positiven Effekte ist, (2) je geringer die Erwünschtheit dieser positiven Effekte ist, (3) je größer die Zahl der nicht-gemeinsamen negativen Effekte ist und (4) je unerwünschter diese negativen Effekte sind.

Das Konzept der Erwünschtheit wurde in der Arbeit von Jones und McGillis (1976) weiter präzisiert. Die Bedeutung der „allgemeinen Erwünschtheit" von Effekten liegt darin, daß sie dem Beobachter Vorhersagen über die in einer Situation wahrscheinlichen Verhaltensweisen erlauben. Der durch die Beobachtung einer Handlung erzielte Informationsgewinn ist um so größer, je geringer die Wahrscheinlichkeit dieses Verhaltens war, je weniger es also erwartet wurde. Wenn sich eine Person genauso verhält, wie jeder es von ihr erwartet hatte, dann sagt diese Handlung wenig Neues über sie. Die *allgemeine* Erwünschtheit von Effekten verliert aber bei Personen, die man kennt, an Bedeutung als Basis unserer Einschätzung spezifischer Handlungswahrscheinlichkeiten. Jones und McGillis (1976) unterscheiden deshalb zwischen „category-based expectancies" und „target-based expectancies". „Category-based expectancies" sind Erwartungen, die allein auf Kenntnis der Gruppenzugehörigkeit einer Person, also auf Stereotypen, beruhen. „Target-based expectancies" sind hingegen Erwartungen, die man aufgrund von früheren Beurteilungen der Person gebildet hat. Die Aufgabe des Beobachters besteht hier darin, aus den Persönlichkeitseigenschaften, Motiven und Einstellungen, die er der Person in vorangegangenen Interaktionen zugeschrieben hat, für das gegenwärtig beobachtete Verhalten relevante Attributionen zu extrapolieren. Diese Extrapolationen beruhen auf den „naiven" oder „impliziten Persönlichkeitstheorien" des Beobachters, also seinen Annahmen darüber, welche Eigenschaften zusammenpassen und zusammen vorkommen. Wenn man etwa aufgrund früherer Interaktionen zu dem Schluß gekommen ist, daß eine Person warmherzig ist, dann wird man eher dazu neigen, ein relevantes Verhalten als Zeichen ihrer Großzügigkeit einzuschätzen als wenn man die Person für kaltherzig hält. Während Attributionen zu Beginn einer Bekanntschaft notgedrungen von kategorialen Annahmen ausgehen müssen, lassen sich diese bei näherer Bekanntschaft mehr und mehr durch personen-spezifische Erwartungen ersetzen, was eine erhöhte Validität der Verhaltenserklärung zur Folge haben sollte.

Empirische Überprüfung: Eine der klassischen Untersuchungen zur Theorie der korrespondierenden Schlußfolgerung wurde schon 1961 von Jones et al. veröffentlicht. In dieser Untersuchung mußten Versuchspersonen eine andere Person (Student) aufgrund eines Tonbandes beurteilen, das eine gespielte Interview-Situation wiedergab, in der sich diese Person entweder als U-Boot-Fahrer oder als Astronaut bewarb. Zu Beginn des Tonbands hörten die Versuchspersonen, wie der Student über seine Rolle aufgeklärt wurde. Je nach Bedingung wurden entweder die Eigenschaften eines idealen U-Boot-Fahrers (gehorsam, kooperativ, anschlußfreudig) oder eines idealen Astronauten (verschlossen, eigenbrödlerisch, unabhängig) beschrieben. Anschließend hörten die Versuchspersonen in beiden Versuchsbedingungen entweder ein Interview, in dem sich der Student sehr extravertiert-außengeleitet oder sehr introvertiert-innengeleitet gab. Das extravertierte wie das introvertierte Verhalten war somit in der Hälfte der Fälle rollenkonsistent (U-Boot-Fahrer – extravertiert, Astronaut – introvertiert), in der anderen Hälfte der Fälle hingegen inkonsistent (U-Bootfahrer – introvertiert,

Astronaut – extravertiert). Anschließend mußten die Versuchspersonen aufgrund des Interviews die „wirkliche Persönlichkeit" des Studenten, seine Anschlußfreudigkeit und Bereitschaft zur Konformität beurteilen. In Bestätigung der Vorhersagen gaben die Versuchspersonen bei rolleninkonsistentem Verhalten extremere Einstufungen mit höherer Sicherheit ab. Sowohl das extravertierte wie das introvertierte Verhalten sagte also mehr über die Persönlichkeit des interviewten Studenten aus, wenn es rolleninkonsistent und damit unerwartet war. Nach der Kelleyschen (1972, 1973) Konfigurationsanalyse würde man sagen, daß bei rolleninkonsistentem Verhalten das Aufwertungsprinzip, bei rollenkonsistentem Verhalten hingegen das Abwertungsprinzip zur Wirkung kam.

Weitere Überprüfungen der Theorie wurden von Jones und Harris (1967) und Jones et al. (1971) durchgeführt, die die „wahre" Einstellung eines Kommunikators aufgrund seiner Kommunikation beurteilen ließen. Jones und Mitarbeiter benutzten in ihren Experimenten folgende einfache Versuchsanordnung: Die Versuchspersonen hörten oder lasen einen Aufsatz, in dem zu einer Frage (etwa: Legalisierung von Marihuana) eine recht extreme „Pro-" oder „Anti"-Position vertreten wurde. Sie glaubten entweder, daß der Kommunikator seine Position völlig frei wählen konnte (großer Freiheitsspielraum) oder daß ihm die Position vom Versuchsleiter vorgeschrieben worden war (geringer Freiheitsspielraum). In den Versuchspersonen wurde aufgrund von „category-based information" (Jones & Harris, 1967) oder „target-based information" (Jones et al., 1971) die Erwartung hervorgerufen, daß der Kommunikator selbst eine „Pro"- oder eine „Anti"-Position zu der Frage habe. In Tabelle 3.2 sind die mittleren Attributionen der Versuchspersonen in der Untersuchung von Jones et al. (1971) dargestellt. In den Bedingungen mit großem Freiheitsspielraum hatten die Erwartungen keinen Einfluß auf die Attributionen, die hier völlig von der in der Kommunikation manifestierten Einstellung bestimmt wurden. Bei geringem Freiheitsspielraum hingegen scheinen die Attributionen eine Art von Kompromiß zwischen der erwarteten und der tatsächlich manifestierten Einstellung darzustellen. Der starke Einfluß, den die im Aufsatz vertretene Position auf die Attributionen ausübt, ist erstaunlich, wenn man bedenkt, daß die Versuchspersonen glaubten, die Richtung des Aufsatzes sei vom Versuchsleiter vorgeschrieben. Möglicherweise gingen die Versuchspersonen davon aus, daß ein Kommunikator, dem die vorgeschriebene Kommunikation extrem widerstrebte, das Schreiben des Aufsatzes hätte ablehnen können. Auch die Variabilität der Attribution entspricht den Erwartungen. Sie ist bei geringerem Freiheitsspielraum deutlich höher, wenn die erwartete Einstellung nicht mit der tatsächlich vertretenen Position übereinstimmte.

Tabelle 3.2: Attribution der Einstellungen zur Legalisierung von Marihuana (nach Jones et al., 1971).

		„Anti"-Aufsatz		„Pro"-Aufsatz	
		„Anti"-Erwartung	„Pro"-Erwartung	„Anti"-Erwartung	„Pro"-Erwartung
Großer Freiheitsspielraum	M s^2	5,43[a] 0,26	5,79 0,18	1,21 0,18	1,57 0,26
Geringer Freiheitsspielraum	M s^2	5,57 0,42	4,29 2,84	3,57 1,65	1,21 0,18

[a] Höhere Mittelwerte sprechen für die Attribution von „Anti"-Einstellungen. N = 14 in allen Zellen.

Obwohl einzelne aus der Theorie der korrespondierenden Schlußfolgerungen abgeleitete Vorhersagen auch noch in anderen Untersuchungen überprüft wurden (für eine Übersicht über neuere Arbeiten siehe: Jones & McGillis, 1976), steht eine systematische Überprüfung der Theorie bis heute aus. Bei der Offensichtlichkeit vieler der Vorhersagen der Theorie ist allerdings zu verstehen, daß diese umfangreiche Aufgabe bisher auf geringes Interesse gestoßen ist.

3.4.2 Theorien der Selbstwahrnehmung

3.4.2.1 Die Selbstwahrnehmung von Einstellungen

Bei den zahlreichen Schwierigkeiten, denen sich ein Beobachter bei Schlußfolgerungen auf die Einstellungen anderer ausgesetzt sieht, wird sich der Leser mit Erleichterung der Selbstwahrnehmung zuwenden. Wie wir aber schon zu Beginn des Kapitels ausführten, ist diese Erleichterung verfrüht. Häufig sieht sich nämlich der Beobachter bei der Selbstwahrnehmung denselben Schwierigkeiten ausgesetzt, die ihm schon bei der Fremdwahrnehmung das Schlußfolgern erschweren. Dies rührt daher, daß ihm auch bei der Selbstwahrnehmung oft nur dieselbe Art von Informationen zur Verfügung steht. Bem (1965) formulierte diesen Zusammenhang folgendermaßen:

> „... die Aussagen, die eine Person über ihre Meinungen und Einstellungen macht, und die Meinungen und Einstellungen, die ihr ein Beobachter zuschreiben würde, sind in dem Sinne funktional gleichzusetzen, daß sie von denselben Informationen abgeleitet sind, nämlich von den ‚öffentlichen' Reizen und Ereignissen, die von der Gemeinschaft (den Sozialisierungsagenten) ursprünglich benutzt wurden, um es dem Individuum beizubringen, solche selbstbeschreibenden Äußerungen zu machen" (S. 200).

Nach einem Jahrzehnt stetiger Berieselung mit attributionstheoretischen Arbeiten ist diese Aussage kaum mehr provokativ. Ich kann mich aber noch gut daran erinnern, daß ich den Artikel beim ersten Lesen an dieser Stelle ungläubig und sprachlos beiseite legte. Hatte hier doch jemand den Nerv, zu behaupten, man wüßte *selbst* nicht mehr über seine *eigenen* Einstellungen als andere Leute. Das schien völlig unsinnig.

Diese Empörung beruhte zum Teil auf einem Mißverständnis. Bem schließt in dieser These nämlich die Möglichkeit keineswegs aus, daß Personen zur Beurteilung ihrer Einstellungen und Gefühle ausschließlich ihnen zur Verfügung stehende interne Hinweise heranziehen. Er behauptet nur, daß ihre Aussagen *häufig* denen eines Außenbeobachters funktional äquivalent sind. In einem späteren Aufsatz präzisiert Bem (1972) auch die Bedingungen, unter denen eine „funktionale Äquivalenz" zu erwarten ist:

> „...in dem Grade, in dem innere Hinweisreize schwach, mehrdeutig oder nicht interpretierbar sind, ist die Person funktional in derselben Lage wie ein Außen-Beobachter. ..." (S.2).

Obwohl Bem (1972), nach seiner Wandlung zum kognitiven Attributionstheoretiker, die behavioristischen Wurzeln seines Ansatzes weniger stark betont, hat die Selbstwahrnehmungstheorie ihren Ursprung in der Skinnerschen Lerntheorie, spezifischer: in Skinners (1957) Theorie des kindlichen Sprachlernens. Nach diesem Ansatz lernen Kinder Worte wie Hund, Baum, Spiegel usw. dadurch, daß Erwachsene diese Worte in Gegenwart der entsprechenden Gegenstände (oder Abbildungen der Gegenstände) benutzen. Durch weitere diskriminierende positive und negative Verstärkung lernt das Kind dann, das Wort nur für den entsprechenden Gegenstand zu verwenden. Schwierigkeiten entstehen erst, wenn die Eltern dem Kind Bezeichnungen für *innere* Zustände wie Hunger, Schmerz, Trauer oder Sympathie beibringen wollen. Da sie nicht in das Kind hineinschauen können, müssen sie dessen innere Zustände aus äußeren Reizen erschließen, die solche Zustände erfahrungsgemäß begleiten. Wenn die zweijährige Katharina heult, und es ist 12 Uhr, dann ist sie vermutlich hungrig. Heult sie nach dem Essen, ohne daß ein besonderer Grund vorliegt, dann ist sie vermutlich müde. Heult sie nach einem Fall, dann tut es wahrscheinlich weh. Die Eltern erschließen also die innere Zustände des Kindes aus den äußeren Begleitumständen. Je nach Art der diskriminierenden Außenreize werden unterschiedliche innere Zustände angenommen.

Wenn man diese Darstellung der Lernprozesse akzeptiert, klingt Bems Annahme, daß viele Selbstbeschreibungen innerer Zustände, die scheinbar vollkommen unter der diskriminierenden Kontrolle interner Reize stehen, zumindest *teilweise* noch durch die Begleitumstände kontrolliert werden, die die Eltern und andere „Sozialisationsagenten" ursprünglich zur Identifikation dieser internen Zustände heranzogen, gar nicht mehr so abwegig. So spricht auch manches dafür, daß wir unsere Einstellungen häufig erst aus unserem Verhalten erschließen. Schließlich lernen wir ja die Bezeichnung für Einstellungen vielfach erst durch die entsprechenden Verhaltensweisen. Wenn etwa Katharina Molly ein bevorzugtes Spielzeug gibt und ihre Mutter dies mit der Bemerkung kommentiert, „Katharina mag Molly aber sehr", erfährt Katharina auf diese Weise, daß jemandem etwas zu geben bedeutet, daß man ihn mag. Später lernt sie allerdings auch, daß dies nicht unter allen Umständen zutrifft. Wenn etwa Mausi mit Katharinas Spielzeug spielen will und Katharina läßt sie nicht, wird die Mutter Katharina möglicherweise zur Hergabe des Spielzeuges zwingen. In diesem Fall gibt sie also das Spielzeug aufgrund eines mütterlichen Befehls und macht dabei die wichtige Erfahrung, daß scheinbar freundliche Handlungen nicht immer von freundlichen Gefühlen begleitet werden. Sie lernt also, daß ihr Verhalten keinen Hinweis auf ihre inneren Gefühle enthält, wenn es unter „externer Kontrolle" steht, also etwa unter Kontrolle der Mutter.

Mit der Annahme, daß wir unser eigenes Verhalten nur dann als Hinweis auf unsere Einstellungen und Gefühle verwenden, wenn keine zwingende externe Ursache (etwa: Befehl, Geld, Norm) vorhanden ist, die zur Erklärung des Verhaltens herangezogen werden kann, bietet Bem eine alternative Interpretation für Befunde der Dissonanzforschung. Diese Fragen werden jedoch erst im Anschluß an unsere Darstellung der Dissonanztheorie (S. 272 ff.) besprochen. Weiterhin sind auch die Befunde von Schachter und Mitarbeitern (Schachter, 1964) zur Situationsabhängigkeit von Beschreibungen von Gefühlen (S. 103 ff.) mit dem Ansatz von Bem vereinbar.

Bevor wir unsere Diskussion der Selbstwahrnehmungstheorie unterbrechen, sollte jedoch auf eine Frage eingegangen werden, die auch Sie vermutlich schon beunruhigt hat. Normalerweise geht man ja davon aus, daß Einstellungen wesentliche Verhaltensdeterminanten sind. Wenn wir jetzt

Bems Argument akzeptieren, daß Einstellungen nicht Ursachen sondern Folgen des Verhaltens sind, muß gefragt werden, was denn wohl das Verhalten verursachte.

Auf diese Frage geht Bem erstaunlicherweise nie explizit ein. Vielleicht beruht diese Zurückhaltung darauf, daß die Antwort für einen Skinnerianer zu offensichtlich war. Verhalten wird durch Verhaltenskonsequenzen gesteuert, die durch instrumentelle Konditionierung gelernt werden. Einstellungen und andere innere cues sind Begleiterscheinungen, Epiphänomene, die für die Verhaltenssteuerung wenig Bedeutung haben. Selbst wenn man diese Ansicht nicht teilt, muß man sich erinnern, daß Bem keine Aussagen über innere Zustände macht, sondern nur über *verbale Beschreibungen* solcher Zustände durch die handelnde Person. Es ist nun anzunehmen, daß Einstellungen normalerweise nicht klar formuliert im Bewußtsein einer Person existieren. So würde selbst eine zehnjährige Katharina, die einer dann elfjährigen Molly ein geliebtes Spielzeug gibt, nicht zuvor durch Introspektion feststellen, daß sie Molly etwa so-und-so stark mag und daß das Geben des geliebten Spielzeugs ein passender Ausdruck dieser Sympathie wäre. Dennoch spielt die Sympathie sicherlich eine Rolle bei der Handlung.

Einstellungen werden vermutlich nur dann bewußt, wenn der Handlungsfluß unterbrochen wird, etwa weil man sich nicht entscheiden kann, weil man eine Entscheidung rechtfertigen muß (bzw. die Notwendigkeit einer Rechtfertigung antizipiert) oder aber weil man vom Versuchsleiter nach der Einstellung gefragt wird. Wenn man bei solchen Gelegenheiten dann über die eigene Einstellung nachdenkt, ist naheliegend, daß man *unter anderem* auch die letzten eigenen Handlungen in dieser Sache sowie die Begleitumstände dieser Handlungen in Betracht zieht. Schließlich ist diese Handlung ja eine Widerspiegelung der Einstellung, die man zu dieser Frage hat. Daß diese Handlung aber nur eine von vielen Informationen ist, auf die man seine Überlegungen stützt, zeigt sich in der Tatsache, daß sich die Selbstbeschreibungen von (Kontroll-) Versuchspersonen, die vor einer Handlung befragt werden, gewöhnlich zwar signifikant, aber nicht wesentlich von der Einstellung unterscheiden, die nach Durchführung der Handlung angegeben werden.

Empirische Überprüfung: Bem (1965, 1966) versuchte in einer Reihe von Untersuchungen zu belegen, (1) daß Beobachter sich auch bei Schlußfolgerungen über ihre eigenen Einstellungen auf Verhaltensinformationen stützen und (2) daß sie aber diese Informationen abwerten, wenn Grund zu der Annahme besteht, daß ihr Verhalten unter Situationsdruck (z.B. eine Norm, Zwang, Belohnung) zustande kam.

Bem (1965) konnte zeigen, daß Versuchspersonen, die durch subtilen Druck veranlaßt wurden, zuvor neutral bewertete Karikaturen als „sehr lustig” oder „sehr langweilig” einzustufen, durch dieses Verhalten bei einer nachfolgenden Beurteilung nur dann beeinflußt wurden, wenn die Situation Hinweise enthielt, daß ihr Verhalten unter interner und nicht unter externer Kontrolle gestanden hatte. Die Versuchspersonen glaubten, Material für eine Untersuchung zu liefern, in der festgestellt werden sollte, ob Beobachter allein aufgrund der Stimme entscheiden können, ob jemand lügt oder die Wahrheit sagt. Zu diesem (angeblichen) Zweck mußten sie bei einem Interview über sich selbst einen Teil der Fragen falsch beantworten. Ob eine Frage richtig oder falsch beantwortet werden sollte, wurde durch Aufleuchten eines von zwei farbigen Lichtern signalisiert. Für die Hälfte der Versuchspersonen diente ein grünes Licht als „Lügenlicht” und ein gelbes als „Wahrheitslicht”, für die andere Hälfte war es umgekehrt. Damit erwarben diese Lichter den Charakter von Hinweisreizen auf die externe (Lügenlicht) oder interne (Wahrheitslicht) Kontrolle von Aussagen. Anschließend mußten die Versuchspersonen 20 Karikaturen, die sie in einem Vortest als weder lustig noch langweilig eingestuft hatten, mit den zwei Kategorien „sehr lustig”, „sehr langweilig” beurteilen. Sie wurden also subtil zu einem Falschurteil verleitet. Vor jedem der Urteile leuchtete eines der beiden farbigen Lichter auf, angeblich als Zeichen dafür, daß die Tonanlage eingeschaltet war. Bei zehn Beurteilungen leuchtete das „Wahrheitslicht”, bei den anderen zehn das „Lügenlicht” auf. Die abhängige Variable bestand in der Beurteilung der Karikaturen auf einer 100-Punkte-Skala mit den Endpunkten „sehr lustig”, „sehr langweilig”, die auch beim Vortest benutzt worden war. Bem konnte seine Hypothese bestätigen, daß die subtil induzierten Extremurteile (Verhalten) die spätere Bewertung (Einstellung) der Karikaturen wesentlich stärker beeinflußten, wenn sie in Gegenwart des „Wahrheitslichts” und nicht des „Lügenlichts” gegeben worden waren. Das in Gegenwart des „Lügenlichts” gezeigte Verhalten wurde also als Information über die eigene Einstellung abgewertet.

In einer weiteren Untersuchung prüfte Bem (1966) die Hypothese, daß eine falsche Aussage über das eigene Verhalten die Erinnerung an das tatsächliche Verhalten verfälschen kann, wenn die falsche Beschreibung in Gegenwart von Hinweisreizen gegeben wird, die normalerweise mit korrekten Aussagen verknüpft sind. Mit einer ähnlichen Begründung wie im eben dargestellten Versuch wurden die Versuchspersonen, die zuvor nach einem vorgeschriebenen Kriterium gewisse Worte aus einer Wortliste ausgestrichen hatten, veranlaßt, zum Teil falsche Angaben darüber zu machen, welche der Worte sie ausgestrichen hatten. Bei diesen Aussagen leuchtete wiederum entweder das „Wahrheits-” oder das „Lügenlicht” auf. Die abhängige Variable bestand in der Zahl der Erinnerungsfehler bei nachträglichen Angaben darüber, welche Worte tatsächlich ausgestrichen worden waren.

In Übereinstimmung mit Bems (1966) Erwartungen führten Falschaussagen, die in Gegenwart des „Wahrheitslichts" gemacht wurden, zu mehr als der doppelten Zahl an Irrtümern als Falschaussagen in Gegenwart des „Lügenlichts".

Diese letzten Ergebnisse wurden vom amerikanischen Kongreß bei seiner Beratung über die Neuregelung der Verhörpraxis der Polizei herangezogen. Polizeistation oder Gerichtssäle haben sicherlich für die meisten Bürger noch den Charakter von Hinweisreizen darauf, daß die eigenen Aussagen unter interner Kontrolle stehen, also „die Wahrheit und nichts als die Wahrheit" gesagt wird. Wenn man in einer solchen Situation subtil veranlaßt wird, die Unwahrheit zu sagen (etwa: Sie müssen den Unfall doch beobachtet haben, Sie standen direkt an der Kreuzung!), kann dies schon dazu führen, daß man später selbst die eigene Aussage als korrekte Darstellung einer Beobachtung akzeptiert.

Der Großteil der Forschung zur Selbstwahrnehmungstheorie wurde jedoch im Rahmen der bis heute unentschiedenen Kontroverse zwischen Selbstwahrnehmungs- und Dissonanztheorie durchgeführt. Auf diese Befunde wird im Kapitel über Einstellungstheorien eingegangen (S. 272 ff.).

3.4.2.2 Die Selbstwahrnehmung von Gefühlen

Während Sie vielleicht inzwischen akzeptieren, daß unsere Kenntnis der eigenen Einstellungen möglicherweise auf komplexeren Schlußfolgerungsprozessen beruht, als dies intuitiv den Anschein hat, werden Sie sich vermutlich gegen eine Problematisierung der Gefühlswahrnehmung wehren. Ärger, Freude, Trauer, Angst, Überraschung usw. sind schließlich derart klare und eindeutige Erlebnisse, daß die Selbstwahrnehmung von Gefühlen kaum besonders kompliziert sein kann. Gefühle, so stellt man sich vermutlich vor, entstehen dadurch, daß die Wahrnehmung eines gefühlsauslösenden Reizes zur Enervierung gewisser Hirnregionen führt, die dann als Gefühl wahrgenommen werden. Diese Annahme, die sich unter Physiologen großer Beliebtheit erfreut (Cannon, 1927 Bard, 1950), wurde schon 1890 durch William James in Frage gestellt.

Die propriozeptive Rückmeldungstheorie der Gefühle: James (1950) formulierte die zentralen Annahmen seines Ansatzes folgendermaßen:

> „Unsere normale Denkweise über ... Gefühle beruht auf der Annahme, daß die Wahrnehmung eines Ereignisses zu der zerebralen Erregung führt, die man Gefühl nennt, und daß dieser Zustand dann körperliche Manifestationen hervorruft. Im Gegensatz dazu geht meine Theorie davon aus, daß *die körperlichen Veränderungen direkt auf die Wahrnehmung*

des erregenden Ereignisses folgen und daß die Empfindung dieser Veränderungen (die propriozeptive Rückmeldung; Anm. des Verf.) *während ihres Auftretens das Gefühl IST.* Nach dem Alltagsverständnis verlieren wir unser Vermögen, sind traurig und weinen; wir treffen einen Bären, fürchten uns und flüchten. ... Die Hypothese, die wir hier verteidigen, besagt, daß diese Reihenfolge falsch ist, daß der eine mentale Zustand nicht unmittelbar durch den anderen hervorgerufen wird, sondern daß zwischen den beiden die körperlichen Manifestationen auftreten müssen. Die unserer Ansicht nach bessere Beschreibung geht davon aus, daß wir traurig sind, weil wir weinen, ... oder ängstlich, weil wir zittern. ... Ohne die körperlichen Veränderungen, die auf die Wahrnehmung folgen, wäre diese rein kognitiver Art, blaß, farblos, ohne emotionale Wärme" (James, 1950, S. 449 f.).

Diese in ähnlicher Form auch von Lange (1885) vorgebrachte und deshalb nach beiden Autoren James-Lange-Theorie der Gefühle genannt, geht also davon aus, daß das Bewußtwerden eines gefühlsauslösenden Ereignisses (der Bär, der Mann mit der Pistole) zu physiologischen Veränderungen führt, deren Ablauf über sensorische Impulse an die Hirnrinde rückgemeldet wird (propriozeptive Rückmeldung). Die bewußte Wahrnehmung dieser organischen Veränderung *ist* dann das Gefühl. Wenn ich also nachts in meiner Wohnung einen Einbrecher erblickte, dann führt dies zu einer physiologischen Aktivierung mit Herzklopfen, Blutdrucksteigerung, schnellem Atmen und Schweißausbruch. Die kognitive Repräsentation dieser physiologischen Veränderungen ist dann die „Angst".

Da die James-Lange-Theorie Gefühle als kognitive Repräsentation physiologischer Veränderungen versteht, muß aus diesem Ansatz gefolgert werden, (1) daß unterschiedliche Gefühle von unterschiedlichen physiologischen Erregungsmustern begleitet werden und (2) daß eine direkte Erzeugung dieser Erregungsmuster (etwa durch Drogen) ausreicht, das entsprechende Gefühl hervorzurufen. Beide Annahmen haben sich aber nach Cannon (1927) und Schachter (1964) nicht empirisch bestätigen lassen. Es ist bisher beim Menschen nicht gelungen, die spezifischen Erregungsmuster unterschiedlicher Gefühle nachzuweisen. Weiterhin konnte gezeigt werden, daß physiologische Aktivierung per se, etwa durch Injektion von Adrenalin, nicht ausreicht, um Gefühlserlebnisse hervorzurufen (Cantril & Hunt, 1932; Landis & Hunt, 1932; Maranon, 1924). Die Mehrheit der so behandelten Versuchspersonen berichtet nur die physiologischen Erregungssymptome ohne jegliche emotionale Empfindungen.

Die kognitiv-physiologische Gefühlstheorie von Schachter: Von diesen Befunden ausgehend, entwickelte Schachter (1964; Schachter & Singer, 1962) die Theorie, daß Gefühle aus einer Interaktion relativ unspezifischer physiologischer Erregungszustände und der sich aus der Situation ergebenden Interpretation der Erregung zusammensetzen. Wie Ross et al. (1969) ausführten, besteht ein Gefühl nach diesem Ansatz aus drei Komponenten, (1) der physiologischen Erregung, (2) emotional relevanten kognitiven oder situativen Faktoren und (3) einer wahrgenommenen kausalen Beziehung zwischen diesen Faktoren. Wenn ich physiologisch erregt bin, und vor mir steht ein Mann mit einer Pistole, dann erlebe („interpretiere") ich dies als Furcht; steht hingegen ein hübsches Mädchen vor mir, dann erlebe ich dies als Attraktion. Was geschieht nun, wenn man plötzlich die physiologische Erregung verspürt, ohne daß ein passender Reiz gegeben ist? Eine solche Situation sollte ein Bedürfnis nach kognitiver Klarheit, nach Bewertung des eigenen Zustands (Festinger, 1954) wachrufen und die Person nach emotional relevanten situativen Faktoren suchen lassen, die die Erregung erklärbar machen. Wenn man also keinen eindeutigen Grund für seinen Erregungszustand hat, wird man sich seine Interpretation stark von emotional relevanten situativen Faktoren und besonders vom Verhalten anderer Menschen in derselben Situation beeinflussen lassen.

Diese Hypothese überprüften Schachter und Singer (1962) in einem klassischen Experiment, in dem Versuchspersonen unter dem Vorwand, es handele sich um ein Vitaminpräparat, dessen Wirkung auf die Wahrnehmung untersucht werden sollte, entweder ein Adrenalinderivat (Epinephrin) oder eine Salzlösung (Placebo) injiziert wurde. Die Epinephrininjektion führt nach 10 bis 15 Minuten zu physiologischer Erregung, während die Salzinjektion ohne Wirkung bleibt. Durch entsprechende Instruktionen wurde der Informationsstand der Versuchspersonen folgendermaßen variiert: (1) *Über Epinephrin informiert:* Diesen Versuchspersonen wurden alle Wirkungen der Epinephrininjektion als mögliche Nebenwirkungen einer Vitaminspritze geschildert. Somit hatten diese Versuchspersonen eine Erklärung für die physiologische Erregung, die sie auf die Spritze zurückführen konnten. (2) *Über Epinephrin uninformiert:* Diesen Versuchspersonen wurden keine Angaben über mögliche Nebenwirkungen der Injektion gemacht. Sie hatten also keine Erklärung für den physiologischen Erregungszustand. (3) *Über Epinephrin fehlinformiert:* Diesen Versuchspersonen wurde eine Reihe von irrelevanten Symptomen (z. B. Taubheit der Füße, Juckreiz, leichte Kopfschmerzen) als Nebenwirkung der Injektion geschildert. Somit hatten auch sie keine geeignete Erklärung für den Erregungszustand.

Anschließend mußte die Versuchsperson in einem kleinen Wartezimmer auf den Anfang des „Wahrnehmungsexperimentes" warten. In dem Wartezimmer saß die naive Versuchsperson mit einem Mitarbeiter des Versuchsleiters, der als Versuchsperson posierte. Diese andere Versuchsperson schien entweder ein sehr fröhlicher (Euphorie-Bedingung) oder ein leicht zu verärgernder Mensch (Ärger-Bedingung) zu sein. Wenn sie fröhlich war, pfiff sie vor sich hin, machte Witze beim Ausfüllen des Fragebogens und zielte mit Papierbällen nach dem Papierkorb. Wenn sie ärgerlich war, schimpfte sie auf das blöde Experiment, fluchte beim Ausfüllen des Fragebogens über die impertinenten Fragen und wurde schließlich so ärgerlich, daß sie den Fragebogen zerriß. Irgendwann in dieser Sequenz führte in den Epinephrin-Bedingungen die Injektion zu einer physiologischen Erregung. Versuchspersonen, die nicht über die Wirkung der Spritze informiert wurden (Epinephrin uninformiert und fehlinformiert), sollten sich bei der Interpretation der Erregung vom Verhalten der anderen Versuchsperson beeinflussen lassen. Sie sollten, je nach Verhalten des anderen, ihre eigene Erregung als Euphorie oder als Ärger interpretieren. Versuchspersonen, die über die Wirkung des Ephinephrin aufgeklärt wurden, sollten hingegen kein Bedürfnis haben, ihre Erregung, die sie auf die Injektion zurückführten, durch Situationsfaktoren zu erklären. Das Verhalten der anderen Versuchsperson sollte deshalb die Einschätzung ihrer eigenen Stimmung nicht beeinflussen. Auch die Placebo-Versuchspersonen sollten kaum vom Verhalten der anderen Versuchsperson angesteckt werden, da sie keine physiologische Erregung verspürten, die einer Interpretation bedurfte.

Die wesentlichen abhängigen Variablen bestanden (1) aus der Einschätzung des Ausmaßes, zu dem sich die naive Versuchsperson in ihrem Verhalten vom Verhalten der Mitarbeiter-Versuchsperson beeinflussen ließ und (2) der Selbsteinschätzung der Stimmung der Versuchsperson als ärgerlich oder glücklich. In Tabelle 3.3 sind die Ergebnisse der Selbsteinschätzung und der Verhaltensbeobachtung für die Euphorie-Bedingung zusammengefaßt. In dieser Bedingung zeigten die informierten Versuchspersonen erwartungsgemäß sowohl in der Selbsteinschätzung wie im Verhalten signifikant weniger Euphorie als in den Bedingungen ohne Information oder mit falscher Information. Die Werte der Versuchspersonen in der Placebogruppe entsprachen jedoch nicht den Erwartungen. Da in dieser Gruppe keine künstliche Erregung erzeugt wurde, hätten die Werte dieser Gruppe etwa denen der korrekt informierten Versuchspersonen entsprechen sollen. Tatsächlich lagen sie aber deutlich höher. Die Ergebnisse in den Ärgerbedingungen sind mit denen der Euphorie-Bedingung vergleichbar. Auch hier entsprachen die Werte der Placebogruppe bei der Selbsteinschätzung nicht den Erwartungen. Nur bei der Verhaltensbeobachtung zeigte auch die Placebogruppe signifikant weniger Ärger als die uninformierten Versuchspersonen.

Schachter und Singer (1962) führen die Diskrepanz zwischen ihren Vorhersagen und ihren Daten auf zwei Faktoren zurück: Erstens hindere nichts

Tabelle 3.3: Die Wirkung physiologischer Erregung und Information auf die Nachahmung euphorischer Gefühle.

	Placebo	Epinephrininjektion (physiologische Erregung)		
		Informiert	Uninformiert	Fehlinformiert
Selbsteinschätzung				
Tatsächliche Ergebnisse	1,61[a]	0,98	1,78	1,90
Erwartete Ergebnisse	Ni	Ni	Ho	Ho
Verhaltensbeobachtung				
Tatsächliche Ergebnisse	16,00[b]	12,72	18,28	22,56
Erwartete Ergebnisse	Ni	Ni	Ho	Ho

[a] Differenz zwischen dem auf der Euphorie- und dem auf der Ärger-Skala (4-Punkte Skalen) angegebenen Wert. Je höher der Wert, um so größer die Einschätzung der Euphorie.
[b] Summenindex der nach Bedeutung gewichteten Häufigkeiten euphorischer Verhaltensweisen.
Ni: Niedrig; Ho: Hoch.

die Placebo-Versuchspersonen, durch das Verhalten des Mitarbeiters selbst euphorisch oder ärgerlich zu werden; zweitens könnten trotz aller Vorsichtsmaßnahmen ein Teil der fehl- oder uninformierten Versuchspersonen ihre Erregung auf die Injektion zurückgeführt haben. Bei entsprechenden Befragungen stellten sie tatsächlich fest, daß im Mittel mehr als 10% der Versuchspersonen in fehl- und uninformierten Versuchsbedingungen ihren Erregungszustand durch die Injektion erklärten. Diese Versuchspersonen senkten natürlich die Selbsteinschätzungs- und Verhaltenswerte in den entsprechenden Bedingungen.

Wie so häufig bei den klassischen Untersuchungen der Sozialpsychologie gibt es bei dem Experiment von Schachter und Singer (1962) viele Kritikpunkte. Auch das Muster der Ergebnisse ist keineswegs völlig schlüssig.

Weiterhin scheinen die Befunde schwer replizierbar zu sein (Erdmann & Janke, 1978; Erdman & van Lindern, in Druck; Maslach, 1976; Marshall, 1976). Die überzeugendsten Bestätigungen des Ansatzes von Schachter finden sich dann auch in Untersuchungen, in denen Erregung nicht mehr physiologisch, sondern mittels anderer Methoden erzeugt wurde (Fehlattribution). So verwendeten etwa Ross et al. (1969) die Androhung von Elektroschocks, um in ihren Versuchspersonen Erregungserscheinungen hervorzurufen. Für diese Erregung wurde dann einem Teil der Versuchspersonen eine alternative Erklärung geboten, was das subjektive Angstgefühl mindern sollte. Die Versuchspersonen glaubten, an einer Untersuchung über die Wirkung von Lärm auf die Denk- und Konzentrationsfähigkeit teilzunehmen. Als Nebenwirkung des Lärms wurden den Versuchspersonen entweder angstrelevante Symptome wie starkes Herzklopfen, Schweißausbruch, usw. geschildert (Bedingung: Lärmattribution) oder es wurden völlig angstirrelevante Symptome wie Ohrenklingeln, Müdigkeit usw. angegeben (Bedingung: Schockattribution). Die Denk- und Konzentrationsfähigkeit wurde angeblich durch zwei Puzzle-Aufgaben erfaßt, die allerdings tatsächlich unlösbar waren. Die Lösung des einen Puzzles sollte mit einem Geldpreis belohnt werden, während beim anderen Puzzle Nichtlösung mit einem schmerzhaften elektrischen Schock bestraft werden sollte. Die Versuchspersonen hatten insgesamt 3 Minuten Zeit und konnten sich diese frei zwischen dem Belohnungs- und dem Schockvermeidungs-Puzzle aufteilen. Während dieser Zeit standen sie unter Lärmeinwirkung. Die abhängige Variable bestand in der Zeit, die auf das Schockvermeidungs-Puzzle verwendet wurde. Die Autoren erwarteten, daß Versuchspersonen, die ihre Erregung durch den Lärm erklären konnten, subjektiv weniger Furcht empfinden und deshalb weniger Zeit auf das Schockvermeidungs-Puzzle (zugunsten des Belohnungspuzzles) verwenden würden als Versuchspersonen, denen keine alternative Erklärung für die Erregungserscheinungen geboten worden war und die diese deshalb auf den Schock zurückführen mußten. Diese Vorhersagen bestätigten sich eindrücklich. Während die Versuchspersonen in der Lärmattributionsbedingung nur etwa 88 Sekunden auf das Schockvermeidungs-Puzzle verwendeten, wurde in den Schockattributionsbedingungen 140 Sekungen an dieser Aufgabe gearbeitet.

Eine interessante Weiterentwicklung erfuhr Schachters Ansatz durch die Arbeiten seines Schülers Valins (1966). Da es vermutlich nicht die physiologische Erregung per se, sondern die *wahrgenommenen* Erregungssymptome sind, die aufgrund der situativen Faktoren interpretiert werden, überlegte Valins (1966), daß es zur Erzeugung von Gefühlen ausreichen müßte, den Versuchspersonen falsche physiologische Rückmeldung über ihre angebliche physiologische Erregung zu geben. In einer Untersuchung spielte

Valins (1966) seinen männlichen Versuchspersonen, die 10 Dias von weiblichen Halbakten betrachteten, unter einem Vorwand ihren angeblich simultan aufgenommenen Herzschlag vor. Tatsächlich war der Herzschlag aber so vorprogrammiert, daß er meist gleichmäßig blieb, sich aber bei Betrachtung von fünf der Bilder deutlich erhöhte oder senkte. Diese scheinbare Veränderung der Herzfrequenz sollte den Versuchspersonen physiologische Erregung beim Betrachten dieser Bilder vortäuschen. Als abhängige Variable benutzte Valins die nachträgliche Beurteilung der Attraktivität der Bilder. Erwartungsgemäß wurden die Bilder, bei denen eine Herzschlagfrequenz-Änderung rückgemeldet worden war, deutlich attraktiver eingeschätzt. Weiterhin wurden diese Bilder auch signifikant häufiger als „Bezahlung" für das Experiment gewählt.

Wie die unerklärte physiologische Erregung in der Untersuchung von Schachter und Singer (1962) erweckte vermutlich die falsche physiologische Rückmeldung von Erregungserscheinungen bei den Versuchspersonen ein Bedürfnis nach Erklärung ihres Zustands. Wie Liebhart (1978) annimmt, motiviert dies zu einem Absuchen der Bilder, bei denen die scheinbare Erregung auftrat, nach besonders attraktiven Aspekten, die erklären können, warum gerade bei diesen und nicht etwa den ähnlichen vorangegangenen Bildern Erregungserscheinungen auftraten. Bei dieser Suche überzeugt man sich dann vermutlich, daß es sich hier eben um ein besonders attraktives Bild handelt. Für die naheliegende alternative Erklärung, daß die falsche physiologische Rückmeldung tatsächlich zu echten physiologischen Veränderungen geführt haben könnte, gibt es bisher keine überzeugenden Belege (siehe: Liebhart, 1978, S.132 ff.).

Alternativen zur kognitiv-physiologischen Gefühlstheorie: Die kognitive physiologische Gefühlstheorie von Schachter (1964) hat, vermutlich weil sie sich so gut in das kognitivistische Weltbild der gegenwärtigen Sozialpsychologie einfügt, seit Jahren in sozialpsychologischen Lehrbüchern eine Monopolstellung eingenommen. Abweichende Ansätze, wie etwa Gellhorn (1964), Izard (1972, 1977) und Tomkins (1962, 1963), wurden von der modernen Sozialpsychologie mit Ausnahme von Leventhal (1974) kaum berücksichtigt.[5] Dabei hat sich die Ansicht Schachters, daß die Qualität von Emotionen ausschließlich von der kognitiven Interpretation einer unspezifischen physiologischen Erregung abhängt, außerhalb der Sozialpsychologie nie in diesem Ausmaße durchsetzen können. So unterscheidet etwa Izard

---

[5] Allerdings hat Allport schon 1924 in seinem Lehrbuch der Sozialpsychologie eine propriozeptive-Rückmeldungstheorie vertreten, die die sensorische Rückmeldung aus der Muskulatur für die Gefühlsdifferenzierung verantwortlich macht.

(1977) eine Reihe von „grundlegenden Gefühlen" (etwa: Freude, Überraschung, Verzweiflung, Ärger, Abscheu, Verachtung und Furcht) und begründet diese Unterscheidung folgendermaßen:

> „Sie werden als grundlegend bezeichnet, da jedes von ihnen durch folgende Aspekte gekennzeichnet ist: (a) ein spezifisches angeborenes neurales Substrat, (b) einen charakteristischen Gesichtsausdruck oder neuromuskuläres Ausdruckmuster und (c) eine charakteristische subjektive oder phänomenologische Qualität" (1977, S. 83).

Überhaupt scheint der allgemeine Trend auf dem Gebiet der Gefühlsforschung durch eine partielle Rehabilitierung der James-Langeschen Gefühlstheorie gekennzeichnet. Mit dem wesentlichen Unterschied allerdings, daß die Gesichtsmuskulatur die Viszera als Hauptquelle der sensorischen Rückmeldung ersetzt hat und daß weiterhin die propriozeptive Rückmeldung meist nur als Teil eines komplexeren Prozesses gesehen wird. Für Tomkins (1962, 1963) besteht allerdings ein bestimmtes Gefühl aus einem Gesichtsausdruck und der kognitiven Repräsentation dieses Ausdrucks. Auch Gellhorn (1964) betont die Bedeutung der sensorischen Rückmeldung aus der Gesichtsmuskulatur, wenn er ihr auch keine eindeutig kausale Rolle zuweist. Leventhal (1974) schließlich vertritt eine ähnliche Position. Er argumentiert, daß die Wahrnehmung eines emotionsrelevanten Reizes zu bestimmten Reaktionen im zentralen Nervensystem und zu bestimmten körperlichen Reaktionen führt und daß diese Reaktionen die Voraussetzung für das Gefühlserlebnis bilden. Auch er sieht als einen Hauptunterschied zwischen seinem Ansatz und der James-Langeschen Gefühlstheorie die Betonung der sensorischen Rückmeldung aus der Gesichtsmuskulatur.

Die Annahme, daß das Gesicht das wesentliche Zentrum propriozeptiver Rückmeldung darstellt, setzt voraus, daß jedem fundamentalen Gefühl ein bestimmter Gesichtsausdruck zuzuordnen ist und weiterhin, daß diese Zuordnung genetisch vorprogrammiert ist, also zwar durch Lernprozesse modifiziert werden kann, aber nicht auf Lernprozessen beruht. Beide Annahmen sind empirisch recht gut belegt. Seit Darwins (1872) berühmter Monographie „The Expression of the Emotions in Man and Animals" erfreute sich dieses Gebiet einer regen Forschungstätigkeit. Seit Erfindung der Photographie werden gewöhnlich Photographien von dargestellten Emotionen als Reizmaterial benutzt. Das erste brauchbare Schema zur Klassifikation von Gesichtsausdrücken wurde allerdings erst von Woodworth (1938) entwickelt, der zeigte, daß sich eine Vielzahl von unterschiedlichen Gesichtsausdrücken relativ zuverlässig mit folgender linearer Kategorien-Skala beurteilen ließen: (1) Liebe-Heiterkeit-Glück, (2) Überraschung, (3) Furcht-Schmerz, (4) Ärger-Entschlossenheit, (5) Abscheu, (6)

Verachtung. Als Ordnungskriterium verwendete Woodworth (1938) die Häufigkeit, mit der die einzelnen Gesichtsausdrücke verwechselt wurden. In der endgültigen Skala bezeichnen die benachbarten Kategorien jeweils Gesichtsausdrücke mit besonders hoher Verwechslungshäufigkeit.

Ein Jahrzehnt später wies Schlosberg (1952) darauf hin, daß Beurteiler häufig die Gefühlsausdrücke der beiden Endkategorien (z.B. Liebe und Verachtung) miteinander verwechselten, obwohl diese nach dem Ordnungsprinzip der Woodworth-Skala die geringste Verwechslungshäufigkeit aufweisen sollten. Diese Diskrepanz veranlaßte Schlosberg (1952), eine zirkuläre Anordnung der Gefühlskategorien (Abbildung 3.2) vorzuschlagen. Er konnte weiterhin zeigen, daß diese Gefühlskategorien als Variation auf zwei orthogonalen Dimensionen „angenehm-unangenehm" und „Ablehnung-Zuwendung" interpretiert werden können.

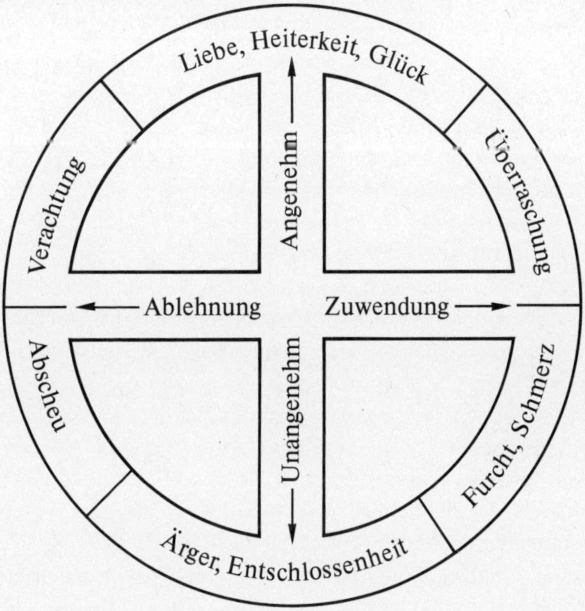

Abbildung 3.2: Das zweidimensionale Klassifikationsschema des Gefühlsausdrucks von Schlosberg.

Für die Annahme, daß die Gesichtsausdrücke genetisch vorprogrammiert sind, sprechen Befunde, die die interkulturelle Konstanz dieser Gesichtsausdrücke belegen (und damit vermutlich deren relative Unabhängigkeit von Lernprozessen). Izard (1977) berichtet Daten über Beurteiler aus zwölf Nationen bzw. Kulturen, die auf eine hohe Übereinstimmung in der Kategorisierung von Photographien grundlegender Gefühlsausdrücke schließen lassen. Noch überzeugender sind die Ergebnisse einer Untersuchung von Ekman und Friesen (1971), in der etwa 300 Kinder und Erwachsene in Neu Guinea, die kein Englisch sprachen und auch weit von weißen Siedlungen entfernt lebten, Photographien von Gesichtsausdrücken weißer Personen beurteilten. Das benutzte Reizmaterial war zuvor in Untersuchungen in den USA verwendet worden. Die Aufgabe der Versuchspersonen bestand darin, die Bilder jeweils Geschichten zuzuordnen, die eine bestimmte Emotion ausdrückten. Die Beurteiler waren in ihren Zuordnungen erstaunlich korrekt (meist ca. 80%). Ekman et al. (1972) berichteten weiterhin, daß amerikanische Universitätsstudenten wiederum relativ korrekt Gesichtsausdrücke identifizieren konnten, die von Personen in Neu Guinea gestellt wurden, um die in den Geschichten reflektierten Emotionen zum Ausdruck zu bringen. Rosch (1977) findet diese Belege so schlüssig, daß sie die Kategorisierung von Gesichtsausdrücken neben den Farbkategorien als Beispiel von interkulturell konstanten „natürlichen Kategorien" aufführt.

Wie lassen sich aber diese Ansätze, die davon ausgehen, daß die Qualität der Gefühle wesentlich von zentralen Prozessen sowie der propriozeptiven Rückmeldung aus der Gesichtsmuskulatur bestimmt wird, mit den Befunden der im Rahmen der kognitiv-physiologischen Gefühlstheorie durchgeführten Untersuchungen vereinbaren? Grundsätzlich ist dies kein Problem. In der Mehrheit der Untersuchungen (etwa: Ross et al., 1969; Valins, 1966) wurde nicht die Qualität, sondern nur die Intensität von Gefühlen beeinflußt. Die Versuchspersonen in der Untersuchung von Ross et al. (1969) hatten Angst vor einem angedrohten Schock, empfanden sie aber weniger stark, wenn ihnen eine alternative Erklärung geboten wurde. Die männlichen Versuchspersonen in der Untersuchung von Valins (1966) fanden sicherlich alle der aus Playboy-Heften abphotographierten halbnackten Damen recht attraktiv, schätzten aber dann die Intensität dieser Attraktion höher ein, wenn ihnen falsche physiologische Erregungssymptome rückgemeldet wurden. Daß aber die Intensität von Gefühlen durch kognitive Faktoren beeinflußt wird, ist mit den Ansätzen von Izard (1977) und Tomkins (1962, 1963) durchaus vereinbar.

Die Untersuchung von Schachter und Singer (1962) ist die einzige, in der scheinbar auch die Qualität der Emotionen durch Kognitionen bestimmt wurde. Hier vermutet Leventhal (1974), daß die uninformierten und fehlinformierten Versuchspersonen, die durch die unerklärte Erregung in einer für sie ungewohnten Situation noch weiter verunsichert wurden, dem auffälligen Verhalten der Mitarbeiter-Versuchspersonen besondere Aufmerksamkeit gewidmet haben:

„Es wäre nicht überraschend, wenn diese Versuchsperson, die auf ihre Umgebung achtet, um herauszufinden, was wirklich vorgeht, durch das Verhalten der Mitarbeiter-Versuchsperson zur Nachahmung angeregt würde; das heißt also, sie würde anfangen, ärgerliche oder euphorische Gedanken zu entwickeln, ein ärgerliches oder euphorisches Gesicht zu machen und schließlich das Verhalten des anderen zu imitieren" (1974, S. 41).

Während also Leventhal (1974) insofern mit Schachter übereinstimmt, als auch er davon ausgeht, daß unerklärte physiologische Erregung zu besonderer Informationssuche und Beeinflußbarkeit führt, weicht er in seinen Annahmen über die Art der Übertragung der Emotion von der Mitarbeiter-Versuchsperson auf die echte Versuchsperson von Schachter und Singer (1962) ab. Leventhal (1974) nimmt an, daß hier mimische Nachahmung und propriozeptive Rückmeldung eine Hauptrolle gespielt haben.

3.4.3 Ein Vergleich von Fremd- und Selbstwahrnehmung

Fremdwahrnehmung und Selbstwahrnehmung, so führten wir anfangs aus, operieren nach denselben Prinzipien. Bei gleichen Informationen sollte demnach ein Beobachter zur gleichen Interpretation eines Handlungsergebnisses gelangen wie die handelnde Person selbst. Da sich aber Beobachter und handelnde Person gewöhnlich in Menge und Art ihrer Informationen unterscheiden, widerspricht es unserer Annahme nicht, wenn Jones und Nisbett (1972) systematische Unterschiede in den Interpretationen von Beobachter und handelnder Person feststellen: Während die handelnde Person ihre Handlungsergebnisse eher auf situative Determinanten zurückführt, tendieren Beobachter dazu, Eigenschaften der handelnden Person zur Erklärung heranzuziehen.

Jones und Nisbett (1972) machen hauptsächlich zwei Faktoren für diese Interpretationsunterschiede verantwortlich: *Erstens* nehmen die handelnde Person und der Beobachter den Ablauf der Handlung aus unterschiedlichen Perspektiven wahr. Für den Beobachter ist die handelnde Person die zentrale Figur, die die Situation dominiert. Die handelnde Person hingegen nimmt sich selbst in der Regel überhaupt nicht wahr, sondern konzentriert sich auf die für ihre Handlung relevanten positiven oder negativen Aspekte der Situation. Es ist deshalb naheliegend, daß sie ihr Verhalten viel mehr durch die Aspekte der Situation kontrolliert sieht als der Beobachter, für den die Situation nur den Hintergrund darstellt, vor dem sich die Person als „Figur" abhebt. *Zweitens* ist die handelnde Person gewöhnlich besser über das eigene Verhalten in ähnlichen Situationen in der Vergangenheit informiert.

Während ein Beobachter, der sieht wie sich *p* einem *o* gegenüber aggressiv verhält, schließen könnte, daß *p* ein aggressiver Mensch ist, weiß *p* möglicherweise, daß er sich praktisch nie aggressiv verhält und daß sein Verhalten gegenüber *o* nur eine Reaktion auf *o*'s Verhalten darstellt. Der Beobachter stützt sein Urteil also notgedrungen auf Konsensus-Informationen (wie würden sich andere in dieser Situation verhalten?), während die handelnde Person auch über die Distinktheit und Konsistenz ihres Verhaltens informiert ist (Kelley, 1967). Dieser Unterschied im Informationsstand von Beobachter und handelnder Person führt zu Unterschieden in ihren Annahmen darüber, inwieweit das gezeigte Verhalten für die handelnde Person typisch oder atypisch ist. Bei Personen, die sich gut kennen, sollte allerdings dieser Informationsunterschied geringer sein als bei Personen, die sich kaum kennen.

Ross (1977 a) führte noch die „Konsensus-Überschätzung" (False Consensus Bias) als zusätzliche Erklärung für die zwischen Beobachter und handelnder Person angenommenen Interpretationsunterschiede an. Ross et al. (1977 b) konnten zeigen, daß Personen gewöhnlich die Verbreitetheit ihres eigenen Verhaltens überschätzen. So vermuteten zum Beispiel Versuchspersonen, die der Aufforderung des Versuchsleiters, längere Zeit auf dem Universitätsgelände mit einem Plakat herumzulaufen, nachgekommen waren, daß 62% der Versuchspersonen diese Aufgabe durchführen würden. Versuchspersonen, die abgelehnt hatten, schätzten die Zahl hingegen nur auf 33%. Entsprechend unterschieden sich die Versuchspersonen auch in ihrer Bereitschaft, aufgrund von Zustimmung oder Ablehnung in dieser Situation Schlußfolgerungen auf die Eigenschaften der handelnden Person zu ziehen. Während Versuchspersonen, die selbst abgelehnt hatten, davon auszugehen schienen, daß Zustimmungsverhalten eher als Ablehnungsverhalten Folgerungen auf die Persönlichkeit einer Versuchsperson erlaubt, urteilten Versuchspersonen, die zugestimmt hatten, eher umgekehrt. Da aber die Höhe des angenommenen Konsensus neben der Distinktheitsinformation der wesentliche Faktor ist, von dem eine Zuschreibung auf Person oder Reizgegebenheit abhängt, fördert die „Konsensus-Überschätzung" die Personen-Zuschreibung jeglicher Verhaltensweisen, die vom eigenen Verhalten abweichen.

Empirische Befunde: Nisbett et al. (1973) führten eine der ersten Untersuchungen zur Überprüfung der Jones und Nisbett-Hypothese (1972) durch. In Übereinstimmung mit ihren Vorhersagen konnten sie zeigen, (1) daß Beobachter vermuteten, eine von ihnen beobachtete Person würde sich auch in Zukunft ähnlich verhalten wie in der beobachteten Situation, während die Person selbst dies nicht für wahrscheinlich hielt, (2) daß männliche Studenten die eigenen Entscheidungen (Freundin, Studienfach) mehr mit situativen Merkmalen (Eigenschaften der Freundin oder des Studienfachs) begründeten, für vergleichbare Entscheidungen ihres besten Freundes aber die Persönlichkeitseigenschaften des Freundes verantwortlich machten und (3) daß Versuchspersonen anderen Personen mehr Persönlichkeitseigenschaften zuschrieben als sich selbst.

Die Untersuchung von Nisbett et al. (1973) bestätigte zwar die von Jones und Nisbett (1972) vermuteten Interpretationsunterschiede, trägt aber wenig zur Klärung der Prozesse bei, die für diese Unterschiede verantwortlich sind. Storms (1973) gelang es, die Perspektiven von Beobachter und handelnder Person zu manipulieren und damit zu prüfen, ob die Interpretationsunterschiede tatsächlich auf Perspektivunterschieden beruhten. Im Rahmen einer (fiktiven) Untersuchung über „zwischenmenschliche Dynamik" nahmen jeweils vier Versuchspersonen teil, die sich als Paare an einem Tisch gegenübersaßen. Einem Mitglied des Paares wurde die Rolle des Akteurs zugewiesen, während das andere Mitglied als Beobachter das Verhalten des ihm gegenübersitzenden Akteurs beobachten mußte. Das Verhalten bestand in einem unstrukturierten Gespräch, das die beiden Akteure miteinander führen mußten, angeblich um sich besser kennenzulernen. Zwei Fernsehkameras waren so aufgestellt, daß jede einen der Akteure aufnahm und zwar aus einem Blickwinkel, der dem des ihm gegenübersitzenden Beobachters entsprach. Die abhängigen Maße bestanden aus Skalen, auf denen das Verhalten des Akteurs als eher situationsbedingt oder eher persönlichkeitsbedingt eingestuft werden mußte. Diese Urteile wurden nach einem etwa fünf Minuten dauernden Gespräch abgegeben, wobei jeder Akteur sich selbst und jeder Beobachter das Verhalten des von ihm beobachteten Akteurs beurteilte. Je nach Versuchsbedingung wurde den Akteuren und Beobachtern vor diesen Beurteilungen (1) keine Videoaufnahme, (2) eine Aufnahme des Gesprächs aus ihrer eigenen Perspektive oder (3) eine Aufnahme aus der Perspektive der ihnen gegenübersitzenden Person gezeigt. In dieser letzten Bedingung sah also jeder Akteur sich selbst aus der Perspektive seines Beobachters und jeder Beobachter die Situation aus der Perspektive des von ihm beobachteten Akteurs. Wenn der Akteur-Beobachter Unterschied tatsächlich durch die unterschiedlichen Perspektiven von Beobachter und Akteur verursacht wird, dann sollte in Bedingung 3 eine Umkehrung des Effektes auftreten, da hier den Akteuren die Situation aus der Perspektive des Beobachters und den Beobachtern aus der Perspektive der Akteure gezeigt wird. Die Ergebnisse bestätigen diese Vorhersagen. Während in den Bedingungen ohne „video-replay" und mit „video-replay" bei gleicher Perspektive die normalen Interpretationsunterschiede auftraten, also die Beobachter für das Verhalten eines Akteurs eher dessen Persönlichkeit, der Akteur selbst hingegen eher situative Gegebenheiten verantwortlich machten, ergab sich in Bedingung 3 bei umgekehrter Perspektive auch der umgekehrte Effekt. Ein Beobachter, der die Situation aus der Sicht des Akteurs gesehen hatte, gab mehr situative Interpretationen als ein Akteur, dem die Situation aus der Sicht des Beobachters gezeigt worden war.

Diese Ergebnisse bestätigen die Hypothese, daß die Unterschiede in den Attributionen von Beobachtern und handelnder Person auf ihren unterschiedlichen Perspektiven beruhen, lassen aber noch offen, welcher Aspekt der Perspektivumkehrung für die veränderten Attributionen verantwortlich ist. Jones und Nisbett (1972) gingen davon aus, daß die handelnde Person und ihr Beobachter die gleichen Informationen aufnehmen, ihre unterschiedliche Perspektive aber zu *unterschiedlicher Hervorhebung* oder Betonung (salience) von Teilaspekten der Situation führt. Für den Beobachter ist eben die handelnde Person das hervorstechendste Merkmal der Situation, für die Person selbst sind es hingegen die Aspekte der Umwelt, auf die sich ihr Verhalten ausrichtet. Als alternative Erklärung könnte aber auch angenommen werden, daß Beobachter und handelnde Person aufgrund ihrer unterschiedlichen Perspektiven unterschiedliche Informationen erhalten. So sieht etwa der Beobachter in der von Storms (1973) geschaffenen Situation nur die Mimik des von ihm beobachteten Akteurs, nicht aber von dessen Gesprächspartner. Diese wichtigen Informationen erhält er nur in der Versuchsbedingung, in der ihm das Gespräch aus der Perspektive „seines" Akteurs vorgeführt wird.

Regan und Totten (1975) konnten zeigen, daß sich die Attributionen von Beobachtern selbst dann beeinflussen ließen, wenn beiden genau dieselbe Information dargeboten wurde. Den Beobachtern wurde die Videoaufnahme eines Gesprächs zwischen zwei Studentinnen vorgeführt, das so aufgenommen worden war, daß beide gleich gut sichtbar waren. Jedem Beobachter wurde eine der Gesprächspartnerinnen als Zielperson angegeben, deren Verhalten anschließend beurteilt werden sollte. In der Hälfte der Fälle wurde den Beobachtern gesagt, sie sollten sich in die Situation der Zielperson einfühlen, sich vorstellen, was sie empfinde, wie sie reagiere. In der anderen Hälfte der Fälle wurde nur eine normale Beobachtungsinstruktion gegeben. Für die Beurteilungen wurden die Skalen der Untersuchung von Storms (1973) verwendet. Wie erwartet gaben die Beobachter, die sich einfühlen sollten, die also quasi aufgefordert waren, die Situation aus der Perspektive der beurteilten Person zu betrachten, mehr situative Urteile ab, als die Beobachter mit normaler Instruktion. (Diese Befunde erklären möglicherweise die Wirksamkeit von Konfliktlösungsstrategien durch Rollenspiele, in denen die Rolle des Gegners übernommen wird.)

Aufgrund dieser Ergebnisse argumentierten Taylor und Fiske (1975, 1978), daß die von Jones und Nisbett thematisierten Unterschiede in den Attributionen von Beobachtern und handelnder Person nur Teilaspekt eines allgemeineren Zusammenhangs sind, nämlich daß die Wahrnehmung von Kausalität wesentlich durch die Aufmerksamkeitsrichtung eines Beobachters beeinflußt wird. Der Beobachter wird immer die Aspekte seiner Umgebung für besonders bedeutsam (ursächlich) halten, auf die er gerade besonders achtet. Diese weitergehende Annahme wird durch eine Untersuchung von Taylor und Fiske (1975) gestützt, die Beobachter eine Diskussion zwischen zwei Gesprächspartnern daraufhin beurteilen ließen, welcher der beiden Partner den größeren Einfluß auf die Gesprächsführung ausgeübt hatte. Die Aufmerksamkeitsrichtung der Beobachter wurde durch unterschiedliche Sitzpositionen manipuliert, die ihnen jeweils eine unterschiedlich gute Sicht auf die beiden Gesprächspartner erlaubte. Erwartungsgemäß beurteilten die Beobachter immer den Gesprächspartner als einflußreicher, auf den ihre Aufmerksamkeit gerichtet war.

Was oder wen man bei der Beobachtung von Interaktionen beachtet, wird natürlich nicht nur durch die relative Zufälligkeit der Sitzposition beeinflußt. So mag auch einer der Interaktionspartner auffallen, weil er der einzige Mann in einer Gruppe von Frauen oder der einzige Schwarze unter Weißen ist. Taylor et al. (1977) konnten in einer sorgfältig kontrollierten Untersuchung, in der Ton und Bild der Aufnahme einer Gruppendiskussion separat manipuliert wurden, zeigen, daß derselbe schwarze Diskussionsteilnehmer aufgrund derselben Diskussionsbeiträge als wesentlich einflußreicher beurteilt wurde, wenn er in einer Gruppe weißer Teilnehmer sprach, als wenn mehr als die Hälfte der Gruppenteilnehmer schwarz waren. Derselbe Effekt wurde auch durch Manipulation der Geschlechterzusammensetzung von Gruppen erzielt. Eine Frau in einer Männergruppe oder ein Mann in einer Frauengruppe wurden als einflußreicher betrachtet und ihr Beitrag erheblicher eingeschätzt, als wenn er in einer gleichgeschlechtlichen Gruppe vorgebracht wurde.

Ob also ein Beobachter situative Faktoren oder Eigenschaften der handelnden Person für das Handlungsergebnis verantwortlich macht, scheint demnach von der relativen Auffälligkeit von Person und Situation im Wahrnehmungsfeld des Beobachters abzuhängen. Allerdings ist es sicherlich nicht nur die wahrnehmungsmäßige Auffälligkeit der handelnden Person, die den Beobachter veranlaßt, seine Aufmerksamkeit mehr auf die Person als auf die Situation zu richten. Es ist eher zu vermuten, daß wir uns stets auf die Faktoren konzentrieren, die nach unserer bisherigen Erfahrung als Ursachen am ehesten in Betracht kommen. Wahrnehmungsbedingte Auffälligkeit wird vermutlich vor allem dann ins Gewicht fallen, wenn wir bei einer

Reihe von gleich wahrscheinlichen Ursachen (etwa bei Beobachtung einer Gruppe, von der uns kein Teilnehmer bekannt ist) entscheiden müssen, auf wen oder was wir unsere Aufmerksamkeit richten sollen. Wenn man aber davon ausgeht, daß Beobachter ihre Aufmerksamkeit in der Regel auf die Personen oder situativen Aspekte konzentrieren, die sie für besonders bedeutsam erachten, dann ist es im Sinne der Selbstwahrnehmungstheorie (Bem, 1965, 1972) auch einleuchtend, daß sie in wenig eindeutigen Situationen im Nachhinein bestimmte Personen oder situative Aspekte für besonders ursächlich halten, *weil* sie ihre Aufmerksamkeit darauf konzentriert hatten.

3.4.4 Sozialer Vergleich und subjektive Validität

Unsere Diskussion der Attributionsprozesse ging von der Annahme aus, daß Individuen Ursache-Wirkungszusammenhänge hauptsächlich deshalb zu erklären suchen, um Vorhersagen über zukünftige Zustände oder Verhaltensweisen machen zu können. Solche Vorhersagen ermöglichen dem Individuum, sich auf die Anforderungen seiner Umwelt einzustellen. Da Vorhersagen aber nur dann von Nutzen sind, wenn sie auf „korrekten" Annahmen über die Realität beruhen, sollte ein Individuum stets bemüht sein, die Gültigkeit seiner Meinungen zu prüfen. In diesem Abschnitt werden wir uns mit derartigen Validierungprozessen befassen.

Lange Jahre bevor der Begriff der Attribution zum sozialpsychologischen Modewort wurde, ging Festinger (1954) mit der Entwicklung der *sozialen Vergleichstheorie* die Frage an, woher wir „wissen", ob unsere Meinungen, Ansichten und Einstellungen zutreffend sind oder nicht. Die Kriterien, an denen wir unsere Annahmen über die Realität validieren, lassen sich nach Festinger (1954) auf einem Kontinuum anordnen, das sich von der völligen Abhängigkeit von der *„physischen Realität"* bis zur völligen Abhängigkeit von der *„sozialen Realität"* erstreckt. So läßt sich die Ansicht, daß Glas zerbrechlich ist, leicht an der „physischen Realität" überprüfen, etwa indem man ein Glas auf einen Steinboden wirft. Wenn es erwartungsgemäß zerbricht, hat sich die Annahme bestätigt, und man wird sich anschließend kaum mehr vom Gegenteil überzeugen lassen. Diese Annahme ist also von der sozialen Realität relativ unabhängig. Viele Meinungen sind aber einer derartigen Überprüfung an der „physischen Realität" nicht zugänglich. Zum Beispiel steht jemandem, der glaubt, daß eine CDU/CSU-Regierung viele der Probleme des Jahres 1979 besser gelöst hätte als die regierende SPD/FDP-Koalition, kein objektives Kriterium zur Verfügung, an dem er die Gültigkeit seiner Ansicht prüfen kann. Die einzige Möglichkeit, sie zumindest subjektiv für sich selbst zu validieren, besteht darin, andere zu finden, die mit ihm übereinstimmen. Diese Meinung kann nur an der sozialen Realität validiert werden. Wenn also keine klaren, objektiven Kriterien zur Prüfung der Richtigkeit einer Meinung zur Verfügung stehen, erfolgt die Überprüfung durch sozialen Vergleich. Man vergleicht die eigene Meinung mit der Meinung anderer, und je größer die Übereinstimmung ist, um so mehr wird man von ihrer Richtigkeit überzeugt sein. Allerdings wird ein CDU-Anhänger kaum den sozialen Konsensus mit Sozialisten oder gar Kommunisten suchen, sondern mit Leuten, die ihre politische Vernunft schon früher dadurch unter Beweis gestellt haben, daß sie mit ihm in anderen politischen Fragen übereinstimmten. Es ist eine zentrale These der sozialen Vergleichstheorie, daß wir den Vergleich mit Personen suchen, die uns in den relevanten Charakteristiken ähnlich sind:

> „Aus den für einen Vergleich verfügbaren Personen, wird man jemanden, der einem in seinen Meinungen ... nahesteht, zum Vergleich heranziehen" (S.121).

Mit dieser Formulierung hat Festinger (1954) allerdings einige Verwirrung ausgelöst. Bei wörtlicher Interpretation scheint sie nämlich zu implizieren, daß wir etwa zur Überprüfung der Richtigkeit unserer Ansicht, daß eine Wiedereinführung der Todesstrafe die Zahl der Schwerverbrechen senken würde, nur solche Personen aussuchen, von denen wir wissen, daß sie diese Ansicht vertreten. Da der soziale Vergleich aber mit der Absicht durchgeführt wird, festzustellen, ob andere die eigene Meinung teilen, wäre es paradox, wenn wir die Meinung der anderen zu einer spezifischen Frage schon kennen müßten, *bevor* wir uns mit ihnen vergleichen. Wheeler et al. (1969) vermuteten deshalb, daß Festinger (1954) bei der Formulierung seiner Ähnlichkeitsthese nicht behaupten wollte, daß wir nach Vergleichspersonen suchen, die in der *spezifischen* Frage eine ähnliche Meinung vertreten, sondern nach Personen, die uns in den für den Sachverhalt relevanten Attributen ähnlich sind und deshalb eine ähnliche Meinung haben sollten. Das CDU-Mitglied, das seine Meinung über die Wiedereinführung der Todesstrafe validieren will, zieht als Vergleichsperson jemanden heran, der seine *allgemeine* politische Orientierung teilt, denn Konservative und nicht linke Liberale oder Marxisten stellen die soziale Realität dar, an der es seine politischen Ansichten überprüft.

In der Terminologie der Kovariationsanalyse von Kelley (1967) beschreibt die soziale Vergleichstheorie den Prozeß, durch den sich Individuen die Konsensus-Informationen beschaffen. Man betrachtet sein Urteil über einen Sachverhalt dann als korrekt, wenn man seine Eindrücke auf den Sachverhalt und nicht auf persönliche Einstellungen oder Vorlieben attribuieren kann. Dies setzt nach Kelley (1967) neben hohem Konsensus auch noch eine hohe Distinktheit und Konsistenz des Eindrucks voraus.

Festinger (1954) hielt soziale Vergleichsprozesse nicht nur für die Einschätzung von Meinungen, sondern auch für die Beurteilung der eigenen Fähigkeiten für wichtig. Auch hier muß man in Abwesenheit von objektiven Kriterien die Leistung anderer als Maßstab heranziehen und sich mit Personen vergleichen, die einem in ihren Leistungsvoraussetzungen ähnlich sind. Mit dieser Annahme antizipierte Festinger (1954) viele der Fragen, die später von Heider (1958), Meyer (1973) und Weiner et al. (1972) aufgeworfen wurden. Aus einer Leistung können nämlich nur dann Rückschlüsse auf die eigene Fähigkeit gezogen werden, wenn externe Ursachen wie Schwierigkeit/Leichtigkeit oder Zufall als potentielle Erklärungen eliminiert wurden. Um zum Beispiel zu entscheiden, ob eine unerwartet schlechte Note in Sozialpsychologie auf eigene Unfähigkeit oder besonders harte Notengebung in diesem Fach zurückzuführen ist, wird ein Student die Noten der Kommilitonen herauszufinden suchen, die in anderen Fächern ähnliche Ergebnisse erzielten wie er selbst. Haben auch sie deutlich schlechter abgeschnitten, wird er sein eigenes Ergebnis auf harte Notengebung (Schwierigkeit) zurückführen. Sind ihre Noten jedoch deutlich besser, wird er mangelnde Vorbereitung oder Fähigkeit in Betracht ziehen müssen.

Man kann Festinger (1954) allerdings vorwerfen, daß er zu einer Unterschätzung der Bedeutung der „sozialen Realität" verleitet, indem er betont, daß sozialer Vergleich *nur* in Abwesenheit objektiver Kriterien (physischer Realität) als Validitätsgrundlage herangezogen wird. Dies ist aber sicherlich nicht immer der Fall. Natürlich kann ich meine Brillengläser auf den Fußboden werfen, um festzustellen, ob sie tatsächlich zerbrechlich sind, oder die bei meinem Wagen vorgeschriebenen Ölwechselintervalle überschreiten, um zu prüfen, ob diese Vorschriften sinnvoll sind, aber vermutlich werde ich mich hier an die durch den Optiker oder die Werksvorschriften vertretene soziale Realität halten. Wenn nämlich die Überprüfung einer Meinung mit hohen Kosten oder großem Aufwand verbunden ist, wird man von der Möglichkeit der Validierung an der „physischen Realität" wenig Gebrauch machen. Weiterhin muß eine Überprüfung an der physischen Realität nicht immer zu valideren Ergebnissen führen als die Heranziehung der sozialen Realität. Wenn etwa meine Brille auf dem Boden nicht zerbricht oder der Motor des Wagens auch bei unterlassenem Ölwechsel keinen sichtbaren Schaden leidet, würde dies noch nicht unbedingt die Inkorrektheit der vom Optiker oder den Werksvorschriften übernommenen Ansicht bedeuten, wie wir im Methodenkapitel (S. 28 ff.) ausführlich besprochen haben.

In einer Weiterentwicklung der Theorie postulierte Schachter (1959), daß neben Meinungen und Fähigkeiten unter bestimmten Bedingungen auch Gefühle durch sozialen Vergleich beurteilt werden:

> „Genau wie für Meinungen und Fähigkeiten ist auch für Gefühle und Empfindungen eine soziale Bewertung notwendig und zwar dann, wenn die gefühlsauslösende Situation uneindeutig oder neuartig ist..." (S.129).

Schachter prüfte diese Annahme in einer Reihe von Untersuchungen, in denen Versuchspersonen, die glaubten, nach einer Wartepause einer Serie von Elektroschocks ausgesetzt zu werden, die Wahl geboten wurde, entweder allein oder gemeinsam mit anderen zu warten. Da der soziale Vergleich die Gegenwart von Vergleichspersonen notwendig macht, erwartete Schachter, daß die Versuchspersonen die Gemeinsamkeit um so mehr bevorzugen sollten, je unsicherer sie sich in der Bewertung ihrer Gefühle waren. Die Höhe der Unsicherheit wurde durch die Beschreibung der Schmerzhaftigkeit der Schocks variiert. In der Bedingung „geringe Furcht" wurden die Schocks als wenig schmerzhaft beschrieben, eigentlich kaum mehr als ein leichtes Prikkeln. Bei „großer Furcht" wurden die Versuchspersonen hingegen vom Versuchsleiter um Verständnis dafür gebeten, daß man bei solchen Untersuchungen nur etwas lernen könne, wenn tatsächlich äußerst schmerzhafte Schocks versetzt würden. Allerdings, so wurde tröstend hinzugefügt, sei die Gefahr bleibender Schäden äußerst gering. In Übereinstimmung mit den Vorhersagen der sozialen Vergleichstheorie fand Schachter (1959), daß bei großer Furcht signifikant mehr Versuchspersonen gemeinsam zu warten wünschten als in der Bedingung mit geringer Furcht.

Allerdings beweist dieses Ergebnis noch nicht, daß es tatsächlich das Bedürfnis nach sozialem Vergleich und nicht etwa ein *allgemeines* Bedürfnis nach Gemeinsamkeit war, das die Versuchspersonen in der furchterregenden Bedingung zum gemeinsamen Warten motivierte. Schließlich hat sicherlich schon jeder einmal erlebt, wie beruhigend es wirkt, wenn man in einer Streßsituation jemand Unbeteiligten zur Seite hat, entweder, weil er einen beraten kann oder einfach, weil er durch seine (ihre) Gegenwart beruhigt. Schlachter (1959) überlegte, daß ein solch *allgemeines* Bedürfnis durch *jegliche* Art von Gemeinsamkeit befriedigt werden könnte, während sozialer Vergleich die Gegenwart von Personen, die sich in derselben Situation befinden, notwendig macht. In einem zweiten Experiment, in dem den Versuchspersonen – nach Ankündigung schmerzhafter Elektroschocks – wiederum die Wahl allein oder gemeinsam zu warten geboten wurde, variierte er deshalb die Situation, in der sich die potentiellen Partner angeblich befanden. In der Hälfte der Fälle wurden sie als Versuchspersonen, die am selben Experiment teilnahmen, beschrieben, in der anderen Hälfte als Studentinnen, die auf einen Termin mit einem Hochschullehrer warteten. In Übereinstimmung mit den Vorhersagen der sozialen Vergleichstheorie wählten die Versuchspersonen die gemeinsame Wartezeit signifikant häufiger in der Bedingung, in der sie gemeinsam mit anderen Versuchspersonen verbracht werden konnte.

Da aber in diesem Experiment keine Kontrollgruppen mit „geringer Furcht" untersucht wurden, sind die Ergebnisse nicht völlig schlüssig. Weiterhin lassen auch diese Befunde die Möglichkeit offen, daß die Versuchspersonen die Gemeinsamkeit mit anderen Versuchspersonen nur deshalb suchten, da sie hofften, Genaueres über den Versuchsablauf zu erfahren. Wie Johnson und Leventhal (1974) zeigen konnten, wirkt die Erwartung von schmerzhaften Ereignissen weniger furchterregend, wenn die Beteiligten genau über den Ablauf informiert werden. Diese alternative Interpretation wurde in einer Untersuchung von Zimbardo und Formica (1963) überprüft, in der die potentiellen Warte-Partner entweder als Versuchspersonen, die den Schock noch vor sich hatten, oder aber als Versuchspersonen, die den Schock schon hinter sich hatten, beschrieben wurden. Je nachdem, ob der Wunsch nach Gemeinsamkeit auf einem Bedürfnis nach sozialem Vergleich oder nach kognitiver Klarheit beruht, würde man eine relative Bevorzugung der Gemeinsamkeit mit Partnern, die die Bedrohung noch vor sich hatten (sozialer Vergleich), oder solchen, die sie schon hinter sich gebracht hatten (kognitive Klarheit), erwarten. In Bestätigung der sozialen Vergleichstheorie stellten Zimbardo und Formica (1963) fest, daß die Gemeinsamkeit in der furchterregenden Bedingung – relativ zur Bedingung mit geringer Furcht – nur dann bevorzugt wurde, wenn sich die potentiellen Partner in derselben Situation befanden wie die Versuchspersonen selbst, also als Vergleichspersonen dienen konnten.

Die soziale Vergleichstheorie hat bedeutsame Implikationen für die Kleingruppenforschung, vor allem für die Theorie der *Bezugsgruppen* (Kelley, 1952; Merton & Rossi, 1968). Aus den Grundannahmen, daß Individuen das Bedürfnis haben, die Korrektheit ihrer Meinungen sowie ihre Fähigkeiten und – wie Schachter (1959) später hinzufügte – ihre Gefühle zu bewerten, und daß sie diese Bewertung in Abwesenheit von objektiven Kriterien nur durch den sozialen Vergleich mit anderen durchführen können, leitete Festinger (1954) eine Reihe von bedeutsamen Hypothesen ab. So motiviert uns das Bedürfnis nach sozialem Vergleich nicht nur zur Gemeinschaft mit anderen, es führt auch zu einer Konvergenz der Meinungen in Gruppen. Da sich Gruppenmitglieder in Abwesenheit objektiver Kriterien nur dann der Gültigkeit ihrer Meinungen einigermaßen sicher sein können, wenn in einer Frage ein allgemeiner Konsensus erreicht wurde, besteht in Gruppen eine Tendenz, diesen Konsensus herbeizuführen, etwa indem man seine eigene Meinung der Mehrheitsmeinung angleicht oder Druck auf Abweichler ausübt, sich der Mehrheit anzuschließen.

3.4.5 Attributionen als „sich selbst erfüllende Prophezeiungen"

Zu Beginn des Kapitels begründeten wir unser Interesse an Attributionsprozessen damit, daß Verhalten nicht unmittelbar durch „objektive Reizgegebenheiten" gesteuert wird, sondern von Interpretation oder Definition der Situation abhängt und damit von Attributionsprozessen. Durch Attributionen versuchen wir, das Verhalten anderer zu erklären und ihr zukünftiges Verhalten vorhersagbar zu machen. Da solche Erwartungen aber auch unser eigenes Verhalten bestimmen, können sie leicht als „sich selbst erfüllende Prophezeiungen" (Merton, 1968) wirken, die bei anderen erst das Verhalten hervorrufen, das wir aufgrund von Attributionen erwartet hatten. Dies soll in diesem Abschnitt an einigen Beispielen erläutert werden.

Kooperation und Konkurrenz: Einen überzeugenden Beleg für die sich selbst erfüllende Wirkung zwischenmenschlicher Erwartungen beobachteten Kelley und Stahelski (1970) in einer Untersuchung der Determinanten kooperativen und kompetitiven Verhaltens. Sie fanden, daß Personen, die glaubten, jedermann sei kompetitiv und nur auf seinen eigenen Vorteil bedacht, sich selbst in Situationen, die sowohl kooperatives wie kompetitives Verhalten erlaubten, überwiegend kompetitiv verhielten. Durch dieses Verhalten motivierten sie jedoch auch kooperativ eingestellte Interaktionspartner zu kompetitiven Reaktionen, was sie wiederum als Bestätigung ihrer Erwartungen auffaßten.

Als Interaktionssituation benutzten Kelley und Stahelski (1970) ein „Prisoner's Dilemma"-Spiel. Der Name dieses Spiels geht auf folgende Geschichte zurück, die das Dilemma, in dem sich die Spieler befinden, verdeutlicht: A und B werden nach einem gemeinsam vollbrachten Verbrechen in der Nähe des Tatorts gefaßt. Der Staatsanwalt, der sie getrennt verhört, erklärt, daß er genug Beweise habe, um beide, auch ohne Geständnis, für mindestens ein Jahr hinter Gitter zu bringen. Sollte sich jedoch einer der beiden geständig zeigen, würde er ihn mit nur drei Monaten Gefängnis entlassen. Sein nicht geständiger Partner müsse dann die Höchststrafe von zehn Jahren absitzen. Würden hingegen beide gestehen, kämen sie beide für fünf Jahre ins Gefängnis.

Für jemanden, der glaubt, daß jeder nur auf seinen eigenen Vorteil aus ist, ist die Entscheidung in dieser Situation völlig eindeutig: Da der andere vermutlich versuchen wird, seine Strafe durch ein Geständnis zu verringern, muß auch er gestehen, um zu vermeiden, für zehn Jahre hinter Gitter zu kommen. Nehmen wir jetzt an, der Partner weiß über diese Denkweise Bescheid. Ihm ist zwar einsichtig, daß es für *beide gemeinsam* am günstigsten wäre, wenn sie nicht gestehen würden. Da er aber weiß, daß der andere aussagen wird, muß auch er gestehen, um der Höchststrafe zu entgehen. Indem er aber gesteht, bestätigt er nur die Ansicht seines Partners.

Kelley und Stahelski (1970) ließen das Spiel mit mehreren Durchgängen spielen. Bei jedem Durchgang müssen sich die Spieler zwischen zwei Alternativen Y und W entscheiden. Die potentiellen Ergebnisse der beiden Spieler wurden durch folgende Gewinn-Matrix (Abbildung 3.3) bestimmt: Die Werte über den Diagonalen stellen die Gewinne oder Verluste des Spielers A dar, die Werte unter den Diagonalen die entsprechenden Ergebnisse des Spielers B. Gewinn oder Verlust hängen von der Entscheidung beider Spieler ab. Wählen beide die Alternative Y, dann gewinnen beide 5 Punkte. Wählt hingegen einer W und einer Y, dann verliert der, der Y gewählt hat, 10 Punkte, während der andere 10 Punkte gewinnt. Das Dilemma für beide Spieler, die ihre Entscheidung ohne Kenntnis der Wahl des anderen treffen müssen, besteht darin, daß die „kooperative Entscheidung" Y, die ein für beide zufriedenstellendes Ergebnis bringen würde, für den, der sie wählt, mit hohem Verlust verbunden ist, wenn sich der Mitspieler für die Alternative W entscheidet. Das Attraktive an der „kompetitiven Entscheidung" W liegt darin, daß sie einen hohen Gewinn ermöglicht, falls der andere die kooperative Wahl Y trifft.

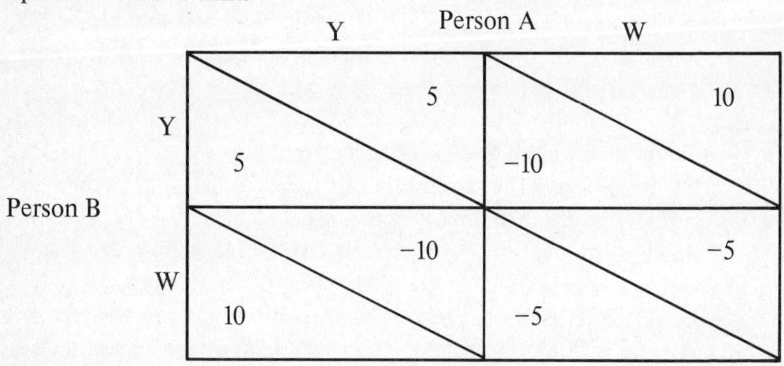

Abbildung 3.3: Gewinn-Matrix im „Prisoner's Dilemma"-Spiel von Kelley und Stahelski (1970).

Kelley und Stahelski (1970) erhoben vor Beginn des Spiels die kooperativen oder kompetitiven Absichten der Versuchspersonen mittels eines Fragebogens und bildeten dann Spielerpaare aus zwei kooperativen, zwei kompetitiven oder zwei in ihren Absichten unterschiedlichen Spielern. Während die kompetitiven Spieler in allen Paaren dasselbe kompetitive Verhalten zeigten, variierte das Spielverhalten der kooperativen Spieler in Abhängigkeit vom Verhalten des Gegners. Kooperative Spieler trafen wesentlich mehr kooperative Entscheidungen, wenn sie mit einem kooperativen Gegenspieler spielten, als wenn sich ihr Gegenspieler überwiegend kompetitiv verhielt. Bei einem kompetitiven Gegenspieler fiel die Häufigkeit ihrer kooperativen Wahlen deutlich ab, und es kam zu einer verhaltensmäßigen Angleichung an das Spielverhalten des kompetitiven Gegners. Dies ist verständlich, da einseitige kooperative Wahlen mit hohen Verlusten verbunden sind. Auch ein Spieler mit grundsätzlich kooperativer Einstellung wird somit durch das kompetitive Verhalten seines Gegenspielers veranlaßt, sich selbst kompetitiv zu verhalten, um übergroße Verluste zu vermeiden. Aufgrund dieser verhaltensmäßigen Angleichung bemerken die kompetitiven Spieler die Absichten ihrer kooperativen Gegenspieler nicht und nehmen sie als kompetitiv wahr. Ihnen entgeht auch völlig, daß der negative Ausgang des Spieles hauptsächlich auf ihr eigenes kompetitives Spielverhalten zurückzuführen ist.

Das „Prisoner's Dilemma" ist ein Beispiel für eine Konfliktsituation, wie sie in ähnlicher Form im Alltag häufig auftritt. So findet sich etwa ein Schüler, der entscheiden muß, ob er seinem neuen Banknachbarn bei einer Mathematikarbeit vorsagen und damit das Risiko eingehen soll, selbst eine schlechte Note zu erhalten (lohnt sich nur, wenn zu erwarten ist, daß sich der neue Nachbar bei der nächsten Lateinarbeit revanchiert), oder ein Tankstellenbesitzer, der sich überlegt, ob er mit einer Preissenkung das Geschäft in der Stadt an sich ziehen oder sich an die mit der Konkurrenz getroffenen Preisabsprachen halten soll (lohnt sich nur, wenn sich die anderen auch daran halten), in vergleichbaren Interessenkonflikten. Kelley und Stahelski berichten dann auch eine Reihe von Untersuchungen, in denen in recht unterschiedlichen Interaktionssituationen die oben dargestellten Befunde bestätigt wurden.

Erwartung und Sympathie: Auch die Erwartung, daß uns jemand mag oder nicht mag, kann leicht zur „sich selbst erfüllenden Prophezeiung" werden. Die Wahrnehmung, anderen sympathisch oder unsympathisch zu sein, ist eine der gewichtigsten Determinanten unserer eigenen Gefühle (Berscheid & Walster, 1969). Wir mögen Menschen, von denen wir annehmen, daß sie uns mögen, und reagieren mit Ablehnung auf andere, die uns ihre Antipathie fühlen lassen. Im folgenden sollen einige Belege für die Annahme angeführt werden, daß uns eine irrtümliche Einschätzung der Gefühle anderer zu Verhalten veranlaßt, das die Sympathie oder Antipathie, die erst irrtümlich vermutet wurde, herbeiführen kann. Zuvor muß aber kurz auf die Determinanten der Attribution von Sympathie und auf mögliche Fehlerquellen bei diesen Attributionen eingegangen werden (Stroebe, 1978 a).

Wir sind uns wahrscheinlich der Gefühle, die unser Ehepartner oder unsere Freunde uns gegenüber hegen, ziemlich sicher. Diese Sicherheit erklärt sich zum Teil durch die lange Bekanntschaft, zum Teil aber auch dadurch, daß informelle Interaktionen es erleichtern, die wahren Gefühle des anderen kennenzulernen. Wir sind uns vermutlich weniger sicher, wenn es um die Gefühle eines neuen Kollegen oder flüchtigen Bekannten geht. Die formellen Interaktionen, die für die frühen Stadien zwischenmenschlicher Beziehungen typisch sind, erschweren Rückschlüsse auf die Motive der Interakteure. Die Schwierigkeit beruht hauptsächlich auf den Normen der Höflichkeit, die starken Druck auf das Verhalten ausüben. *Diese Normen zwingen die Interakteure dazu, unabhängig von ihren wahren Gefühlen, für jede Verhaltensweise, die möglicherweise eine negative Bewertung des Partners implizieren könnte, eine externe Ursache vorzugeben, hingegen Verhaltensweisen mit positiven bewertenden Implikationen auf interne Ursachen zurückzuführen.* Sie werden bei Verhalten mit negativen Implikationen auf situationsbedingte Zwänge und andere externe Ursachen hinweisen, also auf Ursachen, die außerhalb ihrer Kontrolle und damit ihrer Verantwortung liegen. Bei Verhalten mit positiven Bewertungsimplikationen werden sie hingegen solche externen Ursachen verleugnen und sich für voll verantwortlich erklären.

Um Beispiele aus dem Alltagsleben zu nehmen: Wenn jemand, der einen großen Umweg gemacht hat, um einen neuen Bekannten nach Hause zu fahren, von diesem aufgefordert wird, zum Essen zu bleiben, dann mag dieses Angebot auf dem Wunsch beruhen, eine interessante Unterhaltung fortzusetzen, kann aber auch einfach eine Geste der Höflichkeit sein. Oder wenn eine Frau, die man zu einer Party einlädt, mit großem Bedauern wegen anderer Verpflichtungen ablehnt, dann mögen Bedauern und Verpflichtungen echt sein, können aber auch nur einen Vorwand darstellen, um einen potentiell langweiligen Abend zu vermeiden.

Wie gelangt man in solchen Situationen zu Schlußfolgerungen auf die „wahren Motive" der anderen Person? Besonders in uneindeutigen Situationen wird man sich vermutlich an früheren Erfahrungen in ähnlichen Situationen orientieren. Jemand, der stets fand, daß sich seine Gesprächspartner und -partnerinnen mit ihm langweilen, wird vermutlich dazu neigen, die Einladung zum Nachtessen als Höflichkeit und die „anderen Verpflichtungen" als Vorwand zu betrachten. Hingegen wird jemand, der sich immer als charmant und witzig eingeschätzt hat, vermutlich gar nicht auf den Gedanken kommen, daß es für die Einladung zum Essen noch andere Gründe als das Interesse, die Unterhaltung fortzusetzen, und für die Ablehnung andere Gründe als die „anderen Verpflichtungen" geben könnte.

Da das Gefühl der Akzeptierung oder Ablehnung durch andere eine wesentliche Determinante des Selbstwertgefühls ist (Coopersmith, 1967;

O'Brien & Epstein, 1975), kann angenommen werden, daß ein relativ enger Zusammenhang zwischen dem Selbstwertgefühl einer Person und ihren in der Vergangenheit gemachten Erfahrungen der Akzeptierung oder Ablehnung durch andere besteht. Wenn aber Personen ihre Erfahrungen im zwischenmenschlichen Bereich zur Interpretation des Verhaltens anderer ihnen gegenüber heranziehen und wenn das Selbstwertgefühl diese Erfahrungen reflektiert, dann sollten sich Menschen mit niedrigem Selbstwertgefühl in ihren Interpretationen systematisch von solchen mit hohem Selbstwertgefühl unterscheiden. Je niedriger das Selbstwertgefühl einer Person ist, um so mehr sollte sie dazu neigen, negatives Verhalten ihr gegenüber (etwa: die Ablehnung einer Einladung) auf interne Ursachen (Antipathie), positives Verhalten (etwa: die Einladung zum Essen) hingegen auf externe Ursachen (Höflichkeit) zurückzuführen. Mit anderen Worten: sie wird das Verhalten anderer ihr gegenüber immer so interpretieren, daß die Interpretation mit der globalen Selbsteinschätzung übereinstimmt.

Diese Hypothese wurde in einer Untersuchung von Stroebe et al. (1977) überprüft. Versuchspersonen mit hohem oder niedrigem Selbstwertgefühl (gemessen mit einer modifizierten Form der „Feelings of Inadequacy Scale" von Janis & Field, 1959) glaubten, daß eine andere Versuchsperson sie beurteilen würde. Es wurde ihnen gesagt, daß die Beurteilung entweder unter der Instruktion „aufrichtiges Verhalten" oder unter der Instruktion „Rollenspiel" verfaßt würde. Unter der Instruktion „aufrichtiges Verhalten" könne die andere Versuchsperson ihre ehrliche Meinung darstellen, während sie unter „Rollenspiel"-Instruktion entweder eine positive oder eine negative Beurteilung abgeben müsse. Die Versuchspersonen mußten entscheiden, unter welcher Instruktion die über sie verfaßte Bewertung geschrieben worden war. Die Versuchspersonen sahen sich also entweder positiv oder negativ bewertet und mußten entscheiden, ob diese Bewertung auf externalen oder internalen Ursachen (Rollenspiel vs. aufrichtiges Verhalten) beruhte. Wie erwartet, schlossen Versuchspersonen mit niedrigem Selbstgefühl bei negativer Bewertung eher auf „aufrichtiges Verhalten" und bei positiver Bewertung eher auf „Rollenspiel", während Versuchspersonen mit hohem Selbstwertgefühl zu der umgekehrten Schlußfolgerung neigten.

Sich bei derartigen Attributionen von seiner Selbsteinschätzung leiten zu lassen ist sicherlich vielfach eine vernünftige Strategie, die keineswegs zu einer verzerrten Wahrnehmung der sozialen Realität führen muß. Wenn etwa der Student X, der beim anderen Geschlecht selten Erfolg hatte und sich daher für wenig attraktiv hält, die Studentin Y ins Kino einlädt und diese wegen einer anderen Verpflichtung ablehnt, dann liegt X vermutlich nicht völlig falsch, wenn er die „andere Verabredung" als Höflichkeitslüge interpretiert. Das Problem besteht darin, daß sich derartige Erwartungen, sollten sie doch falsch sein, als „sich selbst erfüllende Prophezeiungen" erweisen können, daß also X die bei Y vermutete Antipathie erst durch sein eigenes Verhalten nachträglich herbeiführt.

Nehmen wir einmal an, die Studentin Y fand den X sehr sympathisch, konnte aber die Einladung nicht annehmen, da sie ihren Eltern versprochen hatte, am Wochenende heimzukommen. Am Montag begegnet sie X auf der Straße, grüßt freundlich und will auf einen kleinen Schwatz stehenbleiben, als X kühl nickend vorbeigeht. Damit ist sie natürlich schon etwas verärgert. Wenn sich X dann in der Mensa an einen anderen Tisch setzt, obwohl sie ganz alleine sitzt, ist sie wirklich böse und kann sich nicht mehr vorstellen, wie sie diesen ungehobelten Klotz eigentlich einmal sympathisch finden konnte.

Die sich selbst erfüllende Wirkung solcher zwischenmenschlichen Erwartungen wurde in Untersuchungen von Jones und Panitch (1971) und Snyder et al. (1977) demonstriert. Jones und Panitch (1971) veranlaßten jeweils eine von zwei Versuchspersonen (A) durch eine gefälschte Rückmeldung zu glauben, die andere Versuchsperson (B) finde sie sehr sympathisch (bzw. sehr unsympathisch). Anschließend mußten A und B ein „Prisoner's Dilemma"-Spiel mit mehreren Durchgängen spielen. Als wesentliche abhängige Variablen wurden A's Spielverhalten sowie die Sympathie, die B für A am Ende des Spiels empfand, erfaßt. Tatsächlich konnte (zumindest für männliche Versuchspersonen) gezeigt werden, daß sich die positive oder negative Erwartung von A als „sich selbst erfüllende Prophezeiung" auswirkte. Ein A, der anfangs erwartet hatte, daß B ihn sympathisch fand, spielte kooperativer und wurde am Ende von B tatsächlich mehr gemocht als ein A, der von einer Antipathie bei B ausging. Durch ihr eigenes Verhalten erzeugten also die Versuchspersonen bei ihren Partnern erst die Gefühle, die sie zuvor bei ihnen vermutet hatten.

Snyder et al. (1977) zeigten, daß sich derartige Erwartungen auch in relativ unstrukturierten Gesprächssituationen auswirken können. Für die Manipulation der Erwartungen machten sie sich die unterschiedlichen Stereotype zunutze, die Männer von der Persönlichkeit von attraktiven und unattraktiven Frauen haben, nämlich, daß gutaussehende Frauen geselliger, selbstbewußter, sexuell agiler und extravertierter sind als unattraktive Frauen. Männlichen Versuchspersonen, die mit einer ihnen unbekannten weiblichen Versuchsperson ein „Telefongespräch" führen mußten (angeblich, damit sich die beiden besser kennenlernten), wurde neben echten biographischen Daten eine gefälschte Photographie der Partnerin gegeben, auf der sie entweder sehr gut oder wenig gut aussah. Das nachfolgende Gespräch wurde auf Band aufgenommen und später von Beurteilern analysiert. Snyder et al. (1977) sagten vorher, daß die stereotypen Erwartungen der Männer durch das Verhalten ihrer Partnerinnen bestätigt werden würden. Wenn also die männliche Versuchsperson aufgrund des attraktiven Bildes glaubte, seine Partnerin sei gesellig, selbstbewußt, extravertiert und sexuell agil, dann sollte er sich so verhalten, daß seine Partnerin tatsächlich ein entsprechendes Verhalten an den Tag legte. Bei einer blinden Beurteilung des weiblichen Teils der Konversation ließen sich diese Vorhersagen bestätigen. Die Frauen, von denen ihre Partner glaubten, sie seien attraktiv, verhielten sich nach Ansicht der Beurteiler tatsächlich geselliger, wärmer, selbstbewußter, extravertierter usw. als Frauen, deren Partner glaubten, sie seien nicht attraktiv. Da diese Unterschiede im Verhalten der Frauen offensichtlich eine Reaktion auf ein je nach induzierter Erwartung unterschiedliches männliches Verhalten darstellten, ließen Snyder et al. auch den männlichen Teil der Gespräche auf denselben Dimensionen beurteilen. Es zeigte sich, daß die männlichen Versuchspersonen ein deutlich unterschiedliches Verhalten an den Tag legten, je nachdem ob sie ihre Partnerin für attraktiv oder unattraktiv hielten. In der „attraktiven" Bedingung wurden die Männer aufgrund ihres Gesprächsbeitrages von den Beurteilern als geselliger, wärmer, humorvoller, sexuell permissiver und lebhafter eingeschätzt als in der „unattraktiven" Bedingung. Die Erwartungen der Männer führten also dazu, daß sie selbst ein Verhalten an den Tag legten, das bei ihren Partnerinnen Reaktionen hervorrief, die diese Erwartungen bestätigten.

Leistungsverhalten: Ein überzeugendes Beispiel für sich selbst erfüllende Erwartungen im Bereich der Selbstwahrnehmung läßt sich aus der attributionstheoretischen Erklärung der Leistungsmotivation (Meyer, 1973; Weiner et al., 1972) ableiten. In einer Reihe von Untersuchungen (etwa: Everett, 1959; Lowell, 1952; Strodtbeck, 1958) hat sich gezeigt, daß Personen mit hoher Leistungsmotivation in vielen Leistungsbereichen besser abschneiden als ähnlich befähigte Personen mit niedriger Leistungsmotivation. Strodtbeck (1958), der für eine Gruppe von Schülern Intelligenztest-Werte, Leistungsmotivations-Werte und die Schulleistung erhob, berechnete für jeden Schüler die aufgrund seiner Intelligenz zu erwartende Schulnote, also die Note, die im Schnitt von anderen Schülern mit gleicher Intelligenz erzielt worden war. Wenn die Note eines Schülers über diesem Erwartungswert lag, wenn er also besser abschnitt als der Durchschnitt der Schüler mit gleicher Intelligenz, dann wurde er als „Overachiever" eingestuft. Lag er hingegen unter dem Durchschnitt, dann wurde er als „Underachiever" klassifiziert. Wenn nun hoch leistungsmotivierte Schüler bei gleicher Intelligenz besser abschneiden als wenig leistungsmotivierte Schüler, dann müßten die „Overachiever" im Mittel höhere Werte im Leistungsmotivationstest (TAT) aufweisen als die „Underachiever". Diese Vorhersage ließ sich bestätigen. Ähnliche Ergebnisse werden in einer Arbeit von Everett (1959) berichtet, die in einem Großkonzern durchgeführt wurde. Everett konnte zeigen, daß Mitarbeiter mit hoher Leistungsmotivation es im Betrieb weiter brachten als vergleichbar befähigte Kollegen mit niedriger Leistungsmotivation.

Warum sollten es aber leistungsmotivierte bei gleicher Fähigkeit weiter bringen als weniger leistungsmotivierte Personen? Meyer (1973) und Weiner et al. (1972) sehen die Erklärung zum Teil in den unterschiedlichen Attributionsmustern, mit denen die beiden Gruppen Erfolge, aber vor allem Mißerfolge erklären. So konnte zum Beispiel Meyer (1973) in einer experimentellen Untersuchung zeigen, daß leistungsmotivierte Versuchspersonen den durch falsche Rückmeldung induzierten Mißerfolg überwiegend auf Mangel an Anstrengung zurückführten, während wenig leistungsmotivierte Versuchspersonen Mangel an Begabung verantwortlich machten. Diese unterschiedlichen Interpretationen führen zu unterschiedlichen Erfolgserwartungen bei zukünftiger Leistung in vergleichbaren Leistungsbereichen. Jemand der glaubt, daß sein Mißerfolg nur auf mangelnde Anstrengung zurückzuführen ist, wird sich beim nächsten Mal mehr anstrengen und damit möglicherweise auch Erfolg erzielen. Wer hingegen davon ausgeht, daß er trotz großer Anstrengung aus Mangel an Begabung gescheitert ist, der wird wenig Hoffnung auf zukünftigen Erfolg bei ähnlichen Problemen haben. Er wird entweder vergleichbare Leistungssituationen ganz meiden oder aber, wenn dies nicht möglich ist, sich nicht besonders bemühen. Meyer (1973) fand dann auch, daß seine leistungsmotivierten Versuchspersonen auf Mißerfolg mit Leistungssteigerung, seine wenig leistungsmotivierten Versuchspersonen hingegen mit Leistungssenkung reagierten.

Obwohl sich diese Befunde in dieser Form nicht in allen Untersuchungen haben bestätigen lassen (Meyer, 1973, S. 146), ist das unterschiedliche Abschneiden von hoch und niedrig leistungsmotivierten Personen im Leistungsbereich zumindest teilweise durch sich selbst erfüllende Erwartungen zu erklären: Mißerfolg wird von wenig leistungsmotivierten Personen überwiegend auf mangelnde Begabung zurückgeführt. Aufgrund dieser Erklärung wird man auch in Zukunft bei ähnlichen Problemen Mißerfolg erwarten. Da man sich deshalb dann auch nicht mehr besonders anstrengt, ist die Wahrscheinlichkeit einer Bestätigung dieser Erwartung groß. Hoch Leistungsmotivierte führen Mißerfolge hingegen eher auf mangelnde Anstrengung zurück und erwarten deshalb bei erhöhter Anstrengung Erfolg. Sicherlich wird sich dieser Erfolg nicht immer einstellen, aber ihre Erfolgsaussichten sind aufgrund ihrer erhöhten Anstrengung besser als die der weniger Leistungsmotivierten.

3.5 Eindrucksbildung: Die kognitive Integration von Informationen

Bisher haben wir uns mit den Prozessen befaßt, durch die ein Beobachter aus der Kenntnis der Gruppenzugehörigkeit einer Person (Stereotype) sowie ihrem Verhalten (Attribution) Rückschlüsse auf die Eigenschaften dieser Person zieht. Weiterhin sind wir kurz darauf eingegangen, daß die Gefühlszustände einer Person recht zuverlässig aus ihrem Gesichtsausdruck erschlossen werden können. Dies ist aber nur ein Teil der Informationen, die wir zu verarbeiten haben, wenn wir uns einen Eindruck von einer Person bilden. Weitere Hinweise erhalten wir zum Beispiel aus ihrer Stimme, ihrem Aussehen, ihrer Kleidung, ihren Bewegungen und natürlich den Meinungen und Einstellungen, die sie zum Ausdruck bringt. Trotz dieser Flut von Informationen scheinen wir aber gut in der Lage zu sein, uns schon nach kurzer Begegnung ein Urteil zu bilden. In diesem Abschnitt soll auf die Regeln eingegangen werden, nach denen wir derartige Einzelinformationen zu einem Gesamteindruck integrieren.

Versetzen Sie sich einmal in die Rolle eines Hochschullehrers H, der die Stellenbewerbung seines Doktoranden D mit einem Empfehlungsbrief unterstützen möchte. Neben einer großen Anzahl von äußerst positiven Eigenschaften verfügt D nach Ansicht von H auch über einige zwar schätzenswerte, aber doch deutlich weniger positive Charakterzüge sowie eine geringe Zahl von negativen Charakteristiken. Da H gerne möchte, daß D diese Stelle erhält, beschließt er, die negativen Seiten von D nicht zu erwähnen. Fraglich ist für ihn aber, ob er sich in seiner Empfehlung auf die extrem positiven Eigenschaften D's beschränken oder auch auf die leicht positiven Züge eingehen soll. Welche Strategie würde wohl einen positiveren Eindruck von D entstehen lassen?

Nehmen wir einmal an, daß D nach Ansicht von H über folgende Qualitäten verfügt: Er ist sehr kreativ, extrem intelligent, systematisch und höflich. Gehen wir weiter davon aus, daß diese Eigenschaften auf einer 10-Punkte Skala der Positivität von Eigenschaften die Werte 10, 10, 6 und 6 erhalten würden. Wenn wir mögliche Unterschiede in der Glaubwürdigkeit ausklammern, hängt die Antwort davon ab, nach welchem Modell der Empfänger die Bewertungen der Einzelinformationen integriert. Summiert er sie, dann wäre es vorteilhafter, alle positiven Eigenschaften zu erwähnen (Summe aller Eigenschaften = 32; Summe der beiden positivsten Eigenschaften = 20).Bildet er hingegen den Mittelwert, dann sollte man sich auf die extrem positiven Eigenschaften beschränken (Mittel aller Eigenschaften = 8; Mittel der beiden positivsten Eigenschaften = 10)

Mit dieser Frage hat sich Anderson (1965) in seinem klassischen Vergleich von Summation und Mittelung als Regeln der Reizkombination auseinandergesetzt. Durch systematische Variation der relativen Positivität oder Negativität von Eigenschaftswörtern, die eine Person beschreiben sollten, schuf er unter anderem folgende Versuchsbedingungen: E^+E^+: die Person wurde mit zwei extrem positiven Eigenschaften beschrieben; $E^+E^+L^+L^+$: der Person wurden zusätzlich zu den extrem positiven Eigenschaften noch zwei leicht positive Eigenschaften zugeschrieben. Die Bedingungen E^-E^- und $E^-E^-L^-L^-$ wurden entsprechend den positiven Bedingungen mit negativen Eigenschaftswörtern gebildet. Die abhängige Variable bestand in der Einschätzung der so beschriebenen Person auf derselben Sympathie-Skala, mit der im Vorversuch die Positivität der Einzeleigenschaften beurteilt worden war. Beruht der Gesamteindruck auf einer Summation der Einzelbewertungen, dann sollte die Person in der Bedingung $E^+E^+L^+L^+$ positiver als in E^+E^+ und in der Bedingung $E^-E^-L^-L^-$ negativer als in E^-E^- beurteilt werden. Wird er hingegen durch Mittelung der Einzeleindrücke gebildet, dann müßte die Person in E^+E^+ und E^-E^- extremer beurteilt werden als in $E^+E^+L^+L^+$ und $E^-E^-L^-L^-$. Das Muster der Mittelwerte entsprach bei diesem Vergleich eindeutig den Erwartungen des Mittelwertsmodells.

In einigen zusätzlichen Versuchsbedingungen fanden sich jedoch Datenmuster, die mit dem Mittelwertsmodell weniger leicht zu vereinbaren waren. Es zeigte sich nämlich, daß eine Person, die durch vier extrem positive Eigenschaften beschrieben wurde, eine positivere Beurteilung erhielt als eine nur durch zwei extrem positive Eigenschaften charakterisierte Person. Entsprechend führten auch vier negative Adjektive zu einem negativeren Eindruck als nur zwei negative Eigenschaftswörter. Wenn der Gesamteindruck tatsächlich den mittleren Einzeleindrücken entspräche, dürften sich Unterschiede der Listengröße bei Adjektiven mit identischer Einzelbewertung nicht auf die Gesamtbewertung auswirken. Anderson (1965) löste diesen Widerspruch durch eine Zusatzannahme. Der Beurteiler, der eine Person bewertet, beginnt nicht am Nullpunkt, sondern mit einem *anfänglichen Eindruck*, der schon vor jeglicher Information über die Person besteht und in den Mittelwert eingeht. Da sich dieser anfängliche Eindruck um so weniger auf den Mittelwert auswirken sollte, je größer die Zahl der in der Beschreibung enthaltenen Adjektive ist, macht diese Zusatzannahme die Wirkung der Listengröße mit einem Mittelungsmodell vereinbar. Allerdings ist nicht ganz einsichtig, worauf der anfängliche Eindruck eines Beurteilers, der eine Person aufgrund von einigen Persönlichkeitsadjektiven beurteilt, beruhen soll. Man kann ihn sich höchstens als allgemeine Tendenz zur positiven oder negativen Beurteilung vorstellen.

Jede Eigenschaftsbeschreibung, oder allgemeiner jede Information, läßt sich nach dem von Anderson (1965, 1971, 1974) entwickelten „Informations-Integrations-Modell" durch zwei Parameter darstellen: einen Skalenwert S und ein Gewicht w. Der Skalenwert reflektiert die Position der Information auf der relevanten Urteilsdimension, also bei unseren Persönlichkeitseigenschaften das Ausmaß ihrer Positivität. Das Gewicht reflektiert die psychologische Bedeutung der Information, also etwa wie wichtig die Eigenschaft dem Beurteiler erscheint oder für wie glaubhaft er die Person hält, von der die Information stammt.

Der Gesamteindruck einer Person entspricht nach Anderson (1965) dem Mittelwert der Bewertungen des anfänglichen Eindrucks sowie der einzelnen Informationen, wobei sowohl der anfängliche Eindruck wie die einzelnen Informationen nach ihrer Bedeutung gewichtet sind. In seiner allgemeinsten Form (ohne spezielle Berücksichtigung des anfänglichen Eindrucks) läßt sich Andersons gewichtetes Mittelwertsmodell folgendermaßen darstellen:

$$E = \frac{\sum_{i=1}^{n} w_i S_i}{\sum_{i=1}^{n} w_i}$$

wobei E den Gesamteindruck, S_i den Skalenwert der Information i, w_i das Gewicht der Information i und n die Zahl der Informationen angibt.

Informationsverarbeitung beruht also nach dem „Informations-Integrations-Modell" von Anderson (1965, 1971, 1974) auf zwei Prozessen: *Bewertung* und *Integration*. Durch die Bewertung werden der Skalenwert S der einzelnen Informationen sowie das Gewicht w bestimmt. Während der Skalenwert die Position der Einzelinformation auf der jeweiligen Urteilsdimension angibt, bestimmt das Gewicht den Einfluß, den diese Information auf den Gesamteindruck hat. Wenn ich zum Beispiel über einen Studenten, der sich um eine Hilfskraftstelle bewirbt, von einem Kollegen erfahre, er sei unselbständig, und von einem Freund des Studenten, er sei intelligent, dann wird vermutlich das Urteil meines Kollegen meinen Gesamteindruck mehr beeinflussen als das Urteil des Freundes. Die Urteils- und Attributionstheorien, die wir bisher in diesem Kapitel besprochen haben, befassen sich hauptsächlich mit solchen Bewertungsprozessen. Die Integration betrifft die Regeln, nach denen die bewertete Einzelinformation zu einem Gesamteindruck zusammengefaßt wird. Hier geht Anderson davon aus, daß diese Integration meist nach einfachen algebraischen Regeln erfolgt. Auf dem Gebiet der Eindrucksbildung wurden vor allem mit dem Mittelwertsmodell stets gute Anpassungen erzielt. Anderson versteht das „Informations-Integrations-Modell" als allgemeinen Ansatz, der sich auf eine Vielzahl von Urteilsprozessen anwenden läßt. Neben der Forschung auf dem Gebiet der Eindrucksbildung (Anderson, 1965, 1974) ist für uns besonders die Anwendung auf Fragen des Einstellungswandels (Anderson, 1971) relevant.

3.6 Zusammenfassung

In diesem Kapitel haben wir uns mit Prozessen befaßt, die es ermöglichen, Ordnung und Struktur in der potentiell unbeschränkten Reizvielfalt unserer dinglichen und sozialen Umwelt wahrzunehmen. *Kategorisierung* vereinfacht unsere Umwelt, indem sie ermöglicht, nicht identische Reize als äquivalent zu behandeln. Kategorien wurden als Regeln definiert, nach denen Gegenstände, Personen und Ereignisse für gleichwertig erachtet und denselben Klassen zugeordnet werden. Diese Regeln legen gewöhnlich vier Zuordnungskriterien fest, nämlich (1) die kritischen Eigenschaften, die eine Reizgegebenheit besitzen muß, um einer gegebenen Klasse zugeordnet zu werden, (2) die erlaubte Variationsbreite dieser Eigenschaften, (3) die Art, in der diese Eigenschaften kombiniert sein müssen und (4) ihre Gewichtung. Ob Kategorien allerdings tatsächlich kognitiv durch derartige Regeln repräsentiert werden oder als „Prototypen" (typische Beispiele eines der Kategorie zugehörigen Objektes) ist gegenwärtig umstritten (Rosch, 1977). Eine weitere Streitfrage ist, inwieweit Kategorien von den einzelnen Kulturgruppen beliebig erfunden werden können oder durch in der Umwelt vorgegebene Strukturen mitbestimmt werden.

Obwohl wir Reize, die derselben Kategorie zugeordnet werden, als in gewisser Hinsicht gleich behandeln, sind wir durchaus in der Lage, sie nach der Ausprägung ihrer Attribute zu differenzieren. Solche Urteile, durch die Personen, Objekte oder Ereignisse nach der Ausprägung gewisser Attribute auf Eigenschaftsdimensionen plaziert werden, bezeichnet man als *„absolute Urteile"*. Allerdings sind auch absolute Urteile vom Urteilskontext abhängig und werden relativ zu gewissen Bezugssystemen gefällt, in die alle von der Person zuvor erlebten Reizintensitäten einer gegebenen Reizkategorie eingehen. Verschiedene Modelle machen jedoch unterschiedliche Annahmen über die Charakteristiken dieser Bezugssysteme. Während die „Adaptationsniveau-Theorie" (Helson, 1964) davon ausgeht, daß alle Reize nach ihrem Abstand von einem Adaptationsniveau beurteilt werden, das dem Mittel der wahrgenommenen Reizintensitäten dieser Reizklasse entspricht, hängen absolute Urteile nach dem „Gummiband-Modell" (Volkmann, 1951) von der wahrgenommenen relativen Distanz des Reizes von den beiden Extremreizen einer Reizklasse ab. Damit entscheidet aber nach beiden Modellen die Kategorienzuordnung darüber, welches Bezugssystem zur Beurteilung eins Reizes herangezogen wird.

Nach der Diskussion dieser grundlegenden Prozesse befaßten wir uns mit der Personenwahrnehmung und besprachen die Kategorisierung von Personen aufgrund ihrer Gruppenzugehörigkeit (Stereotyp), ihrer Funktion (Rolle) und ihrem Verhalten (Attribution). *Stereotype* sind Komplexe von Eigenschaften, die Personen aufgrund ihrer Zuordnung zu einer Gruppe zugeschrieben werden. Sie sind allgemeine Eindrücke von Gruppen, die zwar manchmal auf persönlichen Erfahrungen beruhen, häufig jedoch indirekt von anderen Personen oder Massenmedien übernommen werden. Solche Stereotype können die Beurteilung von Personen auch noch nach längerer Interaktion beeinflussen. *Rollen* sind Komplexe von Verhaltenserwartungen, die an den Inhaber einer Position gerichtet werden. Sie sind überindividuell, das heißt, ihr Bestehen ist unabhängig von der Person des Rolleninhabers.

Während Rollenerwartungen und Stereotype Urteile auch ohne spezifische Informationen über eine Person erlauben, sind *Attributionen* Schlußfolgerungen auf überdauernde Eigenschaften einer Person, die aufgrund ihres Verhaltens gefällt werden. Heider (1958) sieht als wesentliches Problem bei der Handlungserklärung die Entscheidung zwischen interner und externer Verursachung, also die Entscheidung, inwieweit das Verhalten auf Eigenschaften der handelnden Person oder auf Umweltfaktoren zurückführbar ist. Diese Entscheidung ist vor allem für die Vorhersage zukünftigen Verhaltens dieser Person bedeutsam. Heider bespricht die Informationen, die zur Attribution auf die einzelnen Faktoren veranlassen, sowie die Annahmen, die Beobachter über die Kombination der relativen Beiträge dieser Faktoren zu einem Handlungsergebnis machen.

Kelley (1967) systematisiert mit seinem Kovariationsprinzip einige der Überlegungen Heiders. Nach diesem Prinzip macht ein Beobachter immer die Ursache für ein Ergebnis verantwortlich, die mit dem Ergebnis kovariiert, die also stets dann zugegen ist, wenn das Ergebnis eintritt, aber nicht, wenn das Ergebnis nicht eintritt. Die Attributionen hängen davon ab, inwieweit etwa ein Handlungsergebnis nur mit einer spezifischen Reizgegebenheit verknüpft ist (Distinktheit), inwieweit dieser Zusammenhang über Zeitpunkte und Modalitäten hinweg konsistent auftritt (Konsistenz) und letztlich, inwieweit andere Personen ähnlich handeln (Konsensus).

Da die Kovariationsanalyse Informationen aus mehrfachen Beobachtungen der handelnden Person voraussetzt, Attributionen aber schon nach Einzelbeobachtungen gemacht werden können, entwickelte Kelley (1972) die Konfigurationsanalyse, einen Ansatz zur Erklärung von Attributionen aufgrund von Einzelbeobachtung. Nach dieser Analyse greifen Individuen bei Einzelbeobachtungen auf „kausale Schemata" zurück, also Annahmen darüber, wie zwei oder mehr Ursachenfaktoren zur Erzeugung bestimmter Ergebnisse zusammenwirken.

Während sich diese Überlegungen hauptsächlich mit der Unterscheidung zwischen Personen- und Umwelt-Verursachung befassen, beschreibt die Theorie der „korrespondierenden Schlußfolgerungen" (Jones & Davis, 1965), wie ein Beobachter nach Bejahung persönlicher Verursachung die Beweggründe analysiert, die zu einer Handlung geführt haben. Er vergleicht erst die Konsequenzen der beobachteten Handlung mit denen der unterbliebenen Handlungsalternativen, da nur solche Konsequenzen, die das gewählte Verhalten von den nicht-gewählten Alternativen unterscheiden, für die Wahl verantwortlich sein können. Als zweiten wesentlichen Faktor zieht er die allgemeine Erwünschtheit dieser nicht-gemeinsamen Handlungskonsequenzen in Betracht. Sind alle sozial äußerst erwünscht, sagen sie wenig über die besonderen Charakteristiken der handelnden Person aus. Eine Schlußfolgerung ist um so „korrespondierender", je geringer die Zahl der nicht-gemeinsamen Handlungskonsequenzen und je geringer die allgemeine Erwünschtheit dieser Konsequenzen ist.

Interpretationsschwierigkeiten treten jedoch nicht nur bei der Erklärung von Handlungen anderer Personen auf, sondern auch bei der *Selbstwahrnehmung.* So postulierte Bem (1965) in seiner Selbstwahrnehmungstheorie, daß Personen bei der Beurteilung ihrer eigenen Einstellungen häufig dieselben Informationen benutzen müssen, auf die auch Beobachter zurückgreifen würden. Wenn nämlich die internen Hinweise relativ schwach oder uneindeutig sind, wird man auch die eigenen Einstellungen aus seinem Verhalten sowie dem Verhaltenskontext erschließen. Dabei wird man sein Verhalten um so eher als Hinweis auf eigene Einstellungen werten, je weniger es durch Situationsdruck oder andere externe Faktoren erklärbar scheint.

Die „physiologisch-kognitive" Gefühlstheorie von Schachter (1964, Schachter & Singer, 1962) gelangt zu ähnlichen Schlußfolgerungen bezüglich der Wahrnehmung von Gefühlen. Gefühle sind nicht durch spezifische physiologische Erregungen bestimmt, sondern bestehen aus einer unspezifischen Erregung und der sich aus der Situation, in der die Erregung auftritt, ergebenden Interpretation. Andere Ansätze (etwa: Izard, 1977; Leventhal, 1974) gehen allerdings davon aus, daß die Wahrnehmungen eines emotionsrelevanten Reizes zu bestimmten körperlichen Reaktionen (z.B. mimischer Art) sowie zu Reaktionen im zentralen Nervensystem führen, die gemeinsam die Voraussetzung für das Gefühlserlebnis bilden.

Trotz vieler Ähnlichkeiten zwischen Selbst- und Fremdwahrnehmung lassen sich auch systematische Unterschiede feststellen. So scheinen Beobachter Handlungsergebnisse eher auf Eigenschaften der handelnden Person zurückzuführen, während die Person selbst dazu neigt, sie durch situative Determinanten zu erklären (Jones & Nisbett, 1972). Dies läßt sich vermutlich aus den unterschiedlichen Perspektiven von Beobachter und handelnder Person erklären. Während der Beobachter hauptsächlich auf die Person achtet, nimmt die Person sich selbst nicht wahr und konzentriert sich auf die für die Handlung relevanten positiven oder negativen Aspekte der Situation. Allgemein läßt sich zeigen (Taylor & Fiske, 1975, 1978), daß immer die Aspekte einer Situation für besonders ursächlich erachtet werden, auf die mit besonderer Aufmerksamkeit geachtet wurde.

Im letzten Abschnitt wurde noch das *Informations-Integrations*-Modell von Anderson (1965, 1971) besprochen, das quantitative Vorhersagen über die Integration der Bewertungen von Einzelinformationen zu einem Gesamteindruck ermöglicht. Das Modell geht davon aus, daß sich jede Einzelinformation durch zwei Parameter darstellen läßt: einen Skalenwert S und ein Gewicht w. Der Skalenwert reflektiert die Position der Information auf der relevanten Urteilsdimension, während das Gewicht die psychologische Bedeutung der Information reflektiert. Die Integration der Einzelinformationen erfolgt meist nach einfachen algebraischen Regeln. So läßt sich der Gesamteindruck von einer Person gut aus dem gewichteten Mittel der Bewertungen der Einzelinformationen vorhersagen.

4. Einstellung und Verhalten

Organisation und Wandel sozialer Einstellungen waren in den letzten Jahrzehnten das Hauptforschungsgebiet der Sozialpsychologie. Kaum ein anderes Gebiet hat so sehr ihr Image geprägt und zur Verteufelung wie Überschätzung der Disziplin beigetragen. Man sah Sozialpsychologen als Lieferanten der Techniken, mit denen die Werbeagenturen die Massen manipulieren und zum Kauf von Produkten verleiten, die niemand benötigt oder sich leisten kann. Das war das Bild, dem Packard (1960) weite Popularität verschaffte und das dann später auch von anderen Gruppen aufgegriffen wurde, um Sozialpsychologen als Werkzeuge der herrschenden Klasse zu diffamieren.

Diese optimistische Einschätzung des gegenwärtigen Forschungsstandes steht in krassem Gegensatz zum Urteil der Einstellungsforscher selbst, die im Zustand kollektiver Depression bereit zu sein scheinen, das Einstellungskonzept als wertlos zu verwerfen. Der Zweifel an einem Konzept, das noch vor kurzem als für die Sozialpsychologie zentral und unersetzlich (Allport, 1968) gepriesen wurde, beruht auf den Ergebnissen zahlreicher Untersuchungen, die keinen oder nur einen geringen Zusammenhang zwischen Einstellung und Verhalten feststellten. So kam Wicker (1969) in einem Übersichtsreferat zu folgender Schlußfolgerung:

> „Insgesamt geht aus diesen Untersuchungen hervor, daß es wesentlich wahrscheinlicher ist, daß Einstellungen keine oder nur eine geringe Beziehung zum Verhalten aufweisen, als daß eine enge Beziehung zwischen Einstellung und Verhalten besteht" (S. 65).

Derartige Feststellungen waren besonders beunruhigend, da sie den Forscherfleiß von zwei Jahrzehnten in Frage stellten, in denen Einstellungsänderung als Folge experimenteller Manipulation meist durch Selbsteinschätzung mittels Einstufungsskalen erfaßt worden war in der stillschweigenden Annahme, daß Versuchspersonen das, was sie sagen, auch tun. Erwiese sich diese Annahme als unbegründet, dann hätte man Jahrzehnte auf die Untersuchung der Frage verschwendet, wie Versuchspersonen in der Markierung von Einstufungsskalen beeinflußt werden können. Es muß zur Ehrenrettung der Sozialpsychologen, die ja nicht gerade für ihr Bedürfnis nach Relevanz in der Forschung bekannt sind, gesagt werden, daß der scheinbare Mangel an Übereinstimmung von Einstellungs- und Verhaltensmaßen ganz wesentlich zu der depressiven Phase beitrug, die als Krise der Sozialpsychologie bekannt wurde.

Inzwischen mehren sich aber die Stimmen (etwa: Ajzen & Fishbein, 1973, 1977; Six, 1975), die auf methodische Mängel bei der Mehrzahl der Untersuchungen zum Zusammenhang von Einstellung und Verhalten hinweisen und die Hoffnung erwecken, daß das Einstellungskonzept doch noch zu retten sei. Ob dieser Optimismus tatsächlich gerechtfertigt ist und ob sich die Rettung auch lohnt, wird in diesen und den nächsten Kapiteln zu besprechen sein.

4.1 Was ist eine Einstellung?

Der Begriff „Einstellung" wurde gegen Ende des 19.Jahrhunderts im Zusammenhang mit Reaktionszeituntersuchungen (Lange, 1888) in die psychologische Fachliteratur eingeführt. Es hatte sich gezeigt, daß Versuchspersonen auf ein Signal schneller eine Taste drücken konnten, wenn sie sich auf den Tastendruck statt auf das Signal konzentrierten. In der englischsprachigen Literatur wurde dafür die Bezeichnung „motor attitude" geprägt, die allerdings später durch den Begriff „set" ersetzt wurde.[1]

In die Soziologie und Sozialpsychologie wurde das Einstellungskonzept von Thomas und Znaniecki (1918) eingeführt, um Unterschiede in den Lebensgewohnheiten polnischer Bauern in Polen und Amerika zu erklären. Die schnell wachsende Beliebtheit des Einstellungsbegriffes dokumentiert sich im Anstieg der Zahl der Definitionen. Während Allport (1935) sechzehn Definitionen referierte, bezog sich Nelson (1939) schon auf dreißig. Bei Campbell (1947) und DeFleur und Westie (1963) hatte sich die Zahl nochmals ganz wesentlich vermehrt. Wenn man die Herkunft des Konzeptes betrachtet, kann es kaum überraschen, daß soziale Einstellung einfach als Antwortbereitschaft, aber eben Antwortbereitschaft auf soziale Situationen verstanden wurde. Allerdings unterscheiden sich soziale Einstellungen von anderen erworbenen (erlernten) Antwortbereitschaften (z.B. Gewohnheiten) durch ihren bewertenden Charakter. So definierte Thurstone (1938) Einstellung als positive oder negative Bewertung eines Einstellungsobjektes. Auch Katz (1960) betont den affektiven Charakter von Einstellungen, weist aber darauf hin, daß Einstellungen neben der affektiven auch eine kognitive Komponente besitzen.

---

[1] Da „set" und „attitude" im englischen heute eine recht unterschiedliche Bedeutung haben, „set" aber gewöhnlich mit „Einstellung" übersetzt wird, hatten einige Sozialpsychologen Bedenken, das Wort „Einstellung" auch für „attitude" zu benutzen und prägten die Bezeichnung „Attitüde". Obwohl ich Verständnis für diese Bedenken habe, bin ich doch froh, daß sich dieser sprachliche Frankenstein nicht durchzusetzen vermochte.

„Einstellungen beinhalten sowohl einen affektiven oder Gefühls-Kern von Mögen oder Nicht-Mögen, wie auch kognitive oder Meinungs-Elemente, die den Einstellungsgegenstand, seine Eigenschaften und seine Beziehung zu anderen Objekten beschreiben" (Katz, 1967, S. 459 f.).

Die Konzeption der Einstellung als Meinung plus Bewertung wurde von Rosenberg und Hovland (1960) weiter ausgearbeitet, die drei Komponenten einer Einstellung unterscheiden. Zu der kognitiven (Meinung) und der affektiven (Bewertung) Komponente fügen sie noch eine Verhaltenskomponente hinzu und definieren Einstellung folgendermaßen:

„...Einstellungen sind Tendenzen, auf bestimmte Klassen von Reizen mit bestimmten Klassen von Reaktionen zu antworten und (wir) bezeichnen die drei hauptsächlichen Klassen von Reaktionen als kognitive, affektive und verhaltensmäßige" (Rosenberg & Hovland, 1960, S. 3).

Unsere Einstellung gegenüber einem Einstellungsgegenstand, etwa unserem Bundestagsabgeordneten, setzt sich nach dieser Konzeption aus folgenden Komponenten zusammen. (1) Unsere Meinungen über diesen Kandidaten: Wir halten ihn für intelligent und liberal in seinen Ansichten zu wesentlichen politischen Fragen; (2) unsere Gefühle gegenüber diesem Kandidaten: Er ist uns sympathisch, wir mögen ihn und bewerten ihn positiv; (3) unsere Verhaltensabsichten: Wir beabsichtigen, uns weiter über ihn zu informieren, für ihn zu stimmen und zu werben. Diese „Drei-Komponenten-Konzeption" der Einstellung wurde von Rosenberg und Hovland (1960) schematisch dargestellt (vgl. Abb. 4.1).

Das „Drei-Komponenten-Konzept" der Einstellung beruht auf der Annahme der Konsistenz zwischen den drei Komponenten. Man geht davon aus, daß wir etwa über jemanden, den wir nicht mögen, auch keine gute Meinung haben und seine Gegenwart vermeiden. Dies ist eine Annahme, die auf Anhieb recht unproblematisch erscheint. Man hat gewöhnlich wenig Zeit für Leute, die man nicht leiden kann, wählt keine politischen Kandidaten, die man für unintelligent und korrupt hält, und gibt kein Geld aus für Gegenstände, die man geschmacklos findet. Bei weiterem Nachdenken fallen einem vermutlich doch manche Ausnahmen ein, etwa ein Kollege, den man für brillant hält, aber unsympathisch findet, einen dummen Bundestagsabgeordneten, den man aber aus parteipolitischen Überlegungen gewählt hat und einen geschmacklosen Gegenstand, den man kaufte, weil er so preisgünstig war. Die Annahme der Konsistenz der verschiedenen Komponenten ist eine theoretische Annahme, die empirischer Klärung bedarf. Wenn man Einstellungen als aus drei Komponenten bestehend definiert, setzt man damit schon die Ergebnisse empirischer Untersuchungen voraus.

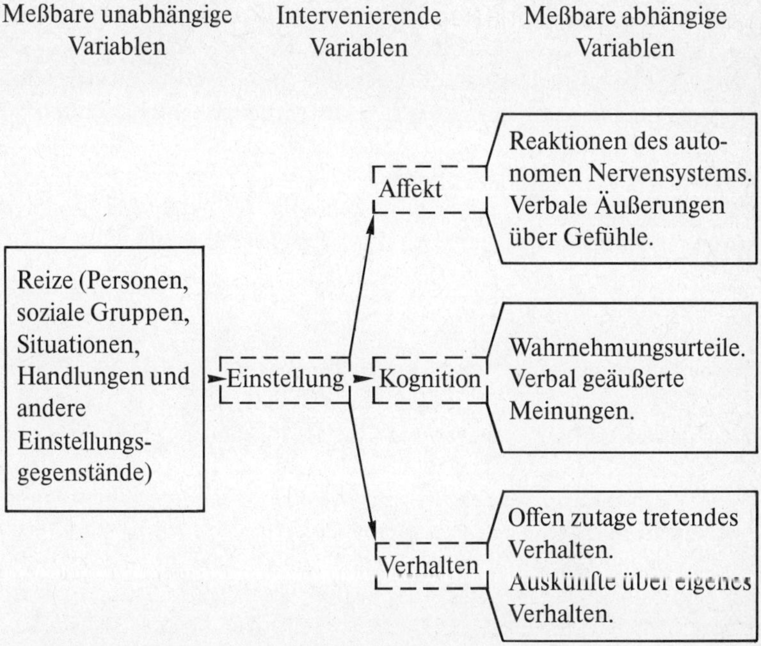

Abbildung 4.1: Schematische Darstellung der „Drei-Komponenten-Konzeption" der Einstellung (nach Rosenberg und Hovland, 1960).

4.1.1 Abgrenzung der Begriffe

Vermutlich wegen des unerwünschten theoretischen Ballastes von Definitionen, die Einstellungen durch mehrere Komponenten bestimmen, zeigt sich in letzter Zeit verstärkt die Tendenz, den Einstellungsbegriff auf die Bewertung von Einstellungsobjekten (Affekt) zu beschränken (etwa: Fishbein & Ajzen, 1975). Wir werden uns hier diesem Trend nicht anschließen und in Übereinstimmung mit Katz (1960) Einstellung als Reflexion affektiver und kognitiver Komponenten verstehen. Dies geschieht hauptsächlich aus pragmatischen Gründen. Da in einem Großteil der sozialpsychologischen Literatur zur Einstellungsforschung der Einstellungsbegriff im Sinne der „Zwei-Komponenten-Definition" benutzt wurde, wäre es bei Darstellung dieser Arbeiten in einem Lehrbuch äußerst umständlich, stets zwischen den Komponenten zu trennen. Weiterhin ist bei vielen Berichten im nachhinein nicht mehr feststellbar, ob eine Bewertung, eine Meinung oder eine Kombination beider Komponenten gemeint ist. Diese Entscheidung wird uns natürlich nicht hindern, wo es aus theoretischen Gründen wünschenswert erscheint, zwischen Bewertung und Meinung zu trennen.

Die Einbeziehung von Verhaltensabsichten in den Einstellungsbegriff scheint hingegen auch uns problematisch, da Verhaltensabsichten, wie später noch ausführlich berichtet werden soll (S. 176 f.) nicht nur von der Einstellung, sondern auch von normativen Vorschriften beeinflußt werden. So ist etwa äußerst wahrscheinlich, daß ein Ladenbesitzer in einer strenggläubigen Gemeinde, trotz extrem negativer Einstellung zur Kirche, jeden Sonntag den Gottesdienst besucht oder ein konservativer Student, der an einem „linken" Fachbereich studiert, sich „fortschrittlich" gibt.

4.1.2 Definition der Begriffe

Einstellung wird hier als Bereitschaft zur positiven oder negativen Bewertung eines Einstellungsobjektes definiert, die auf Gefühlen und Meinungen über diesen Einstellungsgegenstand beruht. Meinungen besitzen keine affektive Komponente und reflektieren die Informationen, die man über ein Einstellungsobjekt erworben hat. Eine *Meinung* (belief)[2] stellt ein Wahrscheinlichkeitsurteil über das Bestehen einer Verbindung zwischen dem Objekt und einem Attribut dar, wobei Attribut wiederum sehr weitläufig als jeder unterscheidbare Aspekt der Umwelt einer Person verstanden wird. Beispiele für Meinungen sind: Die BRD ist eine Demokratie. Die Pille verhindert unerwünschte Schwangerschaften, oder Paul ist verreist. Nicht alle Meinungen werden mit gleicher Sicherheit gehalten. Man mag sich zum Beispiel über den zu hohen Preis eines Medikaments wesentlich sicherer sein als über seine Wirksamkeit. Diese Sicherheit läßt sich als die subjektive Wahrscheinlichkeit erfassen, mit der eine Verbindung zwischen einem Objekt und einem Attribut angenommen wird.

Eine *Verhaltensintention* oder Verhaltensabsicht kann nach Fishbein und Ajzen (1975) als eine besondere Form von Meinung betrachtet werden, nämlich als Meinung einer Person, daß sie eine bestimmte Handlung vollziehen wird. Die Stärke dieser Verhaltensabsichten kann wiederum als die

[2] Für „belief" gibt es keine zufriedenstellende deutsche Übersetzung. Ich habe es bei früherer Gelegenheit (Mikula & Stroebe, 1977; Stroebe, 1978 b) mit „Annahme" oder „Ansicht" übersetzt. Andere Autoren scheinen „Überzeugung" vorzuziehen (etwa: Six, 1975). Beide Bezeichnungen spiegeln aber unterschiedliche Aspekte des „belief"-Konzeptes wider. Nach meinem Sprachgefühl ist eine Annahme ein „belief" geringer Stärke, eine Überzeugung hingegen ein „belief" großer Stärke. Da sich sowohl Annahmen wie auch Überzeugungen unter den Oberbegriff „Meinung" subsumieren lassen, scheint mir diese Übersetzung die Bedeutung des Konzeptes noch am ehesten widerzuspiegeln. Außerdem entspricht dieser Wortgebrauch der Benutzung des Wortes „opinion" durch Autoren wie Thurstone (1928) und Secord und Backman (1964).

subjektive Wahrscheinlichkeit erfaßt werden, mit der die Person glaubt, daß sie diese Handlung ausführen wird.

Bei der Definition von *Verhalten* entsteht die Schwierigkeit, daß auch das Ausfüllen von Einstufungsskalen oder verbale Aussagen über eine Einstellung beobachtbares Verhalten darstellen. Wir werden hier in Anlehnung an Fishbein und Ajzen (1975) nur solches Verhalten als Verhalten bezeichnen, das in einem gegebenen Kontext um seiner selbst willen beobachtet wird und nicht als Index für etwas anderes, etwa eine Einstellung oder Persönlichkeitseigenschaft.

4.2 Einstellungsmessung

Nachdem wir den Einstellungsbegriff definiert und „Einstellung" gegen verwandte Konzepte abgegrenzt haben, soll im folgenden auf einige Methoden der Einstellungsmessung eingegangen werden. Die klassischen Methoden, die von Thurstone (1928; Thurstone & Chave, 1929), Likert (1932) und Guttman (1944, 1947) entwickelt wurden, beruhen auf der Annahme, daß die Meinungen einer Person über einen Einstellungsgegenstand (manchmal auch ihre Verhaltensintentionen) ihre Einstellung zu dem Gegenstand widerspiegeln. So bestehen Einstellungsskalen, die mit diesen Verfahren konstruiert werden, aus Aussagen über den Einstellungsgegenstand. Die Einstellung eines Probanden wird aus den Charakteristiken der Aussagen erschlossen, mit denen er übereinstimmt bzw. nicht übereinstimmt. Da die Konstruktion solcher Skalen aufwendig ist und diese außerdem stets nur zur Erfassung der spezifischen Einstellungen, für die sie konstruiert wurden, benutzt werden können, werden heute immer mehr „semantische Differentiale" (Osgood, Suci & Tannenbaum, 1957) zur Einstellungsmessung eingesetzt. Diese Methode, die in den Staaten von Osgood und Mitarbeitern entwickelt und in Deutschland als *Polaritätsprofil* von Hofstätter (1959) bekanntgemacht wurde, beruht nicht auf spezifischen Meinungsaussagen. Der Einstellungsgegenstand wird auf einer Reihe von bewertenden Adjektiv-Skalen (etwa: gut–schlecht, angenehm–unangenehm) eingestuft. Die Summe dieser Einstufungen ergibt das Einstellungsmaß. Da diese Skalen unspezifisch zu sein scheinen, werden dieselben Skalen zur Erfassung beliebiger Einstellungen verwendet. Inwieweit dies aber tatsächlich berechtigt ist, wird noch besprochen werden müssen.

Auch das semantische Differential hat mit den anderen Methoden den Nachteil, daß ihr Zweck vom Probanden durchschaubar ist und es somit dem Belieben des Probanden überlassen bleibt, ob er seine tatsächliche Einstellung preisgibt oder verfälscht. Ein solcher Zustand ist natürlich für den Sozialpsychologen, auch wenn er nicht die Intimsphäre seiner Probanden ausspionieren oder seinen totalen Machtanspruch festigen will, etwas unerfreulich, da jegliche Art von Messung von nur beschränktem Nutzen ist, wenn man nicht weiß, was man mißt. Sozialpsychologen haben deshalb Methoden entwickelt, die nicht vom Wunsch des Probanden nach Selbstbeschönigung beeinflußt werden können, entweder weil der Proband die Schlußfolgerungen, die aus alternativen Verhaltensweisen gezogen werden, nicht erkennen kann (etwa: projektive Verfahren) oder weil er keine bewußte Kontrolle über die fragliche Reaktion hat (etwa: physiologische Messungen). Allerdings ist sowohl die Zuverlässigkeit als auch die Gültigkeit dieser indirekten Methoden recht fragwürdig.

4.2.1 Die Methode der „gleich erscheinenden Intervalle"

4.2.1.1 Darstellung der Methode

Die Methode der „gleich erscheinenden Intervalle" wurde von Thurstone (1928) in einem Artikel beschrieben, der den damals provokativen Titel trug: „Attitudes can be measured". Zu diesem Zeitpunkt waren nämlich viele Einstellungsforscher der Ansicht, daß Einstellungen vieldimensionale Gebilde seien, die sich einer genauen quantitativen Erfassung entzögen. Thurstone wandte dagegen ein, daß ja Tische oder Stühle auch mehrdimensionale Gebilde seien, die aber dennoch gemessen werden könnten. Man messe nämlich nicht Stühle oder Tische, sondern nur gewisse Attribute, etwa deren Höhe oder Weite. Genauso erfasse man nur einen wesentlichen Aspekt von Einstellungen, nämlich die positive oder negative Bewertung des Einstellungsobjektes.

Diese Bewertung kann man nach Thurstone aus den Meinungen einer Person zu einem Einstellungsobjekt erschließen. Wenn zum Beispiel jemand die Meinung vertritt, Sozialpsychologie bestehe aus der Ansammlung von nutzlosen Trivialitäten, dann hat man Grund zu der Annahme, daß diese Person eine etwas negative Einstellung zur Sozialpsychologie besitzt, also unsere geliebte Disziplin negativ bewertet. Eine positive Einstellung würde eher mit Meinungen einhergehen wie „Sozialpsychologie hat einen bedeutenden Beitrag zum Verständnis menschlichen Sozialverhaltens geleistet" oder „Sozialpsychologie ist großartig."

Man könnte sich folgende – zugegebenermaßen etwas umständliche – Methode der Einstellungsmessung vorstellen: Zur Erfassung der Einstellung einer Person zu einem Einstellungsobjekt, etwa dem Rauchen, fragen wir einfach nach ihrer Meinung über das Rauchen. Sie würde uns, wenn sie vernünftig ist, vermutlich mitteilen, daß Rauchen ihrer Ansicht nach (1) gesundheitsschädlich ist, (2) eine üble Gewohnheit ist, die (3) meist eine Belastung für die Mitmenschen darstellt. Diese Aussagen könnten wir jetzt einem Beurteiler vorlegen, der angeben muß, inwieweit jede Aussage eine positive oder negative Bewertung des Rauchens widerspiegelt. Um eine quantitative Auswertung zu ermöglichen, könnte man den Beurteiler bitten, seine Urteile auf folgender 11-Punkte Einstufungsskala abzugeben:

extrem negative Bewertung des Rauchens	1 2 3 4 5 6 7 8 9 10 11	extrem positive Bewertung des Rauchens

Ein Beurteiler der glaubt, eine bestimmte Aussage reflektiere eine extrem negative Bewertung des Rauchens, müßte den Skalenwert „1" ankreuzen; „2" würde ein etwas geringeres Ausmaß an Negativität widerspiegeln, „3" noch weniger usw., bis zu dem Skalenwert „6", der angekreuzt werden müßte, wenn eine Aussage weder als positive noch als negative Bewertung empfunden wird. Die Skalenwerte „7", „8", „9" „10" und „11" geben in steigendem Maß positive Bewertungen wieder. Gewöhnlich geht man davon aus, daß solche Einstufungen Intervall-Skalen-Niveau haben, daß also gleiche Zahlenunterschiede auch gleiche Distanzen auf dem beurteilten psychologischen Kontinuum widerspiegeln. Diese Annahme ist allerdings problematisch (Dawes, 1972; Eiser & Stroebe, 1972).

Die drei Aussagen in unserem Beispiel würden vermutlich am negativen Pol der Einstufungsskala angesiedelt und nach Einschätzung des Autors die Skalenwerte „2", „1" und „2" erhalten. Der Mittelwert dieser Einstufungen stellt ein Maß für die Einstellung des Probanden dar.

Wie schon anfangs zugegeben, hat diese Methode einige Nachteile. Um sich nicht auf einen einzigen Beurteiler verlassen zu müssen, würde man vermutlich eine ganze Gruppe von Beurteilern heranziehen und damit die Umständlichkeit des Verfahrens noch erhöhen. Außerdem bestünde die Gefahr, daß dieses Gremium bei manchen Aussagen zu recht unterschiedlichen Urteilen kommen würde und man nicht wüßte, ob diese Aussagen zur Berechnung des Einstellungswertes herangezogen werden sollten.

Während die mehrdeutigen Aussagen zumindest noch durch die mangelnde Beurteilungsübereinstimmung erkennbar werden, könnten einstellungsirrelevante Meinungsaussagen leicht übersehen werden. So würden möglicherweise ungerechtfertigte Schlußfolgerungen aus Meinungen gezogen, die nur *scheinbar* eine bestimmte Einstellung kennzeichnen, tatsächlich aber von allen Mitgliedern einer Gruppe, Klasse oder Gesellschaft unabhängig von ihrer Einstellung vertreten werden. Thurstone bezeichnete sie als Tatsachenbehauptungen – eine Bezeichnung, die man heute nicht mehr ohne weiteres verwenden würde. So würde vermutlich die Meinung

„Rauchen ist gesundheitsschädlich" heutzutage von Rauchern wie Nichtrauchern vertreten. Sie würde somit keine Schlußfolgerungen über die Einstellung einer Person zum Rauchen zulassen. Dennoch könnte ein Beurteiler leicht den Fehler begehen, aus dieser Aussage auf eine negative Einstellung zu schließen.

Man kann den Arbeitsaufwand verringern und das Problem der mehrdeutigen wie auch der irrelevanten Aussagen vermeiden, indem man der Versuchsperson nicht erlaubt, ihre Meinung frei zu äußern, sondern ihr eine Reihe von vorformulierten Meinungsaussagen über das Einstellungsobjekt vorlegt, mit der Bitte, alle Aussagen anzukreuzen, mit denen sie übereinstimmt. Da man den Skalenwert jeder dieser Aussagen zuvor von einer Gruppe von Beurteilern feststellen lassen kann, braucht man anschließend nur den mittleren Skalenwert der Aussagen, denen die Person zustimmt, zu berechnen und hat damit ein Maß für ihre Einstellung. Aufgrund von vorausgegangenen Itemanalysen wäre es möglich, mehrdeutige und irrelevante Aussagen schon vorher zu eliminieren. Indem wir also eine Reihe von vorformulierten Meinungsaussagen zu einem bestimmten Einstellungsobjekt von einer Gruppe von Beurteilern bezüglich der implizierten Bewertungen beurteilen lassen, haben wir einen Maßstab, eine Einstellungsskala zur Erfassung von Einstellungen zu diesem Objekt geschaffen.

Dieses Verfahren entspricht der Methode der „gleich erscheinenden Intervalle". Die Konstruktion einer Einstellungsskala mit dieser Methode umfaßt folgende Schritte:

Sammlung von Meinungsaussagen: Wenn man eine Einstellungsskala etwa zur Erfassung der Einstellung zum Rauchen konstruieren will, beginnt man damit, etwa 100 Meinungsaussagen über das Rauchen zu sammeln. Man muß darauf achten, daß diese Aussagen das gesamte Einstellungsspektrum abdecken, und daß vom extrem positiven bis zum extrem negativen Pol jeder Teil des Einstellungskontinuums mit Aussagen vertreten ist. Diese Aussagen sollen aus relativ kurzen Sätzen bestehen, die 20 Worte nicht überschreiten. Die Sätze sollen klar und einfach sein, schwierige grammatikalische Konstruktionen, doppelte Verneinungen, Fremdwörter, usw. sollen vermieden werden.

Beurteilung der Meinungsaussagen: Diese Aussagen gibt man etwa 30 Beurteilern, die den Grad der positiven oder negativen Bewertung des Einstellungsobjektes, die von den einzelnen Aussagen zum Ausdruck gebracht wird, auf der zuvor beschriebenen Einstufungsskala beurteilen.

Berechnung der Skalenwerte: Da jeder Beurteiler jede Aussage auf diesem Kontinuum einstufen muß, würde man bei 30 Beurteilern für jede der Aussagen 30 Urteile erhalten. Der Mittelwert oder Median dieser Urteile stellt den Skalenwert der Meinungsaussage dar. Die Streuung der Urteile (erfaßt durch die Standardabweichung oder den Interquartil-Abstand) spiegelt die Übereinstimmung zwischen den Beurteilern wider. Eine hohe Streuung deutet an, daß sich die Beurteiler über die Position dieses Items auf dem Einstellungskontinuum nicht einig waren.

Auswahl der Items für die Einstellungsskala: Thurstone schlug zwei Kriterien zur Eliminierung von Aussagen vor, nämlich das *Mehrdeutigkeitskriterium* und das *Irrelevanzkriterium.* Nach dem *Mehrdeutigkeitskriterium* sollten alle Meinungsaussagen, bei deren Beurteilung geringe Übereinstimmung bestand (hohe Streuung) als mehrdeutig ausgeschlossen werden. Eine Meinungsaussage, die von manchen Beurteilern als positive Bewertung, von anderen hingegen eher negativ aufgefaßt wurde, ist von geringem Nutzen für die Einstellungsmessung, da ungewiß ist, wie sie vom Probanden verstanden wurde.

Nach dem *Irrelevanzkriterium* sollen solche Meinungsaussagen ausgeschlossen werden, die für das fragliche Einstellungskontinuum irrelevant sind und nicht zwischen Personen mit mehr oder weniger positiver Einstellung unterscheiden. Zur Benutzung des Irrelevanz-Kriteriums reicht die Kenntnis des Skalenwertes einer Aussage nicht aus. Man benötigt weiterhin Informationen über das Ausmaß der Zustimmung oder Ablehnung dieser Aussage durch Probanden, deren Einstellung bekannt ist. Das Kriterium beruht auf der Annahme, daß ein Proband am ehesten mit dem Item übereinstimmen sollte, das im Skalenwert seiner eigenen Einstellung entspricht, also die gleiche Position auf dem Einstellungskontinuum einnimmt wie er selbst. Mit zunehmender Diskrepanz zwischen dem Einstellungswert des Probanden und des Items sollte die Zustimmungswahrscheinlichkeit abnehmen. Dieser Zusammenhang zwischen der Einstellung von Probanden und der Wahrscheinlichkeit ihrer Zustimmung zu Thurstone-Items mit unterschiedlichem Skalenwert ist in Abbildung 4.2 dargestellt. Der Zusammenhang ist umgekehrt U-förmig, also nicht monoton.

Aus den verbleibenden Items werden schließlich 20 bis 25 Items mit relativ niedriger Streuung der Beurteilungen ausgewählt, die sich etwa gleichabständig über das Einstellungskontinuum verteilen. Diese 20 Items bilden die Einstellungsskalen.

Messung von Einstellungen: Mit diesen 20 Items kann jetzt die Einstellung zum Rauchen erfaßt werden. Der Proband muß jeweils angeben, ob er mit einer Aussage übereinstimmt oder nicht. Der mittlere Skalenwert der Items, mit denen er übereinstimmt, ist sein Einstellungswert.

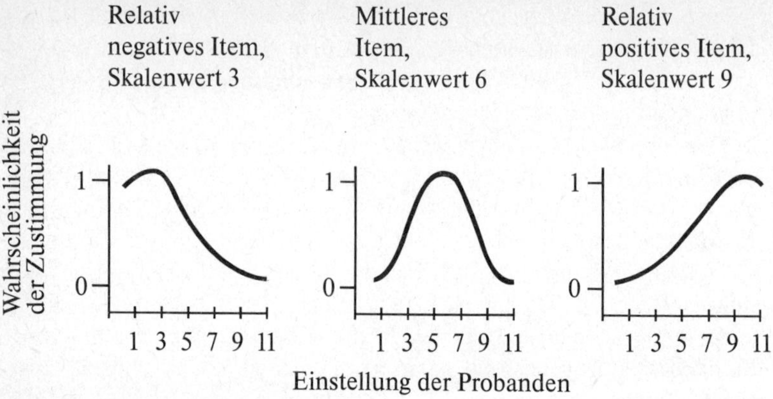

Abbildung 4.2: Itemcharakteristikkurven für Thurstone-Items mit unterschiedlichen Skalenwerten.

4.2.1.2 Der Einfluß der Einstellungen der Beurteiler auf die Einstufungen

Thurstone (1928, Thurstone & Chave, 1929) ging davon aus, daß die Einstellungen der Beurteiler keinen Einfluß auf die Urteile ausüben.

> „Wenn man die Skala als gültig betrachten soll, dürfen die Skalenwerte der Items nicht von den Meinungen der Personen beeinflußt werden, die bei ihrer Konstruktion helfen" (Thurstone, 1928, S.228).

Wie Upshaw (1962) später ausführte, ist diese Annahme zu streng, da eine Intervallskala, die keinen natürlichen Nullpunkt besitzt, lineare Transformationen erlaubt. Wenn also rassistische weiße Versuchspersonen, die in einer Serie von Einstellungsaussagen über Neger implizierten Einstellungen konstant bei jedem Item um eine Kategorie günstiger einschätzen würden, als eine neutrale Kontrollgruppe, dann würde dies die Meßcharakteristik der Skala nicht mindern. Problematisch ist es nur, wenn die Einstellung der Beurteiler zu nicht-linearen Transformationen führen, wenn also etwa Versuchspersonen mit extremer Einstellung zu einem Einstellungsobjekt positive Aussagen positiver und negative Aussagen negativer beurteilen als eher neutrale Kontrollgruppen.

Die Annahme von Thurstone, die er selbst nie einem Test unterzog, wurde erstmals von Hinckley (1932) überprüft, der Einstellungsaussagen über Neger von mehreren Gruppen von Beurteilern mit unterschiedlichen Einstellungen einstufen ließ. Er fand selbst noch zwischen den Urteilen seiner beiden Extremgruppen (rassistische Weiße vs. Neger) eine nahezu vollkommene Übereinstimmung (r = 0.93) der Urteile. Auch mit anderen Einstellungsthemen wurden in späteren Untersuchungen ähnliche Ergebnisse erzielt (Beyle, 1932; Eysenck & Chrown, 1949; Ferguson, 1935; Printer & Forlano, 1937). Die Annahme Thurstones, daß Beurteiler Einstufungen unbeeinflußt von ihren eigenen Einstellungen durchführen können, schien also zu diesem Zeitpunkt ausreichend bestätigt.

Wenige Jahre später stellten jedoch Hovland und Sherif (1952) mit einer Kritik dieser Arbeiten und abweichenden Befunden die Gültigkeit der Annahme von Thurstone in Frage. Sie argumentierten, daß einige der Untersuchungen (etwa: Ferguson, 1935; Pintner & Forlano, 1937) zur Prüfung der Annahme wenig geeignet waren, da sie Beurteilergruppen benutzten, die sich kaum in ihren Einstellungen unterschieden. In Untersuchungen wie der von Hinckley (1932), in der die Beurteiler extreme Einstellungsunterschiede aufwiesen, seien die Daten der extremen Beurteiler möglicherweise aufgrund eines Selektionskriteriums ausgeschlossen worden, das Thurstone und Chave (1929) zur Identifizierung unsorgfältiger Versuchspersonen eingeführt hatten. Nach diesem Kriterium sollen Beurteiler, die einer der elf Kategorien mehr als 30 Prozent der Items zuordnen, ausgeschieden werden, da sie sich scheinbar keine Mühe gaben, die Items differenziert zu beurteilen. Hovland und Sherif (1952) vermuteten aufgrund von Befunden im Bereich der sozialen Wahrnehmung, daß gerade Beurteiler mit relativ extremen Einstellungen dazu neigen, eine unverhältnismäßig große Zahl der Items in die extremen Kategorien der Skala einzustufen. Dies würde aber bei Anwendung des „Sorgfältigkeitskriteriums" einen Ausschluß ihrer Daten zur Folge haben.

Eine weitere Schwäche dieser frühen Untersuchung, auf die Ager und Dawes (1965) hinwiesen, besteht in der Verwendung von Korrelationskoeffizienten als einzigem Verfahren zur Prüfung der Annahme von Thurstone. Korrelationskoeffizienten reagieren zwar sehr empfindlich auf Unterschiede in den Einstufungen, die die Rangordnung der Items verändern, sind aber gegenüber anderen Urteilsverzerrungen relativ insensitiv. Wenn also Hinckley (1932) eine Korrelation von $r = 0.93$ zwischen den Urteilen seiner Extremgruppen berichtet, schließt dies keineswegs das Bestehen signifikanter Mittelwertsunterschiede in den Urteilen der beiden Gruppen aus.

Hovland und Sherif (1952) replizierten die Untersuchung von Hinckley (1932) mit derselben Serie von Einstellungsaussagen und stellten fest, daß eine Anwendung des „Sorgfältigkeitskriteriums" tatsächlich zu einem Ausschluß der Daten eines Großteils der extremen Beurteiler geführt hätte. Bei Anwendung dieses Kriteriums hätten die Urteile von etwa drei Viertel der schwarzen Versuchspersonen und zwei Drittel der in der Bürgerrechtsbewegung tätigen weißen Versuchspersonen nicht berücksichtigt werden können. Diese Beurteiler benutzten die extrem negativen Kategorien mit größerer Häufigkeit als eine Kontrollgruppe mit eher neutralen Einstellungen zu Negern und bewerteten also einen Großteil der Items weniger positiv als die Kontrollgruppe.

Die Ergebnisse der Untersuchung von Hovland und Sherif (1952) erlauben zwar eindeutig den Schluß, daß ein Zusammenhang zwischen den Einstellungen der Versuchspersonen und ihren Urteilen besteht, sie geben aber wegen Mängeln in der Darstellung der Befunde (Eiser & Stroebe, 1972, S. 92) kaum klare Hinweise auf die Art dieses Zusammenhangs. In einer Reihe von späteren Arbeiten (etwa: Selltiz et al., 1965; Upshaw, 1962; Zavalloni & Cook, 1965) wurde diese Untersuchung jedoch wiederholt. In diesen Arbeiten wurde die Item-Serie gewöhnlich aufgrund der Urteile aller Versuchspersonen in positive, neutrale und negative Items aufgeteilt und dann ein Vergleich der mittleren Beurteilung dieser Item-Klassen durch die einzelnen Beurteiler-Gruppen durchgeführt. Besondere Mühe wurde darauf verwendet, neben Personen mit extrem positiver Einstellung zu Negern auch solche mit extrem negativer Einstellung zur Teilnahme zu bewegen. In diesen Arbeiten ergab sich relativ einheitlich immer wieder folgender Zusammenhang: (1) Je positiver die Einstellung der Beurteiler war, um so mehr benutzten sie die extremen Kategorien der Einstufungs-Skala. Beurteiler mit positiver Einstellung neigten also zu einer polarisierteren Einstufung der negativen wie auch der positiven Einstellungsaussagen als Beurteiler mit einer negativen Einstellung. (2) Trotz signifikanter Unterschiede in der mittleren Beurteilung der Item-Klassen durch Beurteiler mit unterschiedlicher Einstellung waren die Korrelationen zwischen den Urteilen der verschiedenen Gruppen in ihrer Höhe mit den von Hinckley (1932) berichteten Ergebnissen vergleichbar.

Ähnliche Befunde ergaben sich in einer umfangreicheren Untersuchung, die von Eiser (1971) in England durchgeführt wurde. Eiser ließ studentische Versuchspersonen mit positiver oder negativer Einstellung zum Drogenkonsum eine Serie von Einstellungsaussagen zu dieser Frage auf einer Skala mit den Endpunkten „permissiv" und „restriktiv" beurteilen. In Übereinstimmung mit den oben berichteten Ergebnissen fand Eiser, daß die Versuchspersonen mit positiver Einstellung zum Drogenkonsum polarisiertere Urteile abgaben als Versuchspersonen mit einer negativen Einstellung zum Einstellungsthema.

Zum Schluß muß allerdings noch auf zwei Untersuchungen mit abweichenden Ergebnissen eingegangen werden. Manis (1960, 1961) legte amerikanischen Studenten eine Reihe von positiven, neutralen und negativen Mitteilungen über Burschenschaften vor und ließ sie die Einstellungen, die von diesen Texten zum Ausdruck gebracht wurden, auf einer Reihe von bipolaren Adjektiv-Skalen (semantischen Differentialen) beurteilen. In beiden Untersuchungen fand Manis, daß Versuchspersonen mit positiven wie negativen Einstellungen zu Burschenschaften die positiven und negativen Mitteilungen extremer beurteilten als Versuchspersonen mit eher neutraler Einstellung. Während also die Ergebnisse für positiv eingestellte Beurteiler mit den Befunden der oben dargestellten Untersuchungen übereinstimmen, weichen die Ergebnisse für die negativ eingestellten Versuchspersonen eindeutig ab. In den Untersuchungen von Eiser (1971), Selltiz et al. (1965), Upshaw (1962), Zavalloni und Cook (1965) gaben Versuchspersonen mit negativer Einstellung weniger polarisierte Einstufungen als neutrale Beurteiler, in den Untersuchungen von Manis (1960, 1961) waren ihre Urteile hingegen eindeutig polarisierter. Obwohl Unterschiede in den Methoden oder der Extremität der Einstellung der negativen Beurteiler für diese Diskrepanz der Ergebnisse verantwortlich sein könnte, weisen die Befunde der Untersuchungen von Manis doch auf die Möglichkeit hin, daß der Zusammenhang zwischen Einstellung und der Beurteilung von Einstellungsaussagen auch vom speziellen Einstellungsobjekt abhängt.

Theoretische Erklärung: Eine bekannte Theorie, die zur Erklärung des Einflusses der Einstellung der Versuchspersonen auf die Beurteilung von Einstellungsaussagen mit der Methode der gleich erscheinenden Intervalle entwickelt wurde, ist die *Assimilations-Kontrast-Theorie* von Sherif und Hovland (1961). Diese Theorie geht davon aus, daß Beurteiler ein Einstellungskontinuum in drei Bereiche unterteilen, einen Zustimmungsbereich, einen Gleichgültigkeitsbereich und einen Ablehnungsbereich. Der Zustimmungsbereich wird durch die Einstellungsaussage gebildet, die der Position des Beurteilers am besten entspricht, sowie durch Aussagen, denen er noch zustimmen kann. An den Zustimmungsbereich grenzt der Gleichgültigkeitsbereich, der aus Aussagen besteht, denen die Versuchsperson zwar nicht mehr zustimmen kann, die sie aber auch nicht ablehnt. Der Ablehnungsbereich wird schließlich aus allen Items gebildet, die ein Beurteiler ablehnt. Die relative Weite der Bereiche hängt von der persönlichen Bedeutung des Einstellungsobjekts („ego-involvement") für den Beurteiler ab. Wie Sherif et al. (1965) in einer Reihe von Untersuchungen feststellten, vergrößert sich, bei relativ gleichbleibendem Zustimmungsbereich, der Ablehnungsbereich mit steigender Bedeutung des Einstellungsobjekts auf Kosten des Gleichgültigkeitsbereichs.

Das Auftreten von Assimilation oder Kontrast hängt davon ab, ob ein Item in den Zustimmungs- oder den Ablehnungsbereich einer Person fällt. Der Beurteiler, der seine eigene Einstellung bei den Einstufungen als Bezugspunkt benutzt, unterschätzt die Distanz zwischen seiner eigenen Position und der Position von Items, denen er zustimmt. Gleichzeitig überschätzt er diese Distanz bei Aussagen, die in seinen Ablehnungsbereich fallen.

Zur Verdeutlichung dieser Vorhersagen sind in Abbildung 4.3 die Lage sowie die relative Weite der drei Bereiche auf einem hypothetischen Einstellungskontinuum am Beispiel von Beurteilern mit positiver, neutraler und negativer Einstellung dargestellt. Da in der Regel zwischen der Extremität der Einstellung eines Beurteilers und seiner Involviertheit in das Einstellungsthema ein positiver Zusammenhang besteht, wurde der Gleichgültigkeitsbereich bei dem neutralen Beurteiler relativ weiter und der Ablehnungsbereich entsprechend enger dargestellt als bei den extremen Beurteilern. Wie aus Abbildung 4.3 ersichtlich ist, sollten die Urteile der extremen Beurteiler relativ ähnlich zueinander sein, sich aber von denen der neutralen Beurteiler unterscheiden. Die extremen Beurteiler sollten sowohl die positiven wie die negativen Einstellungsaussagen extremer beurteilen als Versuchspersonen mit eher neutraler Einstellung. Der Hauptunterschied zwischen den extremen Beurteilern sollte in ihrer Einstufung der Items im mittleren Bereich des Einstellungskontinuums auftreten. Diese sollten aufgrund der Asymmetrie in der relativen Weite von Zustimmungs- und Ablehnungsbereich bei involvierten Beurteilern von Versuchspersonen mit extrem positiver Einstellung in die negative Richtung und von Versuchspersonen mit negativer Einstellung in die positive Richtung verzerrt werden.

In einer Kritik der Assimilations-Kontrast-Theorie weisen Eiser und Stroebe (1972) auf Probleme in den theoretischen Annahmen wie auch der empirischen Evidenz hin. Sherif und Hovland (1961) gehen davon aus, daß die Assimilations- und Kontrasteffekte bei der Beurteilung von Einstellungsaussagen auf denselben Prozessen beruhen, die sie in einem psychophysischen Experiment mit Gewichten (Sherif et al., 1958) untersucht zu haben glauben. Wie Eiser und Stroebe (1972) ausführen, läßt sich diese Erklärung nicht halten, da bei den Gewichtsurteilen in keinem Fall sowohl Assimilations- als auch Kontrasteffekte bei der Beurteilung *derselben* Reizserie aufgetreten sind.

Ein noch schwerwiegenderes Problem besteht jedoch darin, daß die Vorhersagen des Modells nur von zwei der von uns berichteten Untersuchungen (Manis, 1960, 1961) bestätigt wurden. Gerade die Befunde der Untersuchungen der Beurteilung von Einstellungsaussagen über Neger, zu deren Erklärung die Theorie ursprünglich entwickelt wurde, lassen sich mit ihr nur schwer vereinbaren. Entgegen den Vorhersagen der Assimilations-Kontrast-Theorie geben Personen mit negativen Einstellungen zu Negern, deren Einstellungen zumindest in einer der Untersuchungen (Selltiz et al., 1965) mit Sicherheit nahe dem negativen Pol der Einstellungsdimensionen lagen, weniger polarisierte Urteile ab als neutrale Kontrollgruppen.

Eiser und Stroebe (1972) entwickelten einen Ansatz, der die Assimila-

Hypothetisches Einstellungskontinuum

I...I

Negative Einstellung — Positive Einstellung

Bereiche eines „negativen" Beurteilers:

```
->  <--------                  ------------------------------->
ZZ▼ZZZZZZZZZ  GGGGGGG  AAAAAAAAAAAAAAAAAAAAAA
```

Bereiche eines „neutralen" Beurteilers:

```
<---------            --->  <---            --------->
AAAAAAA  GGGGGGG  ZZZZ▼ZZZZ  GGGGGGG  AAAAAAA
```

Bereiche eines „positiven" Beurteilers:

```
<-------------------------------            -------->  <-
AAAAAAAAAAAAAAAAAAAAAA  GGGGGGG  ZZZZZZZZZ▼ZZ
```

ZZZ Zustimmungsbereich
GGG Gleichgültigkeitsbereich
AAA Ablehnungsbereich

▼ Einstellung des Beurteilers
- - - - Assimilation
——— Kontrast

Abbildung 4.3: Hypothetisches Beispiel der Zustimmungs-, Gleichgültigkeits- und Ablehnungsbereiche von Beurteilern mit unterschiedlicher Einstellung (nach Eiser & Stroebe, 1972).

tions-Kontrast-Theorie untermauert und darüber hinaus ermöglicht, die scheinbar widersprüchlichen Forschungsbefunde zu dieser Frage zu erklären. In einem Rückgriff auf die *Akzentuierungstheorie* Tajfels schlagen Eiser und Stroebe vor, daß der persönliche Grad der Zustimmung zu Einstellungsaussagen als zusätzlicher Hinweis bei der Beurteilung dient. Bei Personen mit extremer Einstellung könnten die das Einstellungskontinuum überlagernden Zustimmungs- und Ablehnungsbereiche eine ähnliche Funktion erfüllen wie die Kategorisierung der Linien im Versuch von Tajfel und Wilkes (1963). In dieser Untersuchung hatte sich gezeigt, daß eine Kategorisierung, die zur Reizserie in systematischer Beziehung steht (etwa: alle kurzen Linien mit „A", alle langen Linien mit „B" bezeichnet) zu einer Akzentuierung der Unterschiede zwischen den Klassen führt, also einer Polarisierung der Urteile. Eine solch systematische Beziehung zwischen den Zustimmungs- und Ablehnungsbereichen und der Item-Serie ist aber, wie man der Abbildung 4.3 entnehmen kann, bei Beurteilern mit extremer Einstellungsposition gegeben.

Obwohl dieser Akzentuierungsansatz eine theoretische Erklärung für die von der Assimilations-Kontrast-Theorie angenommene Wirkung der Beurteiler-Einstellung auf die Einstufung von Einstellungsaussagen zu bieten vermag, führt er ansonsten zu denselben Vorhersagen wie die Assimilations-Kontrast-Theorie und steht somit im Widerspruch zu einem Großteil der empirischen Befunde auf diesem Gebiet. Wie schon erwähnt wurde, bestätigen nur die Befunde der Untersuchungen von Manis (1960, 1961) eindeutig die Vorhersage der Assimilations-Kontrast-Theorie. Weiterhin kann dieser Ansatz nicht die scheinbaren Widersprüche in den empirischen Befunden erklären, die entweder einen Zusammenhang zwischen der Positivität (etwa: Eiser, 1971; Selltiz et al., 1965; Upshaw, 1962; Zavalloni & Cook, 1965) oder der Extremität (Manis, 1960, 1961) der Einstellungen und der Polarisierung der Urteile berichten.

Zur Erklärung dieser Diskrepanzen weisen Eiser und Stroebe (1972; Eiser, 1973) darauf hin, daß die Einstellungsdimensionen häufig noch durch eine zweite systematische Kategorisierung überlagert werden. Einstellungskontinua lassen sich in der Regel nicht nur nach der persönlichen Einstellung eines Beurteilers in Bereiche gliedern, sondern werden zusätzlich noch durch gesellschaftliche Wertungen in Zustimmungs- und Ablehnungsbereiche aufgeteilt. So sind seit den sechziger Jahren, zumindest an amerikanischen Universitäten, mehr oder weniger positive Einstellungen zu Negern sozial erwünscht, während Einstellungen, die in den negativen Bereich fallen, nicht akzeptabel sind. Genauso entsprach eine permissive Einstellung zu Drogen in den späten sechziger Jahren der Norm an britischen Universitäten, während eine restriktive Einstellung abgelehnt wurde. Damit unterschieden sich aber die positiv und negativ eingestellten Beurteiler nicht nur in ihren Einstellungen, sondern auch im Grad der Konsistenz zwischen ihrer eigenen Bewertung der Einstellungsaussagen und der kulturell sanktionierten Bewertung. Je positiver etwa die Einstellung eines Beurteilers zu Negern war, um so mehr stimmte sein persönlicher Zustimmungs- und Ablehnungsbereich mit den kulturell sanktionierten Bereichen überein. Dasselbe traf für die permissiven Beurteiler der Drogenfrage in der Untersuchung von Eiser (1971) zu. Andererseits ist zu vermuten, daß bei den Einstellungen zu Burschenschaften (Manis, 1960, 1961) in den Staaten anders als in Deutschland kein kultureller Konsensus über Zustimmung und

Ablehnung besteht. Da sowohl die persönliche wie die kulturelle Kategorisierung bewertender Natur sind, kann man vermuten, daß sich ihre Wirkung bei den Beurteilern, deren persönliche Haltung mit der gesellschaftlich sanktionierten Haltung übereinstimmt, summiert, hingegen im Falle von Beurteilern, bei denen sich die beiden Wertkategorisierungen widersprechen, neutralisiert.

Eiser und Mower-White (1974) prüften diese Hypothese in einer Untersuchung, in der Schulkinder mit positiver oder negativer Einstellung zur Autorität von Erwachsenen positive und negative Mitteilungen zu dieser Frage auf zehn bipolaren Adjektiv Skalen beurteilen mußten. Fünf dieser Skalen waren jeweils so formuliert, daß der „Pro-Autorität"-Endpunkt eine positive und der „Anti-Autorität"-Endpunkt eine negative Bewertung trug (etwa „unerzogen - höflich", „unkooperativ - kooperativ"). Die anderen Skalen waren hingegen so formuliert, daß der „Anti-Autorität"-Endpunkt mit positiv bewerteten Adjektiven versehen war (etwa: „progressiv - altmodisch", „unabhängig - abhängig"). Die Annahme über die Bewertung der Skalenendpunkte wurde in einem Vortest überprüft. Eiser und Mower-White (1974) erwarteten, daß die Beurteiler, aufgrund von Konsistenz oder Inkonsistenz der eigenen und der in den Skalen implizierten Bewertung, jeweils auf den Skalen polarisiertere Urteile abgeben würden, auf denen ihre eigene Einstellung am positiven Skalenende plaziert war. Diese Vorhersage konnte in dieser und einer weiteren Untersuchung (Eiser&Mower-White, 1975) eindeutig bestätigt werden.

Nach diesen Befunden wird also die Beurteilung von Einstellungsaussagen auf Einstufungsskalen nicht nur von der Einstellung der Beurteiler beeinflußt, sondern auch von der Konsistenz oder Inkonsistenz dieser Einstellungen mit der in ihrer sozialen Umwelt dominanten Bewertung der Urteilsdimension. Da diese Einflüsse zu nicht-linearen Verzerrungen der Urteile (z.B. unterschiedlicher Polarisierung) führen, ist die Annahme Thurstones, daß mit der Methode der gleich erscheinenden Intervalle tatsächlich Intervall-Skalen konstruiert werden können, nicht mehr zu halten. Es muß somit davon ausgegangen werden, daß die mit dieser Methode konstruierten Skalen höchstens das Niveau von Rangordnungsskalen besitzen.

4.2.2 Die Methode der „summierten Einstufungen"

Auch die Konstruktion einer Skala mit der Mehtode der „summierten Einstufungen" (Likert, 1932) beginnt mit der Sammlung von etwa 100 Meinungsaussagen über den Eintellungsgegenstand, zu dem eine Skala konstruiert werden soll. Man benötigt aber keine Beurteiler, da deren Aufgabe, in einfacherer Form, vom Konstrukteur der Skala selbst übernommen wird. Er entscheidet, ob eine Meinungsaussage eine positive oder eine negative Einstellung gegenüber dem Einstellungsobjekt zum Ausdruck bringt. Jede Aussage, die sich nicht eindeutig in diese Kategorie eingruppieren läßt, wird eliminiert. Eine Likert-Skala enthält also keine Aussagen, die eine neutrale Einstellung reflektieren.

Anschließend werden die Aussagen einer Gruppe von Probanden vorgelegt, die jeweils ihre Zustimmung oder Ablehnung abgeben müssen. Die Probanden antworten mit einer von fünf vorgegebenen Antwortkategorien: „Vollkommene Zustimmung", „Zustimmung", „Weder Zustimmung noch Ablehnung", „Ablehnung", „Vollkommene Ablehnung". Zur Berechnung der Einstellungswerte der Probanden werden den Kategorien Zahlenwerte von 1 bis 5 zugeordnet. Dabei wird „Vollkommene Zustimmung" entweder mit „5" oder mit „1" bewertet (und „Vollkommene Ablehnung" entsprechend mit „1" oder „5"), je nachdem, ob es sich um eine positive oder eine negative Bewertung des Einstellungsobjektes handelt. So würde bei der Aussage „Rauchen ist schön" „Vollkommene Zustimmung" mit „5" bewertet, bei der Aussage „Rauchen ist gesundheitsschädlich" hingegen mit „1". Je negativer die Einstellung des Probanden ist, um so mehr sollte er negativen Aussagen zustimmen und positive Aussagen ablehnen. Bei 100 Meinungsaussagen könnte jemand den Gesamtwert „100" erzielen, indem er bei allen negativen Aussagen vollkommen zustimmt und alle positiven Aussagen vollkommen ablehnt. Ein Gesamtwert von „500" würde hier den höchstmöglichen Wert für Probanden mit extrem positiven Einstellungen darstellen.

Es wird nicht angenommen, daß die Größe der Unterschiede in den Skalenwerten etwas über die Größe der entsprechenden Einstellungsunterschiede aussagt. So besteht etwa kein Grund zu der Annahme, daß zwei Probanden mit den Gesamtwerten „500" und „400" den gleichen Unterschied in ihren Einstellungen aufweisen wie zwei Probanden mit den Werten „300" und „200". Likert-Skalen haben nur das Niveau von Rangordnungsskalen.

Obwohl man mit der Likert-Methode ohne vorherige Skalierung Einstellungen messen könnte, wird man die Items erst einer Itemanalyse unterwerfen. Mit dieser Analyse werden alle Items eliminiert, die nicht Likerts *Kriterium der inneren Konsistenz* entsprechen. Nach diesem Kriterium sollte mit zunehmender Positivität der Einstellung der Probanden, die Wahrscheinlichkeit ihrer Zustimmung zu positiven Items zunehmen und zu negativen Items abnehmen. Dieser Zusammenhang zwischen der Einstellung einer Person und der Wahrscheinlichkeit ihrer Zustimmung zu positiven und negativen Items ist in Abbildung 4.4 dargestellt. Die Beziehung ist für positive

Items monoton ansteigend und für negative Items monoton fallend. (Sie ist *nicht* linear, da es sich bei Likert-Skalen nicht um Intervallskalen handelt.)

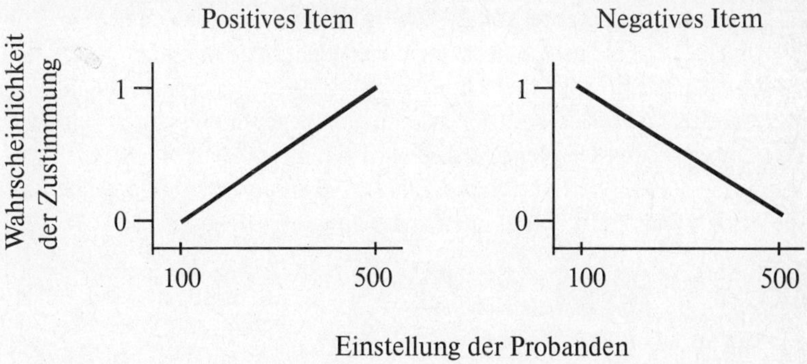

Abbildung 4.4: Itemcharakteristikkurven für positive und negative Likert-Items.

Edwards (1957) empfiehlt folgendes Verfahren für die Itemanalyse: Man wählt aus der Gruppe der Probanden aufgrund der vorläufigen Werte die 25% mit den höchsten und die 25% mit den niedrigsten Einstellungswerten aus. Anschließend berechnet man für jedes Item die mittlere Zustimmung dieser beiden Gruppen. Alle Items, für die sich diese Mittelwerte nicht statistisch zuverlässig unterscheiden, werden eliminiert. Von den restlichen Items wählt man dann für die endgültige Skala die 20 bis 25 besten aus, also die Items, die den größten Mittelwertsunterschied bei kleinster Streuung aufweisen. Allerdings wird man heute, wo man gewöhnlich Zugang zu einem Computer hat, die innere Konsistenz eher durch die Berechnung der Korrelation zwischen den Itemwerten und dem Gesamteinstellungswert der Versuchspersonen prüfen und Items nach der Höhe dieser Korrelationskoeffizienten auswählen.

4.2.3 Die Skalogramm-Methode

Die Skalogramm-Methode wurde von Guttman (1944, 1947) entwickelt, um die *Eindimensionalität* einer Einstellungsskala zu prüfen. Die Methode beruht auf einem Testmodell, das dem Binet'schen Intelligenztest nachempfunden wurde und das man mit einer Analogie als „sukzessive Hürden" bezeichnen kann. Jemand der in der Lage ist, eine 2 m hohe Hürde zu überspringen, sollte auch alle niedrigeren Hürden meistern können. Genauso sollte jemand, der eine schwierige Aufgabe im Binet-Test lösen kann, in der Lage sein, alle leichteren Aufgaben zu lösen. Eine Einstellungsskala ist nach Guttmann nur dann eindimensional, wenn jemand, der etwa einer extrem negativen Aussage zustimmt, auch alle weniger negativen Aussagen bejaht.

Dieses Prinzip läßt sich gut an der von Bogardus entwickelten „Sozialen Distanz"-Skala verdeutlichen, obwohl die Bogardus-Skala schon 1925, also 20 Jahre vor der Entwicklung der Skalogramm-Methode, veröffentlicht wurde. Mit dieser Skala lassen sich Einstellungen gegenüber anderen Nationen oder Rassen erfassen. Der Proband wird gefragt, ob er Personen einer bestimmten Nationalität oder Rasse zu einer oder mehreren der folgenden Sozialbeziehungen oder Situationen zulassen würde:

(1) In das eigene Land als Besucher
(2) In das eigene Land als Bürger
(3) In denselben Berufsstand
(4) In die Straße als Nachbar
(5) In den Verein als Freund
(6) Nahe Verwandtschaft oder Heirat

Die Skala verdeutlicht, was mit „sukzessiven Hürden" gemeint ist. Jemand der derartig starke Vorurteile hat, daß er den anderen nicht einmal als Besucher in sein Land lassen würde, würde ihm sicherlich auch die anderen Alternativen verwehren, während jemand, der ihn in die Verwandtschaft durch Heirat aufnehmen würde, vermutlich auch nichts dagegen hätte, ihn in seinen Verein oder seinen Berufsstand zu lassen.

Der Zusammenhang zwischen der Einstellung von Probanden und der Wahrscheinlichkeit ihrer Zustimmung zu Guttman-Items von unterschiedlichem Schwierigkeitsgrad ist in Abbildung 4.5 dargestellt.

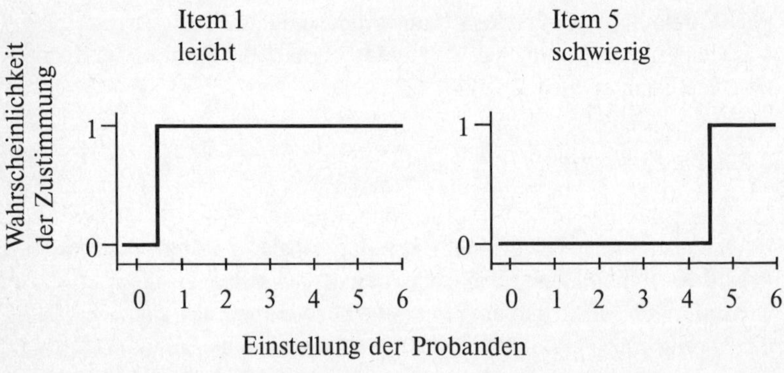

Abbildung 4.5: Die Itemcharakteristikkurven für Guttman-Items von unterschiedlichem Schwierigkeitsgrad.

Wenn man nur die Antwortkategorien „stimme zu" (1) und „stimme nicht zu" (0) erlaubt, kann man bei Kenntnis des Wertes, den ein Proband auf einer eindimensionalen Skala erzielt, sein Antwortmuster fehlerlos reproduzieren. Wenn wir zum Beispiel einmal davon ausgehen, daß die Bogardus-Skala vollkommen eindimensional ist und ein Proband den Wert 3 erhalten hat, dann wissen wir , daß er den drei leichteren Aussagen (1,2,3), nicht aber den schwierigeren Items (4,5,6) zugestimmt hat. Diese Reproduzierbarkeit der Antworten eines Probanden bei Kenntnis seines Einstellungswertes ist die wesentliche Charakteristik eindimensionaler Skalen. Allerdings ist die perfekte Konsistenz der Antworten in der Praxis selten erreichbar, und Guttman erlaubt einen gewissen Prozentsatz an „Irrtümern". Als Kriterium schlägt er vor, daß das Reaktionsmuster zu etwa 90% reproduzierbar sein muß. Erreicht eine Skala dieses Kriterium nicht, dann muß die Annahme der Eindimensionalität abgelehnt werden. Für eine Beschreibung der Techniken zur Feststellung des Grades der Reproduzierbarkeit wird auf Dawes (1972) oder Edwards (1957) verwiesen.

Die Skalogrammanalyse stellt nur sicher, daß Items bezüglich des untersuchten Attributes eine Rangordnung darstellen. Sie sagt nichts über den psychologischen Abstand zwischen den einzelnen Items aus. Selbst wenn man etwa mit einer Bogardus-Skala vollkommene Reproduzierbarkeit erreichen sollte, wüßte man doch nicht, ob der Unterschied in der sozialen Distanz, der von den Items 5 und 6 impliziert wird, größer, gleich oder kleiner ist, als der Unterschied zwischen 1 und 2 oder 3 und 4. Wie die Methode der summierten Ratings führt also auch die Skalogramm-Methode nur zu Rangordnungsskalen.

4.2.4 Das semantische Differential

Allen bisher beschriebenen Methoden ist ein Nachteil gemeinsam: Die Konstruktion einer Skala ist ziemlich aufwendig, und für unterschiedliche Einstellungsgegenstände (oder zumindest Kategorien von Gegenständen) müssen unterschiedliche Skalen konstruiert werden. Es ist deshalb nicht überraschend, daß das semantische Differential als Methode der Einstellungsmessung (Osgood et al., 1957), die nicht auf spezifischen Einstellungsaussagen beruht und allgemein verwendet werden kann, schnell an Beliebtheit gewann.

Semantische Differentiale sind bipolare Einstufungsskalen, deren Endpunkte von gegensätzlichen Adjektivpaaren (etwa: gut-schlecht, hart-weich) gebildet werden. Die Entdeckung des semantischen Differentials als Instrument der Einstellungsmessung war ein Nebenprodukt eines Projektes zur Erforschung der Dimensionen des semantischen Raumes. Zu diesem Zweck wurde eine Vielzahl solcher Adjektiv-Skalen entwickelt. Dann mußten Versuchspersonen eine Anzahl von Konzepten (etwa: Vater, Mutter, Selbst, Sünde, USA) mit diesen Skalen beurteilen. Hierbei zeigte sich, daß viele der Skalen auf recht ähnliche Weise benutzt wurden. Zum Beispiel wurden Konzepte, die als gut beurteilt wurden, auch für angenehm und wertvoll gehalten; als stark eingestufte Konzepte wurden auch als hart, ausdauernd und streng empfunden. Faktorenanalysen identifizierten drei grundlegende Dimensionen (Faktoren), die als Bewertung (evaluation), Potenz (potency) und Aktivität (activity) interpretiert wurden.

Es lag natürlich nahe, die Adjektivskalen mit hoher Ladung auf dem Bewertungsfaktor zur Einstellungsmessung heranzuziehen. Man läßt den Einstellungsgegenstand etwa auf folgenden Skalen einstufen:

gut	+3	+2	+1	0	-1	-2	-3	schlecht
angenehm	+3	+2	+1	0	-1	-2	-3	unangenehm
wertvoll	+3	+2	+1	0	-1	-2	-3	wertlos
sauber	+3	+2	+1	0	-1	-2	-3	schmutzig
freundlich	+3	+2	+1	0	-1	-2	-3	unfreundlich

Diese Einstufungen werden dann summiert und ergeben den Einstellungswert. Da die semantischen Differentiale unspezifisch sind, können dieselben Adjektivpaare zur Erfassung von Einstellungen zu allen erdenklichen Einstellungsobjekten verwendet werden und ergeben eine allgemeine Einstellungsskala, von der die Autoren (Osgood et al., 1957) postulieren, daß sie Intervallskalen-Niveau besitzt.

In der Begeisterung über die vielseitige Verwendbarkeit dieser Methode wird allerdings häufig übersehen, daß die Bedeutung der einzelnen Adjektivskalen in Abhängigkeit vom beurteilten Eintellungsgegenstand unterschiedlich interpretiert werden kann. Aufgrund von Untersuchungen stellen Osgood et al. (1957) explizit fest:

> „die Bedeutung von Skalen und ihre Beziehungen zu anderen Skalen variieren beträchtlich je nach dem Begriff, der beurteilt wird" (S.187).

Fishbein und Ajzen (1975) sind deshalb der Ansicht, daß auch semantische Differentiale in jedem Einzelfall einer Itemanalyse unterworfen werden müßten, um festzustellen, welche der Adjektivskalen sich am besten zur Erfassung der Einstellung zu dem spezifischen Einstellungsobjekt eignen. Hierzu ließe sich das Kriterium der inneren Konsistenz verwenden, das im Zusammenhang mit der Methode der „summierten Einstufungen" schon besprochen wurde.

4.2.5 Verfälschungsimmunisierte Methoden der Einstellungsmessung

Die im folgenden beschriebenen Methoden der Einstellungsforschung werden gewöhnlich als „indirekte Methoden" (Campbell, 1950) bezeichnet. Wir werden sie jedoch hier „verfälschungsimmunisierte Methoden" nennen, womit zum Ausdruck gebracht werden soll, daß es sich um Methoden handelt, die entwickelt wurden, um willkürliche Verfälschung des Einstellungswertes durch Probanden zu erschweren oder gar unmöglich zu machen. Da diese Methoden in der Einstellungsforschung nie große Bedeutung erlangten, werden wir uns hier auf die Diskussion weniger Beispiele beschränken. Für eine ausführliche Übersicht sei auf Kidder und Campbell (1970) und Selltiz, Wrightsman und Cook (1976) verwiesen.

Wenn ein Test konstruiert werden soll, in dem die Implikationen einer Antwort für den Probanden nicht durchschaubar sind, liegt die Verwendung projektiver Methoden natürlich besonders nahe. Diese Methoden beruhen auf der Annahme, daß die Art und Weise, in der eine Person unstrukturierte Reizsituationen strukturiert, also Sinn in ihre Umwelt bringt, etwas über ihre Persönlichkeit aussagt. Bekannte Beispiele für solche Tests sind der Rorschach-Test und der Thematische-Apperzeptions-Test (TAT). Beim Rorschach-Test zieht der Psychologe seine Schlußfolgerungen aus den Interpretationen des Probanden von tintenklecksartigen Bildern, beim TAT hingegen aus Interpretationen von Bildern, die Personen in relativ uneindeutigen Situationen darstellen. Obwohl sich derartige Tests in der klinischen Psychologie lange Zeit großer Beliebtheit erfreut haben, erlangten sie als Methoden der Einstellungsmessung nie große Bedeutung. Dies ist um so erstaunlicher, als ja der TAT in der Leistungsmotivationsforschung (z.B. McClelland et al., 1953; Heckhausen, 1963) erfolgreich zur Messung eines einstellungsähnlichen Konstruktes verwendet wurde. Der Grund für diese Vernachlässigung ist sicherlich nicht nur Zweifel an der Zuverlässigkeit und Gültigkeit solcher Verfahren, sondern auch ihre zeitraubende und komplizierte Auswertung.

Sozialpsychologen erwarten auch von verfälschungsimmunisierten Verfahren, daß sie sich einfach auswerten lassen und in Gültigkeit und Zuverlässigkeit regulären Skalen zumindest annäherungsweise entsprechen. Eine Methode, die diesen Ansprüchen gerecht wird, besteht darin, Einstellungstests als objektive Leistungstests auszugeben. Ein solches Verfahren wurde etwa von Hammond (1948) mit seiner „Irrtums-Wahl-Methode" entwickelt. Der Test besteht aus „Wissensfragen" mit vorgegebenen Antwortalternativen. Während viele der Items ganz normale Tatsachenfragen sind, für die auch eine korrekte Antwort vorgegeben ist, ist bei anderen die Wahl auf ausschließlich falsche Antworten beschränkt. Diese falschen Antwortalternativen sind aber so ausgewählt, daß die *Art* des Irrtums die Einstellung des Probanden verrät. Zum Beispiel konnte Hammond (1948) mit Items wie den folgenden erfolgreich zwischen Gruppen von Geschäftsleuten und Gewerkschaftlern unterscheiden:

Der durchschnittliche Wochenlohn eines Arbeiters betrug 1945:
(1) $ 37.-
(2) $ 57.-

Die korrekte Antwort liegt bei $ 47.- also genau zwischen den beiden vorgegebenen Antworten. Während Gewerkschaftler zur Wahl der niedrigeren Löhne neigten, entschieden sich Geschäftsleute eher für den höheren Betrag. Eine weitere Frage bezog sich etwa auf die Höhe des Profits, der bei jedem Dollar Umsatz vom durchschnittlichen Unternehmen gemacht würde. Hier wählten die Gewerkschaftler den höheren und die Unternehmer den geringeren Betrag.

Neben der Schwierigkeit, gleich plausible oder falsche Antworten zu finden, die sich auch noch in Einstellungsimplikationen unterschieden, weisen Selltiz et al. (1976) noch auf das Problem der Mehrdeutigkeit solcher Irrtümer hin. Wenn etwa jemand den Anteil der Arbeiterkinder an der Gesamtzahl deutscher Studenten unterschätzt, mag dies an Zweifeln an deren intellektueller Gleichwertigkeit oder aber deren Chancengleichheit liegen.

Wie wir gesehen haben, tritt aber das Problem der Mehrdeutigkeit auch bei den klassischen Methoden der Einstellungsmessung auf. Dort werden mehrdeutige Items durch Itemanalysen ausgeschieden, und solche Verfahren lassen sich auch auf die „Wissensfragen" anwenden. Genau wie bei der Konstruktion einer Likert-Skala könnte man bei der Entwicklung eines „Wissenstests" mit einem Vortest Fragen eliminieren, die nicht zwischen Extremgruppen zu unterscheiden vermögen (bzw. eine geringe Korrelation mit den Gesamtwerten der Probanden aufweisen).

Eine weitere Methode wurde von Waly und Cook (1965) entwickelt, die das Urteil über die Plausibilität von Argumenten als indirektes Maß für die Einstellung verwendeten. Das Verfahren beruht auf der Annahme, daß man Argumente, denen man nicht zustimmt, gewöhnlich für weniger plausibel hält als Argumente, mit denen man übereinstimmt. Waly und Cook, die die Einstellung zur Rassenintegration in den Staaten erfassen wollten, ließen die Plausibilität einer Reihe von Pro- und Anti-Integrationsaussagen beurteilen und fanden gute Übereinstimmung zwischen den Plausibilitätsurteilen und den Einstellungen der Versuchspersonen, die mit einem gängigen Einstellungstest erfaßt wurden. Auch hier könnte wieder eine Itemanalyse, analog zu den bei der Konstruktion von Likert-Skalen verwendeten Verfahren, durchgeführt werden.

Dawes, Singer und Lemons (1972) machten sich die Tatsache zunutze, daß man der Gegenseite weniger plausible und extremer formulierte Meinungen zuschreibt, als jene tatsächlich vertritt. Sie ließen vor einer Wahl die Vertreter zweier gegensätzlicher politischer Positionen jeweils die Meinungen eines typischen Vertreters der eigenen Seite und eines typischen Vertreters der Gegenseite aufschreiben. Der Unterschied war frappierend. Während die Meinungen der eigenen Seite vorsichtig und wohlüberlegt formuliert waren, wurden der Gegenseite demagogische Slogans in den Mund gelegt. Schon ein einzelner Beurteiler konnte aufgrund dieser Aussagen die politische Position der Schreiber mit 80prozentiger Genauigkeit identifizieren. Allerdings eignet sich diese Methode vermutlich nur zur Unterscheidung zwischen Gruppen, die einigermaßen gegensätzliche Einstellungen vertreten.

Jones und Sigall (1971) entwickelten mit ihrer „Bogus Pipeline" (Lügen-Pipeline) eine verfälschungsimmunisierte Methode der Einstellungsmessung, die auch dem gegen moralische Skrupel einigermaßen Abgehärteten noch einige Bedenken abzunötigen vermag. Das Verfahren wird mit regulären Einstufungsskalen zur Selbstbeurteilung der Einstellung benutzt, und seine Verwendung ist vermutlich nur im Zusammenhang mit Laboratoriumsexperimenten sinnvoll. Probanden werden zur Angabe ihrer „tatsächlichen" Einstellung motiviert, indem ihnen glaubhaft gemacht wird, der Versuchsleiter könne durch physiologische Messungen die Einstellungen der mit Elektroden versehenen Probanden zu vorgestellten oder dargebotenen Einstellungsobjekten erkennen. Auch amerikanische Studenten, die nicht ganz so gutgläubig sind, wie dies oft behauptet wird, müssen von der erstaunlichen Leistungsfähigkeit dieses Gerätes erst überzeugt werden. Dies wird gewöhnlich dadurch erreicht, daß man die Probanden, angeblich zur Justierung des Gerätes, an einige Einstellungsobjekte denken läßt und dann ihre Einstellungen von den Skalen am Gerät abliest. Tatsächlich hat man diese Informationen aber aus einem Fragebogen, in dem die Versuchspersonen zuvor in einem anderen Zusammenhang Angaben über ihre Einstellungen zu diesen Objekten machen mußten.

Nachdem die Probanden durch diese Demonstration überzeugt wurden, wird ihnen die *kritische* Einstellungsfrage vorgelegt. Ihre Aufgabe besteht jetzt angeblich darin, die Angaben des Gerätes vorherzusagen. Man geht davon aus, daß sich niemand von einer Maschine in der Vorhersage seiner eigenen Einstellungen übertreffen lassen will und deshalb möglichst wahrheitsgetreu seine „tatsächliche" Einstellung mitteilt.

Jones und Sigall (1971) berichten eine Reihe von Untersuchungen in denen Probanden mit Hilfe der „Bogus Pipeline" dazu bewegt wurden, offensichtlich peinliche Einstellungen zuzugeben, die ohne die Pipeline nicht angegeben wurden. Obwohl es bei solchen Diskrepanzen natürlich immer fraglich ist, welche der Antworten (wenn überhaupt eine) die „tatsächliche" Einstellung darstellt (Ostrom, 1973), wäre man in diesen Fällen aufgrund von Plausibilitätsgesichtspunkten geneigt, den mit der „Bogus Pipeline" gewonnenen Daten zu trauen. Aber selbst wenn man ethische Bedenken einmal unterdrückt, spricht nicht nur die Aufwendigkeit des Verfahrens, sondern auch die Tatsache, daß es sich schnell bei studentischen Versuchspersonen herumsprechen würde, gegen eine routinemäßige Verwendung.

Die Lüge (oder „Täuschung", wie der sozialpsychologische Euphemismus lautet) mit der „Bogus Pipeline" wäre unnötig, wenn tatsächlich physiologische Verfahren zur präzisen Erfassung von Einstellungen zur Verfügung stünden. Dies ist jedoch nicht der Fall. Obwohl emotionale Reaktionen mit einer ganzen Reihe von physiologischen Veränderungen (z.B. elektrischer Hautwiderstand, Pulsschlag, Pupillengröße) einhergehen, scheinen alle diese Indikatoren im günstigsten Fall Aussagen über die Stärke der emotionalen Reaktionen, nicht aber über ihre Qualität zu erlauben. Man kann also möglicherweise die Intensität einer Einstellung erkennen, aber nicht, ob es sich um eine positive oder eine negative Einstellung handelt. Die Veröffentlichungen von Hess (1965; Hess & Polt, 1960) gaben einige Zeit zu der Hoffnung Anlaß, daß mit der Veränderung der Pupillengröße ein physiologischer Indikator gefunden worden sei, der die Unterscheidung zwischen positivem und negativem Affekt erlaubt. Es wurde angenommen, daß sich die Pupille bei Betrachtung von Bildern mit positiv bewerteten Einstellungsobjekten vergrößere, hingegen bei negativ bewerteten Einstellungsobjekten verkleinere. Diese Annahme ließ sich jedoch in umfangreichen Untersuchungen (Woodmansee, 1970) nicht bestätigen. Soweit sich überhaupt ein Zusammenhang zwischen Einstellung und Veränderung der Pupillengröße feststellen ließ, fand Woodmansee sowohl bei positiv wie bei negativ bewertetem Material mit steigender Einstellungsintensität stets nur Pupillenvergrößerung.

Während den Probanden bei diesen Verfahren zumindest noch bewußt ist, daß sie getestet werden, wenn sie auch nicht wissen, daß ihre Einstellung erfaßt wird, gibt es eine Reihe von Verfahren, bei denen die Probanden nicht einmal wissen, daß sie unter Beobachtung stehen. Diese Methoden ziehen gewöhnlich Rückschlüsse aus dem beobachtbaren Verhalten von Personen oder sogar den Spuren solcher Verhaltensweisen. So versuchte Melton (1933) die Beliebtheit verschiedener Ausstellungsstücke in einem Museum zu erfassen, indem er die Häufigkeit feststellte, mit der die Fußbodenbeläge vor den verschiedenen Schaukästen ausgewechselt werden mußten. Milgram, Mann und Harter (1965) benutzten als Maß der politischen Einstellung der Bewohner verschiedener Stadtgebiete die Häufigkeit, mit der scheinbar liegengelassene frankierte Briefe in den Briefkasten geworfen wurden. Die Briefe waren an verschiedene politische Organisationen adressiert, die so benannt worden waren, daß ihre Ideologie aus ihren Namen klar hervorging (z.B. Kommunistischer Studentenbund, Nationaler Bund). Alle Namen waren erfunden, und die Adresse war ein von den Autoren gemietetes Postfach. Rokeach & Mezei (1966) erschlossen in einem Laboratoriumsexperiment die politische Ansicht ihrer Versuchspersonen aus deren Wahl zwischen zwei weiteren „Versuchspersonen" (Mitarbeiter des Versuchsleiters), die sie zuvor bei der Äußerung „linker" oder „rechter" politischer Ansichten belauscht hatten. Das Verfahren beruht auf der (berechtigten) Annahme, daß man Personen, die die eigene Ansicht teilen, vorzieht. Schließlich benutzten Byrne, Ervin und Lambeth (1970) recht erfolgreich die physische Distanz zwischen gegengeschlechtlichen Partnern als Maß der Anziehung zwischen den Partnern.

Es ist natürlich offensichtlich, daß durch die Enwicklung solch täuschungsimmunisierter Methoden ethische Probleme aufgeworfen werden. Sozialpsychologen mit ihrer bekannten Liberalität wären sicherlich unter den ersten, die protestieren würden, wenn irgendwelche Organisationen die Meinungen von Bürgern ausspionieren würden, indem sie etwa Telefone anzapften oder Mikrofone in den Wohnräumen anbrächten. Zwischen solchen Methoden und einigen der indirekten Einstellungstests besteht jedoch nur ein gradueller Unterschied. Was dem Wissenschaftler, der die Methoden für seine Forschung entwickelt, häufig entgeht, ist, daß dieselben Methoden für ganz andere Zwecke verwendet werden können, etwa zur Identifizierung politischer Ansichten von Bewerbern bei einer psychologischen Eignungsuntersuchung. Zwar sind alle diese Verfahren relativ unzuverlässig, aber das ist nur ein Trost, kein Schutz.

4.2.6 Zuverlässigkeit und Gültigkeit der Einstellungsmessung

Wie von jedem Meßverfahren, erwartet man auch von Einstellungsskalen ein gewisses Maß an Zuverlässigkeit (Reliabilität) und Gültigkeit (Validität). Ein Meßverfahren ist *zuverlässig*, wenn eine Reihe von Messungen desselben Attributes ähnliche Werte ergeben. Allerdings kann man eventuelle Unterschiede in solchen Meßwerten nur dann der Unzuverlässigkeit des Meßinstrumentes zur Last legen, wenn man Grund zur Annahme hat, daß sich der „wahre" Wert des gemessenen Attributes (hier also der Einstellung) in der Zwischenzeit nicht verändert hat.

Ein Meßverfahren ist *gültig*, wenn es das mißt, was es messen soll. Wenn zum Beispiel eine Briefwaage nicht auf das Gewicht eines Briefes anspricht, sondern auf die Luftfeuchtigkeit, wäre es ein ungültiges Meßinstrument für

Gewicht (möglicherweise aber ein hervorragendes Meßinstrument für Luftfeuchtigkeit). Gleichermaßen besitzt eine Einstellungsskala, die Einstellungen zum Krieg messen soll, tatsächlich aber Einstellungen zum Kommunismus oder möglicherweise überhaupt keine Einstellung erfaßt, geringe Gültigkeit als Maß für die Einstellung zum Krieg.

Während es mit der Zuverlässigkeit der täuschungsimmunisierten Verfahren, soweit sie überhaupt geprüft wurde, nicht übermäßig gut bestellt ist (siehe: Kidder & Campbell, 1970), ist die Zuverlässigkeit von Thurstone-, Likert- und Guttman-Skalen wie auch des semantischen Differentials immer wieder erfolgreich demonstriert worden. Robinson und Shaver (1969) und Shaw und Wright (1967) berichten hohe Reliabilitäten für eine Vielzahl von Thurstone-, Likert-, Guttmann-Skalen sowie semantische Differentiale.

Wesentlich problematischer sind die Ergebnisse von Prüfungen der Gültigkeit solcher Verfahren. Eine Methode zur Prüfung der Gültigkeit eines Meßinstrumentes (Übereinstimmungsvalidität) besteht darin, zu zeigen, daß das fragliche Instrument dieselben Meßwerte ergibt wie ein anderes Meßinstrument, das dasselbe Attribut erfassen soll. Nach dieser Methode haben die klassischen Verfahren stets gut abgeschnitten. So berichten etwa Tittle und Hill (1967), Ostrom (1969), Kothandapani (1971) sowie Fishbein und Ajzen (1974), die Thurstone-, Likert- und Guttman-Skalen verglichen, gute Übereinstimmung (Korrelationen zwischen 0,5 bis 0,7). Auch das semantische Differential scheint als Einstellungsskala gut mit den klassischen Verfahren übereinzustimmen. So verglichen Osgood et al. (1957) semantische Differentiale erfolgreich mit einer Guttmann-Skala und Fishbein und Ajzen (1974) mit Thurstone-, Likert- und Guttman-Skalen.

Diese konsistenten Befunde können Zweifel an der Gültigkeit von Einstellungsskalen jedoch nicht beseitigen. Die Messung von Einstellungen wird gewöhnlich nicht als Selbstzweck, sondern aus Interesse an der Vorhersage von Verhalten durchgeführt. Deshalb ist man auch nicht so sehr an der Übereinstimmung von verschiedenen Einstellungsskalen für dasselbe Objekt interessiert, sondern an der Vorhersagevalidität mit Verhalten als dem Kriterium. Diese Frage geht jedoch über die reine Validitätsproblematik hinaus und wird im nächsten Abschnitt im Zusammenhang mit allgemeinen Problemen der Beziehung von Einstellung und Verhalten besprochen werden.

4.3 Die Beziehung von Einstellung und Verhalten: Ein gestörtes Verhältnis?

Die Tatsache, daß der Zusammenhang von Einstellung und Verhalten erst Mitte der sechziger Jahre allgemein problematisiert wurde, kann als weiterer Beleg dafür gewertet werden, daß Sozialpsychologen ihrer Intuition mehr trauen als den Befunden empirischer Untersuchungen. Denn schon dreißig Jahre früher hätten LaPieres (1934) Reiseerlebnisse den ersten Anlaß zu ernsten Zweifeln geben müssen. In den Jahren 1930 bis 1932 reiste LaPiere mit einem jungen chinesischen Ehepaar kreuz und quer durch die Vereinigten Staaten. Die Gruppe übernachtete anstandslos in 66 Hotels oder Gasthäusern und speiste in 184 Restaurants und Imbißstuben. Nur ein einziges Mal wurde ihnen die Aufnahme in einem Hotel verweigert. LaPiere, der aus Meinungsumfragen wußte, daß (zu dieser Zeit) extreme Vorurteile gegenüber Asiaten weit verbreitet waren und der deshalb die gemeinsamen Reisen mit schlimmen Befürchtungen angetreten hatte, war von der allgemeinen Freundlichkeit derart verblüfft, daß er einige Zeit später alle besuchten Hotels und Gaststätten anschrieb und fragte, ob sie Chinesen als Gäste akzeptieren würden. Von den 128 Antworten, die er erhielt, waren 92% Ablehnungen und nur eine Antwort eine klare Zusage.

Ähnliche Ergebnisse berichten Kutner, Wilkins und Yarrow (1952), die die LaPiere-Untersuchung einige Jahre später wiederholten. Diesmal speisten zwei weiße und eine schwarze Dame gemeinsam in elf Restaurants einer eleganten Vorstadt. Die beiden Weißen betraten das Restaurants stets zuerst und fragten nach einem Tisch für drei Personen. Sobald sie Platz genommen hatten, betrat die gut gekleidete Negerin das Restaurant. Sie sagte der Empfangsdame, sie werde von Freunden erwartet und setzte sich ohne Schwierigkeiten an den gemeinsamen Tisch. Zwei Wochen später wurde bei diesen Restaurants schriftlich angefragt, ob ein Tisch für eine rassisch gemischte Gruppe reserviert werden könne. Alle lehnten ab, obwohl sie Tischbestellungen für eine weiße Gruppe zum selben Termin akzeptierten.

Minard (1952) lieferte mit seinen Beobachtungen der Rassenbeziehungen in den „Pocahontas-Kohlengruben" ein weiteres Beispiel für die scheinbare Inkonsistenz von Einstellung und Verhalten. Während Schwarze und Weiße in den Gruben problemlos zusammenarbeiteten, herrschte nach Feierabend strikte Rassentrennung. Der Einwand, daß es sich hier nicht um eine Inkonsistenz zwischen Einstellung und Verhalten, sondern zwischen Verhalten in unterschiedlichen Situationen handelt, würde aber die Skeptiker nicht überzeugen, denn wenn Einstellung und Verhalten tatsächlich konsistent wären, dann müßte ja auch eine gewisse Konsistenz zwischen Verhalten in unterschiedlichen Situationen beobachtbar sein.

Die Aufzählung von Untersuchungen, die eine geringe Konsistenz zwischen Einstellung und Verhalten vorfanden, ließe sich noch um einiges fortsetzen (für Übersichtsartikel siehe Ajzen & Fishbein, 1973, 1977; Six, 1975; Wicker, 1969). Wir werden es aber bei diesen Beispielen bewenden lassen und im folgenden auf einige Untersuchungen eingehen, in denen ein Zusammenhang zwischen Einstellung und Verhalten festgestellt werden konnte. So verglichen Tittle und Hill (1967) die studentische Einstellung zur „politischen Beteiligung an der Selbstverwaltung", die durch eine Reihe von Einstellungsskalen erfaßt wurde, mit Verhaltensmaßen der Beteiligung. Als Verhaltensmaß benutzten sie die Beteiligung an einer kurz zuvor abgehaltenen Wahl (festgestellt aus den Wahlunterlagen), Angaben der Probanden über die Beteiligung an den vier vorausgegangenen Wahlen sowie Angaben über eine Reihe von relevanten Verhaltensweisen, die zu einem Index zusammengefaßt wurden. Die höchsten Korrelationen (0.5 - 0.6) ergaben sich mit der aus 15 Items bestehenden Likert-Einstellungsskala. Die anderen Einstellungsskalen schnitten etwas schlechter ab.

Kothandapani (1971) erfaßte die Einstellung schwarzer Frauen zur Geburtenkontrolle mit der üblichen Batterie von Einstellungsskalen und verglich sie mit der Benutzung von Empfängnisverhütungsmitteln. Da alle Probanden in einer Siedlung lebten, in der aufgrund eines Hilfsprogramms Verhütungsmittel kostenlos verteilt wurden, war es möglich, die Angaben der Probanden an Hand der Unterlagen zu überprüfen. Kothandapani fand gute Korrelationen (0.6 - 0.8) zwischen den Einstellungsmaßen und dem Verhaltensmaß.

Als letztes Beispiel sei die Untersuchung von Fishbein und Ajzen (1974) angeführt, die die Einstellung zur Religiosität mit einer Reihe von Einstellungsskalen erfaßte. Als Verhaltensmaß dienten eigene Angaben der Probanden zu Fragen über 100 religiöse Verhaltensweisen (etwa: Häufigkeit von Kirchenbesuchen, Beten vor dem Essen, Geldspenden für kirchliche Zwecke, usw.), die zu einem Verhaltensindex zusammengefaßt wurden. Alle Einstellungsmaße korrelierten gut (0.6 - 0.7) mit diesem Verhaltensindex.

Auch die positiven Beispiele ließen sich noch um einiges fortsetzen. Stattdessen soll jedoch gefragt werden, was wohl diese neueren Untersuchungen von den anfänglich berichteten unterscheidet. Ganz offensichtlich, werden Sie vielleicht sagen, die Tatsache, daß die erfolgreichen Untersuchungen nicht „tatsächliches" Verhalten beobachteten, sondern sich auf Angaben der Probanden verließen. Damit war es den Probanden möglich, ihr „Verhalten" nachträglich mit ihren Einstellungen in Einklang zu bringen.

So einfach ist die Lösung aber nicht. Tittle und Hill (1967) fanden zum Beispiel eine signifikante Korrelation zwischen Einstellung und tatsächlicher Wahlbeteiligung. Auch Kothandapani (1971), der natürlich schlecht unter den Betten seiner Probanden liegen konnte, hatte durch die Unterlagen der Verteilungsaktion eine Möglichkeit, deren Angaben zu überprüfen. Auch umgekehrt ist es keineswegs so, daß Einstellungen stets mit *Angaben* über Verhalten übereinstimmen. Ostrom (1969) fand zwar eine signifikante Korrelation zwischen der Einstellung zur Kirche und Angaben über die Häufigkeit von Kirchenbesuchen, aber nur minimale Korrelationen mit Angaben über eine Reihe von anderen religiösen Verhaltensweisen. Auch in der früher beschriebenen Untersuchung von Fishbein und Ajzen (1974) waren die Korrelationen zwischen Einstellung und den *einzelnen* Verhaltensweisen selten signifikant (mittlere Korrelation 0.1 - 0.15, je nach Einstellungsmaß).

Diese letzten beiden Befunde sprechen auch gegen die Annahme, der Mangel an Übereinstimmung könne allein in den Schwächen der Einstellungsmaße in den Untersuchungen von LaPiere (1934) und Kutner et al. (1952) gelegen haben, die aus einem einzigen Item bestanden, da sowohl Ostrom (1969) wie auch Fishbein und Ajzen (1974) sorgfältig konstruierte Einstellungstests verwendeten. Vielleicht liegt der Unterschied darin, daß *einzelne* Verhaltensweisen nicht vorhergesagt werden können? Immerhin stellen Angaben über die Benutzung von Verhütungsmitteln (Kothandapani, 1971) oder über Kirchenbesuch (Ostrom, 1969) Häufigkeitsangaben also sozusagen wiederholte Messungen desselben Verhaltens dar. Damit kommen wir dem Kern des Problems zwar wesentlich näher - die Vorhersage von spezifischen Handlungen in spezifischen Situationen ist tatsächlich schwierig - aber sie scheint nicht unmöglich zu sein. Tittle und Hill (1967) berichten eine signifikante Korrelation zwischen Einstellung und Beteiligung bei einer spezifischen Wahl.

Der kritische Unterschied zwischen Untersuchungen, die eine Konsistenz zwischen Einstellung und Verhalten feststellen und solchen, die keinen Zusammenhang fanden, scheint also nicht in einem einzelnen Faktor, sondern einer Reihe solcher Faktoren zu bestehen. Die Schwierigkeit liegt, wie Ajzen und Fishbein (1977) kürzlich überzeugend dargelegt haben, nicht notwendigerweise in der mangelnden Reliabilität oder Validität der Maße, die zur Erfassung von Einstellung und Verhalten verwendet wurden, sondern in der unterschiedlichen Spezifität dieser Maße.

Das Problem läßt sich vielleicht am besten verdeutlichen, wenn wir unter Verhaltensmaß einmal nicht die Angaben der Person über ihr Verhalten verstehen, sondern tatsächliche Verhaltensbeobachtung spezifischer Handlungen. Eine solche Verhaltensbeobachtung erfaßt stets drei wesentliche Charakteristiken: Eine spezifische Handlung, die in einer spezifischen Situation, in bezug auf eine spezifische Person oder ein spezifisches Objekt durchgeführt wird. Eine solche spezifische Handlung kann man aufgrund von Einstellungen nur dann zuverlässig vorhersagen, wenn man auch hier alle drei Charakteristiken spezifiziert, also die Einstellung zur Durchführung einer Handlung gegenüber einer Person (bzw. einem bestimmten Objekt) in einer ganz bestimmten Situation erfaßt. Wenn man also zum Beispiel vorhersagen will, ob Paul Anneliese auf dem Heimweg von einer Party küssen wird, muß man seine Einstellung zum Küssen von Anneliese auf dem Heimweg von einer Party erfassen. Es reicht nicht aus, nur Pauls Einstellung zum Küssen oder zu Anneliese zu messen. Selbst wenn Küssen Pauls Lieblingsbeschäftigung wäre, würde er dennoch Anneliese nicht küssen, wenn er sie nicht mag. Oder wenn er Anneliese mag, wird er sie nicht küssen, wenn er Küssen für eine unhygienische Angelegenheit hält. Aber selbst wenn er eine positive Einstellung zu Anneliese wie zum Küssen hat, küßt er sie vielleicht doch nicht auf dem Heimweg, da er nur in umschlossenen Räumen, nicht aber auf offener Straße küßt.

Während aber Verhaltensbeobachtung immer auf diesem spezifischen Niveau stattfinden muß, werden Einstellungen gewöhnlich auf einer wesentlich allgemeineren Ebene erfaßt. So wird bei der Einstellungsmessung praktisch immer nur eine der drei Charakteristiken eindeutig spezifiziert. Wenn man etwa die Einstellung zu einer Person oder einer Gruppe von Personen erfaßt, dann läßt man sowohl die Handlungen wie auch die Situationen unbestimmt. So ist zum Beispiel ein Rassenvorurteil nur durch die Kategorie von Personen bestimmt, die das Ziel des Vorurteils darstellen. Solch ein Vorurteil kann aber durch eine Vielzahl von Handlungen zum Ausdruck gebracht werden.

Bei Einstellungen zu Handlungen bewegt man sich gewöhnlich auf einem etwas spezifischeren Niveau. Obwohl eine Einstellung zu einer Handlung strenggenommen nur durch die Handlung bestimmt ist (also Personen/Objekte und Situationen scheinbar unbestimmt läßt), impliziert eine Handlung meist einen umschriebenen Bereich von relevanten Personen/Objekten und Situationen. Während etwa Vorurteile in vielen Situationen durch viele Handlungen zum Ausdruck gebracht werden können, ist etwa der Gebrauch von Empfängnisverhütungsmitteln auf einen einigermaßen überschaubaren Bereich von Objekten und Situationen beschränkt.

Da jedes beobachtete Verhalten immer durch alle drei Charakteristika determiniert ist, kann auf der Verhaltensebene der entsprechende Allgemeinheitsgrad nur durch *Mehrfachbeobachtung* erzielt werden. So entspricht der Einstellung zu einer Handlung (bei der Personen/Objekte und Situationen nicht völlig spezifiziert sind) die Beobachtung der Durchführung dieser spezifischen Handlung in allen relevanten Situationen (oder einer Stichprobe dieser Situationen) und in bezug auf bzw. Gegenwart von allen relevanten Personen/Objekten (oder einer Stichprobe dieser Personen/Objekte). Fishbein und Ajzen (1974) bezeichnen dies als ein „repeated behavior criterion". Wenn man nur Verhaltensangaben der Probanden erhebt, fragt man hier gewöhnlich nach der Häufigkeit dieser Verhaltensweise.

Der Einstellung zu Personen/Objekten (bei der also Situationen und Handlungen unspezifiziert bleiben) entspricht dagegen die Beobachtung aller relevanten Handlungen, die gegenüber den Personen/Objekten durchführbar sind (oder einer Stichprobe dieser Handlungen) in allen relevanten Situationen (oder einer Stichprobe solcher Situationen). Fishbein und Ajzen (1974) bezeichnen dies als eine „multiple behavior criterion".

Während der Zusammenhang zwischen solch allgemeinen Einstellungen und jeder einzelnen Verhaltensbeobachtung in der Regel minimal sein sollte, wäre ein signifikanter Zusammenhang mit der Gesamtstichprobe der Verhaltensbeobachtungen zu erwarten. Diese Annahme wird durch die Befunde von Fishbein und Ajzen (1974) gestützt, die bei der Untersuchung des Zusammenhangs von Einstellung zu Religiosität und religiösem Verhalten niedrige Korrelationen mit den einzelnen Verhaltensweisen, hingegen hochsignifikante Korrelationen mit einem Gesamtindex des Verhaltens berichten.

Diese Diskussion ist aber doch insofern noch unbefriedigend, als sie keine Kriterien liefert, nach denen wir die zu einem Einstellungsmaß korrespondierenden Handlungen, Personen/Objekte oder Situationen auswählen können. Im folgenden soll deshalb auf die Auswahl der zu beobachtenden Handlungen, Personen/Objekte und Situationen eingegangen werden.

4.3.1 Probleme bei der Auswahl einstellungsrelevanter Handlungen

Welche Handlungen sollen nun zu einem solchen „multiplen Verhaltensindex" zusammengefaßt werden? Eine repräsentative Stichprobe aller relevanten Handlungen zu erheben ist mangels Kenntnis der Grundgesamtheit kaum möglich. Außerdem wäre dieser Weg aufwendig und unbefriedigend. Er widerspräche der intuitiven Einsicht, daß nicht alle Handlungen von gleicher Relevanz für eine bestimmte Einstellung sind und daß es deshalb sinnvoll wäre, sich auf die Beobachtung der relevantesten Verhaltensweisen zu konzentrieren. Wie lassen sich aber diese relevanten Handlungen identifizieren?

Ein ähnliches Problem wurde schon früher im Zusammenhang mit der Konstruktion von Einstellungsskalen diskutiert. Da beschäftigte uns die Frage, wie man aus der Gesamtheit der über einen Einstellungsgegenstand möglichen Meinungen diejenigen identifizieren kann, die am besten zwischen Probanden mit unterschiedlichen Einstellungen diskriminieren. Die klassischen Methoden der Skalenkonstruktion geben Richtlinien für die Auswahl einstellungsrelevanter Items, die sich ebenso zur Identifizierung einstellungsrelevanter Verhaltensweisen verwenden lassen sollten. Bevor man aber eine solche Itemanalyse durchführen kann, muß man einen „Item-Pool" zusammenstellen. Während ein solcher Item-Pool bei der Konstruktion einer regulären Einstellungsskala aus positiven wie negativen Meinungsaussagen besteht, würde man für die Verhaltensskala Aussagen über Verhaltensweisen sammeln, die eine positive oder negative Bewertung des Einstellungsgegenstandes zu implizieren scheinen. Genau wie Meinungsaussagen lassen sich auch diese Verhaltensbeschreibungen mit den Kriterien, die bei der Konstruktion von Einstellungsskalen verwendet werden, hinsichtlich ihrer Relevanz für den Einstellungsgegenstand analysieren. Zum Beispiel kann man sie mit der Methode der „gleich erscheinenden Intervalle" nach dem Grad der positiven oder negativen Einstellung, beurteilen lassen. So wird etwa das Verhalten: „Geht jeden Sonntag in die Kirche" vermutlich als Reflexion einer positiven Einstellung gegenüber der Kirche beurteilt werden. Man kann dann die Itemanalyse mittels des Mehrdeutigkeitskriteriums" und des „Irrelevanzkriteriums" durchführen. Alternativ können natürlich auch die Methode der „summierten Einstufungen" und einer Itemanalyse mittels des „Kriteriums der inneren Konsistenz" oder aber die Skalogramm-Methode benutzt werden.

Durch derartige Itemanalysen wird erfahrungsgemäß ein Großteil der Verhaltensweisen eliminiert, obwohl sie intuitiv Schlußfolgerungen auf die Einstellung des Handelnden zu erlauben schienen. Sie werden als untauglich ausgeschieden, da etwa ihre Implikationen nicht eindeutig sind (man weiß nicht, ob das Verhalten für oder gegen das Einstellungsobjekt spricht), oder aber, weil das Verhalten so allgemein verbreitet ist, daß es nicht zwischen Personen mit unterschiedlicher Einstellung diskriminiert. Wenn man bedenkt, daß Fishbein und Ajzen (1974), etwa nach Anwendung der beiden Thurstone-Kriterien, von ihren 100 religiösen Verhaltensweisen kaum mehr eine für eine Skala ausreichende Zahl von tauglichen Items verblieb, ist es wenig erstaunlich, wenn in Untersuchungen, in denen ein einziges intuitiv ausgewähltes Verhalten als Kriterium verwendet wird, häufig kein Zusammenhang zwischen Einstellung und Verhalten feststellbar ist.

4.3.2 Probleme bei der Bestimmung des Zusammenhangs von Einstellungs- und Verhaltensmaß

Alle Verhaltensitems, die die Itemanalyse erfolgreich durchlaufen haben, müßten einen gewissen Grad von Einstellungsrelvanz besitzen. Allerdings bedeutet dies nicht, daß sich nun zwangsläufig eine lineare Korrelation zwischen dem Einstellungskontinuum und dem Verhalten ergeben wird. Zum Beispiel wird bei Thurstone-Items eine solche Korrelation gerade durch die Kriterien der Itemauswahl unmöglich gemacht. Man kann sich dies verdeutlichen, wenn man sich die Itemcharakteristikkurven solcher Items vergegenwärtigt und sich erinnert, daß der Zusammenhang zwischen Zustimmungswahrscheinlichkeit und Itemwert nicht monoton ist. Die Zustimmungswahrscheinlichkeit ist am größten, wenn Proband und Item identische Positionen auf dem Einstellungskontinuum einnehmen und verringert sich mit zunehmender Diskrepanz zwischen den beiden Positionen. Wenn also ein Proband ein Verhalten, das nach Thurstone-Kriterien einstellungsrelevant ist, nicht zeigt, bedeutet dies, daß seine eigene Position entweder positiver oder negativer als die des Items ist. Da derartige Korrelationen aber die lineare Beziehung zwischen Meßwerten erfassen, würde sich keine Korrelation zwischen dem Verhalten und der Einstellung der Probanden ergeben. Dieses Problem dürfte allerdings hauptsächlich bei Items, die den Mittelbereich des Einstellungskontinuums widerspiegeln, akut werden.

Auch die Anwendung der Skalogramm-Methode auf Verhaltensitems führt zu nicht ganz wünschenswerten Nebenerscheinungen, wie man sich bei Inspektion der Itemcharakteristikkurven von Guttman-Items (S. 158) leicht verdeutlichen kann. Die Tatsache, daß bei einem perfekten Guttman-Item die Zustimmungswahrscheinlichkeit je nach Einstellung des Probanden 0 oder 1 ist, kann sich besonders bei Untersuchungen mit jeweils einem einzelnen Kriterium für Einstellung und Verhalten äußerst negativ auswirken.

Dies läßt sich am Beispiel der Untersuchung von LaPiere (1934) zeigen, dessen Items der Formulierung nach Guttman-Items hätten sein können. Es ist anzunehmen, daß die schriftliche Ablehnung einer Buchung einen wesentlich geringeren Schwierigkeitsgrad hat (also ein wesentlich geringeres Vorurteil ausdrückt) als die tatsächliche Ablehnung eines sicher auftretenden, gutgekleideten chinesischen Ehepaars. Wenn man weiterhin annimmt, daß die Einstellung der Restaurateure und Hoteliers etwa zwischen den beiden Items lag, dann würde nach Guttman zwangsläufig folgen, daß ihre Ablehnungswahrscheinlichkeit beim leichteren Item 1, bei dem schwereren Item hingegen 0 ist. Die gleiche Annahme könnten die Ergebnisse von Kutner et al. (1952) erklären. Wie schon Campbell (1963) ausführte:

> „Eine Inkonsistenz bestünde nur dann, wenn Personen, die bei der tatsächlichen Begegnung akzeptierten, im Fragebogen abgelehnt hätten oder wenn die, die im Fragebogen ablehnten, bei der Begegnung akzeptiert hätten. Kein einziger derartiger Fall wurde berichtet" (S. 160).

Wenn Verhaltensitems ausgewählt werden sollen, die nicht nur einstellungsrelevant sind, sondern auch noch eine *annähernd* lineare Beziehung zur Einstellung des Probanden aufweisen, also Verhalten, das mit einem Einstellungskontinuum linear *korreliert,* empfiehlt sich die Itemanalyse mit dem Likert-Kriterium der inneren Konsistenz. Mit diesem Kriterium werden ja gerade die Items ausgewählt, die eine möglichst hohe Korrelation mit dem Gesamtwert der Probanden aufweisen. Fishbein und Ajzen (1974) fanden dann auch, daß alle zwanzig Verhaltensweisen, die aufgrund der Konsistenzanalyse ausgewählt wurden, signifikante Korrelationen mit der Einstellung zur Religiosität aufwiesen.

4.3.3 Probleme bei der Auswahl von Personen

Während Einstellungen gewöhnlich zu Kategorien von Personen erfaßt werden, haben wir es bei der Verhaltensbeobachtung mit Handlungen in bezug auf (oder in Gegenwart von) spezifischen Personen zu tun. Solche Kategorien rufen aber stereotype Vorstellungen hervor, die aus einem ganzen Komplex von Eigenschaften bestehen. Solange das Einzelindividuum annäherungsweise diesem Stereotyp entspricht, also "prototypisch" ist, sollte sich, wenn die bisher besprochenen Punkte zur Auswahl des Verhaltenskriteriums beachtet werden, eine zufriedenstellende Beziehung zwischen Einstellung und Verhalten feststellen lassen. Weicht die Einzelperson jedoch in wesentlichen Charakteristiken von diesem Stereotyp ab, dann sollte die Einstellung auch bei korrekt ausgewähltem Verhaltenskriterium nur schlechte Vorhersagen leisten.

Triandis und Triandis (1965) erkannten diese Schwierigkeit, als sie bei der Diskussion von Untersuchungen zur sozialen Distanz mittels der Bogardus-Skala auf die Uneindeutigkeit von Ergebnissen hinwiesen, die auf der Erhebung von Einstellungen zu groben Kategorien beruhen. Wenn etwa ein weißer Amerikaner auf solche Fragen große soziale Distanz zu Negern angebe, dann sei völlig unklar, ob er Neger nun aufgrund ihrer Rasse ablehne oder aber weil sie vermutlich der Unterschicht zugehörten. Die Einstellung zu der Kategorie „Neger" setzt sich also mindestens aus zwei Komponenten zusammen, der Einstellung zu einer Rasse und der Einstellung zu einer Schicht. Dabei ist unwesentlich, ob nun Neger in der Mittel- und Oberschicht tatsächlich nur eine verschwindende Minderheit darstellen. Wenn Zugehörigkeit zur Unterschicht ein wesentlicher Bestandteil des Stereotyps ist (Prototyp), auf das beim Ausfüllen des Einstellungsfragebogens reagiert wird, dann läßt sich aus dieser Einstellung zwar möglicherweise das Verhalten gegenüber einem schwarzen Arbeiter, nicht aber gegenüber einem schwarzen Arzt oder Physiker vorhersagen. Die Situation wäre etwa vergleichbar, wenn eine Untersuchung in Deutschland die Einstellung zu Gastarbeitern erfassen würde, um Verhalten gegenüber einem türkischen oder griechischen Universitätsdozenten vorherzusagen.

Es ist zu vermuten, daß zum Zeitpunkt der LaPiere-Untersuchungen (1934) auch im Stereotyp vom „Chinesen" Rasse und Zugehörigkeit zur Unterschicht miteinander vermischt waren und daß deshalb zwischen dem sicher auftretenden, gutgekleideten jungen Ehepaar, mit dem LaPiere reiste, und dem Stereotyp von „Mitgliedern der chinesischen Rasse", das bei der Beantwortung seines Briefes wirksam war, nur ein geringer Zusammenhang bestand. Auch LaPiere scheint dies erkannt zu haben; er schreibt:

> „Am Ende kam ich zu der Überzeugung, daß die Faktoren, die sich am meisten auf das den Chinesen gezeigte Verhalten auswirkten, nichts mit deren Rasse zu tun hatten. Qualität und Zustand der Kleidung, das Aussehen des Gepäcks (auf das Hotelangestellte scheinbar ihre Einschätzungen stützen), Sauberkeit und Ordentlichkeit waren für die Reaktionen in den untersuchten Situationen wesentlich bedeutsamer als Hautfarbe, schwarzes Haar, Schlitzaugen und flache Nasen" (1934, S. 323).

4.3.4 Probleme bei der Auswahl von Situationen

Wenn man bedenkt, daß der Einfluß der Charakteristiken der sozialen Situation das wesentliche Forschungsgebiet der Sozialpsychologie darstellt, ist schwer verständlich, wie Sozialpsychologen je glauben konnten, Verhalten ließe sich allein aufgrund von Einstellungen, ohne Berücksichtigung der sozialen Situationen, vorhersagen. Die Einstellung zu einem Einstellungsobjekt beruht auf Meinungen über positive oder negative Attribute dieses Gegenstands. So setzt etwa eine positive Einstellung zu einer Handlung die Erwartung voraus, daß die Ausführung dieser Handlung zu positiven Konsequenzen führt, zum Beispiel zu körperlichem Wohlbefinden, Erfolg oder Anerkennung. Die positive Einstellung eines jungen Schülers zum Rauchen mag etwa auf dem körperlichen Wohlgefühl beruhen, das (angeblich) durch Rauchen erzeugt wird, wie auf der Annahme, daß ihn Rauchen erwachsener und männlicher erscheinen läßt. Wenn ihm aber seine Eltern das Rauchen streng verboten haben und bei Zuwiderhandlung mit längerem Entzug des Taschengeldes drohen, ist zu vermuten, daß er seiner Sucht nur in Situationen frönen wird, in denen die Gefahr der Entdeckung durch die Eltern gering ist. Ebenso wird jemand, der keine Rassenvorurteile hat, aber in einer Umgebung lebt, in der Rassenvorurteile weit verbreitet sind, *öffentlichen* Kontakt mit Andersrassigen vermeiden – es sei denn, das Gefühl, seinen Prinzipien treu zu bleiben, wiegt die Nachteile der Ablehnung durch gleichrassige Andere auf.

Diese Beispiele lassen vermuten, daß ein Zusammenhang zwischen Einstellung und Verhalten am ehesten dann zu erwarten ist, wenn sich die einstellungsrelevanten Verhaltensweisen nicht unter normativer Kontrolle befinden, entweder, weil keine relevanten Normen bestehen, oder aber, weil das Verhalten nicht durch die Gruppe überwacht werden kann. Untersuchungen, die hohe Konsistenz zwischen Einstellung und Verhalten feststellten, erfaßten dann auch gewöhnlich Verhalten, das durch Abwesenheit von Normen oder schlechte Kontrollierbarkeit gekennzeichnet war (etwa: Kirchenbesuch von Studenten in einer Universitätsstadt, Wahlbeteiligung, Benutzung vom Empfängnisverhütungsmitteln).

Allerdings sind Normen nicht die einzigen Faktoren, die für die Variation von Verhalten in unterschiedlichen Situationen verantwortlich sind. Auch der subjektive Wert anderer Verhaltenskonsequenzen oder die subjektive Einschätzung ihrer Auftretenswahrscheinlichkeit mag situationsbedingten Einflüssen unterworfen sein. So zeigte sich in einer Untersuchung zum Mogeln bei Klassenarbeiten (Corey, 1937), daß bei geringer Chance, erwischt zu werden, das Ausmaß der Ehrlichkeit weniger von der Einstellung zum Mogeln als von der Chance, auch ehrlich eine gute Note zu erzielen, abhing. Ein Primus kann sich eben den Luxus, seiner negativen Einstellung zum Abschreiben treu zu bleiben, eher leisten als jemand, für den eine weitere „fünf" die Wiederholung des gesamten Schuljahres bedeutet.

Verhalten in einer bestimmten Situation hängt von der subjektiven Bewertung der möglichen Konsequenzen der Verhaltensalternativen ab wie auch von der Einschätzung der Auftretenswahrscheinlichkeiten dieser Konsequenzen. Je größer die situationsbedingte Variabilität der Konsequenzen eines bestimmten Verhaltens oder ihrer Auftretenswahrscheinlichkeit ist, um so weniger ist zu erwarten, daß das Verhalten über Situationen hinweg konsistent bleibt. Dennoch sollte sich bei einer Vielzahl von Verhaltensbeobachtungen in einer Vielzahl von Situationen ein Zusammenhang von Einstellung und Verhalten nachweisen lassen.

4.3.5 Die Vorhersage von spezifischem Verhalten in spezifischen Situationen

Bei unserer Besprechung der situationsbedingten Variation von Verhalten könnte der Eindruck entstanden sein, daß sich Verhalten in spezifischen Situationen praktisch nicht vorhersagen läßt. Dieser Eindruck wäre falsch. Das Verhalten einer Person in einer spezifischen Situation ist vorhersagbar, wenn man ihre Bewertung der Konsequenzen der in dieser Situation möglichen Verhaltensalternativen kennt. Fishbein und Ajzen (1975; Ajzen & Fishbein, 1973) haben ein einfaches Modell entwickelt, das die Einschätzung der Konsequenzen durch zwei Komponenten erfaßt, einen individuellen oder „*Einstellungs*"-Faktor und einen sozialen oder „*normativen*" Faktor. Das Modell läßt sich folgendermaßen darstellen:

$$V \sim VI = [E_H]\, w_o + [NA\,(M_K)]\, w_1$$

wobei V = beobachtbares Verhalten; VI = Verhaltensintention; E_H = Einstellung zu einer Handlung; NA = Annahme über das Bestehen einer normativen Erwartung; M_K = die Motivation sich nach dieser Erwartung zu richten; w_o und w_1 sind empirisch bestimmte Gewichte.

Die Absicht, sich in einer bestimmten Situation in einer bestimmten Art und Weise zu verhalten, ist nach diesem Modell eine gewichtete Summe aus der Einstellung zur Durchführung dieser Handlung in der spezifischen Situation und dem Produkt von normativen Erwartungen und der Motivation zur Konformität mit diesen Erwartungen. Wenn also etwa vorhergesagt werden soll, ob der Schüler Paul bei der nächsten Lateinarbeit abschreiben wird, sollte nicht etwa Pauls allgemeine Einstellung zum Mogeln erfaßt werden (wie bei Corey, 1937), sondern seine Einstellung zum Abschreiben bei dieser spezifischen Arbeit. Es ist nämlich gut möglich, daß Paul bei allgemein negativer Einstellung zu unehrlichem Verhalten Abschreiben bei Klassenarbeiten positiv einschätzt, da Abschreiben ja ein Kavaliersdelikt und nicht wirklich unehrlich ist. Selbst wenn er eine negative Einstellung zum Abschreiben im allgemeinen haben sollte, mag er dennoch positiv zum Abschreiben bei Lateinarbeiten stehen, etwa weil der Lateinlehrer schlecht unterrichtet und überstreng zensiert, Abschreiben also sozusagen eine Notwehrhandlung ist.

Die normative Komponente würde in diesem Beispiel hauptsächlich aus den Erwartungen des Lehrers bzw. der Schulleitung bestehen, wobei die Stärke der Motivation eines Schülers zur Konformität vermutlich von der Stärke der negativen Sanktionen und der Strenge der Überwachung abhängt. Wenn die Strafen hoch und die Chancen erwischt zu werden groß sind, wird auch bei positiver Einstellung kaum abgeschrieben werden. Falls auch von seiten der Mitschüler normative Erfahrungen bezüglich des Abschreibens existieren, könnte das Modell durch Hinzufügung einer zweiten normativen Komponente erweitert werden. Bestehen in einer Situation keine normativen Erwartungen oder ist die Motivation, sich an die Erwartungen zu halten, gering, wird die Verhaltensabsicht völlig durch die Einstellungskomponente bestimmt.

Ajzen und Fishbein (1973) berichten eine Anzahl empirischer Befunde, die ihre Annahme stützen, daß das Modell nicht nur gute Vorhersagen von Verhaltensintentionen erlaubt, sondern daß diese Intentionen auch recht gut mit tatsächlichem Verhalten übereinstimmen (wenn E_H und NA spezifisch genug erfragt werden und der Zeitabstand zwischen Befragung und Verhaltensbeobachtung gering ist). Es ist allerdings zu überlegen, ob durch Trennung von Einstellungs- und normativer Komponente der Einfluß von Normen nicht häufig mehrfach erfaßt wird, etwa wenn die Normen durch die Internalisierung bereits in das Wertsystem der Person übernommen wurden oder Bestrafung als erwartete negative Konsequenz auch die Einstellung zu dieser Handlung beeinflußt.

4.3.6 Zusammenfassung

In diesem ersten Kapitel zum Thema Einstellung wurde der Einstellungsbegriff gegen verwandte Konzepte abgegrenzt und die Messung von Einstellungen sowie ihr Zusammenhang mit Verhalten besprochen. Einstellungen sind Tendenzen zur positiven oder negativen Bewertung eines Einstellungsgegenstandes, die auf Gefühlen und Meinungen über den Einstellungsgegenstand beruhen. Meinungen sind Wahrscheinlichkeitsurteile über die Verbindung zwischen dem Einstellungsgegenstand und einem Attribut. Verhaltensabsichten stellen eine Unterform von Meinungen dar, nämlich Urteile über die Wahrscheinlichkeit, daß man eine bestimmte Handlung ausführen wird. Der Begriff Verhalten wurde in Anerkennung der Tatsache, daß auch die Beantwortung eines Einstellungsitems Verhalten darstellt (und damit die Frage nach der Konsistenz von Einstellung und Verhalten sinnlos wird), auf solches Verhalten eingeschränkt, das um seiner selbst willen und nicht als Anzeichen für eine Einstellung oder Persönlichkeitseigenschaft beobachtet wird.

Obwohl Einstellung als abhängige Variable in Untersuchungen häufig nur mit einer einzigen Einstufungsskala erfaßt wird, stehen zur Konstruktion von Einstellungsskalen aufwendige Verfahren der Skalenkonstruktion wie die Methode der „gleich erscheinenden Intervalle" (Thurstone, 1928; Thurstone & Chave, 1929), die Methode der „summierten Einstufungen" (Likert, 1932) und die „Skalogramm-Methode" (Guttmann, 1944, 1947) zur Verfügung. Kern dieser Methoden, die Einstellung des Probanden aufgrund seiner Zustimmung zu oder Ablehnung von positiven und/oder negativen Meinungsaussagen über den fraglichen Einstellungsgegenstand zu erfassen, sind Kriterien der Itemanalyse, die die Auslese von besonders einstellungsrelevanten Meinungsaussagen erlauben sollen. Wegen der aufwendigen Konstruktion solcher Skalen haben sich in letzter Zeit immer mehr (bewertende) semantische Differentiale (Osgood et al., 1957) als Einstellungsmaße durchgesetzt, also bipolare Adjektivskalen (etwa: gut – schlecht), auf denen jeder beliebige Einstellungsgegenstand eingestuft werden kann. Allerdings raten Fishbein und Ajzen (1975) auch hier in jedem Einzelfall zu einer Itemanalyse, da die Bedeutung dieser Adjektivskalen möglicherweise je nach Einstellungsgegenstand unterschiedlich interpretiert wird.

Bei all diesen Methoden ist es für den Probanden offensichtlich, daß seine Einstellung erfaßt werden soll. Es steht ihm somit frei, seine Antwort zu verfälschen, etwa um einen guten Eindruck beim Interviewer hervorzurufen. Sozialpsychologen haben deshalb einige Mühe und Genialität auf die Entwicklung von „fälschungsimmunisierten" Methoden verwendet, die Einstellung auf solch indirekte Weise erfassen, daß es dem Probanden beinahe unmöglich ist, das Ziel der Untersuchung zu durchschauen. Allerdings ist weder die Reliabilität noch die Validität solcher Verfahren ausreichend geklärt.

Während bei den klassischen Verfahren und beim semantischen Differential sowohl die Reliabilität wie auch die Übereinstimmungsvalidität zufriedenstellend zu sein scheinen, gilt auch hier ein Aspekt der Validität, nämlich die Vorhersagevalidität in bezug auf Verhalten, als äußerst problematisch. Fishbein und Ajzen (1974, 1975; Ajzen & Fishbein, 1973, 1977) schlagen allerdings vor, daß die in vielen Untersuchungen festgestellte Inkonsistenz von Einstellungs- und Verhaltensmaßen häufig auf der unterschiedlichen Spezifität von Einstellungs- und Verhaltensmaß beruht. Während bei Verhaltensbeobachtungen spezifisches Verhalten gegenüber spezifischen Personen/Objekten in spezifischen Situationen beobachtet wird, erfassen Einstellungsmaße gewöhnlich Einstellungen zu Handlungen oder zu Personen/Objekten, wobei jeweils zwei der drei Charakteristiken unbestimmt bleiben. Konsistenz zwischen Einstellung und Verhalten ist nur dann zu erwarten, wenn entweder Einstellung spezifisch erfaßt wird (etwa: Einstellung zu spezifischem Verhalten in spezifischen Situationen) oder aber der Allgemeinheitsgrad des Verhaltens durch Mehrfachbeobachtung (repeated behavior criterion, multiple behavior criterion) dem Allgemeinheitsgrad des verwendeten Einstellungsmaßes angeglichen wird. Aus diesen Überlegungen ergeben sich Schlußfolgerungen für die Entwicklung von überzeugenden Kommunikationen (etwa: Propaganda, Werbung). Da man gewöhnlich nicht nur Einstellungs-, sondern auch Verhaltensänderung erzielen will, müssen solche Kommunikationen je nach Art des Verhaltenskriteriums unterschiedlich spezifisch formuliert werden.

5. Einstellungstheorien

Wie wir im letzten Kapitel besprochen haben, üben Einstellungen einen wesentlichen Einfluß auf die Steuerung menschlichen Verhaltens aus. Neben normativen Faktoren hängt unser Verhalten in spezifischen Situationen hauptsächlich von den situationsrelevanten Einstellungen ab. Es ist also verständlich, daß die Einstellungsforschung seit Jahrzehnten eines der Hauptarbeitsgebiete der Sozialpsychologie darstellt. Diese Forschung läßt sich grob in zwei Kategorien einteilen. Erstens: Untersuchungen, die durch eine bestimmte Einstellungstheorie angeregt wurden und explizit der Überprüfung einer aus dieser Theorie abgeleiteten Hypothese dienen. Diese Arbeiten beruhen also auf einer mehr oder weniger invarianten Theorienkonzeption (etwa: Dissonanztheorie, Lerntheorie), die dann auf eine Reihe von scheinbar unabhängigen Sachverhalten angewendet wird (Typ-b-Programme, Herrmann, 1976). Zweitens: Untersuchungen, die sich mit dem Prozeß der Überredung (Persuasion) befassen und die Variablen zu klären suchen, die einen Kommunikator bzw. eine Kommunikation besonders wirksam (überzeugend) machen oder eine Person besonders anfällig für solche Überzeugungsversuche. Obwohl auch diese Forschung in der Regel theoriengeleitet ist, unterscheidet sie sich dennoch in ihrer Zielrichtung von den Arbeiten des ersten Typs. Sie befaßt sich nämlich mit einem mehr oder weniger invarianten Forschungsproblem (etwa: Glaubhaftigkeit, furchterregende Kommunikation) und sucht diese Fragen unter Anwendung ausgewählter Theorien zu lösen (Typ-a-Programme, Hermann, 1976). Diese Arbeiten werden im nächsten Kapitel (Kapitel 6) besprochen.

In diesem Kapitel werden wir uns mit den Forschungsarbeiten der ersten Kategorie befassen sowie den Theorien, durch die diese Arbeiten angeregt wurden. Es werden drei Klassen von Einstellungstheorien besprochen: *funktionalistische, lerntheoretische* und *konsistenztheoretische* Ansätze. Auf Theorien, die sich spezifisch mit dem Prozeß der Informationsverarbeitung (etwa: Janis, 1968; McGuire, 1968) oder der Integration von Informationen (etwa: Anderson, 1971, 1974) beziehen, wird hier nicht spezifisch eingegangen werden. Diese Ansätze wurden zum Teil schon bei der Darstellung der Forschung zur Personenwahrnehmung vorweggenommen, zum Teil werden sie im nächsten Kapitel im Zusammenhang mit den Determinanten von Einstellungs- und Meinungswandel diskutiert werden müssen.

5.1 Funktionalistische Ansätze

Anders als in der Soziologie haben funktionalistische Ansätze in der Sozialpsychologie nie besondere Bedeutung erlangt. So regten auch die funktionalistischen Einstellungstheorien, die von Katz (1967; Katz & Stotland, 1959), Kelman (1961) und Smith, Bruner und White (1956) entwickelt wurden, kaum empirische Arbeiten an. Die Ansätze von Katz (1960; Katz & Stotland, 1959) und Smith et al. (1956) sind relativ ähnlich. Wir werden uns hier hauptsächlich auf die Darstellung des neueren Ansatzes (Katz, 1967; Katz & Stotland, 1959) beschränken. Auf die Überlegungen von Kelman (1961) wird im nächsten Kapitel bei der Diskussion der Forschung zur Einstellungsänderung eingegangen.

Funktionalistische Einstellungstheorien gehen von der Annahme aus, daß Einstellungen und Meinungen einer Person wesentliche Funktionen der Bedürfnisbefriedigung erfüllen. Prozesse des Erwerbs und Wandels von Einstellungen können deshalb nur durch Analyse der motivationalen Grundlagen verstanden werden. Einstellungen werden erworben, da sie zur Befriedigung gewisser Bedürfnisse beitragen; sie werden verändert, wenn sich diese Bedürfnisse ändern oder wenn die Einstellungen ein weiterbestehendes Bedürfnis nicht mehr optimal zu befriedigen vermögen. Eine Kenntnis der Funktionen, die eine bestimmte Einstellung für eine bestimmte Person erfüllt, ist besonders bei der Entwicklung von Beeinflussungsstrategien notwendig. Eine Kommunikation kann von recht unterschiedlicher Wirksamkeit sein, je nach der Funktion, die die fragliche Einstellung für die Zielperson erfüllt. Wenn man etwa zum Abbau von Vorurteilen gegenüber einer Minorität auf die Inkorrektheit vieler negativer Meinungen über diese Gruppe hinweist, wird diese Argumentation möglicherweise Personen beeinflussen, für die das Vorurteil nur Teil eines als richtig akzeptierten Wissensbestandes darstellt, nicht aber solche, die die Minderheit nur zur Rechtfertigung ihres eigenen überhöhten Selbstwertgefühls abwerten („Ich-Verteidigungs-Funktion").

Die Frage nach der Bedeutung oder dem Nutzen von Einstellungen und Meinungen für die Person wird sowohl von Katz als auch von Smith et al. mit einer Typologie solcher Einstellungsfunktionen beantwortet. Katz führt dabei folgende vier Funktionen an: (1) Die instrumentelle, Anpassungs- oder utilitaristische Funktion, (2) die Ich-Verteidigungs-Funktion, (3) die Wert-Ausdrucks-Funktion und (4) die Wissens-Funktion. Jede dieser Funktionen beschreibt eine Klasse von Motiven, die von einer Einstellung befriedigt werden können. Jede spezifische Einstellung kann aber durchaus auf mehreren Motiven beruhen.

Die *instrumentelle, Anpassungs- oder utilitaristische Funktion:* Spätestens seit dem schottischen Moralisten Jeremy Bentham wird die *Nutzen-Maximierung* als eines der Hauptmotive menschlichen Verhaltens anerkannt. Menschen streben nach positiven Erlebnissen (Belohnungen) und vermeiden negative Erlebnisse (Bestrafungen). Dies ist nicht nur die Grundannahme des ökonomischen Modells, sondern auch der Lerntheorien und des austauschtheoretischen Ansatzes der Sozialpsychologie. Wir erwerben positive Einstellungen zu den Aspekten unserer Umwelt, die mit Bedürfnisbefriedigung assoziiert werden, und negative Einstellungen zu allen Aspekten, die mit Bestrafung zusammenhängen. (Eine präzisere Beschreibung dieses Prozesses wird im Abschnitt über lerntheoretische Ansätze gegeben.)

> „Einstellungen, die im Dienste der Anpassungsfunktion erworben werden, sind entweder Mittel, um ein erwünschtes Ziel zu erreichen oder ein unerwünschtes zu vermeiden, oder sie sind affektive Assoziationen, die auf Erlebnissen der Bedürfnisbefriedigung beruhen" (Katz, 1967, S.461).

Je enger Objekte, Personen oder Symbole mit Belohnungen (Bestrafungen) assoziiert sind, um so größer ist auch die Wahrscheinlichkeit, daß positive (negative) Einstellungen zu diesen Einstellungsgegenständen erworben werden. Bei Veränderung des Belohnungszusammenhanges sollte sich auch die Einstellung ändern. In diesem Sinne erfüllen Einstellungen eine wertvolle Anpassungsfunktion, die zum Überleben in einer sich stetig wandelnden Umwelt beiträgt.

Die Ich-Verteidigungs-Funktion: Dieser Funktion liegt die Annahme zugrunde, daß das Bedürfnis nach positiver Selbsteinschätzung, nach Aufrechterhaltung eines positiven Selbstbildes, neben dem Streben nach Nutzen-Maximierung eines der Hauptmotive menschlichen Verhaltens darstellt. Katz macht hier (wie etwa auch Freud oder Rogers) die Annahme, daß zur Aufrechterhaltung eines solchen positiven Selbstbildes häufig Verdrängungsmechanismen eingesetzt werden, durch die die Bewußtwerdung von nicht-akzeptablen Triebimplusen oder auch aus der Umwelt drohenden Gefahren verhindert wird. Er geht weiterhin davon aus, daß viele unserer Einstellungen der Aufrechterhaltung unseres positiven Selbstbildes dienen. Wenn man zum Beispiel vor sich selbst tiefsitzende Minderwertigkeitsgefühle verbirgt, dann besteht immer die Gefahr, daß diese Gefühle nach außen projiziert werden, etwa auf eine Minoritätengruppe, gegen die Vorurteile entwickelt werden.

Der Erwerb von Einstellungen, die der „Ich-Verteidigung" dienen, unterscheidet sich also dadurch von Einstellungen, die im Streben nach Nutzen-Maximierung entwickelt werden, daß die Einstellungen nicht vom Belohnungs- oder Bestrafungscharakter des Einstellungsgegenstandes abhängen, sondern als Folge eines intrapsychischen Konfliktes auftreten. Der Zusammenhang zwischen der Einstellung und dem Einstellungsobjekt ist dann auch eher zufällig. Solche Einstellungen können nur durch Lösung des ihnen zugrunde liegenden innerpsychischen Konfliktes verändert werden und nicht etwa durch Vermittlung neuer Erfahrungen mit dem Einstellungsgegenstand.

Die Wert-Ausdrucks-Funktion: Während Einstellungen, die eine Ich-Verteidigungs-Funktion erfüllen, der Selbstverschleierung dienen, werden andere Einstellungen vertreten, um das „wahre" Selbst vor sich und der Umwelt zu demonstrieren. So wird ein engagierter Liberaler mit Befriedigung Meinungen zum Ausdruck bringen, die er als Grundlagen einer liberalen Weltauffassung betrachtet. Zweck dieser Übung ist dabei nach Katz (1967) weniger ein Streben nach Anerkennung durch andere Liberale als die Bestätigung der Gültigkeit seines eigenen Selbstverständnisses.

> „Es bringt der Person Befriedigung, Einstellungen zum Ausdruck zu bringen, die ihre zentralen Meinungen und ihr Selbstbild widerspiegeln. Diese beruht dabei weniger auf sozialer Anerkennung oder monetären Gewinnen als darin, daß die Person ihre Identität festigt und ihr eigenes Selbstbild vor sich selbst bestätigt" (1967, S. 463).

Die Wissens-Funktion: Bei den bisher besprochenen Einstellungsfunktionen wurden Einstellungen und Meinungen stets nur als Mittel zu einem Zweck betrachtet, nämlich der Nutzen-Maximierung, der Aufrechterhaltung eines positiven Selbstbildes und der Validierung des eigenen Selbstverständnisses. Mit der Wissens-Funktion führt Katz (1960) die Annahme ein, daß Einstellungen und Meinungen auch um ihrer selbst willen wertvoll sind, indem sie die Organisation und Strukturierung einer sonst ungeordnet erscheinenden Wirklichkeit ermöglichen. Sie bieten Kategorien für die Einordnung von Erfahrungen sowohl hinsichtlich ihrer Bewertung als auch nach anderen Gesichtspunkten. Dieser Wissensaspekt, das Bedürfnis nach kognitiver Klarheit und kognitiver Ordnung, ist eine der Grundannahmen der Konsistenztheorie und wird in diesem Zusammenhang ausführlich diskutiert werden.

Der Ansatz von Katz ist empirisch kaum überprüft worden. Die wenigen Untersuchungen, die von Katz und seinen Mitarbeitern (Wagman, 1955; Katz, Sarnoff & McClintock, 1956; Stotland, Katz & Patchen, 1959) durchgeführt wurden, befassen sich hauptsächlich mit Prozessen der Ich-Verteidigung. Himmelfarb und Eagly (1974) führen für den Mangel an empirischen Arbeiten zu dieser, wie auch den anderen funktionalistischen Einstellungstheorien folgende Gründe an: Die unterschiedlichen Prozesse von Einstellungen wurden nur recht global dargestellt. Es fehlt auch ein

Instrumentarium zur Diagnose der spezifischen Funktion, die eine Einstellung für eine bestimmte Person erfüllt. Damit wurde sowohl die Herleitung eindeutiger Hypothesen, wie auch deren empirische Überprüfung erschwert. Weiterhin ist bei derartigen Kategorienschemata immer fraglich, ob nicht etwa eine Aufteilung in weniger oder mehr Kategorien sinnvoll gewesen wäre. So könnte etwa eingewendet werden, daß „Ich-Verteidigung", „Wert-Ausdruck" und „Wissen" belohnende Verhaltenskonsequenzen sind und somit auch unter die utilitaristische Funktion subsumiert werden müßten. Andererseits könnte auch behauptet werden, daß die Klärung der eigenen Identität durch „Wert-Ausdruck" eigentlich einen Aspekt der kognitiven Strukturierung des eigenen Lebensraumes darstellt und somit Teil der Wissens-Funktion ist. Schließlich könnte man sowohl Strategien der „Ich-Verteidigung" wie auch des „Wert-Ausdrucks" als zwei Aspekte desselben Selbstwertsteigerungsprozesses interpretieren. Bei all dieser Kritik muß man Katz jedoch zugute halten, daß er versucht hat, heterogene theoretische Ansätze, wie die auf psychoanalytischen Überlegungen beruhende Ich-Verteidigungs-Funktion und die auf lerntheoretischen Überlegungen beruhende utilitaristische Funktion, in einer einheitlichen Theorie zusammenzufassen und die relativen Geltungsbereiche dieser Ansätze abzugrenzen. Es ist bedauerlich, daß dieser Versuch nicht über das Stadium globaler Beschreibungen hinaus gediehen ist und somit diese wichtige Aufgabe nicht erfüllen kann.

5.2 Lerntheoretische Ansätze

Die lerntheoretischen Ansätze, die sich hauptsächlich mit Prozessen des Erwerbs von Einstellungen auseinandersetzen, gehen von der durchaus einsichtigen Annahme aus, daß der Erwerb von Einstellungen denselben Gesetzmäßigkeiten unterliegt wie das Erlernen beliebiger anderer Reaktionen. Insbesondere wird davon ausgegangen, daß Einstellungen durch positive oder negative Verstärker beeinflußt werden und daß dieser Einfluß durch Prozesse des klassischen und instrumentellen Konditionierens erklärbar ist.

5.2.1 Klassisches Konditionieren von Einstellungen

Da das Erlernen von Gefühlsreaktionen auf vormals neutrale Reize (z.B. Angst vor dem Zahnarzt nach der ersten Zahnbehandlung) gewöhnlich als klassisches Konditionieren interpretiert wird, war es naheliegend, dieses Paradigma auch zur Erklärung von Erwerb und Änderung von Einstellungen heranzuziehen. Beim klassischen Konditionieren wird durch gemeinsame

Darbietung von zwei Reizen die Reaktion, die normalerweise auf den zeitlich später dargebotenen Reiz erfolgt, *zusätzlich* auf den zeitlich früher gebotenen Reiz übertragen. Bei diesen Reaktionen handelt es sich gewöhnlich um angeborene Reflexe, die ohne willentliche Kontrolle des Organismus durch den unkonditionierten Reiz ausgelöst werden. Zum Beispiel wurde in den klassischen Untersuchungen Pawlows (1927) mit Hunden der Ton einer Stimmgabel (konditionierter Reiz) jeweils einige Sekunden vor dem zweiten, dem unkonditionierten Reiz, dargeboten. Bei diesem unkonditionierten Reiz handelte es sich meist um Futter, auf das der Hund mit Speichelfluß (unkonditionierte Reaktion) reagierte. Nach mehrmaliger gemeinsamer Darbietung der beiden Reize erweckt schon der Ton Speichelfluß. Der Speichelfluß als Reaktion auf den konditionierten Reiz (Ton) wird jetzt als konditionierte Reaktion bezeichnet, nicht nur weil es sich um eine gelernte Reaktion handelt, sondern weil die konditionierte Reaktion nicht in allen Fällen mit der unkonditionierten identisch ist.

Zur Beruhigung der Hundeliebhaber sei noch hinzugefügt, daß dem armen Hund nicht auf alle Ewigkeit beim Ertönen einer Stimmgabel das Wasser im Munde zusammenlaufen wird. Die konditionierte Reaktion hält nur an, wenn der Stimmgabelton auch weiterhin (zumindest gelegentlich) von Futter begleitet wird. Wird für längere Zeit nach Ertönen der Stimmgabel kein Futter mehr geboten, läßt der Speichelfluß nach, bis schließlich die konditionierte Reaktion ganz ausgelöscht wird.

Eine der ersten Untersuchungen, in der (beim Menschen) Gefühlsreaktionen klassisch konditioniert wurden, ist das Experiment von Watson und Raynor (1920). In dieser Untersuchung wurde bei einem einjährigen Kind Furcht vor einer weißen Ratte erzeugt, die zuvor keine Furcht erregt hatte. Dies wurde erreicht, indem die Ratte mehrmals mit einem lauten, furchterregenden Geräusch dargeboten wurde. Schon nach wenigen Durchläufen reagiert das Kind auch auf die weiße Ratte mit Anzeichen von Furcht. Da furchterregende Objekte negativ bewertet werden, wurde in diesem Experiment vermutlich auch die ursprünglich mit dem lauten Geräusch verbundene negative Bewertung auf die weiße Ratte übertragen.

In den letzten Jahrzehnten wurden eine Reihe von recht ähnlichen Ansätzen (Clore & Byrne, 1974; Lott & Lott, 1968; Staats & Staats, 1968) entwikkelt, die sich spezifisch mit dem klassischen Konditionieren von Einstellungen befassen. Da sich die Überlegungen von Clore und Byrne (1974) und Lott und Lott (1968) auf den Erwerb von zwischenmenschlichen Einstellungen beschränken, werden wir hier nur die Arbeiten von Staats und Staats (1958; Staats, 1968) darstellen.

Staats und Staats gehen davon aus, daß Einstellungen implizite bewertende Reaktionen sind, die durch klassisches Konditionieren erworben werden.

Wenn ein neutraler Reiz mehrfach mit einem zweiten Reiz gepaart wird, der bereits eine bewertende Reaktion hervorruft, wird der bisher neutrale Reiz nun auch diese Reaktion hervorrufen. Nach Assoziation mit einem aversiven Reiz wird er eine negative Gefühlsreaktion erwecken, nach Assoziation mit einem positiven Reiz hingegen eine positive Gefühlsreaktion. Unser System von Einstellungen kann als ein Gebäude betrachtet werden, dessen Fundamente von den „natürlichen unkonditionierten Reizen" gebildet werden, von primären Verstärkern wie Essen, Trinken, Wärme usw., die positive Gefühlsreaktionen erzeugen (zumindest bei hungrigen, durstigen oder frierenden Personen), und von überstarken taktilen, auditiven, visuellen u. a. Stimulationen, die negative Gefühlsreaktionen auslösen. Wenn diese primären Verstärker mit neutralen Reizen zusammen dargeboten werden, wird die emotionale Reaktion auf den neutralen Reiz konditioniert (Konditionierung erster Ordnung), das heißt, auch der neutrale Reiz bekommt eine emotionale Tönung. Wir haben eine Einstellung zu dem neutralen Reiz erworben. Dieser Prozeß kann immer weiter fortgesetzt werden (Konditionierung höherer Ordnung). Sobald ein vormals neutraler Reiz eine affektive Tönung erworben hat, kann er sie durch Assoziation an andere neutrale Reize weitergeben.

Staats und Staats (1958) überprüften diese Annahmen in einer Reihe von Einstellungskonditionierungsexperimenten, die sich eng an das klassische Konditionierungsparadigma hielten. Statt des Futters verwendeten Staats und Staats Worte, die bereits eine positive oder negative Gefühlsreaktion hervorriefen, etwa Geschenk, glücklich usw. oder Mißerfolg, bitter usw. (unkonditionierte Reize). Als konditionierte Reize, also als Reize, auf die die positive oder negative Gefühlsreaktion übertragen werden sollte, verwendeten Staats und Staats (1958) in einer ihrer Untersuchungen (Experiment I) Nationalitätennamen. Die Nationalitätennamen entsprachen also dem Ton der Stimmgabel im Pawlow-Paradigma. Als konditionierte Reaktion diente die Bewertung der Nationalitätennamen. Den Versuchspersonen wurde gesagt, daß das Zusammenwirken von visuell und auditiv dargebotenem Material beim Lernen untersucht werden sollte. Jeweils eine Sekunde nach der visuellen Darbietung eines Ländernamens wurde eines der Worte vorgelesen. Während einige der Ländernamen stets mit neutral bewerteten Worten (etwa: Stuhl, mit) assoziiert waren, wurden „holländisch" und „schwedisch" stets mit negativen oder positiven Worten gepaart. Um bereits bestehende Bewertungen der Ländernamen zu kontrollieren, wurde bei der Hälfte der Versuchspersonen jeweils „schwedisch" mit positiven und „holländisch" mit negativen Worten gepaart, während mit der anderen Hälfte umgekehrt verfahren wurde. Anschließend mußten die Versuchspersonen jeden der Ländernamen auf einem semantischen Differential (angenehm – unangenehm) beurteilen. In beiden Anordnungen zeigte sich ein signifikanter Bewertungsunterschied in der erwarteten Richtung.

Können die Unterschiede in der Bewertung der Nationalitätennamen aber tatsächlich als Ergebnis von klassischem Konditionieren, also einem unbewußt, ohne willentliche Kontrolle ablaufenden Prozeß, betrachtet werden? Bieten sich hier nicht andere Erklärungsmöglichkeiten? Erinnern Sie sich an die Besprechung der Motivation von Versuchspersonen im Zusammenhang mit dem Aufforderungscharakter der experimentellen Situation (S. 40 ff.). Wenn Versuchspersonen motiviert sind, den wahren Zweck eines Experimentes zu erraten, mußte es den Versuchspersonen in der Untersuchung von Staats und Staats (1958) auffallen, daß einer der Nationalitätennamen stets mit positiven Worten, ein anderer hingegen mit negativen Worten gepaart war (Kontingenzhypothese). Überlegt die Versuchsperson nun, welche Absicht wohl mit dieser Regelmäßigkeit verfolgt wird, müßte sie unschwer erraten können, daß ihre Bewertung der Nationalitätennamen beeinflußt werden soll (Verhaltenshypothese). Als „gute Versuchsperson" müßte sie die Hypothese des Versuchsleiters stützen wollen (Verhaltensabsicht) und somit in ihren Bewertungen den erwünschten Unterschied aufweisen.

Wie könnte man eine solche Alternativerklärung überprüfen? Am einfachsten wäre es natürlich, die Versuchspersonen zu befragen. Hier ergeben sich aber Schwierigkeiten bei der Formulierung der Fragen. Wenn man nämlich wie Staats und Staats (1958) nur ganz allgemein fragt, ob denn den Versuchspersonen an diesem Experiment etwas Besonderes aufgefallen sei, und was ihrer Meinung nach Ziel der Untersuchung sei, dann geben möglicherweise viele nicht zu, daß sie die Manipulation durchschaut haben. Schließlich wollen sie als „gute Versuchspersonen" ja brauchbare Daten liefern.

Man müßte also wesentlich spezifischere Fragen stellen, etwa ob ein Zusammenhang zwischen den Nationalitätennamen und den Worten bemerkt wurde und welchen Einfluß dieser Zusammenhang auf die Einschätzung der Nationalitäten gehabt habe. Bei solchen gezielten Fragen besteht dann aber wieder die Gefahr, daß die Versuchspersonen durch die postexperimentelle Befragung erst auf den Zusammenhang aufmerksam gemacht werden. Es ist weiterhin anzunehmen, daß Versuchspersonen, bei denen die Konditionierung gut gewirkt hat, auch nachträglich den erfragten Zusammenhang eher erkennen würden als Versuchspersonen, die nur geringe Konditionierungseffekte aufwiesen (etwa weil sie nicht richtig zuhörten). Wenn also Insko und Oakes (1966) und Page (1969) aufgrund solcher gezielten Fragen feststellten, daß nur die Versuchspersonen, die angaben, sich der Kontingenz bewußt gewesen zu sein, auch einen Konditionierungseffekt zeigten, dann ist dieses Ergebnis nicht eindeutig zu interpretieren. Wie Staats (1969) in seiner Erwiderung auf Page (1969) anführte, haben auch Fragebogen Aufforderungscharakter.

Eine weitere Möglichkeit zur Prüfung der Alternativerklärung besteht darin, die Auffälligkeit der Kontingenz direkt zu manipulieren, um festzustellen, ob die Konditionierung auch dann noch auftritt, wenn die Kontingenz völlig verschleiert wurde. Page (1969), der in einigen Versuchsbedingungen die Zahl der mit neutralen Worten gepaarten Reize erhöhte und damit vermutlich die kritischen Reize weniger auffällig machte, fand dann auch in diesen Bedingungen kaum einen Konditionierungseffekt. Wie Staats (1969) jedoch überzeugend argumentierte, wurde durch die Erhöhung der Wortzahl die experimentelle Aufgabe noch langweiliger. Dies könnte dazu geführt haben, daß die Mehrzahl der Versuchspersonen nicht mehr richtig zuhörte und damit natürlich auch keinen Konditionierungseffekt aufwies.

Finden wir uns also wieder in der vertrauten Situation, daß zwischen zwei unterschiedlichen Erklärungen empirisch nicht unterschieden werden kann? Ganz so schlimm ist es diesmal nicht. Es gibt nämlich eine Untersuchung zu dieser Frage, deren Ergebnisse nur schwer als Wirkung des experimentellen Aufforderungscharakters erklärt werden können. In dieser Untersuchung (Zanna, Kiesler & Pilkonis, 1970) sollten angeblich die physiologischen Reaktionen auf Elektroschocks untersucht werden. Beginn und Ende einer Schockserie wurde jeweils durch Reizworte signalisiert („light", „dark" oder „dark", „light"). Somit wurde also ein Wort stets mit einem negativen Verstärker (Schock), ein zweites mit einem positiven Verstärker (Ende des Schocks) gepaart. Die Bewertung der beiden Worte wurde anschließend in einem zweiten Experiment durch einen anderen Versuchsleiter geprüft, der „light" und „dark" gemeinsam mit zwanzig weiteren Adjektiven auf semantischen Differentialen beurteilen ließ. Es zeigten sich signifikante Bewertungsunterschiede in der erwarteten Richtung.

Obwohl natürlich nie völlig auszuschließen ist, daß Versuchspersonen eine experimentelle Manipulation durchschauten, ist dies im Falle dieser Untersuchung recht unwahrscheinlich. Die Ergebnisse stützen also die Annahme, daß Einstellungen durch klassisches Konditionieren erworben werden *können*. Welche Bedeutung dem klassischen Konditionieren jedoch als Methode des Einstellungserwerbs tatsächlich zukommt, also welcher Anteil unserer Einstellungen auf diesem Wege erworben werden, läßt sich natürlich aus diesen Befunden nicht absehen.

5.2.2 Instrumentelles Konditionieren von Einstellungen

Beim klassischen Konditionieren spielt der Organismus nur eine passive

Rolle. Er hat keine Kontrolle über die Reaktion, die ursprünglich durch den unkonditionierten und später auch durch den konditionierten Reiz ausgelöst wird. Beim instrumentellen oder operanten Konditionieren hingegen muß der Organismus erst das Verhalten hervorbringen, bevor es belohnt oder bestraft werden kann. Thorndike, der bei seinen Untersuchungen mit Tieren immer wieder beeindruckt war, wie sehr Verhalten von den jeweiligen Verhaltenskonsequenzen beeinflußt wurde, beschrieb mit seinem „Law of Effect" eine der grundlegenden empirischen Regelmäßigkeiten der Psychologie. Verhalten, das zu einem zufriedenstellenden Zustand („satisfying state of affairs") führt, wird in seiner Auftretenswahrscheinlichkeit erhöht, während Verhalten, das einen unangenehmen Zustand („annoying state of affairs") zur Folge hat, in seiner Auftretenswahrscheinlichkeit vermindert wird.

Verhaltenskonsequenzen beeinflussen nicht nur das Erlernen neuer Verhaltensweisen, sondern auch die Wahl von Verhaltensalternativen in vertrauten Situationen. Wenn etwa in einer Situation zwei Verhaltensmöglichkeiten A und B bestehen und wenn Verhalten A in der Vergangenheit in 75% der Fälle belohnt wurde, Verhalten B hingegen nur in 25%, dann wird Verhalten A etwa viermal so häufig gewählt werden wie Verhalten B. Nach dem „Prinzip der relativen Wirkung" paßt sich das Verhältnis der Reaktionen dem Belohnungsverhältnis an (Herrnstein, 1970). Somit hängt die Wirkung einer Verhaltenskonsequenz vom Kontext der Belohnungen ab. Die Häufigkeit der Wahl A in obigem Beispiel wird nicht nur durch eine Veränderung der (absoluten) Belohnungshäufigkeit von A beeinflußt, sondern auch durch eine Veränderung der (absoluten) Belohnungshäufigkeit von B. So ist etwa zu erwarten, daß die Wahlhäufigkeit von A trotz gleichbleibender Belohnungshäufigkeit ansteigt, wenn die Belohnungshäufigkeit von B verringert wird (Herrnstein, 1970).

In kognitiv verfremdeter Form werden uns diese Gesetzmäßigkeiten – die auch die Grundannahmen der Ökonomie bilden – immer wieder begegnen, wenn erklärt werden soll, warum sich Personen in einer gegebenen Situation in bestimmter Art und Weise verhalten. So wird etwa angenommen, daß wir aus der Vielzahl der Mitmenschen, mit denen wir Kontakt haben, die Interaktion mit jenen bevorzugen, die uns in der Vergangenheit positiv verstärkt haben, daß wir in Konflikten unsere Verluste minimieren und die Gewinne maximieren wollen oder uns bei Entscheidungen vom erwarteten Nutzen der Alternativen leiten lassen. Während jedoch in diesen Beispielen davon ausgegangen wird, daß mehr oder weniger bewußt die Verhaltensalternative gewählt wird, die die größte Belohnung verspricht, beruht das Paradigma des instrumentellen Konditionierens auf der Annahme, daß die Wirkung der Verstärker *automatisch* erfolgt.

Ein Großteil der Untersuchungen zum instrumentellen Konditionieren wurde mit Tieren durchgeführt, die etwa durch Verabreichung von Futterkügelchen für das Drücken eines Hebels belohnt wurden. Diese Futterkügelchen sind für Experimente am Menschen wenig geeignet. Auch ihrem Ersatz durch Süßigkeiten sind enge Altersgrenzen gesetzt. Glücklicherweise gibt es aber für den Menschen neben Geld noch einen allgemeinen Verstärker, nämlich soziale Anerkennung. Es ist erstaunlich, was man für ein freundliches Kopfnicken oder gar ein Lob zu tun bereit ist.

Verplanck (1955) war vermutlich der erste, der die Möglichkeit erkannte, menschliches Verhalten experimentell durch gezielte Verabreichung von Anerkennung zu beeinflussen. Die Versuchsleiter waren Teilnehmer seines Seminars. Sie verwickelten Kommilitonen in der Mensa oder in Studentenheimen in Gespräche, in deren Verlauf sie soziale Anerkennung systematisch variierten. Während der ersten zehn Minuten verhielten sich die Versuchsleiter relativ neutral und notierten einfach die Zahl der Meinungsäußerungen für diesen Zeitraum (Basisbedingung). In den nächsten zehn Minuten verstärkten sie Meinungsäußerungen durch begeisterte Zustimmung. Während der letzten zehn Minuten verabreichten sie schließlich negative Verstärkung, indem sie auf Meinungsäußerungen überhaupt nicht oder sogar mit Ablehnung reagierten. Wie erwartet, wirkte die Zustimmung als positiver Verstärker. Im zweiten Zeitabschnitt steigerten alle Versuchspersonen die Zahl ihrer Meinungsäußerungen. Auch der Entzug der Zustimmung im dritten Zeitabschnitt hatte die erwartete Wirkung. Bei 21 der 24 beobachteten Versuchspersonen ließ die Zahl der Meinungsäußerungen deutlich nach.

Verplancks Ergebnisse wurden eher skeptisch aufgenommen. Die Versuchsleiter waren experimentell unerfahrene Studenten, die bei der Datenerhebung nicht überwacht wurden. Auch was eine Meinungsäußerung ist, ist nicht so ohne weiteres festzustellen und könnte in den unterschiedlichen Versuchsbedingungen unterschiedlich großzügig interpretiert worden sein. Weiterhin ist möglich, daß die Versuchspersonen die Manipulation bemerkten und sich womöglich einen Scherz mit dem Versuchsleiter erlaubten.

Für unsere Fragestellung ergibt sich noch das zusätzliche Problem, daß in der Untersuchung von Verplanck (1955) nur die Häufigkeit von Meinungsäußerungen, nicht aber die Meinungen selbst beeinflußt wurden. Uns interessiert aber gerade, ob Einstellungen und Meinungen durch kontingente Verstärkung beeinflußt werden können. Dies wurde von Hildum und Brown (1956) in einer besser kontrollierten Untersuchung nachgewiesen. In dieser Untersuchung wurden Studenten der Harvard-Universität telefonisch über ihre Einstellung zur „Philosophie des allgemeinbildenden Studiums an der Harvard-Universität" befragt. Die Vorgehensweise glich einer

Einstellungsmessung mittels einer Likert-Skala, mit dem Unterschied, daß die Items vorgelesen wurden und daß der Versuchsleiter selektiv bestimmte Reaktionen verstärkte. Die Versuchspersonen mußten den Grad ihrer Zustimmung oder Ablehnung für jedes der 15 Items mit einer der folgenden Antwortkategorien angeben: „stimme vollkommen zu"; „stimme etwas zu"; „lehne etwas ab"; „lehne vollkommen ab". Die Hälfte der Versuchspersonen wurde für Zustimmung zu positiven oder Ablehnung von negativen Aussagen belohnt. Bei der anderen Hälfte wurde Zustimmung zu negativen und Ablehnung von positiven Items verstärkt. Anschließend wurde nach normaler Likert-Prozedur für jede Versuchsperson ein Einstellungswert errechnet. Erwartungsgemäß zeigten die für Reaktionen mit positiven Einstellungsimplikationen verstärkten Versuchspersonen eine positivere Einstellung als Versuchspersonen, die in negativer Richtung verstärkt worden waren. In einer weiteren Untersuchung zeigte Insko (1965), daß es sich bei derartigen Befunden um überdauernden Einstellungswandel und nicht um eine kurzzeitige Veränderung im Gebrauch von Antwortkategorien handelt. Teilnehmer einer Einführungsvorlesung wurden telefonisch zu einer Frage von lokalem Interesse interviewt und entweder in positiver oder negativer Richtung verstärkt. Etwa eine Woche später wurde in der Vorlesung ein Einstellungsfragebogen ausgehändigt, der unter anderem auch eine Frage zu dem kritischen Sachverhalt enthielt. Die Einstellungen der unterschiedlich verstärkten Gruppen wiesen einen signifikanten Unterschied in der erwarteten Richtung auf.

Obwohl diese Untersuchungen belegen, daß verbale Verstärkung zu Einstellungsänderungen führen kann, muß auch hier gefragt werden, ob die Befunde tatsächlich auf instrumentellem Konditionieren beruhen, also auf einer unbemerkten Wirkung der Verstärker. Da viele dieser Ergebnisse auf telefonisch geführten Interviews beruhten, wußten die Versuchspersonen nicht, daß sie an einem Experiment teilnahmen und hatten also keinen Grund, an den Angaben der „Versuchsleiter" zu zweifeln. Somit scheint eine Hauptursache für die Wirkung des experimentellen Aufforderungscharakters zu entfallen. Bei näherer Betrachtung erweist sich diese Schlußfolgerung jedoch als voreilig. Wenn davon ausgegangen wird, daß die Suche nach Hinweisreizen der experimentellen Situation durch den Wunsch nach Anerkennung (z.B. als gute Versuchsperson) motiviert wird, so besteht Grund zur Annahme, daß dieses Motiv auch in der Interviewsituation eine Rolle spielt. Obwohl es sicherlich verwerflich ist, anderen nach dem Munde zu reden, ist es wiederum unhöflich, sie vor den Kopf zu stoßen. Deshalb läßt sich auch in Konversationen zwischen Personen mit abweichenden Meinungen gewöhnlich schon nach kurzer Zeit eine gewisse Konvergenz der Meinungen feststellen. Interviewsituationen sind zwar insofern ungewöhnlich, als der Informationsfluß einseitig ist. Dies sollte aber den Interviewten gerade besonders motivieren, auf Hinweise über die Einstellung des Interviewers zu achten. Kontingente Verstärkung enthält natürlich solche Hinweise.

Cialdini und Insko (1969) prüften diese Frage in einem Experiment, das sich die auch in den Staaten verbreitete Animosität zwischen klinischen und experimentellen allgemeinen Psychologen zunutze machte. Der Interviewer, der sich entweder als allgemeiner oder als klinischer Psychologe vorstellte, verstärkte in einem Interview über die Einstellung zur Psychologie entweder Zustimmung zu pro-allgemeinpsychologischen oder zu proklinischen Aussagen. Anschließend wurde die Einstellung zur klinischen und zur allgemeinen Psychologie von einem zweiten Versuchsleiter erfaßt. Wenn tatsächlich der Informationsgehalt der Verstärkung für den Einstellungswandel verantwortlich ist, sollte die Verstärkung immer dann weniger wirkungsvoll bleiben, wenn die Information, die sie über die Einstellung des Interviewers gibt, mit anderen Hinweisen über dessen Einstellung im Widerspruch steht. In Bestätigung der Informationshypothese fanden Cialdini und Insko (1969) den Konditionierungseffekt nur dann, wenn die Verstärkungsrichtung mit der angeblichen professionellen Identität des Interviewers übereinstimmte.

Allerdings scheint dieser Prozeß unter der Schwelle des Bewußtseins abzulaufen. Bei nachträglicher Befragung der Versuchspersonen findet sich in diesen Untersuchungen (etwa: Insko & Butzine, 1967; Cialdini & Insko, 1969; Insko & Melson, 1969) gewöhnlich nur eine geringe Korrelation zwischen Angaben über die Bewußtheit und die Stärke des Konditionierungseffekts. Weiterhin tritt der Effekt nur dann auf, wenn der Interviewer der Versuchsperson einigermaßen sympathisch ist (Insko & Butzine, 1967). Offenbar beschränkt sich unser Bedürfnis nach Anerkennung auf Personen, die wir mögen. Diese Sympathie entsteht jedoch gewöhnlich als Beiprodukt der Verstärkung. Zustimmung erzeugt Sympathie, auch in Interview-Situationen.

Cialdini und Insko (1969) interpretieren diese Befunde im Sinne einer „Zwei-Faktoren-Theorie" der verbalen Verstärkung. Nach diesem Ansatz hat das „gut" des Interviewers eine zweifache Wirkung: (1) Es gibt dem Interviewten einen Hinweis über die Einstellung des Interviewers. (2) Es sorgt für eine freundliche Atmosphäre, für einen „Rapport" zwischen Interviewer und Interviewtem. Der eine Faktor ist also *Information,* der andere *Sympathie.* Die Sympathie für den Interviewer motiviert den Interviewten zur Konformität. Allerdings ist zu vermuten, daß auch ein unsympathischer Interviewer, etwa aufgrund höheren Status oder ihm zugeschriebener Sachkenntnis, zur Konformität anregen kann.

Neben der theoretischen Bedeutung haben diese Befunde offensichtlich praktische Implikationen für Interviewsituationen. Sie lassen vermuten, daß die Ergebnisse von Umfragen durch die dem Interviewer zugeschriebenen Einstellungen beeinflußt werden. So wäre etwa bei politischen Umfragen zu erwarten, daß Rentner in dunklen Zweireihern konservativere Antworten erhalten würden als studentische Interviewer.

5.2.3 Die Beziehung zwischen klassischem und instrumentellem Konditionieren: Die integrierte Verhaltenstheorie von Staats

Bisher haben wir klassisches und instrumentelles Konditionieren als zwei getrennte Prozesse behandelt. Wie schon Hull (1943) und andere so hält auch Staats (1968) diese Trennung für willkürlich, da Reize, die als unkonditionierte Reize beim klassischen Konditionieren verwendet werden können, gewöhnlich auch beim instrumentellen Konditionieren als Verstärker wirken. So löst Futter etwa als unkonditionierter Reiz Speichelfluß aus, erhöht aber auch als Verhaltenskonsequenz die Auftretenswahrscheinlichkeit des kontingent verstärkten Verhaltens. Dieselbe Doppelfunktion wird auch von konditionierten Reizen erfüllt, die durch die wiederholte Assoziation mit dem unkonditionierten Reiz auch dessen Verstärkerfunktion übernehmen. Wenn zum Beispiel ein Lichtsignal durch mehrmalige Assoziation mit Futter für eine Ratte zum konditionierten Reiz wurde, dann kann es auch in einer Skinner-Box als Verstärker für das instrumentelle Verhalten (etwa: Hebeldruck) dienen. Ein Einstellungsreiz hat also immer auch gleichzeitig eine Verstärkerfunktion.

Neben der Einstellungs- und Verstärkerfunktion unterscheidet Staats (1968) in seinem A-R-D-System (Attitude-Reinforcer-Discriminative) auch noch eine diskriminative Funktion. Diese Funktion ist nur schwer von der Verstärkerfunktion zu trennen. Staats (1968) betont diese Unterscheidung, um die motivierende Wirkung eines Verstärkers von seiner Steuerungsfunktion zu trennen. Der grundlegende Unterschied ist darin zu sehen, daß ein Verstärker seine Wirkung ausübt, wenn er nach einer Reaktion geboten wird, und daß seine Wirkung darin besteht, das *zukünftige* Auftreten der Reaktion wahrscheinlicher (bzw. unwahrscheinlicher, im Falle aversiver Verstärker) zu machen. Die diskriminative Funktion eines Reizes besteht hingegen darin, daß er das Verhalten *auslöst.* Praktisch gesehen scheint diese Trennung allerdings wenig bedeutsam, da die diskriminierende Funktion eines Reizes vollkommen von seiner Verstärkerfunktion abhängt. Nach Staats (1968) erfüllt jeder Einstellungsreiz also folgende drei Funktionen: Als unkonditionierter Reiz kann er durch klassisches Konditionieren eine Bewertungsreaktion auf assoziierte Reize übertragen. Als Verstärker beeinflußt er die zukünftige Auftretenswahrscheinlichkeit des verstärkten Verhaltens. Als diskriminativer Reiz schließlich löst er das instrumentelle Verhalten aus.

Da der Großteil menschlichen Verhaltens von sekundären Verstärkern gesteuert wird, kommt dem klassischen Konditionieren in diesem System ganz besondere Bedeutung zu. Während primäre Verstärker wie Essen, Trinken, Wärme usw. für jedermann positive Verstärker darstellen, deren Wirksamkeit höchstens durch den Grad der Sättigung gewissen Schwankungen unterworfen ist, müssen sekundäre Verstärker ihre Verstärkerwirkung erst durch klassisches Konditionieren erwerben. Je nach Konditionierungsgeschichte eines Individuums oder einer Gruppe können somit identische Reize positive, negative oder überhaupt keine Verstärkerwirkung erhalten. Wie das Sprichwort sagt: „Was dem einen sin Uhl, ist dem andern sin Nachtigall." So haben eigene Leistungsfähigkeit oder gute Schulnoten per se keine oder zumindest nur geringe Verstärkerfunktion. Ihre Wirkung wird wesentlich durch Assoziation mit bereits positiv bewerteten Reizen, wie Lob der Eltern, mehr Taschengeld, Anerkennung usw., erhöht. Je nach Lerngeschichte können diese Verstärker somit bei einem Schüler enormen Einfluß auf die Leistungen ausüben, während sie beim anderen völlig wirkungslos bleiben.

5.3 Konsistenztheorien

Das Prinzip der Konsistenz wurde erstmals von Heider (1944, 1946) in die Einstellungsforschung eingeführt. Obwohl nicht alle späteren Konsistenztheorien direkte Weiterentwicklungen der Heiderschen Gleichgewichtstheorie sind, wird sein Einfluß von den führenden Forschern auf diesem Gebiet anerkannt. So betonen Abelson, Aronson, McGuire, Newcomb, Rosenberg und Tannenbaum (1958) in ihrer gemeinsamen Einführung zu dem Mammut-Sammelband „Theories of cognitive consistency", daß die Geschichte der Konsistenztheorie mit Heiders (1944, 1946) kurzen Zeitschriftenartikeln begann und daß alle Forschung auf diesem Gebiet in seiner intellektuellen Schuld steht. Wie wir in der nun folgenden Darstellung der Gleichgewichtstheorie von Heider (1946, 1958), der affektiv-kognitiven Konsistenztheorie von Rosenberg (1960), der Kongruitätstheorie von Osgood und Tannenbaum (1955) und der Dissonanztheorie von Festinger (1957) sehen werden, besteht die wesentlichste Gemeinsamkeit zwischen diesen Theorien in folgender Grundannahme: Inkonsistenz zwischen Meinungen und/oder Einstellungen erzeugt eine gewisse Spannung im kognitiven System einer Person und damit eine Tendenz zur Wiederherstellung von Konsistenz. Es herrscht hingegen wenig Einigkeit in der Bestimmung der Zustände, die Inkonsistenz erzeugen, in den Annahmen über die Natur dieser Spannung oder über die Strategien, durch die Konsistenz wiederhergestellt wird.

5.3.1 Die Gleichgewichtstheorie

Fritz Heider, ein gebürtiger Österreicher, der seit 1930 in den Staaten lebt und zuletzt an der Universität von Kansas lehrte, wird in seinem Einfluß auf die gegenwärtige Sozialpsychologie vermutlich nur noch von Kurt Lewin übertroffen. Während aber Lewins Wirkung auf vielen Veröffentlichungen und vor allem auf den Arbeiten seiner zahlreichen bedeutenden Schüler beruht, hat Heider vergleichsweise wenig geschrieben. Sein Einfluß beruht hauptsächlich auf drei theoretischen Veröffentlichungen, zwei kurzen Zeitschriftenartikeln (Heider, 1944, 1946), in denen er die Grundgedanken der Gleichgewichtstheorie beschrieb, und einem Buch (Heider, 1958), in dem er seine Attributionstheorie vorstellte. Heider sieht die Gleichgewichtstheorie als Teilaspekt der Attributionstheorie.

5.3.1.1 Darstellung der Theorie

Die Gleichgewichtstheorie beschäftigt sich mit der Konsistenz in den Beziehungen, die eine Person *p* zwischen sich, anderen Personen und/oder Objekten wahrnimmt. Heider (1946, 1958) geht davon aus, daß *p*'s Wahrnehmung von solchen Beziehungen nur dann stabil und spannungsfrei ist, wenn sie die verschiedenen Beziehungen als ausgeglichen (balanced) wahrnimmt. Sieht sie die Beziehungen als unausgeglichen, ist das System instabil, und Veränderungen in Richtung auf einen Gleichgewichtszustand sind wahrscheinlich.

Heider unterscheidet drei Arten von Elementen und zwei Arten von Beziehungen zwischen diesen Elementen. Die Elemente sind: (1) eine Person *p*, in deren Phänomenologie oder Lebensraum die Gleichgewichtsprozesse auftreten, (2) eine zweite Person *o* und (3) eine „impersonal entity" *x*, etwa eine Situation, Idee, Ereignis oder Gegenstand. Manchmal führt Heider statt des Gegenstandes *x* auch eine weitere Person *q* ein.

Die zwei Arten von Beziehungen, die jeweils eine positive oder negative Form annehmen können, sind *Gefühlsbeziehungen* (sentiment relations) und *Einheitsbeziehungen* (unit relations). Gefühlsbeziehungen bestehen aus positiven oder negativen Bewertungen von Personen oder Objekten. Beispiele für positive Gefühlsbeziehungen sind: Bewundern, Mögen, Lieben usw.. Ablehnen, Hassen, abschätzig Beurteilen u. ä. stellen negative Gefühlsbeziehungen dar.

Beziehungen sind nach Heider dann einheitserzeugend, wenn sie zwei Elemente als zusammengehörig erscheinen lassen. Beispiele für Einheitsbeziehungen sind Nähe, Mitgliedschaft, Besitz, Kausalität usw.. Aussagen wie „*p* hat das Objekt *x* gekauft", „*p* hat *x* hergestellt", „*p* ist für *o* verantwortlich" beschreiben positive Einheitsbeziehungen. Heider scheint negative Einheitsbeziehungen als die Abwesenheit von positiven Einheitsbeziehungen zu verstehen, also etwa „*p* besitzt *x* nicht" oder „*p* ist für *o* nicht verantwortlich". Damit haben aber negative Einheitsbeziehungen nicht denselben dynamischen Charakter wie negative Gefühlsbeziehungen, die das *Gegenteil* und nicht die *Abwesenheit* positiver Gefühlsbeziehungen sind. Dies ist insofern problematisch, als Heider in seinen Aussagen über Gleichgewichts- und Ungleichgewichtszustände nicht zwischen negativen Gefühlsbeziehungen und negativen Einheitsbeziehungen unterscheidet. Eine häufig vorgeschlagene Lösung dieser Schwierigkeit (Cartwright & Harari, 1956; Insko & Schopler, 1967; Rosenberg & Abelson, 1960) besteht in der Dreiteilung von Gefühls- und Einheitsbeziehungen in positive, negative und Nullbeziehungen, wobei Nullbeziehungen durch die Abwesenheit der entsprechenden Beziehung gekennzeichnet wären.

In Anlehnung an Heider (1958) werden wir positive Gefühlsbeziehungen mit L und negative Gefühlsbeziehungen mit nL symbolisieren. Entsprechend steht E für positive und nE für negative Einheitsbeziehungen. Ein Gleichgewichtszustand ist nach Heider (1958):

> „ein harmonischer Zustand, bei dem die Elemente, aus denen die Situation besteht, und die Gefühle ihnen gegenüber ohne Spannung zusammenpassen" (S. 180).

Ist das kognitive System einer Person nicht im Gleichgewicht, besteht ein Spannungszustand, der Kräfte zur Herstellung des Gleichgewichtszustands aktiviert.

> „Wenn kein Gleichgewicht besteht, werden Kräfte zur Herstellung eines Gleichgewichtszustandes aktiv. Entweder ändern sich die dynamischen Eigenschaften oder die Beziehungen zwischen den Einheiten werden durch Handlungen oder kognitive Reorganisation verändert" (1946, S. 108).

Da es sich hier um Aussagen über die Phänomenologie einer Person handelt, beruht Heiders Herleitung der allgemeinen Charakteristiken von Gleichgewichtszuständen auf einer phänomenologischen Analyse von Situationen.

Gleichgewicht in Zweierbeziehungen: Zuerst befaßt Heider sich mit den Beziehungen zwischen zwei Elementen, also *p* und *x* und *p* und *o*. Heider ist der Ansicht, daß hier ein Gleichgewichtszustand immer dann besteht, wenn die unterschiedlichen Beziehungen zwischen zwei Elementen alle positiv oder alle negativ sind, also alle identische Vorzeichen haben. So sollten wir Dinge mögen (*p* L *x*), die uns gehören oder die wir selbst hergestellt haben (*p* E *x*), und sollten uns von Gegenständen trennen (*p* nE *x*), die wir nicht mögen (*p* nL *x*). Wenn *p* mit *o* auf engem Raum zusammenleben muß (*p* E *o*), etwa in einer Wohngemeinschaft, dann sollte er ihn auch mögen (*p* L *o*). Es ist intuitiv einsichtig, daß eine solche Situation weniger „harmonisch" ist, wenn *p* mit einem *o*, den er nicht ausstehen kann (*p* nL *o*), die Wohnung teilen muß (*p* E *o*). Diese Situation ist nicht im Gleichgewicht und eine Veränderung ist wahrscheinlich. So wird sich *p* vermutlich entweder an *o* gewöhnen (*p* L *o*) oder ausziehen (*p* nE *o*). Allerdings bewirkt Ungleichgewicht nur eine Tendenz zur Herstellung von Gleichgewicht. Heider geht nicht davon aus, daß es immer möglich ist, den Gleichgewichtszustand *tatsächlich* zu erreichen.

Wenn *p o* mag (*p* L*o*), sollte *o* auch *p* mögen (*o* L*p*). Allerdings muß hier wieder daran erinnert werden, daß Heider Aussagen über die Wahrnehmungswelt der Person *p* macht. Somit haben (*p* L *o*) und (*o* L *p*) einen unterschiedlichen Objektivitätsgrad. Während (*p* L *o*) *p*'s tatsächliche Einstellung darstellt, entspricht (*o* L *p*) nicht notwendigerweise o's Einstellung zu *p*, sondern nur *p*'s Wahrnehmung von *o*'s Einstellung ihm gegenüber, die nicht unbedingt mit der Realität übereinstimmen muß.

Gleichgewicht in Triaden: Heider dehnt seine Analyse dann auf das aus drei Elementen bestehende *p-o-x*-System aus. Dieses System ist im Gleichgewicht, wenn alle drei Beziehungen positiv sind oder wenn zwei negativ sind und eine positiv ist. Das System ist im Ungleichgewicht, wenn zwei Beziehungen positiv sind und eine negativ ist. Den Fall von drei negativen Beziehungen hält Heider für nicht eindeutig. Trotz dieser Bedenken wird diese Situation heute gewöhnlich unter die unausgeglichenen Situationen subsumiert und die von Cartwright und Harari (1956) vorgeschlagene Multiplikationsregel zur Definition von Gleichgewichtszuständen herangezogen. Nach dieser Regel ist eine *p-o-x*-Triade im Gleichgewicht, wenn das Produkt der Vorzeichen der Beziehungen positiv ist.

Wenn man nicht zwischen Gefühlsbeziehungen und Einheitsbeziehungen unterscheidet, ergeben sich also bei drei in einer *p-o-x*-Triade möglichen Beziehungen, die entweder positiv oder negativ sein können, acht Kombinationen, von denen nach der Multiplikationsregel vier im Gleichgewicht und vier nicht im Gleichgewicht sind. Diese acht Triaden sind in Abbildung 5.1 dargestellt.

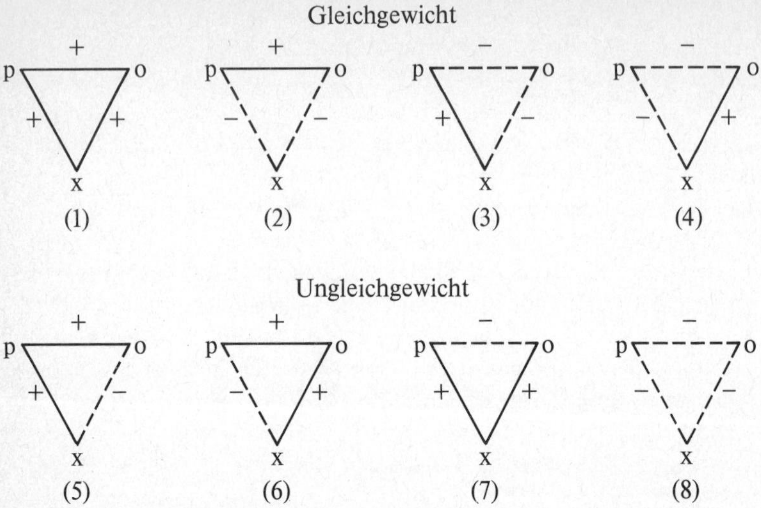

Abbildung 5.1: Gleichgewicht und Ungleichgewicht in *p-o-x*-Triaden.

Wenn Penelope zum Beispiel ein Kleid gekauft hat (*p* E *x*) und ihr Freund Otto (*p* L *o*) das Kleid mag (*o* L *x*), dann ist die Situation im Gleichgewicht (1). Penelope sollte ein Kleid nicht tragen (*p* nE *x*), das ihr Freund Otto (*p* L *o*) nicht mag (*o* nL *x*) (2). Wenn *p* eine Person *o* nicht mag (*p* nL *o*), ist die Situation im Gleichgewicht, wenn *p* ein *x* mag (*p* L *x*), das *o* ablehnt (*o* nL *x*) (3) oder *p* ein *x* ablehnt (*p* nL *x*), das *o* mag (*o* L *x*) oder das *o* gehört (*o* E *x*) (4). Wenn *p* etwa gegen den Bau von Atomkraftwerken eintritt, dann ist die Situation im Gleichgewicht, wenn *o*, den er nicht ausstehen kann, ein Befürworter von Atomkraftwerken ist.

Wenn man die für die *p-o-x*-Triade formulierten Gleichgewichtsregeln auf eine *p-o-q*-Triade, also ein Drei-Personen-System überträgt, treten allerdings in einem Fall Schwierigkeiten auf. Die berühmte Dreiecksbeziehung, etwa wenn *p*'s Freund *q* mit *p*'s Frau *o* ein Verhältnis hat, ist ja eine Situation mit drei positiven Beziehungen (1). Dennoch ist sie keineswegs stabil oder harmonisch. Dies liegt nach Heider daran, daß (*o* L *q*) in diesem Fall (*o* nL *p*) impliziert. Sollte *o* tatsächlich *q* lieben, wird sie *p* über kurz oder lang verlassen. Anders formuliert, wenn sie wirklich *p* lieben würde, hätte sie kein Verhältnis mit seinem Freund *q* angefangen.

Gleichgewicht bei niedrigem Selbstwertgefühl: Wie Heider (1946) selbst einschränkend vermerkt, beruht seine Analyse der Gleichgewichtszustände auf der Annahme, daß *p* eine positive Selbsteinschätzung hat (*p* L *p*). Heider geht nur kurz auf die Folgen niedriger Selbsteinschätzung ein:

> „Sie spielt, wie zu erwarten, eine gegensätzliche Rolle zu der von *p*L*p*: Beispiele: Wenn *p* eine geringe Selbstachtung hat, könnte er ein positives *x* als zu gut für ihn zurückweisen; wenn *p* Schuldgefühle hat, wird er denken, daß er bestraft werden müßte; wenn sein Freund sein Werk bewundert, wird er denken, es sei nur Höflichkeit" (S. 111).

Wenn man Heiders Aussage wörtlich nimmt, ergibt sich die paradoxe Erwartung, daß Menschen mit niedriger Selbsteinschätzung auf Zuneigung mit Ablehnung und auf Ablehnung mit Zuneigung reagieren. So folgerten dann auch Berscheid und Walster (1969):

> „Nach der Konsistenztheorie ... sollten wir andere, die uns mögen, nur dann sympathisch finden, wenn wir uns selbst mögen; wenn wir uns selbst ablehnen, sollten wir Personen ablehnen, deren Gefühle uns gegenüber positiv und damit mit unseren eigenen Gefühlen inkongruent sind" (S.55).

Obwohl es sich hier nur um eine Präzisierung von Heiders Formulierung zu handeln scheint, muß doch bezweifelt werden, ob der Phänomenologe und Vertreter der „common sense"-Psychologie Heider wirklich eine derart extreme Folgerung implizieren wollte. Aus seinen Beispielen gewinnt man eher den Eindruck, daß er an eine Abschwächung und nicht eine Umkehrung der Gleichgewichtsvorhersagen bei niedriger Selbsteinschätzung dachte. Gegen eine solche Umkehrung spricht, daß die Aussage (*p* nL *p*) schon in sich selbst nicht im Gleichgewicht ist. Da man mit seinen eigenen Fähigkeiten und seiner Persönlichkeit durch eine intensive einheitserzeugende Beziehung verbunden ist, muß die Aussage (*p* nL *p*) immer mit (*p* E *p*) im Ungleichgewicht stehen. Es kann jedoch kaum überraschen, daß die extremere Formulierung, der das von Sozialpsychologen so geschätzte Flair des Unerwarteten anhaftet, zahlreiche Untersuchungen stimulierte (für eine Übersicht siehe: Jones, 1973, Stroebe, 1977).

5.3.1.2 Forschung zur Gleichgewichtstheorie

Die Gleichgewichtstheorie macht zwei zentrale Annahmen, nämlich (1) daß gleichgewichtige kognitive Strukturen als angenehmer und spannungsfreier empfunden werden als Strukturen, die nicht im Gleichgewicht sind, und (2) daß bei Ungleichgewicht „Kräfte" aktiviert werden, das kognitive System wieder ins Gleichgewicht zu bringen. Im folgenden soll ein Überblick über die Forschung zu beiden Fragen gegeben werden.

Die Bevorzugung von Gleichgewicht: Eine offensichtliche Methode zur Prüfung der ersten Hypothese besteht darin, den Versuchspersonen Beschreibungen von ausgeglichenen und unausgeglichenen Strukturen vorzulegen und sie zu bitten, diese nach dem Grad der Harmonie oder Spannungsfreiheit einzuschätzen. Dieser Weg wurde erstmals von Jordan (1953), einem Schüler Heiders, beschritten, der Versuchspersonen, die sich mit der Rolle des „*p*" identifizieren mußten, 64 hypothetische *p-o-x*-Triaden beurteilen ließ. Die Situation wurde mit minimalen Standardsätzen beschrieben, etwa: „Ich mag *o*, ich lehne *x* ab, *o* hat keine Verbindung mit oder Beziehung zu *x*". Die 64 Situationen ergaben sich aus der Kombination der in einer *p-o-x*-Triade möglichen acht Permutationen der drei Vorzeichen (+++, ++-, usw.) mit den acht möglichen Permutationen von Gefühls- und Einheitsbeziehungen (LLL, LLE usw.). Jordan ließ jede der Situationen auf einer 90-Punkte Skala mit den Endpunkten „angenehm-unangenehm" einstufen. In Tabelle 5.1 (Zeile 1) sind seine Ergebnisse nach den Vorzeichen der Beziehungen geordnet dargestellt. Ein Vergleich der ausgeglichenen mit den unausgeglichenen Situationen ergab einen signifikanten Unterschied in der erwarteten Richtung. Die gleichgewichtigen Situationen wurden als angenehmer eingestuft als die ungleichgewichtigen Situationen. Allerdings scheint dieser Unterschied hauptsächlich durch die ersten zwei *p-o-x*-Triaden verursacht worden zu sein (+++, +−−)[1], die wesentlich positiver eingeschätzt wurden als die anderen zwei gleichgewichtigen Strukturen (-+-, --+). Die Einstufung der Triaden -+- und −−+ ist kaum positiver als die der unausgeglichenen Triaden. Bei genauer Analyse weichen also Jordans (1953) Ergebnisse deutlich von den gleichgewichtstheoretischen Erwartungen ab.

Wie wir im Methodenkapitel (S. 53 f.) bereits besprochen haben, zwingen inkonsistente Ergebnisse einen Forscher nicht unbedingt zur Modifikation oder gar Aufgabe seiner Theorie. Er kann die Ursachen für die mangelnde Übereinstimmung zwischen theoretischen Erwartungen und empirischen Ergebnissen auch in störenden Bedingungen suchen, etwa der fehlerhaften empirischen Verwirklichung theoretischer Variablen.

Eine potentielle störende Bedingung der Jordan-Untersuchung ist, wie Cartwright und Harari (1956) anmerkten, seine Operationalisierung der negativen Einheitsbeziehungen. Während negative Gefühlsbeziehungen als Gegenteil positiver Gefühlsbeziehungen verwirklicht wurden, waren negative Einheitsbeziehungen nur durch die Abwesenheit positiver Einheitsbe-

---

[1]Entsprechend einer Konvention, die von Jordan (1953) eingeführt wurde, bezeichnet das erste Vorzeichen die Beziehung *p - o*, das zweite die Beziehung *p - x* und das dritte *o - x*.

Tabelle 5.1: Beurteilungen von ausgeglichenen und unausgeglichenen *p-o-x*-Triaden auf der Dimension „angenehm-unangenehm".

	Gleichgewicht				Ungleichgewicht			
	+++[a] (1)	+−− (2)	−+− (3)	−−+ (4)	++− (5)	+−+ (6)	−++ (7)	−−− (8)
Jordan (1953): L&E	26,20[b]	39,50	55,30	62,40	57,00	58,20	54,80	58,40
Jordan (1953): L	22,10	33,80	64,20	71,50	64,50	67,10	59,10	69,90
Rodrigues (1967): L	10,18[c]	24,73	49,73	44,21	54,57	56,61	51,42	53,37
Aderman (1974): L (Experiment I)	13,18	27,51	47,29	55,86	51,22	54,74	52,02	49,85
Insko et al. (1974): L (Experiment I)	14,51	26,85	45,66	51,84	51,90	52,91	52,53	52,97

[a] Das erste Vorzeichen steht für die Beziehung *p-o*, das zweite für *p-x* und das dritte für *o-x*.
[b] 90-Punkte-Skalen. Je niedriger der Wert, um so angenehmer die Einschätzung der Triade.
[c] Korrigierte Originalwerte.

ziehungen gekennzeichnet. Es war deshalb naheliegend, die Jordan-Ergebnisse unter Eliminierung aller Situationen mit Einheitsbeziehungen zu reanalysieren. Diese Werte sind in Zeile 2 der Tabelle 5.1 abgebildet. Die Übereinstimmung mit den theoretischen Vorhersagen scheint gegenüber den Ergebnissen in Zeile 1 nur unwesentlich verbessert. In den Zeilen 3-5 sind Replikationen der Jordan-Untersuchung durch Rodrigues (1967), Aderman (1969) und Insko, Songer und McGarvey (1974) dargestellt. In allen drei Untersuchungen wurden nur die Gefühlsbeziehungen manipuliert. Die Befunde stimmen erstaunlich gut mit denen der Untersuchung von Jordan (1953) überein.

Das Hauptproblem sind immer die beiden Triaden (–+– und ––+), in denen *p o* ablehnt und beide unterschiedliche Einstellungen zu *x* vertreten. Diese Triaden sind nach Heider im Gleichgewicht, werden aber nicht als angenehm empfunden. Wenn man sich Situationen überlegt, in denen man einen *o* nicht ausstehen konnte und sich außerdem noch mit ihm über irgend eine Sache uneins war, dann kann man eigentlich dem Urteil der Versuchspersonen nur zustimmen.

Dieses Beispiel vermittelt aber noch eine weitere Einsicht. Wenn wir nämlich eine *p-o-x*-Triade beurteilen, versuchen wir, die abstrakte Beschreibung auf eine uns vertraute zwischenmenschliche Situation zu übertragen. Schließlich kann man nur etwas beurteilen, was man auch kennt. Tatsächliche Situationen existieren aber nicht nur zum Zeitpunkt der Beurteilung. Sie haben eine Vergangenheit, in der die eigene Einstellung gegenüber dem anderen erworben wurde, und sie haben gewöhnlich auch eine Zukunft. Damit können aber Annahmen einfließen, die nicht mehr den Heiderschen Spezifikationen entsprechen.

Aderman (1969) schlug vor, daß Versuchspersonen gewöhnlich davon ausgehen, daß *p* mit *o* bekannt ist, etwa daß sie Kommilitonen sind, im gleichen Studentenheim wohnen oder sonst in Verbindung stehen. Wie wäre es anders möglich, daß *p* eine solch eindeutige Sympathie oder Antipathie für *o* empfindet. Gleichgewichtstheoretisch ausgedrückt bedeutet dies jedoch, daß zusätzlich zur Gefühlsbeziehung zwischen *p* und *o* von den Versuchspersonen stets noch eine positive einheitserzeugende Beziehung angenommen wird.

Leider läßt uns Heider im Stich, wenn wir diese Zusatzannahme in die Bestimmung des Gleichgewichts in *p-o-x*-Triaden aufnehmen wollen. Die von Heider entwickelten Kriterien lassen sich nämlich nur auf maximal drei Beziehungen anwenden. Durch die zusätzliche Annahme einer positiven einheitserzeugenden Beziehung zwischen *p* und *o* haben wir aber jetzt *p-o-x*-Triaden mit vier Beziehungen.

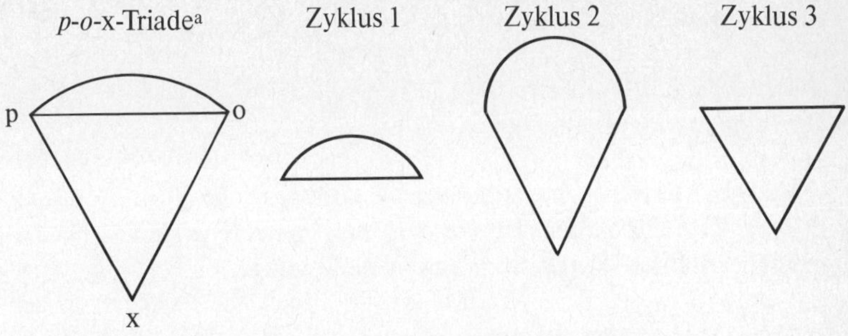

[a] Die gebogene Linie repräsentiert die Einheitsbeziehung

Abbildung 5.2: Graphentheoretische Aufteilung einer *p-o-x*-Triade, in der eine Doppelbeziehung (Gefühls- und Einheitsbeziehung) zwischen *p* und *o* besteht, in die verschiedenen Zyklen.

Glücklicherweise bieten Cartwright & Harari (1956) mit ihrer graphentheoretischen Formalisierung[2] der Heiderschen Gleichgewichtstheorie Kriterien, die auch Aussagen über das Gleichgewicht in komplexen kognitiven Strukturen erlaubten. Solche komplexen Strukturen werden analysiert, indem man sie in einfachere Teile zerlegt, sogenannte Zyklen, deren Gleichgewicht oder Ungleichgewicht dann mit der Multiplikationsregel bestimmt werden kann. Grob definiert ist ein Zyklus jeder in sich geschlossene Linienzug, der in der graphischen Darstellung einer kognitiven Struktur enthalten ist. Wie aus Abbildung 5.2 zu ersehen ist, läßt sich eine *p-o-x*-Triade, in der eine Doppelbeziehung (Gefühls- plus Einheitsbeziehung) zwischen *p* und *o* angenommen wird, in drei Zyklen aufteilen. Nach der Multiplikationsregel ist jeder dieser Zyklen im Gleichgewicht, wenn er eine gerade Zahl von negativen Vorzeichen enthält. Da komplexe Strukturen eine Mischung von gleichgewichtigen und ungleichgewichtigen Zyklen enthalten können, schlagen Cartwright und Harari (1956) als Index für den Grad des Gleichgewichts der Gesamtstruktur den Anteil der ausgeglichenen Zyklen an der Gesamtzahl der Zyklen vor. Dieser Index wird wie folgt berechnet:

$$\text{Grad des Gleichgewichts} = \frac{\text{Zahl der ausgeglichenen Zyklen}}{\text{Gesamtzahl der Zyklen}}$$

[2] Für eine ausführliche Darstellung siehe auch Harari, Norman und Cartwright (1965) und Flament (1963).

Dieses Verhältnis kann jeden Wert zwischen 0 und 1 annehmen, wobei 1 den maximalen Grad an Gleichgewicht bezeichnet.

Insko et al. (1974) analysierten den Grad des Gleichgewichts von *p-o-x*-Triaden unter Annahme einer zusätzlichen positiven Einheitsbeziehung zwischen *p* und *o*. Tabelle 5.2 beruht auf dieser Analyse. Wenn die Versuchspersonen tatsächlich eine zusätzliche positive Einheitsbeziehung zwischen *p* und *o* annehmen, könnte dies die Anomalie in den bisher besprochenen Befunden erklären. Während die Triaden +++ und +−− einen Gleichgewichtswert von 1 erzielen, also völlig ausgeglichen sind, ergibt sich für die Triaden -+- und --+ nur ein Wert von 0,33. Dieser Wert ist identisch mit dem Wert der vier unausgeglichenen Triaden (5-8). Dies entspricht genau aber dem Muster der Urteile der Versuchsperson in Tabelle 5.2.

Damit ist die Gleichgewichtstheorie aber noch nicht gerettet. Wir haben nur einen Aufschub bewirkt, indem wir (1) die Zusatzannahme machten, daß Versuchspersonen im Jordan-Paradigma implizit vom Bestehen einer Einheitsbeziehung zwischen *p* und *o* ausgehen und (2) zeigten, daß diese Annahme die empirischen Befunde mit den theoretischen Erwartungen in Einklang bringt. Als nächster Schritt muß geprüft werden, ob Versuchspersonen bei der Beurteilung von *p-o-x*-Triaden tatsächlich eine positive Einheitsbeziehung zwischen *p* und *o* annehmen und ob diese Annahme tatsächlich für die Abweichungen der Ergebnisse von den Vorhersagen verantwortlich ist.

Aderman (1969) und Insko et al. (1974) führten bei ihren Replikationen der Untersuchung von Jordan (1953) eine Versuchsbedingung ein, in der die Versuchspersonen explizit instruiert wurden, daß der Kontakt zwischen *p* und *o* in Zukunft weiterbestehen würde. Die Ergebnisse in dieser Bedingung unterscheiden sich nur geringfügig von der Standardbedingung, was unsere Annahme stützt, daß auch unter Standardinstruktionen zukünftiger Kontakt angenommen wird. Miller und Norman (1976), die eine noch stärkere Verbindung zwischen *p* und *o* herstellten, indem sie die beiden als Zimmergenossen in einem Studentenheim beschrieben, die weiterhin zusammenwohnen müßten, fanden sogar, daß unter dieser Instruktion die −+− und −−+ Triaden am unangenehmsten beurteilt wurden, was durchaus mit unserer Annahme vereinbar ist.

Zur weiteren Absicherung unternahmen Aderman (1969) und Insko et al.(1974) auch die Gegenprobe und instruierten Versuchspersonen unter einer der Bedingungen, daß *p* und *o* in Zukunft keinen Kontakt haben würden. Wenn die Autoren gehofft hatten, jetzt endlich den „reinen" Gleichgewichtseffekt erzielen zu können, sahen sie sich in dieser Hoffnung getäuscht. Zwar wurden jetzt die -+- und --+ Triaden angenehmer eingestuft, dafür aber die +++ und +-- Strukturen wesentlich weniger

Tabelle 5.2: Eine graphentheoretische Repräsentation von *p-o-x*-Triaden mit Gefühls- und Einheitsbeziehungen zwischen *p* und *o* (nach Insko et al., 1974)

	Gleichgewicht				Ungleichgewicht			
	+++	+−−	−+−	−−+	++−	+−+	−++	−−−
Zyklus 1	1	1	0	0	1	1	0	0
Zyklus 2	1	1	0	0	0	0	1	1
Zyklus 3	1	1	1	1	0	0	0	0
Summe	3	3	1	1	1	1	1	1
Grad des Gleichgewichts	1,0	1,0	0,33	0,33	0,33	0,33	0,33	0,33

Anmerkungen: Eine durchgezogene Linie bezeichnet eine positive Beziehung, eine unterbrochene Linie eine negative Beziehung, ein Bogen eine Einheitsbeziehung, eine Gerade eine Gefühlsbeziehung. Ein Wert von 1 bedeutet, daß der Zyklus im Gleichgewicht ist, ein Wert von 0 bedeutet, daß er nicht im Gleichgewicht ist.

angenehm. Im Grunde ist ein solches Ergebnis aber nicht überraschend. Versuchspersonen unter dieser Bedingung werden vermutlich davon ausgegangen sein, daß *p* und *o* zwar in der Vergangenheit Kontakt hatten, diesen aber jetzt abgebrochen haben. Damit wurde aber eine negative Einheitsbeziehung in die Situation eingeführt, was offensichtlich den Grad des Gleichgewichts in den ersten beiden Triaden verringerte.

Die Tatsache, daß es praktisch unmöglich zu sein scheint, experimenteil eine Situation herzustellen, die der -+- und der --+ Triade entspricht, nährt natürlich unsere Zweifel an den gleichgewichtstheoretischen Vorhersagen für diese beiden Triaden. Auf der anderen Seite haben sich aber diese Vorhersagen mit anderen Versuchsanordnungen bestätigen lassen. So zeigten Byrne (1971) und Mitarbeiter in zahlreichen Untersuchungen, daß Einstellungsähnlichkeit attraktionsfördernd, Unähnlichkeit hingegen attraktionsmindernd wirkt. Wenn also die Gefühlssbeziehung zwischen *p* und *o* als abhängige Variable benutzt wird, dann stellen die Versuchspersonen bei Einstellungsunähnlichkeit die nach der Theorie zu erwartende negative Verbindung zwischen *p* und *o* her. Auch Zajonc und Burnstein (1965 a, b), die ausgeglichene und unausgeglichene Strukturen lernen ließen, bestätigten ihre Vorhersage, daß ausgeglichene Strukturen leichter gelernt werden, auch für die beiden fraglichen Triaden. Wir sehen uns also gegenwärtig leider außerstande, die Beziehung zwischen theoretischen Erwartungen und empirischen Befunden völlig ins Gleichgewicht zu bringen.

Reaktionen auf Ungleichgewicht: Nach dieser ausführlichen Besprechung der Ursachen von Ungleichgewicht ist es an der Zeit, auch auf die Folgen solcher Ungleichgewichtszustände einzugehen. Bisher haben wir nur vermerkt, daß Ungleichgewicht als Streß, als unharmonisch, empfunden wird. Wie bringt aber ein *p* sein kognitives System wieder ins Gleichgewicht? Zur Klärung dieser Frage führte einer von Heiders Studenten eine einfache Untersuchung (Esch, 1950, berichtet in Heider, 1958) durch, in der Versuchspersonen Beschreibungen sozialer Situationen mit ungleichgewichtigen *p-o-x*- Triaden vorgelegt wurden. In einer dieser Situationen entdeckt zum Beispiel Bob (*p*), der Jim (*o*) immer für einen ausgemachten Trottel (*p* nL *o*) gehalten hatte, daß Jim der Autor einiger Gedichte ist (*o* E *x*), die ihn tief beeindruckt haben (*p* L *x*). Die Versuchspersonen mußten angeben, was ihrer Ansicht nach in einer derartigen Situation typischerweise geschehen würde. Die Versuchspersonen schlugen folgende Lösungsmöglichkeiten vor (Heider, 1958, S. 176): (1) 46% meinten, daß Bob nach dieser Entdekkung seine Meinung über Jim grundlegend revidieren würde (*p* L *o*); (2) 29% glaubten hingegen, er würde seine Ansicht über die Gedichte ändern und sie jetzt nicht mehr für gut halten (*p* nL *x*); (3) 5% vermuteten, daß Bob Jims

Autorenschaft anzweifeln würde (o nE x); (4) zwei Versuchspersonen meinten, daß Bob das Gleichgewicht durch Differenzierung von Jim in einen langweiligen Menschen mit vereinzelten Talenten wiederherstellen würde; (5) die übrigen Versuchspersonen sahen die Situation zwar als Konflikt, glaubten aber nicht, daß Bob sie umstrukturieren würde.

Die Mehrheit der Versuchspersonen war also der Ansicht, daß das Gleichgewicht in der beschriebenen Situation durch Änderung der Vorzeichen einer der drei Beziehungen wiederhergestellt würde. Entweder würde Bob seine Einstellung zu Jim oder zu den Gedichten ändern, oder er würde die Autorenschaft Jims anzweifeln, also die Einheitsbeziehung zwischen o und x auflösen.

Als vierte Möglichkeit nannten zwei Versuchspersonen *Differenzierung,* also die Aufspaltung des Gesamtbildes von Jim in unterschiedlich bewertete Teilaspekte. Es mag am Alter der Versuchspersonen (Realschüler) gelegen haben, daß diese Methode so selten vorgeschlagen wurde. Zumindest zeigten studentische Versuchspersonen in einer Untersuchung, die einige Kollegen und ich (Stroebe, Thompson, Insko & Reisman, 1970) durchführten, erstaunliche Fähigkeiten zur Differenzierung. Auch aus der Alltagserfahrung ist es geläufig, daß Inkonsistenzen durch Differenzierung gelöst werden, etwa wenn Raucher zwischen den ungefährlichen Filterzigaretten, die sie selbst rauchen, und den gefährlichen filterlosen Zigaretten, die für die Lungenkrebsstatistiken verantwortlich sind, unterscheiden.

Allerdings läßt sich Ungleichgewicht durch Differenzierung nicht immer völlig beseitigen, da die differenzierten Aspekte häufig durch eine positive Einheitsbeziehung verbunden sind. Damit fällt Differenzierung schon in den Bereich der „Zwischenlösungen", durch die zwar kein völliges Gleichgewicht hergestellt werden kann, die aber dennoch das Ausmaß des Ungleichgewichts vermindern. Eine weitere Zwischenlösung, auf die Abelson (1959) hinweist, ist die „Polsterung" der inkonsistenten Beziehung durch Hinzufügen von konsistenten Informationen, etwa wenn ein Raucher, der weiß, daß Rauchen zu Lungenkrebs führt, auf die vielen positiven Aspekte des Rauchens hinweist etwa, daß Rauchen beruhigt, männlich wirkt und ihm hilft, sein Gewicht zu halten.

Eine weitere Möglichkeit besteht darin, einfach nicht mehr an die inkonsistente Situation zu denken. Rosenberg und Abelson (1960) vertreten die Ansicht, daß Inkonsistenzen nur dann wirklich unangenehm sind, wenn sie aus irgendwelchen Gründen im Zentrum von p's Aufmerksamkeit stehen, etwa wenn der Raucher an die Gefahren des Rauchens erinnert wird. Ein Weg, mit Inkonsistenzen zu leben ist, nicht an sie zu denken.

Die Vielzahl von Reaktionsmöglichkeiten, deren Auftretenswahrscheinlichkeiten von bisher wenig erforschten Begleitumständen abzuhängen scheinen, vermindern den Wert der Theorie, da sie es unmöglich machen, im Einzelfall vorherzusagen, auf welche Weise das Ungleichgewicht reduziert werden wird. Solche Vorhersagen werden zusätzlich noch dadurch erschwert, daß eine *p-o-x*-Struktur im Normalfall sicherlich nur Teil einer komplexeren Struktur ist, die auch berücksichtigt werden muß. So wird ein *p* beim Versuch, Gleichgewicht in einer bestimmten *p-o-x*-Struktur herzustellen, vermutlich Möglichkeiten vermeiden, die andere Bereiche der Gesamtstruktur ins Ungleichgewicht bringen könnten. Wenn sich zum Beispiel Bob in der von Esch (1950) beschriebenen Situation für einen begabten Literaturkritiker hält, würde er die *p-o-x*-Triade kaum durch Änderung seiner Einschätzung der Gedichte ins Gleichgewicht bringen. Ein solcher „Umfall" wäre mit seiner Selbsteinschätzung nicht vereinbar. Gleichermaßen würde ihm, wenn er sich nach der Lektüre von Freud und Adler als unfehlbaren Menschenkenner sieht, ein völliger Wandel seines Urteils über Jim schwerfallen. Sollte sich Jim sowohl für einen talentierten Menschenkenner wie für einen hervorragenden Literaturkritiker halten, würde er vermutlich dazu neigen, die Urheberschaft Jims an den Gedichten anzuzweifeln. Inwieweit dieser Weg gangbar ist, hängt allerdings von der Klarheit der Hinweise ab, aus denen er Jims Autorenschaft ursprünglich erschlossen hatte.

Bobs Einschätzung seiner Fähigkeiten als Literaturkritiker und Menschenkenner stellen zusätzliche Beziehungen dar, durch die die simple *p-o-x*-Triade mit anderen kognitiven Elementen verknüpft ist. Indem wir die Implikationen dieser zusätzlichen Beziehungen für die Herstellung von Gleichgewicht in der *p-o-x*-Triade zu erfassen suchen, fragen wir im Grund nach den Bedingungen von Gleichgewicht und Ungleichgewicht in komplexen Strukturen. Unsere bisherigen Überlegungen dazu lassen sich mit einer einfachen Faustregel vereinbaren, die Rosenberg und Abelson (1960) folgendermaßen formulierten:

> „Die Präferenz-Ordnung für die verschiedenen Wege, eine unausgeglichene Struktur ins Gleichgewicht zu bringen, wird einer Ordnung der Wege nach der Zahl der notwendigen Vorzeichenänderungen entsprechen, von der kleinsten bis zur größten Zahl" (S.128).

Mit anderen Worten, bei der Herstellung von Gleichgewicht folgen wir dem Weg des geringsten Widerstandes.

Rosenberg und Abelson (1960) prüften diese Hypothese in einem Rollenspiel, das aus zwei Phasen bestand. In der ersten Phase mußten die Versuchspersonen eine von drei inkonsistenten *p-o-x-y*-Strukturen lernen, die von den Beziehungen zwischen *p*, *o* und zwei Sachverhalten *x* und *y* handelten. In der zweiten Phase mußten sie verschiedene Zusatzinformationen bewerten, deren Akzeptierung jeweils das Vorzeichen einer der Beziehungen der gelernten Struktur ändern würde. Rosenberg und Abelson erwarteten, daß Versuchspersonen am ehesten die Information akzeptieren würden, die es ihnen erlaubt, „ihre" Struktur mit der geringsten Änderung ins Gleichgewicht zu bringen.

Die Versuchspersonen mußten sich in die Rolle eines Warenhausbesitzers einfühlen, der sich vor folgendes Problem gestellt sah: Fenwick, der erfolgreiche Leiter der Teppichabteilung, der den Umsatz in dieser Abteilung seit Übernahme dieser Position gewaltig erhöht hatte, beabsichtigt, in seiner Abteilung moderne Gemälde örtlicher Künstler auszustellen. Dagegen wäre nichts einzuwenden, hätte nicht eines der führenden Marktforschungsinstitute gerade festgestellt, daß sich solche Ausstellungen verkaufsmindernd auswirken. Der typische Kaufhauskunde der unteren Mittelklasse wird durch moderne Gemälde derart verschreckt, daß er seine Kaufabsichten vergißt. Das oberste Ziel eines Warenhausbesitzers ist aber nicht Kunsterziehung, sondern Profit, und Profit kommt vom Verkauf.

Während diese Informationen für alle Versuchspersonen identisch waren, wurden jetzt durch zusätzliche Mitteilungen drei verschiedene Versuchsbedingungen geschaffen: In Bedingung 1 wurde der Kaufhausbesitzer als Kunstliebhaber geschildert, der viel von Fenwick hielt. In Bedingung 2 hatte der Kaufhausbesitzer eine negative Einstellung zur Kunst, schätzte aber Fenwick. In Bedingung 3 mochte er weder moderne Kunst noch Fenwick.

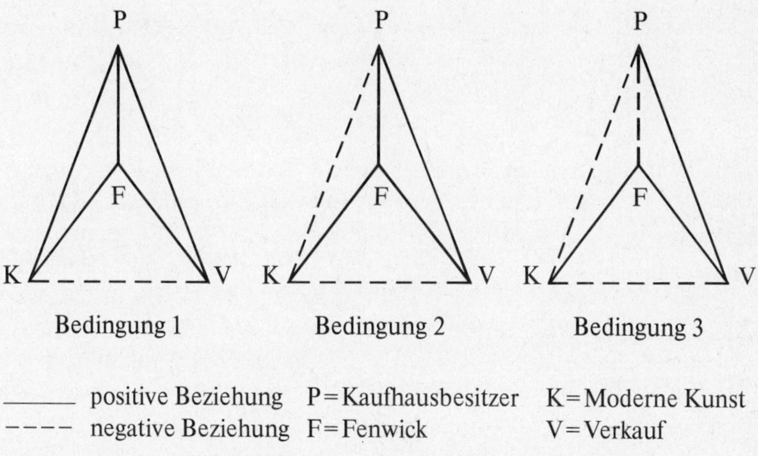

Abbildung 5.3: Darstellung der in den drei Versuchsbedingungen von Rosenberg und Abelson (1960) geschaffenen kognitiven Strukturen.

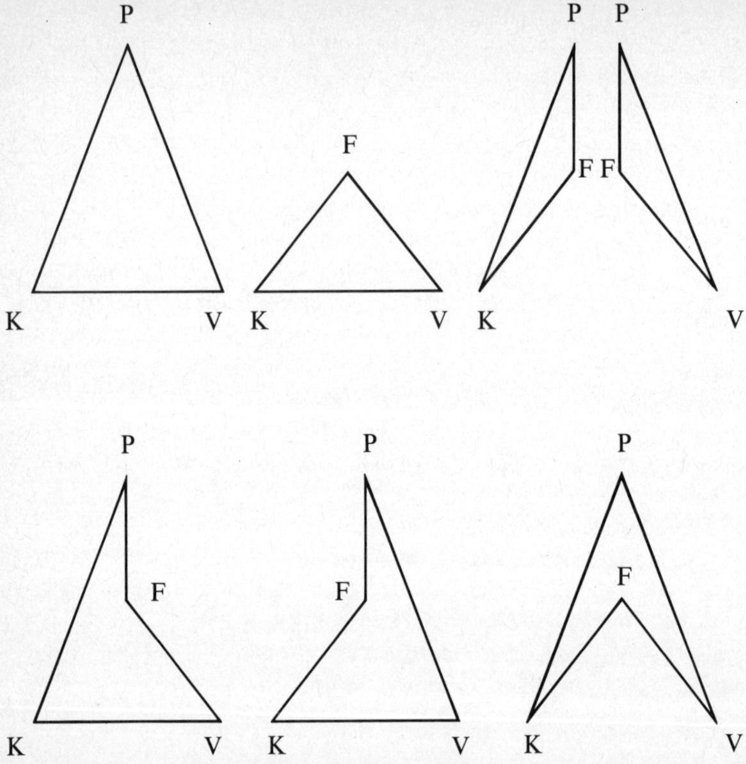

Abbildung 5.4: Graphentheoretische Aufteilung der im Versuch von Rosenberg und Abelson (1960) geschaffenen kognitiven Strukturen in die möglichen Zyklen.

Mit diesen Beschreibungen wurden kognitive Strukturen geschaffen, die aus vier Elementen (Kaufhausbesitzer, Fenwick, Kunst und Verkauf) und sechs Beziehungen bestanden. Die drei Strukturen sind in Abbildung 5.3 dargestellt. Jede dieser Strukturen läßt sich in folgende sieben Zyklen (Abbildung 5.4) aufteilen: PK, KV, VP; FK, KV, VF; PF, FK, KP; PF, FV, VP; PF, FV, VK, KP; PF, FK, KV, VP; PK, KF, FV, VP. Wie aus Tabelle 5.3 ersichtlich, ist der Grad des Gleichgewichts in allen drei Strukturen gleich niedrig (0.57).

In der zweiten Phase wurden den Versuchspersonen drei Mitteilungen gegeben, die sich auf die Situation in der Teppichabteilung bezogen. Aus der ersten Mitteilung (KV) ging hervor, daß neuere Untersuchungen gezeigt hätten, daß Kunstausstellungen in Kaufhäusern verkaufsfördernd wirkten.

Tabelle 5.3: Graphentheoretische Analyse des Grads der Ausgeglichenheit der in den drei Versuchsbedingungen von Rosenberg und Abelson (1960) geschaffenen kognitiven Strukturen.

Zyklen	Bedingung 1	Bedingung 2	Bedingung 3
PK, KV, VP	0	1	1
FK, KV, VF	0	0	0
PF, FK, KP	1	0	1
PF, FV, VP	1	1	0
PF, FV, VK, KP	0	1	0
PF, FK, KV, VP	0	0	1
PK, KF, FV, VP	1	0	0
Ausgeglichene Zyklen	3	3	3
Grad der Ausgeglichenheit	0,57	0,57	0,57

0 = Ungleichgewicht
1 = Gleichgewicht

Die zweite Mitteilung (FK) stellte fest, daß das „Gerücht", Fenwick plane eine Kunstausstellung, jeder Grundlage entbehre. In der dritten Mitteilung (FV) schließlich wurde berichtet, daß die Teppichabteilung in letzter Zeit starke Umsatzeinbußen zu verzeichnen hatte. Die Versuchspersonen mußten jeweils angeben, wie glaubhaft, überzeugend und angenehm sie diese Mitteilungen fanden.

Jede dieser Mitteilungen, die natürlich durch fiktive Informationen angereichert waren, würde, wenn akzeptiert, das Vorzeichen einer der sechs Beziehungen ändern. Jeweils eine der Mitteilungen ermöglicht es, die kognitive Struktur in einer der Versuchsbedingungen ohne weitere Umstrukturierung ins Gleichgewicht zu bringen, während Akzeptierung der beiden anderen Mitteilungen weiterreichende Veränderungen notwendig macht. So wird die in Bedingung 1 erzeugte kognitive Struktur durch Annahme der Mitteilung (KV), daß Kunstausstellungen verkaufsfördernd wirken, ins

Gleichgewicht gebracht, Struktur 2 durch die Mitteilung (FK), daß Fenwick keine Kunstausstellung plant, und Struktur 3 durch die Mitteilung (FV), daß Fenwick in letzter Zeit wenig erfolgreich war. In Übereinstimmung mit den Vorhersagen beurteilten die Versuchspersonen in den drei Versuchsbedingungen jeweils die Mitteilung am positivsten, die „ihre" kognitive Struktur mit minimaler Anstrengung ins Gleichgewicht brachte.

Läßt sich aber aus diesen Befunden tatsächlich schließen, daß kognitive Strukturen auf dem Wege des „geringsten Widerstandes" ins Gleichgewicht gebracht werden? Leider nicht. Dies wäre nur der Fall gewesen, wenn es auch die anderen beiden Kommunikationen den Versuchspersonen erlaubt hätten, ihre kognitiven Strukturen ins Gleichgewicht zu bringen, eben nur auf etwas umständlichere Art. Dies war jedoch nicht der Fall. Wenn zum Beispiel die Versuchspersonen in Bedingung 1 statt der Mitteilung KV die Mitteilung FK oder FV akzeptiert hätten, hätten sie nicht etwa einen *umständlicheren* Weg zur Herstellung von Gleichgewicht gewählt, sondern sie wären diesem Ziel überhaupt *nicht* nähergekommen. So wären etwa durch Annahme von FK zwar die zuvor unausgeglichenen Zyklen FK, KV, VF und PF, FK, KV, VP ins Gleichgewicht gebracht worden, dafür wäre aber in den Zyklen PF, FK, KP und PK, KF, FV, VP, die zuvor im Gleichgewicht waren, Ungleichgewicht erzeugt worden. Ähnliches gilt für die Kommunikation FV sowie für die anderen Bedingungen. Somit zeigen die Befunde von Rosenberg und Abelson (1960) nicht, daß Versuchspersonen die Kommunikation vorziehen, die ihre kognitive Struktur mit minimaler Anstrengung ins Gleichgewicht bringt, sondern nur, daß sie eine Kommunikation, die Gleichgewicht erzeugt, solchen, die keines erzeugen, vorziehen.

Ein weiteres Problem für diesen Ansatz ergibt sich aus der Tatsache, daß nicht alle in Abbildung 5.3 dargestellten positiven (oder negativen) Beziehungen einander gleichwertig sind. So könnte man bezweifeln, ob der Warenhausbesitzer seine Einstellung zum Verkauf und damit zum Unternehmensgewinn ändern würde, selbst wenn er dadurch das Gleichgewicht in der abgebildeten kognitiven Struktur wiederherstellen könnte. Es ist wahrscheinlicher, daß er an dieser einen Bewertung festhalten würde, da sie für ihn grundlegender und wichtiger ist als etwa seine Einstellung zu Fenwick oder zur modernen Kunst. Wenn wir statt des Teilaspektes in Abbildung 5.3 die gesamte kognitive Struktur unseres Warenhausbesitzers darstellen könnten, würde sich die größere Bedeutung seiner Einstellung zum Verkauf vermutlich darin reflektieren, daß der Verkauf in ein wesentlich dichteres Netzwerk von Beziehungen integriert sein würde als die anderen Elemente der in Abbildung 5.3 dargestellten kognitiven Strukturen. Während dieser Ausschnitt möglicherweise alle Beziehungen, die *p* mit Fenwick verknüpfen, enthält, müßte der Verkauf in einer vollständigeren Abbildung noch mit Elementen wie „Erhaltung des Lebensstandards", „Erhaltung von Arbeitsplätzen" usw., verbunden werden. Innerhalb dieser größeren Struktur würde dann vermutlich die Veränderung von *p*'s Beziehung zum Verkauf weniger zur Wiederherstellung von Gleichgewicht beitragen als die Änderung anderer Beziehungen der abgebildeten kognitiven Struktur. Solche Überlegungen spielen vermutlich auch bei den Urteilen der Versuchspersonen als implizite Zusatzannahmen eine Rolle.

Da es aber gewöhnlich nicht möglich sein wird, alle relevanten Aspekte einer kognitiven Struktur bei einer Untersuchung zu berücksichtigen, führen die oben gemachten Annahmen zu einer gewissen Immunisierung der Theorie. Bei Unregelmäßigkeiten in den empirischen Befunden ist immer der Hinweis auf möglicherweise unberücksichtigt gebliebene Teile der kognitiven Struktur möglich. Diese Schwierigkeit könnte umgangen werden, indem man nicht nur die Positivität und Negativität von Beziehungen, sondern auch ihre Intensivität erfaßt. Die Annahme, daß „Verkauf" für unseren Warenhausbesitzer konsistent in eine Struktur von nicht berücksichtigten Beziehungen (etwa zum Lebensstandard, zur Sicherung von Arbeitsplätzen usw.) eingebettet ist, „Fenwick" hingegen nicht, müßte sich bei Erfassung der Intensität der Einstellungen des Warenhausbesitzers zum „Verkauf" und zu „Fenwick" dadurch stützen lassen, daß die Einstellung zum „Verkauf" wesentlich intensiver sein wird als die Einstellung zu „Fenwick". Diese Annahme ist auch mit Rosenbergs (1960) Theorie der affektiv-kognitiven Konsistenz vereinbar.

5.3.2 Die affektiv-kognitive Konsistenztheorie

Einstellungen bestehen also gewöhnlich nicht in Isolation, sondern sind in ein System von Beziehungen eingebettet. So hängt die Einstellung des Warenhausbesitzers zu Fenwick in Abbildung 5.3 mit anderen Einstellungen zusammen, etwa seiner Einstellung zum „Verkauf" oder zur „modernen Kunst", beides Einstellungsobjekte, die er mit Fenwick in Verbindung bringt, da er „weiß", daß Fenwick den Verkauf in seiner Abteilung gesteigert hat und daß er gegenwärtig eine Kunstausstellung plant. Ein Urteil über das Bestehen einer Verbindung zwischen zwei Einstellungsobjekten wurde im letzten Kapitel (S. 142) als Meinung definiert. Die Einstellung des Besitzers zu Fenwick beruht also auf seinen Meinungen über Fenwick, und es ist anzunehmen, daß seine Einstellung um so positiver ist, je größer der Anteil der positiven Meinungen an der Gesamtheit seiner Meinungen über Fenwick ist.

5.3.2.1 Darstellung der Theorie

Was ist aber eine positive Meinung? Rosenberg (1960), der sich auf eine Form von Beziehungen, nämlich instrumentelle Beziehungen, beschränkt, geht davon aus, daß Meinungen über einen Einstellungsgegenstand dann positiv sind, wenn sie eine positive instrumentelle Beziehung zwischen dem Gegenstand und positiv bewerteten Zuständen oder negative instrumentelle Beziehungen zwischen dem Gegenstand und negativen Zuständen annehmen. Beispiele für positive instrumentelle Beziehungen sind Helfen, Beitragen und Fördern. Beispiele für negative instrumentelle Beziehungen sind Hindern und Blockieren. Wir haben also eine positive Meinung über einen Einstellungsgegenstand, wenn wir annehmen, daß er uns beim Erreichen positiver Zustände hilft oder das Eintreten negativer Zustände verhindert. Positive Meinungen über Atomkraftwerke sind etwa die Ansichten, daß Atomkraftwerke billigen Strom (+) ermöglichen (+) und unsere Abhängigkeit vom Öl (−) veringern (−). Negative Meinungen stellen negative instrumentelle Beziehungen zwischen einem Einstellungsobjekt und positiv bewerteten Zuständen her oder positive instrumentelle Bezehungen zwischen dem Objekt und negativen Zuständen. Negative Meinungen über Amtomkraftwerke sind etwa die Ansichten, daß sie zur Umweltverseuchung (−) beitragen (+) und die Nutzbarmachung billiger, aber ungefährlicher Energiequellen (+) verhindern (−)[3].

Rosenberg (1960) geht davon aus, daß die Einstellung zu einem Einstellungsgegenstand um so positiver ist, je größer die Zahl der positiven Meinungen über den Einstellungsgegenstand ist. Da die Positivität oder Negativität einer Meinung in Anwendung der Multiplikationsregel der Gleichge-

---

[3]Rosenbergs (1960) Definition einer Meinung als Urteil über das Bestehen einer positiven oder negativen instrumentellen Beziehung zwischen dem Einstellungsobjekt und einem Wert weicht nur unwesentlich von der von uns eingeführten Definition ab, nach der Meinungen Wahrscheinlichkeitsurteile über das Bestehen einer Verbindung zwischen einem Einstellungsobjekt und einem Attribut darstellen. Urteile über die Intensität positiver oder negativer instrumenteller Beziehungen korrelieren vermutlich hoch mit Urteilen über die Wahrscheinlichkeit einer Verbindung, wobei einer instrumentellen Beziehung mit dem Skalenwert 0 vermutlich eine Wahrscheinlichkeit von 0 entspricht. Der Unterscheidung zwischen negativen und positiven instrumentellen Beziehungen wird durch eine entsprechende Formulierung der Werte entsprochen. In dieser Form wird offensichtlich, daß eine strukturelle Ähnlichkeit zwischen Rosenbergs (1960) Formulierung und einer Reihe von Modellen besteht, die keineswegs auf gleichgewichtstheoretischen Prinzipien beruhen, etwa Erwartung x Wert-Ansätzen wie Edwards (1954) SEU-Modell (Subjective Expected Utility) und dem Ansatz von Fishbein (1967).

wichtstheorie vom Produkt der Vorzeichen von instrumenteller Beziehung und Wert abhängt, sollte sowohl die Richtung als auch die Intensität einer Einstellung als Funktion dieser Produkte variieren. Rosenberg (1960) definiert diesen Zusammenhang durch folgende Gleichung:

$$E_0 = \sum_{i=1}^{n} I_i W_i$$

wobei E_0 = die Einstellung zu einem Einstellungsobjekt, I_i = die wahrgenommene Instrumentalität des Einstellungsobjektes zum Erreichen oder Blockieren des Wertes W_i, W_i = der Wert i, also die Befriedigung oder Frustration, die die Person beim Eintreten von i verspüren würde und n = die Zahl solcher für das Einstellungsobjekt relevanter Werte und Ziele.

Rosenberg geht jedoch über gleichgewichtstheortische Annahmen hinaus, indem er nicht nur zwischen positiven oder negativen Werten unterscheidet, sondern beide auf einem Kontinuum von extrem positiv nach extrem negativ skaliert. Um etwa den Summenindex $I_i W_i$ für die in Abbildung 5.5 dargestellte kognitive Struktur zu errechnen, benötigen wir zusätzliche Informationen über die Intensität der Werte und Instrumentalitäten. Diese Information läßt sich folgendermaßen gewinnen.

Der Proband wird gebeten, jeden der Werte auf einem semantischen Differential mit den Endpunkten „gut" (+3) und „schlecht" (−3) einzustufen. Anschließend muß er für jeden einzelnen Wert angeben, inwieweit seiner Ansicht nach der Einstellungsgegenstand (Pille) das Erreichen dieses Wertes fördert oder verhindert. Man kann auch hier eine 7-Punkte-Skala verwenden mit den Endpunkten „förderlich" (+3) und „hinderlich" (−3). Nachdem sowohl Werte wie auch Instrumentalitäten beurteilt wurden, muß die Einschätzung jedes Wertes mit der Einschätzung der entsprechenden Instrumentalität multipliziert und müssen diese Produkte summiert werden. Tabelle 5.4 enthält die Urteile eines hypothetischen Probanden für dieses Beispiel.

Die in Abbildung 5.5 dargestellte kognitive Struktur läßt sich durch Einzeichnen der Gefühlsbeziehungen zwischen *p* und den einzelnen Werten sowie der zentralen Einstellung leicht in die vertraute Form bringen (Abbildung 5.6). Dabei wird offensichtlich, daß die Werte, die mit der zentralen Einstellung verknüpft sind, im Grunde auch nur Einstellungen reflektieren und daß die Struktur nur jene Werte enthält, die direkt mit der zentralen Einstellung verbunden sind. Es wird weiterhin offensichtlich, daß die Stärke der Einstellung zur Pille zahlenmäßig mit den anderen Einstellungen („Werten") nicht vergleichbar ist. Es ist zum Beispiel durchaus wahrscheinlich, daß *p*'s Einstellung zur „Freude am Sex" wesentlich positiver ist als die Einstellung zur Pille.

Tabelle 5.4: Beispiel für die Urteile eines Probanden über Werte und deren instrumentellen Beziehungen zur Pille.

Werte	Beurteilung der Werte W	Beurteilung der Instrumentalität I	Produkt aus Wert und Instrumentalität IxW
Höherer Lebensstandard	+1	+2	+2
Freude am Sex	+3	+2	+6
Überbevölkerung	−2	−1	+2
Unerwünschte Schwangerschaft	−3	−3	+9
Summe	−1	0	+19

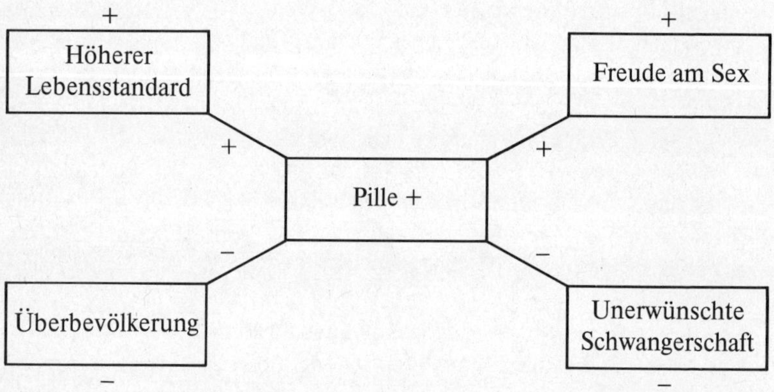

Abbildung 5.5: Beispiel einer konsistenten kognitiven Struktur einer Person mit positiver Einstellung zur Pille.

Die affektiv-kognitive Konsistenztheorie macht deutlich, daß dieselbe Einstellung aus recht unterschiedlichen Gründen vertreten werden kann und daß unterschiedliche Einstellungen auf Wertunterschieden oder aber auf Unterschieden in der Wahrnehmung instrumenteller Beziehungen beru-

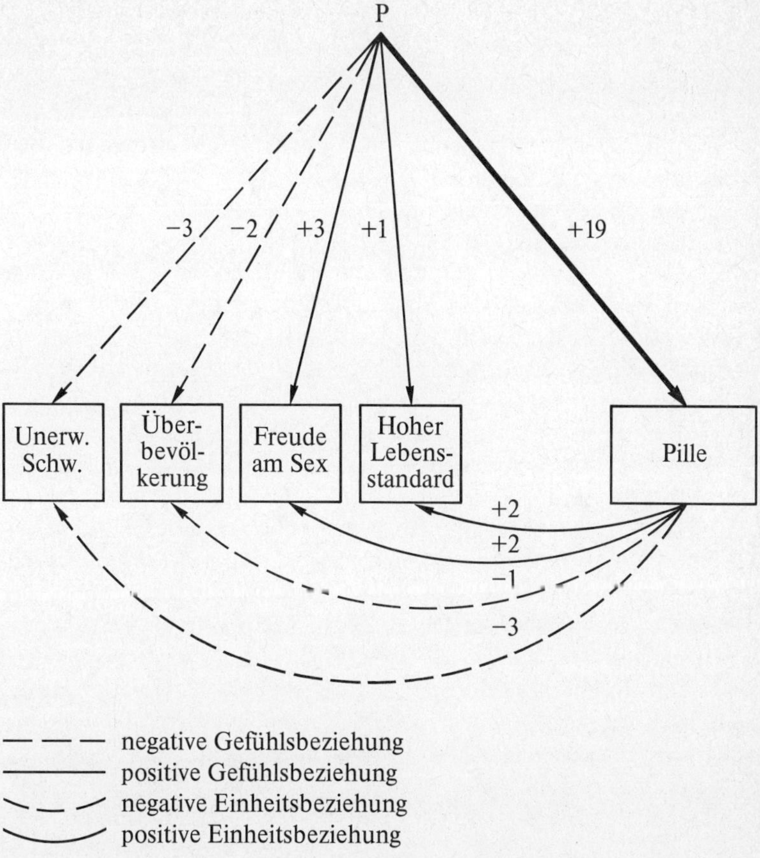

Abbildung 5.6: Beispiel für die konsistente kognitive Struktur einer Person mit positiver Einstellung zur Pille: Triadische Darstellung.

hen können. So wird etwa von vielen Gegnern der Pille die instrumentelle Beziehung zwischen Pille und Freude am Sex sehr wohl erkannt, sie ist sogar der Hauptgrund ihrer Gegnerschaft. Unterschiedliche Einstellungen zu Atomkraftwerken beruhen häufig auf unterschiedlicher Einschätzung der instrumentellen Beziehung zwischen Atomkraftwerken und Umweltverseuchung. Bei gleich negativer Bewertung einer atomaren Verseuchung scheinen die Gegner eine solche Katastrophe für wahrscheinlicher zu halten (intensivere instrumentelle Beziehung) als die Befürworter solcher Anlagen.

Wenn man bedenkt, daß Werbung, Propaganda sowie jede andere Form der Überredung meist darauf abzielen, die Einstellungen der Zielperson zu ändern, wird die Bedeutung dieses Sachverhaltes offensichtlich. Bevor man eine Werbekampagne ausarbeitet, ist es ratsam, die kognitiven Strukturen zu erforschen, die die fragliche Einstellung umgeben. Wenn man zum Beispiel Autofahrer zum Benutzen der Gurte überreden will, sollte man die kognitiven Strukturen von Fahrern, die die Gurte nutzen, mit solchen, die sie nicht nutzen, vergleichen, um herauszufinden, in welchen Meinungen oder Werten sich die beiden Gruppen unterscheiden. Es ist am aussichtsreichsten, solche relevanten instrumentellen Beziehungen oder Werte anzugehen, in denen die beiden Gruppen differieren, da nur sie für die Verhaltensunterschiede verantwortlich sein können. Ohne solche Voruntersuchungen besteht immer die Gefahr, daß man seine Überredungskünste auf die Veränderung einer instrumentellen Beziehung ausrichtet, wenn man die Werte hätte angehen sollen, oder daß man sich auf die Werte konzentriert, wenn der Einstellungsunterschied tatsächlich auf einer unterschiedlichen Wahrnehmung der instrumentellen Beziehung beruht. So ist es in vielen Entwicklungsländern wenig erfolgversprechend, auf die Möglichkeit der Verringerung der Kinderzahl durch Empfängnisverhütungsmittel einzugehen, da eine hohe Kinderzahl als Zeichen der Potenz des Mannes prestigeträchtig ist. Hier muß zuerst die Bewertung der Kinderzahl verändert werden. Manchmal ist aber umgekehrt gerade ein Unterschied in der Wahrnehmung der instrumentellen Beziehung bei gleicher Wertung für Verhaltensunterschiede veranwortlich. So unterscheiden sich vermutlich Personen, die an Röntgenuntersuchungen *nicht* teilnehmen, von den Teilnehmern nicht in der Bewertung der schrecklichen Folgen einer Lungenkrebserkrankung, sondern in der Beurteilung des Beitrags, den die Untersuchung zur Vermeidung dieser Folge leisten könnte. Gerade wer Lungenkrebs besonders fürchtet, weil er glaubt, daß dieser auch im Frühstadium unheilbar ist, wird sich kaum um Früherkennung bemühen.

5.3.2.2 Forschung zur affektiv-kognitiven Konsistenztheorie

Zur Stützung seiner Theorie zieht Rosenberg (1960) drei Arten von Untersuchungen heran: Erstens Untersuchungen, die zeigen, daß Einstellungen normalerweise einen engen Zusammenhang mit Meinungen aufweisen. Zweitens Untersuchungen, die zeigen, daß gezielte Veränderung der Meinungen (Kognitionen) einer Person eine Einstellungsänderung (Affektänderung) bewirkt und drittens eine Untersuchung, die zeigt, daß gezielte Änderung des Affektes zur Meinungsänderung führt.

Der enge Zusammenhang zwischen Einstellungen (Bewertung des Einstellungsobjektes) und Meinungen (Summe der Instrumentalität x Wert-Produkte) wurde in einer Reihe von Arbeiten bestätigt. Rosenberg (1956) führte zwei Untersuchungen durch, in denen er die Einstellung zur Redefreiheit für Kommunisten und Rassentrennung in Wohngebieten mit den entsprechenden kognitiven Strukturen verglich und einen signifikanten Zusammenhang zwischen Einstellungsmaß und Produktsumme feststellte. Wie Rosenberg bekannt war, hatten Woodruff und Divesta (1948) schon zuvor eine Korrelation von + .80 zwischen der Einstellung zu Studentenverbindungen und einem aus Produktsummen bestehenden kognitiven Index errechnet. In neuerer Zeit waren Insko, Blake, Cialdini und Mulaik (1970) etwas weniger erfolgreich. Sie verglichen den Zusammenhang zwischen der Einstellung zur Empfängnisverhütung und den entsprechenden Produktsummen und fanden nur eine Korrelation von + .42. Dies mag an der spezifischen Fragestellung gelegen haben oder an der höheren Toleranz für Ungleichgewicht bei den untersuchten Arbeiterfrauen.

Für die Annahme, daß Meinungsänderung Einstellungsänderung zur Folge hat, gibt es eine Vielzahl von Belegen, die wir aber erst im nächsten Kapitel besprechen werden. Die letzte Hypothese, daß eine Veränderung des Affektes zu einer Meinungsänderung führt, ist wesentlich weniger erforscht worden, da es äußerst schwierig ist, Einstellungen ohne irgendeine Form von Argumentation und Vermittlung neuer Informationen zu beeinflussen. Eine Möglichkeit bestünde in der Konditionierung von Aversionen, wie sie zur Entwöhnung von Rauchern und Trinkern manchmal verwendet wird. Ein solches Verfahren hat aber den Nachteil, daß das Ziel der Konditionierung für die Probanden offensichtlich ist. Rosenberg (1960) nutzte deshalb die wesentlich exotischere Methode, die Gefühle seiner Versuchspersonen zu Einstellungsfragen unter Hypnose zu verändern. Zum Beispiel wurde Versuchspersonen, die den Einzug von Negern in weiße Wohngebiete ablehnten, unter Hypnose folgender Auftrag erteilt:

> „Wenn Sie aufwachen, werden Sie sehr dafür sein, daß Schwarze in bisher nur von Weißen bewohnte Wohngebiete einziehen. Schon der Gedanke, daß Schwarze in diese Gebiete einziehen, wird Sie glücklich und zufrieden machen. Obwohl sie sich nicht an diese Anordnung erinnern werden, wird sie Ihre Gefühle nach dem Erwachen beeinflussen. Nur wenn das Zeichen für Erinnerung gegeben wird, werden Sie sich erinnern. ... und nur dann werden Ihre Gefühle zu ihrem normalen Zustand zurückkehren" (S.26).

Jeweils eine halbe Stunde vor der Hypnose und eine halbe Stunde danach wurde die diesen Einstellungsgegenstand umgebende kognitive Struktur der Versuchspersonen erfaßt und die Summe der Instrumentalität x Wert-Produkte errechnet. Ein Vergleich der „vorher–nachher"-Unterschiede der experimentellen Gruppen mit denen einer Kontrollgruppe, deren Gefühle zu diesem Einstellungsgegenstand nicht hypnotisch beeinflußt worden waren, ergab eine signifikante Veränderung der kognitiven Strukturen der Versuchspersonen in der erwarteten Richtung. Wenn eine Versuchsperson aufgrund der Hypnose den Einzug von Negern in weiße Wohngebiete positiver bewertete, dann untermauerte sie diese Affektänderung nun auch mit einer Meinungsänderung. Sie beurteilte die Konsequenzen eines solchen Einzugs nach der Hypnose wesentlich positiver als zuvor.

Trotz der Vielzahl der empirischen Befunde, die die Vorhersage der affektiv-kognitiven Konsistenztheorie zu stützen scheinen, gilt dieser Ansatz nicht als empirisch gut abgesichert. Dieser paradoxe Zustand beruht auf der leidigen Tatsache, daß die meisten der berichteten Befunde auch ebensogut mit anderen Theorien vereinbar sind. So ist die Erwartung, daß positive Einstellungen auf positiven Meinungen beruhen, sowohl aus einem Informationsverarbeitungsansatz (Anderson, 1971) wie aus lerntheoretischen Überlegungen (Fishbein, 1967) ableitbar. Nur das Ergebnis der letzten Untersuchung, in der eine Meinungsänderung als Folge einer unbewußten Affektänderung nachgewiesen wurde, würde zumindest dem Informationsverarbeitungsansatz Schwierigkeiten bereiten, da dieser davon ausgeht, daß Einstellungsänderung immer auf dem Erwerb neuer Informationen beruht. Allerdings handelt es sich bei diesen letzten Befunden um Ergebnisse einer einzelnen Untersuchung, die schon wegen ethischer Bedenken kaum mehr wiederholt werden dürfte.

5.3.3 Die Kongruitätstheorie

5.3.3.1 Darstellung der Theorie

Obwohl die Kongruitätstheorie von Osgood und Tannenbaum (1955) aus einer anderen theoretischen Tradition stammt als die Gleichgewichtstheorie, sind sich die beiden Ansätze überraschend ähnlich. Der wesentliche Unterschied besteht darin, daß das Kongruitätsmodell zumindest bei *p*'s Einstellungen zu *o* und *x* (oder *q*) nicht nur qualitative, sondern auch quantitative Unterschiede berücksichtigt. Die Einstellungen werden mittels semantischer Differentiale von extrem positiv (+ 3) bis extrem negativ (- 3) skaliert. Nur bei *p'*s Meinung über *o'*s Einstellung zu *x* (oder *q*) bleibt das Kongruitätsmodell bei der Einteilung in positive oder negative Beziehungen. Das Modell wurde von Osgood und Tannenbaum (1955) zur Vorhersage von Einstellungswandel in Kommunikationssituationen entwickelt, in denen eine

Person *p* die positive oder negative Einstellung einer Person *o* zu einem Sachverhalt *x* (oder einer weiteren Person *q*) erfährt. Wenn man also in den Nachrichten hört, daß der Bundeskanzler sich positiv über den amerikanischen Präsidenten geäußert hat oder daß eine französische Zeitung schlechte Dinge über die deutsche Justiz verbreitet, dann läßt sich mit diesem Modell, bei Kenntnis der ursprünglichen Einstellungen des Hörers zum Bundeskanzler und zum US-Präsidenten oder zu der Zeitung und der deutschen Justiz, die Wirkung dieser Nachrichten auf die Einstellungen präzise vorhersagen. Da Einstellungen jedoch nicht nur verbal zum Ausdruck gebracht werden können, sondern auch durch Handlungen, kann das Kongruitätsmodell auch außerhalb der reinen Kommunikationssituation angewendet werden. Wenn wir etwa im Fernsehen beobachten, wie der Bundeskanzler und der französische Präsident sich mit einer freundschaftlichen Umarmung begrüßen, dann stellt dies ebenso eine positive Beziehung zwischen den beiden her wie eine positive verbale Aussage.

Nach dem Kongruitätsmodell sollten derartige Nachrichten keinen Einstellungswandel erzeugen, wenn die Situation kongruent (konsistent) ist. Während das Modell insoweit mit dem Heiderschen (1946) Ansatz übereinstimmt, ist es in der Definition konsistenter Zustände wesentlich restriktiver. Nach Heider ist eine Situation schon dann im Gleichgewicht, wenn zwei gleich bewertete Einstellungsgegenstände durch eine positive Beziehung oder zwei ungleich bewertete Einstellungsgegenstände durch eine negative Beziehung verknüpft sind. Nach Osgood und Tannenbaum hingegen ist eine Situation nur dann kongruent, wenn bei positiver Verknüpfung gleiche Vorzeichen und gleicher Skalenwert und bei negativer Verknüpfung ungleiche Vorzeichen und gleicher Skalenwert gegeben sind. Während also alle kongruenten Situationen im Gleichgewicht sind, sind nicht alle gleichgewichtigen Situationen kongruent. Wenn der Kanzler den US-Präsidenten lobt, ist diese Situation nur dann kongruent, wenn beide gleich positiv beurteilt werden (bzw. gleich negativ). Wenn etwa der Hörer zwar beide positiv einschätzt, aber den einen doch ein wenig positiver als den anderen, dann wäre die Situation schon inkongruent.

Inkongruität erzeugt einen Druck zur Kongruität und führt zu Einstellungswandel, durch den Kongruität wiederhergestellt wird. Gewöhnlich werden beide Einstellungen verändert. Nur wenn einer der beiden Einstellungsgegenstände neutral bewertet wird, wird Kongruität allein durch Änderung der neutralen Einstellung wiederhergestellt.

Einstellungswandel nach positiven Beziehungen: Bei der Besprechung des Einstellungswandels ist es vielleicht am einfachsten, mit Inkongruität als Folge einer positiven Beziehung zwischen zwei Einstellungsobjekten zu beginnen. Wenn sich etwa der SPIEGEL (+2) positiv über den deutschen Außenminister (+1) äußert, dann wäre die Situation kongruent, wenn wir entweder, bei unveränderter Einstellung zum SPIEGEL, unsere Einstellung zum Außenminister nach +2 verbessern oder umgekehrt, bei unveränderter Einstellung zum Außenminister, unsere Einstellung zum SPIEGEL nach +1 verschlechtern würden. Es muß also insgesamt ein Einstellungswandel in der Größenordnung von 1 Einheit auftreten (Abbildung 5.7).

Allerdings, wie schon anfänglich ausgeführt wurde, wird die Kongruität weder ganz auf Kosten des SPIEGELS, noch ausschließlich zu Gunsten des Außenministers wiederhergestellt werden. Beide Einstellungen werden sich ein wenig ändern. Es stellt sich nur die Frage nach der Größenordnung dieser Verschiebungen. Hier gehen Osgood und Tannenbaum (1955) davon aus, daß extremere Einstellungen weniger leicht zu ändern sind als weniger extreme. Dies bedeutet in unserem Fall, daß sich die Einstellung zum Außenminister mehr verändern wird als die Einstellung zum SPIEGEL. Ge-

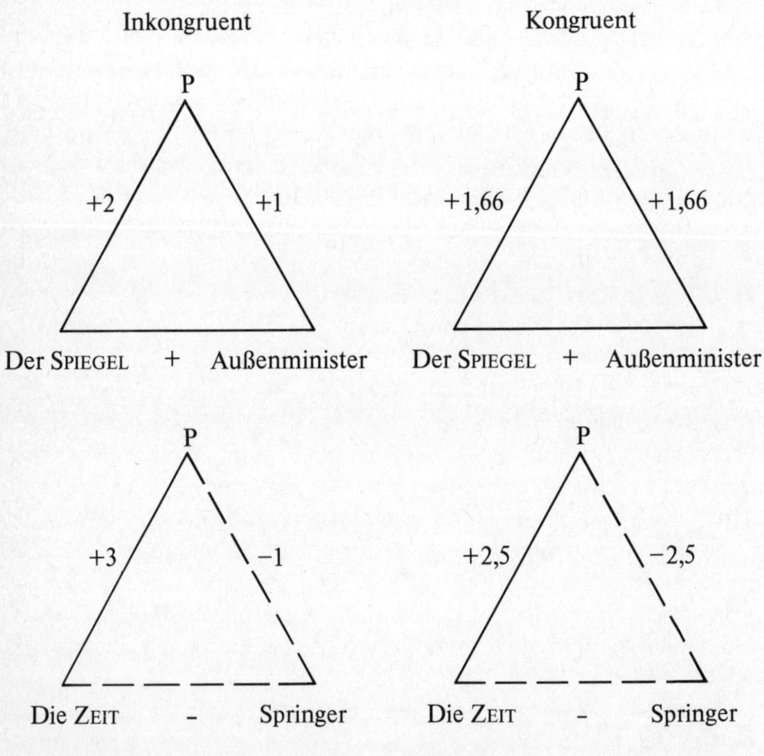

Abbildung 5.7: Hypothetische Beispiele kongruenter und inkongruenter Situationen.

nauer ergibt sich aus dem Modell die Vorhersage, daß sich die Gesamtveränderung von 1 Einheit auf die beiden Einstellungsobjekte im umgekehrten Verhältnis zu ihren ursprünglichen Skalenwerten verteilen wird. Da der Skalenwert des SPIEGELS 2 ist, wird sich die Einstellung zum Außenminister um 2 Teile (also 2/3) des Gesamtbetrags verändern. Die Einstellung zum SPIEGEL wird sich nur um einen Teil (also 1/3) ändern, da der Skalenwert des Außenministers 1 ist. Somit sollte sich die Einstellung zum SPIEGEL um 1/3 einer Einheit verschlechtern, während sich die Einstellung zum Außenminister um 2/3 einer Einheit verbessert. Beide treffen sich am Skalenwert 5/3, und Kongruität ist wiederhergestellt.

Da Tannenbaum zu diesem Zeitpunkt gerade an einem Sommerkurs in Mathematik für Sozialwissenschaftler teilgenommen hatte (Tannenbaum, 1968, S. 54), steht uns das Modell auch in formalisierter Form zur Verfügung. Für positive Beziehungen zwischen zwei Einstellungsobjekten ergibt sich folgende Aussage:

$$\Delta EO_1 = \frac{|EO_2|}{|EO_1| + |EO_2|} (EO_2 - EO_1)$$

$$\Delta EO_2 = \frac{|EO_1|}{|EO_1| + |EO_2|} (EO_1 - EO_2)$$

wobei:
- EO_1 Einstellung zum Einstellungsobjekt 1
- EO_2 Einstellung zum Einstellungsobjekt 2
- $|EO_1|$ Absolutbetrag der Einstellung zu O_1
- $|EO_2|$ Absolutbetrag der Einstellung zu O_2
- ΔEO_1 Betrag, um den die Einstellung zu O_1 geändert wird
- ΔEO_2 Betrag, um den die Einstellung zu O_2 geändert wird

Wenn wir die Bewertung des SPIEGELS als EO_1 und die des Außenministers als EO_2 einsetzen, ergibt sich für obiges Beispiel folgende Berechnung:

$$\Delta EO_1 \frac{1}{2+1} (1-2) = -\frac{1}{3}$$

$$\Delta EO_2 \frac{2}{2+1} (2-1) = +\frac{2}{3}$$

Das Ergebnis stimmt mit unseren oben angestellten Überlegungen überein.

Einstellungswandel nach negativen Beziehungen: Bei Inkongruität als Folge einer negativen Beziehung zwischen zwei Einstellungsobjekten sind die Vorhersagen etwas weniger offensichtlich und häufig auch weniger einsichtig. Wenn Axel Springer (−1) die ZEIT (+3) kritisiert, dann wäre die Situation kongruent, wenn die Einstellung zu Springer bei unveränderter Einstellung zur ZEIT auf −3 oder aber die Einstellung zur ZEIT bei unveränderter Einstellung zu Springer auf +1 absinken würde. Der Gesamtbetrag des Einstellungswandels ist also 2 Einheiten. Von diesen 2 Einheiten müßte Springer als der weniger polarisierte Einstellungsgegenstand den Löwenanteil zurücklegen und zwar genau 3/4 des Weges, während sich die Einstellung zur ZEIT nur um 1/4 der 2 Einheiten verändern würde. Die Einstellung zur ZEIT fällt also um 0,5 auf +2,5, die Einstellung zu Springer entsprechend um 1,5 auf −2,5. Beide Einstellungen haben sich also in Folge der kritischen Bemerkung verschlechtert (Abbildung 5.7).

Die Formel für negative Beziehungen sieht folgendermaßen aus:

$$\triangle EO_1 = \frac{|EO_2|}{|EO_1| + |EO_2|} (-EO_1 - EO_2)$$

$$\triangle EO_2 = \frac{|EO_1|}{|EO_1| + |EO_2|} (-EO_1 - EO_2)$$

Wenn wir jetzt die Bewertung Springers als EO_1 und die der ZEIT als EO_2 einsetzen, ergibt sich für obiges Beispiel:

$$EO_1 = \frac{3}{1+3} \ (1 - 3) \ = - \frac{3}{2}$$

$$EO_2 = \frac{1}{1+3} \ (1 - 3) \ = - \frac{1}{2}$$

Auch dieses Ergebnis stimmt erfreulicherweise mit den oben angestellten Überlegungen überein.

Korrekturfaktoren: Bei der empirischen Prüfung des Modells erwies sich die Einführung von zwei Korrekturfaktoren als notwendig, um systematische Abweichungen der empirischen Werte von den theoretischen Vorhersagen auszugleichen. Es zeigte sich, daß bei wachsender Inkongruität die Größe des tatsächlich beobachtbaren Einstellungswandels immer mehr hinter den theoretischen Erwartungen zurückblieb. Osgood und Tannenbaum (1955) vermuten, daß es an der mangelhaften Glaubwürdigkeit extrem inkongruenter Verbindungen liegt und schlagen deshalb eine Korrektur für Unglaubwürdigkeit vor, die die Größe des vorhergesagten Einstellungswandels verringern soll. Die Autoren geben zu, daß sie über das genaue Ausmaß der Korrektur nur Vermutungen anstellen können. Sie gehen davon aus, daß eine Kommunikation nur dann unglaubwürdig wird, wenn sie eine negative Beziehung zwischen zwei Einstellungsobjekten von gleichem Vorzeichen oder eine positive Beziehung zwischen zwei Einstellungsobjekten von ungleichem Vorzeichen schafft. Mit anderen Worten, wenn ein +3 einen +1 lobt, ist dies bei gleicher Skalendifferenz glaubwürdiger als wenn ein +1 eine positive Beziehung zu einem −1 herstellt. Diese Annahme ist nicht nur recht willkürlich, sie scheint auch zu implizieren, daß es sich beim semantischen Differential um eine Verhältnisskala handelt. Bezüglich der Größe der notwendigen Korrektur gehen Osgood und Tannenbaum davon aus, daß der Korrekturfaktor als positiv beschleunigte Funktion der Inkongruität anwächst und bei maximaler Inkongruität die Größe des nach dem Grundmodell vorhergesagten Einstellungswandels erreicht. Mit anderen Worten: Bei maximaler Inkongruität wird die Dämpfung aufgrund der Unglaubwürdigkeit so stark, daß kein Einstellungswandel mehr auftritt. Während also Einstellungswandel nach dem ursprünglichen Modell mit steigender Inkongruität monoton ansteigen sollte, wird jetzt aufgrund der Korrektur eine kurvilineare Beziehung vorhergesagt.

Die Einführung der zweiten Korrektur wurde notwendig, da sich die im ursprünglichen Modell implizierte Gleichbehandlung von Urheber und Empfänger einer Aussage nicht aufrechterhalten ließ. Nach dem ursprünglichen Modell spielt es keine Rolle, ob zum Beispiel der Bundeskanzler die ZEIT lobt oder die ZEIT den Bundeskanzler. Dies ist intuitiv nicht sehr einsichtig. Schon die Alltagserfahrung zeigt, daß es einen Unterschied macht, ob man gelobt wird oder lobt, kritisiert wird oder kritisiert. Die Einstellung zum Empfänger von Lob oder Tadel ändert sich gewöhnlich relativ mehr als die zum Urheber. Osgood und Tannenbaum (1955) schlagen deshalb eine Richtungskonstante vor, die sich so auswirkt, daß der für das Ziel vorhergesagte Einstellungswandel erhöht und der für den Urheber erwartete Einstellungswandel verringert wird.

5.3.3.2 Forschung zur Kongruitätstheorie

Bei Durchsicht empirischer Untersuchungen zur Kongruitätstheorie (etwa: Kerrick, 1958; Osgood & Tannenbaum, 1955; Tannenbaum, 1966; Tannenbaum & Gengel, 1966; Tannenbaum & Norris, 1965; Stachowiak & Moss, 1965) muß man mit Enttäuschung feststellen, daß die Bedingungen zur Prüfung der quantitativen Vorhersagen des Modells in keinem der Experimente mit ausreichender Präzision verwirklicht wurden. Dennoch zwingen diese relativ groben Daten gewöhnlich zu der Schlußfolgerung, daß der einer Kommunikation folgende Einstellungswandel zwar in der Richtung, nicht aber im Ausmaß den Vorhersagen des Modells entspricht.

Selbst diese beschränkte Bestätigung wurde vermutlich nur dadurch möglich, daß die Versuchsleiter bei der Auswahl ihrer Themen darauf achteten, daß die Kommunikationen Personen zugeschrieben wurden, die auch auf den relevanten Gebieten als Experten galten. Jemand, der etwa den amerikanischen Präsidenten mit +2 bewertet, denkt vermutlich an den Politiker und wird sich auch von dessen Aussagen zu politischen Fragen entsprechend beeinflussen lassen. Welche Wirkung hätte der Präsident aber, wenn er sich über französische Rotweine oder die italienische Küche auslassen würde? Als Ratgeber in kulinarischen Fragen könnte man ihn doch auch bei wohlwollendster Betrachtung mit -1 bewerten. Nach dem Kongruitätsmodell ist aber die Differenzierung einer Person in unterschiedlich bewertete Aspekte nicht möglich.

Diese Frage wurde in einer Untersuchung überprüft, die einige Kollegen und ich (Stroebe, Thompson, Insko & Reisman, 1970) vor einigen Jahren in den Staaten durchführten. Versuchspersonen erhielten Informationen über die persönlichen und die wissenschaftlichen Qualitäten eines fiktiven Wissenschaftlers, Dr.M., der als gute oder schlechte Person *und* als guter oder schlechter Wissenschaftler dargestellt wurde. Dr.M. hatte angeblich gerade geheiratet oder sich scheiden lassen und sich auf einem Kongreß für eine Theorie eingesetzt oder sie angegriffen. Als abhängige Variable diente die Einstellung der Versuchspersonen zu der Frau und der Theorie. Wenn die Versuchspersonen ihre Einschätzung von M. als Person und als Wissenschaftler vollkommen getrennt halten, dann sollte die Manipulation der wissenschaftlichen Qualifikationen von Dr. M. keinen Einfluß auf die Bewertung seiner Frau haben. Gleichermaßen sollte die Manipulation seiner Person ohne Einfluß auf die Theorie bleiben. Gleichgültig, ob Dr.M. als guter oder als schlechter Wissenschaftler dargestellt wird, sollte die Frau besser beurteilt werden, wenn sie eine gute Person heiratet oder von einer schlechten Person geschieden wird, als wenn sie eine schlechte Person heiratet oder von einer guten Person geschieden wird. Umgekehrt sollte die Einschätzung der Theorie ausschließlich von den Informationen über Dr. M's wissenschaftliche Qualifikationen beeinflußt werden. Sie sollte besser beurteilt werden, wenn sie von einem guten Wissenschaftler verteidigt oder einem schlechten Wissenschaftler angegriffen wird, als wenn sie von einem schlechten Wissenschaftler verteidigt oder von einem guten Wissenschaftler angegriffen wird.

Zu unserer Überraschung stellten wir fest, daß die Versuchspersonen die beiden Aspekte des Dr.M. völlig getrennt halten konnten. Ansonsten entsprachen unsere Befunde den kongruitätstheoretischen Erwartungen. Es muß allerdings angezweifelt werden, ob so gut differenziert werden kann, wenn Dr. M. ein Kollege ist, mit dem man täglich zusammenarbeiten muß. Weiterhin spielt sicherlich eine Rolle, inwieweit solche Differenzierungen mit den impliziten Persönlichkeitstheorien der Beurteiler im Einklang stehen. Bei der von uns geschaffenen Situation fiel die Differenzierung vermutlich leicht, da nach gängiger impliziter Persönlichkeitstheorie kein Zusammenhang zwischen den wissenschaftlichen und den persönlichen Qualitäten eines Wissenschaftlers bestehen muß. Trotz dieser Einschränkungen läßt sich nach diesen Befunden kaum mehr aufrechterhalten, daß das Ausmaß der in einer Situation bestehenden Inkongruität allein aus den Gesamtbewertungen der Einstellungsobjekte vorhergesagt werden kann.

Eine weitere Schwäche des quantitativen Modells beruht darin, daß es sich, wie Heiders (1946) ursprünglicher Ansatz, auf Vorhersagen von Einstellungswandel in einem System beschränkt, das nur aus zwei Einstellungsgegenständen und einer Beziehung zwischen diesen Elementen besteht. Wie schon ausgeführt wurde, ist eine solche Triade vermutlich stets nur ein Teil eines weiteren Systems, mit dem es durch eine Vielzahl von Verbindungen verknüpft ist. Dies bedeutet, daß Inkongruität im Teilsystem auch weiterreichende Wirkungen auf das Gesamtsystem haben müßte.

Tannenbaum (1966; Tannenbaum & Gengel, 1966) untersuchte solch weiterreichende Auswirkungen in zwei Experimenten, die jeweils aus zwei Phasen bestanden. In der ersten Phase wurde eine Einstellungsstruktur gelernt, die aus Einstellungsgegenständen bestand, die von den Versuchspersonen relativ neutral bewertet wurden. In der zweiten Phase erhielten die Versuchspersonen dann eine positive oder negative Mitteilung, durch die die Bewertung eines der Elemente verändert wurde. In Phase 1 der Untersuchung von Tannenbaum (1966) erfuhren die Versuchspersonen, daß ein Prof. Dr. Walter E.Samuels sich positiv oder negativ über die Lerntheorie von Spence sowie über die beim programmierten Lernen häufig verwendeten Lernmaschinen geäußert hatte. Diese Beziehungen wurden jeweils durch Zitate von Äußerungen geschaffen, die Samuels angeblich bei einem Symposium über neuere Lernmethoden gemacht hatte. Etwa eine halbe Stunde später wurde den Versuchspersonen in Phase 2 ein Forschungsbericht gegeben, der die Effektivität von Lernmaschinen entweder äußerst positiv oder äußerst negativ beurteilte. Die Einstellungen der Versuchspersonen zu allen drei Einstellungsgegenständen wurden einige Wochen vor der Untersuchung (Vortest) und am Ende der Phase 2 (Nachtest) mit semantischen Differential-Skalen erfaßt.

In Abbildung 5.8 sind die acht durch die experimentelle Manipulation geschaffenen Strukturen dargestellt. Die in Phase 1 zwischen Prof. Samuels und den beiden Konzepten (LM, LT) eingeführten Beziehungen sind durch die mit Vorzeichen bezeichneten, von S ausgehenden Pfeile gekennzeichnet. Die von P ausgehenden Pfeile stellen die Einstellungen der Versuchspersonen dar. Die eingetragenen Werte zeigen den Einstellungswandel nach der Lektüre der positiven oder negativen Mitteilungen über die Wirkung von Lernmaschinen. Die Erfassung der Einstellungen zu LM ist eine

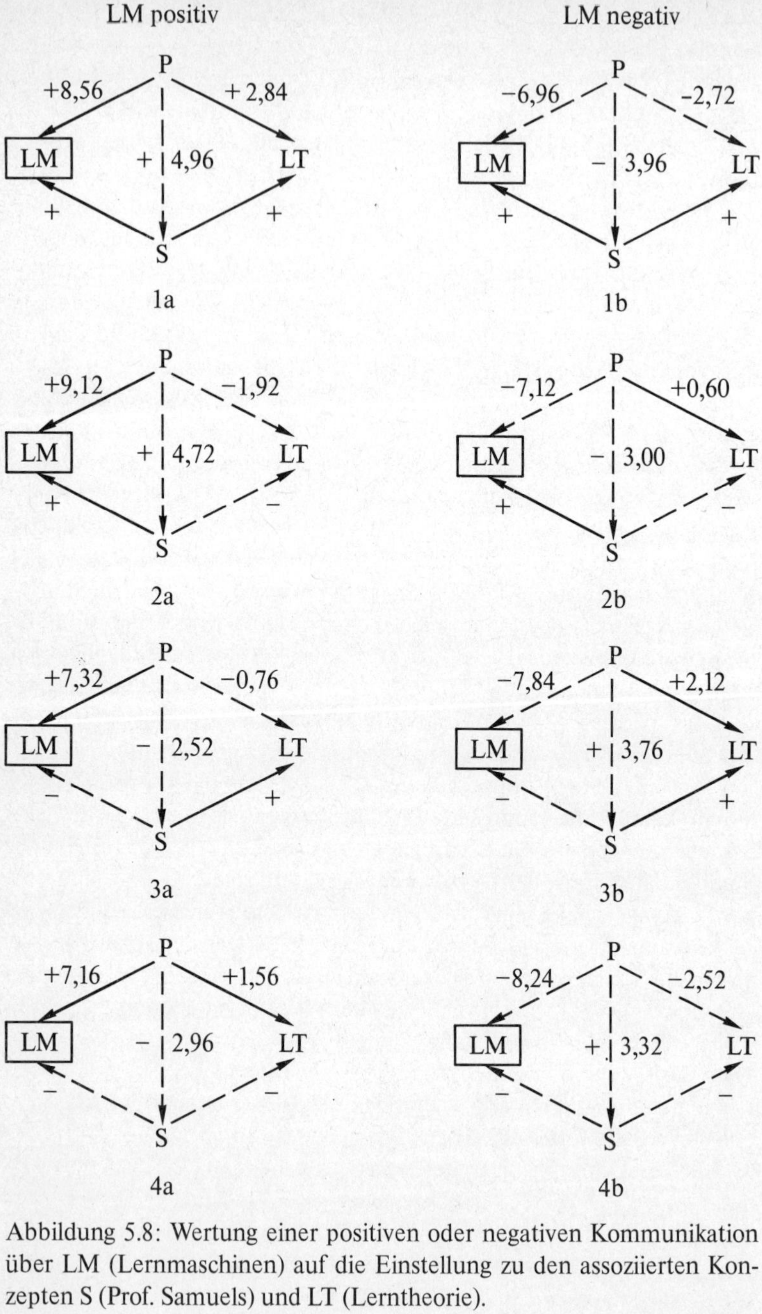

Abbildung 5.8: Wertung einer positiven oder negativen Kommunikation über LM (Lernmaschinen) auf die Einstellung zu den assoziierten Konzepten S (Prof. Samuels) und LT (Lerntheorie).

Prüfung der Wirksamkeit der Manipulation. Erwartungsgemäß werden Lernmaschinen nach Lektüre des positiven Berichts positiver und nach Lektüre des negativen Berichts negativer beurteilt. Um zu prüfen, ob die Änderung der Einstellung zu S zumindest qualitativ kongruitätstheoretischen Erwartungen entspricht, die hier mit gleichgewichtstheoretischen Erwartungen identisch sind, kann man die Vorzeichenregel auf den Zyklus P LM, LM S, S P anwenden und die Richtung des Einstellungswandels vorhersagen. Tatsächlich stimmen die Vorzeichen mit den Erwartungen überein. Zur Beurteilung der Ergebnisse für LT muß man den längeren Zyklus PLM, LM S, S LT, LT P analysieren. Auch hier stellt man nach Anwendung der Multiplikationsregel fest, daß die Befunde den konsistenztheoretischen Erwartungen entsprechen.

Wenn man statt der Vorzeichen die absolute Größe des Einstellungswandels betrachtet, stellt man fest, daß die Wirkung der Manipulation mit zunehmendem Abstand von der primär beeinflußten Einstellung abnimmt. Während der mittlere Einstellungswandel für LM 7,8 Einheiten beträgt, ist die Veränderung der Einstellung zu S etwa halb so groß (3,7) und zu LT wiederum nur etwa halb so groß (1,9). Jede zusätzliche Verbindung scheint also die Wirkung der primären Manipulation zu halbieren.

Aus diesen Befunden wird verständlich, wie wir mit Inkonsistenzen leben können. Obwohl vermutlich unsere Meinungen und Einstellungen ein komplexes System bilden, in dem wie im Schienennetz der Bundesbahn alle mit allen irgendwie verknüpft sind, verändert sich das System nicht jedesmal, wenn wir aufgrund einer neuen Erfahrung eine einzelne Einstellung oder Meinung ändern. Wenn die Wirkung einer solchen primären Änderung mit jeder zusätzlichen Verbindung stark abnimmt, ist offensichtlich, daß ihre Auswirkungen auf einen relativ engen Umkreis beschränkt bleiben.

Abschließend muß gesagt werden, daß sich die Aussagen des Kongruitätsmodells, für die eine empirische Bestätigung vorliegt, auch aus der Heiderschen Gleichgewichtstheorie herleiten lassen. Abweichend von der Gleichgewichtstheorie macht aber das Kongruitätsmodell eine Reihe von Vorhersagen, die intuitiv so widersinnig scheinen, daß ihre empirische Bestätigung überraschen würde. Wenn sich etwa der Forschungsminister (+1) negativ über Atomkraftwerke (−2) ausspricht, dann sollte die Kritik nicht nur zu einer Verbesserung der Einstellung zum Forschungsminister, sondern auch zu Atomkraftwerken führen. Ein populärer Politiker sollte Stellungnahmen zu allen Fragen vermeiden, die weniger polarisiert beurteilt werden als er selbst. Gleichgültig, ob seine Stellungnahme positiv oder negativ ausfällt, würde sie seine Popularität vermindern. Gerade diese Vorhersagen sind bisher jedoch nicht überprüft worden.

5.3.4 Zwischenbilanz und Zusammenfassung

Die drei bisher dargestellten Ansätze befassen sich mit den Folgen von Konsistenz und Inkonsistenz im kognitiven System einer Person *p*, das aus Elementen und den zwischen diesen Elementen wahrgenommenen Beziehungen besteht. Obwohl alle diese Theorien die Annahme machen, daß Inkonsistenz als Spannungszustand empfunden wird, der eine Umstrukturierung in Richtung auf Konsistenz wahrscheinlich macht, unterscheiden sie sich in ihren Annahmen über die Beziehungen, die die kognitiven Strukturen bilden, in ihren Definitionen der Konsistenz sowie den Veränderungen, die sie zur Herstellung von Konsistenz vorhersagen.

Die Gleichgewichtstheorie von Heider unterscheidet zwei Arten von Beziehungen, nämlich Einheits- und Gefühlsbeziehungen, die jeweils positiv oder negativ sein können. Beispiele für Einheitsbeziehungen sind Besitz und Kausalität, für Gefühlsbeziehungen Sympathie und Bewunderung. In seiner Definition des Gleichgewichts behandelt Heider Gefühls- und Einheitsbeziehungen gleich. Die kognitive Struktur einer Person, die aus *p*'s Beziehung zu einer anderen Person *o*, zu einem Objekt *x* und aus *p*'s Annahmen über *o*'s Beziehung zu *x* besteht, ist im Gleichgewicht, wenn entweder alle drei Beziehungen positiv sind oder wenn bei zwei negativen Beziehungen eine positiv ist.[4] Alle anderen Beziehungsmuster repräsentieren unausgeglichene Strukturen. Befindet sich das System im Ungleichgewicht, wird eine Tendenz zur Herstellung von Gleichgewicht angenommen, ohne daß allerdings präzise Vorhersagen über die Art der Umstrukturierung gemacht werden. Gleichgewicht wird normalerweise durch Veränderung eines oder mehrerer Vorzeichen von Beziehungen hergestellt werden. Allerdings kann dies auch durch Differenzierung oder Polsterung erfolgen. Da *p-o-x*-Triaden gewöhnlich nur Ausschnitte aus dem unfangreicheren kognitiven System einer Person darstellen, ist anzunehmen, daß das Gleichgewicht in einer gegebenen Triade so hergestellt wird, daß die Veränderung nicht zur Erhöhung von Ungleichgewicht in anderen Teilen des Gesamtsystems führt.

Rosenbergs affektiv-kognitive Konsistenztheorie unterscheidet Einstellungen (Gefühlsbeziehungen) und instrumentelle Beziehungen (eine Unterform von Einheitsbeziehungen). Die Theorie macht Vorhersagen über Vorzeichen und Intensität von *p*'s Einstellung zu einem Einstellungsgegenstand *x* in Abhängigkeit von Gleichgewicht oder Ungleichgewicht in kognitiven Strukturen, die jeweils von *p*'s Einstellung zu *x*, seiner Einstel-

---

[4] Nach der Multiplikationsregel (Cartwright & Harari, 1956) besteht ein Gleichgewichtszustand in einer *p-o-x*-Triade immer dann, wenn das Produkt der drei Vorzeichen positiv ist.

lung zu einer Reihe von Werten y_1 ... y_n und seiner Wahrnehmung von instrumentellen Beziehungen zwischen dem *x* und den Werten y_1 ...y_n gebildet werden. Der Umfang der Gesamtstruktur, die für die Einstellung zu einem Einstellungsgegenstand *x* relevant ist, wird von der Zahl der Werte bestimmt, die von *p* zu diesem Gegenstand in eine instrumentelle Beziehung gebracht werden. Diese Gesamtstruktur kann jedoch in eine Reihe von *p-x-y*-Triaden mit einer gemeinsamen *p-x*-Beziehung aufgegliedert werden. Wenn man also die Intensitätsunterschiede unberücksichtigt läßt, kann Konsistenz oder Inkonsistenz dieser einzelnen *p-x-y*-Triaden nach der Vorzeichenregel bestimmt werden. Bei positiver Einstellung zu *x* ist eine *p-x-y*-Triade im Gleichgewicht, wenn positive instrumentelle Beziehungen zwischen *x* und positiven Werten bestehen und negative instrumentelle Beziehung zwischen *x* und negativen Werten. Bei negativer Einstellung hingegen ist ein Gleichgewicht dann gegeben, wenn *x* als positiv mit negativen Werten und als negativ mit positiven Werten verbunden wahrgenommen wird. Insoweit sind also Rosenbergs und Heiders Annahmen über Gleichgewichtszustände noch ineinander überführbar.

Die beiden Ansätze unterscheiden sich aber dadurch, daß Rosenberg nicht nur qualitative, sondern auch quantitative Abstufungen der Beziehungen annimmt und weiterhin, daß er sich spezifisch mit *p*'s Einstellung zu *x* in Abhängigkeit von den wahrgenommenen instrumentellen Beziehungen zwischen *x* und einer Reihe von Werten befaßt. Durch die Einführung der quantitativen Abstufungen wird Rosenbergs Definition des Gleichgewichtszustands enger als die Heiders. Während nach Heider eine Struktur, die sich im Gleichgewicht befindet, nur durch Veränderung des Vorzeichens einer Beziehung ungleichgewichtig werden kann, genügt bei Rosenberg schon eine Veränderung der Intensität (bei unverändertem Vorzeichen) einer Einstellungs- oder instrumentellen Beziehung, um Veränderungen in anderen Teilen der Struktur in Gang zu setzen.

Die affektiv-kognitive Konsistenztheorie macht präzise Vorhersagen über die Wirkung von Veränderungen instrumenteller oder Wert-Beziehungen auf die zentrale Einstellung. Sie geht davon aus, daß *p*'s Einstellung zu *x* um so intensiver ist, je größer der Anteil der konsistenten Triaden an der Gesamtheit der relevanten *p-x-y*-Triaden ist und je intensiver die instrumentellen und Wert-Beziehungen in diesen konsistenten Triaden sind. Das Modell ist jedoch weniger präzise in den Vorhersagen der Wirkung einer Einstellungsänderung auf die relevanten instrumentellen und Wert-Beziehungen.

Die Kongruitätstheorie von Osgood und Tannenbaum (1955) befaßt sich mit kognitiven Strukturen, die aus *p*'s Einstellungen zu einer Person *o* und zu einer Sache *x* (bzw. einer weiteren Person *q*) bestehen, sowie seiner

Wahrnehmungen von *o*'s Einstellung zu *x*. *p*'s Einstellungen zu *o* und *x* können über mehrere Intensitätsstufen von positiv bis negativ variieren. Die Einstellung, die *p* zwischen *o* und *x* wahrnimmt, wird hingegen nur qualitativ als positiv oder negativ unterschieden. *p*'s Wahrnehmung von *o*'s Einstellung zu *x* wird in der Regel durch eine Kommunikation bestimmt, in der sich *o* positiv oder negativ über *x* ausspricht. Wird durch eine solche Kommunikation Inkongruität erzeugt, entsteht ein Druck auf Herstellung von Kongruität. Auch bei diesem Modell ist die Definition von Konsistenz (Kongruität) relativ eng. Zusätzlich zu der Voraussetzung der Multiplikationsregel, daß das Produkt der drei Vorzeichen positiv sein muß, setzt dieses Modell weiterhin voraus, daß die beiden quantitativ erfaßten Einstellungen denselben Skalenwert haben. Besteht Inkongruität, wird Kongruität durch Veränderung von p's Einstellungen zu *o* und *x* hergestellt[5], wobei angenommen wird, daß sich die jeweils extremere Einstellung weniger ändert. Das Modell schließt aus, daß Kongruität durch Veränderung von *p*'s Wahrnehmung der Positivität oder Negativität der Beziehung zwischen *o* und *x* herbeigeführt werden kann. Dies ist insofern sinnvoll, als der Prozeß der Herstellung von Kongruität ja erst durch die Wahrnehmung der inkongruenten Beziehung zwischen *o* und *x* in Gang gesetzt wird.

5.3.5 Die Theorie der kognitiven Dissonanz

Festingers (1957) kognitive Dissonanztheorie ist von allen Konsistenztheorien eindeutig die empirisch fruchtbarste und hat zu einer großen Zahl von Forschungsarbeiten auf recht unterschiedlichen Gebieten angeregt. Die Theorie wurde zur Erklärung von so verschiedenartigen Sachverhalten, wie dem Lernen von Ratten im Labyrinth (Lawrence & Festinger, 1962), der Internalisierung von Normen bei Kindern (Aronson & Carlsmith, 1963) und der Mitgliederwerbung einer religiösen Sekte (Festinger et al., 1956) herangezogen. Im Rahmen dieses Kapitels werden wir uns allerdings auf die Besprechung der konventionelleren Anwendungsgebiete beschränken müssen. [6]

---

[5] Ausnahme: Wenn eine der beiden Einstellungen neutral ist, wird nur sie verändert.
[6] Für eine vollständigere Übersicht siehe: Frey (1978), Irle und Möntmann (1978) oder Wicklund und Brehm (1976).

5.3.5.1 Darstellung der Theorie

Die Theorie besteht aus einigen wenigen Annahmen. Dissonanz ist ein negativer psychologischer Zustand, der das Individuum motiviert, Konsonanz herzustellen. Die Elemente der Dissonanztheorie sind Kognitionen sowie Beziehungen zwischen den Kognitionen. Als Kognitionen bezeichnet Festinger (1957)

> „... jedes Wissen oder jede Meinung über die Umgebung, das Selbst oder das eigene Verhalten" (S.3).

Damit deckt sich der Begriff der Kognition bei Festinger weitgehend mit unserem Meinungsbegriff.

Die Beziehung zwischen zwei Kognitionen kann entweder dissonant, konsonant oder irrelevant sein. Sie ist dissonant, wenn bei Betrachtung nur dieser beiden Kognitionen aus der einen das Gegenteil der anderen folgt. So stehen zum Beispiel die Kognitionen „Ich bin absolut pleite" und „Ich sitze gerade mit meiner Frau im besten Restaurant der Stadt" in dissonanter Beziehung, da aus meiner finanziellen Situation folgen müßte, daß ich mir kein Essen in einem teuren Restaurant leisten kann. Die Kognition „Ich bin pleite" wäre hingegen konsonant mit der Kognition „Ich hungere heute" oder schlimmer „Ich esse in der Mensa". Sie steht in irrelevanter Beziehung zu der Kognition „Es regnet heute", da meine finanzielle Situation keine Implikationen bezüglich des Wetters hat.

Nur relevante Kognitionen können in konsonanter oder dissonanter Beziehung zueinander stehen. Was jedoch konsonant, dissonant oder irrelevant ist, kann nicht nach Kriterien der Logik entschieden werden, sondern richtet sich nach der Wahrnehmung oder „Psycho-Logik" (Abelson & Rosenberg, 1958) der einzelnen Person. So ist durchaus wahrscheinlich, daß eine junge Frau die beiden Kognitionen „Ich bin schwanger" und „Ich bin unverheiratet" als dissonant empfindet, obwohl aus der Tatsache, daß man unverheiratet ist, keineswegs mit logischer Notwendigkeit folgt, daß man auch keine Kinder haben soll. Es handelt sich hier um eine Konvention, die eben von dieser jungen Frau internalisiert wurde. Eine vehemente Vertreterin der „Women's-Liberation"-Bewegung würde hingegen keine Dissonanz zwischen den beiden Kognitionen empfinden.

Auf die Gefahr, mir den Zorn einiger Hüter der Theorie zuzuziehen, werde ich die Bestimmung konsonanter und dissonanter Beziehungen noch etwas vereinfachen. In den meisten Untersuchungen resultiert Dissonanz aus mehr oder weniger freien Entscheidungen. Immer wenn man von mehreren annähernd gleichwertigen Möglichkeiten eine wählt, sollte Dissonanz auftreten, verursacht durch die Gründe, die gegen die Entscheidung sprechen. Wenn ich mich zum Beispiel entschließe, trotz meiner finanziellen Misere in besagtem französischen Restaurant zu essen, dann ist meine prekäre finanzielle Situation ganz offensichtlich ein Grund, der gegen diese Entscheidung spricht, also eine dissonante Kognition, während zum Beispiel die Güte der Schnecken oder die Tatsache, daß es Muschelsaison ist oder daß der Beaujolais Primeur gerade eingetroffen ist, mögliche Gründe für eine solche Entscheidung, also konsonante Kognitionen, wären.

Dissonanzstärke: Die Stärke der Dissonanz und damit auch die Stärke der Motivation, Konsonanz herzustellen, hängt von zwei Variablen ab: (1) dem Anteil der dissonanten Kognitionen an der Gesamtheit der für die Entscheidung relevanten Kognitionen und (2) der Wichtigkeit der relevanten Kognitionen. Bei gleicher Wichtigkeit aller kognitiven Elemente ist die Dissonanz um so stärker, je größer der Anteil der dissonanten Kognitionen an der Gesamtheit der relevanten Kognitionen ist. So wäre die durch die Kognition „Ich esse in einem teuren Restaurant" erzeugte Dissonanz noch stärker, wenn gegen diese Entscheidung nicht nur finanzielle Gründe sprächen, sondern auch noch wochenlange Bemühungen, Gewicht zu verlieren.

Im Normalfall sind nicht alle kognitiven Elemente von gleicher Wichtigkeit, und Festinger (1957) spezifizierte folgende Abhängigkeit der Stärke der Dissonanz von der Bedeutung der Kognitionen:

> „Wenn zwei Elemente in dissonanter Beziehung zueinander stehen, hängt die Stärke der resultierenden Dissonanz von der Wichtigkeit der Elemente ab" (S. 16).

Wenn also das Geld, mit dem das teure Essen bezahlt wurde, eigentlich zum Kauf von Winterkleidung für meine dreijährige Tochter gedacht war und diese jetzt den ganzen Winter frieren muß, dann wäre die Dissonanz vermutlich größer, als wenn damit der Ankauf eines besonders guten Cognacs geplant war. Um keinen falschen Eindruck zu erwecken, werde ich es unterlassen, an diesem Beispiel auszuführen, daß auch die Bedeutung von Kognitionen nicht nach absoluten Kriterien bestimmt werden kann, sondern vom Wertsystem der handelnden Person abhängt.

Der Zusammenhang zwischen der Stärke der Dissonanz und dem Verhältnis von dissonanten zu konsonanten Kognitionen sowie ihrer Bedeutung läßt sich mit folgender Funktion darstellen (Fishbein & Ajzen, 1975; Wyer, 1974):

$$D_x = \frac{\sum_{d=1}^{n} W_d}{\sum_{d=1}^{n} W_d + \sum_{k=1}^{m} W_k}$$

wobei D_x = die mit der Kognition x verbundene Dissonanz, W_d = die Wichtigkeit der dissonanten Kognition d, W_k = die Wichtigkeit der konsonanten Kognition k und n und m die Zahl der mit x dissonanten bzw. konsonanten Kognitionen ist. Allerdings dient diese Formel eher heuristischen Zwecken und wurde meines Wissens nie zur Herleitung empirisch überprüfbarer quantitativer Vorhersagen verwendet. Dabei wären zumindest bei der Untersuchung der Dissonanz nach freien Wahlentscheidungen die konsonanten und dissonanten Kognitionen empirisch leicht faßbar.

Abbau der Dissonanz: Je stärker die in einer Situation erzeugte Dissonanz ist, um so größer ist auch das Bedürfnis, diese Dissonanz abzubauen. Aus der Gleichung für die Stärke der Dissonanz folgt, daß Dissonanz entweder durch Verringerung der Zahl oder der Wichtigkeit der dissonanten Kognitionen oder durch Erhöhung der Zahl oder der Wichtigkeit der konsonanten Kognitionen reduziert werden kann. Welche der Kognitionen zum Abbau der Dissonanz verändert werden, hängt vom *Änderungswiderstand* der beteiligten Kognitionen ab. Der Widerstand einer Kognition gegen Veränderung ist um so höher, je mehr Kognitionen mit ihr in konsonanter Weise verknüpft sind. Die veränderten Kognitionen müssen sich konsistent in das kognitive System der handelnden Person einfügen. Es wäre wenig sinnvoll, wenn sie beim Versuch, durch Veränderung von Kognitionen Dissonanz zu verringern, in anderen Bereichen ihres kognitiven Systems Dissonanz erzeugen würde.

Die Verringerung der Zahl der dissonanten Kognitionen ist bei Kognitionen über das eigene Verhalten durch Verhaltensänderung möglich. So kann ein Raucher, den der Gedanke an Lungenkrebs beunruhigt, das Rauchen aufgeben, oder ein verarmter Feinschmecker das gute Essen. Solche Verhaltensänderungen sind jedoch bekanntlich nicht einfach. Eine weitere Möglichkeit zur Elimination dissonanter Kognitionen besteht darin, die dissonante Beziehung zwischen den Kognitionen zu leugnen. Dies kann etwa durch Umbewertung von bereits verfügbaren Informationen geschehen oder aber dadurch, daß man neue Informationen sucht, die die Beziehung in Frage stellen. So kann etwa ein Raucher bestreiten, daß Rauchen zu Lungenkrebs führt, indem er die Gültigkeit der angeführten Untersuchungen anzweifelt. Er kann aber auch gezielt nach neuen Arbeiten suchen, die sich gegen das Bestehen eines Zusammenhangs aussprechen. Eine weitere Möglichkeit besteht darin, sich mit Menschen zu umgeben, die auch das Bestehen einer derartigen Beziehung bezweifeln.

Die Vergrößerung der Zahl der konsonanten Kognitionen wurde schon in anderem Zusammenhang als Methode der „Polsterung" (S. 207) besprochen. Der Erfolg dieser Strategie ist allerdings bei äußerst bedeutsamen dissonanten Kognitionen etwas zweifelhaft. Die Vorstellung, daß Rauchen anregt, männlich wirkt oder hilft, das Gewicht zu halten, trägt sicherlich ein wenig zum Abbau der Dissonanz bei; aber diese positiven Aspekte reichen vermutlich kaum aus, das erhöhte Krebsrisiko aufzuwiegen.

Bei Manipulationen der subjektiven Wichtigkeit von dissonanten und konsonanten Kognitionen wird nicht die dissonante Beziehung zwischen zwei Kognitionen, sondern deren Wichtigkeit oder Bedeutsamkeit angezweifelt. So verfiel ein Freund, der Kettenraucher und Mediziner ist, auf eine geniale Strategie der Bedeutungsminderung, die auch noch den Vorzug hat, sich fugenlos in das Realitätsverständnis eines jungen Arztes einzupassen. Er gab zwar zu, daß Rauchen zu Lungenkrebs führt, meinte aber, daß bis zum Zeitpunkt seiner eigenen Erkrankung wirksame Behandlungsmethoden zur Verfügung stünden. Es ist jedoch schwierig, die Manipulation der Wichtigkeit eindeutig von der der Zahl von konsonanten oder dissonanten Kognitionen zu unterscheiden.

Wesentliche Forschungsgebiete: Schon in seiner klassischen Darstellung der Dissonanztheorie beschrieb Festinger (1957) die vier wesentlichen Forschungsgebiete der Dissonanzforschung: (1) Dissonanz nach freier Entscheidung zwischen zwei Alternativen, (2) Dissonanz nach einstellungskonträrem Verhalten, (3) Dissonanz und die Auswahl von Informationen und (4) Dissonanz und soziale Unterstützung.

5.3.5.2 Dissonanz nach freier Entscheidung

Jede Entscheidung zwischen Alternativen von annähernd gleicher Attraktivität erzeugt Dissonanz, da wir nicht nur auf die Vorzüge der nicht gewählten Alternative verzichten müssen, sondern darüber hinaus mit den vielen Vorteilen der gewählten Alternativen gewöhnlich auch einige Nachteile in Kauf nehmen müssen. Konsonant mit einer Entscheidung sind also die Vorteile der gewählten und die Nachteile der nicht gewählten Alternative. Die Vorteile der nicht gewählten und die Nachteile der gewählten Alternative stellen dissonante Kognitionen dar, da sie gegen die Entscheidung sprechen.

Nehmen wir einmal das klassische Dilemma eines jungen Mannes, der sich klar zu werden versucht, welche seiner beiden Freundinnen er heiraten soll. Fräulein A ist hübsch und von freundlicher Natur, hat aber leider das Pulver nicht erfunden. Fräulein B ist nicht besonders hübsch, etwas zänkisch, verfügt aber über eine hohe Intelligenz und einen vermögenden Vater. Heiratet er A, gewinnt er zwar Schönheit und Güte, aber auf Kosten von Intelligenz und finanzieller Sicherheit. Heiratet er hingegen B, sichert er sich zwar eine gute finanzielle Grundlage und eine intelligente Gesprächspartnerin, aber er muß auch ihr zänkisches Wesen in Kauf nehmen und sich mit ihrem Aussehen abfinden. Wie auch immer sich unser junger Mann entscheidet, er kann der Dissonanz nicht entrinnen.

Dissonanzstärke: Die Stärke der aus einer Entscheidung resultierenden Dissonanz wird von drei Faktoren beeinflußt: (1) der Wichtigkeit der Entscheidung, (2) der relativen Attraktivität der nicht gewählten Alternative und (3) der kognitiven Überlappung der beiden Alternativen.

Zwischen der Wichtigkeit einer Entscheidung und der daraus resultierenden Dissonanz wird eine positive Beziehung angenommen. Je bedeutsamer die Entscheidung ist, um so mehr Dissonanz sollte sie erzeugen. Leider werden aber die Faktoren, die die Wichtigkeit bestimmen, nur an Beispielen ausgeführt. So ist etwa die Entscheidung beim Kauf eines Wagens bedeutsamer als die Entscheidung beim Besuch eines Filmtheaters. Dies ist sicherlich einleuchtend, aber warum? Was macht den Wagenkauf wichtiger? Beim Wagenkauf investiert man einen wesentlich größeren Geldbetrag als beim Kauf einer Kinokarte. Außerdem legt man sich für eine längere Zeitspanne fest. Im Zusammenhang mit der Zeitdauer spielt auch die Reversibilität der Entscheidung eine Rolle. Eine Entscheidung, die man ohne große Mühe oder Kosten rückgängig machen kann, hat geringere Bedeutung als eine ansonsten vergleichbare Entscheidung, die nicht rückgängig gemacht werden kann.

Je mehr sich zwei Alternativen in ihrer Attraktivität ähneln, um so mehr Dissonanz sollte durch die Entscheidung zwischen ihnen hervorgerufen werden, da Dissonanz in Wahlsituationen durch das erzeugt wird, was man aufgibt, wenn man sich für eine der beiden Alternativen entscheidet. Je mehr sich die beiden Alternativen in ihrer Attraktivität gleichen, um so mehr muß man bei einer Entscheidung aufgeben (zumindest relativ zu dem, was man gewinnt).

Hier muß allerdings auf eine wichtige Unterscheidung hingewiesen werden, nämlich die Unterscheidung von Ähnlichkeit in der Attraktivität zweier Alternativen, die wir bisher besprochen haben, und Ähnlichkeit in den Attributen (kognitive Überlappung), über die wir jetzt sprechen müssen. Diese beiden Faktoren haben nämlich eine konträre Wirkung auf die Dissonanzstärke. Während Dissonanz mit steigender Ähnlichkeit in der Attraktivität zweier Alternativen zunimmt, nimmt sie mit steigender Ähnlichkeit in den Attributen ab. Lassen Sie mich dies an einem Beispiel erläutern. Nehmen wir einmal an, die zwei Freundinnen unseres jungen Mannes wären identische Zwillinge. Trotz maximaler Ähnlichkeit der Attraktivität der beiden Alternativen würde man intuitiv bei dieser Partnerwahl geringere Dissonanz erwarten als bei der früher beschriebenen Entscheidung zwischen Fräulein A und B. Warum? Nun, während er im ersten

Beispiel etwa bei der Wahl von Schönheit auf Geld oder bei der Wahl von Geld auf Schönheit verzichten mußte, muß bei der zweiten Entscheidung eigentlich auf nichts verzichtet werden.

Jede Wahl zwischen zwei Alternativen ist eine Entscheidung zwischen zwei Mengen von Konsequenzen, nämlich den Kosten und Nutzen der einen Alternative und den Kosten und Nutzen der anderen Alternative. Für die Entscheidung, wie auch die daraus resultierende Dissonanz, spielen nur solche Konsequenzen eine Rolle, in denen sich die beiden Alternativen unterscheiden. Wenn beide Alternativen identische Konsequenzen haben und damit austauschbar sind, ist die Entscheidung einfach und erzeugt keine Dissonanz. Wenn man zum Beispiel in einem Selbstbedienungsladen ein Paket Waschmittel der Marke Y kauft, wählt man das Paket gewöhnlich aus einer Menge identischer Pakete aus, die alle Waschmittel Y enthalten. Diese Entscheidung erzeugt weder Konflikt noch Dissonanz, obwohl alle Alternativen von gleicher Attraktivität sind. In dieser Situation ist der Grad der kognitiven Überlappung[7] der beiden Alternativen maximal. Festinger (1957) postuliert einen negativen Zusammenhang zwischen Dissonanzstärke und kognitiver Überlappung. Mit wachsender kognitiver Überlappung zwischen zwei Alternativen nimmt die aus einer Entscheidung resultierende Dissonanz ab.

Abbau der Dissonanz: Der Abbau der durch eine Wahlentscheidung erzeugten Dissonanz kann auf folgenden Wegen geschehen: (1) durch Rückgängigmachen der Entscheidung, (2) durch Abwertung der Wichtigkeit der Entscheidung, (3) durch Vergrößerung der kognitiven Überlappung zwischen den Alternativen, (4) durch Änderung der Einschätzung der Attraktivität der Alternativen und (5) durch Aufsuchen von mit der Entscheidung konsistenten Informationen (auch die Information, daß sich relevante Bezugspersonen gleich entschieden haben, ist eine solche konsistente Information). Rückgängigmachen der Entscheidung ist gewöhnlich kein zufriedenstellender Weg, da meist mit Kosten verbunden. Außerdem bringt es einen nur zum Ausgangspunkt zurück, wo man sich erneut vor die Entscheidung gestellt sieht. Verringerung der Bedeutsamkeit ist schon effektiver. Man kann sich etwa überzeugen, daß man jederzeit in der Lage wäre, die Entscheidung rückgängig zu machen, ohne dies jedoch tatsächlich zu tun. Vergrößerung der kognitiven Überlappung kann etwa durch Betonung der zwischen den Alternativen bestehenden Gemeinsamkeiten erzielt werden. Allerdings wurden in der Dissonanzforschung hauptsächlich die vierte

---

[7] Der Begriff der kognitiven Überlappung ist mit dem ökonomischen Begriff der substitutiven Güter vergleichbar. Substitutive Güter sind solche, die der Konsument (Haushalt) als in gewissen Grenzen durch andere ersetzbar betrachtet (etwa Butter und Margarine).

und fünfte Möglichkeit untersucht. Bei der Umbewertung der relativen Attraktivität wurde davon ausgegangen, daß sich mit wachsender Dissonanz auch die Tendenz verstärken sollte, die Attraktivität der gewählten Alternative auf- und die der nicht gewählten abzuwerten. Die Untersuchungen über das Aufsuchen von mit der Entscheidung konsistenten Informationen werden im Abschnitt über die selektive Informationsaufnahme besprochen.

Empirische Befunde: Brehm (1956) führte die erste Untersuchung durch, in der eine Akzentuierung der zwischen den Alternativen bestehenden Bewertungsunterschiede gezeigt werden konnte. Versuchspersonen mußten unter dem Vorwand einer Marktforschungsuntersuchung die Attraktivität von verschiedenen Produkten (z.B. Bildband, Toaströster) auf einer 8-Punkte-Skala einstufen. Anschließend durften sie, angeblich als Dank für ihre Hilfe, sich eines der Produkte auswählen. Mit der Begründung, daß der Vorrat bei einigen der Gegenstände schon erschöpft sei, wurde ihnen jeweils nur die Wahl zwischen zwei Objekten erlaubt. Unter der Bedingung „hohe Dissonanz" wurden zwei ähnlich attraktiv beurteilte Gegenstände zur Wahl gestellt, bei denen der Bewertungsunterschied 1,5 Skalenpunkte nicht überstieg. In der Bedingung „geringe Dissonanz" lag der Unterschied in den Bewertungen hingegen bei 2 bis 3 Skalenpunkten.

Nachdem die Versuchspersonen ihre Wahl getroffen hatten, wurden sie gebeten, die Produkte nochmals einzuschätzen. Es wurde erwartet, daß das gewählte Objekt jetzt *höher* und das nicht gewählte *niedriger* bewertet werden sollte als bei der ersten Beurteilung. Dieser Unterschied sollte unter hoher Dissonanz stärker auftreten als in der Bedingung mit geringer Dissonanz. Wie aus Tabelle 5.5 ersichtlich ist, zeigten sich unter beiden Bedingungen Unterschiede in der erwarteten Richtung. Allerdings sind nur die Unterschiede innerhalb der Bedingungen signifikant.

Als alternative Erklärung mußte Brehm (1956) noch ausschließen, daß die Veränderungen einfach eine Folge des Besitzerstolzes und nicht der Wahlentscheidung waren. Vielleicht mögen wir einfach die Dinge, die uns gehören. Diese Annahme würde zwar die Abwertung der nicht gewählten Produkte nicht erklären können, deren Besitzstatus zwischen den Einschätzungen unverändert blieb, aber es lohnt sich immer, alternative Erklärungen durch entsprechende Kontrollgruppen zu prüfen. Brehm (1956) führte deshalb eine Kontrollgruppe ein, in der die Versuchspersonen ein Objekt (ohne Wahl) geschenkt bekamen. In dieser Gruppe fand sich keine signifikante Veränderung der Werte, was gegen die Besitzerstolz-Erklärung spricht.

Brehm (1956) sah sich allerdings bei dieser Untersuchung mit zwei methodischen Problemen konfrontiert, von denen er nur eines zufriedenstel-

Tabelle 5.5: Änderung der Bewertung von gewählten und nicht gewählten Objekten bei geringer und hoher Dissonanz (nach Brehm, 1956).

	Änderung der Einschätzungen	
	Geringe Dissonanz	Hohe Dissonanz
Gewählte Alternative	0,38 *	0,26[a]
Nicht gewählte Alternative	−0,24	−0,66 **
Insgesamt:	−0,62 *b	−0,92 **

* p 0,05 — [a] Korrigiert für Regressionseffekte
** p 0,01 — [b] Ein Minuszeichen bedeutet hier Abnahme der Dissonanz

lend löste. Aufgrund der unvollkommenen Reliabilität von Bewertungen ist zu erwarten, daß die zweite Beurteilung einer Versuchsperson selten genau ihrer ersten Bewertung entspricht, sondern etwas höher und manchmal etwas niedriger ausfällt. Zwar würde man bei sehr attraktiv beurteilten Gegenständen ein leichtes Überwiegen der Unterschätzungen erwarten (Regression auf den Mittelwert, S. 30), aber auch hier müßten noch Überschätzungen vorkommen. Während Brehm eine Korrektur für den Regressionseffekt durchführte, übersah er eine viel gefährlichere Konsequenz der Bewertungsfluktuationen. Wenn man statt der Einzelwerte die Differenz der Bewertungen von zwei benachbarten Reizen betrachtet, ist auch hier zu erwarten, daß die Differenz bei der zweiten Beurteilung manchmal größer und manchmal kleiner ausfällt als bei der ersten. Bei relativ ähnlich bewerteten Reizen ist auch eine Umkehrung der Bewertungsunterschiede möglich. Der zuvor positiver beurteilte Gegenstand wird beim zweitenmal weniger positiv beurteilt. Tatsächlich fand Brehm (1956), daß sich 29% seiner Versuchspersonen bei der Wahl für die zuvor als weniger attraktiv beurteilte Alternative entschieden und eliminierte die Daten dieser Versuchspersonen. Wie Chapanis und Chapanis (1964) kritisierten, ist es möglich, die beobachtete Akzentuierung der Bewertungsunterschiede allein durch diese Versuchspersonenauslese zu erklären. Indem Brehm nämlich einen Großteil der Versuchspersonen eliminierte, die die Attraktivität der zwei zur Wahl gestellten Objekte zum Zeitpunkt der Wahl ähnlicher einschätzten, verblieben ihm diejenigen, die den Unterschied akzentuierten. In einer Fußnote merkt Brehm (1956, S.385) zwar an, daß sich die Bewertungen der ausgeschlossenen Versuchspersonen, wenn überhaupt, eher in Richtung auf eine Dissonanzverminderung verändert hätten, aber seine Ergebnisse wären nur dann völlig schlüssig gewesen, wenn er den Akzentuierungseffekt auch ohne Eliminierung der Versuchspersonen nachgewiesen hätte.

Inzwischen läßt sich allerdings die Akzentuierung der Bewertung der Alternativen nach Wahlentscheidungen kaum mehr als Methodenartefakt abtun. In zwei weiteren Untersuchungen replizierten Brehm und Cohen (1959) und Brock (1963) nicht nur die Befunde der Untersuchung von Brehm (1956), sondern bestätigten auch die Dissonanzvorhersagen bezüglich der Wirkung kognitiver Überlappung. Da auch im Experiment von Brehm und Cohen (1959) Versuchspersonen aufgrund von Präferenzumkehrungen eliminiert und ihre Daten bei der Analyse nicht berücksichtigt wurden, soll hier nur auf die Untersuchung von Brock (1963) ausführlicher eingegangen werden. In dieser Untersuchung erhielten Kinder, nachdem sie die Attraktivität von drei Sorten von Keksen und drei verschiedenen Spielzeugen beurteilt hatten, entweder die Wahl zwischen zwei ähnlichen Objekten (2 Tüten Kekse, 2 Spielzeugen) oder zwei unähnlichen Objekten (1 Tüte Kekse und 1 Spielzeug). Beide Objekte waren ursprünglich relativ positiv beurteilt worden und unterschieden sich in der Wertung um nicht mehr als 1,5 Punkte auf einer 8-Punkte-Skala. Anschließend mußten die sechs Objekte erneut beurteilt werden. In Bestätigung der Dissonanzvorhersagen fand Brock (1963) nicht nur eine signifikante Akzentuierung in der Bewertung von gewählten und nicht gewählten Alternativen, sondern auch eine signifikant größere Akzentuierung nach einer Entscheidung zwischen den unähnlichen Alternativen. Dieses Ergebnis blieb unverändert, wenn die Daten der wegen Präferenzumkehrung ausgeschlossenen Versuchspersonen mit analysiert wurden.

Zeitpunkt der Bewertungsakzentuierung: Während es heute als einigermaßen gesichert gilt, daß Wahlentscheidungen zu einer Akzentuierung der Bewertung der Alternativen führen, ist noch relativ ungeklärt, ob diese Akzentuierung tatsächlich erst nach einer Entscheidung oder möglicherweise schon vorher auftritt. Festinger (1964) ist der Ansicht, daß die Alternativen in der Vorphase der Entscheidung völlig objektiv beurteilt werden und es zu einer Akzentuierung der Bewertung erst nach der Entscheidung kommt.

Janis und Mann (1968, 1977) leiten hingegen aus konflikttheoretischen Überlegungen die Vorhersage ab, daß es sowohl vor als auch nach Entscheidungen zu einer Akzentuierung der Bewertungen der Alternativen kommen könne. Akzentuierung erleichtere bei Alternativen von ähnlicher

Attraktivität die Entscheidung und mildere somit den Konflikt der Person, die sich zwischen nahezu gleich attraktiven Alternativen entscheiden muß. Sie sollte besonders dann vor Entscheidungen auftreten, wenn sich die handelnde Person im Besitz aller relevanten Informationen weiß, aber dennoch nicht zu einer Entscheidung kommen kann.

Man würde eigentlich erwarten, daß bei solch eindeutigen Vorhersagen eine Entscheidung zwischen den Theorien leicht zu treffen sei. In einem kritischen Experiment, so scheint es, muß nur die Bewertung von zwei Alternativen zu drei Zeitpunkten gemessen werden. Einmal bevor die Person weiß, daß sie zwischen den Alternativen entscheiden muß. Ein zweites Mal nach Erhalt aller Informationen direkt vor der Entscheidung und zum dritten Mal kurz nach der Entscheidung. Nach der dissonanztheoretischen Vorhersage müßte der Akzentuierungseffekt erst bei der dritten Messung feststellbar sein, während er nach konflikttheoretischen Vorhersagen schon zum Zeitpunkt der zweiten Messung auftreten müßte. Der Nachteil dieser Untersuchung ist jedoch, daß die Dissonanztheorie das Auftreten eines Akzentuierungseffekts bei der zweiten Messung immer damit erklären kann, daß die Versuchsperson ihre Entscheidung schon zu diesem Zeitpunkt getroffen habe. Die naheliegende Möglichkeit, diese Behauptung zu entkräften, bestünde in einer Befragung der Versuchsperson. Aber weiß eine Versuchsperson wirklich, wann sie ihre Entscheidung trifft? Wissen wir es selbst bei unserer eigenen Entscheidung? Ist eine Entscheidung überhaupt ein „Alles oder Nichts"-Prozeß, oder ist es nicht möglich, daß Entscheidungen schrittweise und über einen längeren Zeitraum hinweg getroffen werden? Festinger (1964) und seine Mitarbeiter ließen sich durch diese Schwierigkeiten nicht abschrecken. Der Band über „Conflict, Decision, and Dissonance" enthält einige ideenreiche Untersuchungen, die zur Klärung dieser Frage unternommen wurden.

5.3.5.3 Dissonanz nach einstellungskonträrem Verhalten

Bei freien Wahlentscheidungen wählen wir gewöhnlich die Alternative, die wir zum Zeitpunkt der Entscheidung am positivsten bewerten. Wenn wir uns zum Beispiel beim Autokauf zwischen zwei Typen entscheiden, wählen wir den, der uns insgesamt am besten gefällt. Diese Entscheidung treffen wir normalerweise aufgrund der relativen Qualität der Modelle, etwa ihrer Straßenlage, Verarbeitungsqualität, Ausstattung usw. Was würde nun geschehen, wenn der Verkäufer der Marke, die wir eigentlich nicht kaufen wollten, einen besonders günstigen Preis für unseren alten Wagen bieten würde, um unsere Kaufentscheidung zu beeinflussen. Damit käme ein extrinsischer Gesichtspunkt mit in unsere Entscheidung, ein Gesichtspunkt, der nichts mit der relativen Qualität der beiden Modelle zu tun hat, der aber dennoch von wesentlicher Bedeutung für unsere Entscheidung sein könnte. Falls seine Wagen nicht wesentlich schlechter sind als die der Konkurrenz, seine Gebrauchtwagenpreise aber deutlich besser, würden wir vermutlich die ursprünglich weniger attraktive Alternative wählen.

Häufig ist es jedoch nicht die Hoffnung auf zusätzliche Belohnung, sondern die Furcht vor möglicherweise negativen Konsequenzen, die uns zur Wahl wenig attraktiver Alternativen bewegt. So mag zum Beispiel ein Student, der den sonnigen Nachmittag viel lieber im Schwimmbad verbracht hätte, sich zwei Stunden in einem Seminar langweilen. Was ihn ins Seminar bringt, sind nicht etwa dessen intrinsische Qualitäten, etwa der vermittelte Erkenntnisgewinn, sondern die extrinsische Überlegung, daß es nachteilig sein könnte, wenn der entsprechende Hochschullehrer dem Gesicht eines Studenten erstmalig beim Prüfungstermin ausgesetzt wird. Der Hochschullehrer hingegen, der möglicherweise auch lieber ins Schwimmbad gegangen wäre, wird sein Seminar nicht notwendigerweise aus Begeisterung für den Wissensstoff abhalten, sondern weil Seminarteilnehmer wie auch der Kultusminister auf grundlosen Ausfall von Lehrveranstaltungen wenig freundlich reagieren.

All diesen Beispielen ist gemeinsam, daß wir aufgrund von zusätzlichen und extrinsischen Gesichtspunkten die per se weniger attraktive Alternative wählen. Da Gruppendruck und Rollenzwänge gerade besonders häufige extrinsische Ursachen darstellen, die uns zu einstellungskonträrem Verhalten veranlassen, läßt sich dieses Paradigma zur Erklärung der Internalisierung von Rollen heranziehen. Es ist die Alltäglichkeit solch einstellungskonträren Verhaltens, die es notwendig macht, bei der Vorhersage von spezifischem Verhalten in spezifischen Situationen neben den Einstellungen auch die normativen Erwartungen mitzuerfassen.

Gruppendruck und Rollenzwänge sind gewöhnlich nicht so stark, daß man von einer Eliminierung des Freiheitsspielraumes der handelnden Person sprechen könnte. Die negativen Folgen bei Nicht-Besuch oder Nicht-Abhaltung eines Seminars üben weder auf den Studenten noch auf den Hochschullehrer einen unwiderstehlichen Druck aus. Sie reichen im Normalfall gerade aus, um die Mehrheit der Beteiligten zur Teilnahme zu bewegen und sind im Grunde so minimal, daß auch das einstellungskonträre Verhalten noch relativ freiwillig ist. Da es aber freiwillig ist, erzeugt es auch Dissonanz.

Dissonanzstärke: Auch einstellungskonträres Verhalten beruht also im Normalfall auf relativ freien Entscheidungen. Die Stärke der erzeugten Dissonanz hängt von denselben Faktoren ab, die schon im Zusammenhang mit völlig freien Wahlentscheidungen diskutiert wurden. Als einzig zusätzlicher

Faktor muß hier die Rolle der extrinsischen Belohnung oder Bestrafung besprochen werden. Da die angebotene Belohnung oder angedrohte Bestrafung, die uns zum einstellungskonträren Verhalten bewegte, konsonante Kognitionen darstellten und die Verhaltensentscheidung rechtfertigten, sollte die Entscheidung, sich einstellungskonträr zu verhalten, um so weniger Dissonanz erzeugen, je größer die angebotene Belohnung oder die angedrohte Bestrafung ist.

Nehmen wir einmal als hypothetisches Beispiel einen Fachschaftsvertreter, der studentische Vorlesungsstreiks für sinnlos hält, der aber, da er von seinen Kollegen überstimmt wurde, sich jetzt in einer Situation befindet, in der er streikunwillige Kommilitonen von Sinn und Nutzen solcher Streikaktionen überzeugen muß. Fachschaftsbeschlüsse müssen schließlich ausgeführt werden. Dieses Verhalten wird sicherlich Dissonanz verursachen. Die Stärke der Dissonanz wird vom Verhältnis von dissonaten zur Gesamtheit der relevanten Kognitionen abhängen. Konsonant mit seinem Verhalten ist offensichtlich der Druck, der von seinen Kollegen auf ihn ausgeübt wurde, um ihn zur Unterstützung der Streikaktion zu bewegen. Je größer dieser Druck war, um so geringer sollte die aus seiner einstellungskonträren Handlung resultierende Dissonanz sein. Wenn er also etwa mit Ausschluß von der Fachschaftsarbeit wie auch von der Gruppe der Fachschaftsvertreter zu rechnen hatte, wird er weniger Dissonaz empfinden, als wenn fortgesetztes Streikgegnertum nur milde Mißbilligung erregt hätte.

Abbau der Dissonanz: Dissonanz nach einstellungskonträrem Verhalten wird durch die üblichen Strategien der Dissonanzreduktion abgebaut. So wird etwa unser Fachschaftsvertreter anschließend die Ideale von Einigkeit und Gruppendisziplin aufwerten sowie die Stärke des Druckes, der von seinen Kollegen ausgeübt wurde, um ihn zum Einschwenken auf die Fachschaftslinie zu bewegen. Weiterhin wird er vermutlich den durch sein Verhalten erzeugten Schaden abwerten. Er wird sich überzeugen, daß der Besuch von Vorlesungen und Übungen Zeitverschwendung ist und daß das Wissen ebenso gut (oder sogar besser) aus Büchern erarbeitet werden kann.

Die interessanteste Vorhersage allerdings, mit der sich diese Forschungsrichtung auch am intensivsten befaßte, ist die, daß einstellungskonträres Verhalten zu einer Einstellungsänderung in Richtung auf eine erhöhte Konsonanz zwischen Einstellung und Verhalten führt, unser Fachschaftsvertreter also infolge seines Verhaltens seine Meinung über Sinn und Nutzen von Streiks ändern wird. Dieser Weg der Dissonanzreduktion sollte um so eher ergriffen werden, je größer die Dissonanz ist und je weniger die anderen aufgezählten Möglichkeiten für den Abbau der Dissonanz zur Verfügung stehen. Wenn sich etwa unser Streikgegner ohne großen Zwang bereit erklärte, für den Streik Propaganda zu machen, wenn weiterhin die von ihm überredeten Kommilitonen später alle in der Prüfung durchfallen und wenn letztlich keines der Streikziele erreicht wird, dann wäre die Dissonanz besonders groß und damit die Wahrscheinlichkeit, daß sich unser Paulus in einen Saulus verwandelt, der nun voll und ganz vom Sinn solcher Streikaktionen überzeugt ist. Dies sind zumindest die Vorhersagen der Dissonanztheorie, und in der folgenden Darstellung einiger der wesentlichen Untersuchungen soll nun beurteilt werden, inwieweit sich diese Annahmen bestätigen ließen.

Befunde: Dissonanz in Abhängigkeit von der Belohnungshöhe: Festinger und Carlsmith (1959) führten eine der ersten Untersuchungen zur Prüfung der dissonanztheoretischen Annahme einer negativen Beziehung zwischen Belohnungshöhe und Einstellungswandel durch. Eine Versuchsperson, die gerade an einem extrem langweiligen Versuch teilgenommen hatte, wurde aufgefordert, der nächsten Versuchsperson zu erzählen, der Versuch sei interessant gewesen. Angeblich war das Ziel der Untersuchung, an der sie eben teilgenommen hatte, die Prüfung des Einflusses positiver Erwartungen auf die individuelle Leistung. Während sie selbst einer Kontrollgruppe angehörte, deren Erwartungen nicht beeinflußt worden waren, würde bei den Versuchspersonen der Experimentalgruppe vor Beginn des Versuchs eine positive Erwartung erzeugt. Ein studentischer Helfer würde als Versuchsperson posieren, die angeblich den Versuch gerade abgeschlossen hatte, und der im Vorraum wartenden echten Versuchsperson erzählen, der Versuch sei äußerst interessant gewesen. Leider sei dieser Helfer aber unangekündigt heute nicht erschienen. Da die nächste Versuchsperson schon im Vorraum sitze, bitte der Versuchsleiter nun ihn (oder sie), ob sie diese Aufgabe nicht übernehmen könne. Der Versuchsperson wurden dann entweder $ 1.- oder $ 20.- dafür geboten, daß sie dem Versuchsleiter jetzt helfe und möglicherweise auch in Zukunft zur Verfügung stehe.

Nachdem die Versuchsperson die Aufgabe erledigt hatte, wurde sie in ein anderes Zimmer zu einem Interviewer geführt, der angeblich im Auftrag des Institutes eine Befragung von Versuchspersonen über ihre Einschätzung der Versuche durchführte. Diese Befragung war schon zu Beginn des Semesters angekündigt worden und erzeugte deshalb vermutlich keinen Verdacht. Eine Kontrollgruppe wurde direkt nach Durchführung der langweiligen Aufgabe und ohne Geldangebot oder Lüge interviewt, um festzustellen, wie die Aufgabe von Versuchspersonen beurteilt wurde, die keine Dissonanz verspürt hatten.

Die Befragung bestand aus vier Fragen, die auf 11-Punkte-Skalen beantwortet werden mußten. Die Versuchspersonen mußten angeben, ob sie die Aufgabe interessant fanden, ob sie in dem Versuch etwas über ihre eigenen Fähigkeiten gelernt hätten, ob sie ihn für wissenschaftlich bedeutsam hielten und letztlich, ob sie die Absicht hätten, in Zukunft an ähnlichen Experimenten teilzunehmen. Die Ergebnisse sind in Tabelle 5.6 dargestellt. Der einzig signifikante Unterschied zeigte sich bei der ersten Frage. Hier beurteilten Versuchspersonen in der $ 20.- Bedingung die Aufgabe als signifikant weniger interessant als die Versuchspersonen in der $ 1.- Bedingung. Im Vergleich mit der Kontrollgruppe, die die Aufgabe als etwas langweilig beurteilte, zeigte sich also der von der Dissonanztheorie vorhergesagte negative Zusammenhang zwischen Belohnungshöhe und Einstellungswandel. Bei den anderen drei Fragen ergab sich kein signifikanter Unterschied; zwei der Fragen zeigten eine Tendenz in der erwarteten Richtung, die dritte aber eine Tendenz in die Gegenrichtung.

Die Tatsache, daß die experimentelle Hypothese nur für eine der abhängigen Variablen signifikant bestätigt wurde, mindert natürlich den Wert der Befunde. Auf der anderen Seite handelt es sich aber bei dieser Frage um die wirklich kritische. Schließlich ist die Kognition, daß die Aufgabe langweilig war, die mit dem Verhalten dissonante Kognition, und man würde hier auch den größten Effekt erwarten. Es ist weiterhin wenig überraschend, daß die Frage nach der verbesserten Einschätzung der eigenen Leistungsfähigkeit für Aufgaben, wie sie im Experiment benutzt wurden, als einzige keine Tendenz in der erwarteten Richtung aufwies. Die Aufgabe bestand im Dre-

Tabelle 5.6: Mittlere Beurteilung der Interview-Fragen für alle drei Versuchsbedingungen (nach Festinger & Carlsmith, 1959).

Interview-Fragen	Kontroll-Gruppe (N = 20)	Ein-Dollar-Gruppe (N = 20)	Zwanzig-Dollar-Gruppe (N = 20)
Wie interessant die Aufgabe war (−5 bis +5)	-,45	1,35	-,05
Wieviel sie gelernt hatten (0 bis 10)	3,08	2,80	3,15
Wissenschaftliche Bedeutung (0 bis 10)	5,60	6,45	5,18
Absicht an ähnlichen Experimenten teilzunehmen (−5 bis +5)	-,62	1,20	-,25

hen von Holzklötzchen und hätte von einem dreijährigen Kind bewältigt werden können. Diese Kognition zu verändern ist vermutlich schwieriger, als sich von der wissenschaftlichen Bedeutung des Experimentes zu überzeugen, die man sowieso nicht beurteilen konnte, oder davon, daß man in Zukunft an einem ähnlichen Versuch teilnehmen würde. Allerdings sind dies post-hoc-Interpretationen und damit auch eine Art von Dissonanzreduktion.

Ein weiterer Kritikpunkt (Chapanis & Chapanis, 1964) dieser Untersuchung ist der unterschiedliche Versuchspersonenausfall in den zwei Belohnungsbedingungen. Wegen Nichtbefolgung der Instruktionen mußten von den ursprünglich 71 Versuchspersonen 11 ausgeschlossen werden, 4 in der $ 20.- und 7 in der $ 1.- Bedingung. Es ist nun zu erwarten, daß gerade Versuchspersonen, die die Aufgabe besonders langweilig fanden, dazu neigen würden, den experimentellen Instruktionen zuwiderzuhandeln. Während aber der finanzielle Anreiz in der $ 20.- Bedingung einige potentielle Sünder doch noch zur Befolgung der Instruktionen bewegen mag, fehlt dieser Anreiz in der $ 1.- Bedingung. Wenn ich aber in dieser Bedingung mehr Personen, die die Aufgabe extrem langweilig fanden, eliminiere als in der $ 20.– Bedingung, darf ich mich nicht wundern, wenn beim Anreiz von nur $ 1.– anschließend die mittlere Beurteilung der experimentellen Aufgabe negativer ausfällt. Festinger und Carlsmith (1959) hätten diese Kritik vermeiden können, wenn sie eine zweite Analyse unter Einschluß dieser Versuchspersonen durchgeführt hätten.

Cohen (1962) replizierte die negative Beziehung zwischen Belohnungshöhe und Einstellungswandel in einer Untersuchung, die in einigen Punkten von dem von Festinger und Carlsmith (1959) entwickelten Paradigma abwich. Das einstellungskonträre Verhalten bestand diesmal nicht im Erzählen einer Lüge, sondern im Schreiben eines Aufsatzes, in dem die Versuchspersonen eine ihrer eigenen Einstellung widersprechende Position vertreten mußten. Die Untersuchung wurde nach einer Studentenunruhe an der Yale-Universität durchgeführt, bei der es nach Ansicht der Studenten vonseiten der Polizei zu Überreaktionen gekommen war. In dem Aufsatz sollte jetzt die Position vertreten werden, das Verhalten der Polizei sei völlig gerechtfertigt gewesen. Die Aufgabe wurde damit begründet, daß man Argumente für alle Positionen finden wolle. Es habe sich nun gezeigt, daß dies am ehesten möglich sei, wenn man jeweils nur Argumente für eine Seite schreiben ließe.

Da die im Versuch von Festinger und Carlsmith als hohe Belohnung gebotene Summe von $ 20.- (1959 noch etwa DM 80!) doch möglicherweise Verwunderung oder gar Verdacht erweckt hatte, wurden in dieser Untersuchung kleinere Geldbeträge ($ 0,50, $ 1.-, $ 5.- oder $ 10.-) versprochen. Nach Fertigstellung des Aufsatzes mußten die Versuchspersonen ihre eigene Einstellung auf einer etwas eigenartigen Skala angeben, die aus sieben verbal bezeichneten Kategorien mit den Endpunkten (1) überhaupt nicht gerechtfertigt und (7) völlig gerechtfertigt bestand.

Die Ergebnisse (Tabelle 5.7) bestätigten die Dissonanzvorhersagen. Je höher der Geldbetrag war, um so weniger unterschieden sich die Einstellungen der experimentellen Versuchsgruppen von denen der Kontrollgruppe. Die Unterschiede zur Kontrollgruppe waren nur für die $ 1.- und die $ 0,50-Bedingung signifikant.

Tabelle 5.7: Mittlere Einstellung zur Polizeiaktion (nach Cohen, 1962).

Versuchs-bedingung	Kontrolle	$ 10,-	$ 5,-	$ 1,-	$ 0,50
Einstellung	2,70[a]	2,32	3,08	3,47	4,54
N	14	6	10	6	8

[a] Höhere Werte bezeichnen positivere Einstellungen. Höchster Wert 7,0, niedrigster Wert 1,0.

Mit der unerklärten und unnötigen Variation der Versuchspersonenzahlen in den einzelnen Bedingungen schwächte Cohen (1962) allerdings etwas die Überzeugungskraft seiner Befunde und spielte damit den zahlreichen Gegnern der Theorie in die Hände. Chapanis und Chapanis (1964) setzten dann auch zu einer methodenkritischen Tour de Force an, in der sie praktisch die Gesamtheit der Dissonanzbefunde auf Methodenartefakte zurückzuführen versuchten. Die Vehemenz dieses Angriffs und seine anfänglich begeisterte Aufnahme läßt sich aber kaum allein auf die Schlamperei in einigen Experimenten zurückführen. Anfang der sechziger Jahre waren die methodischen Anforderungen weniger strikt als heutzutage, und die Dissonanzforschung lag im Bereich des allgemein Üblichen. Es ist zu vermuten, daß die Gemüter vielmehr dadurch erregt wurden, daß die dissonanztheoretischen Vorhersagen, besonders bezüglich der Wirkung von Belohnung bei einstellungskonträrem Verhalten, nicht nur dem gesunden Menschenverstand (das hätte man zur Not noch ertragen), sondern auch geheiligten theoretischen Vorstellungen zu widersprechen schienen. Die Vorhersagen ließen sich nur schwer mit verstärkungstheoretischen Überlegungen vereinbaren. Die Versuchsperson zeigt ein gewisses Verhalten (etwa: eine Aussage über ein Experiment, ein Aufsatz) und wird dafür positiv verstärkt. Die Verstärkung besteht entweder aus einer großen oder einer geringen Geldsumme. Wenn man davon ausgeht, daß eine größere Summe auch eine positivere Verstärkung bedeutet, würde man doch erwarten, daß sich die Einstellung der Versuchsperson, die viel Geld erhalten hat, eher in Richtung auf ihr Verhalten ändert, als die einer Versuchsperson, die nur wenig verstärkt wurde. Einem eingefleischten Vertreter präziser Lerntheorie würde vermutlich bei dieser lockeren Verwendung verstärkungstheoretischer Annahmen kaltes Grausen überkommen, aber die Mehrheit der Sozialpsychologen, die gewöhnlich nach dem Examen kaum mehr mit Lerntheorie in Berührung kommen, fanden die Überlegung recht zwingend.

Eine Variation dieses Grundgedankens, die sich allerdings eher auf die Situation bei Cohen (1962) als auf diejenige bei Festinger und Carlsmith (1959) anwenden läßt, hebt die Anreizfunktion der Belohnung hervor (Janis & Gilmore, 1965). Versuchspersonen, denen viel Geld geboten wird, sollten sich auch mehr anstrengen und bessere Argumente hervorbringen als ihre schlechter bezahlten Kommilitonen. Aufgrund der besseren Argumente sollten dann auch sie selbst mehr überzeugt werden.

Solche Ansätze ließen sich aber nur aufrechterhalten, wenn man in der Lage war, die negative Beziehung zwischen Belohnungshöhe und Einstellungswandel wegzuerklären. Ein recht erfolgreicher Vorstoß in diese Richtung wurde von Rosenberg (1965) unternommen, der seinen Aufsatz in ironischer Anspielung auf den Titel eines Buches von Festinger, Riecken und Schachter (1956) mit „When dissonance fails" betitelte. Rosenberg (1965) leitete aus einer Mischung von Verstärkungs-, Anreiz- und Konsistenz-Überlegungen die Vorhersage ab, daß Versuchspersonen normalerweise bei höherer Belohnung auch größeren Einstellungswandel aufweisen. Dieser Zusammenhang sei aber in den dissonanztheoretischen Untersuchungen dadurch verfälscht worden, daß die übermäßigen Belohnungen bei den Versuchspersonen den Verdacht erweckten, ihre Bestechlichkeit werde untersucht. Rosenberg (1965) argumentierte, daß Versuchspersonen bei psychologischen Untersuchungen immer davon ausgingen, daß ihre Persönlichkeit begutachtet werde (Bewertungs-Erwartung, S. 43). Dieser Verdacht läge natürlich besonders nahe, wenn eine Versuchsperson, wie etwa im Versuch von Festinger und Carlsmith (1959), für eine Lüge eine Bezahlung von $ 20.- erhalte und dann gefragt würde, was ihre eigene Ansicht sei. Um ihre Unbestechlichkeit zu beweisen, würde die Versuchsperson eine mit ihrem Verhalten diskrepante Einstellung angeben. Da eine Bezahlung von $ 1.– hingegen kaum als Bestechung angesehen werden könne, würde die Versuchsperson hier einen nach einstellungskonträrem Verhalten normalen und auf Selbstüberzeugung beruhenden Einstellungswandel zeigen.

Rosenberg (1965) schlug zwei Maßnahmen vor, die eine Überprüfung des Einflusses von Belohnungshöhe auf Einstellungswandel ermöglichen würden, ohne daß die Versuchspersonen Verdacht schöpfen könnten. Eine Maßnahme besteht in der Benutzung geringerer Geldsummen, die zweite in der Trennung der Funktion des Versuchsleiters von der des Interviewers, der die relevante Einstellung der Versuchsperson erfaßt. Zwar waren diese beiden Funktionen in der Untersuchung von Festinger und Carlsmith (1959) getrennt, aber dort wurde eben ein extrem hoher Geldbetrag verwendet. In der Untersuchung von Cohen (1962), in der geringere Beträge verwendet wurden, waren hingegen die zwei Versuchsleiterfunktionen nicht getrennt.

Rosenberg (1965) führte eine Untersuchung durch, die im Versuchsablauf dem Experiment von Cohen (1962) ähnelte, mit dem wesentlichen Unterschied, daß das einstellungskonträre Verhalten und die Erfassung der Versuchspersoneneinstellung in scheinbar völlig getrennten Untersuchungen abliefen. Als die Versuchsperson beim ersten Versuchsleiter, der sie angeworben hatte, eintraf, war dieser äußerst beschäftigt. Er schlug deshalb vor, daß die Versuchsperson die Zeit nutze und vielleicht schnell bei einem Kollegen aushelfen sollte. Dieser Kollege verfüge über Forschungsgelder und würde für die Mitarbeit bezahlen. Beim zweiten Versuchsleiter wurde die Versuchsperson dann mit derselben Begründung, die im Cohen-Versuch verwendet worden war, zum Schreiben eines einstellungskonträren Aufsatzes bewegt, für den ihr entweder $ 0,50, $ 1.- oder $ 5.- geboten wurde. Nach Fertigstellung des Aufsatzes kehrte die Versuchsperson zum ersten Versuchsleiter zurück, der sie einen Fragebogen ausfüllen ließ, in dem auch die für den Aufsatz relevante Einstellungsfrage enthalten war. Die verwendete Skala war mit der von Cohen (1962) identisch, und die verschiedenen Gruppen erzielten folgende Werte: Kontrollbedingung 1,45; $ 0,50-Bedingung 2,24; $1.- Bedingung 2,32 und $ 5.- Bedingung 3,24. In Bestätigung seiner Vorhersagen fand Rosenberg (1965) also nach Ausschluß der angeblich störenden Bewertungs-Erwartung einen deutlichen Verstärkungseffekt. Belohnungshöhe und Einstellungswandel zeigten eine positive Beziehung.

Diese Ergebnisse erregten nun wiederum bei den Dissonanzforschern deutliche Unruhe (etwa: Aronson, 1966), und als erste Verteidigungsstrategie wurde versucht, die Schlüssigkeit von Rosenbergs (1965) Interpretation seiner Befunde anzuzweifeln. Eine wesentliche Schwäche von Rosenbergs Untersuchung besteht darin, daß er nicht mit zusätzlichen Versuchsbedingungen die Untersuchung von Cohen (1962) replizierte. Wenn man wie Rosenberg der Ansicht ist, daß bestimmte Ergebnisse nicht durch die experimentelle Manipulation (Belohnungshöhe), sondern durch eine Interaktion zwischen der Manipulation und einer störenden Bedingung (Verdacht aufgrund mangelnder Trennung der zwei Phasen des Experiments) hervorgerufen wurden, dann muß man eine Untersuchung durchführen, in der die Gegenwart der störenden Bedingung variiert wird. Man muß nicht nur zeigen, daß bei vermutlicher Abwesenheit der störenden Bedingung eine positive Beziehung zwischen Belohnungshöhe und Einstellungswandel auftritt, sondern auch daß *bei Gegenwart dieser störenden Bedingung eine negative Beziehung nachweisbar ist.* Schließlich bestehen zwischen den Untersuchungen von Rosenberg (1965) und Cohen (1962) notgedrungen noch viele andere Unterschiede. Die eine Untersuchung wurde an der Yale-, die andere an der Ohio State-University durchgeführt, die eine in den Zimmern der Studenten, die andere im experimentellen Laboratorium, die Einstellungsfragen unterschieden sich usw.. Das sind zugegebenermaßen scheinbar irrelevante Details, und es ist schwer glaubhaft, daß sie für die unterschiedlichen Befunde hätten verantwortlich sein können. Aber viele Unterschiede zwischen Untersuchungen sind scheinbar irrelevant, bis eine neue Theorie sie plötzlich bedeutsam werden läßt.[8]

Diese Kritik war zwar ein guter Anfang, aber sie bedurfte noch weiterer Belege, um echte Zweifel an Rosenbergs Position zu wecken. Tatsächlich gab es empirische Befunde, die Rosenberg nur schwer erklären konnte. Da war erstens Cohens großer Effekt in der $ 0,50 Bedingung. Nach Rosenbergs Annahmen sollte in dieser Bedingung wegen der geringen Belohnungshöhe kein Bestechungsverdacht entstehen, und deshalb hätten seine eigenen Befunde in dieser Bedingung mit denen Cohens identisch sein müssen. Tatsächlich ist aber der Unterschied zwischen Kontroll- und $ 0,50-Bedingung bei Rosenberg nur 0,79 (von 6 möglichen Skalenpunkten), bei Cohen hingegen 1,84. Weiterhin hatte Nuttin (1964) in Belgien beim Versuch einer getreuen Replikation der Untersuchung von Rosenberg (1965), von der er einen Vorabdruck hatte, eine negative Beziehung zwischen Belohnungshöhe und Einstellungswandel erzielt.

Diese Argumente reichen zwar aus, um die Gültigkeit von Rosenbergs (1965) eigener Interpretation seiner Befunde in Frage zu stellen, aber sie boten keine alternative Erklärung der Ergebnisse und konnten damit die Zweifel an der Dissonanztheorie nicht beseitigen. Selbst wenn Rosenbergs Interpretation nicht völlig mit seinen Daten übereinstimmte und Nuttin im fernen Belgien die Ergebnisse nicht replizieren konnte, verblieb die Tatsache, daß Rosenberg unter Bedingungen, die denen der Cohen-Untersu-

[8] Es ist allerdings eine Ironie des Schicksals, daß Rosenberg auch bei Befolgung dieser weisen Ratschläge aller Wahrscheinlichkeit nach zu denselben Schlußfolgerungen gelangt wäre.

chung wesentlich ähnlicher waren, genau den umgekehrten Effekt erzielt hatte wie den, der nach der Dissonanztheorie zu erwarten war.

Die Bedeutung der Wahlfreiheit: Der Durchbruch kam 1967, als Linder, Cooper und Jones vorschlugen, daß Rosenberg durch die Trennung der beiden Phasen der Untersuchung möglicherweise die Wahlfreiheit seiner Versuchspersonen eingeschränkt hatte. Die Versuchspersonen trafen ihre Entscheidung zur Teilnahme beim zweiten Experiment, also dem einstellungskonträren Aufsatzschreiben im Büro des ersten Versuchsleiters, ohne Genaues über den zweiten Versuch zu wissen. Zum Zeitpunkt, als sie ihre Instruktionen vom zweiten Versuchsleiter erhielten und damit erstmals erfuhren, was von ihnen erwartet wurde, glaubten sie vermutlich, nicht mehr ablehnen zu können.

Um diese Alternativ-Erklärung zu stützen, mußten Linder et al. (1967) erst einmal nachweisen, daß bei geringer Wahlfreiheit tatsächlich ein positiver Zusammenhang zwischen Belohnungshöhe und Einstellungswandel auftritt. In einer Untersuchung, die zwar in den Versuchsräumen des psychologischen Institutes durchgeführt wurde, sich aber sonst eng an die Cohen-Situation hielt, wurde den Versuchspersonen in der Hälfte der Fälle gesagt, sie sollten sich erst einmal die experimentelle Aufgabe anhören und dann entscheiden (hohe Wahlfreiheit), während in der anderen Hälfte der Eindruck erweckt wurde, die Versuchsperson habe sich durch ihr Erscheinen schon festgelegt, und sofort mit der Instruktion begonnen wurde. Linder et al. (1967) fanden eine Interaktion zwischen Belohnungshöhe und Wahlfreiheit und bestätigten damit die Bedeutung der Wahlfreiheit. Bei hoher Wahlfreiheit fand sich eine negative Beziehung zwischen Belohnungshöhe und Einstellungswandel, bei geringer Wahlfreiheit hingegen ein positiver Zusammenhang. Damit war aber noch nicht erwiesen, daß Rosenberg (1965) durch seine Zwei-Phasentrennung *tatsächlich* die Wahlfreiheit seiner Versuchspersonen eingeschränkt hatte. In Experiment II replizierten Linder et al. (1967) deshalb die Untersuchung von Rosenberg (1965) mit einer zusätzlichen Manipulation. Während sich der erste Versuchsleiter in der Hälfte der Fälle völlig an die Rosenberg-Instruktion hielt, gab er den anderen Versuchspersonen noch folgende Zusatzinformation, durch die das Gefühl der Wahlfreiheit vermittelt werden sollte:

> „Ich habe diesem Menschen nur versprochen, ihm, falls möglich, einige Versuchspersonen zu schicken. Ich habe aber betont, daß ich meine Versuchspersonen in keiner Weise verpflichten könnte. Hören Sie sich deshalb erst einmal ruhig an, was er zu sagen hat, und fühlen Sie sich dann in Ihrer Entscheidung völlig frei" (Linder et al., 1967, S. 250).

Die Ergebnisse dieses Experiments bestätigen völlig die Erwartungen. Während eine getreue Wiederholung des Rosenberg-Experiments auch dessen Ergebnisse replizierte, führte die Einführung der Wahlfreiheit zu der dissonanztheoretisch vorhergesagten negativen Beziehung.

Obwohl weder Festinger und Carlsmith (1959) noch Cohen (1962) die Wahlfreiheit besonders betonten, ist einsichtig, daß sich die Versuchspersonen in diesen Untersuchungen freier fühlten, die Aufgabe abzulehnen, als bei Rosenberg. Im Versuch von Festinger und Carlsmith war die Lüge nicht Teil des Experimentes, für das sich die Versuchspersonen gemeldet hatten, und in der Cohen-Untersuchung wurden die Versuchspersonen zu Hause aufgesucht, hatten sich also zu nichts verpflichtet. Allerdings paßt nun die Untersuchung von Nuttin (1964) nicht mehr ins Bild. (Sie wird nach 1967 von den Vertretern der Dissonanztheorie auch kaum mehr zitiert.) Zwar findet sich in der Nuttin-Instruktion ein Satz, der möglicherweise bei den Versuchspersonen das Gefühl der Wahlfreiheit erzeugt hatte. Der erste Versuchsleiter (Prof.Nuttin) gibt nämlich seinen Versuchspersonen diese Worte mit auf den Weg:

> „Es muß klar sein, daß Sie dem anderen Versuchsleiter nicht helfen sollten, um mir einen Gefallen zu tun. Ich bin allerdings sicher, daß Sie den Versuch interessant finden werden" (Nuttin, 1975, S. 29).

Wenn man allerdings bedenkt, daß alle Versuchspersonen später bei Nuttin eine Prüfung ablegen mußten, kommen einem erste Zweifel an dieser Interpretation. Diese Bedenken werden noch dadurch verstärkt, daß sich in Nuttins Vorlesung 330 der 450 eingeschriebenen Studenten für den Versuch meldeten. Wenn man Krankheits- und Todesfälle mit einbezieht, müssen sich praktisch alle Anwesenden spontan und freiwillig zur Teilnahme bereiterklärt haben. Inzwischen wurden auch die Ergebnisse von Linder et al. vielfach repliziert (etwa: Calder, Ross & Insko, 1973; Collins & Hoyt, 1972; Frey & Irle, 1972; Holmes & Strickland, 1970; Sherman, 1970) und Collins und Hoyt (1972) stellten fest:

> „Die Wechselwirkung zwischen Wahlfreiheit und Belohnungshöhe ist sicherlich eines der am häufigsten replizierten Ergebnisse der 'forced compliance'- Forschung" (S.567).

Wie kann man diese Wirkung der Wahlfreiheit erklären? Wir sagten zu Anfang, daß konsonante Kognitionen zur Rechtfertigung des Verhaltens dienen. Je weniger man eine Handlung rechtfertigen kann, um so mehr Dissonanz sollte verspürt werden. Das Bedürfnis nach Rechtfertigung tritt aber vermutlich nur dann auf, wenn man sich für sein Verhalten *verantwortlich* fühlt. Wenn man sich aber in seinem Freiheitsspielraum eingeschränkt glaubt, wenn einem scheinbar keine Wahl gelassen wird, dann lehnt man die Verantwortung für das eigene Verhalten ab. Wie wir in vielen Nachkriegsprozessen feststellen konnten, reicht Befehlsnotstand scheinbar völlig zur persönlichen Rechtfertigung von Handlungen aus. Man bedarf keiner weiteren konsonanten Kognition. Unter diesen Umständen wirkt dann eine Belohnung möglicherweise als erfreuliche Zugabe, die einem das schwere Los versüßt. Während allerdings einsichtig ist, daß Mangel an Wahlfreiheit ausreicht, um Dissonanz auch in der Bedingung mit geringerer Belohnung zu reduzieren, ist weniger klar, warum es bei geringer Wahlfreiheit zu einer positiven Beziehung zwischen Belohnungshöhe und Einstellungswandel kommt.

Die Bedeutung negativer Konsequenzen: Zahlreiche Fehlschläge, auch bei hoher Wahlfreiheit Dissonanzeffekte zu erzielen (etwa: Collins, 1969; Collins, Ashmore, Hornbeck & Withney, 1970; Melson, Calder & Insko, 1969), ließen bald vermuten, daß neben hoher Wahlfreiheit noch andere Faktoren gegeben sein müssen, um sicherzustellen, daß einstellungskonträres Verhalten dissonanzerzeugend wirkt. Schon frühzeitig hatten Aronson (1968) und Collins (1969) auf die Konsequenzen des Verhaltens als einen Faktor hingewiesen, von dem möglicherweise die dissonanzerzeugende Wirkung einstellungskonträren Verhaltens abhängt. Sie schlugen vor, daß derartiges Verhalten nur dann Dissonanz erzeugt, wenn es zu negativen Konsequenzen für die Versuchsperson oder ihren Interaktionspartner führt. Diese Annahme wurde erstmalig in einer Untersuchung von Nel, Helmreich und Aronson (1969) einem direkten Test unterworfen. Versuchspersonen wurde entweder $ 0,50 oder $ 5,– geboten, damit sie sich in einem Vortrag, der auf Videoband aufgenommen wurde, für die Legalisierung von Marihuana aussprachen. Die Konsequenzen wurden durch unterschiedliche Beschreibung der Einstellungen der Zuhörer manipuliert, für die der Vortrag angeblich gedacht war und die möglicherweise durch die Argumentation beeinflußt würden. Je nach Versuchsbedingung wurden die Zuhörer als Gruppe dargestellt, (1) die für die Legalisierung von Marihuana war, (2) die gegen Legalisierung war oder (3) die noch keine feste Meinung hatte. Es wurde angenommen, daß die Konsequenzen in der Gruppe (1) am wenigsten negativ und in der Gruppe (3) am negativsten eingeschätzt würden. Obwohl die Interaktion zwischen Belohnungshöhe und Einstellung der Zuhörer insgesamt nicht signifikant war, zeigte sich doch bei Gruppe (3) der stärkste Dissonanzeffekt und bei Gruppe (1) der schwächste. Während sich bei Gruppe (3) ein signifikant negativer Zusammenhang zwischen Belohnungshöhe und Einstellungswandel feststellen ließ, war dieser bei Gruppe (2) nur noch tendenziell feststellbar; bei Gruppe (1) waren die Einstellungswerte für beide Belohnungshöhen praktisch identisch.

Eine Untersuchung von Cooper und Worchel (1970) führte zu eindeutigeren Befunden. Cooper und Worchel benutzten die von Festinger und Carlsmith (1959) entwickelte Situation und manipulierten die Konsequenzen dadurch, daß sich die angebliche Versuchsperson entweder aufgrund der Lügen entschloß, an dem langweiligen Versuch teilzunehmen oder aber die Teilnahme ablehnte. Erwartungsgemäß fand sich eine signifikante Interaktion zwischen Belohnungshöhe und Konsequenzen. Bei starken Konsequenzen, die praktisch eine Replikation des Versuchs von Festinger und Carlsmith darstellten, zeigten die Versuchspersonen die typische negative Beziehung zwischen Belohnungshöhe und Einstellungswandel. Wenn die Konsequenzen hingegen gering waren, hatte unterschiedliche Belohnungshöhe kaum einen Einfluß auf die Einstellungen.

Calder, Ross und Insko (1973) replizierten die Untersuchung von Cooper und Worchel (1970) als Teil eines umfangreicheren Versuchsplanes, in dem sie unter anderem auch den Grad der Wahlfreiheit variierten. Erwartungsgemäß fanden sie bei hohen Konsequenzen die von Linder et al. (1967) berichtete Interaktion zwischen Wahlfreiheit und Belohnungshöhe, während sich bei niedrigen Konsequenzen keine signifikanten Unterschiede ergaben. Bei niedrigen Konsequenzen trat also weder der Dissonanz- noch der Verstärkungs- oder Anreizeffekt auf. Vergleichbare Befunde wurden von Collins und Hoyt (1972) berichtet, die einstellungskonträre Argumentationen verfassen ließen.

Collins und Hoyt (1972) faßten dann die Befunde zum Zusammenhang von Belohnungshöhe und Einstellungswandel mit folgender Feststellung zusammen:

> „Eine Versuchsperson muß sich für eine Handlung, die scheinbar wichtige Konsequenzen hat, persönlich verantwortlich fühlen, damit die negative Beziehung auftritt" (S. 570).

Durch die Zusatzannahmen, daß einstellungskonträres Verhalten nur bei hoher Wahlfreiheit und negativen Konsequenzen dissonanzerzeugend wirkt, wurde allerdings eine strenge Prüfung der Theorie in diesem Forschungsbereich weiter erschwert. Es läßt sich nämlich auch bei signifikanten Unterschieden in den manipulationsüberprüfenden Fragen nie sicherstellen, daß die Herstellung hoher Wahlfreiheit oder negativer Konsequenzen in einer Untersuchung tatsächlich geglückt ist. Da Einstufungsskalen günstigenfalls Intervallskalenniveau besitzen, lassen sich zwar Aussagen über Unterschiede zwischen den Bedingungen, aber nicht über das absolute Niveau der manipulierten Größen machen. Erschwerend kommt noch hinzu, daß die Komplexität der Variablen „negative Konsequenzen" die Manipulation dieses Faktors häufig zur Glückssache werden läßt. In den meisten Untersuchungen wird die Versuchsperson nämlich nicht, wie im Versuch von Festinger und Carlsmith (1959), mit den negativen Konsequenzen ihres Verhaltens konfrontiert, sondern diese werden ihr nur beschrieben. Wenn etwa den Versuchspersonen, wie im Experiment 1 von Stroebe, Diehl und Stroebe (1978) glaubhaft gemacht wird, ihre Aufsätze, in denen sie sich für die Wiedereinführung der Geschlechtertrennung in studentischen Wohnheimen aussprachen, würden der Verwaltung zur Entscheidungshilfe vorgelegt, mag dies von den Versuchspersonen nicht unbedingt als negative Konsequenz wahrgenommen werden. Dies wäre nur der Fall, wenn die Versuchspersonen glaubten, (1) daß die Verwaltung tatsächlich eine Veränderung ihrer Politik erwägt, (2) daß sie gegenwärtig noch unentschieden ist und (3) daß sie sich in ihrer Entscheidung durch die Lektüre studentischer Aufsätze beeinflussen läßt. Auch umgekehrt, wenn man beabsichtigt eine Situation mit niedrigen Konsequenzen zu schaffen, kann man nicht immer sicher sein, daß die Versuchspersonen diese Einschätzung der Situation teilen. Zum Beispiel schöpften Marburger Studenten, die unter niedrigen Konsequenzen für den Bau von Atomkraftwerken plädieren sollten, den Verdacht, daß es sich um eine Untersuchung des Bundesverfassungsschutzes handelte. Erst als ein studentisches Rollkommando die Versuchsräume stürmte und alle Aufsätze und Fragebögen entwendete, wurde den Versuchsleitern deutlich, daß ihnen hier – völlig unbeabsichtigt – die Herstellung hoher Konsequenzen geglückt war.

Dissonanz und Bestrafung: Obwohl die Vorhersagen bezüglich der Wirkung von Strafandrohungen auf Einstellungswandel nach einstellungskonträrem Verhalten mit denen für Belohnung identisch sind, wurde Strafandrohung im traditionellen Paradigma kaum verwendet. Einer der Gründe ist vermutlich das Legitimitätsproblem. In einer experimentellen Situation ist es recht schwierig, Versuchspersonen unter Strafandrohungen zu einstellungskonträrem Verhalten zu bewegen, ohne daß die Drohung als illegitim aufgefaßt wird, eine Möglichkeit, die mit wachsender Stärke der Drohung wahrscheinlicher wird. Da aber das Nachgeben bei einer Drohung um so mehr Dissonanz erzeugen sollte, je illegitimer die Drohung ist, wären die Effekte von Drohungsstärke und Drohungslegitimität schwer auseinanderzuhalten.

In einem interessanten Experiment kehrten Aronson und Carlsmith (1963) jedoch das typische Paradigma um und untersuchten den Einfluß von Strafandrohungen auf die Einstellung nach Unterlassung einer einstellungs-*konsistenten* Handlung. Kindern wurde unter Androhung von entweder sehr ernsthafter oder geringer Bestrafung verboten, mit einem Spielzeug zu spielen, das sie in einem Vortest recht positiv eingestuft hatten. Anschließend wurden sie einige Zeit im Spielraum alleine gelassen, in dem sich unter anderem auch das beliebte Spielzeug befand. In beiden Strafandrohungsbedingungen wagten es die Kinder nicht, mit dem verbotenen Spielzeug zu spielen, obwohl sie sich unbeobachtet glaubten. Anschließend mußten sie das Spielzeug erneut bewerten. Nach der Dissonanztheorie ist zu erwarten, daß das Befolgen der Anordnung Dissonanz erzeugt, die abgebaut werden muß. Während die ernste Strafandrohung eine gewichtige konsonante Kognition darstellt, die das Verhalten rechtfertigt und somit ermöglicht, die Dissonanz abzubauen, ist dies bei der geringen Strafandrohung nicht der Fall. Das Kind wird sich deshalb nach anderen Methoden der Dissonanzreduktion umsehen müssen. Als effektiver Weg bietet sich natürlich die Abwertung des beliebten Spielzeugs an. Das Kind kann seine Unterlassung leicht damit rechtfertigen, daß es sich davon überzeugt, daß das Spielzeug ja sowieso nicht so besonders attraktiv war. Diese Vorhersagen ließen sich sowohl in der Untersuchung von Aronson und Carlsmith (1963) wie auch in einer nachfolgenden von Freedman (1965 a) bestätigen, der die Wirkung der Abwertung noch nach einigen Wochen zeigen konnte. Aus diesen Befunden ergibt sich die eindeutige Schlußfolgerung, daß auch in der Kindererziehung „Overkill" wenig effektiv ist. Die Wahrscheinlichkeit, daß ein Gebot nicht nur momentan befolgt, sondern als Verhaltensnorm internalisiert wird, ist nach diesen Befunden am größten, wenn die Strafandrohung gerade stark genug ist, das Kind in der gegebenen Situation zur Konformität zu bewegen.

Was wäre geschehen, wenn das Kind trotz Strafandrohung mit dem verbotenen Spielzeug gespielt hätte und tatsächlich bestraft worden wäre? Auch in dieser Situation wäre nach dissonanztheoretischen Überlegungen eine milde Strafe effektiver als eine strenge Bestrafung. Die Strafe stellt eine mit dem Verhalten dissonante Kognition dar. Je strenger die Bestrafung ist, um so größer sollte die Dissonanz sein, die unter anderem durch Aufwertung der Attraktivität der verbotenen Handlung reduziert werden könnte. Diese Vorhersage, die den Erwartungen einer Verstärkungstheorie widerspricht, beruht allerdings auf der Voraussetzung, daß die Strafe angedroht und damit vorhersehbar war.

Obwohl diese Vorhersagen meines Wissens nie einer direkten Prüfung unterzogen wurden, berichten Aronson und Mills (1959) Ergebnisse, die für die Richtigkeit dieser Annahmen sprechen. In dieser Untersuchung wurden Mädchen, die sich zu einer Diskussionsgruppe über sexuelle Fragen gemeldet hatten, entweder einer sehr peinlichen oder einer sehr milden Prüfung unterzogen. Die Prüfung wurde damit begründet, daß man feststellen müsse, ob die Versuchsperson in der Lage sei, offen über sexuelle Fragen zu sprechen. Sie bestand entweder im Verlesen obszöner Worte und einiger pornographischer Passagen in Gegenwart des männlichen Versuchsleiters (peinliche Prüfung) oder im Verlesen einiger sexbezogener aber nicht obszöner Worte (milde Prüfung). Eine Kontrollgruppe wurde gleich zur Diskussion zugelassen, ohne sich der Prüfung unterzogen zu haben. Da die Diskussionsgruppen angeblich schon mit ihrer Sitzung angefangen hatten, durften die Versuchspersonen nur über eine Lautsprecheranlage zuhören. Die „Diskussion" (eine Tonbandaufnahme) befaßte sich mit dem Geschlechtsleben von Tieren und war banal und zusammenhanglos. Bei einer anschließenden Beurteilung der Attraktivität der Diskussion gaben Versuchspersonen, die sich der strengen Prüfung unterzogen hatten, erwartungsgemäß die positivste Beurteilung ab. Sie hatten am meisten zu rechtfertigen. Die Dissonanzinterpretation dieser Befunde wurde erheblich kritisiert (etwa: Chapanis & Chapanis, 1964), aber Gerard und Mathewson (1966) führten eine Replikation durch, in der sie alle vorgebrachten Alternativinterpretationen ausräumen konnten.

5.3.5.4 Dissonanz und die Auswahl von Informationen

Als drittes Hauptforschungsgebiet beschäftigten sich die Dissonanzforscher mit den Vorhersagen der Theorie über das Aufsuchen von konsonanten und das Vermeiden von dissonanten Informationen („selective-exposure"-Hypothese). Diese Vorhersagen folgen aus der Grundannahme, daß Dissonanz ein unangenehmer Zustand ist, der motiviert, Konsonanz herzustellen oder zumindest eine Erhöhung der Dissonanz zu vermeiden. Zum Beispiel kann die Dissonanzreduktion nach Wahlentscheidungen erheblich erleichtert werden, wenn es gelingt, die getroffene Entscheidung mit neuen Informationen zu rechtfertigen. So könnte etwa die Dissonanz nach dem Kauf eines Wagens durch Lektüre von Testergebnissen, die die Vorzüge des eigenen Wagens und die Nachteile der Konkurrenzprodukte belegen, vermindert werden. Auf der anderen Seite würde aber die Dissonanz durch Lektüre eines Testergebnisses, bei dem der neue Wagen schlecht abschneidet, weiterhin erhöht. Es läßt sich also aus der Dissonanztheorie folgern, daß Personen bei bestehender Dissonanz Informationen aufsuchen sollten, von denen sie sich eine Minderung ihrer Dissonanz erhoffen, daß sie aber gleichzeitig vermeiden sollten, sich potentiell dissonanzerhöhenden Informationen auszusetzen. Allerdings nimmt Festinger an, daß die Beziehung zwischen der Dissonanzstärke und der Tendenz, konsonante Informationen zu suchen und dissonante Informationen zu meiden, *nicht* monoton ist. Er vermutet, daß beide Tendenzen im mittleren Dissonanzbereich am stärksten sind und mit weiterem Anwachsen der Dissonanz schwächer werden, da hier ein Rückgängigmachen der Entscheidung in Erwägung gezogen wird.

Aus theoretischer Warte sind diese Zusatzannahmen begrüßenswert, da ohne sie eine permanente Dogmatisierung von einmal getroffenen Entscheidungen vorhergesagt werden müßte. Empirisch gesehen sind sie aber problematisch, da sie bei den gegenwärtig in diesem Bereich üblichen Meßmethoden praktisch jeden Zusammenhang zwischen Dissonanzstärke und Informationssuche oder Vermeidung erlauben.

Als Festinger (1957) seine Darstellung der Dissonanztheorie veröffentlichte, konnte er zur Stützung dieser für die Theorie zentralen Annahmen zwei Untersuchungen anführen, nämlich eine Felduntersuchung von Ehrlich, Guttman, Schönbach und Mills (1957) und ein Laboratoriumsexperiment, das er selbst gemeinsam mit Ehrlich und Schönbach durchgeführt hatte (beschrieben in Festinger, 1957, S. 162-176). Ehrlich et al. (1957) befragten 65 Neuwagenkäufer sechs Wochen nach dem Kauf, welche Automobilanzeigen ihnen in den letzten Wochen aufgefallen waren und welche sie gelesen hatten. Aus dissonanztheoretischen Überlegungen würde eine Bevorzugung von Anzeigen über den eigenen Wagen vorhergesagt, da der Käufer erwarten kann, daß derartige Anzeigen ausschließlich konsonante Informationen enthalten würden. In Übereinstimmung mit diesen Vorhersagen wurde festgestellt, daß die interviewten Personen signifikant häufiger Anzeigen über den gekauften Wagentyp lasen als über andere Fahrzeuge – ein Unterschied, der sich bei einer Kontrollgruppe von Personen, die ihren Wagen schon drei Jahre besaßen, nicht nachweisen ließ. Die Vorhersage, daß dissonante Informationen aktiv vermieden würden, ließ sich jedoch nicht bestätigen. Die Prüfung dieser Hypothese beruhte auf der Überlegung, daß positive Informationen über Automobile, die in die engere Wahl gezogen worden waren, Dissonanz erzeugen sollten, während dies bei positiven Informationen über Fahrzeuge, die nicht in Frage kamen, etwa weil sie zu teuer waren, nicht der Fall sein sollte. Folglich sollten Anzeigen von abgelehnten Wagen weniger häufig gelesen werden als Anzeigen von nicht berücksichtigten Fahrzeugen. Dies war nicht der Fall.

Auch die Ergebnisse des Laboratoriumsexperiments sind nicht völlig eindeutig. In dieser Untersuchung spielten Versuchspersonen ein Glücksspiel gegen den Versuchsleiter. Gewinn oder Verlust wurde von der Punktzahl der sieben Karten bestimmt, die der Versuchsperson bei jedem Spiel ausgeteilt wurden. Lag die Punktzahl unter einem festgesetzten Wert, gewann die eine Seite, lag sie über diesem Wert, gewann die andere Seite. Die Versuchsperson konnte sich zu Beginn des Versuchs für eine Seite entscheiden. Es wurde ihr bedeutet, diese Wahl gut zu überlegen, da die Gewinnchancen der beiden Seiten recht ungleich seien. Es sei zwar möglich, während der folgenden 30 Spiele die Seite zu wechseln, aber dies sei nur einmal erlaubt und mit einer Geldstrafe verbunden. Nach 12 Spielen, als einige Versuchspersonen schon erhebliche Gewinne, andere erhebliche Verluste erzielt hatten, wurde ihnen eine graphische Abbildung angeboten, aus der angeblich die Auftretenswahrscheinlichkeiten für jede der im Spiel möglichen Punktsummen ersichtlich waren. Die abhängige Variable bestand in der Zeit, die die Versuchsperson zur Betrachtung der Graphik benötigte. Die Schwäche der Untersuchung besteht in der Vermischung von Dissonanzstärke und den Erwartungen bezüglich der Konsonanz oder Dissonanz der angebotenen Informationen. Bei Versuchspersonen, die Gewinne erzielt hatten, ist die Situation eindeutig. Sie sollten wenig Dissonanz und damit auch kein Bedürfnis zum Studium der Abbildung empfinden. Bei Versuchspersonen, die Verluste erlitten hatten, sind die Vorhersagen hingegen weniger klar. Mit steigenden Verlusten sollte nämlich nicht nur die Dissonanzstärke anwachsen, sondern auch die Sicherheit, daß die Abbildung die dissonante Information enthalten würde, man habe die falsche Seite gewählt. Versuchspersonen, die nur wenig verloren hatten, sollten zwar geringere Dissonanz verspüren, aber sie konnten auch noch hoffen, daß sich ihre Entscheidung bei Betrachtung der Abbildung als richtig erweisen würde. Sie sollten also wesentlich mehr Zeit aufwenden als Versuchspersonen, die gewonnen oder sehr viel verloren hatten. Bei extrem hohen Verlusten würde allerdings die zur Betrachtung der Graphik verwendete Zeitdauer wieder ansteigen, da hier ein Wechsel der Seiten erwogen würde.

Diese Vorhersagen ließen sich zwar bestätigen, da aber unterlassen wurde, die Versuchspersonen über ihre tatsächlichen Erwartungen bezüglich der in der Graphik enthaltenen Informationen zu befragen, beruhte diese Interpretation auf einer unüberprüften Annahme. Inzwischen wurden die Ergebnisse aber in einer Untersuchung von Cohen, Brehm und Latané (1959) repliziert, die auch die Versuchspersonen-Erwartungen erhoben. Diese Erwartungen entsprachen tatsächlich den Vorhersagen von Festinger. Da jedoch keine der beiden Untersuchungen Kontrollbedingungen enthielten, die die Feststellung ermöglichen würden, bei welcher Betrachtungsdauer Informationssuche in Informationsvermeidung umschlägt, sind die Ergebnisse im Sinne der Theorie nicht eindeutig interpretierbar.

Bei der weiteren Überprüfung der „selective-exposure"-Hypothese ergaben sich eine Reihe von Problemen, die nicht immer zufriedenstellend gelöst wurden. Da Festinger (1957) eine kurvilineare Beziehung zwischen Dissonanzstärke und Informationsvermeidung bzw. Informationssuche postulierte, sollte die „selective-exposure"-Hypothese nur in Untersuchungen überprüft werden, die die Dissonanz in mindestens drei Stärkestufen variieren. Diese Grundvoraussetzung wurde aber nur in den aus anderen Gründen problematischen Untersuchungen von Festinger (1957) und Cohen et al. (1959) sowie einem Experiment von Rhine (1967 b) erfüllt. Weiterhin sind die Dissonanzmanipulationen in vielen Untersuchungen (z.B. Freedman, 1965 b; Sears, 1965; Sears & Freedman, 1965) derart schwach, daß fraglich ist, ob überhaupt Dissonanz erzeugt wurde.

Die Kritik an den Untersuchungen beschränkt sich jedoch nicht nur auf die unabhängigen Variablen. Bei den abhängigen Variablen ist zu bemängeln, daß gewöhnlich keine Unterscheidung von Informationssuche und Informationsvermeidung möglich ist. Typischerweise wird entweder die auf die Informationsaufnahme verwendete Zeit (z.B. Cohen et al., 1959; Festinger, 1957; Jecker, 1964; Mills, 1965 c; Sears &Freedman, 1965) oder die Rangordnung bzw. Einstufung der Informationen nach ihrem Interessantheitsgrad erfaßt (z.B. Adams, 1961; Brock, 1965; Brodbeck, 1956; Canon, 1964; Ehrlich et al., 1957; Feather, 1962, 1963; Freedman, 1965 b, 1965 c; Mills, 1965 a, 1965 b; Mills, Aronson & Robinson, 1959; Mills & Ross, 1964; Sears, 1965, 1966; Sears &Freedman, 1965). Die Tatsache, daß man etwas weniger Zeit auf die Informationsaufnahme verwendet oder geringeres Interesse an bestimmten Informationen zeigt, bedeutet jedoch noch keineswegs, daß man diese Informationen aktiv vermeidet.

Bei der Vielzahl der Mängel dieser Untersuchungen ist es wenig überraschend, daß die Ergebnisse recht inkonsistent ausfielen. Dennoch zogen Freedman und Sears (1965) aufgrund solcher Untersuchungen den radikalen Schluß, daß sich die „selective-exposure"-Hypothese nicht halten läßt. Sie endeten ihren Bericht mit der wohlmeinenden Empfehlung, daß sich die Forschung auf dem Gebiet der selektiven Informationsverarbeitung doch besser anderen Fragen zuwenden sollte.

Dieser Ratschlag scheint weitgehend Akzeptierung gefunden zu haben. Während über Dissonanz nach einstellungskonträrem Verhalten und nach Wahlentscheidungen jedes Jahr zahlreiche Untersuchungen veröffentlicht werden, wird zur „selective-exposure"-Hypothese scheinbar nur noch sporadisch gearbeitet. Da half es dann auch nichts, daß spätere Berichte (etwa: Mills, 1968; Rhine, 1967 a) auf die methodischen Mängel der von Freedman und Sears (1965) berücksichtigten Arbeiten hinwiesen und daß in der Zwischenzeit doch einige Befunde veröffentlicht wurden (etwa: Brock & Balloun, 1967; Canon, 1964; Kleinhesselink & Edwards, 1975; Lowin, 1967, 1969; Rhine, 1967 b), die die von Festinger (1964) umformulierte Hypothese stützen. Mit dieser Reformulierung akzeptierte Festinger, daß neben dem Bedürfnis nach Dissonanzvermeidung auch andere Motive die Informationsauswahl beeinflussen können. So haben etwa Neugier, der Wunsch nach intellektueller Fairneß (man sollte undogmatisch sein und sich auch die Gegenposition anhören) sowie die potentielle Nützlichkeit der Information einen Einfluß auf die Informationssuche. Weiterhin wird die Person dissonante Information kaum meiden, wenn sie sich sicher ist, diese Information entkräften zu können. Wenn man sich der Existenz dissonanter Informationen bewußt ist, ist die Befassung mit diesen Informationen und deren Widerlegung häufig eine bessere Strategie der Dissonanzreduktion als die Informationsvermeidung.

Allerdings sind auch diese neuen Untersuchungen nicht unproblematisch. So wurde die Dissonanzstärke nur in einer Untersuchung (Rhine, 1967 b) über mehr als zwei Stufen variiert. Dieses Experiment wurde 1964 kurz vor der Präsidentschaftswahl durchgeführt. Die Versuchspersonen, die sich bereits fest für Goldwater oder Johnson entschieden hatten, mußten die politische Position der beiden Kandidaten zu sechs Fragen angeben. Dissonanz wurde durch eine (falsche) Rückmeldung über die „tatsächliche" Position der Kandidaten erzeugt. Diese Rückmeldung variierte von völliger Übereinstimmung mit den Erwartungen der Versuchsperson bis zur völligen Nichtübereinstimmung bei allen sechs Positionen. Auf diese Art wurden sieben Stufen der Dissonanzstärke hergestellt, die allerdings wegen der geringen Versuchspersonenzahl durch Zusammenlegung einiger Bedingungen auf fünf reduziert wurden. Anschließend wurden den Versuchspersonen Titel politischer Pamphlete angeboten, die die (angeblichen) Positionen der beiden Kandidaten darstellen sollten und deren Titel für die Anhänger entweder dissonante oder konsonante Informationen erwarten ließen. Die Versuchspersonen mußten angeben, welche drei Pamphlete sie am liebsten und welche drei sie am wenigsten gerne als Geschenk erhalten wollten. Rhine (1967 b) interpretiert die Angaben über die bevorzugten Pamphlete als Zeichen der Informationssuche und die Angabe über die am wenigsten bevorzugten Pamphlete als Zeichen der Informationsvermeidung und macht damit denselben Fehler, den er anderen Forschern auf diesem Gebiet vorwarf (Rhine, 1967 a). Gleichgültig, ob man nun die Informationen in eine Rangordnung bringen läßt (wie dies bei den frühen Untersuchungen geschah) oder nur die drei oberen und die drei unteren Rangplätze besetzen läßt (Rhines Verfahren), ist aus diesen Angaben nicht zu entnehmen, daß die drei am wenigsten bevorzugten Pamphlete *aktiv* vermieden werden. Da jedoch sowohl für Informationssuche wie auch für Informationsvermeidung eine kurvilineare Beziehung zur Dissonanzstärke vorhergesagt wurde, ist die Trennung der beiden Prozesse zur Prüfung dieses Zusammenhangs nicht notwendig. Tatsächlich bestätigt Rhine für die Gesamtwerte Festingers (1957) Annahme der Kurvilinearität zwischen Dissonanzstärke und Informationssuche.

Leider wurde bisher kein zufriedenstellendes Verfahren entwickelt, das eine Entscheidung zwischen Informationssuche und Informationsvermeidung erlauben würde. Durch die Einführung von Kontrollgruppen mit geringer Dissonanz ist diese Frage gewöhnlich nicht zu lösen, da für diese die

Informationen meist auch von geringerer Nützlichkeit sind. Abgesehen von diesen Problemen stützen jedoch die Untersuchungen von Canon (1964), Lowin (1967, 1969) und Kleinhesselink und Edwards (1975) die „selective-exposure"-Hypothese in ihrer revidierten Form. In einer Untersuchung, in der die Nützlichkeit der dissonanten Information und das Vertrauen der Versuchsperson, diese Informationen widerlegen zu können, in einem zweifaktoriellen Versuchsplan manipuliert wurde, fand Canon (1964) für beide Faktoren den erwarteten Haupteffekt. Je geringer die Nützlichkeit der dissonanten Information war und je weniger sich die Person der Widerlegbarkeit der dissonanten Informationen sicher fühlte, um so stärker war ihre Bevorzugung des konsonanten Materials. Bei hoher Nützlichkeit und hoher Sicherheit wurden hingegen dissonante Informationen eindeutig bevorzugt. Allerdings ist Canons Manipulation des Vertrauens der Versuchsperson in die Widerlegbarkeit des dissonanten Materials nicht ganz unproblematisch. Diese wurde nämlich durch falsche Rückmeldung über die Richtigkeit oder Unrichtigkeit von ähnlichen Entscheidungen bei vorausgegangenen Aufgaben variiert. Es muß also angenommen werden, daß diese Manipulation auch das Vertrauen in die Richtigkeit der kritischen Entscheidung (für die nachträglich dissonante oder konsonante Informationen geboten wurden) und damit vermutlich auch die Stärke der aus dieser Entscheidung resultierenden Dissonanz beeinflußte.

Lowin (1967, 1969) und Kleinhesselink und Edwards (1975) bestätigten die Erwartung, daß konsonante Informationen den dissonanten Informationen nur dann vorgezogen werden, wenn beide schwer widerlegbar sind. Sie manipulierten die Widerlegbarkeit der Argumente und fanden eine Interaktion zwischen der dissonanten oder konsonanten Natur der Argumente und ihrer Widerlegbarkeit bei der Informationssuche. Während bei schwieriger Widerlegbarkeit konsonante Informationen bevorzugt wurden, zeigte sich bei leichter Widerlegbarkeit der entgegengesetzte Effekt, eine Vorliebe für dissonante Informationen.

Eine der überzeugendsten Untersuchungsreihen wurde jedoch von Brock und Balloun (1967) durchgeführt, die auch ein neues Verfahren zur Erfassung der Informationsauswahl entwickelten. Brock und Balloun gingen von der Überlegung aus, daß man es nicht vermeiden kann, sich dissonanten Informationen auszusetzen, da man oft erst beim Anhören einer Mitteilung feststellt, daß es sich um dissonante Informationen handelt. In solchen Situationen wird man vermutlich Informationsauswahl dadurch betreiben, daß man seine Aufmerksamkeit anderen Dingen zuwendet. In den Untersuchungen von Brock und Balloun (1967) mußten Raucher und Nichtraucher Vorträgen zuhören, die sich entweder für oder gegen das Bestehen einer Beziehung von Rauchen und Lungenkrebs aussprachen. Aufgrund eines starken Rauschens waren die Tonbandaufnahmen äußerst schwer zu verstehen. Die Versuchspersonen konnten die Verständlichkeit jedoch jeweils für einige Sekunden erhöhen, indem sie einen Knopf drückten, der die Nebengeräusche „ausfilterte". Die Häufigkeit, mit der der Knopf gedrückt wurde, ergab die abhängige Variable. Sowohl mit den Vorträgen über das Rauchen als auch mit Vorträgen zu religiösen Themen fanden Brock und Balloun (1967) in einer ganzen Serie von Experimenten, daß der Knopf bei konsonanten Kommunikationen signifikant häufiger gedrückt wurde als bei dissonanten Kommunikationen.

Obwohl diese neueren Befunde mit der „selective-exposure"-Hypothese gut vereinbar sind, wird auch hier wieder ein Problem sichtbar, das wir schon im Zusammenhang mit der Forschung zum einstellungskonträren Verhalten diskutiert haben. Durch die zahlreichen Zusatzannahmen ist die Hypothese nur noch schwer falsifizierbar. Konsonante Informationen sollen dissonanten Informationen nur dann vorgezogen werden, wenn folgende Bedingungen gegeben sind: (1) Die Dissonanz darf weder zu schwach noch zu stark sein, (2) die Argumente müssen schwer widerlegbar sein und (3) die Nützlichkeit der Informationen muß konstant gehalten sein. Beim gegenwärtigen Stand der Kunst ist eine derartige Hypothese eigentlich nur prüfbar, wenn jede einzelne Bedingung in *mehr* als zwei Stufen verwirklicht wird. Es zeugt für die Intuition der Dissonanzforscher, daß es ihnen dennoch häufig gelungen ist, bei nur zweistufiger (oder gar einstufiger) Herstellung der Bedingungen gerade den richtigen Wertebereich zu treffen.

5.3.5.5 Dissonanz und soziale Unterstützung

Bei der Beziehung zwischen Dissonanz und sozialer Unterstützung handelt es sich auch um eine Frage der Informationsauswahl. Die Information, daß andere Personen mit mir übereinstimmen, ist eine konsonante Kognition, während die Information, daß sie mit mir *nicht* übereinstimmen, Dissonanz erzeugen oder bereits bestehende Dissonanz erhöhen sollte. Nach der „selective-exposure"-Hypothese müßte also eine Tendenz bestehen, sich Menschen mit ähnlichen Meinungen zu nähern und Menschen mit unähnlichen Meinungen zu vermeiden. Mit der Diskussion der Folgen sozialer Unterstützung stellt Festinger die Verbindung zwischen der Dissonanztheorie und seiner sozialen Vergleichstheorie (Festinger, 1950, 1954) her und belegt gleichzeitig die Relevanz der Dissonanztheorie für die Kleingruppenforschung.

Dissonanzstärke: Die Stärke der Dissonanz, die durch Kenntnis einer abweichenden Meinung erzeugt wird, hängt von folgenden Faktoren ab: (1) der Diskrepanz zwischen der eigenen und der abweichenden Meinung,

(2) dem Grad der Verankerung der eigenen Meinung, (3) den Charakteristiken der Person, die die abweichende Meinung vertritt, und (4) dem sozialen Kontext. Eine abweichende Meinung sollte um so mehr Dissonanz verursachen, je größer die Diskrepanz zur eigenen Meinung ist und je weniger diese an der „physischen" oder der „sozialen Realität" „validiert" wurde. Wenn man sich von der Richtigkeit einer Meinung, etwa daß ein Glas zerbrechlich ist, durch physische Manipulationen überzeugt hat oder wenn zahlreiche andere Personen mit dieser Meinung übereinstimmen, sollte die Information, daß jemand anderer Meinung ist, wenig Dissonanz erzeugen. Weiterhin sollte es wenig Dissonanz erzeugen, wenn die abweichende Meinung von einer Person vertreten wird, die einem unsympathisch ist oder der man geringe Sachkenntnis zuschreibt. Entsteht die Uneinigkeit innerhalb einer Gruppe, wird die Stärke der resultierenden Dissonanz zusätzlich durch die Wichtigkeit der spezifischen Frage für die Gruppe sowie die Attraktivität der Gruppe beeinflußt. Ist die Frage, in der man sich uneinig ist, von zentraler Bedeutung für die Gruppe, und ist die Gruppe für die Mitglieder attraktiv, so sollte die Uneinigkeit größere Dissonanz bewirken, als wenn es sich um eine periphere Frage und eine wenig attraktive Gruppe handelt.

Abbau der Dissonanz: Die durch abweichende Meinungen erzeugte Dissonanz läßt sich hauptsächlich mit folgenden Strategien abbauen:
(1) Man kann der anderen Person zustimmen. Diese Strategie ist allerdings nur bei schwach verankerten Meinungen erfolgreich, da durch die Meinungsänderungen alle konsonanten Beziehungen, die zwischen der ursprünglichen Meinung und anderen Kognitionen bestanden, dissonant werden. (2) Man kann versuchen, die andere Person zu einer Meinungsänderung zu bewegen. (3) Man kann die Glaubhaftigkeit der anderen Person herabsetzen, indem man ihre Sachkenntnis, ihre Motive oder die Zugehörigkeit zu einer relevanten Bezugsgruppe in Zweifel zieht. (4) Man kann versuchen, Personen zu finden, die die eigene Meinung teilen.

Festingers (1957) Diskussion der Wirkung sozialer Unterstützung berührt viele zentrale Fragen der Sozialpsychologie und erweitert die Anwendungsmöglichkeiten der Dissonanztheorie. Dennoch hat sie gerade zu dieser Frage kaum zu Forschungsarbeiten angeregt. Zwar gibt es zu den von Festinger diskutierten Punkten zahlreiche Untersuchungen. Diese wurden meist aus anderen Theorien abgeleitet und werden in anderen Kapiteln des Buches besprochen werden. Ironischerweise zeigte sich hier eine frühere Theorie Festingers (1950, 1954), nämlich die Theorie sozialer Vergleichsprozesse, besonders fruchtbar. Dies läßt sich nicht nur damit erklären, daß die soziale Vergleichstheorie eine intuitiv einleuchtende Interpretation vieler Befunde liefert. Ein weiterer wesentlicher Grund besteht sicherlich darin, daß bei der seit 1957 von den Dissonanzforschern vorgenommenen definitorischen Einengung der situativen Determinanten der Dissonanz eigentlich nicht mehr eindeutig klar ist, ob die möglicherweise unfreiwillige Kenntnisnahme einer abweichenden Meinung schon ausreicht, um Dissonanz zu erzeugen. Dissonanz setzt nach Ansicht vieler Dissonanzforscher persönliche Verantwortung für die dissonanten Elemente voraus. Wicklund und Brehm (1976) vertreten diesen Standpunkt ganz explizit:

> „Die neuere Forschung ... hat überdeutlich gemacht, daß Dissonanzreduktion, wie wir sie kennen, nur dann stattfindet, wenn die dissonanten Elemente durch die persönliche Verantwortung des Individuums, das Dissonanz verspürt, zusammengebracht wurden" (S. 7).

Persönliche Verantwortlichkeit ist aber nur dann gegeben, wenn man sich zu etwas selbst entschieden hat und die Implikationen des Verhaltens einigermaßen vorhersehbar waren. Eine Kommunikation, in der eine abweichende Meinung vertreten wird, sollte nach dieser Definition nur dann Dissonanz erzeugen, wenn man sich diesen Informationen freiwillig *und* in Erwartung der möglichen Diskrepanz ausgesetzt hat. Dies ist aber bei vielen Untersuchungen der Wirkung diskrepanter Kommunikationen auf die Einstellung des Zuhörers nicht der Fall.

Die Vorhersage, daß bei Auftreten von Dissonanz nach sozialer Unterstützung gesucht wird, ist hingegen weniger problematisch, da hier gewöhnlich die Dissonanz wie auch das Aufsuchen der konsonanten Informationen Folgen einer freien Entscheidung sind. Eine der interessantesten Untersuchungen zu dieser Frage wurde von Festinger, Riecken und Schachter (1956) durchgeführt. Diese Autoren hatten sich einer Sekte angeschlossen, deren Prophet, eine Mrs. Keech, für einen bestimmten Tag desselben Jahres eine Sintflut vorhergesagt hatte. Die kleine Gruppe von Gläubigen, die sich um Mrs. Keech gesammelt hatten, gaben zum Teil vor diesem Tag ihre Stellen auf und verschwendeten oder verschenkten ihre Ersparnisse. Wie würde eine solche Gruppe auf die Falsifikation der Vorhersage reagieren? Man würde eigentlich erwarten, daß sie unter Beschimpfung ihrer Prophetin und Aufgabe ihres Glaubens die Sekte verlassen würden. Damit würden sie allerdings ihren Irrtum nicht nur vor sich selbst, sondern auch vor ihrer Umgebung zugeben. Dies müßte besonders Mitglieder, die ihr Geld verschenkt und ihre Stellen aufgegeben hatten, äußerst hart ankommen. Festinger und seine Mitarbeiter erwarteten deshalb, daß das falsifizierte Glaubenssystem durch Zusatzannahmen gerettet und die verbleibende Dissonanz durch aktive Werbung von Mitgliedern reduziert werden würde. Diese Vorhersage wurde auch bestätigt. Die Mitglieder der Sekte erklärten das Ausbleiben des erwarteten Weltuntergangs damit, daß die Welt durch den festen Glauben ihrer Gruppe gerettet worden sei, und machten sich anschließend mit missionarischem Eifer daran, die Öffentlichkeit von diesen wunderbaren Ereignissen zu informieren. Diese Ergebnisse konnten jedoch in weiteren Felduntersuchungen von Hardyck und Braden (1962) und Sanada und Norbeck (1975) nur teilweise bestätigt werden.

Stroebe, Diehl und Stroebe (1978) unterzogen die Hypothese, daß soziale Unterstützung dissonanzreduzierend wirkt, einer direkteren Überprüfung. Jede Versuchsperson mußte sich in Gegenwart einer zweiten Versuchsperson (Mitarbeiter des Versuchsleiters) entscheiden, einen einstellungskonträren Aufsatz zu schreiben. Während die echten Versuchspersonen nahezu ausnahmslos einwilligten, lehnten die Mitarbeiter die Aufgabe in der Hälfte der Fälle ab. Wenn soziale Unterstützung tatsächlich dissonanzreduzierend wirkt, sollte das Schreiben des einstellungskonträren Aufsatzes weniger Einstellungswandel bewirken, wenn die andere Versuchsperson zustimmt, als wenn sie ablehnt. Diese Vorhersagen ließen sich bestätigen, allerdings nur in Versuchsbedingungen, in denen ernsthafte Konsequenzen als Folge des einstellungskonträren Verhaltens erwartet wurden.

5.3.5.6 Zusammenfassung

Dissonanz ist ein Spannungszustand im kognitiven System einer Person, der von ihr als unangenehm empfunden wird. Dissonanz entsteht, wenn Kognitionen (Meinungen, Annahmen) zueinander in eine dissonante Beziehung gebracht werden, wenn sie sich also aus Gründen der Logik, der Erfahrung oder kultureller Normen widersprechen. Nach Entscheidungen sind alle Kognitionen, die die getroffene Wahl rechtfertigen, konsonant, während Kognitionen, die gegen die Wahl sprechen, dissonant sind. Die Stärke der Dissonanz hängt vom Anteil der dissonanten Kognitionen an der Gesamtheit der für die Entscheidung relevanten Kognitionen ab, wobei jede Kognition noch nach ihrer Wichtigkeit gewichtet wird. Je mehr Dissonanz erzeugt wird, um so größer wird das Bedürfnis nach Dissonanzreduktion. Der Abbau der Dissonanz erfolgt entweder durch Verminderung der Zahl oder Wichtigkeit der dissonanten Kognitionen oder durch Vergrößerung der Zahl oder Wichtigkeit der konsonanten Kognitionen.

Nach freien Wahlentscheidungen stellen die attraktiven Züge der abgelehnten und die unattraktiven Züge der gewählten Alternative dissonante Kognitionen dar. Die aus der Entscheidung resultierende Dissonanz ist um so größer, je wichtiger die Entscheidung ist, je mehr sich die Alternativen in ihrer Attraktivität gleichen und je weniger sie sich in ihren Attributen überlappen (kognitive Überlappung). Von den zahlreichen Möglichkeiten des Dissonanzabbaus befaßte sich die Forschung hauptsächlich mit der Bewertungsakzentuierung. Nach einer Entscheidung zwischen zwei Alternativen wird Dissonanz dadurch reduziert, daß die gewählte Alternative in ihrer Attraktivität auf- und die nicht gewählte abgewertet wird.

Nach einstellungskonträrem Verhalten besteht zwischen der Kenntnis, daß man öffentlich die Meinung X vertreten hat, obwohl man non-X glaubt, eine dissonante Beziehung. Diese Dissonanz kann durch Annäherung der eigenen Meinung an die öffentlich vertretene Meinung abgebaut werden. Meinungswandel wurde hier hauptsächlich in Abhängigkeit von der Belohnungshöhe, der Wahlfreiheit und den negativen Verhaltenskonsequenzen untersucht. Der dissonanztheoretisch zu erwartende Effekt einer negativen Beziehung zwischen Belohnungshöhe und Einstellungswandel (mehr Einstellungswandel bei geringer Belohnung) tritt nur bei hoher Wahlfreiheit auf, wenn das Verhalten zu negativen Konsequenzen führt. Bei geringer Wahlfreiheit und negativen Konsequenzen findet sich eine positive Beziehung, die Einstellung wird bei hoher Bezahlung mehr geändert als bei geringer Bezahlung. Bleibt das Verhalten ohne negative Konsequenzen, besteht kein Zusammenhang zwischen Belohnungshöhe und Einstellungswandel, was theoretisch nicht völlig einsichtig ist.

Eine weitere Folge des negativen motivationalen Charakters von Dissonanz betrifft Tendenzen der aktiven Informationsauswahl („selective exposure"). Da Dissonanz unangenehm empfunden wird, besteht nach Entscheidungen eine Neigung, konsonante Informationen aufzusuchen und dissonante Informationen zu meiden. Die Tendenz der selektiven Informationsauswahl ist um so stärker, je stärker die Dissonanz ist. Allerdings nimmt Festinger an, daß man sich bei sehr starker Dissonanz wieder mehr mit dissonanten Informationen auseinandersetzt, da man hier eine Revision der Entscheidung in Erwägung zieht. Weitere Faktoren, die die Informationsauswahl beeinflussen, sind die Nützlichkeit der Information und ihre Widerlegbarkeit. Die Dissonanzvorhersage trifft hauptsächlich bei geringer Nützlichkeit und schwieriger Widerlegbarkeit der Informationen zu. Dissonante Informationen werden nicht vermieden, wenn sie von hoher Nützlichkeit sind oder wenn die Person glaubt, sie leicht entkräften zu können.

Eine mögliche konsonante Kognition ist die soziale Unterstützung durch andere, während Uneinigkeit eine dissonante Kognition darstellt. Es folgt damit aus der „selective exposure"-Hypothese, daß man Personen mit ähnlichen Meinungen aufsuchen und Personen mit unähnlichen Meinungen meiden sollte. Festinger befaßt sich in diesem Zusammenhang besonders mit der dissonanzerzeugenden Wirkung der Kenntnis abweichender Meinungen. Die Stärke der resultierenden Dissonanz sollte abhängen von der Diskrepanz zwischen der eigenen und der abweichenden Meinung, den Charakteristiken der Person, die die abweichende Meinung vertritt und dem sozialen Kontext. Die Dissonanz kann reduziert werden, indem man die eigene Meinung ändert, die andere Person zu einer Änderung ihrer Meinung bewegt, die Glaubhaftigkeit der anderen Person herabsetzt oder aber nach sozialer Unterstützung durch Gleichgesinnte sucht. Bei vielen der von Festinger in diesem Zusammenhang diskutierten Situationen ist zweifelhaft, ob sie auch nach neueren Versionen der Theorie noch als dissonanzerzeugend betrachtet würden.

Die Entwicklung der Dissonanztheorie in den letzten 20 Jahren hat zu einer stetigen Einengung ihres Geltungsbereichs geführt. Neuere Versionen der Theorie (Ausnahme: Irle, 1975) sehen die persönliche Verantwortlichkeit des Individuums für das Zustandekommen der dissonanten Beziehungen zwischen Kognitionen als notwendige Voraussetzung für das Entstehen von Dissonanz an. Damit wird Dissonanz implizit als Folge von Handlungsentscheidungen definiert. Da sich die Wirkungen vieler dieser Zusatzbedingungen multiplikativ verbinden, ihr Ausprägungsgrad aber nicht quantitativ erfaßt wird, haben diese Zusatzannahmen zu einer gewissen Immunisierung der Theorie geführt.

5.3.6 Alternativen zur Dissonanztheorie

An keiner anderen sozialpsychologischen Theorie läßt sich das Wechselspiel zwischen Kritik und Konstruktion - aber auch seine Schwierigkeiten - besser zeigen als an der Dissonanztheorie. In den mehr als zwei Jahrzehnten der Dissonanzforschung wurden eine Reihe von Ansätzen vorgestellt, die den Anspruch erhoben, alternative Erklärungen der Dissonanzbefunde zu bieten und die weiterhin zu Untersuchungen Anlaß gaben, deren Ergebnisse der Dissonanztheorie zu widersprechen schienen. Auf Seiten der Dissonanztheoretiker begegnete man diesen Angriffen mit Adaptationen der Theorie, die sie mit den zuvor widersprüchlichen Ergebnissen vereinbar machten. Auf viele dieser Modifikationen sind wir in den letzten Abschnitten eingegangen, ohne allerdings eine vollständige Darstellung anzustreben.[9] In diesem Abschnitt sollen nun einige der Alternativen zur Dissonanztheorie besprochen werden. Wir werden uns vor allem mit der gleichgewichtstheoretischen Analyse von Insko et al. (1975) sowie der Reinterpretation der Dissonanzbefunde durch die Selbstwahrnehmungstheorie (Bem,

---

[9] Der bedeutendste von den nicht behandelten Ansätzen ist die Reformulierung der Dissonanztheorie von Irle (1975), dem es gelang, unter Heranziehung der Hypothesentheorie der Wahrnehmung (Bruner, 1957) die zentralen Konstrukte der Dissonanztheorie zu präzisieren. Allerdings stehen spezifische Prüfungen des Irleschen Ansatzes, trotz der auf diesem Gebiet gerade in Mannheim großen Forschungsaktivität, bisher noch aus.

1965, 1972) befassen. Abschließend wird auf die Theorie der „Reaktions-Ansteckung" von Nuttin (1975) eingegangen werden.

5.3.6.1 Die gleichgewichtstheoretische Interpretation der Dissonanzbefunde

Die von Insko et al. (1975) unternommene gleichgewichtstheoretische Interpretation zentraler Befunde der Dissonanzforschung weist auf wesentliche Gemeinsamkeiten zwischen den Theorien hin. Diese bleiben gewöhnlich verborgen, da sich die Dissonanztheoretiker nie die Mühe machen, die gesamte in einer dissonanten Situation repräsentierte kognitive Struktur zu bestimmen. Dann ließe sich zeigen, daß ein Großteil der Dissonanz-Befunde auch mit gleichgewichtstheoretischen Überlegungen vereinbar ist.

Bei Dissonanz nach freien Entscheidungen ist die gleichgewichtstheoretische Interpretation recht offensichtlich. Aus der Entscheidung zwischen zwei Alternativen ergeben sich zwei Beziehungsstrukturen: Das Selbst (+) wählt (+) die Alternative A (?) und das Selbst (+) entscheidet sich gegen (−) die Alternative B (?). Nach der Multiplikationsregel sind diese Strukturen im Gleichgewicht, wenn das gewählte Objekt A positiv und das nicht gewählte Objekt B negativ bewertet wird. Auf den Einfluß der kognitiven Überlappung gehen Insko et al. (1975) nicht ein, was bedauerlich ist, da diese Befunde (etwa: Brock, 1963) gleichgewichtstheoretisch schwerer erklärbar scheinen.

Die gleichgewichtstheoretische Analyse des Einflusses der Belohnungshöhe auf den Einstellungswandel nach einstellungskonträrem Verhalten ist allerdings bedeutend komplexer. Wenn sich eine Person in einem Experiment einstellungskonträr verhält, ergibt sich nach Insko et al. (1975) folgende Beziehungsstruktur: Das Selbst (+) ist möglicherweise dafür verantwortlich (?), daß eine andere Person Schaden erlitten hat (−). Diese drei Beziehungen lassen sich bezüglich ihrer Polarisierung oder Änderungsresistenz in eine klare Rangordnung bringen. Die Selbsteinschätzung ist gewöhnlich konsistent in eine Struktur von Beziehungen eingebettet und somit schwer veränderlich. Die Bewertung der negativen Konsequenzen des Verhaltens ist zwar relativ eindeutig, aber hier wäre eine Veränderung doch schon leichter zu erzielen, etwa indem man sich sagt, daß die experimentelle Aufgabe gar nicht so langweilig war (Festinger & Carlsmith, 1959) oder die Argumentation nicht so einstellungskonträr (Cohen, 1962). Das schwächste Glied stellt aber sicherlich die Einschätzung der Selbstverantwortung dar. Wie wir spätestens seit dem Elektroschock-Experiment von Milgram (1965) wissen, gehen die Versuchspersonen in Experimenten häufig davon aus, daß die Verantwortung für ihr Verhalten beim Versuchsleiter liegt.

Wenn also eine Versuchsperson bei der Herstellung des Gleichgewichts dem Weg des geringsten Widerstandes folgt (Rosenberg & Abelson, 1960), wird sie zuerst bei der Frage der Verantwortlichkeit ansetzen. Dieser Weg ist ihr jedoch bei induzierter hoher Wahlfreiheit erschwert, da hier der Versuchsleiter zu Beginn des Versuchs auf die Möglichkeit der Ablehnung hinweist. Bei hoher Wahlfreiheit ist somit wahrscheinlich, daß die Versuchsperson ihre Verantwortlichkeit akzeptiert und versucht, das Gleichgewicht auf dem nächstbesten Weg durch Umbewertung der Konsequenzen herzustellen.

Da diese Umbewertung, auch bei induzierter Wahlfreiheit, nur bei geringer, nicht aber bei hoher Belohnung auftritt, muß hier auch noch auf die Wirkung der Belohnung eingegangen werden. In Anlehnung an Insko et al. (1975) unterscheiden wir drei Funktionen der Belohnung: (1) Sie gibt der Versuchsperson einen Anhalt dafür, wieviele andere Personen in dieser Situation eingewilligt hätten; je höher die Belohnung ist, um so höher ist vermutlich die Bereitschaft anderer Versuchspersonen zur Mitarbeit. (2). Sie zeigt ihr, wieviel dem Versuchsleiter an ihrer Einwilligung gelegen hatte; hohe Bezahlung läßt vermuten, daß es dem Versuchsleiter äußerst wichtig war, die Versuchsperson zur Mitarbeit zu bewegen. (3) Sie gibt ihr einen Hinweis darüber, wie unangenehm der Versuchsleiter die Aufgabe einschätzte; für besonders unangenehme Aufgaben wird man vermutlich auch besonders gut bezahlt.

Eine hohe Belohnung läßt es also naheliegend erscheinen, daß jeder in dieser Situation zugestimmt hätte und weiterhin, daß dem Versuchsleiter viel an der Einwilligung gelegen haben mußte, man also nicht so leicht ablehnen konnte. Hohe Belohnung erleichtert es also der Versuchsperson, die Verantwortung für ihr Verhalten doch noch abzuleugnen. Gleichzeitig erschwert sie aber die Umbewertung der Verhaltenskonsequenzen. Die Aufgabe muß schon recht unangenehm gewesen sein, wenn der Versuchsleiter soviel Geld bieten mußte, um die Versuchsperson zur Einwilligung zu bewegen. Durch diese Doppelwirkung wird die Ablehnung der Eigenverantwortung trotz induzierter Wahlfreiheit bei hoher Belohnung erneut zum Weg des geringsten Widerstands. Da bei niedriger Belohnung (und hoher Wahlfreiheit) weder die Argumente für die Ablehnung der Eigenverantwortung gegeben sind, noch die Umbewertung der Verhaltenskonsequenzen erschwert ist, bietet sich hier dagegen Umbewertung als Weg des geringsten Widerstands an.

Auf die Dissonanzbefunde zur Informationsauswahl und zur sozialen Unterstützung gehen Insko et al. (1975) nicht ein, aber auch hier sind gleichgewichtstheoretische Interpretationen naheliegend. Es folgt aus gleichgewichtstheoretischen Überlegungen, daß bei Bestehen von Ungleichgewicht in einer kognitiven Struktur Informationen, die die Herstellung von Gleichgewicht erlauben, vor solchen, die es nicht erlauben (oder die gar das Ungleichgewicht noch erhöhen würden) bevorzugt werden. In diesem Sinne kann auch das früher beschriebene Experiment von Rosenberg und Abelson (1960) als Untersuchung zur „selective-exposure" betrachtet werden. In Übereinstimmung mit den konsistenztheoretischen Erwartungen zeigte sich, daß Informationen, die zur Herstellung von Gleichgewicht beitragen konnten, als glaubhafter und attraktiver eingeschätzt wurden. Analog zur Dissonanztheorie würde auch die Gleichgewichtstheorie eine kurvilineare Beziehung zwischen der Stärke des Ungleichgewichts in einer kognitiven Struktur und der Informationsauswahl vorhersagen.

Auf die Dissonanzvorhersagen zur sozialen Unterstützung muß hier nicht eingegangen werden, da die gleichgewichtstheoretische Interpretation in diesem Fall offensichtlich ist. Es ist kein Zufall, daß die Dissonanztheorie auf diesem Gebiet nahezu völlig in den Windschatten der Gleichgewichtstheorie geraten ist. Wenn man also auch Insko et al. (1975), die in der Gleichgewichtstheorie eine gleichwertige Alternative zur Dissonanztheorie sehen, nicht völlig beipflichten kann, muß man doch zugeben, daß die Gemeinsamkeiten zwischen diesen Theorien sowie die Möglichkeiten einer gleichgewichtstheoretischen Analyse gewöhnlich stark unterschätzt werden.

5.3.6.2 Selbstwahrnehmung als Alternative zur Dissonanzreduktion

Die wohl bedeutendste Gegenposition zur Dissonanztheorie ist die Selbstwahrnehmungstheorie (Bem, 1965; 1972), die in Kapitel 3 (S. 98 ff.) ausführlich dargestellt wurde. Kurz zusammengefaßt geht sie davon aus, daß die Aussagen einer Person P über ihre eigenen Einstellungen häufig auf denselben Informationen beruhen, die auch ein Beobachter benutzen würde, um Aussagen über die Einstellungen von P zu machen. Wenn ein Beobachter zum Beispiel hört, wie P ohne jeglichen äußeren Zwang einer anderen Person erklärt, ein bestimmtes Experiment sei interessant gewesen, wird er annehmen, P habe dieses Experiment tatsächlich gefallen. War er hingegen zuvor Zeuge, wie der Versuchsleiter Druck auf P ausübte, etwa indem er ihm einen beträchtlichen Geldbetrag für die Aussage anbot, wird er P's Verhalten nicht mehr als verläßlichen Hinweis auf dessen Einstellungen werten. Er wird vermuten, daß P das Experiment nur wegen der Bezahlung als interessant beschrieben hat.

Bem (1965, 1972) postuliert, daß die Selbstbeobachtung der Fremdbeobachtung funktional äquivalent ist. Nach Bem ist es deshalb unnötig, zur Erklärung der Ergebnisse von Experimenten wie dem von Festinger und

Carlsmith (1959) widersprüchliche Kognitionen anzunehmen, die, je nach dem Grad der Rechtfertigung, mehr oder weniger Dissonanz erzeugen und damit zum Einstellungswandel motivieren. Der „tatsächliche" Ablauf läßt sich nach der Selbstwahrnehmungstheorie viel einfacher beschreiben: Die Versuchsperson, die am Ende des Versuchs gefragt wird, wie interessant sie das Experiment gefunden habe, erinnert sich an die relativ langweilige Aufgabe, aber auch daran, daß sie einer anderen Versuchsperson gesagt hat, der Versuch sei interessant gewesen. Sie hat also zwei Informationen, ihre Erinnerung an die Aufgabe und ihre positive Aussage. Wenn sie nun für diese Aussage viel Geld erhalten hat, wird sie sie nicht als verläßlichen Hinweis auf ihre damalige Einstellung werten. Sie wird dieser Information also weniger Gewicht beimessen als eine Versuchsperson, die nur eine geringe Bezahlung erhielt und deshalb annehmen muß, ihre Aussage habe ihre damalige Einstellung wiedergegeben. Aufgrund dieses Einflusses der Belohnungshöhe auf die Gewichtung des Informationswertes der Aussage ist zu erwarten, daß sich eine Versuchsperson, die für die positive Aussage nur eine geringe Bezahlung erhielt, eine positivere Einstellung zuschreiben würde als jemand, der gut bezahlt wurde.

Aus dieser Interpretation des Ablaufes der Untersuchung von Festinger und Carlsmith würde folgen, daß sich die Ergebnisse dieser Untersuchung auch mit Beobachtern replizieren lassen, die nach Beobachtung einer Versuchsperson beim Durchlaufen des gesamten Experimentes Angaben über die Einstellung der Versuchsperson zur Aufgabe machen müßten. Bem (1965) führte eine Reihe solcher „interpersonaler Replikationen" von klassischen Dissonanzuntersuchungen durch. Statt die Beobachter jedoch mit echten Versuchspersonen zu paaren, legte er ihnen Beschreibungen des Versuchsablaufes vor. In einer derartigen „Replikation" der Untersuchung von Cohen (1962) erhielten die Versuchspersonen folgende Informationen:

> „Im Frühjahr 1959 gab es Studentenkrawalle an der Yale-Universität, bei denen die Polizei von New Haven eingriff, die daraufhin der Brutalität gegenüber den Studenten beschuldigt wurde. Die ganze Atmosphäre, in der der Vorfall stattfand, war von Verbitterung und starken Emotionen gekennzeichnet. Eine Umfrage unter den Studenten ergab, daß die meisten der Polizei und ihrem Vorgehen extrem negativ gegenüberstanden und Verständnis für ihre Kommilitonen hatten.
> Im Rahmen eines Forschungsprojekts suchte ein studentisches Mitglied einer Forschungsgruppe des 'Institutes of Human Relations' der Yale-Universität einen Studenten nach dem Zufallsprinzip aus und bat ihn, überzeugende und eindrucksvolle Argumente zum Thema 'Warum das Vorgehen der Polizei von New Haven gerechtfertigt war' schriftlich aus-

zuführen. Diese Argumente sollten eindeutig für die Seite der Polizei bei den Krawallen sprechen. Der Student konnte frei entscheiden, ob er diese Argumente niederschreiben wollte oder nicht. Ihm wurde gesagt, daß er 0,50 Dollar (1 Dollar) bekommen würde, wenn er einverstanden wäre. Der Student, der gefragt worden war, erklärte sich einverstanden und schrieb die Argumente nieder" (1965, S.203; Übersetzung Schuppe, in Stroebe, 1978).

Anschließend mußten die Beobachter auf derselben Einstellungsskala, die auch im Originalversuch verwendet wurde, die vermutliche Einstellung dieses Studenten zum Verhalten der Polizei angeben. Eine Kontrollgruppe erhielt nur den ersten Abschnitt der Beschreibung und mußte Angaben über die vermutliche Einstellung eines „zufällig ausgewählten" Studenten machen. Die Ergebnisse glichen denen der ursprünglichen Untersuchung. Relativ zur Kontrollgruppe wurde Versuchspersonen, die angeblich nur 50 Cents erhalten hatten, eine positivere Einstellung zum Verhalten der Polizei zugeschrieben als Versuchspersonen, die sich für 1 Dollar zur Argumentation bereiterklärt hatten.

In einer Kritik dieser Simulation bezweifelten Jones et al. (1968), daß der Informationsstand der Beobachter tatsächlich dem der Versuchspersonen in der Untersuchung von Cohen (1962) entsprach. Es ging dabei um die Frage, ob sich Versuchspersonen nach dem Schreiben der einstellungskonträren Argumente noch an ihre Meinung vor der Untersuchung erinnerten. Jones et al. (1968) setzten dies voraus und bemängelten deshalb, daß den Beobachtern in den von Bem durchgeführten Simulationen wichtige Informationen vorenthalten worden seien. Sie konnten weiterhin zeigen, daß sich die Dissonanzbefunde nicht replizieren lassen, wenn bei derartigen Simulationen zusätzlich zu den von Bem gemachten Angaben noch Informationen über die Voreinstellung der Versuchsperson gegeben werden. Ähnliche Befunde wurden von Piliavin et al. (1969) berichtet.

Jones et al. (1968) glaubten, daß die Beobachter die Dissonanzergebnisse aus den falschen Gründen repliziert hatten. In Unkenntnis der Voreinstellung der beschriebenen Versuchspersonen hätten sie aus deren Verhalten geschlossen, daß diese dem Eingreifen der Polizei nicht allzu negativ gegenüberstanden. Da natürlich 1 Dollar das Verhalten noch eher erklärt habe als 50 Cents, hätten die Beobachter in der 1-Dollar-Bedingung eine weniger positive Einstellung zum Eingreifen der Polizei vermutet, als in der 50-Cents-Bedingung. Eine echte Versuchsperson könne hingegen keine derartigen Schlußfolgerungen ziehen, da sie sich ihrer früheren Meinung bewußt wäre.

In seiner Antwort auf diesen Angriff akzeptierte Bem (1968) die Analyse der Schlußfolgerungen seiner Beobachter. Im Unterschied zu den Autoren vertrat er jedoch die Ansicht, daß sich die tatsächlichen Versuchspersonen ebenso verhalten hatten. Sie mußten dies tun, da sie sich nach dem einstellungskonträren Verhalten nicht an ihre frühere Meinung erinnern konnten. Bem und McConnell (1970) klärten diese Frage in einer Untersuchung, in der Versuchspersonen nach einem unter hoher oder geringer Wahlfreiheit verfaßten einstellungskonträren Aufsatz ihre momentane (post-experimentelle) oder ihre frühere (prae-experimentelle) Einstellung angeben mußten. Bei der momentanen Einstellung zeigte sich der dissonanztheoretisch erwartete Effekt der Wahlfreiheit. Weiterhin stellten Bem und McConnell fest, daß sich die Versuchspersonen nach dem Schreiben der Aufsätze nicht an ihre frühere Einstellung erinnern konnten. Sie machten dieselben Angaben wie Versuchspersonen, die nach ihrer momentanen Einstellung gefragt worden waren.

Obwohl die Ergebnisse der Untersuchung von Bem und McConnell (1970) Bems Behauptung, daß sich die Teilnehmer an Dissonanzexperimenten zum Zeitpunkt der Einstellungsmessung nicht mehr an ihre ursprünglich vertretene Meinung erinnern, mit wünschenswerter Eindeutigkeit stützen, war die Kontroverse damit nicht beendet. In späteren Untersuchungen (etwa: Aderman & Brehm, 1976; Shaffer, 1975 a,b) bemühte man sich redlich, diese Schlußfolgerungen wieder in Frage zu stellen. Es ist jedoch nicht sehr gewinnbringend, sich mit diesen und ähnlichen Befunden allzu ausführlich zu befassen, da, wie Bem schon 1968 klar erkannte, die Ergebnisse der „interpersonalen Replikationen" von Dissonanzexperimenten die dissonanztheoretische Interpretation dieser Befunde nicht widerlegen und damit auch nicht zu einer Falsifikation der Dissonanztheorie führen können. Derartige Simulationen zeigen im günstigsten Fall (nämlich dann, wenn sie Dissonanzergebnisse „replizieren"), daß sich die Befunde der ursprünglichen Untersuchung ebenso gut mit den Annahmen der Selbstwahrnehmungstheorie erklären lassen. Bem und McConnell (1970) vertraten deshalb auch die Meinung, daß die Kontroverse zwischen den beiden Theorien nicht entscheidbar sei.

Angesichts der recht unterschiedlichen Annahmen, mit denen Selbstwahrnehmungstheorie und Dissonanztheorie die oben dargestellten Befunde erklären, mögen die Schwierigkeiten bei der Entscheidung zwischen den Theorien schwer verständlich erscheinen. Man sollte aber bedenken, daß sich die beiden Theorien in ihren Vorhersagen über die Beziehung zwischen den unabhängigen Variablen und der in Dissonanzexperimenten typischerweise verwendeten abhängigen Variablen, nämlich der Einstellung, nicht unterscheiden. Die unterschiedlichen Vorhersagen betreffen die Prozesse, die für diese Beziehung verantwortlich gemacht werden, und diese

Prozesse lassen sich nicht direkt erfassen. Sie werden in der Regel aus dem zwischen Manipulation und Einstellung beobachteten Zusammenhang erschlossen.

Allerdings konnte der Pessimismus von Bem und McConnell (1970) andere Wissenschaftler nicht von Versuchen abhalten, doch noch eine Entscheidung zwischen den Theorien herbeizuführen. Man bemühte sich erst, den beiden Theorien in bezug auf die post-experimentellen Einstellungen unterschiedliche Vorhersagen abzuringen, um so zu Entscheidungsexperimenten zu gelangen (etwa: Ross & Shulman, 1973; Snyder & Ebbesen, 1972; Wixon & Laird, 1976). Die Ergebnisse waren nicht sehr ermutigend. Man machte sich deshalb auf die Suche nach Verfahren, die es ermöglichten, den von der Dissonanztheorie postulierten aversiven Zustand unabhängig vom Einstellungswandel zu erfassen. Leider mußte der naheliegende Gedanke an physiologische Meßmethoden verworfen werden, da diese gegenwärtig noch nicht die notwendige Sensitivität zu besitzen scheinen. Und dennoch gelang schließlich der Nachweis, daß zumindest einstellungskonträres Verhalten zu einem aversiven Spannungszustand führt. Der Durchbruch kam mit Zanna und Cooper (1974), die sich die in der Gefühlsforschung entwickelte Methode der Fehlattribution zunutze machten. So hatten etwa Ross et al. (1969) gezeigt, daß Versuchspersonen ihre durch Androhung eines Schocks verursachte Erregung vermindern konnten, wenn man ihnen einen zweiten Reiz (überlautes Geräusch) als alternative Erklärung anbot. Wenn nun Einstellungswandel nach einstellungskonträrem Verhalten nur zur Reduzierung einer als aversiv empfundenen Erregung (Dissonanz) auftritt, dann sollten Versuchspersonen, denen ein externer Reiz als alternative Erklärung für den aversiven Zustand angeboten wurde, weniger Einstellungswandel zeigen. Zur Prüfung dieser Hypothese gaben Zanna und Cooper (1974) Versuchspersonen, die unter großer oder geringer Wahlfreiheit zum Schreiben eines Aufsatzes veranlaßt werden sollten, zuvor in einem scheinbar unabhängigen Experiment eine Placebo-Tablette. In drei Versuchsbedingungen wurde den Versuchspersonen entweder gesagt, die Tablette, die tatsächlich völlig wirkungslos war, habe die Nebenwirkung (a) unangenehme Spannungszustände herbeizuführen, (b) habe keine Nebenwirkung oder (c) würde ein Gefühl äußerster Entspannung erzeugen. Zanna und Cooper erwarteten, daß sich die unterschiedlichen Instruktionen bei niedriger Wahlfreiheit nicht auswirken würden, da hier keine Dissonanz auftreten sollte. Bei hoher Wahlfreiheit würde hingegen die Größe des aus dem einstellungskonträren Verhalten resultierenden Einstellungswandels von den erwarteten Nebenwirkungen der Tablette abhängen. Versuchspersonen, die aufgrund der Beschreibung dieser Nebenwirkungen die Tablette für das durch das einstellungskonträre Verhalten erzeugte aversive Gefühl verantwortlich machen würden, wären damit der Notwendigkeit, Dissonanz durch Einstellungswandel zu reduzieren, enthoben. Hingegen würden Versuchspersonen, die keine Nebenwirkungen erwarteten, die normalen Dissonanzeffekte zeigen. Der größte Einstellungswandel sollte nach der Entspannungsinstruktion auftreten, da hier eine entgegen den Erwartungen auftretende aversive Spannung als besonders unangenehm empfunden werden sollte. Die Ergebnisse der Untersuchung (Tabelle 5.8) stimmen mit den theoretischen Erwartungen überein.

Tabelle 5.8: Mittlere Einstellung der Versuchspersonen zum einstellungskonträren Thema nach dem Schreiben der Aufsätze (nach Zanna & Cooper, 1974).

Wahlfreiheit	Erwartete Nebenwirkungen der Tablette		
	Erregung	Keine	Entspannung
Hoch	$3{,}40_a$	$9{,}10_b$	$13{,}40_c$
Gering	$3{,}50_a$	$4{,}50_a$	$4{,}70_a$

N = 10 in allen Bedingungen. Höhere Werte zeigen größere Übereinstimmung mit dem einstellungskonträren Thema (Kontrollgruppe ohne Aufsatz: $\overline{X} = 2{,}30_a$). Mittelwerte ohne ein gemeinsames Subskript unterscheiden sich auf dem 1% Niveau. Die Mittelwerte der Zellen mit gemeinsamem Subskript sind auf dem 5% Niveau nicht signifikant unterschieden.

Die Ergebnisse der Untersuchung von Zanna und Cooper (1974), die für das von der Dissonanztheorie postulierte Auftreten eines aversiven Zustandes nach einstellungskonträrem Verhalten sprechen, wurden in einer Reihe von späteren Arbeiten bestätigt (etwa: Cooper et al., 1978 a, b; Drachman & Worchel, 1976; Higgins et al., 1979; Pittman, 1975; Rhodewalt & Comer, 1979; Zanna et al., 1976). Am eindrucksvollsten sind wohl die Befunde der Untersuchung von Cooper et al. (1978 b), die die Gegenprobe zum Experiment von Zanna und Cooper (1974) darstellt. Während Zanna und Cooper ihren Versuchspersonen ein wirkungsloses Medikament verabreichten, sie aber entweder Erregung, Entspannung oder keine Nebenwirkung erwarten ließen, gaben Cooper et al. (1978 b) Medikamente, die tatsächlich entweder Erregung oder Entspannung hervorriefen, ließen ihre Versuchspersonen aber glauben, es handele sich um ein wirkungsloses Placebo. (In einer weiteren Bedingung wurde bei gleicher Erwartung auch tatsächlich ein Placebo gegeben.) Wie schon bei Zanna und Cooper (1974) wurde Dissonanz auch hier durch Schreiben eines einstellungskonträren Aufsatzes unter hoher oder geringer Wahlfreiheit hervorgerufen.

Tabelle 5.9: Mittlere Einstellung zum einstellungskonträren Thema nach Schreiben eines einstellungskonträren Aufsatzes (nach Cooper et al., 1978 b)

Wahlfreiheit	Wirkung des Medikamentes		
	Beruhigung	Keine	Erregung
Hoch	$8{,}6_a$	$14{,}7_b$	$20{,}2_c$
Gering	$8{,}0_a$	$8{,}3_a$	$13{,}9_b$

N = 10 in allen Bedingungen. Hohe Werte zeigen größere Übereinstimmung mit dem einstellungskonträren Aufsatz (Kontrollgruppe ohne Aufsatz: $\overline{X} = 7{,}9_a$). Mittelwerte ohne ein gemeinsames Subskript unterscheiden sich signifikant auf dem 5%-Niveau.

Auch diese Ergebnisse (Tabelle 5.9) bestätigen die Annahme der Dissonanztheorie, daß einstellungskonträres Verhalten einen aversiven Spannungszustand hervorruft, der dann zu einer partiellen Anpassung der fraglichen Einstellung an die im Aufsatz vertretene Position motiviert. Wurde diese aversive Erregung durch Verabreichung einer Beruhigungstablette unterdrückt, trat auch bei hoher Wahlfreiheit kein Einstellungswandel auf. Wurde die Erregung hingegen noch medikamentös verstärkt, führte das einstellungskonträre Verhalten selbst unter geringer Wahlfreiheit zu einem signifikanten Einstellungswandel. Bei hoher Wahlfreiheit bewirkte die medikamentös induzierte Erregung eine signifikante Erhöhung des aus dem einstellungskonträren Verhalten resultierenden Einstellungswandel.

Bisher ist es sowohl den Anhängern der Dissonanztheorie wie auch den Vertretern der Selbstwahrnehmungstheorie noch immer geglückt, von der Gegenseite vorgelegte Befunde mit der eigenen Theorie vereinbar zu machen. Man wird deshalb nicht leichtfertig behaupten wollen, die oben dargestellten Ergebnisse würden der Selbstwahrnehmungstheorie widersprechen. Es ist dennoch schwer zu sehen, wie derartige Befunde mit attributionstheoretischen Erklärungen des Einstellungswandels vereinbar gemacht werden können. Allerdings wurden all diese Untersuchungen mit einstellungskonträrem Verhalten als dissonanzerregender Situation durchgeführt. Da aber die Selbstwahrnehmungstheorie den Anspruch erhebt, eine alternative Erklärung für alle klassischen Paradigmen der Dissonanztheorie zu bieten, steht den Dissonanzforschern noch eine arbeitsreiche Zeit bevor.

5.3.6.3 Einstellungskonträres Rollenspiel und Einstellungswandel: Dissonanzreduktion und Reaktions-Ansteckung?

Während es den Dissonanzforschern nun erstmalig gelungen zu sein scheint, gegenüber der Selbstwahrnehmungstheorie verlorenen Boden aufzuholen, droht schon wieder Gefahr von anderer Seite. Nuttin (1975) veröffentlichte 13 Untersuchungen mit dem „forced-compliance"-Paradigma, deren Ergebnisse sich nur schwer mit der Dissonanztheorie erklären lassen. Erstaunlicherweise blieb Nuttins (1975) Angriff relativ unbeachtet, was sicherlich zum Teil darauf zurückzuführen ist, daß die von Nuttin zur Erklärung seiner Befunde entwickelte Reaktions-Ansteckungs-Theorie (response-contagion) wenig überzeugt.

Nuttin begann seine Untersuchungsreihe 1964 als Anhänger der Dissonanztheorie mit der schon früher erwähnten (S. 253) Replikation der Untersuchung von Rosenberg (1965), in der es ihm gelang, die Dissonanztheorie zu stützen. Aber schon damals kamen ihm erste Zweifel. So enthielt der Versuchsplan eines seiner Experimente eine Bedingung, unter der Aufsätze ohne Bezahlung geschrieben wurden. Hier würde man einen noch größeren Einstellungswandel erwarten als bei geringer Bezahlung. Tatsächlich fand sich aber ein deutlich – wenn auch nicht signifikant - kleinerer Einstellungswandel als bei geringer Bezahlung (5 Belgische Franken).

Aufgrund dieser und einiger weiterer Befunde entwickelte Nuttin den Verdacht, daß der ausgeprägte Einstellungswandel bei geringer Belohnung nicht auf der geringen Rechtfertigung, sondern auf der ungewöhnlichen und peinlichen Situation beruht, die mit dieser Manipulation geschaffen wurde. Die Versuchsperson wird vom Versuchsleiter gebeten, eine für sie recht unerfreuliche Handlung durchzuführen. Dafür wird ihr der lächerliche Betrag von 50 Cents oder 5 Belgischen Franken angeboten, für den sie auch noch eine Quittung ausstellen muß. Sie empfindet diese Situation als peinlich, und der große Einstellungswandel unter dieser Bedingung wird durch diese Peinlichkeit hervorgerufen.

Diese Überlegungen veranlaßten Nuttin dazu, in seinen späteren Untersuchungen systematisch die Peinlichkeit der Situation zu manipulieren. In einem dieser Experimente wurde studentischen Versuchspersonen, die aufgrund ihrer schlechten Noten ausgewählt worden waren, von der Versuchsleiterin, die gleichzeitig die Prüfungen beaufsichtigte, eine illegitime Verbesserung ihrer Examensarbeiten als Bezahlung für die Teilnahme angeboten. Da an der Universität Leuwen anscheinend die Hälfte aller Psychologiestudenten die Prüfungen nicht bestehen, stellt diese Verbesserung der Prüfungsergebnisse sicherlich eine hohe Belohnung dar. Es ist auch weiterhin einzusehen, daß dieses Angebot als ungewöhnlich und peinlich empfunden wurde. In Übereinstimmung mit Nuttins Erwartungen fand sich unter dieser Bedingung ein signifikant höherer Einstellungswandel als in Kontrollgruppen ohne dieses Angebot.

In weiteren Untersuchungen fand Nuttin vergleichbar großen Einstellungswandel, wenn die Versuchsleiterin, die zu diesem Zeitpunkt die Psychologievorlesung hielt, die studentischen Versuchspesonen vor Beginn der Aufgabe völlig ungerechtfertigt beschimpfte oder aber bei der Versuchsdurchführung kurze Shorts („hot-pants") und einen tiefen Ausschnitt trug, was anscheinend in Belgien für Hochschullehrerinen als ungewöhnliche Bekleidung gilt.

Zur Erklärung dieser Befunde entwickelte Nuttin seine Reaktions-Ansteckungs-Theorie, die davon ausgeht, daß, wenn zwei bewertende Reaktionen während eines Erregungszustandes in zeitlicher Nähe gemacht werden, die zweite Reaktion mit den bewertenden Charakteristiken der ersten Reaktion „infiziert" wird. Wenn also etwa die Versuchsperson in der Untersuchung von Cohen (1962) am Ende des Experimentes ihre Einstellung zum Verhalten der Polizei auf einem Fragebogen angeben muß (zweite Reaktion), nachdem sie unter der – nach Nuttin peinlichen 50 Cents-Bedingung – zuvor im Aufsatz positive Bewertungsreaktionen (erste Reaktion) gegenüber der Polizei vorgebracht hat, dann färbt die im Aufsatz gezeigte positive Reaktion auf die abhängige Messung ab. Dies geschieht allerdings nur dann, wenn sich die Versuchsperson in einem Erregungszustand befindet (etwa wegen einer peinlich geringen Bezahlung, einer illegitimen Belohnung oder einer ungewöhnlich angezogenen Versuchsleiterin) und wenn die zweite Reaktion in zeitlicher Nähe zur ersten erfolgt.

Zur Prüfung der These, daß zeitliche Nähe der beiden Reaktionen für die „Ansteckung" wichtig ist, führte Nuttin eine Untersuchung durch, in der der aus dem einstellungskonträren Verhalten resultierende Einstellungswandel entweder am Ende der experimentellen Sitzung und 5 Wochen später, oder nur 5 Wochen später geprüft wurde. Die Peinlichkeit der Situation wurde wiederum durch die Kleidung der Versuchsleiterin manipuliert. Bei der zweimaligen Messung fand sich unter „hot-pants"-Bedingungen ein signifikanter Einstellungswandel, der sich noch nach 5 Wochen nachweisen ließ. Wurde die Einstellung hingegen *nur* nach 5 Wochen gemessen, zeigte sich kein Einstellungswandel. Dies entsprach Nuttins Erwartungen, daß es zwischen den beiden bewertenden Reaktionen (einstellungskonträres Verhalten und Einstellungsmessung) nicht zur „Ansteckung" kommt, wenn keine zeitliche Kontiguität zwischen den Reaktionen gegeben ist.

Die geläufige Reaktion der Dissonanzforscher auf Befunde, die ihrer Theorie widersprechen, besteht entweder darin, die Ergebnisse doch noch dissonanztheoretisch zu interpretieren oder aber in Zweifeln an der internen Validität der Experimente. Versuche in der ersten Richtung wurden schon unternommen (etwa: Frey, 1976) und versprechen gute Aussicht auf Erfolg. Auch Zweifel an der internen Validität lassen sich gerade bei jenen Untersuchungen anmelden, die der Dissonanztheorie besondere Schwierigkeiten bereiten. Nach Nuttins eigenen Angaben entsprach das belgische Universitätssystem, zumindest zum Zeitpunkt der Untersuchungen, dem alten deutschen System mit seiner autoritär-hierarchischen Struktur. Weiterhin waren die Prüfungen extrem schwierig. Man kann im nachhinein natürlich schwer abschätzen, wie es auf studentische Versuchspersonen gewirkt haben mag, wenn sie in dieser Situation von einer Versuchsleiterin, die die Prüfungen abhielt, aufgefordert wurden, für das von ihnen bekämpfte traditionelle Prüfungssystem zu argumentieren. Es wäre aber durchaus denkbar, daß in dieser Situation extrem starke „Demand Characteristics" auftraten, vor allem in den Bedingungen, in denen die Versuchsleiterin ein offensichtlich bizarres Verhalten an den Tag legte. (Abgesehen von den methodischen Problemen werfen derartige Manipulationen in einem solchen Kontext natürlich eine Reihe von ethischen Problemen auf.)

Verhaege (1976) prüfte die Vorhersagen der Reaktions-Ansteckungs-Theorie in zwei in Belgien durchgeführten Untersuchungen unter Benutzung der Situation von Festinger und Carlsmith in abgewandelter Form. In Experiment 1 mußten die Versuchspersonen, nach Durchführung einer langweiligen Aufgabe andere Versuchspersonen (Mitarbeiter) für geringe oder gute Bezahlung überzeugen, die Aufgabe sei interessant gewesen. Die für den Theorienvergleich kritische Manipulation bestand darin, daß dic Versuchspersonen unter geringer Belohnung in der Hälfte der Fälle von den Mitarbeiter-Versuchspersonen kurz vor der „Lüge" in beleidigender Weise behandelt wurden. Nach der Dissonanztheorie stellt diese Beleidigung eine zusätzliche Rechtfertigung für die „Lüge" dar und sollte deshalb zu einer Verringerung des Einstellungswandels führen. Nach der „Reaktions-Ansteckungs-Theorie" müßte die mit der Beleidigung verbundene Erregung hingegen erhöhte „Ansteckung" und damit erhöhten Einstellungswandel bewirken. In Übereinstimmung mit den dissonanztheoretischen Vorhersagen fand Verhaege bei geringer Belohnung nur dann hohen Einstellungswandel, wenn die Versuchsperson nicht von den Mitarbeitern beleidigt worden war. In der Beleidigungs-Bedingung trat kaum Einstellungswandel auf. In Experiment 2 prüfte Verhaege die aus der Reaktions-Ansteckungs-Theorie abgeleitete Vorhersage, daß eine Ansteckung zwischen beiden Reaktionen nur dann auftritt, wenn sich beide nicht nur in ihren bewertenden Implikationen, sondern auch inhaltlich gleichen. Verhaege prüfte diese Hypothese, indem er die Versuchspersonen in einer Replikation seines ersten Experimentes entweder behaupten ließ, die langweilige Aufgabe sei interessant gewesen oder aber sie sei einfach oder sie sei lohnend. Nach der in allen Fällen erfolgreichen Überredung mußten die Versuchspersonen angeben, wie interessant sie die Aufgabe gefunden hatten. In Übereinstimmung mit dissonanztheoretischen Überlegungen führte die Überredung unabhängig vom Wortlaut unter geringer Belohnung zu größerem Einstellungswandel als bei hoher Belohnung. Diese Befunde lassen sich schwer mit dem Ansatz von Nuttin vereinbaren.

Es ist zum gegenwärtigen Zeitpunkt schwierig, die Implikationen von Nuttins (1975) Untersuchungsergebnissen sowie seines theoretischen Ansatzes umfassend zu bewerten. Die Bereitschaft zur Akzeptierung seiner Reaktions-Ansteckungs-Theorie als alternativer Erklärung der „forced-compliance" Literatur wäre sicherlich größer, würde dies keinen so schlechten Tausch darstellen. Statt einer Theorie, die neben Untersuchungen zum einstellungskonträren Verhalten noch auf eine Vielzahl anderer Bereiche anwendbar ist und die sich gut in das gegenwärtige sozialpsychologische Denken einordnen läßt, hätte man dann eine Mini-Theorie, die außerdem nur schwer mit den zentralen Denkrichtungen der neuen Sozialpsychologie zu vereinbaren wäre. Wer würde da nicht zögern?

6. Determinanten des Einstellungswandels: Die Wirksamkeit von Kommunikationen

Im letzten Kapitel stellten wir einige zentrale Einstellungstheorien vor sowie Untersuchungen, die zur Prüfung dieser Theorien durchgeführt wurden. Die Theorien lieferten also die Ordnungsgesichtspunkte unserer Darstellung. In diesem Kapitel soll hingegen auf die Determinanten von Einstellungen eingegangen und die Frage behandelt werden, wie und auf welchem Wege Einstellungen erworben und geändert werden. Aufgrund ihres traditionellen Interesses an der Wirkung von Werbung und anderen Massenkommunikationen auf Einstellungen hat sich die sozialpsychologische Forschung allerdings nahezu ausschließlich mit dem Einfluß von Kommunikationen auf die Einstellungen befaßt. Diese Frage wird deshalb den Schwerpunkt unserer Darstellung bilden. Es ist jedoch offensichtlich, daß wir für den Erwerb von Einstellungen nicht nur auf die Informationen angewiesen sind, die uns etwa Freunde, Bekannte oder Massenmedien über die Gegenstände und Personen unserer Umwelt zukommen lassen. Genauso wesentlich sind die Erfahrungen, die wir selbst im Umgang mit Personen und Gegenständen machen, sowie die Kenntnisse, die wir aufgrund der Beobachtung der Handlungsergebnisse anderer erwerben. Bevor wir mit unserer Diskussion der Wirksamkeit von Kommunikationen beginnen, soll deshalb eine kurze Übersicht über die bedeutsamen Determinanten von Einstellungen gegeben werden.

Erfahrungen im Umgang mit dem Einstellungsobjekt. Sozialpsychologen haben naturgemäß die Rolle anderer Personen beim Erwerb von Einstellungen betont und dabei häufig den Einfluß von direkten Erfahrungen mit dem Einstellungsobjekt unterschätzt. Dabei machen wir im täglichen Umgang mit Gegenständen, Personen usw. ständig Erfahrungen, die bestehende Einstellungen bestätigen, verändern oder zur Neubildung von Einstellungen führen. Zwar mag etwa die geschickte Werbung für einen Wagentyp zum einmaligen Erwerb dieses Wagens verleiten, aber man wird kaum ein zweites Mal kaufen, wenn die eigenen Erfahrungen allzu kraß von den durch die Werbung geweckten Erwartungen abweichen. Auch schon beim ersten Kauf wird man sich nicht völlig auf die Werbung oder die Meinung von Bekannten verlassen, sondern bemüht sein, sich aufgrund ausführlicher Probefahrten ein eigenes Urteil zu bilden.

Zentraler noch als für die Entwicklung von Einstellungen zu den Gegenständen unserer Umwelt sind persönliche Erfahrungen für zwischenmenschliche Einstellungen, die Sympathien und Antipathien, die die Bildung freiwilliger Sozialbeziehungen beeinflussen. Auch hier spielen zwar bei oberflächlichem Kontakt Vorinformationen wie etwa Vorurteile und Stereotype eine wesentliche Rolle, aber bei andauernden zwischenmenschlichen Kontakten werden Einstellungen in wachsendem Maße durch die in der Interaktion gewonnenen Erfahrungen beeinflußt.

Zu den einstellungswirksamen Konsequenzen unseres Umganges mit Personen und Gegenständen zählen jedoch neben der direkten Befriedigung auch die positiven oder negativen Reaktionen anderer auf dieses Verhalten. So schön es an manchem heißen Sommertag auch wäre, eine Vorlesung in der Badehose zu halten oder die Veranstaltung ins Freibad zu verlegen, wird man dies, angesichts der von manchen arbeitsamen Studenten, aber vor allem den Kollegen zu erwartenden negativen Reaktionen unterlassen. Da die Einstellung zu einer Handlung ein Ergebnis der *Gesamtheit* der zu erwartenden positiven oder negativen Konsequenzen ist, gehören positive oder negative Sanktionen unseres Verhaltens zu den wesentlichen Determinanten der Einstellungsbildung.

Der Erwerb von Einstellungen aufgrund persönlicher Erfahrungen läßt sich mit einer Vielzahl von psychologischen Theorien interpretieren. Lerntheoretische Ansätze, vor allem natürlich klassische und instrumentelle Konditionierung, spielen hier eine zentrale Rolle. Allerdings wird man heute neben der Analyse der Wirkung von Verstärkern auch auf Attributions- und Urteilsprozesse sowie die Integration der Informationen eingehen. Diese Ansätze wurden in vorausgegangenen Kapiteln (Kapitel 3 und 5) dargestellt.

Beobachtungen der Erfahrungen anderer mit dem Einstellungsobjekt. Lernen wäre äußerst umständlich und auch gefährlich, wenn Einstellungen nur aufgrund am eigenen Leibe erfahrener Verhaltenskonsequenzen erworben würden. Unsere Welt ist viel zu komplex, als daß wir unser Verhaltensrepertoire allein nach dem Prinzip von „Versuch und Irrtum" erweitern könnten (Bandura, 1977). Durch Beobachtung des Verhaltens und der Erfahrungen anderer erlernen wir nicht nur neue Verhaltensweisen, sondern auch die Kontingenz zwischen dem Verhalten und bestimmten Verhaltenskonsequenzen. So muß man sich, um einen heißen Ofen fürchten zu lernen, nicht erst die eigenen Finger verbrennen. Es reicht gewöhnlich aus, den Schmerz anderer zu beobachten. Berger (1962) konnte zum Beispiel zeigen, daß Versuchspersonen, die glaubten, einem klassischen Konditionierungsexperiment zuzuschauen, in dem eine andere Versuchsperson (angeblich) jedesmal nach dem Ertönen eines Summers einen elektrischen Schock erhielt, nach kurzer Zeit mit Hautwiderstandsveränderungen, wie sie etwa bei Furchtreaktionen auftreten, auf den Summton reagierten. Die Erwartung, daß die andere Versuchsperson nach dem Ton einen elektrischen Schock erhalten würde, führte also scheinbar beim Beobachter zu einer Konditionierung einer Furchtreaktion auf den zuvor neutralen Summton. Es ist zu vermuten, daß ein Großteil von Furcht- und Vermeidungslernen nicht aufgrund direkter Erlebnisse, sondern durch Beobachtung der Erfahrungen anderer zustande kommt.

Der Einfluß der Beobachtung von Verhaltenskonsequenzen auf die Auftretenswahrscheinlichkeit des Verhaltens beim Beobachter wurde in klassischen Experimenten von Bandura (1965 a,b, 1977) demonstriert. In einer dieser Untersuchungen (Bandura, 1965 b) sahen Kinder einen Film, in dem eine Person (Modell) ein neuartiges und ungewöhnliches Verhalten zeigte und dafür entweder belohnt, bestraft oder weder belohnt noch bestraft wurde. Wenn das Modell belohnt wurde, wurde sein Verhalten signifikant häufiger nachgeahmt, als wenn es bestraft oder weder belohnt noch bestraft wurde. Auch hier ist zu vermuten, daß die Kontingenz zwischen Verhalten und positiven oder negativen Folgen häufig nicht durch direkte Erfahrung, sondern aufgrund von Beobachtung erlernt wird.

Kommunikation und Einstellungswandel. Neben eigenen Erfahrungen im Umgang mit einem Einstellungsobjekt und der beobachtenden Anteilnahme an den Erfahrungen anderer sind wir durch Kollegen, Freunde, Massenmedien usw. einem stetigen Fluß von Informationen ausgesetzt, die unsere Einstellungen modifizieren. Bei der sozialpsychologischen Analyse dieser Einflußfaktoren wird meist ein Paradigma verwendet, das der Situation der Massenkommunikation nahekommt. Die Versuchspersonen werden mehr oder weniger überzeugenden Kommunikationen (Argumentationen) ausgesetzt, die einer oder mehreren Kommunikationsquellen zugeschrieben werden. Anschließend wird der Einfluß der Kommunikation auf die relevanten Einstellungen der Versuchsperson erfaßt. Dabei wird die Abhängigkeit der Größe des Einstellungswandels von den Charakteristiken der *Kommunikationsquelle,* der *Kommunikation,* des *Kommunikationskontextes* und der *Zielgruppe* untersucht.

Am offensichtlichsten ist die Abhängigkeit des Einstellungswandels von der Kommunikation. Ob sich jemand überzeugen läßt, wird sicherlich wesentlich von der Art der vorgebrachten Argumente bestimmt, etwa ob sie logisch kohärent oder völlig zusammenhanglos erscheinen. Es läßt sich aber kaum bestreiten, daß die Wirksamkeit einer Kommunikation auch von der Kommunikationsquelle abhängt, der sie zugeschrieben wird. Als etwa in der „Oberhessischen Presse" vom 19. Januar 1979 eine Schlagzeile ankündigte, daß auf Streusalz bei Schneefall nicht verzichtet werden kann, wurde die Wirkung der nachfolgenden Kommunikation für den sorgfältigen Leser dadurch beeinträchtigt, daß die kontroverse These im zweiten Satz des Artikels als Ansicht des Verbandes der deutschen Salzindustrie gekennzeichnet wurde. Trotz der in bezug auf Streusalz sicherlich unzweifelbaren Sachkenntnis dieses Verbandes läßt sich der Verdacht nicht völlig ausräumen, daß hier nicht ausschließlich zum Nutzen des deutschen Autofahrers gesprochen wurde. Weiterhin wird der Einfluß einer Kommunikation aber auch von Merkmalen der Zielgruppe (Zuhörer, Leser) bestimmt. Hier spielen Persönlichkeitscharakteristiken wie Intelligenz oder Selbstwertgefühl eine Rolle, aber auch die Distanz zwischen der in der Kommunikation vertretenen Einstellung und der Einstellung der Zuhörer. Letztlich wirken sich auch Kontextfaktoren, wie eine Störung der Kommunikation, die Ablenkung durch andere oder aber Anzeichen, daß man überredet werden soll, auf die Wirksamkeit der Argumentation aus.

6.1 Ein Prozeß-Modell der Überredung

In sozialpsychologischen Experimenten über den Einfluß von Kommunikationen wird häufig eine Situation untersucht, die mit dem Alltag nur wenig gemein hat. Die Versuchspersonen werden meist einzeln in kleine Kabinen gesetzt, in denen es außer der Kommunikation keine Ablenkung gibt. Die Wirksamkeit der Argumente auf die Einstellung der Versuchspersonen wird in der Regel sofort nach Ende des Vortrages (bzw. der Lektüre) erfaßt. Nur in seltenen Fällen untersucht man die Beibehaltung der Veränderung über längere Zeit oder beobachtet gar die Wirkung der Argumentation auf das Verhalten.

Wenn hingegen ein Wahlredner im Fernsehen auftritt, will er nicht nur die Einstellungen der Zuschauer beeinflussen, sondern sie zur Stimmabgabe für seine Partei bewegen. Zur Erreichung dieses Zieles müssen eine Reihe von Voraussetzungen erfüllt sein: (1) Wenn die Zuschauer bei seinem Auftreten eine Unterhaltung beginnen, auf die Toilette eilen oder aus sonstigen Gründen der Kommunikation keine *Aufmerksamkeit* schenken, sind selbst die besten Argumente verloren. (2) Dies ist auch der Fall, wenn sie zwar zuhören, die vorgebrachten Argumente aber wegen ihrer Komplexität nicht *verstehen*. (3) Wenn sie die Argumente zwar verstehen, aber nicht *akzeptieren,* weil sie ihnen unsinnig erscheinen, wird die Kommunikation keinen Einfluß auf die Einstellungen ausüben. (4) Auch wenn sie die Argumente akzeptieren, müssen sie ihre geänderte Einstellung bis zum Wahltag *beibehalten.* (5) Wenn es dann allerdings am Wahltag schönes Wetter ist und alle mit ihren Familien ins Grüne fahren, statt zu wählen, war der Aufwand doch noch vergebens. Der Einfluß auf das *Verhalten* ist letzten Endes am schwierigsten zu erreichen.

In Analogie zum Hürdenlauf könnte man den Überredungsprozeß als eine Bahn mit fünf Hürden beschreiben. Der Kommunikator muß alle fünf Hürden meistern, um ans Ziel zu gelangen, und jede neue Hürde kann nur nach erfolgreicher Überwindung aller vorherigen Hürden angegangen werden. Der Prozeß der Überredung läßt sich also in eine Reihe von Schritten aufteilen, die von den experimentell manipulierten oder variierten Faktoren in unterschiedlicher Weise beeinflußt werden. So sind für mangelnde Aufmerksamkeit sicherlich andere Faktoren verantwortlich als für schlechte Verständlichkeit oder fehlende Bereitschaft zur Akzeptierung der Argumente.

Da man die Einstellungen der Versuchspersonen in der Mehrheit der sozialpsychologischen Untersuchungen direkt nach dem Hören der Kommunikation erfaßt, wird sowohl der vierte (Beibehaltung) wie auch der fünfte Teilprozeß (Verhaltensänderung) im typischen Experiment zur Wirksamkeit von Kommunikationen ausgeklammert. Der in diesen Untersuchungen beobachtete Einstellungswandel hängt also nur davon ab, inwieweit die Argumente rezipiert (gehört und verstanden) und akzeptiert werden. Je besser die Rezeption und die Akzeptierung sind, um so mehr Einstellungswandel ist zu erwarten. In einer Präzisierung des Ansatzes der Yale-Gruppe um Hovland, (Hovland, 1957; Hovland & Janis, 1959; Hovland, Janis & Kelley, 1953) formulierte McGuire (1968; 1969) diesen Zusammenhang folgendermaßen:

$$P_E = P_R \times P_A \qquad (1)$$

Dabei reflektiert P_E die Wahrscheinlichkeit des Einstellungswandels, P_R die Wahrscheinlichkeit, daß die Argumente gehört und verstanden (rezipiert) werden, und P_A die Wahrscheinlichkeit, daß die Argumente akzeptiert werden.

Um also die Wirkung von Kommunikationen auf die Einstellungen der Versuchspersonen vorherzusagen, muß man die Faktoren in Betracht ziehen, die die Wahrscheinlichkeit der Rezeption und der Akzeptierung beeinflussen. Für die *Rezeption* sind vermutlich eine Reihe von Aspekten der Kommunikation bedeutsam, die in sozialpsychologischen Experimenten relativ wenig untersucht wurden. So wirken sich die Komplexität der Argumentation, die logische Abfolge der Argumente, aber auch die klare Ausdrucksweise des Sprechers sowie ausreichende Lautstärke und Abwesenheit konkurrierender Umweltreize auf die Verständlichkeit der Kommunikation aus. Bei gelesenen Texten spielen natürlich statt der Lautstärke Faktoren wie die Lesbarkeit der Schrift sowie die zur Lektüre zur Verfügung stehende Zeitspanne eine Rolle.

Welche Faktoren beeinflussen aber die *Akzeptierung* einer Kommunikation? Hier ist sicherlich bedeutsam, ob es dem Zuhörer gelingt, die rezipierten Argumente zu entkräften, etwa indem er sich Informationen ins Gedächtnis ruft, die mit den vorgebrachten Argumenten unvereinbar sind, oder logische Schwächen in den Schlußfolgerungen aufdeckt. Dies setzt natürlich voraus, daß ein Zuhörer, der Argumenten ausgesetzt wird, mit denen er nicht übereinstimmt, diese nicht passiv über sich ergehen läßt.

> „Unter diesen Umständen ... ist wahrscheinlich, daß er beim Zuhören aktiv Gegenargumente formuliert und die Argumente des Kommunikators sowie die Kommunikation selbst abwertet. Mit anderen Worten, man kann sich diese Situation nahezu als ein Streitgespräch vorstellen, das auf der einen Seite laut, auf der anderen hingegen nur gedanklich geführt wird" (Festinger & Maccoby, 1964).

Aus diesen Überlegungen würde folgen, daß die Wirksamkeit einer Kommunikation mit der Zahl der vom Zuhörer formulierten Gegenargumente abnimmt. Diese Annahme wurde von Brock und Mitarbeitern (Brock, 1967; Osterhouse & Brock, 1970) geprüft, die als Maß für die Gegenargumentation die Zahl der Gegenargumente benutzten, die eine Versuchsperson in einer kurzen Zeitspanne zum Kommunikationsthema aufführen konnte. Obwohl sich in diesen Untersuchungen der erwartete negative Zusammenhang zwischen der Zahl der aufgeführten Gegenargumente und dem Grad des Einstellungswandels nachweisen ließ, sind derartige korrelative Befunde als Beleg für die kausalen Annahmen Festingers und Maccobys (1964) nicht völlig befriedigend.

Trotz der ungeklärten Frage geht Wyer (1974) in seiner Weiterentwicklung des McGuire'schen Prozeß-Modells von der Annahme aus, daß eine Kommunkation um so weniger akzeptiert wird, je mehr es dem Zuhörer gelingt, die rezipierten Argumente zu entkräften. In der einfachsten Form seines Modells schlägt er folgenden Zusammenhang zwischen der Akzeptierung einer Argumentation und der Produktion von Gegenargumenten vor:

$$P_A = 1 - P_G \qquad (2)$$

Dabei stellt P_G die Wahrscheinlichkeit dar, daß die Argumentation durch Gegenargumente entkräftet wird. Bei gleichbleibender Rezeption ist danach die Wahrscheinlichkeit der Akzeptierung um so größer, je weniger es dem Zuhörer gelingt, die vorgebrachten Argumente selbst zu widerlegen. Es wird also davon ausgegangen, daß ein Zuhörer alle Argumente akzeptiert, die er nicht selbst widerlegen kann, und daß er niemals eine Position akzeptieren wird, die er durch Gegenargumente entkräftet hat. Dies sind

Zusatzannahmen, die in dieser Form sicherlich selten zutreffen. Sie wurden aber von Wyer (1974) zur Vereinfachung seines komplexeren Grundmodelles eingeführt, um vorläufig zu prüfen, ob sich die empirisch schon bekannten Zusammenhänge mit einem derartigen Ansatz vereinbaren lassen. Damit ergibt sich insgesamt folgender Zusammenhang:

$$P_E = P_R \times (1 - P_G) \qquad (3)$$

Die Wahrscheinlichkeit, daß eine Argumentation zu Einstellungswandel führt, ist also danach um so größer, je größer die Wahrscheinlichkeit ist, daß die Argumente rezipiert werden, und je geringer die Wahrscheinlichkeit ist, daß den Zuhörern effektive Gegenargumente einfallen.

So einleuchtend diese Annahmen auch sein mögen, stellen sie vermutlich eine grobe Vereinfachung des Überredungsprozesses dar. Effektive Gegenargumente sind sicherlich nicht die einzige Voraussetzung, die zur Ablehnung einer Argumentation führen. Selbst wenn einem Zuhörer keine Gegenargumente zur Widerlegung einer Argumentation zur Verfügung stehen, wird er dennoch kaum bereit sein, sie zu akzeptieren, wenn die Kommunikationssituation Hinweise enthält, daß der Kommunikator geringe Sachkenntnis besitzt oder aus anderen Gründen Fehlinformationen verbreitet. Greenwald (1968) schlug deshalb vor, zwei Kategorien von kognitiven Reaktionen auf Überredung zu unterscheiden, nämlich Gegenargumente und Abwertungsreaktionen. Während Gegenargumente zur Ablehnung einer Kommunikation aufgrund von Informationen führen, die mit der Argumentation inkonsistent sind, bewirkt die Abwertungsreaktion Ablehnung aufgrund von situativen Hinweisen, die die Gültigkeit der Kommunikation in Frage stellen. Obwohl die Wirkung von Gegenargumenten und Abwertungsreaktionen vermutlich additiv ist, führt die Abwertung aufgrund von Gegenargumenten zu einer wesentlich dauerhafteren Ablehnung der Position des Kommunikators als Abwertung aufgrund von situativen „Abwertungshinweisen".

Trotz der Notwendigkeit von Modifikationen läßt sich mit dem von McGuire und Wyer aus den Ansätzen der Yale-Gruppe (Hovland und Mitarbeiter) entwickelten Prozeß-Modell der Überredung, wie bei der nun folgenden Darstellung der Forschung auf dem Gebiet von Kommunikation und Einstellungswandel gezeigt werden wird, eine Vielzahl von scheinbar inkonsistenten Befunden über die Wirksamkeit von Kommunikationen integrieren. Problematisch ist allerdings, daß nur in wenigen Untersuchungen neben den Einstellungen und der Rezeption der Kommunikation auch die Produktion von Gegenargumenten erfaßt wurde. Damit steht eine adäquate Prüfung des Modells noch aus.

6.2 Die Charakteristiken der Kommunikationsquelle

6.2.1 Der Einfluß der Glaubhaftigkeit

Schon vor über 2000 Jahren hat Aristoteles die Bedeutsamkeit der Charakteristiken des Kommunikators für die Wirksamkeit von Kommunikationen erkannt und betont, daß der gute Ruf eines Redners oft mehr zur Überzeugung seiner Zuhörer beitrage als die vorgebrachten Argumente. Es kann allerdings nicht behauptet werden, daß diese Hypothese die Sozialpsychologen sofort in hektische Forschungsaktivität versetzt hätte. Erst 1951 machten sich Hovland und Mitarbeiter (Hovland & Weiss, 1951) daran, die Richtigkeit dieser Annahme zu prüfen. Sie vermuteten, daß die Glaubhaftigkeit eines Kommunikators von zwei Faktoren abhängig ist: (1) seiner Sachkenntnis und (2) seiner Vertrauenswürdigkeit. Mit anderen Worten, wenn uns jemand überreden will, fragen wir uns bewußt oder unbewußt, ob der andere über diese Sache Bescheid weiß (Sachkenntnis) und falls dies zu bejahen ist, ob er irgendwelche Gründe hat, uns die Wahrheit zu verheimlichen (Vertrauenswürdigkeit).[1]

Die Abhängigkeit der Wirksamkeit einer Mitteilung von der Glaubhaftigkeit der Kommunikationsquelle wurde experimentell erstmals von Hovland und Weiss (1951) demonstriert. In dieser Untersuchung mußten zwei Gruppen von Versuchspersonen vier verschiedene Kommunikationen (angeblich Ausschnitte aus Zeitungsartikeln) lesen, die zu vier Sachfragen Stellung nahmen. Beide Gruppen erhielten dieselben vier Artikel, die eine glaubte jedoch, daß sie von glaubhaften Quellen stammten, während der anderen Gruppe unglaubhafte Quellen angegeben worden waren. Zum Beispiel wurde einer der Artikel, der argumentierte, daß Medikamente, die Anti-Histamine enthielten, nicht rezeptfrei verkauft werden sollten, entweder dem „New England Journal of Biology and Medicine" oder einer Illustrierten zugeschrieben. Zur Frage, ob atomgetriebene Unterseeboote in absehbarer Zeit möglich seien, hatte sich angeblich ein bekannter Atomphysiker (Oppenheimer) oder aber die „Prawda" geäußert. Die unterschiedliche Glaubhaftigkeit der verwendeten Quellen wurde im post-experimentellen Fragebogen überprüft.

Die Einstellungen der Versuchspersonen zu den einzelnen Themen wurden (1) fünf Tage vor der Untersuchung, (2) direkt nach Anhören der Kommunikation und (3) vier Wochen später erfaßt. Bei einem Vergleich der vor

---

[1] Vergleichbare Unterscheidungen wurden später von Birnbaum und Stegner (1979) und Eagly et al. (1978) benutzt.

dem Versuch durchgeführten Messung mit den nach dem Versuch erhobenen Einstellungen, erwies sich die glaubhafte Quelle für drei der vier Themen als eindeutig effektiver. Weiterhin wurde die Argumentation als fairer und vernünftiger eingeschätzt, wenn sie von der glaubhaften Quelle vorgebracht wurde.

Bei einer Überprüfung der Rezeption der Argumente durch einen Wissenstest ergaben sich keine Unterschiede zwischen den beiden Gruppen. Die Ergebnisse sind also nicht dadurch erklärbar, daß der Kommunikation mehr Aufmerksamkeit geschenkt wurde, wenn sie angeblich von einer glaubhaften Quelle stammte, sondern scheinen allein durch Unterschiede in der Akzeptierung hervorgerufen worden zu sein. Allerdings ist zu vermuten, daß in einer Alltagssituation, wo man ständig aus einer Flut von Informationen auszuwählen hat, unterschiedliche Glaubhaftigkeit auch Unterschiede in der Aufmerksamkeit bewirkt.

Die zeitliche Stabilität der Änderung: Die Analyse der vier Wochen später vorgenommenen Einstellungsmessung erbrachte eine Überraschung. Da im Laufe der Zeit Teile einer Argumentation vergessen werden, hätte man eine allgemeine Abnahme des durch die Kommunikation erzielten Einstellungswandels erwartet, wobei diese beim glaubhaften Kommunikator wegen der ursprünglich größeren Einstellungsänderung auch in stärkerem Maße hätte auftreten sollen. Tatsächlich ließ sich diese Abnahme zwar beim glaubhaften Kommunikator belegen, beim wenig glaubhaften Kommunikator zeigte sich hingegen vier Wochen später *mehr* Einstellungswandel als unmittelbar nach Anhören der Kommunikation (Abbildung 6.1). Diese Zunahme des Einstellungswandels im Zeitraum zwischen zwei Messungen wird als „Sleeper-Effekt" bezeichnet.

Hovland und Weiss (1951) gehen davon aus, daß die geringe Glaubwürdigkeit des Kommunikators für die Versuchspersonen als Hinweis wirkte, daß die Argumentation nicht besonders ernst zu nehmen sei. Durch die Assoziation der Kommunikation mit diesem Hinweis werden die Schlußfolgerungen des Kommunikators weniger akzeptiert, als dies bei einer Darbietung der Kommunikation ohne „Abwertungshinweis" (discounting cue) der Fall gewesen wäre. Im Laufe der Zeit wird der „Abwertungshinweis" dann von der Argumentation dissoziiert. Die Person erinnert sich zwar noch an Teile der Kommunikation, vergißt aber von wem die Argumentation ursprünglich stammte. Zu einem „Sleeper-Effekt" kommt es, wenn die Wirkung der zum Zeitpunkt dieser „Dissoziierung" noch erinnerten Argumente größer ist als die der mit dem „Abwertungshinweis" assoziierten Gesamtargumentation.

Kelman und Hovland (1953) prüften diese Annahme in einer Untersuchung, in der sie eine Kommunikation (Behandlung jugendlicher Straftäter)

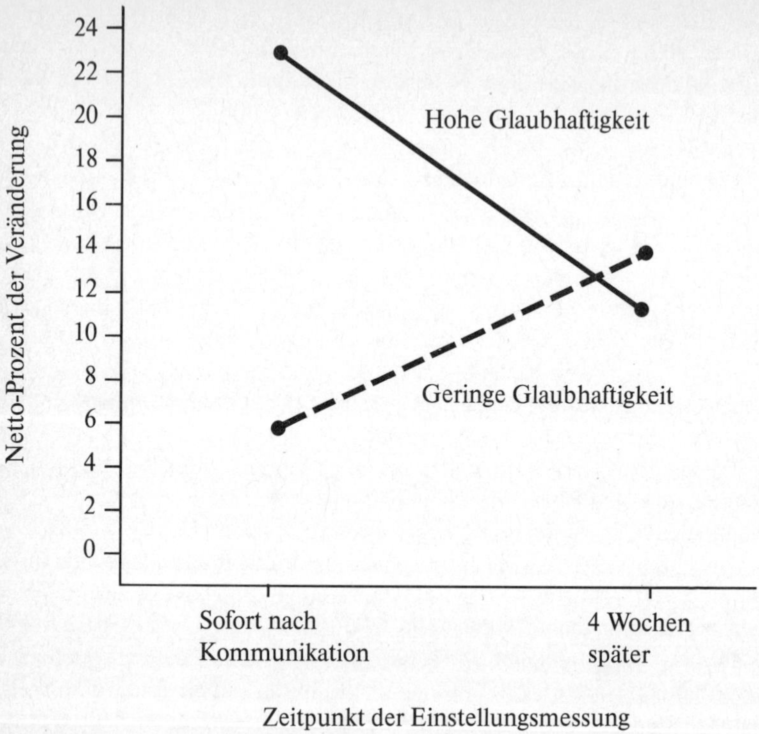

Abbildung 6.1: Beibehaltung des Einstellungswandels in Abhängigkeit von der Glaubhaftigkeit des Kommunikators (nach Hovland und Weiss, 1951).

entweder einem glaubhaften oder einem wenig glaubhaften Kommunikator zuschrieben. Wieder wurden die Einstellungen der Versuchspersonen vor Anhören der Kommunikation, direkt anschließend oder drei Wochen später erfaßt. Wieder hatte der glaubhafte Kommunikator beim ersten Nachtest einen deutlich stärkeren Einfluß auf die Einstellungen der Versuchspersonen als der wenig glaubhafte Kommunikator. Vor dem zweiten Nachtest wurde die Hälfte der Versuchspersonen nochmals an die Kommunikationsquelle erinnert, während die andere Hälfte nicht erinnert wurde. Die Gruppe, die nicht erinnert wurde, stellte also eine Replikation der Untersuchung von Hovland und Weiss (1951) dar und sollte einen „Sleeper-Effekt" aufweisen. Wenn nun dieser Effekt tatsächlich durch die Dissoziierung von Kommunikation und „Abwertungshinweis" (unglaubwürdiger Kommunikator) zustande kommt, dann sollte die Gruppe, die an den Kommunikator erinnert wurde, keinen „Sleeper-Effekt" aufweisen. In Übereinstimmung mit diesen Erwartungen, trat der „Sleeper-Effekt" nur in der „nicht erinnerten" Gruppe auf.

Mit diesen und weiteren Befunden (für eine Übersicht siehe: Cook et al., 1979) wurde der „Sleeper-Effekt" zum festen Bestandteil sozialpsychologischer Lehrbuch-Erkenntnis. Es kam deshalb völlig unerwartet, als Gillig und Greenwald (1974) in einer Arbeit mit dem provokativen Titel „Is it time to lay the sleeper effect to rest?" Zweifel an der Existenz des Effektes anmeldeten. Gillig und Greenwald (1974) begründeten ihre Zweifel damit, daß weder in der Untersuchung von Hovland und Weiss (1951) noch in derjenigen von Kelman und Hovland (1953) adäquate statistische Tests zum Nachweis eines „Sleeper-Effektes" durchgeführt worden seien. Ein solcher Test sei nur dann adäquat, wenn geprüft würde, ob der Einstellungswandel in der Bedingung mit geringer Glaubhaftigkeit beim zweiten Nachtest tatsächlich signifikant größer ist als beim ersten Nachtest.[2] Typischerweise hatte man aber die signifikante Interaktion zwischen Glaubhaftigkeit und Zeitpunkt der Messung als Beleg für die Existenz eines „Sleeper-Effekts" gewertet. Eine derartige Interaktion sagt jedoch nichts über die *Zunahme* des Einstellungswandels bei geringer Glaubhaftigkeit aus. Sie kann zum Beispiel auch dadurch zustande kommen, daß der vom glaubhaften Kommunikator bewirkte Einstellungswandel im Laufe der Zeit schneller abnimmt als der Einfluß der wenig glaubhaften Kommunikationsquelle.

Schwerwiegender jedoch als diese Kritik an der statistischen Auswertung der frühen Untersuchungen wurde Gillig und Greenwalds (1974) Fehlschlag gewertet, in einer Reihe von sieben Experimenten den „Sleeper-Effekt" unter Verwendung korrekter statistischer Testverfahren nachzuweisen. Obwohl der „Sleeper-Effekt" weiterhin in Lehrbüchern ausführlich dargestellt wurde, war er für die aktiven Einstellungsforscher mit der Veröffentlichung von Gillig und Greenwald gegenstandslos geworden. Da keine der derzeit bedeutenden Einstellungstheorien die Existenz eines „Sleeper-Effektes" verlangt, trauerte auch niemand seinem Hinscheiden nach.

Wie sich bald herausstellen sollte, wäre derartige Trauer auch etwas verfrüht gewesen. In einer Kritik der Untersuchungen von Gillig und Greenwald (1974) merkten Gruder et al. (1978) an, daß der Zeitraum zwischen den zwei Nachtests in diesen Experimenten mit nur zwei Wochen kürzer gewesen sei als in früheren Untersuchungen. Man könne nicht davon ausgehen, daß dieser Zeitraum schon ausgereicht habe, um eine Dissoziierung von

[2] Zum Ausschluß von Regressionseffekten (S. 30) muß gezeigt werden, daß in der Bedingung mit geringer Glaubhaftigkeit zwischen dem ersten und dem zweiten Nachtest eine Zunahme des Einstellungswandels erfolgt, die signifikant größer ist, als die Differenz zwischen den zeitlich vergleichbaren ersten und zweiten Nachtests einer Kontrollgruppe, die keiner Kommunikation ausgesetzt worden war.

Kommunikator und Kommunikation hervorzurufen. Damit ist zweifelhaft, ob diese Experimente als adäquate Prüfung der Existenz des „Sleeper-Effektes" gewertet werden können. Weiterhin berichteten Gruder et al. (1978) mehrere eigene Untersuchungen, in denen der Nachweis des Effektes eindeutig gelungen war.

In einem mehr methodischen Artikel verwenden Cook et al. (1979) den Bericht von Gillig und Greenwald (1974) schon als warnendes Beispiel für die Gefahren einer allzu schnellen Annahme der Nullhypothese. Wir sollten uns hier jedoch eher der etwas vorsichtigeren Schlußfolgerung von Gruder et al. (1978) anschließen, die sich auf die selbstgestellte Frage, ob der „Sleeper-Effekt" noch am Leben sei, die Antwort gaben: „Wir wissen es nicht. Sicher ist nur, daß eine Beerdigung zum gegenwärtigen Zeitpunkt etwas voreilig wäre."

6.2.2 Die Drei-Komponenten-Analyse von Kelman

Von den zahlreichen Eigenschaften, die einem Kommunikator zugeschrieben werden können, haben wir uns bisher nur eine herausgegriffen, die Glaubhaftigkeit. Dadurch ist unser Bild sozialer Einflußprozesse etwas einseitig geraten. Der Mensch wurde als rationales Wesen dargestellt, das auf der Suche nach Wahrheit Unkenntnis und Lüge aufdeckt und nur das, was vor seiner kritischen Prüfung standhält, endgültig als wahr akzeptiert. Ein schönes Bild, aber eben nur ein Teilbild. Wenn uns nur Vertrauenswürdigkeit im Verein mit Sachkenntnis beeinflussen könnte, würden Fußball- und Filmstars nicht für alles, vom Rasierschaum bis zum Waschmittel, werben.

In seiner klassischen Analyse des sozialen Einflusses unterscheidet Kelman (1961) drei Charakteristiken einer Kommunikationsquelle, nämlich Glaubhaftigkeit, Attraktivität und Macht. Jede dieser Charakteristiken bewirkt Änderungen in Einstellungen und/oder Verhalten aufgrund unterschiedlicher Prozesse: Glaubhaftigkeit durch Internalisierung, Attraktivität durch Identifizierung und Macht durch Nachgeben (compliance).

Internalisierung: Internalisierung beruht auf unserer Motivation, korrekte Einstellungen zu unserer Umwelt zu vertreten. Man internalisiert einen neuen Standpunkt, wenn man glaubt, daß er richtig ist. Deshalb ist hier die Glaubhaftigkeit der Kommunikationsquelle die wichtigste Charakteristik. Wenn man Grund zu der Annahme hat, daß der Kommunikator die Wahrheit sagt, dann internalisiert man die von ihm erhaltenen Informationen. Die Beibehaltung der einmal übernommenen Ansichten geschieht dann auch unabhängig von der weiteren Beziehung zum Kommunikator.

Identifizierung: Identifizierung beruht auf der Motivation, eine befriedigende Rollenbeziehung zum Kommunikator herzustellen. Wenn man sich mit einem Kommunikator identifiziert, übernimmt man oft Ansichten und Wertvorstellungen, ohne sie sorgfältig auf ihren Wahrheitsgehalt zu prüfen. Im Grunde ist der Wahrheitsgehalt sogar nebensächlich. Man ändert seine Einstellung, weil man dem Kommunikator ähnlich sein will, entweder weil man ihn bewundert und erhöhte Ähnlichkeit deshalb das eigene Selbstbewußtsein steigert oder weil diese Ähnlichkeit Teil unseres Selbstverständnisses ist. Der Sohn übernimmt zumindest anfänglich unkritisch Wertvorstellungen vom Vater, weil er den Vater bewundert und ihm ähnlich werden möchte. Den Vater nachzuahmen, erhöht sein Selbstbewußtsein. Der Fußball-Fan kauft den Rasierschaum, den der von ihm bewunderte Spieler im Fernsehen anpreist, nicht weil er glaubt, daß ihm dies zu einer besseren Rasur verhelfen würde, sondern weil er so sein will wie sein Star. Jemand der sich als Liberaler versteht, mag ohne kritische Überprüfung Einstellungen übernehmen, die als liberal bezeichnet werden. In diesem Fall erhöht die Übernahme dieser Einstellungen nicht sein Selbstbewußtsein, sondern ist Teil seines Selbstverständnisses. Als Liberaler hat man eben gewisse liberale Ansichten. Die Aufrechterhaltung einer aufgrund von Identifizierung übernommenen Einstellung hängt allerdings vom Weiterbestehen der positiven Beziehung zum Kommunikator ab sowie von der Beibehaltung dieser Ansicht durch den Kommunikator.

Nachgeben: Nachgeben beruht auf unserer Motivation, von einem Kommunikator belohnt zu werden oder zumindest Bestrafung zu vermeiden. Wenn der Kommunikator die Macht hat, uns zu belohnen oder zu bestrafen, mag man sich häufig äußerlich seinen Einstellungen anschließen, nicht weil man sie für richtig hält, sondern weil es nützlich ist zuzustimmen. Es ist nicht schwer, hier Beispiele anzuführen, etwa den Angestellten, der dem Chef nach dem Munde redet oder den Politiker, der den Wählern alles verspricht. Aber auch die Versuchspersonen, die in den Untersuchungen der Konformität von Asch (1956) den falschen Meinungen der Mehrheit zustimmen, tun dies nach eigenen Angaben nicht, weil sie an die Richtigkeit der Antworten glauben, sondern weil sie nicht ausgelacht werden wollen. Unser Bedürfnis nach Anerkennung gibt unseren Mitmenschen Macht über uns. Die Beibehaltung einer durch Nachgeben übernommenen Einstellung hängt vom Weiterbestehen der Macht des Kommunikators über die Person ab, aber auch davon, daß der Kommunikator weiterhin Interesse an den Einstellungen der Person bezeugt und über Möglichkeiten verfügt, die Äußerungen der Person zu kontrollieren (McGuire, 1969).

Konflikt zwischen den Komponenten: Obwohl sich die drei Charakteristiken von Kommunikationsquellen analytisch leicht trennen lassen, spielen in vielen Fällen sozialen Einflusses mehrere Komponenten eine Rolle. Wenn ein Angestellter die Meinungen seines Chefs übernimmt, tut er das häufig nicht nur, weil er sich davon Vorteile verspricht, sondern auch, weil er sich mit dem Chef identifiziert und diesem auch eine gewisse Sachkenntnis zuspricht. Wenn eine Firma, die Stereoausrüstungen herstellt, stolz mitteilt, daß ein berühmter Dirigent Lautsprecher ihrer Marke besitzt, erwarten sie nicht nur einen Einfluß aufgrund von Sachkenntnis (er muß ja wissen, was gut klingt), sondern auch durch Identifizierung (wir Leute mit feinem Gehör kaufen eben diese Geräte).

Die Unterteilung ist aber nicht nur für unser Verständnis des Einflußprozesses bedeutsam, sondern hat auch Folgen für die Überzeugungsstrategien eines Kommunikators. Je nachdem, ob er sich auf Glaubhaftigkeit oder Attraktivität und Macht verläßt, muß er sich unterschiedlich verhalten: (1) Jemand der auf Glaubhaftigkeit baut, vermindert häufig seine Effektivität, wenn er zugibt, daß er überreden will. Er vermindert sie besonders stark, wenn er durchblicken läßt, daß er bei erfolgreicher Überredung der Zuhörer etwas zu gewinnen hat. (2) Wer hingegen auf Macht oder Attraktivität baut, vergrößert seine Effektivität, indem er deutlich macht, daß er überreden will und daß ihm an einem Einstellungswandel viel gelegen ist.

Von den drei von Kelman (1958) herausgearbeiteten Prozessen des sozialen Einflusses führt nur Internalisierung zu einem Einstellungswandel, der unabhängig von der weiteren Beziehung zum Kommunikator beibehalten werden mag. Weiterhin beruht nur die Internalisierung auf einer kritischen Analyse der Validität der vorgebrachten Argumente und beschreibt somit die uns interessierenden Aspekte der Überredung.

6.3 Die Charakteristiken der Kommunikation

Dem angehenden Demagogen, der sich aus ganz praktischen Gründen mit der psychologischen Problematik erfolgreicher Überredung beschäftigt, ist es natürlich nur bedingt nützlich, zu wissen, welche Charakteristiken ein erfolgreicher Redner besitzen muß. Obwohl er gewisse seiner Eigenschaften betonen und andere herabspielen kann, sind diesen Manipulationen durch die tatsächlichen Gegebenheiten meist enge Grenzen gesetzt. Seine Chance besteht darin, seine Botschaft so geschickt zusammenzustellen, daß die Leute vergessen, daß er weder als Experte noch völlig ohne Eigennutz spricht. Ihn interessieren vermutlich Fragen wie diese: (1) Sollte man nur sachliche Argumente benutzen oder an die Gefühle der Zuhörer appellieren? (2) Sollte man Argumente, die für die Gegenseite sprechen, totschweigen oder sie erwähnen und zu widerlegen versuchen? (3) Sollte man eine explizite Schlußfolgerung ziehen oder dies lieber seinen Zuhörern überlassen? (4) Sollte man in einer Debatte, falls man eine Wahl hat, lieber am Anfang oder am Ende sprechen? In diesem Abschnitt wird eine Klärung dieser Fragen versucht werden.

6.3.1 Die Art der Kommunikation: Sachliche Argumente oder Furchtappell?

Jeder Tod ist mehr oder weniger Selbstmord. Täglich sterben Menschen, die länger hätten leben können, wenn sie ihren Zigarettenkonsum eingeschränkt, auf ihr Gewicht geachtet oder Anschnallgurte getragen hätten. Durch die Planung wirksamer Aufklärungskampagnen können hier auch Sozialpsychologen einen Beitrag zur Gesundheitsfürsorge leisten. Nehmen wir einmal an, Sie wären vom Gesundheitsministerium beauftragt worden, einen Kurzfilm über die Gefahren des Rauchens herzustellen. Es wird natürlich leicht sein, genügend Material zu finden, um die durch das Rauchen erhöhte Gefahr von Krebs- und Herzerkrankungen zu belegen. Ihr Problem besteht in der Auswahl des Bildmaterials. Sollen Sie einen relativ unemotionalen und sachlichen Film machen, der nur die Tatsachen darlegt, oder sollten Sie nicht besser auf Schock-Wirkung setzen und versuchen, die Leute mit Bildern von Lungenkrebs-Operationen oder Hinterbliebenen am Sarg aufzurütteln. Für die Schock-Strategie spricht, daß man Raucher aus ihrer Lethargie wecken muß, um sie von ihrer Sucht abzubringen. Auf der anderen Seite könnten diese Bilder die Zuschauer aber derart erschrecken, daß sie die Empfehlungen überhaupt nicht mehr aufnehmen, etwa weil sie völlig verstört sind, wütend das Gerät abgeschaltet haben oder sich gerade auf der Toilette übergeben. Versuche, die Zuschauer mit Schockmethoden aufzurütteln, scheinen also nicht ungefährlich zu sein, und Sozialpsychologen haben sich ausgiebig mit der Untersuchung der relativen Effektivität von Furchtappellen befaßt.

6.3.1.1 Die klassischen Untersuchungen

Das erste Experiment wurde von Janis und Feshbach (1953) durchgeführt, die auch das Paradigma entwickelten, das in späteren Untersuchungen immer wieder zur Anwendung kam. In diesem Experiment hörten Schüler einen Vortrag, der vor den Folgen schlechter Zahnpflege warnte und genaue Empfehlungen über korrekte Zahnpflege gab. Drei Versionen des Vortrages wurden entwickelt, die identische Empfehlungen enthielten, sich aber in der Darstellung der Gefahren schlechter Zahnpflege unterschieden. In der *extrem furchterregenden* Version wurden farbige Dias von Erkrankungen und Abszessen im Mund- und Rachenraum gezeigt und darauf hingewiesen, daß all diese Erkrankungen durch schlechte Zahnpflege hervorgerufen würden. Es wurde weiterhin angedeutet, daß derartige Infektionen sich ausbreiten und zu Herz-, Gelenk- und Augenerkrankungen führen könnten. In der *leicht furchterregenden* Kommunikation wurden wesentlich weniger und auch weniger ernsthafte Munderkrankungen als Folge schlechter Zahnpflege aufgeführt. In der *nicht furchterregenden* Kommunikation wurden Folgeerscheinungen und Schmerzen kaum erwähnt. Obwohl Versuchspersonen in der extrem furchterregenden Bedingung direkt nach der Kommunikation deutlich größere Furcht vor Munderkrankungen bekundeten als die Hörer der weniger furchterregenden Kommunikationen, zeigte sich bei einer Befragung der Versuchspersonen eine Woche später, daß die Empfehlungen zur Zahnpflege in den wenig furchterregenden Bedingungen eher befolgt wurden. Der Netto-Prozentsatz der von den Schülern berichteten Verhaltensänderungen (in Richtung auf die Empfehlung) betrug bei hoher Furcht 8%, bei mittlerer Furcht 22% und bei geringer Furcht 36%.

Die Triebreduktions-Interpretation der Wirkung von Furchtappellen: Schon in diesem Artikel warnten Janis und Feshbach (1953) davor, diese Ergebnisse zu sehr zu verallgemeinern. In Anlehnung an die Theorie von Dollard und Miller (1950) entwickelten sie einen Ansatz, aus dem sich ableiten läßt, unter welchen Bedingungen eine furchterregende Kommunikation effektiver ist als eine rein sachliche Darstellung. Die typische furchterregende Kommunikation, wie sie auch in der Untersuchung von Janis und Feshbach verwendet wurde, besteht aus zwei Teilen, einer *Warnung* und einer *Empfehlung.* Sie warnt vor einer Gefahr für Leib und Leben der Zielperson und gibt dann Empfehlungen, wie man dieser Gefahr begegnen kann. Janis und Feshbach gehen davon aus, daß die Information über die Gefahr zu einer Furchtreaktion führt, die als unangenehm empfunden wird. Die Ausführung der Empfehlung des Kommunikators oder die gedankliche Wiederholung der Empfehlung vermindert die Furcht und beendet damit einen aversiven Zustand. Die Empfehlung wird also mit der *Reduktion* eines aversiven Zustandes assoziiert und durch diese Verstärkung Teil des permanenten Verhaltensrepetoires. Demnach sollte eine Mitteilung um so mehr Einstellungs- oder Verhaltenswandel bewirken, je mehr Furcht sie zu erregen vermag. Dies trifft aber nur dann zu, wenn die Empfehlung der Zielperson tatsächlich einen *wirksamen Gefahrenschutz* verspricht. Scheinen die empfohlenen Maßnahmen hingegen wenig wirksam, vermögen sie die Furcht nur wenig oder überhaupt nicht zu vermindern. Dann wird sich die Zielperson nach anderen Wegen der Furchtreduktion umsehen, und am naheliegendsten ist hier die Abwertung des Kommunikators als inkompetent oder überängstlich. Bei wenig wirksamen Empfehlungen würde man also eine negative Beziehung zwischen der erregten Furcht und der Akzeptierung der Empfehlung erwarten. Da man Zahnerkrankungen auch dann bekommen kann, wenn man seine Zähne richtig putzt, könnten die Befunde der Untersuchung von Janis und Feshbach aufgrund der geringen Effektivität der empfohlenen Maßnahmen zustande gekommen sein.

Empirische Prüfung des Triebreduktions-Modells: Nach dieser Triebreduktions-Interpretation der Wirkung von Furchtappellen sollte eine furchterregende Kommunikation in Verbindung mit einer effektiven Empfehlung zu größerem, in Verbindung mit einer ineffektiven Empfehlung hingegen zu weniger Einstellungswandel führen als eine Darstellung, die kein furchterregendes Material enthält. Diese Vorhersage wurde erstmals von Dabbs und Leventhal (1966) geprüft, die ihre studentischen Versuchspersonen mit Kommunikationen über die Gefahren einer Tetanus-Infektion zu Schutzimpfungen überreden wollten und neben *Furcht* unter anderem die angebliche *Effektivität* solcher Impfungen variierten. In der wenig furchterregenden Kommunikation wurde auf die große Seltenheit von Tetanusinfektionen hingewiesen und weiterhin angedeutet, daß derartige Infektionen meist relativ harmlos seien. In der furchterregenden Kommunikation wurde die Gefahr hingegen hochgespielt. Es wurde betont, daß man sich auch bei kleinen Wunden infizieren könne und daß derartige Infektionen häufig tödlich verliefen. Die empfohlene Impfung wurde entweder als äußerst effektiver Schutz dargestellt, oder es wurde darauf hingewiesen, daß sie eine spätere Infektion nicht völlig ausschließen könne. Obwohl nach den Manipulationsüberprüfungen alle Manipulationen erfolgreich waren, wirkte sich nur die Variation der Furcht signifikant auf die Absichten der Versuchspersonen aus. In der furchterregenden Bedingung war die Absicht, sich einer Schutzimpfung zu unterziehen, signifikant höher als nach der wenig furchterregenden Kommunikation. Auch bei einer Überprüfung der Zahl der Versuchspersonen, die sich tatsächlich impfen ließen, ergab sich eine signifikant positive Beziehung zur Furchterregung.

Dabbs und Leventhal (1966) relativierten aber diese Befunde, indem sie auf die zwar signifikante, aber doch recht geringe Wirkung ihrer Effektivitätsmanipulation auf die Einschätzung der Effektivität durch die Versuchspersonen hinwiesen. So wurde die Tetanusimpfung auch bei geringer Effektivität als äußerst wirksam wahrgenommen. Damit ist fraglich, ob diese Ergebnisse tatsächlich den Vorhersagen des Triebreduktions-Modells widersprechen. Allerdings gelang es auch in späteren Untersuchungen, in denen die Effektivität über einen wesentlich weiteren Bereich variiert wurde, nicht, die vom Triebreduktions-Modell vorhergesagte Interaktion von Furchterregung und Effektivität (positiver Zusammenhang bei hoher Effektivität, negativer Zusammenhang geringer Effektivität) empirisch zu bestätigen. Chu (1966) führte in Taiwan eine Untersuchung durch, an der

1204 Kinder teilnahmen, die über die Gefahren von Rundwürmern aufgeklärt und zur regelmäßigen Einnahme von Medikamenten überredet werden sollten. Das Medikament wurde entweder als 90%, 60% oder 30% effektiv beschrieben. Furcht wurde durch unterschiedliche Darstellung der Wahrscheinlichkeit sowie der Folgen eines Wurmbefalls über drei Stufen variiert. Wiederum fand sich eine signifikante positive Beziehung zwischen der Furcht-Manipulation und der Bereitschaft zur Einnahme der Medikamente. Zwar waren die Unterschiede zwischen den Furcht-Bedingungen bei niedriger Effektivität tendenziell geringer als bei hoher Effektivität, aber selbst in der niedrigsten Effektivitätsstufe führte die furchterregende Kommunikation zu größerem Einstellungswandel als die wenig furchterregenden Darstellungen. Auch Rogers und Thistlewaite (1970), die Furcht und Effektivität der Empfehlung mit Kommunkationen über die Gefahren des Rauchens manipulierten, und Rogers und Mewborn (1976), die Rauchen, Verkehrssicherheit und Geschlechtskrankheiten als Themen benutzten, berichteten vergleichbare positive Wirkungen der Furcht, sowie der Effektivitätsmanipulation. In keiner der Untersuchungen fand sich eine Interaktion zwischen der Größe der dargestellten Gefahr und der Effektivität der Maßnahmen in der vom Triebreduktions-Modell vohergesagten Form.

Noch eindeutiger als diese Befunde sprechen jedoch die Ergebnisse einer Untersuchung von Leventhal und Singer (1966) gegen die Interpretation der Wirkung von Furchtappellen mittels des Triebreduktions-Modells. Leventhal und Singer berichten nicht nur einen weiteren Fehlschlag bei der Prüfung einer aus dem Modell folgenden Hypothese (Wirkung der Position der Empfehlung relativ zum furchterregenden Material), sondern fanden selbst bei Benutzung des Zahnpflege-Themas eine positive Beziehung zwischen Furchtintensität und Einstellungswandel.

Schlußfolgerungen: Insgesamt muß festgestellt werden, daß die Interpretation der Wirkung von Furchtappellen mit Triebreduktions-Annahmen empirisch kaum bestätigt werden konnte.[3] Weiterhin fällt auf, daß in allen hier dargestellten Untersuchungen eine positive Beziehung zwischen manipulierter Furcht und Einstellungswandel beobachtet wurde. Tatsächlich berichten von den inzwischen weit über zwanzig Untersuchungen der Wirkung von Furchtappellen (für eine Übersicht siehe: Higbee, 1969; Janis, 1967; Leventhal, 1970) nur drei (Janis & Feshbach, 1953; Janis & Terwilliger, 1962; Leventhal & Niles, 1964) eine allgemein negative Beziehung zwi-

[3] Harris und Jellison (1971) unternahmen zwar kürzlich einen Rettungsversuch der Triebreduktions-Interpretation, aber sowohl ihre Befunde wie auch ihre Interpretation wurden von Hendrick, Giesen und Borden (1975) in Frage gestellt.

schen manipulierter Furcht und Einstellungswandel.[4] Von diesen Befunden sind aber nur die Ergebnisse der Untersuchung von Janis und Feshbach (1953) eindeutig. Bei Janis und Terwilliger (1962) erreicht der fragliche Unterschied nur eine Wahrscheinlichkeit von $p < 0{,}18$ (zweiseitig), was selbst unter Persönlichkeitspsychologen heute nicht mehr als signifikant gilt. Leventhal und Niles (1964) fanden zwar nach der furchterregenden Kommunikation geringere Bereitschaft, das Rauchen aufzugeben, als nach der wenig furchterregenden Kommunikation, beobachteten aber innerhalb der einzelnen Bedingungen signifikant positive Korrelationen zwischen den Furcht-Selbsteinstufungen der Versuchspersonen und ihrer Bereitschaft zum Aufgeben. Obwohl solch interne Analysen wegen ihrer korrelativen Natur selten eindeutig interpretiert werden können, stellen diese Befunde doch das Gesamtergebnis der Untersuchung von Leventhal und Niles (1964) in Frage.

6.3.1.2 Die Wirkung von Furchtappellen auf das Verhalten

In der Mehrzahl der Untersuchungen von Furchtappellen wurde nur ihr Einfluß auf die Verhaltensabsichten untersucht. Für den Praktiker wäre natürlich wichtig zu wissen, ob diese Appelle auch eine Veränderung im Verhalten herbeiführen können. Diese Frage wurde in einer Reihe von Experimenten überprüft, deren Befunde ein komplexes Muster ergeben. In einer Untersuchung zum Tetanus-Thema berichten Dabbs und Leventhal (1966) mehr Impfungen nach der furchterregenden als nach der wenig furchterregenden Kommunikation. Allerdings war der Prozentsatz der Versuchspersonen, die sich tatsächlich impfen ließen, relativ gering (22%). Leventhal (1970) berichtet eine weitere Arbeit (Kornzweig, 1967), in der diese Ergebnisse repliziert werden konnten. Auch Evans et al. (1975), die ein chemisches Mittel benutzten, mit dem sich Zahnverschmutzung sichtbar machen läßt, fanden, daß eine Anleitung zur richtigen Zahnpflege nach einer extrem furchterregenden Kommunikation bei den untersuchten Schülern signifikant mehr Verhaltensänderung herbeiführte, als wenn die Anleitung von keinem Furchtappell begleitet wurde. Die Unterschiede bei der extrem furchterregenden und der wenig furchterregenden Komunikation lagen

[4] In einer weiteren Untersuchung fand Goldstein (1959), der seine Versuchspersonen aufgrund eines von Mainord (1956) entwickelten Tests in „Bewältiger" (coper) und „Vermeider" (avoider) aufteilte, eine signifikante Interaktion zwischen der Position seiner Versuchspersonen auf dieser Dimension und der Wirkung der Furchtintensität. Diese Interaktion beruht hauptsächlich auf der relativ zur wenig furchterregenden Kommunikation geringeren Wirksamkeit der furchterregenden Kommunikation für die „Vermeider".

zwar in der erwarteten Richtung, waren aber anscheinend nicht signifikant.

Während diese Befunde die Überlegenheit von Furchtappellen auch in Bezug auf Verhaltensänderungen zu bestätigen scheinen, lassen die Ergebnisse einer Reihe von Untersuchungen von Leventhal und Mitarbeitern (Leventhal, Jones & Trembly, 1966; Leventhal, Singer & Jones, 1965) Zweifel an diesen Schlußfolgerungen aufkommen. In diesen Arbeiten sollte die gemeinsame Wirkung der Intensität der erregten Furcht und der Spezifität der Empfehlungen auf das Verhalten geprüft werden. Die Spezifität der Empfehlungen wurde dadurch manipuliert, daß man den Versuchspersonen zusätzlich zur üblichen Empfehlung noch genaue Handlungsprogramme gab, also genaue Angaben, wie sie die Empfehlung am günstigsten ausführen könnten. Leventhal vermutete, daß die spezifischen Handlungsprogramme eine Verwirklichung der Verhaltensabsichten begünstigen würden, etwa weil die Versuchspersonen im geeigneten Augenblick durch situative Hinweise an ihre Absicht erinnert würden.

Im ersten Experiment (Leventhal et al., 1965) wurde Furchterregung mit dem Tetanus-Thema in zwei Ausprägungen manipuliert. Außerdem wurden in der Bedingung „geringe Spezifität" nur die normalen Hinweise auf die Schutzwirkung einer Impfung und auf die Möglichkeit, sich beim Universitätsgesundheitsamt kostenlos impfen zu lassen, gegeben, während in der Bedingung „hohe Spezifität" zusätzlich ein Plan verteilt wurde, der neben der genauen Lage des Gesundheitsamtes auch die Öffnungszeiten enthielt. Weiterhin wurden die Studenten in dieser Bedingung aufgefordert, sich zu überlegen, wie der Besuch beim Gesundheitsamt am besten in ihren Vorlesungsplan passen würde.

In einem direkt nach der Kommunikation ausgefüllten Fragebogen gaben die Versuchspersonen nach der furchterregenden Kommunikation nur eine tendenziell ($p < 0{,}08$) größere Bereitschaft zur Impfung an als nach der wenig furchterregenden Kommunikation. Die Spezifität der Empfehlung hatte keine signifikante Wirkung auf die Verhaltens*absichten*. Das Verhalten zeigte sich hingegen nur von der Spezifität der Empfehlungen, nicht aber der Furchterregung abhängig. Während sich nach der spezifischen Empfehlung 27,6% der Versuchspersonen (8 Vpn) dieser Bedingung impfen ließen, waren es nach der unspezifischen Empfehlung nur 3,3% (1 Vpn). Allerdings reichte eine spezifische Empfehlung ohne furchterregende Information nicht aus, die Versuchspersonen zum Handeln zu bewegen. In dieser Kontrollbedingung ließ sich keine Versuchsperson impfen.

Eine Replikation dieser Untersuchung (Leventhal et al. 1966) ergab ein ähnliches Bild. Wiederum erzeugte die furchterregende Kommunikation nur eine tendenziell größere Bereitschaft zur Impfung ($p < 0{,}10$ für Männer, n.s. für Frauen) als die wenig furchterregenden Informationen. Weiterhin wirkten sich die Unterschiede in der Spezifität der Empfehlungen nur auf das Verhalten aus. Allerdings führte die in der Kommunikation erzeugte Furcht diesmal wenigstens zu einem wenn auch nicht signifikanten Verhaltensunterschied in der erwarteten Richtung.

Auf den ersten Blick scheinen diese Ergebnisse mit denen der früher dargestellten Untersuchungen (Dabbs & Leventhal, 1966; Evans et al., 1970; Kornzweig, 1967) in Widerspruch zu stehen. Hatten sich dort Furchtappelle auch verhaltenswirksam erwiesen, scheint sich ihr Einfluß hier auf Verhaltensabsichten zu beschränken. Dieser Widerspruch läßt sich jedoch leicht klären. Wenn nämlich, wie in den beiden zuletzt dargestellten Untersuchungen, die Unterschiede zwischen der in den verschiedenen experimentellen Bedingungen erzeugten Furcht so gering sind, daß sie sich nicht einmal bei den gleich nach den Kommunikationen erfaßten Verhaltensabsichten nachweisen lassen, wäre es äußerst erstaunlich, wenn sie sich dennoch Wochen später auf das Verhalten auswirken würden.

Die signifikante Wirkung der Spezifität beruht vermutlich darauf, daß die Furchterregung, trotz mangelnder Unterschiede *zwischen* den Furcht-Bedingungen, doch jeweils einen beträchtlichen Einstellungswandel zur Folge hatte. Wenn Versuchspersonen bei spezifischen Empfehlungen die aufgrund der Kommunikation gefaßten Absichten weniger leicht vergessen als bei unspezifischen Empfehlungen, sollte jede Einstellungsänderung, die von spezifischen Empfehlungen begleitet wird, eher verhaltenswirksam werden als eine Änderung bei unspezifischer Empfehlung.

Eine Untersuchung von Leventhal et al. (1967), in der Rauchen und Lungenkrebs als Thema benutzt wurden, scheint diese Annahme zu stützen. Anders als in den beiden früheren Untersuchungen fand sich diesmal ein signifikanter Unterschied zwischen den beiden Furcht-Bedingungen in den Verhaltensabsichten. Auch beim Verhalten (berichtete Einschränkungen des Zigarettenkonsums) ergab sich, neben den üblichen Unterschieden zwischen den Spezifitäts-Bedingungen, ein signifikanter Effekt der Furchterregung. Dennoch sind die Ergebnisse nicht eindeutig. Wie immer auf diesem Gebiet zeigen die Daten gewisse Inkonsistenzen, die von Leventhal et al. (1967) nicht befriedigend erklärt werden können.

Nicht nur Generäle, auch Autoren von Lehrbüchern müssen wissen, wenn sie geschlagen sind. So beunruhigend derartige Ungereimtheiten in den Daten jedoch sind, sollten sie nicht davon ablenken, daß sich Furchtappelle doch in der Mehrheit der in diesem Abschnitt berichteten Untersuchungen als verhaltenswirksam erwiesen haben. Angesichts des äußerst komplexen Zusammenhanges von Einstellungen und Verhalten sind diese Erfolge erstaunlich. Sie erklären sich zum Teil sicherlich dadurch, daß hier in der Regel relativ spezifische Verhaltensabsichten beeinflußt wurden.

6.3.1.3 Neuere theoretische Ansätze: Von der Emotion zur Kognition

Nachdem deutlich geworden war, daß sich die Wirkung von Furchtappellen nicht mit einfachen Triebreduktions-Annahmen erklären ließ, wurden eine Reihe von Ansätzen entwickelt, die statt der anfänglich nahezu ausschließlichen Betonung der emotionalen Reaktionen immer mehr auf die kognitive Verarbeitung der in den Kommunikationen enthaltenen Informationen eingingen. Als erster stellte Janis (1967) mit seinem „family of curves"-Modell einen äußerst komplexen Ansatz vor, der aber noch immer von einer motivierenden Wirkung der Furcht ausging. In Abkehr von dieser Annahme entwickelte Leventhal (1970) ein Modell der „parallelen Reaktionen", mit dem eine Trennung von kognitiven und emotionalen Reaktionen versucht wird. Die Ansätze von Chu (1966) und Rogers (1975) beschränken sich schließlich auf kognitive Prozesse und entwickeln eine entscheidungstheoretische Analyse der Bewertung der in den Kommunikationen enthaltenen Informationen. Da es sich bei dem Modell von Janis (1967) nur um eine wenig überzeugende Modifikation des schon ausführlich besprochenen Triebreduktions-Modell handelt, sollen im folgenden nur das Modell der „parallelen Reaktion" und der entscheidungstheoretische Ansatz dargestellt werden.

Das Modell der „parallelen Reaktionen": Während Janis (1967) immer noch als Voraussetzung akzeptiert, daß die emotionalen Reaktionen die Person motivieren, Maßnahmen zur Gefahrenabwendung zu ergreifen, geht Leventhal (1970) mit seinem Modell der „parallelen Reaktionen" davon aus, daß die Gefahrenhinweise zwei unabhängige Prozesse in Gang setzen, die er als *Gefahrenkontrolle* und *Furchtkontrolle* bezeichnet. Beide Prozesse werden durch die kognitive Verarbeitung der Gefahrensignale angeregt, aber die Furchtreaktion wird nicht mehr als notwendige Voraussetzung für die Gefahrenabwendung betrachtet. Allerdings nimmt auch Leventhal eine *Korrelation* zwischen emotionalen und instrumentellen Reaktionen an, da mit wachsender Stärke der Bedrohung gewöhnlich sowohl Furcht als auch Bemühungen zur Abwendung der Gefahr intensiviert werden. Zu einer Interaktion zwischen den Prozessen kann es jedoch kommen, wenn Maßnahmen die zur Furchtkontrolle ergriffen werden, die effektive Gefahrenabwendung verhindern oder umgekehrt. So trägt etwa die Verdrängung von Gefahrensignalen zwar häufig zur Furchtkontrolle bei, verhindert aber effektive Maßnahmen zur Abwendung der Gefahr. Auch mag die furchterregende Information als Ablenkungsreiz die kognitive Verarbeitung der Argumente beeinträchtigen (Wyer, 1974). Umgekehrt sind ärztliche Vorsorge-Untersuchungen zwar von Nutzen für die Gefahrenkontrolle, führen aber zumindest kurzzeitig zu einer Verstärkung der Furchtreaktionen.

Mit der Unterscheidung von Furcht- und Gefahrenkontrolle betont Leventhal zwar als erster explizit die informativen Aspekte furchterregender Kommunikationen, gibt aber wenig Auskunft über die Faktoren, die die beiden Prozesse in Gang setzen. Rogers (1975) kritisiert deshalb zu Recht, daß das Modell kaum Aussagen „über die Bedingungen (besonders die Komponenten von Furchtappellen) macht, die die Prozesse der Furcht- und Gefahrenkontrolle steuern, noch die möglichen Beziehungen zwischen diesen antezedenten Bedingungen beschreibt" (S.108). Es erhebt sich also die Frage, ob es sich hier wirklich um eine empirisch fruchtbare Theorie handelt, aus der neue Vorhersagen abgeleitet werden können oder nur um den Versuch einer reinen „post hoc"-Erklärung der Forschungsergebnisse.

Eine entscheidungstheoretische Analyse der Wirkung von Furchtappellen: So kritisch man das Modell von Leventhal (1970) auch beurteilen mag, kommt ihm doch das Verdienst zu, unter Hervorhebung der kognitiven Prozesse eine Trennung zwischen kognitiven und emotionalen Prozessen bei der Diskussion der Wirkung von Furchtappellen vollzogen zu haben. Damit wurde endlich eine Fehlentwicklung rückgängig gemacht, die schon Janis und Feshbach (1953) mit ihrer Betonung aversiver Emotionen als notwendiger Voraussetzung von Empfehlungen eingeleitet haben. Wenn die ersten Untersuchungen der Wirkung von Furchtappellen nicht mit Gefahren für Leib und Leben, sondern für Haus und Besitz gearbeitet hätten, wäre die Forschung auf diesem Gebiet möglicherweise anders verlaufen. Will man nämlich etwa einen Autobesitzer zum Kauf einer Diebstahl-Warnanlage für seinen Wagen überreden, ist völlig offensichtlich, auf welche Punkte in diesem Gespräch eingegangen werden muß: (1) Man muß ihn über den unerwartet großen Schaden aufklären, der ihm aus dem Diebstahl seines Fahrzeuges entstehen kann (*Größe des Schadens).* (2) Man muß ihn weiterhin überzeugen, daß Kraftfahrzeugdiebstähle viel häufiger sind, als er bisher vermutet hatte, und daß gerade in seiner Wohngegend in letzter Zeit besonders viele Diebe aktiv waren *(Wahrscheinlichkeit des Schadenseintrittes).* (3) Dann würde man beschreiben, wie die Warnanlage einen Diebstahl praktisch unmöglich macht *(Effektivität der empfohlenen Schutzmaßnahme).* (4) Als letztes würde man vermutlich auf den überraschend günstigen Preis solcher Anlagen eingehen (*Kosten der Maßnahme).* Selbst wenn der Verkäufer einen dieser Punkte beim Gespräch zu erwähnen vergessen sollte, ist wahrscheinlich, daß der Kunde nach dieser Information verlangen würde. Insgesamt wäre zu erwarten, daß ein Kunde die Warnanlage um so eher kauft, je mehr man ihn von der Wahrscheinlichkeit eines Diebstahls, der Höhe des zu erwartenden Schadens, der Wirksamkeit der Warnalage sowie ihrem günstigen Preis überzeugt hat.

Obwohl viele Menschen auf Bedrohung von Leib und Leben emotionaler reagieren als auf Gefahren für ihr Auto, besteht zwischen den beiden Situationen kein grundsätzlicher Unterschied. Beides sind Entscheidungssituationen, in denen eine Person nach Abwägung der aus den Verhaltensalternativen (z.B. Aufgeben des Rauchens vs. Rauchen) zu erwartenden subjektiven Nutzen und Kosten eine Wahl trifft. Nach den auf Erwartung x Wert-Annahmen beruhenden Entscheidungstheorien (z.B. Edwards, 1954; Lewin et al., 1944) liegt derartigen Entscheidungen stets ein Vergleich der mit den Verhaltensalternativen verbundenen Konsequenzen sowie der Wahrscheinlichkeit des Eintrittes dieser Konsequenzen zugrunde. Es besteht deshalb kein Grund zur Annahme, daß die in unserem Beispiel erwähnten Faktoren nicht auch bei der Entscheidung über Maßnahmen zur Abwendung gesundheitlicher Schäden eine Rolle spielen. Tatsächlich wurden vergleichbare Analysen der Wirkung von Furchtappellen bereits von Chu (1966) und Rogers (1975; Rogers und Mewborn, 1976) vorgeschlagen, fanden jedoch relativ wenig Beachtung.

Nach Chu (1966) ist die Wahrscheinlichkeit, daß eine Person aufgrund eines Furchtappells Maßnahmen zur Gefahrenabwendung ergreift, eine multiplikative Funktion folgender Faktoren: (1) Der Größe des potentiellen Schadens, (2) der Wahrscheinlichkeit des Schadenseintrittes, (3) der zeitlichen Nähe des Schadenseintrittes und (4) der Effektivität der empfohlenen Maßnahme, wobei diese als Verhältnis der Größe des Schadensanteiles, der durch die Maßnahme abgewendet werden kann, zu den Kosten der Schadensabwendung definiert wird. Die Effektivität einer Maßnahme ist um so höher, je größer der abgewendete Schadensanteil ist und je weniger die Schadensabwendung kostet. Einen recht ähnlichen Ansatz haben Rogers und Mitarbeiter (Rogers, 1975; Rogers & Mewborn, 1976) unter der Bezeichnung „Theorie der Schutz-Motivation" vorgestellt. Sie gehen davon aus, daß Einstellungswandel in Folge von Furchtappellen eine multiplikative Funktion von drei Faktoren ist: (1) der Schädlichkeit des angedrohten Ereignisses, (2) der Wahrscheinlichkeit, daß das Ereignis eintritt, falls keine Maßnahmen zur Schadensabwehr unternommen werden, und letztlich (3) der Effektivität der Maßnahme, die zur Schadensabwendung vorgeschlagen wurde, wobei Effektivität hier nur als subjektive Wahrscheinlichkeit definiert wird, daß die Ergreifung der Maßnahme tatsächlich das Eintreten des Schadens verhindert.

Der einzige Unterschied zwischen den Modellen scheint also darin zu bestehen, daß das von Rogers (1975) zwei Komponenten weniger enthält (zeitliche Nähe des Schadenseintrittes und Kosten der Schutzmaßnahme) als das von Chu (1966). Obwohl der Zeitpunkt des Schadenseintrittes sicherlich häufig einen wesentlichen Einfluß auf die Entscheidung, eine Schutzmaßnahme zu ergreifen, ausübt (viele Raucher würden das Rauchen aufgeben, wenn sie wüßten, daß der Krebs sie morgen und nicht erst in vielen Jahren ereilt), ist der Zeitpunkt bei den meisten körperlichen Gefahren nicht genau bekannt. Er kann deshalb vernachlässigt werden. Es ist hingegen schwer einzusehen, warum Rogers auch die Kosten der Schutzmaßnahme für unwesentlich hält. Viele Raucher würden vermutlich gerne das Rauchen aufgeben, wenn ihnen nicht die psychologischen Kosten einer Entwöhnung zu hoch wären.

Rogers und Mewborn (1976) prüften die Vorhersagen ihrer „Schutz-Motivations-Theorie" in einer Serie von drei Experimenten, in denen Furchtappelle zu den Themen Rauchen, Verkehrssicherheit und Geschlechtskrankheiten verwendet wurden. In jedem der drei Experimente wurden die folgenden nach der Theorie als kritisch zu erachtenden Komponenten furchterregender Kommunikationen in zwei Ausprägungen manipuliert: (1) Größe des drohenden Schadens, (2) Wahrscheinlichkeit des Schadenseintrittes und (3) Effektivität der empfohlenen Maßnahmen. Aufgrund der multiplikativen Verknüpfung der Komponenten erwarten Rogers und Mewborn neben Haupteffekten für alle Variablen sowohl zweifache wie auch dreifache Interaktionen.

Die Ergebnisse sind recht komplex und bestätigen nur teilweise die Vorhersagen der „Schutz-Motivations-Theorie". Die dreifache Interaktion ließ sich nicht belegen, und nur in zwei der Experimente wurden zweifache Interaktionen beobachtet, die jeweils die Effektivität der Maßnahmen betrafen: Beim Raucherthema fand sich eine Interaktion zwischen Effektivität und Wahrscheinlichkeit des Schadenseintrittes und beim Thema Geschlechtskrankheiten zwischen Effektivität und Größe des drohenden Schadens. Eine Erhöhung der Wahrscheinlichkeit des Schadenseintrittes führte zu einer größeren Bereitschaft, das Rauchen aufzugeben, wenn diese Maßnahme als effektiver Schutz dargestellt wurde. War sie hingegen nicht als Schutz beschrieben worden, sondern glaubten die Raucher, daß ihre Gefährdung erhöht bleibe, selbst wenn sie das Rauchen aufgeben würden, dann führte die Erhöhung der Schadenswahrscheinlichkeit sogar zur Absicht, noch mehr zu rauchen. Dies ist eine verständliche Reaktion, da jeder Raucher vermutlich aus Furcht vor Lungenkrebs etwas weniger raucht als er gerne möchte. Erfährt er nun, daß der Schaden schon angerichtet ist, wird er kaum noch Sinn in der Zurückhaltung sehen. Beim Thema Geschlechtskrankheiten hatte die Erhöhung der Größe der drohenden Schädigung kaum Einfluß auf die Aktzeptierung einer wenig effektiven Maßnahme, erhöhte aber die Bereitschaft zur Annahme einer effektiven Maßnahme. Insgesamt erwies sich die Höhe der Effektivität der Maßnahme als der wichtigste Einfluß auf die Bereitschaft, eine Empfehlung anzunehmen.

Die Ergebnisse dieser Untersuchung sind zwar mit dem beschriebenen

Erwartung x Wert-Ansatz vereinbar, bestätigen aber doch nur einen Teil der Vorhersagen. Die Tatsache, daß die Befunde je nach Thema unterschiedlich ausfielen, beleuchtet eine Schwierigkeit bei der Erforschung der Wirkung von Furchtappellen, die vermutlich mehr als alles andere für die Inkonsistenz der Ergebnisse verantwortlich ist: das Vorwissen der Versuchspersonen über den Grad der Bedrohung und die Wirksamkeit und Kosten der empfohlenen Maßnahmen. Aufgrund des bei den verwendeten Themen zumindest bei Studenten meist hohen Kenntnisstandes ist es äußerst schwierig, die einzelnen Faktoren durch Kommunikationen wirksam zu beeinflussen. Die meist signifikanten Manipulationsüberprüfungen sollten nicht darüber hinwegtäuschen, daß die durch diese Manipulationen tatsächlich erzielten Effekte relativ gering sind. Weiterhin ist der Kenntnisstand nicht nur über die einzelnen Faktoren (Gefahrengröße, Gefahrenwahrscheinlichkeit, Effektivität der Maßnahme und Kosten) unterschiedlich, sondern variiert auch von Thema zu Thema.

Beim Rauchen sind vermutlich Gefahrengröße und Gefahrenwahrscheinlichkeit relativ gut bekannt. Selbst Kettenraucher akzeptieren heute, daß Rauchen zu erhöhter Lungenkrebsgefährdung führt und daß dieser Krebs tödlich ist. Man hat auch das Rauchen schon einige Male aufgegeben und macht sich über die psychischen Kosten dieser Maßnahme kaum Illusionen. Worüber jedoch Zweifel herrschen, ist, ob das Rauchen schon bleibende Schädigung herbeigeführt hat oder ob diese Gefährdung durch Aufgabe des Rauchens auf die eines (lebenslangen) Nichtrauchers reduziert wird. Beim Tetanus-Thema ist hingegen die hohe Effektivität der Impfung allgemein bekannt. Weniger bekannt ist die Größe des Schadens und die Wahrscheinlichkeit der Gefährdung. Weiterhin sind hier die Kosten der empfohlenen Maßnahme relativ gering. Bei derartigen Unterschieden sollte dann auch nicht überraschen, daß scheinbar identische Manipulationen je nach Kommunikationsthema unterschiedliche Wirkungen zeigen.

Der Stand der Vorkenntnis ist jedoch häufig nicht nur für die zu manipulierenden Komponenten des Appells unterschiedlich, sondern variiert auch noch je nach den Vorerfahrungen der Versuchspersonen. So mag jemand, der kaum Auto fährt, in seiner Einschätzung der Unfallgefährdung beim Autofahren leichter zu beeinflussen sein als jemand, der schon Millionen von Kilometern zurückgelegt hat. Dies ist möglicherweise für das Ergebnis einer frühen Untersuchung von Berkowitz und Cottingham (1960) verantwortlich, die für Nicht-Autofahrer einen positiven Zusammenhang zwischen manipulierter Furcht und der Einstellung zum Tragen von Gurten beobachteten, hingegen keinen Zusammenhang für Personen, die häufig Auto fuhren. Bei ihnen hatte der Furchtappell keine größere Wirkung als die neutrale Mitteilung.

Vom Standpunkt der Generalisierbarkeit und „Lebensnähe" scheint es natürlich sinnvoll, seine Forschung an Themen zu betreiben, auf die die Ergebnisse später auch angewendet werden sollten. Vom Standpunkt der Theorienüberprüfung ist dies hingegen nicht unbedingt sinnvoll, da die unkontrollierte Variation der Vorkenntnisse eine strenge Prüfung der einzelnen Modelle erschwert, wenn nicht gar unmöglich macht.

6.3.2 Einseitige oder zweiseitige Kommunikation: Sollen auch die Argumente der Gegenseite erwähnt werden?

Vor einigen Jahren erregten die Anzeigen einer Autofirma großes Aufsehen, weil sie sich nicht nur auf eine Aufzählung der positiven Seiten des Produktes beschränkten, sondern auch auf einige negative Aspekte eingingen. Der erste Satz einer Anzeige wies z.B. darauf hin, daß nur Schlangenmenschen die Fensterkurbel auf der Fahrerseite bedienen könnten. Der übrige Text der Anzeige begründete dann, warum es sich dennoch lohne, das Auto zu kaufen.

Es ist so ungewöhnlich, daß die Nachteile eines Produktes in einer Anzeige erwähnt werden, daß schon der eine negative Satz Aufsehen erregte und sich zumindest auf das Image der Werbefirma, möglicherweise auch auf den Verkauf des Wagens, positiv auswirkte. Der Erfolg der Anzeige ist sicherlich zum Großteil darauf zurückzuführen, daß sie aus dem langweiligen Anzeigeneinerlei hervorstach. Aber es ist auch denkbar, daß die Tatsache, daß negative Aspekte nicht verheimlicht wurden, die späteren Lobpreisungen um so glaubhafter machten. Von diesem Gesichtspunkt her scheint es ein guter Gedanke, in einer Anzeige auch die negativen Seiten eines Produktes zu erwähnen. Allerdings muß man sich dabei vermutlich hüten, allzu gravierende Nachteile zuzugeben. Es ist zum Beispiel zweifelhaft, ob eine Anzeige besonders erfolgreich wäre, wenn im ersten Satz zugegeben würde, daß Fahrzeuge dieser Bauart nach 20.000 km einen neuen Motor benötigen, oder bei Auffahrunfällen sofort in Flammen aufgehen.

Bei der Gestaltung einer wirklich überzeugenden Kommunikation ergibt sich damit häufig folgender Konflikt: Wenn nur Argumente vorgebracht werden, die für die eigene Position sprechen, dann werden die Zuhörer diese Kommunikation möglicherweise als unfair und tendenziös abtun. Sie werden vermuten, daß der Kommunikator sie manipulieren will, und sich deshalb nicht überzeugen lassen. Wenn man aber auch die Argumente für die Gegenposition in eine Kommunikation aufnimmt, dann besteht die Gefahr, daß erst diese Gegenargumente in den Zuhörern Zweifel an der zu vertretenden Position entstehen lassen.

Die relative Effektivität von einseitigen und zweiseitigen Kommunikationen wurde während des Krieges von Hovland, Lumsdaine und Sheffield

(1949) untersucht. Anlaß dazu war ein praktisches Problem. Nachdem die deutsche Kapitulation absehbar war, nahmen die Soldaten am pazifischen Kriegsschauplatz an, der Krieg gegen Japan sei so gut wie gewonnen. Dieser scheinbar unbegründete Optimismus wirkte sich recht negativ auf die Motivation der Truppen aus. Die beunruhigte Heeresleitung beauftragte deshalb ihren psychologischen Dienst mit der Entwicklung einer Aufklärungskampagne, in der darauf hingewiesen werden sollte, daß man sich im Pazifik noch auf mindestens zwei Jahre Krieg einzurichten habe. Hovland et al. (1949) nutzten diesen Anlaß, um die Wirksamkeit von einseitigen und zweiseitigen Kommunikationen zu vergleichen. Die einseitige Kommunikation enthielt nur Argumente, die für eine lange Kriegsdauer sprachen. Die zweiseitige Kommunikation enthielt zusätzlich noch Argumente, die die Möglichkeit eines schnellen Sieges gegen Japan einräumten, im weiteren Verlauf der Kommunikation aber widerlegt wurden. Jede dieser Kommunikationen wurde an über 200 Soldaten gegeben, deren Ansicht über die wahrscheinliche Kriegsdauer eine Woche vor und direkt nach der Kommunikation erfragt wurde. Die Meinungen einer Kontrollgruppe, die keiner Kommunikation ausgesetzt war, wurden im selben Zeitabschnitt erhoben.

Auf den ersten Blick schienen die Befunde recht enttäuschend. Zwar führten die Kommunikationen zu einem signifikanten Einstellungswandel, aber es fand sich kein Unterschied zwischen den beiden Experimentalgruppen. Die einseitige Kommunikation war insgesamt ebenso effektiv wie die zweiseitige. Das Bild änderte sich erst, als man die Versuchspersonen nach ihrer anfänglichen Meinung in zwei Gruppen teilte, je nachdem, ob sie bei der Vormessung an eine kurze (große Diskrepanz) oder an eine längere (geringe Diskrepanz) Kriegsdauer geglaubt hatten. Nun fand sich eine klare Interaktion zwischen Einseitigkeit der Kommunikation und Voreinstellung. Für Männer, die an eine kurze Kriegsdauer glaubten, erwies sich die zweiseitige Kommunikation effektiver als die einseitige, während bei Männern, die sowieso schon von einer längeren Kriegsdauer ausgingen, der entgegengesetzte Unterschied auftrat. Sie zeigten sich von der einseitigen Kommunikation mehr beeinflußt als von der zweiseitigen.

Weitere aufschlußreiche Unterschiede ergaben sich bei einer Aufteilung der Soldaten nach ihrem Bildungsstand. Hier zeigten sich Soldaten mit Schulabschluß mehr von der zweiseitigen Kommunikation beeinflußt; Soldaten ohne Schulabschluß hingegen von der einseitigen. Wie eine Aufteilung nach beiden Kriterien (Schulabschluß und Voreinstellung) jedoch zeigt (Tabelle 6.1), beruht der Vorteil der einseitigen Kommunikation in der Gruppe *ohne Schulabschluß* hauptsächlich auf ihrer größeren Wirksamkeit bei den Versuchspersonen, die schon zuvor recht gut mit der in der Kommunikation vertretenen Position übereinstimmten. Bei Männern ohne Schulabschluß, die an eine kurze Kriegsdauer glaubten (große Diskrepanz), besteht hingegen kein signifikanter Unterschied in der Wirksamkeit der beiden Kommunikationen.

Tabelle 6.1: Netto-Prozentsatz der Männer mit oder ohne Schulabschluß und anfänglich diskrepanter oder wenig diskrepanter Einstellung, die ihre Einschätzung der Dauer des Krieges aufgrund einseitiger oder zweiseitiger Kommunikation erhöhten (nach Hovland et al., 1949).

Experimentelle Bedingung	Mit Schulabschluß		Ohne Schulabschluß	
	Diskrepanz		Diskrepanz	
	groß	gering	groß	gering
Einseitige Kommunikation	30	39	44	64
Zweiseitige Kommunikation	44	54	51	− 3
Differenz: Einseitig vs. Zweiseitig	−14	−15	− 7	+67

Nach dem McGuire-Wyer-Modell würde man die in den Gruppen unterschiedliche relative Wirksamkeit der ein- und zweiseitigen Kommunikation auf Unterschiede in der Rezeption und/oder der Akzeptierung zurückführen. Wenn wir einmal davon ausgehen, daß die komplexere zweiseitige Kommunikation mit ihrem „Für und Wider" schwerer zu verstehen ist als die einseitige, könnte dies die Überlegenheit der einseitigen relativ zur zweiseitigen Kommunikation bei Soldaten ohne Schulabschluß erklären. Gegen diese Interpretation spricht jedoch, daß die einseitige Kommunikation in der Gruppe ohne Schulabschluß nur bei Versuchspersonen, die sowieso schon an eine längere Kriegsdauer glaubten, nicht aber bei Soldaten mit negativer Voreinstellung effektiver war. Warum sollte aber die Verständlichkeit der Kommunikation von der Voreinstellung abhängen? Weiterhin könnte die größere Wirksamkeit der zweiseitigen Kommunikation bei den Versuchspersonen mit Schulabschluß kaum auf Unterschiede in der Verständlichkeit der Kommunikation zurückgeführt werden.

Es scheint also sinnvoller, von einer gleich guten Rezeption beider Kommunikationen auszugehen und die Unterschiede durch unterschiedliche Akzeptierung zu erklären. Hier könnte man vermuten, daß Soldaten mit Schulabschluß etwas besser über die Kriegslage informiert sind als solche ohne Schulabschluß und deshalb in der einseitigen Kommunikation Argumente vermissen, die für ein schnelles Kriegsende sprechen. Die offensichtliche Einseitigkeit motiviert sie zur Produktion von Gegenargumenten, und aufgrund ihres guten Informationsstandes sind sie auch fähig, Gründe, die für ein baldiges Kriegsende sprechen, anzuführen. Dies vermindert die Wirksamkeit der einseitigen Kommunikation.

Die Voreinstellung der Soldaten sollte sich ähnlich auswirken wie die Unterschiede im Bildungsstand. Es ist zu vermuten, daß Soldaten, die an eine kurze Kriegsdauer glauben, besser über Argumente informiert sind, die ihre Position stützen, als Männer, die von einer längeren Dauer ausgehen. Es wäre deshalb durchaus möglich, daß nur die Soldaten, die weder einen Schulabschluß hatten noch an eine kurze Kriegsdauer glaubten, nicht über Gründe informiert waren, die ein schnelles Kriegsende möglich erscheinen ließen. Diese Gruppe sah deshalb die einseitige Kommunikation nicht als einseitig und fühlte sich weder zur Gegenargumentation motiviert, noch wäre sie aufgrund ihres schlechten Informationsstandes vermutlich dazu in der Lage gewesen. Die zweiseitige Kommunikation enthielt hingegen für diese Gruppe völlig neue Informationen, die sie in ihrem Glauben an eine längere Kriegsdauer verunsicherten. Deshalb erzielte die zweiseitige Kommunikation bei dieser Gruppe keinerlei Wirkung.

So gerne man Interpretationen, die ein Datenmuster erklären können, auch Glauben schenken möchte, muß doch darauf hingewiesen werden, daß die von uns gebotene theoretische Analyse auf einer ungewöhnlich großen Zahl von ungeprüften Annahmen beruht und deshalb nicht vorschnell akzeptiert werden sollte. Zwar lassen sich die Befunde einer Untersuchung von Chu (1967), in der der Informationsstand der Versuchspersonen explizit manipuliert wurde, zur Stützung unserer Annahmen heranziehen, es ergeben sich aber gewisse Inkonsistenzen, die leider auch von Chu nicht weiter kommentiert werden.

Für den praktizierenden Demagogen besteht jedoch ein guter Grund dafür, außer im engsten Kreis der Anhänger, zweiseitige Kommunikationen den einseitigen vorzuziehen. Er muß nämlich damit rechnen, daß seine Zuhörer die von ihm verschwiegenen Gegenargumente in nächster Zeit von anderer Seite zu hören bekommen. Damit würde der Erfolg seiner eigenen

Kommunikation zunichte gemacht. Indem er die Gegenargumente aber selbst erwähnt und widerlegt, erhöht er möglicherweise die Widerstandskraft seiner Zuhörer gegen Versuche, sie vom rechten Wege wieder abzubringen. Diese Überlegungen wurden von Lumsdaine und Janis (1953) in einer Untersuchung geprüft, in der die Hälfte der Versuchspersonen eine Woche, nachdem sie entweder eine einseitige oder eine zweiseitige Kommunikation gehört hatte, einer Argumentation ausgesetzt wurde, in der genau der entgegengesetzte Standpunkt vertreten wurde. Die andere Hälfte hörte keine Gegenargumentation. Während einseitige und zweiseitige Kommunikation bei der Gruppe ohne Gegenargumentation eine Woche später noch gleich effektiv waren, zeigte sich die zweiseitige Kommunikation in der Gruppe mit Gegenargumentation der einseitigen klar überlegen. Die Wirkung der einseitigen Kommunikation wurde durch die Gegenargumentation völlig zunichte gemacht, die Wirkung der zweiseitigen hingegen, relativ zur Gruppe ohne Gegenargumente, nicht einmal vermindert.

Bei den vielen offenen Fragen ist erstaunlich, daß auf diesem Gebiet so wenig gearbeitet wurde. Es wäre zum Beispiel wichtig zu wissen, wieviele Gegenargumente in einer zweiseitigen Kommunikation enthalten sein können, ohne ihre Wirksamkeit zu vermindern, und ob wenigstens einige den Zuhörern völlig unbekannte Gegenargumente mit aufgenommen werden sollten. Auch ist die von uns vorgestellte Interpretation der Ergebnisse von Hovland et al. (1949) zumindest insofern zu einfach, als die Wirkung unterschiedlicher Voreinstellung nur auf unterschiedlichen Informationsstand zurückgeführt wurde. Nach Brock (1967) ist jedoch zu vermuten, daß auch unabhängig von den Vorkenntnissen die Motivation, Gegenargumente vorzubringen, beim Zuhörer mit zunehmender Diskrepanz zwischen seiner Position und der in der Kommunikation vertretenen Ansicht anwächst. Da man aber ohne gewisse Vorkenntnisse kaum wirksame Gegenargumente produzieren kann, wäre eine Interaktion zwischen Informationsstand und Voreinstellung zu erwarten. Zur effektivsten Gegenargumentation sollte es bei guten Vorkenntnissen und hoher Diskrepanz zur Position des Kommunikators kommen. Dies sind einige der Fragen, die in zukünftigen Untersuchungen geklärt werden müßten.

6.3.3 Der Vorteil expliziter Schlußfolgerungen

Es gilt als besonders subtile Form der Demagogie, wenn man in einer Kommunikation nur die „Tatsachen" darstellt und den Zuhörern eine Schlußfolgerung nahelegt, das explizite Ziehen dieser Folgerung am Ende aber ihnen überläßt. Dies mag den Demagogen zwar im Zweifelsfalle vor den strafrechtlichen Folgen seiner Aussage schützen, vermindert aber auch die

Wirksamkeit der Kommunikation. Wie sich in zahlreichen Untersuchungen (für eine Übersicht siehe: McGuire, 1969) erwiesen hat, sind Kommunikationen, in denen eine eindeutige Schlußfolgerung gezogen wurde, effektiver als solche ohne derartige Folgerung.

Die bekannteste Untersuchung dieser Frage wurde von Hovland und Mandell (1952) durchgeführt, die die Abwertung des Dollars als Kommunikationsthema benutzten. In den Kommunikationen wurden zuerst die allgemeinen Bedingungen dargestellt, unter denen ein Abwertung notwendig ist, und dann auf die in den USA herrschenden ökonomischen Bedingungen eingegangen. Aus der äußerst einfach gehaltenen Beschreibung folgte zwingend, daß der US-Dollar abgewertet werden müßte. Diese Schlußfolgerung wurde in der Hälfte der Fälle explizit vom Kommunikator gezogen, in der anderen Hälfte den Zuhörern überlassen. Die Kommunikation, in der die Schlußfolgerung gezogen wurde, erwies sich als eindeutig effektiver als die ohne Schlußfolgerung.

Hovland und Mandell (1952) hatten vermutet, daß die Wirksamkeit expliziter Schlußfolgerungen möglicherweise von der Glaubhaftigkeit des Kommunikators, vor allem seiner Vertrauenswürdigkeit, abhängen könnte. So würde eine explizite Schlußfolgerung den Verdacht, ein Kommunikator spreche nur aus Eigennutz, noch weiter verstärken. Der Kommunikator in der Untersuchung von Hovland und Mandell wurde deshalb entweder als Ökonom dargestellt oder als ein Exporteur, der von einer Abwertung eine kräftige Umsatzsteigerung zu erwarten hatte. Entgegen den Vorhersagen erwies sich die Kommunikation mit der expliziten Schlußfolgerung für beide Kommunikatoren als wirksamer als die, die es den Zuhörern überließ, Folgerungen zu ziehen.

McGuire (1969) führt die geringe Wirksamkeit von Kommunikationen ohne explizite Schlußfolgerungen darauf zurück, daß die Zuhörer gewöhnlich zu wenig motiviert sind oder zu wenig vom Thema verstehen, um ihre eigenen Schlußfolgerungen zu ziehen. Er vermutet, daß in Situationen, in denen die Hörer wirklich motiviert und informiert sind, eine Kommunikation ohne Schlußfolgerung effektiver ist als eine, in der diese explizit gezogen wird.

Dies mag kurzfristig der Fall sein. Auf längere Sicht wäre aber zu erwarten, daß Einstellungswandel nach einer Kommunikation mit expliziter Schlußfolgerung, vor allem wenn diese mehrmals wiederholt wird, länger anhält als nach einer Kommunikation ohne Schlußfolgerung. Während die Zuhörer nämlich bald die Mehrheit der in einer Kommunikation enthaltenen Argumente vergessen, ist wahrscheinlich, daß sie sich an eine explizite Schlußfolgerung besonders lange erinnern.

6.3.4 *Die Reihenfolge der Argumentationen: „Primacy-" oder „Recency-Effekt"*

Bei der zweiseitigen Kommunikation werden sowohl Für- wie Gegenargumente von derselben Person vorgebracht, und die relative Anordnung der Gesamtargumentation ist deshalb vermutlich von untergeordneter Bedeutung. In der Alltagssituation hingegen, wo etwa dem Sprecher der einen Partei von einem Vertreter der anderen widersprochen wird, ist sicherlich bedeutsam, welche Seite ihre Argumente zuerst vorbringen kann und welche das letzte Wort behält. Ein wesentlicher Vorteil der ersten Position besteht vermutlich darin, daß die Zuhörer noch relativ unvoreingenommen zuhören und den Argumenten volle Aufmerksamkeit schenken, während ihre Aufnahmebereitschaft und Aufnahmefähigkeit bei später folgenden Argumenten möglicherweise schon abgenommen hat. Auch mag das Lernen der Gegenargumente durch das zuvor Gelernte gehemmt werden. Der Vorteil der zweiten Position könnte hingegen darin liegen, daß die Hörer sich an die zuletzt gehörten Argumente besser erinnern als an das anfänglich gebotene Material. Dieser Vorteil sollte besonders groß sein, wenn gleich am Ende einer Debatte eine Abstimmung folgt. Weiterhin kann der letzte Redner natürlich versuchen, alle von der Gegenseite vorgebrachten Argumente zu entkräften.

Die erste Untersuchung dieser Frage wurde von Lund (1925) in den Staaten durchgeführt, der auch das experimentelle Paradigma entwickelte, das in den späteren Untersuchungen benutzt wurde. Lund gab einer Gruppe von Versuchspersonen eine Kommunikation, die einseitig Argumente für eine bestimmte Position vorbrachte (z.B. Schutzzölle sind für die USA unbedingt notwendig). Anschließend wurde diesen Versuchspersonen eine zweite Argumentation vorgelegt, die genau die entgegengesetzte Position vertrat („Pro-Kon"-Gruppe). Einer zweiten Gruppe wurden dieselben beiden Kommunikationen in umgekehrter Reihenfolge vorgelegt („Kon-Pro"-Gruppe). Bei einem Vergleich der Einstellungen der „Pro-Kon"-Gruppe mit denen der „Kon-Pro"-Gruppe ließ sich dann feststellen, ob die zuerst oder die zuletzt gebotenen Argumente wirksamer waren. Hatten Versuchspersonen der „Pro-Kon"-Bedingung eine positivere Einstellung zum Thema als die der „Kon-Pro"-Bedingung würde man auf eine größere Wirksamkeit der erstgebotenen Kommunikation schließen („Primacy-Effekt"). Zeigte hingegen die „Kon-Pro"-Gruppe die positivere Einstellung würde dies die Überlegenheit der später gebotenen Kommunikation belegen („Recency-Effekt"). Da natürlich die Wirkung der beiden Anordnungen nur dann vergleichbar ist, wenn die „Pro"- und die „Kon"-Argumentation in beiden Bedingungen identisch sind, wird in diesen Untersuchungen der

Vorteil, der dem letzten Redner daraus erwächst, daß er die Argumente seines Vorredners kennt und sie gezielt angreifen kann, nicht berücksichtigt.

Lund (1925) stellte in allen seinen Gruppen mit unterschiedlichen Themen immer wieder fest, daß die zuerst vorgebrachte Kommunikation größere Wirksamkeit hatte als die nachfolgenden Argumente und sprach deshalb von einem „Law of Primacy". Allerdings führte er keine statistische Analyse der Zuverlässigkeit der beobachteten Unterschiede durch. Seine Ergebnisse wurden lange Zeit ohne kritische Überprüfung akzeptiert. Dies änderte sich erst, als Cromwell (1950) in einer vergleichbaren Untersuchung zu genau entgegengesetzten Schlußfolgerungen gelangte. Er stellte eine Überlegenheit der nachfolgenden gegenüber der vorausgegangenen Kommunikation fest („Recency-Effekt").

Bei einem Vergleich der Methodik beider Untersuchungen stießen Hovland und Mandell (1957) auf einen Unterschied, der die widersprüchlichen Ergebnisse zu erklären schien. Während nämlich Cromwell (1950) die Wirkung der Kommunikationen auf die Einstellungen seiner Versuchspersonen erst nach der zweiten Kommunikation erfaßte, erhob Lund (1925) diese sowohl nach der ersten, wie nach der zweiten Kommunikation. Es wäre durchaus denkbar, daß sich die Versuchspersonen in der Untersuchung von Lund durch ihre ersten Angaben jeweils festgelegt fühlten und deshalb von der zweiten Argumentation weniger beeinflußt wurden. Um diese Überlegungen zu prüfen, führten Hovland und Mandell (1957) eine Replikation der Untersuchung von Lund (1925) durch, verdoppelten aber die Zahl der Versuchsbedingungen, indem sie zusätzlich zu den Gruppen mit zweifacher Messung jeweils noch Gruppen aufnahmen, bei denen die Einstellungen nur nach der zweiten Kommunikation erfaßt wurden. Entgegen ihren Erwartungen fand sich in den Ergebnissen kein klares Muster. Insgesamt war nur einer der Unterschiede signifikant. Dies war allerdings ein „Primacy-Effekt", der bei einer der Replikationen von Lunds Versuchsanordnung auftrat. Auch in einer zweiten mit anderen Themen durchgeführten Untersuchung (Hovland & Mandell, 1957; Experiment II) waren die Ereignisse wenig eindeutig.

Obwohl beide Untersuchungen von Hochschullehrern während ihrer Veranstaltungen durchgeführt wurden, ist natürlich möglich, daß sich etwa aufgrund geringerer Hörerzahl, die Versuchspersonen in der Untersuchung von Lund durch ihre Angaben mehr festgelegt fühlten als die Versuchspersonen von Hovland und Mandell (1957). Daß es durch Festlegung tatsächlich zu einem „Primacy-Effekt" kommen kann, zeigen jedenfalls Hovland, Campell und Brock (1957) in einer weiteren Untersuchung, in der sie zwei Gruppen von Versuchspersonen einer Kommunikation aussetzten, die für eine Senkung des Wahlalters plädierte. Nach der Kommunikation mußten die Versuchspersonen in beiden Versuchsbedingungen ihre eigenen Positionen zu der Frage schriftlich darstellen. Die experimentelle Manipulation bestand darin, daß eine der Gruppen (Festlegungs-Bedingung) die schriftliche Darstellung unterzeichnen mußte und außerdem glaubte, diese würde ihren Kommilitonen zugänglich gemacht werden. Die Kontrollgruppe hingegen gab ihre Meinung anonym ab und ging davon aus, daß diese nur vom Versuchsleiter eingesehen würde. Anschließend wurden beide Gruppen einer Gegenkommunikation ausgesetzt. Erwartungsgemäß beeinflußte die zweite Kommunikation nur die Meinungen der Kontrollgruppe, hatte hingegen kaum Wirkung in der „Festlegungs-Bedingung".

Ein weiteres Problem, das den Vergleich der verschiedenen Untersuchungen erschwert, ist, daß stets kontroverse Themen benutzt wurden und die Ergebnisse sicherlich durch die Voreinstellungen der Versuchspersonen sowie deren Vorkenntnisse beeinflußt wurden. Wenn etwa Hovland und Mandell (1957) glaubten, die Untersuchung von Lund dadurch besonders getreu repliziert zu haben, daß sie dieselben Themen benutzten, ist dies vermutlich ein Trugschluß. Es ist anzunehmen, daß die Versuchspersonen 1957 völlig andere Voreinstellungen zu den Themen hatten und auch andersgeartete Vorkenntnisse aufwiesen als die Versuchspersonen der Lund-Untersuchung dreißig Jahre zuvor.

Eine Möglichkeit, derartige unkontrollierte Faktoren auszuschalten, besteht darin, ein den Versuchspersonen nicht vertrautes Thema zu wählen. In einer der sorgfältigsten Untersuchungen auf diesem Gebiet benutzten Miller und Campbell (1959) deshalb die Unterlagen einer Gerichtsverhandlung über einen Unfall, der angeblich durch ein schadhaftes Gerät zustande gekommen war. Sie bereiteten zwei Kommunikationen vor, eine, die den Hersteller für den Unfall verantwortlich machte, und eine, die die falsche Handhabung des Gerätes als Ursache angab. Als hauptsächliches abhängiges Maß diente die Frage nach der relativen Verantwortung von Kläger und Beklagtem.

Das Hauptziel der Autoren war die Untersuchung der Bedingungen, unter denen ein „Recency-Effekt" auftritt. Ihre Vorhersagen beruhten auf Annahmen der Lern- und Gedächtnistheorie. Sie gingen davon aus, daß die zeitlich frühere Kommunikation immer besser gelernt wird als die ihr widersprechende zeitlich spätere Kommunikation, da das zuerst gelernte Material das Erlernen der widersprechenden nachfolgenden Informationen behindert. Andererseits wird aber das zuletzt gelernte Material zum Zeitpunkt der Einstellungsmessung besser erinnert, da die Zeitspanne zwischen der Einstellungsmessung (Nachtest) und der zweiten Kommunikation zwangsläufig kürzer ist als der zeitliche Abstand von Nachtest und erster Kommunikation. Wenn wir davon ausgehen, daß der Grad der Beibehaltung des durch eine Kommunikation erzielten Einstellungswandels zum Teil von der Zahl der erinnerten Argumente abhängt, sollte die Nachwirkung einer Kommunikation um so größer sein, je weniger Argumente vergessen wurden.

Aufgrund der klassischen Untersuchungen von Ebbinghaus (1885) wissen wir, daß neugelerntes Material erst relativ schnell vergessen wird, der Vergessensprozeß sich dann aber immer mehr verlangsamt. Wenn man nur von diesem Vergessensprozeß ausgeht, würde man immer einen „Recency-Effekt" erwarten. Die Stärke dieses Effektes würde jedoch vom zeitlichen Abstand zwischen den beiden Kommunkationen (X_1 und X_2) sowie dem Abstand zwischen der zweiten Kommunikation und der Einstellungsmessung (M) abhängen. Der „Recency-Effekt" sollte besonders stark auftreten, wenn der zeitliche Abstand zwischen erster und zweiter Kommunikation relativ groß ist, die Einstellungsmessung aber gleich nach der zweiten Kommunikation erfolgt. Unter diesen Bedingungen sollte der Inhalt der ersten Kommunikation zum Zeitpunkt der Messung schon praktisch in Vergessenheit geraten sein, während die zweite Kommunikation nahezu vollkommen erinnert wird. Einen besonders schwachen oder keinen „Recency-Effekt" würde man hingegen erwarten, wenn die zweite Kommunikation sofort nach der ersten geboten wird, die Einstellungen aber erst nach längerer Pause erhoben werden. Wegen des Abflachens der Vergessenskurve würde sich der zeitliche Unterschied in der Darbietung der Kommunikationen zum Zeitpunkt der Messung kaum mehr am erinnerten Material nachweisen lassen. Je schwächer aber jeweils der „Recency-Effekt" ist, um so größer sollte die Wahrscheinlichkeit sein, daß aufgrund der früher besprochenen Interferenz beim Lernen der zweiten Argumentation ein „Primacy-Effekt" auftritt.

Um diese Vorhersagen zu prüfen, gaben Miller und Campbell (1959) die zwei Kommunikationen unter vier verschiedenen Bedingungen. In der ersten Bedingung (X_1X_2M) folgten die zwei Kommunikationen und die Messung ohne wesentlichen zeitlichen Abstand aufeinander. Hier würde man einen relativ schwachen „Recency-Effekt" erwarten. In Bedingung (X_1 X_2-M)bestand wenig zeitlicher Abstand zwischen den beiden Kommunikationen, hingegen wurde die Einstellung erst eine Woche später erfaßt. Hier sollte, wenn überhaupt, ein „Primacy-Effekt" auftreten. In Bedingung (X_1-X_2M) wurde die zweite Kommunikation erst eine Woche nach der ersten gegeben, die Einstellung aber sofort nach der zweiten Kommunikation erhoben. In dieser Bedingung sollte ein starker „Recency-Effekt" auftreten. In der vierten Bedingung (X_1-X_2-M) bestand sowohl zwischen den beiden Kommuniktionen wie auch zwischen der zweiten Kommunikation und der Einstellungsmessung ein Abstand von einer Woche. Auch hier wurde ein schwacher „Recency-Effekt" erwartet, der allerdings etwas stärker sein sollte als der in Bedingung (X_1X_2M).

Tabelle 6.2: Einschätzung der relativen Verantwortung von Kläger und Beklagtem in Abhängigkeit von der Reihenfolge der Kommunikation sowie dem zeitlichen Abstand (nach Miller & Campbell, 1959).

Experimentelle Bedingungen	Reihenfolge		Unterschied	Richtung
	Pro-Kon	Kon-Pro		
X_1X_2M	5,94[a]	5,88	+0,06	n.s.
X_1X_2-M	4,50	6,61	−2,11	Primacy
X_1-X_2M	6,00	4,33	+1,67	Recency
X_1-X_2-M	5,47	5,58	+0,11	n.s.

[a] 9-Punkte-Skala. Ein Wert von 5 bedeutet gleiche Zuordnung der Verantwortung. Höhere Werte bezeichnen höhere Verantwortung für den Angeklagten.

In Tabelle 6.2 sind die Ergebnisse der Einstellungsmessung dargestellt. Ein Wert von 5 bedeutet, daß Kläger und Beklagter als gleich verantwortlich gesehen werden. Höhere Werte zeigen, daß dem Angeklagten die größere Verantwortung zugeschrieben wird. Eine möglicherweise unabhängig von ihrer zeitlichen Position unterschiedliche Überzeugungskraft der beiden Kommunikationen wurde wie auch in den früheren Untersuchungen dadurch ausgeglichen, daß in der Hälfte der Fälle die „Pro"-vor der „Kon"-, in der anderen Hälfte der Fälle die „Kon"-vor der „Pro"-Kommunikation geboten wurde. An der Differenz zwischen den „Pro-Kon"-und den „Kon-Pro"-Werten läßt sich das Auftreten von „Recency-" und „Primacy-Effekten" erkennen. Negative Differenzen weisen af „Primacy-", positive Differenzen hingegen auf „Recency-Effekte" hin. Wie aus Tabelle 6.2 ersichtlich ist, entsprechen die Ergebnisse genau den Vorhersagen von Miller und Campbell (1959). In einer Replikation dieser Untersuchung bestätigte Insko (1964) die Befunde in Bezug auf den „Recency-Effekt", fand aber keinerlei Beleg für das Auftreten von „Primacy-Effekten".

Auch in der Untersuchung von Miller und Campbell (1959) ist die Interpretation des „Primacy-Effektes" insofern problematisch, als sich in einem zum Zeitpunkt der zweiten Messung durchgeführten Erinnerungstest kein

Hinweis auf die vermutete Interferenz beim Lernen der zweiten Kommunikation finden ließ. Die Erklärung des „Primacy-Effektes" durch eine „proaktive Hemmung" scheint damit kaum mehr haltbar. Als alternative Erklärung bieten sich auch hier Annahmen über Unterschiede bei der Produktion von Gegenargumenten an. Es wäre einleuchtend, daß Versuchspersonen bei einem ihnen völlig neuen Thema zum Zeitpunkt der ersten Kommunikation weder motiviert sind noch ausreichend Informationen besitzen, um effektive Gegenargumente zu produzieren. Wenn aber anschließend in einer zweiten Kommunikation genau die entgegengesetzte Position vertreten wird, sollte dies die Versuchspersonen zu einer kritischen Haltung motivieren. Da sie inzwischen aufgrund der ersten Kommunikation auch über ausreichende Informationen verfügen, ist es wahrscheinlich, daß es bei der zweiten Kommunikation zu einer wesentlich stärkeren Produktion von Gegenargumenten kommt. Dies könnte das Auftreten von „Primacy-Effekten" auch ohne Annahmen über eine Hemmung der Lernprozesse erklären.

Der in der Untersuchung von Miller und Campbell (1959) beobachtete Einfluß des zeitlichen Abstandes zwischen den Kommunikationen sowie zwischen der zweiten Kommunikation und der Einstellungsmessung auf die Stärke des „Recency-Effektes" erklärt möglicherweise die widersprüchlichen Ergebnisse der früheren Untersuchungen. In diesen Experimenten folgten meist beide Kommunikationen und die Einstellungsmessung ohne großen zeitlichen Abstand aufeinander. Nach den Überlegungen von Miller und Campbell (1959) kommt es aber unter diesen Bedingungen nur zu einem relativ schwachen „Recency-Effekt", der dann leicht durch einen „Primacy-Effekt" überlagert werden könnte. Ob sich also unter diesen Umständen ein „Recency-Effekt", kein Unterschied oder ein „Primacy-Effekt" findet, hängt davon ab, ob die Bedingungen gegeben sind, die zu einem relativ starken „Primacy-Effekt" führen. Nach unseren Überlegungen sollte der „Primacy-Effekt" um so stärker sein, je weniger die Versuchspersonen mit dem Thema der Kommunikationen vertraut sind.

6.4 Die Charakteristiken des Kommunikationskontextes

6.4.1 Der Einfluß der Ablenkung

Während die Versuchsperson im typischen sozialpsychologischen Experiment nichts anderes zu tun hat, als den Worten des Kommunikators zu lauschen, finden Propagandisten im Alltag selten solch ideale Bedingungen vor. Sie müssen in der Regel mit anderen Reizquellen um die Aufmerksamkeit von Zuschauern oder Zuhörern konkurrieren. Wie allerdings eine

Untersuchung von Festinger und Maccoby (1964) gezeigt hat, kann derartige Ablenkung sogar die Wirksamkeit einer Kommunikation erhöhen. Versuchspersonen dieser Untersuchung hörten die Tonbandaufnahmen eines Vortrages, in dem das amerikanische Äquivalent unserer Burschenschaften angegriffen wurde. Gleichzeitig sahen sie einen Film, der entweder sehr ablenkend war (eine Stummfilm-Komödie) oder aber wenig ablenkte (ein Film des Vortragenden beim Vortrag). Anschließend wurde ihre Einstellung zu den Burschenschaften erfaßt. Erwartungsgemäß zeigte der Vortrag in der Bedingung mit dem ablenkenden Film größere Wirkung als in der Bedingung mit dem wenig ablenkenden Film. Allerdings fand sich dieser Unterschied nur bei Versuchspersonen, die selbst Burschenschaften angehörten, hingegen nicht bei relativ neutral eingestellten Versuchsteilnehmern.

Diese Befunde wurden in einer Vielzahl von Arbeiten bestätigt (für eine Übersicht siehe: Baron et al., 1973), in denen Ablenkung entweder als die Darbietung eines die Aufmerksamkeit absorbierenden sensorischen Reizes oder aber als Zwang, eine irrelevante Tätigkeit auszuüben, operationalisiert wurde. In der überwiegenden Mehrheit dieser Untersuchungen wurde festgestellt, daß Ablenkung die Wirkung der Argumentation auf die Einstellungen erhöhte. Die wenigen abweichenden Ergebnisse lassen sich nach Baron et al. (1973) darauf zurückführen, daß entweder die Ablenkung die Rezeption der Argumentation zu stark beeinträchtigte oder aber das Thema der Kommunikation für die Teilnehmer von geringem Interesse war.

Wie läßt sich die Wirkung der Ablenkung theoretisch erklären? Nach dem Prozeß-Modell der Überredung hängt der Einfluß einer Kommunikation hauptsächlich vom Grad der Rezeption der Argumente ab sowie von der Bereitschaft der Zielperson, die Argumente zu akzeptieren. Diese Bereitschaft sollte nach Wyer (1974) um so geringer sein, je mehr es der Person gelingt, effektive Gegenargumente zu formulieren.

Ablenkung hat sicherlich einen negativen Einfluß auf die *Rezeption.* Eine abgelenkte Versuchsperson kann sich nicht mehr völlig aufs Zuhören oder Lesen konzentrieren und wird deshalb die Argumente weniger gut aufnehmen. Wenn man also allein vom Einfluß auf die Rezeption der Kommunikation ausgeht, sollte Ablenkung zu einer Verminderung des resultierenden Einstellungswandels führen. Dieser negativen Wirkung auf die Rezeption steht aber eine positive Wirkung auf die *Akzeptierung* entgegen. Ablenkung stört nämlich die Versuchsperson nicht nur beim Zuhören, sie behindert sie auch beim Formulieren effektiver Gegenargumente. Dies erhöht die Wahrscheinlichkeit, daß einmal rezipierte Argumente auch akzeptiert werden.

Die Tatsache, daß in der Mehrheit der Untersuchungen, die in der Regel schwache Ablenkung die Wirksamkeit der Kommunikationen erhöhte, läßt vermuten, daß bei geringer Intensität der Ablenkung die fördernde relativ zur hemmenden Wirkung überwiegt. Bei wachsender Intensität wird dann vermutlich irgendwann der Punkt erreicht (optimales Ablenkungsniveau), an dem eine weitere Steigerung der Ablenkung zu einer Abnahme des Einstellungswandels führt. Bei welcher Ablenkungsintensität liegt aber dieser Punkt, und welche Charakteristiken der Kommunikation beeinflussen seine Lage? Dies sind Fragen, die sich mit der von Wyer (1974) vorgeschlagenen quantitativen Form des Prozeß-Modells (Gleichung 3, S. 289) relativ präzise beantworten lassen. Im folgenden sollen deshalb einige Überlegungen über die Faktoren angestellt werden, die die relative Stärke der Ablenkungswirkung bestimmen.

Nach dem McGuire-Wyer-Modell der Überredung sollte eine Kommunikation um so eher zu Einstellungswandel führen, je besser die Argumente rezipiert werden und je weniger Gegenargumente vorgebracht werden. Es ist zu vermuten, daß Ablenkung sowohl die Wahrscheinlichkeit, daß die Argumentation verstanden wird, als auch die Wahrscheinlichkeit einer effektiven Gegenargumentation verringert. Damit hat Ablenkung zwei gegenläufige Wirkungen. Einerseits kann sie durch Beeinträchtigung der Rezeption (Verständnis der Argumente) den Einfluß der Kommunikation vermindern. Andererseits kann sie aber auch durch Behinderung der Gegenargumentation die Überzeugungskraft der Kommunikation fördern. Man muß deshalb, um die Wirkung der Ablenkung vorherzusagen, die relative Stärke der Beeinträchtigung von Rezeption und Gegenargumentation bei einer gegebenen Intensität der Ablenkung kennen. Im folgenden sollen einige Überlegungen über die Faktoren angestellt werden, die die relative Stärke dieses Einflusses bestimmen.

Aus Gleichung (3) $P_E = P_R \times (1 - P_G)$ des McGuire-Wyer-Modells folgt, daß die Wirkung von Faktoren, die gleichzeitig Rezeption und Gegenargumentation beeinträchtigen, vom Ausgangsniveau von P_R und P_G abhängt, also davon, wie gut die Argumentation ohne Ablenkung zu verstehen ist und wie schwierig es ist, die Argumente zu widerlegen. Die Vorhersagen des Modelles sollen im folgenden für drei Konstellationen von Ausgangswerten von P_R und P_G demonstriert werden: Fall 1 geht davon aus, daß der Kommunikator eine Argumentation vorbringt, die sowohl leicht zu verstehen als auch leicht zu widerlegen ist. Nehmen wir jetzt einen Ablenkungsfaktor X an, etwa ein Geräusch oder einen visuellen Reiz, der über mehrere Intensitätsstufen variieren kann. Ohne Ablenkung (X_O) ist sowohl P_R wie auch P_G = 1. Während eine geringe Steigerung der Intensität der Ablenkung keinen nachweisbaren Einfluß auf die Wahrscheinlichkeit der Rezeption und der Produktion von Gegenargumenten ausübt, senkt eine weitere Steigerung der Ablenkungsintensität P_R wie auch P_G um gleiche Beträge. Tabelle 6.3

enthält die Werte für P_R, P_G und P_E in Abhängigkeit von den verschiedenen Intensitätsstufen der Ablenkung ($X_{O\text{-}12}$) und Abbildung 6.2 eine graphische Darstellung des Zusammenhanges. Wie sich zeigt, führt eine über mehrere Stufen variierende Ablenkung unter diesen Bedingungen erst zu einer Steigerung und bei übermäßiger Ablenkung zu einer Abnahme des Einstellungswandels.

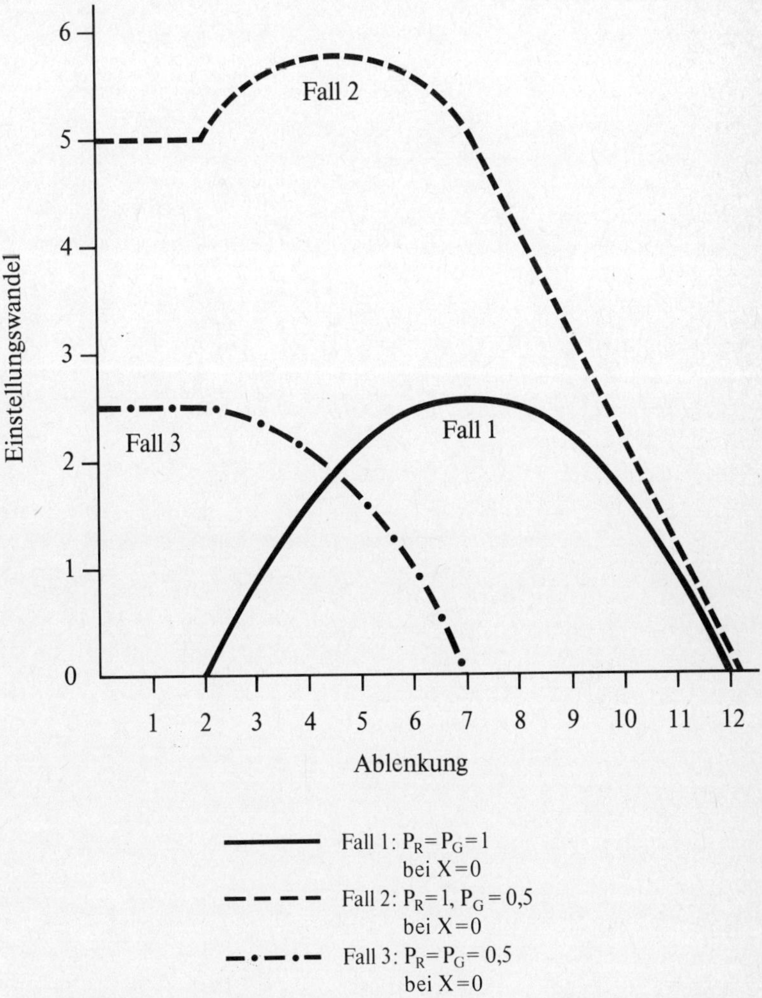

Abbildung 6.2: Die Wahrscheinlichkeit eines Einstellungswandels als Funktion der Ablenkung X für die in Tabelle 6.3 dargestellten Fallbeispiele (nach Wyer, 1974).

Tabelle 6.3: Darstellung der Werte von P_R, P_G und P_E als Funktion der Ablenkung (X) unter Annahme, daß $P_E = P_R (1 - P_G)$ (nach Wyer, 1974).

		Ablenkungsniveau												
		X_0	X_1	X_2	X_3	X_4	X_5	X_6	X_7	X_8	X_9	X_{10}	X_{11}	X_{12}
A. Fall 1: $P_R = P_G = 1$ bei X_0	P_R	1	1	1	0,9	0,8	0,7	0,6	0,5	0,4	0,3	0,2	0,1	0
	P_G	1	1	1	0,9	0,8	0,7	0,6	0,5	0,4	0,3	0,2	0,1	0
	P_E	0	0	0	0,09	0,16	0,21	0,24	0,25	0,24	0,21	0,16	0,09	0
B. Fall 2: $P_R = 1$ $P_G = 0,5$ bei X_0	P_R	1	1	1	0,9	0,8	0,7	0,6	0,5	0,4	0,3	0,2	0,1	0
	P_G	0,5	0,5	0,5	0,4	0,3	0,2	0,1	0	0	0	0	0	0
	P_E	0,5	0,5	0,5	0,54	0,56	0,56	0,54	0,5	0,4	0,3	0,2	0,1	0
C. Fall 3: $P_R = P_G = 0,5$ bei X_0	P_R	0,5	0,5	0,5	0,4	0,3	0,2	0,1	0	0	0	0	0	0
	P_G	0,5	0,5	0,5	0,4	0,3	0,2	0,1	0	0	0	0	0	0
	P_E	0,25	0,25	0,25	0,24	0,21	0,16	0,09	0	0	0	0	0	0

Fall 2 geht davon aus, daß die Kommunikation zwar leicht zu verstehen ist (P_R = 1,00), aber zum Teil Argumente enthält, die von der Versuchsperson nicht widerlegt werden können (P_G = 0,5). Fall 3 beschreibt eine Situation, in der die Kommunikation sowohl recht schwer zu verstehen ist (P_R = 0,5) wie auch schwer zu widerlegen ist (P_G = 0,5). In Abbildung 6.2 ist aufgrund der in Tabelle 6.3 aufgeführten Werte der vom Modell vorhergesagte Zusammenhang zwischen Einstellungswandel und Ablenkungsintensität für die Fallbeispiele 1 – 3 aufgeführt. Es ist offensichtlich, daß der Intensitätsgrad der Ablenkung, der bei gegebenem Ausgangsniveau von P_R und P_G den größten Einstellungswandel bewirkt, um so geringer ist, je kleiner die Ausgangswerte von P_R und P_G sind. Wenn also eine Kommunikation schwer zu verstehen und/oder schwer zu widerlegen ist, führt schon relativ geringe Ablenkung zu einer Minderung der Überzeugungswirkung der Argumentation. Im Fall 3, wo von einem Ausgangsniveau von P_R und P_G von 0,5 ausgegangen wird, führt Ablenkung schon zu keiner Zunahme der Einstellungsänderung mehr und bewirkt relativ frühzeitig eine Abnahme. Damit hängt es aber vom Ausgangsniveau dieser beiden Variablen ab, ob Ablenkung eine Zunahme, eine Abnahme oder keinen Unterschied in der Höhe des aus einer Argumentation resultierenden Einstellungswandels erzeugt.

Für eine empirische Prüfung dieser Vorhersagen bedarf es Untersuchungen, in denen die Komplexität der Kommunikation (P_R), ihre Widerlegbarkeit (P_G) und ein Ablenkungsreiz (X) über mehrere Stufen variiert und neben der Größe des Einstellungswandels auch die Produktion von Gegenargumenten und die Zahl der behaltenen Argumente erfaßt wird. Derartige Untersuchungen liegen leider nicht vor. In der folgenden Darstellung kann deshalb nur auf einige der vom Modell gemachten Annahmen eingegangen werden.

Der Einfluß der Ablenkung auf die Produktion von Gegenargumenten: Die für das Modell zentrale Annahme, daß Ablenkung die Produktion von Gegenargumenten unterbindet, wurde in mehreren Untersuchungen von Osterhouse und Brock (1970) und Keating und Brock (1974) geprüft. In den zwei Experimenten von Osterhouse und Brock (1970) wurden Versuchspersonen beim Anhören einer einstellungskonträren Kommunikation durch eine Beobachtungsaufgabe abgelenkt. Sie mußten vier numerierte Lichter beobachten und beim Aufleuchten eines der Lichter sofort dessen Nummer angeben. Die Intensität der Ablenkung wurde durch die Häufigkeit variiert, mit der die Lichter aufleuchteten (12 pro Min., 24 pro Min.). Am Ende der Kommunikation mußten die Versuchspersonen alle vom Kommunikator aufgeführten Argumente aufschreiben (Erinnerung als Maß der Rezeption). Zuvor wurde ihnen drei Minuten Zeit gegeben, um alle Argumente aufzuführen, die ihnen gegen die in der Kommunikation vertretene Position einfielen. Wenn man davon ausgeht, daß Versuchspersonen, die während der Kommunikation viele Gegenargumente vorgebracht hatten, in einer relativ beschränkten Zeitspanne mehr Argumente reproduzieren können als Personen, die sich diese erst überlegen müssen, stellt diese Frage ein adäquates Maß der Gegenargumentation dar.

Die Ergebnisse bestätigen die Erwartungen von Osterhouse und Brock (1970). Mit zunehmender Intensität der Ablenkung nahm die Produktion von Gegenargumenten ab und die Größe des Einstellungswandels zu. Die Korrelation war wie erwartet in beiden Experimenten negativ und signifikant (- 0,40 und - 0,53). Da auch die höchste Ablenkungsintensität nur zu einer minimalen Beeinträchtigung der Rezeption der Argumentation führte, sind diese Befunde mit dem McGuire-Wyer-Modell gut vereinbar.

Die Untersuchung von Keating und Brock (1974) stellt in den meisten Aspekten eine Replikation der Experimente von Osterhouse und Brock (1970) dar. Der einzige wesentliche Unterschied bestand in der Modalität der auf die Leuchtsignale verlangten Reaktionen. Wiederum zeigte sich, daß Versuchspersonen um so weniger Gegenargumente produzierten und die Kommunikation um so eher akzeptierten, je mehr sie beim Zuhören der Kommunikation abgelenkt worden waren. Auch in dieser Untersuchung schien sich die Ablenkung nur geringfügig auf die Rezeption auszuwirken.

Trotz des negativen Zusammenhanges von Akzeptierung und Gegenargumentation läßt sich aus diesen Befunden jedoch nicht schlüssig folgern, daß die Produktion von Gegenargumenten die Akzeptierung der Kommunikation beeinträchtigt. Der Zusammenhang ließe sich ebenso plausibel damit erklären, daß Versuchspersonen, die mit einer Kommunikation nicht übereinstimmen, eher Argumente gegen diese Kommunikation formulieren können als Versuchspersonen, die mit ihr übereinstimmen.

Der Einfluß von Komplexität und Widerlegbarkeit: Die vom Prozeß-Modell vorhergesagte Beziehung zwischen Komplexität und Widerlegbarkeit der Kommunikation und Einstellungswandel bei unterschiedlicher Ablenkung wurde von Regan und Cheng (1973) geprüft, die zwei Kommunikationen verwendeten. Eine der beiden war relativ leicht zu verstehen und enthielt leicht widerlegbare Argumente. Dies würde etwa unserem Fall 1 entsprechen. Die zweite Kommunikation war schwer zu verstehen und enthielt nur schwer widerlegbare Argumente, kam also Fall 3 nahe. Diese Kommunikationen waren entweder ohne Ablenkung zu hören, oder sie wurden mit einem Musikprogramm überlagert. Erwartungsgemäß führte die Ablenkung bei der leicht zu verstehenden und leicht widerlegbaren Kommunikation zu einer Zunahme des Einstellungswandels, bei der schwierig zu verstehenden und schwer widerlegbaren Kommunikation hingegen zu einer Abnahme. Die Ergebnisse stimmen also gut mit den Vorhersagen des McGuire-Wyer-Modells überein. Wegen der Konfundierung von Komplexität und Widerlegbarkeit ist allerdings nicht festzustellen, ob diese Ergebnisse auf die Variation der Komplexität, der Widerlegbarkeit oder, wie wir vermuten, auf die gemeinsame Wirkung beider Faktoren zurückzuführen ist.

Die zeitliche Stabilität des Ablenkungsprozesses: Auch die Befunde einer Untersuchung der zeitlichen Stabilität des Ablenkungseffektes entsprechen den Vorhersagen des Prozeß-Modells. Da die Ablenkung die Produktion von Gegenargumenten während der Kommunikation verhindert, sollte der Ablenkungseffekt bei einer Einstellungsmessung direkt nach der Kommunikation besonders stark auftreten. Läßt man den Versuchspersonen hingegen zwischen Kommunikation und Messung Zeit, können sie die durch die Ablenkung unterbundene Gegenargumentation nachholen. In einer Untersuchung von Watts und Holt (1979), in der neben der Ablenkung auch der Zeitpunkt der Einstellungsmessung (sofort, 1 Woche nachher) variiert wurde, fand sich eine signifikante Interaktion von Ablenkung und Zeitpunkt der Messung, die diese Erwartungen zu stützen scheint. Leider wird keine statistische Prüfung des einfachen Effektes des Messungszeitpunktes in den Ablenkungsbedingungen berichtet, obwohl sich in den Mittelwerten eine deutliche Zunahme des Einstellungswandels zwischen den beiden Messungen feststellen läßt.

Insgesamt scheinen die Befunde von Untersuchungen zur Wirkung von Ablenkung auf den Einstellungswandel gut mit der Annahme vereinbar zu sein, daß Ablenkung, neben einer möglichen Wirkung auf die Rezeption der Kommunikation, vor allem die Produktion von Gegenargumenten behindert. Allerdings beruhen unsere Interpretationen auf einer Reihe von prinzipiell prüfbaren, aber in den entsprechenden Untersuchungen nicht geprüften Zusatzannahmen. Ein adäquater Test des McGuire-Wyer-Modells steht somit noch aus.

6.5 Die Charakteristiken der Zielperson

Schon bei der vorangegangenen Diskussion von Kommunikator und Kommunikationscharakteristiken mußten wir uns mehrmals mit Wechselwirkungen zwischen den besprochenen Variablen und den Charakteristiken der Zielpersonen befassen. Wir sahen zum Beispiel, daß Merkmale des Kommunikators, wie etwa seine Glaubwürdigkeit, nur in Bezug auf eine spezifische Zielgruppe bestimmt werden können und daß die relative Effektivität einseitiger Kommunikationen sowohl vom Bildungsgrad als auch von den Einstellungen der Zuhörer beeinflußt wurde. Die Wirkung einer Kommunikation hängt also nicht nur von den Charakteristiken der Kommunikationsquelle, der Kommunikation oder des Kommunikationskontextes ab, sondern wird ganz wesentlich von den Merkmalen der Personen oder Personengruppe beeinflußt, auf die die Argumentation abzielt.

Dem praktischen Demagogen ist dies natürlich längst bekannt. So wird kein Politiker einwilligen, vor einem ihm unbekannten Kreis zu sprechen, ohne zuvor Erkundigungen über die Zuhörer eingeholt zu haben, etwa über ihren politischen Standort, ihren Bildungsgrad und ihre beruflichen Tätigkeiten. Er wird dann seinen Vortrag auf die Zuhörer zuschneiden. Tut er dies nicht, läuft er Gefahr, über die Köpfe seiner Zuhörer hinweg zu reden, offene Türen einzurennen oder sie durch harte Äußerungen unnötig zu antagonisieren. In diesem Abschnitt soll ausführlich auf die Abhängigkeit des Einstellungswandels von den Charakteristiken der Zielperson eingegangen werden.

6.5.1 Der Einfluß der Diskrepanz zwischen den Einstellungen von Kommunikator und Zielperson

Wenn ein Wirtschaftsminister, der von der Notwendigkeit von Atomkraftwerken überzeugt ist, vor Mitgliedern einer Bürgerinitiative spricht, die den Bau solcher Anlagen grundsätzlich oder zumindest in der näheren Umgebung bekämpfen, wird er kaum dieselbe Rede halten, die am Tag zuvor bei einem Industriellen-Treffen so gut angekommen war. Vor allem wird er nicht als harter Befürworter der Atomenergie auftreten, sondern eher eine Mittelposition einnehmen. Er wird die potentiellen Gefahren solcher Anlagen betonen, aber auch auf unsere Abhängigkeit vom Öl und die prekäre Versorgungslage auf diesem Markt eingehen. Zum Teil wird er diese Strategie wählen, um möglichst wenige potentielle Wähler zu verprellen. Er wird aber auch hoffen, daß er mit dieser gemäßigten Position möglicherweise bei einigen der nicht zum harten Kern der Bürgerinitiative gehörenden Zuhörer, die dennoch einem kompromißlosen Befürworter der Atomenergie nicht zugehört hätten, Zweifel an der Richtigkeit ihrer Ansichten wecken kann. Intuitiv geht er also von der Annahme aus, daß man Zuhörer nur dann beeinflussen kann, wenn man keine zu diskrepante Position einnimmt. Diese Annahme läßt sich, wie wir im folgenden sehen werden, zwar theoretisch gut untermauern, empirisch allerdings nicht so leicht belegen.

6.5.1.1 Theoretische Interpretationen

Das Assimilations-Kontrast-Modell: Die Forschung über die Abhängigkeit des Einstellungswandels von der Diskrepanz zwischen der Einstellung der Zielperson und der in der Kommunikation vertretenen Position wurde wesentlich von dem von Sherif und Hovland (1961) entwickelten Assimilations-Kontrast-Modell angeregt. Wie schon früher ausgeführt wurde (S. 151), gehen Sherif und Hovland davon aus, daß sich Einstellungen auf einem Einstellungskontinuum nicht als Punkt abbilden lassen, sondern das Kontinuum in eine Reihe von Bereichen aufteilen, nämlich in einen Akzeptierungsbereich, einen Gleichgültigkeitsbereich und einen Ablehnungsbereich. Nach dem Assimilations-Kontrast-Modell hängt (1) die Wahrnehmung der Distanz zwischen der eigenen Position und der Position des Kommunikators, (2) die Beurteilung der Argumentation sowie (3) die Größe des Einstellungswandels davon ab, ob die Kommunikation innerhalb oder außerhalb des Akzeptierungsbereiches liegt. Kommunikationen, die im Akzeptierungsbereich liegen, werden in ihrer Position als ähnlicher eingeschätzt, als sie „tatsächlich" sind (Assimilation). Außerdem besteht im Akzeptierungsbereich ein positiver Zusammenhang zwischen Ausmaß der Diskrepanz und Einstellungswandel. Hingegen wird die Distanz zwischen der eigenen und der in der Kommunikation vertretenen Position überschätzt, wenn die Kommunikation im Ablehnungsbereich liegt. Weiterhin werden hier die Argumente eher als unfair und wenig zwingend beurteilt. In diesem Bereich führt wachsende Diskrepanz auch zu einer Abnahme des Einstellungswandels. Der Wendepunkt der Kurve liegt im Gleichgültigkeitsbereich.

Obwohl die Wirkung der Glaubhaftigkeit des Kommunikators auf die Effektivität seiner Kommunikation in den frühen Anwendungen des Assimilations-Kontrast-Modells (Hovland, Harvey & Sherif, 1957) nicht speziell berücksichtig wurde, lassen sich derartige Vorhersagen ohne Schwierigkeiten ableiten. Da die Effektivität einer Kommunikation nach dem Modell wesentlich von der Bewertung des Kommunikators und der Argumentation abhängt, ist zu erwarten, daß der Wendepunkt der Einfluß-Kurve für einen glaubhaften Kommunikator bei einem höheren Diskrepanz-Niveau eintritt als bei einem wenig glaubhaften Kommunikator. Unklar ist allerdings, ob das optimale Diskrepanz-Niveau für extrem glaubhafte Kommunikatoren auch im Ablehnungsbereich der Zuhörer liegen kann oder ob sich die Wirkung der Glaubhaftigkeit auf Verschiebungen innerhalb des Gleichgültigkeitsbereiches beschränkt.

Die Dissonanztheorie: Nach der ursprünglichen Version der Dissonanztheorie (Festinger, 1957) erzeugt eine Kommunikation, die von der eigenen

Ansicht abweicht, beim Zuhörer Dissonanz. Diese Dissonanz sollte um so größer sein, je größer die Distanz zwischen der in der Kommunikation vertretenen Position und der Einstellung des Zuhörers ist. Nach Aronson et al. (1963) hat der Zuhörer vier Möglichkeiten, diese Dissonanz zu reduzieren: (1) Er kann seine eigene Meinung ändern und damit die Übereinstimmung mit dem Kommunikator herstellen, (2) er kann versuchen, den Kommunikator zur Aufgabe seiner Position zu bewegen, (3) er kann bei anderen nach sozialer Unterstützung für seine Position suchen, (4) oder er kann den Kommunikator und den Inhalt der Kommunikation abwerten. Da in der typischen experimentellen Situation aus Gründen der Kontrollierbarkeit, weder mit dem Kommunikator noch mit anderen Versuchspersonen gesprochen werden kann, stehen nur Einstellungswandel und Abwertung als Methoden der Dissonanzreduktion zur Verfügung.

Wenn es sich bei dem Kommunikator um eine eminent glaubwürdige Person handelt, würde man eine positive lineare Beziehung zwischen Diskrepanz und Einstellungswandel erwarten, da die Zuhörer die mit wachsender Diskrepanz wachsende Dissonanz kaum durch Abwertung des Kommunikators reduzieren können. Handelt es sich hingegen um eine völlig unglaubwürdige Person, wird die Dissonanz allein durch Abwertung reduziert. Es tritt kein Einstellungswandel ein. Ein kurvilinearer Zusammenhang zwischen Ausmaß der Diskrepanz und Einstellungswandel findet sich dann, wenn der Kommunikator, wie im Alltag häufig der Fall, zwar recht glaubhaft, aber doch nicht über alle Zweifel erhaben ist (Abbildung 6.3). Aronson et al. (1963) vermuten, daß die Zuhörer unter diesen Umständen bei geringer Distanz mit Einstellungswandel, bei größerer Distanz hingegen mit Abwertung reagieren. Einstellungswandel und Abwertung werden also als alternative Reaktionen betrachtet. Die kurvilineare Beziehung kommt dadurch zustande, daß die Abwertungsreaktion erst im mittleren Diskrepanzbereich einsetzt. Die Theorie gibt keinen Aufschluß über die genaue Lage des Punktes optimaler Diskrepanz. Allerdings sollte der Wendepunkt der Kurve für glaubhafte Kommunikationen bei höherer Diskrepanz eintreten als bei wenig glaubhaften Kommunikationen.

Das Prozeß-Modell der Überredung: Um Vorhersagen über die Wirkung der Diskrepanz aus dem McGuire-Wyer'schen-Modell abzuleiten, muß man überlegen, inwieweit die Distanz der in der Kommunikation vertretenen Position von der Einstellung der Zielperson die Rezeption sowie die Akzeptierung einer Argumentation durch die Zielperson beeinflußt. Hier ist im Alltag sicherlich zu vermuten, daß die Rezeption mit zunehmender Diskrepanz abnimmt, weil die Zuhörer einem diskrepanten Vortrag weniger Aufmerksamkeit schenken. Dies ist besonders wahrscheinlich, wenn die diskrepante Position des Kommunikators schon von vornherein be-

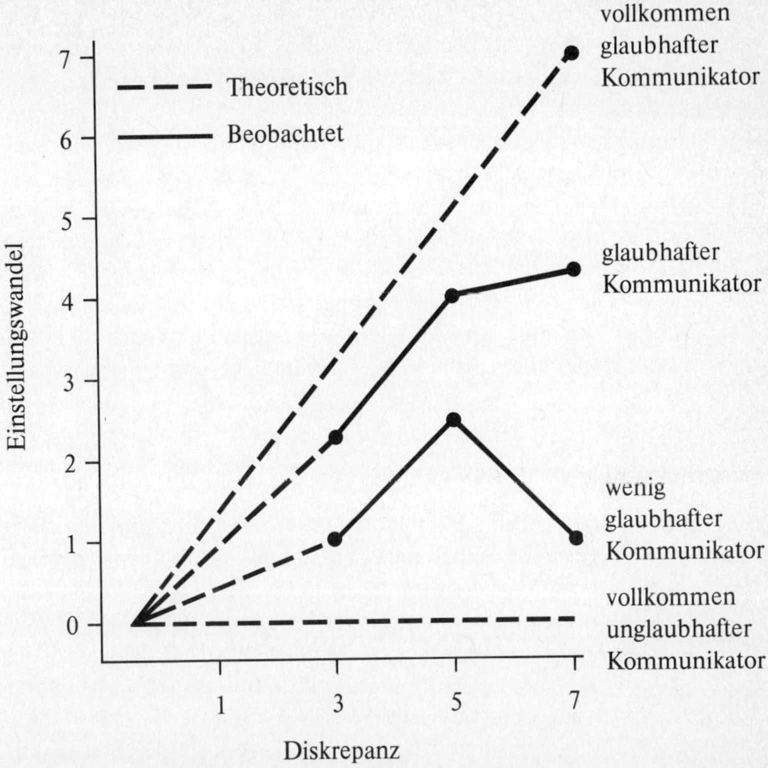

Abbildung 6.3: Einstellungswandel in Abhängigkeit von der Diskrepanz zwischen den Einstellungen von Kommunikator und Zielperson sowie der Glaubhaftigkeit des Kommunikators - theoretische und empirische Werte (nach Aronson et al., 1963).

kannt ist, etwa bei einem Politiker, einer Tageszeitung oder bei einem Fachkollegen. In der experimentellen Situation dürften derartige Unterschiede allerdings kaum auftreten, da es die Versuchspersonen als „captive audience" nicht vermeiden können, der Kommunikation zuzuhören, und sich die Diskrepanz kaum auf das Verständnis der Argumente auswirken dürfte.

In Bezug auf die Akzeptierung wird wachsende Diskrepanz vor allem die Produktion von Gegenargumenten anregen. Je größer die Diskrepanz ist, um so mehr sollte der Zuhörer motiviert sein, Argumente gegen die Kommunikation vorzubringen. Diese Annahme wurde von Brock (1967) und Eagly (1974) bestätigt. Es wäre weiterhin zu vermuten, daß die Motivation zur Gegenargumentation auch dann höher ist, wenn die Zielperson auf ihren eigenen Standpunkt festgelegt und das Einstellungsthema für sie bedeutsam ist. Es wäre auch einleuchtend, daß die Produktion von Gegenargumenten bei einem weniger glaubhaften Kommunikator schon bei geringerer Diskrepanz und in größerem Ausmaß einsetzt, als wenn die Kommunikation von einer äußerst glaubhaften Person stammt. Allerdings läßt sich aus diesen Überlegungen nur eine mit zunehmender Diskrepanz zunehmende Beeinträchtigung der Kommunikationswirkung ableiten, die bei geringer Involviertheit und geringer Glaubhaftigkeit des Kommunikators stärker auftreten sollte als bei großer Involviertheit und großer Glaubhaftigkeit. Es ist hingegen nicht eindeutig vorherzusagen, ob dieses Behindern nur zu einer relativen Abnahme des Einstellungswandels in Form einer monotonen Beziehung oder aber zu einem kurvilinearen Zusammenhang führen sollte.

6.5.1.2 Methodische Probleme

Bei der Untersuchung des Zusammenhanges von Diskrepanz und Einstellungswandel ergeben sich eine Reihe von methodischen Problemen (Insko, 1967), die nicht in allen Arbeiten optimal gelöst wurden. So benutzten viele der frühen Untersuchungen (etwa: Chen, 1933; Cohen, 1959; Ewing, 1942; Hovland, Harvey & Sherif, 1957) einen Versuchsplan, der die potentielle Wirkung der Diskrepanz mit der der anfänglichen Einstellungspositionen der Versuchspersonen konfundierte. Versuchspersonen, die sich in ihrer Einstellung zum untersuchten Thema unterschieden, wurden einer Kommunikation ausgesetzt. Anschließend wurde der Einfluß dieser Kommunikation in Abhängigkeit von der Distanz zwischen der ursprünglichen Position des Zuhörers und der Kommunikation berechnet.

Die Schwierigkeiten, die sich bei der Interpretation derartiger Befunde ergeben, lassen sich an folgendem Beispiel zeigen: Nehmen wir einmal an, der in der Kommunikation vertretene Standpunkt liege im mittleren Bereich des Einstellungskontinuums, und es zeige sich, daß die Größe des resultierenden Einstellungswandels mit zunehmender Diskrepanz abnimmt. Dieses Ergebnis könnte darauf beruhen, daß mit wachsender Diskrepanz auch die Einstellungen der Versuchspersonen extremer werden. Personen mit extremen Einstellungen sind aber gewöhnlich sehr involviert und schwer zu beeinflussen (Sherif, Sherif & Nebergall, 1965).

Auch nach Beobachtung des umgekehrten Zusammenhanges (mehr Einfluß bei größerer Diskrepanz) wäre eine eindeutige Interpretation kaum möglich. Aufgrund von Regressionseffekten (S. 30) ist nämlich zu erwarten, daß die Einstellung einer Versuchsperson bei der zweiten Messung immer etwas näher am Mittelpunkt des Kontinuums liegt als bei der ersten Messung. Die Stärke derartiger Regressionseffekte wächst mit zunehmender Distanz zwischen der anfänglichen Position und dem Mittelpunkt des Kontinuums. Damit könnte eine scheinbar größere Veränderung bei größerer Distanz durch Regressionseffekte zustande gekommen sein.

Diese Konfundierung kann vermieden werden, wenn man statt der Einstellungen der Zuhörer die von der Kommunikation vertretene Position variiert. Man konstruiert eine Reihe von Kommunikationen, die unterschiedliche Positionen auf der Einstellungsdimension einnehmen. Dann teilt man Versuchspersonen, deren Einstellungen zum untersuchten Thema relativ homogen sind, zufallsgemäß in mehrere Gruppen auf und setzt jede der Gruppen einer dieser Kommunikationen aus. Da sich die Versuchspersonengruppen in ihren Einstellungen kaum unterscheiden, kann die zwischen Diskrepanz und Einstellungswandel beobachtete Beziehung nicht auf Unterschiede in den anfänglichen Positionen der Versuchspersonen beruhen.

Aber auch bei diesem Versuchsplan müssen eine Reihe von Punkten beachtet werden. Um einen kurvilinearen Zusammenhang nachweisen zu können, benötigt man mindestens drei, möglichst aber mehr Kommunikationen. Weiterhin muß sichergestellt sein, daß diese Kommunikationen das gesamte Meinungsspektrum abdecken. Bei Mißachtung dieser letzten Voraussetzung bietet sich für das Auftreten eines monotonen Zusammenhanges immer als alternative Erklärung an, daß die Kommunikationen eben nur im unteren (positiver Zusammenhang) oder nur im oberen (negativer Zusammenhang) Diskrepanzbereich gelegen haben.

Eine zusätzliche Schwierigkeit ergibt sich aus der Unsicherheit über das Niveau der verwendeten Skalen. Es kann nämlich keineswegs davon ausgegangen werden, daß die Einheiten über den gesamten Skalenbereich gleich bleiben. Somit kann eine abnehmende Steigung der Einfluß-Kurve im oberen Diskrepanzbereich zwar ein Zeichen für den mit zunehmender Diskrepanz nicht mehr proportional wachsenden Einfluß sein, kann aber ebenso auf einer an den Skalenendpunkten häufig auftretenden Veränderung der Maßeinheiten beruhen.

Es ist auch ratsam, mehrere Kommunikationen von unterschiedlicher Glaubhaftigkeit einzusetzen, da nach der Dissonanztheorie in der Nähe von beiden Endpunkten des Glaubhaftigkeitskontinuums lineare Beziehungen zwischen Diskrepanz und Einstellungswandel zu erwarten sind. Letztlich sollte beachtet werden, daß die kurvilineare Beziehung nach allen theoretischen Ansätzen hauptsächlich bei Einstellungsthemen zu erwarten ist, die für die Versuchsperson wichtig sind und für die sie über einen festen Standpunkt verfügt.

6.5.1.3 Empirische Befunde

Der Einfluß der Involviertheit: Die Wichtigkeit der Involviertheit der Versuchspersonen für das Auftreten einer kurvilinearen Beziehung zwischen Diskrepanz und Einstellungswandel wurde unabsichtlich in einer frühen Arbeit von Hovland und Pritzker (1957) demonstriert. Diese Autoren erfaßten die Einstellungen ihrer Versuchspersonen zu zwölf wenig involvieren-

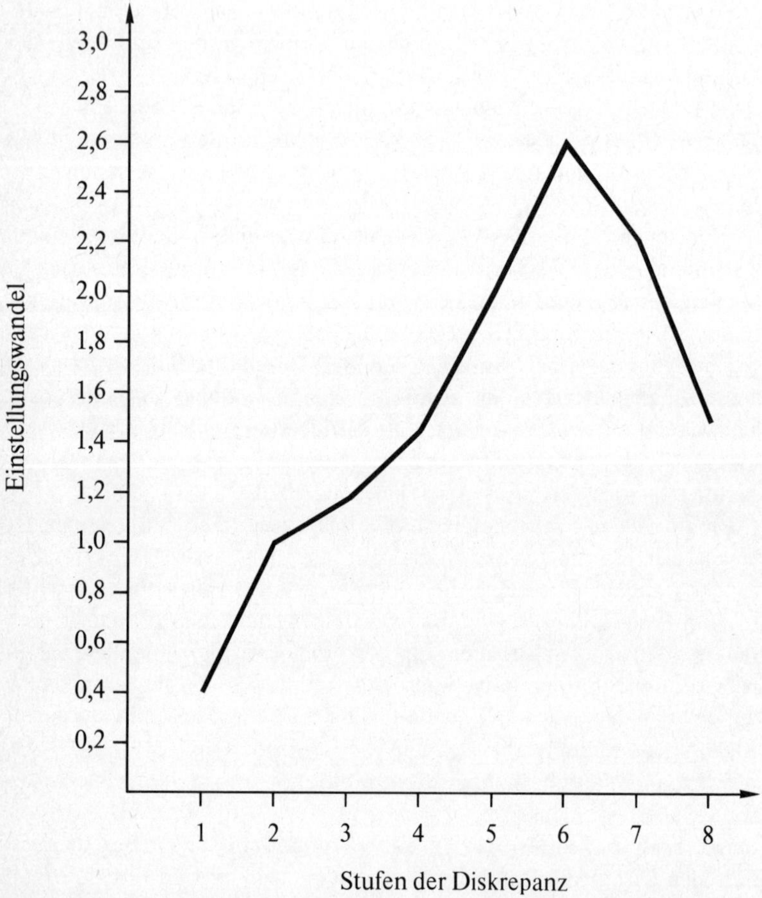

Abbildung 6.4: Einstellungswandel in Abhängigkeit von der Diskrepanz zwischen den Einstellungen von Kommunikator und Zielperson (nach Whittacker, 1963).

den Themen (etwa: War Washington oder Lincoln der bessere Präsident?) mittels siebenstufiger Likert-Antwortalternativen. Einen Monat nach diesem Vortest erhielten die Versuchspersonen den gleichen Fragebogen ausgehändigt, in dem diesmal die angeblichen Meinungen einer Reihe von glaubhaften Personengruppen eingetragen worden waren. Diese Meinungen waren vom Versuchsleiter so manipuliert worden, daß sie für einige Items eine Kategorie von der ursprünglichen Position der Versuchspersonen entfernt waren (geringe Diskrepanz), für andere zwei Kategorien (mittlere Diskrepanz) und für weitere drei Kategorien (große Diskrepanz). Anschließend mußten die Versuchspersonen erneut die eigene Ansicht angeben. Hovland und Pritzker fanden einen monotonen Anstieg des Einstellungswandels mit zunehmender Diskrepanz.

Whittacker (1963) vermutete, daß der von Hovland und Pritzker (1957) beobachtete monotone Zusammenhang dadurch zustande kam, daß Themen von relativ geringer Wichtigkeit für die studentischen Versuchspersonen verwendet wurden und weiterhin die Diskrepanz nur in geringem Ausmaße manipuliert wurde. Er replizierte deshalb die Untersuchung von Hovland und Pritzker (1957) unter Benutzung von involvierenden Themen und einer größeren Zahl von Antwortkategorien, die eine Manipulation der Diskrepanz über acht Stufen ermöglichten. Obwohl Whittacker (1963) keine Trendanalyse berichtete, scheinen seine Daten insgesamt den vorhergesagten kurvilinearen Zusammenhang von Diskrepanz und Einstellungswandel zu bestätigen (Abbildung 6.4).

Diese Ergebnisse scheinen zwar die Annahme zu stützen, daß nur bei involvierenden Themen ein kurvilinearer Zusammenhang zwischen Diskrepanz und Einstellungswandel auftritt, sie erlauben aber keine eindeutige Schlußfolgerung, da Whittacker (1963) neben dem Grad der Involviertheit auch das Ausmaß der Diskrepanz erhöhte. Weiterhin blieb er den Nachweis schuldig, daß bei Verwendung der ursprünglichen Versuchsanordnung der von Hovland und Pritzker (1957) berichtete monotone Zusammenhang zwischen Diskrepanz und Involviertheit repliziert worden wäre.

Die Bedeutung der Involviertheit für das Auftreten einer kurvilinearen Beziehung wurde erst von Freedman (1964) einigermaßen schlüssig belegt, der sowohl Diskrepanz als auch Involviertheit im selben Versuchsplan manipulierte. Allerdings verwendete er eine relativ komplexe Versuchsanordnung und variierte Involviertheit nicht über die Wichtigkeit des Einstellungsthemas, sondern durch unterschiedliche Festlegung der Versuchspersonen auf ihren ursprünglichen Standpunkt. Freedman ließ seine Versuchspersonen eine Konzept-Lernaufgabe lösen, bei der jeweils drei Figuren geboten wurden, die auf vier Dimensionen variierten (Form, Größe, Zahl, relative Position). Den Versuchspersonen wurden acht Beispiele solcher

Dreier-Konstellationen gegeben, die entweder als „Alpha" oder „Nicht-Alpha" beschrieben wurden. Ihre Aufgabe bestand darin festzustellen, welche Charakteristiken „Alpha" definierten (z.B. „Alpha ist ein kleines Dreieck in der zweiten Position"). Nach einigen Zwischenaufgaben wurden den Versuchspersonen weitere 16 Beispiele für „Alpha" und „Nicht-Alpha" gezeigt, wobei sich aber jetzt die angeblichen Alpha-Beispiele von den vorangegangenen entweder in einem (geringe Diskrepanz), zwei (mäßige Diskrepanz) oder in allen vier Elementen (große Diskrepanz) unterschieden. Die Festlegung auf das ursprüngliche Konzept wurde dadurch manipuliert, daß der erste Teil des Tests entweder als für die Intelligenz-Diagnose äußerst wesentlich oder als unwesentlicher Probedurchlauf beschrieben wurde. Das Maß für den Wandel beruhte auf den Unterschieden zwischen der ersten und der zweiten Konzeptlösung. Eine Trendanalyse ergab einen signifikanten linearen Zusammenhang zwischen Diskrepanz und Einstellungswandel bei geringer Festlegung, hingegen einen kurvilinearen Zusammenhang bei großer Festlegung. Hier trat der größte Einstellungswandel bei mäßiger Diskrepanz auf.

Der Einfluß der Glaubhaftigkeit: Die aufgrund der theoretischen Überlegungen zu erwartende Interaktion von Glaubwürdigkeit der Kommunikationsquelle und Diskrepanz wurde in einer Untersuchung von Aronson, Turner und Carlsmith (1963) belegt, die ihre Versuchspersonen neun unbekannte moderne Gedichte beurteilen und in eine Rangreihe bringen ließen. Anschließend wurde ihnen ein Aufsatz vorgelegt, der entweder T.S. Eliot oder einer „Miss Agnes Stearns, Studentin des Mississippi State Teachers College" zugeschrieben wurde. Dieser Aufsatz enthielt eine Beurteilung derselben neun Gedichte. Die Diskrepanz wurde durch die Abweichung der Aufsatz-Meinung vom Urteil der Versuchsperson manipuliert. Das von der Versuchsperson an vorletzter Stelle plazierte Gedicht wurde entweder als durchschnittlich (geringe Diskrepanz), als drittbestes (mittlere Diskrepanz) oder als bestes Gedicht (große Diskrepanz) beurteilt. Anschließend mußten die Versuchspersonen die Gedichte erneut in eine Rangordnung bringen. Außerdem wurden sie aufgefordert, Autor und Aufsatz zu bewerten.

Die Ergebnisse (Abbildung 6.3) stimmen recht gut mit den theoretischen Erwartungen überein. Der glaubhafte Kommunikator erzielte auf jeder Diskrepanz-Ebene eine größere Änderung im Urteil der Versuchspersonen als die wenig glaubhafte Kommunikationsquelle. Weiterhin zeigte sich der wenig glaubhafte Kommunikator bei großer Diskrepanz signifikant weniger einflußreich als bei mittlerer Diskrepanz, während die Wirkung des glaubhaften Kommunikators bei mittlerer und hoher Diskrepanz signifikant größer war als bei geringer Diskrepanz. Ein eindeutig kurvilinearer Zusammenhang ergab sich also nur für den wenig glaubhaften Kommunikator. In Bezug auf die Bewertung der Kommunikatoren stimmen die Ergebnisse weniger gut mit den theoretischen Erwartungen überein. Hier wurde zwar T.S.Eliot stets positiver beurteilt als Miss Stearns, die unterschiedliche Diskrepanz wirkte sich aber nicht nachweisbar auf die Beurteilung des Kommunikators aus. Sowohl nach dem Assimilations-Kontrast-Modell als auch nach der Dissonanztheorie hätte man zumindest für den wenig glaubhaften Kommunikator eine mit zunehmender Diskrepanz zunehmende Abwertung erwartet.

Diese Ergebnisse scheinen allerdings teilweise den Befunden einer Untersuchung von Bergin (1962) zu widersprechen, der Diskrepanz und Glaubhaftigkeit im Rahmen eines angeblichen Forschungsprojektes zur Persönlichkeitsdiagnostik manipulierte. Die Versuchspersonen, die sich auf einer Maskulinitäts-Femininitätsdimension beurteilt hatten, erhielten das Urteil einer zweiten Person (Mitarbeiter), das sich vom eigenen Urteil entweder mäßig, stark oder extrem unterschied. Diese zweite Person war entweder ein klinischer Psychologe, der sein Urteil aufgrund umfangreicher Persönlichkeitstests fällte, oder ein Schüler, dessen Urteil auf seinem persönlichen Eindruck beruhte. Anschließend mußten sich die Versuchspersonen erneut selbst beurteilen und außerdem die Fähigkeiten der Gutachter bewerten. Die Ergebnisse für den Meinungswandel sind in Abbildung 6.5 dargestellt. Während der Einfluß des glaubhaften Kommunikators mit wachsender Diskrepanz zunahm, fand sich beim wenig glaubhaften Kommunikator eine nicht signifikante negative Beziehung zwischen Diskrepanz und Einstellungswandel. Weiterhin wurde die Sachkenntnis des Gutachters in der glaubhaften Bedingung deutlich höher eingeschätzt als in der wenig glaubhaften Bedingung. Auch nahm die Bewertung der Fähigkeiten des wenig glaubhaften Kommunikators diesmal in Bestätigung der theoretischen Erwartungen mit zunehmender Diskrepanz ab.

Während die Befunde für den glaubhaften Kommunikator mit denen der Untersuchung von Aronson et al. (1963) übereinstimmen, zeigt sich bei den Ergebnissen der Bedingung mit geringer Glaubhaftigkeit ein gewisser Widerspruch. Bergin (1962) konnte den von Aronson et al. (1963) bei geringer Glaubhaftigkeit beobachteten kurvilinearen Zusammenhang zwischen Diskrepanz und Einstellungswandel nicht replizieren. Er fand keinen beziehungsweise einen nicht signifikanten negativen Zusammenhang. Dieser Widerspruch ist vermutlich zum Teil dadurch erklärbar, daß ein Schüler als Persönlichkeitsdiagnostiker doch deutlich weniger glaubhaft ist als eine Literaturstudentin als Literaturkritikerin. Zusätzlich liegt die geringste Diskrepanzstufe in der Untersuchung von Bergin (1962) vermutlich über der geringen Diskrepanz in der Arbeit von Aronson et al. (1963).

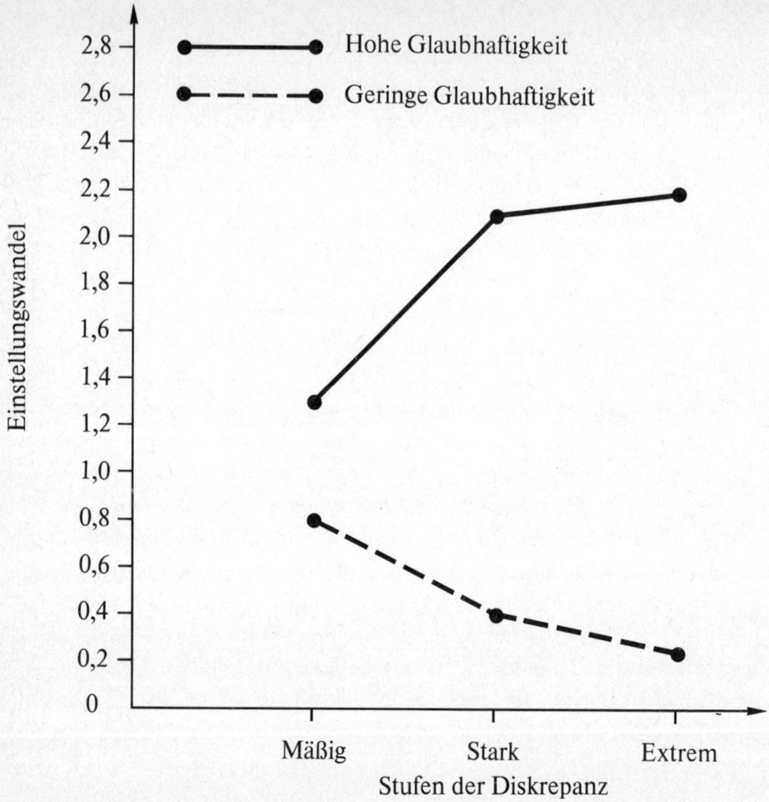

Abbildung 6.5: Einstellungswandel in Abhängigkeit von der Diskrepanz zwischen den Einstellungen von Kommunikator und Zielperson sowie der Glaubhaftigkeit des Kommunikators (nach Bergin, 1962).

Die Befunde von Aronson et al. (1963), Freedman (1964) und Hovland und Pritzker (1957) legen die Schlußfolgerung nahe, daß ein einigermaßen glaubhafter Kommunikator bei wenig involvierenden Themen über recht drastische Einflußmöglichkeiten verfügt. Dabei scheint es nicht selten zu gelingen, die Zuhörer vom Gegenteil ihrer bisherigen Position zu überzeugen. Gegen eine derartige Interpretation der Befunde läßt sich aber einwenden, daß die Diskrepanz in keiner der Untersuchungen über die gesamte mögliche Variationsbreite manipuliert wurde. Wäre dies geschehen, dann, so kann man behaupten (z.B. Sherif & Sherif, 1967; Whittacker, 1967), hätte man die im oberen Diskrepanzbereich zu erwartende Abnahme des Einflusses der Argumentationen mit Sicherheit nachweisen können.

Zur Prüfung dieses Einwandes führten Bochner und Insko (1966) eine Untersuchung durch, in der die Diskrepanz über den gesamten möglichen Diskrepanzbereich variiert wurde. Als Thema benutzten sie die Schlafdauer, die ein normaler Mensch pro Nacht benötigt. Dieses Thema hatte zwei Vorzüge: Erstens bestand bei den Versuchspersonen große Einmütigkeit darin, daß der Mensch pro Nacht etwa acht Stunden Schlaf braucht. Somit waren individuelle Vortests überflüssig. Weiterhin lag bei einer Argumentation für weniger Schlaf der Endpunkt der Diskrepanz-Manipulation

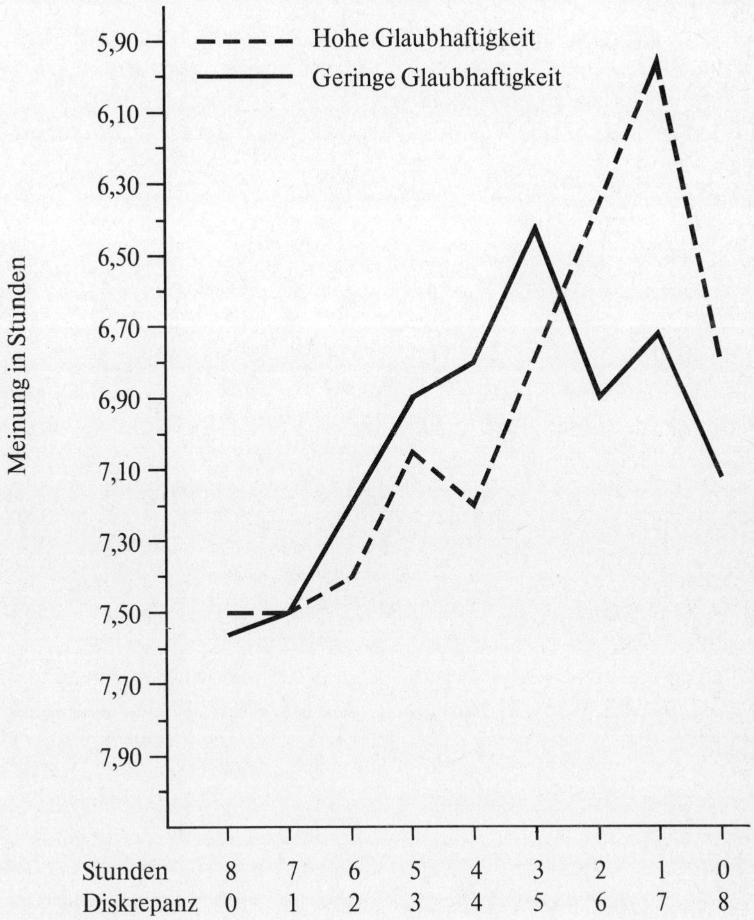

Abbildung 6.6: Einstellungswandel in Abhängigkeit von der Diskrepanz zwischen den Einstellungen von Kommunikator und Zielperson sowie der Glaubhaftigkeit des Kommunikators (nach Bochner und Insko, 1966).

mit 0 Stunden eindeutig fest. Die Diskrepanz wurde in neun Stufen (kein Schlaf bis acht Stunden Schlaf) manipuliert und die Kommunikation entweder einem glaubhaften Kommunikator (Sir John Eccles, Nobelpreisträger) oder einem wenig glaubhaften Kommunikator (dem Direktor des Vereins Christlicher Junger Männer in Fort Worth) zugeschrieben.

Der Einfluß der Kommunikation auf die Ansichten der Versuchspersonen ist in Abbildung 6.6 dargestellt. Erwartungsgemäß liegt das optimale Diskrepanzniveau für den glaubhaften Kommunikator höher als für den wenig glaubhaften Kommunikator. Bei einer Trendanalyse erwies sich allerdings nur der Zusammenhang für den wenig glaubhaften Kommunikator als signifikant kurvilinear. Die Bewertung von Kommunikation und Kommunikator wurde entgegen den theoretischen Erwartungen auch diesmal nur von der Glaubhaftigkeit, nicht aber dem Diskrepanzniveau beeinflußt.

6.5.1.4 Schlußfolgerungen

Läßt sich nun nach all diesen Ergebnissen etwas Definitives über den Zusammenhang von Diskrepanz und Einstellungswandel aussagen? Die Befunde legen insofern eine Ergänzung der in Abbildung 6.3 dargestellten theoretischen Beziehungen nahe, als die Diagonale vermutlich eine Bedingung kennzeichnet, die für die Zielperson nicht nur durch hohe Glaubhaftigkeit des Kommunikators, sondern auch durch geringe Bedeutsamkeit von Einstellungsthema und eigener Position charakterisiert ist. Die zur Abszisse parallel verlaufende Beziehung bezeichnet hingegen vermutlich eine Situation, in der entweder der Kommunikator unglaubwürdig oder aber das Einstellungsthema involvierend ist. Die kurvilinearen Beziehungen sind hingegen vermutlich für den Bereich mittlerer Glaubhaftigkeit und mittlerer Bedeutsamkeit typisch. Zur eindeutigeren Prüfung dieser Vorhersagen wäre eine Untersuchung wünschenswert, in der Diskrepanz, Glaubhaftigkeit und Involviertheit innerhalb desselben Versuchsplanes in mindestens drei Ausprägungen manipuliert würden, wobei sichergestellt sein müßte, daß die Ausprägungsgrade der einzelnen Variablen einigermaßen die auf den verschiedenen Dimensionen mögliche Variationsbreite reflektieren. Allerdings würden auch die Befunde einer derartigen Untersuchung wegen der großen Ähnlichkeit der aus den beiden Ansätzen hergeleiteten Erwartungen keine Entscheidungen zwischen diesen Theorien erlauben.

Problematisch sind allerdings die Ergebnisse der Bewertung von Kommunikation und Kommunikator. Hier ließ sich mit einer Ausnahme (Bergin, 1962) die von Dissonanztheorie und Assimilations-Kontrast-Modell vorhergesagte Beziehung von Diskrepanz und Abwertung nicht belegen. Selbst in Bedingungen, in denen ein kurvilinearer Zusammenhang zwischen Diskrepanz und Einstellungswandel zu beobachten war, wurde die Abnahme des Einstellungswandels im oberen Diskrepanzbereich nicht von einer Abwertung des Kommunikators begleitet. Während dieses Ergebnis den aus der Dissonanztheorie und dem Assimilations-Kontrast-Modell abgeleiteten Erwartungen widerspricht, wäre es mit dem Prozeß-Modell vereinbar, da hier der Einstellungswandel durch Widerlegung einer Argumentation und nicht durch ihre Abwertung verhindert wird.

6.5.2 Individuelle Unterschiede in der Beeinflußbarkeit

In Illustrierten und Magazinen wird nahezu wöchentlich über gutgläubige Menschen berichtet, die beträchtliche Vermögenswerte durch Schwindler und Hochstapler verloren haben. Wenn man etwa liest, wie jemand trotz ausreichender Warnung Millionen in wertlosen Kunstfälschungen angelegt oder durch Schwindelfirmen im Waren-Termingeschäft verloren hat, dann läßt dies die Existenz von beträchtlichen individuellen Unterschieden in der Beeinflußbarkeit vermuten.

Diese Frage hat Sozialpsychologen lange Jahre beschäftigt. Die beobachteten Zusammenhänge waren aber von derart chaotischer Vielfalt, daß die Mehrheit der Forscher bald das Interesse an dieser Fragestellung verlor. So wurden etwa bei der Untersuchung des Zusammenhanges von Selbstwertgefühl und Beeinflußbarkeit negative (Cohen, 1959; Janis, 1954, 1955; Janis & Field, 1959; Janis & Rife, 1959; Lesser & Abelson, 1959), positive (Nisbett & Gordon, 1967; Zellner, 1970) und kurvilineare Beziehungen (Nisbett & Gordon, 1967; Silverman et al., 1966; Zellner, 1970) berichtet. Auch bei anderen Persönlichkeitsmerkmalen wie etwa der Intelligenz ergab sich ein ähnliches Bild.

6.5.2.1 Die Prozeß-Analyse individueller Unterschiede

Die Situation änderte sich drastisch als McGuire (1968) mit seinem klassischen Aufsatz über „Personality and Susceptibility" Ordnung in das scheinbare Chaos der Ergebnisse brachte. McGuire (1968) faßte seine Analyse in einer Reihe von Thesen zusammen: Die erste These postuliert eine *multiple Vermittlung* des Einflußprozesses. McGuire (1968) bezieht sich damit auf die schon vertraute Annahme, daß Überredung auf mehreren Teilprozessen beruht, von denen Rezeption und Akzeptierung für die Analyse sozialpsychologischer Untersuchungen größte Bedeutung besitzen. Die These der *kompensatorischen Wirkungen* geht davon aus, daß der Einfluß von Persönlichkeitsmerkmalen auf Rezeption und Akzeptierung in der Regel gegenläufig ist. McGuire vermutet, daß Merkmale, die die Rezeption positiv beeinflussen, gewöhnlich einen negativen Einfluß auf die Akzeptierungsbereitschaft haben und umgekehrt. Die These der *situativen Gewichtung* besagt, daß die relative Bedeutsamkeit von Rezeption und Akzeptierung für die Beeinflussung von Situation zu Situation variiert. In seiner theoretischen Analyse unterscheidet McGuire (1968) drei klassische Situationen sozialen Einflusses, nämlich Suggestion, Konformität und Überredung. Bei der Suggestion wird gewöhnlich dieselbe Mitteilung wiederholt vorgebracht. Unterschiede in der Rezeption dürften hier kaum auftreten und die Beeinflußbarkeit müßte nahezu ausschließlich von der Akzeptierungsbereitschaft abhängen. In der Konformitätssituation werden Informationen über die abweichenden Meinungen einer anderen Person oder Personengruppe gegeben. Auch hier dürften Unterschiede in der Rezeption weniger bedeutsam sein als unterschiedliche Akzeptierungsbereitschaft. In der Überredungssituation hingegen, in der eine Empfehlung gewöhnlich durch eine Reihe von Argumenten begründet wird, spielt das Verständnis der Argumente eine bedeutsame Rolle. Die situative Gewichtung von Rezeption und Akzeptierung ist für die Vielfalt der beobachteten Zusammenhänge verantwortlich. Während man in Situationen, in denen die Beeinflußbarkeit nahezu ausschließlich von der Rezeption *oder* der Akzeptierungsbereitschaft abhängt, gegenläufig monotone Beziehungen zwischen den untersuchten Persönlichkeitsmerkmalen und der Beeinflußbarkeit erwarten würde, sollte aufgrund des kompensatorischen Prinzips in allen Situationen, in denen sowohl die Rezeption wie auch die Akzeptierungsbereitschaft wesentlich sind, eine kurvilineare Beziehung (umgekehrt U-förmig) auftreten. Die Fruchtbarkeit dieses Modells wird in der folgenden Darstellung der empirischen Befunde belegt werden.

6.5.2.2 Intelligenz und Beeinflußbarkeit

Bei der Untersuchung des Zusammenhanges von Intelligenz und Beeinflußbarkeit wurde anfänglich von der naheliegenden Annahme ausgegangen, daß intelligente Menschen schwerer zu beeinflussen sind als weniger intelligente, da sie die vorgebrachten Argumente oder Schlußfolgerungen kritischer analysieren. Wie McGuire (1968) anmerkte, beruht diese Vorhersage ausschließlich auf Annahmen über die Akzeptierungsbereitschaft und vernachlässigt mögliche Unterschiede in der Rezeption. Wenn zum Beispiel ein Wirtschaftsfachmann die Notwendigkeit von Steuererhöhungen mit einer Reihe von sachlich fundierten aber komplexen Argumenten begründet, beeinflußt diese Kommunikation hauptsächlich die Zuhörer, die seiner Argumentation zu folgen vermögen. Die Wahrscheinlichkeit, daß die Kommunikation verstanden wird, ist aber um so höher, je größer die Intelligenz der Zuhörer ist. Eine negative Beziehung zwischen Intelligenz und Beeinflussung sollte deshalb nur in Situationen auftreten, in denen keine intelligenzabhängigen Unterschiede in der Rezeption zu erwarten sind (z.B. Suggestions-Situationen). Bei Kommunikationen mittlerer Komplexität und Plausibilität, in denen Intelligenz sowohl Rezeption wie auch Akzeptierung beeinflußt, müßte eine umgekehrt U-förmige Beziehung zwischen Intelligenz und Beeinflußbarkeit auftreten, wobei der Wendepunkt der Kurve mit zunehmender Komplexität bei immer höheren Intelligenzstufen liegen sollte. Bei extrem großer Komplexität würde die Beeinflussung schließlich allein vom Verständnis abhängen. Hier wäre eine positive Beziehung zwischen Intelligenz und Einstellungswandel zu erwarten. Allerdings dürfte diese Vorhersage nur dann eintreffen, wenn die Argumentation nicht nur komplex, sondern auch sachlich fundiert ist, die Argumente also jemanden, der sie versteht auch überzeugen. Ist die Argumentation hingegen fehlerhaft und wenig plausibel, wäre auch bei hoher Komplexität ein negativer Zusammenhang zwischen Intelligenz und Beeinflußbarkeit zu erwarten.

Eagly und Warren (1976) prüften einige dieser Überlegungen in einer Untersuchung, in der Schüler einer Kommunikation ausgesetzt wurden, die gegen zu häufiges Zähneputzen und gegen die Wirksamkeit von Penicillin argumentierte. In der Bedingung mit geringer Komplexität wurde nur eine Schlußfolgerung gegeben, die angeblich auf neueren Forschungsarbeiten beruhte. Die Situation entsprach also eher einem Konformitäts- als einem Überredungs-Kontext. In der Bedingung mit hoher Komplexität wurden zusätzlich zu der Schlußfolgerung fünf überzeugende Argumente vorgebracht, die die Forscher angeblich zu ihrer Empfehlung bewegt hatten. Die Befunde bestätigen die aus dem Prozeß-Modell abgeleiteten Vorhersagen. Die komplexe Argumentation überzeugte intelligente Schüler mehr als weniger intelligente, während die einfache Argumentation bei den weniger intelligenten am einflußreichsten war. Allerdings waren diese Unterschiede nicht besonders ausgeprägt. Bei einem Erinnerungstest fand sich eine signifikante Interaktion zwischen Komplexität und Intelligenz der Versuchspersonen. Zwar erinnerten sich die intelligenten Schüler in beiden Bedingungen besser an das Material als die weniger intelligenten, aber der Unterschied zwischen den einzelnen Intelligenzstufen war bei der komplexen Argumentation deutlich größer. Dies stützt die Annahme, daß der Einfluß der Intelligenz auf die Rezeption bei komplexen Argumenten größer ist als bei einfacher Argumentation. Insgesamt stimmen also die Ergebnisse mit den aus dem Prozeß-Modell abgeleiteten theoretischen Erwartungen überein.

6.5.2.3 Selbstwertgefühl und Beeinflußbarkeit

Aus nicht völlig einsichtigen Gründen ist das Selbstwertgefühl die Persönlichkeitseigenschaft, die in diesem Bereich am häufigsten untersucht wurde. Die Analyse des Zusammenhanges von Selbstwertgefühl und Beeinflussung (McGuire, 1968; Nisbett & Gordon, 1967; Zellner, 1970) geht von einer positiven Beziehung dieses Merkmales zur Rezeption und einer negativen zur Akzeptierungsbereitschaft aus. Die positive Beziehung zur Rezeption wird damit begründet, daß Menschen mit hohem Selbstwertgefühl intelligenter seien und größeres Interesse an ihrer Umwelt aufwiesen als solche mit niedrigem Selbstwertgefühl. Mit hohem Selbstwertgefühl ist man aber auch überzeugter von der Richtigkeit der eigenen Positionen und deshalb weniger bereit, diskrepante Meinungen zu akzeptieren.

Somit hängt wie bei der Intelligenz, auch beim Selbstwertgefühl die genaue Beziehung zur Beeinflußbarkeit von der Komplexität und Plausibilität der Argumente ab. Bei einfachen Empfehlungen, die ohne Begründung gegeben werden, ist ein negativer Zusammenhang zu erwarten. Werden plausible Argumente mittlerer Komplexität vorgebracht, sollte eine kurvilineare Beziehung (umgekehrt U-förmig) auftreten. Bei überzeugenden Argumenten hoher Komplexität muß schließlich mit einer positiven Beziehung gerechnet werden. Da man aber den Grad der Plausibilität und Komplexität von Kommunikationen im nachhinein nur schwer beurteilen kann, besitzen Experimente, in denen dieser Faktor nicht spezifisch manipuliert wurde, nur geringe Aussagekraft über die Gültigkeit des Prozeß-Modells. Im folgenden wird deshalb nur auf Untersuchungen eingegangen, die diesen Anforderungen Genüge tun.

In einem Experiment von Gollob und Dittes (1965) wurde entweder mit komplexen oder mit einfachen Argumenten für eine Umorientierung der Krebsforschung plädiert. Selbstwertgefühl wurde mittels falscher Erfolgsrückmeldung bei einem Fähigkeitstest manipuliert. Weiterhin wurde das chronische Selbstwertgefühl mit dem „Feelings of Inadequacy"-Test (Janis & Field, 1959) erfaßt. Bei dem manipulierten Selbstwertgefühl fand sich die erwartete Interaktion mit der Komplexität. Während die einfachen Argumente bei Versuchspersonen mit gesenktem Selbstwertgefühl effektiver waren als bei solchen mit erhöhtem Selbstwertgefühl (negative Beziehung), zeigte die komplexe Argumentation nach einer Erfolgsrückmeldung die größere Wirksamkeit. Zwischen chronischem Selbstwertgefühl und Beeinflußbarkeit ließ sich kein Zusammenhang feststellen, was an der geringen Streubreite des Merkmals unter den erstsemestrigen Studenten der Yale-Universität, die als Versuchspersonen dienten, gelegen haben mag.

In einer Untersuchung von Nisbett und Gordon (1967) erhielten Versuchspersonen Argumentationen, die ihre Meinung über eine Reihe von medizinischen Zusammenhängen angriffen. Die einfache Kommunikation enthielt nur Schlußfolgerungen, die nicht weiter begründet wurden, während die komplexe Manipulation jede Schlußfolgerung mit einer Reihe von Argumenten stützte. Wie schon Gollob und Dittes (1965) verwendeten auch Nisbett und Gordon (1967) neben einer Messung des chronischen Selbstwertgefühles eine Selbstwert-Manipulation durch falsche Rückmeldung über die Leistung bei einem Intelligenztest. Diesmal erwiesen sich jedoch die Befunde für das manipulierte Selbstwertgefühl als problematisch. Sie widersprachen tendenziell den Vorhersagen. Der zwischen chronischem Selbstwertgefühl und Beeinflußbarkeit beobachtete Zusammenhang ent-

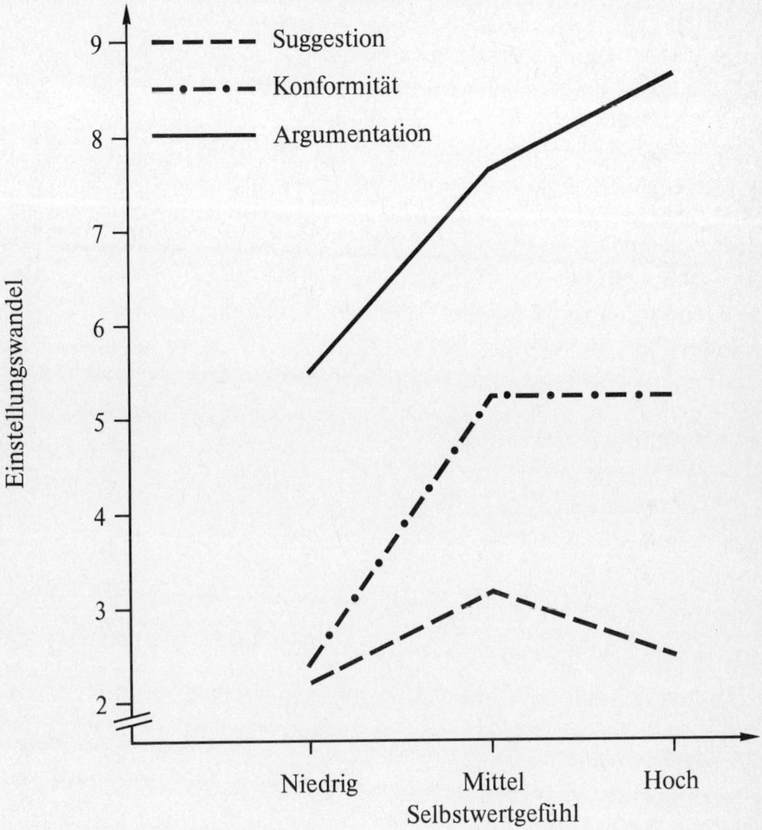

Abbildung 6.7: Beeinflußbarkeit in Abhängigkeit von Selbstwertgefühl und Komplexität der Kommunikationssituation (nach Zellner, 1970).

sprach hingegen den Vorhersagen von Nisbett und Gordon (1967). Er war bei der einfachen Kommunikation signifikant kurvilinear (umgekehrt U-förmig), bei der komplexen Argumentation hingegen monoton und positiv. Die einfache Kommunikation erwies sich also bei mittlerem Selbstwertgefühl am effektivsten, während der Einfluß der komplexen Kommunikation mit zunehmendem Selbstwertgefühl größer wurde.

Zellner (1970) führte die bisher umfangreichste Untersuchung durch und variiert sowohl das Selbstwertgefühl als auch die Komplexität der Kommunikationssituation in drei Stufen. Selbstwertgefühl wurde mittels falscher Rückmeldung über das Ergebnis bei einem Persönlichkeits- und Intelligenztest in drei Stufen manipuliert. Das chronische Selbstwertgefühl wurde mit einer Reihe von gängigen Skalen erfaßt. Zellner (1970) manipulierte auch die Komplexität der Kommunikationssituation in drei Stufen: In einer Suggestionssituation, die als Schreibtest dargestellt wurde, mußten die Versuchspersonen eine bestimmte Empfehlung so oft schreiben, wie dies während der Dauer von zwei Minuten möglich war. In der Konformitätssituation mußten sie einen Bogen durchlesen, der unter zahlreichen Schlußfolgerungen über gesundheitliche Zusammenhänge auch die kritischen Empfehlungen enthielt. In der Argumentationssituation wurden schließlich Empfehlungen vorgebracht und ausführlich begründet. Die Ergebnisse sind diesmal zwar für das manipulierte wie für das chronische Selbstwertgefühl gleichläufig, erreichen aber nur für das manipulierte Selbstwertgefühl ein akzeptables Signifikanzniveau. Abbildung 6.7 stellt die Befunde in den drei Einflußbedingungen dar. Wenn man die Beeinflußbarkeit bei höchstem Selbstwertgefühl mit dem der mittleren Gruppe vergleicht, zeigt die höchste Gruppe geringere Beeinflußbarkeit in der Konformitätssituation und größere Beeinflußbarkeit in der Argumentationssituation. Auch diese Befunde lassen sich mit dem Prozeß-Modell vereinbaren.

6.5.2.3 Schlußfolgerungen

Die in diesem Abschnitt besprochenen Befunde stimmen insgesamt recht gut mit den Vorhersagen des Prozeß-Modells überein. Es ist jedoch nicht eindeutig, ob diese Korrespondenz tatsächlich als Hinweis auf die Gültigkeit der McGuire'schen Theorie gewertet werden kann oder aber das gemeinsame Ergebnis einer Vielzahl von theoretisch erlaubten Beziehungen und einer äußerst ungenauen Manipulation der theoretisch relevanten Variablen darstellt. Diese Zweifel werden noch dadurch genährt, daß selbst mit den einfachen Kommunikationen in den Untersuchungen von Nisbett und Gordon (1967) und Zellner (1970) der früher so häufig zwischen Selbstwertgefühl und Beeinflussung beobachtete monoton-negative Zusammenhang nicht nachgewiesen werden konnte. Trotz der etwa von Zellner (1970) in ihrer Suggestions-Bedingung beobachteten kurvilinearen Beziehung ist kaum einzusehen, wie hier intelligenzabhängige Unterschiede im Verständnis der Kommunikation auftreten konnten.

Weiterhin ist fragwürdig, ob in den einzelnen Untersuchungen tatsächlich die Komplexität der Argumentation manipuliert wurde. Bei einer genauen Betrachtung der Operationalisierungen gewinnt man eher den Eindruck, daß einfache Kommunikationen aus Empfehlungen, die nicht weiter begründet wurden, komplexe Kommunikationen hingegen aus ausführlich begründeten Empfehlungen bestanden. Skolnick und Heslin (1971) vermuteten dann auch, daß in der Regel nicht die Komplexität, sondern die Qualität der Argumente manipuliert wurde. Sie ließen ihre Versuchspersonen einige der in den Untersuchungen des Zusammenhanges von Selbstwertgefühl und Beeinflussung verwendeten Kommunikationen sowohl nach Komplexität als auch nach Qualität der Argumentation bewerten. In Bestätigung ihrer Erwartungen zeigte sich zwischen Kommunikationen, die zu einer monoton-negativen Beziehung geführt hatten, und solchen, bei denen ein kurvilinearer Zusammenhang aufgetreten war, zwar ein Unterschied in der perzipierten Qualität, nicht aber in der Komplexität der Argumente. Dieser Befund, bei dem allerdings die Ergebnisse der Arbeit von Zellner (1970) unberücksichtigt blieben, läßt sich nur schwer mit den Annahmen des Prozeß-Modells vereinbaren.

6.5.3 Geschlechterunterschiede in der Beeinflußbarkeit

Nach der chaotischen Widersprüchlichkeit, die lange Zeit die Befunde von Untersuchungen des Zusammenhanges von Persönlichkeitseigenschaften und Beeinflußbarkeit charakterisierte, war es stets angenehm auf Geschlechterunterschiede zu sprechen zu kommen, da sich hier ein völlig anderes Bild ergab. Wie jedermann weiß, sind Frauen leichter beeinflußbar als Männer, und dies schien durch die sozialpsychologische Forschung auch ausreichend belegt zu sein. So kamen Hovland und Janis (1959) aufgrund der Untersuchungen der Yale-Gruppe zu dem Schluß, daß Frauen insgesamt leichter zu beeinflussen sind als Männer. Auch McGuire (1969) faßte in seinem einflußreichen Kapitel im „Handbook of Social Psychology" den Stand der Einstellungsforschung in diesem Sinne zusammen:

> „Es scheint ein eindeutiger Geschlechterunterschied in der Beeinflußbarkeit aufzutreten. Frauen sind leichter zu beeinflussen als Männer. Beispiele dafür lassen sich über einen weiten Bereich von Einflußsituationen finden" (S. 251).

Diese Ansicht wurde in praktisch alle Lehrbücher der Sozialpsychologie übernommen.

Weniger Einigkeit herrschte allerdings über die theoretische Erklärung dieser Befunde. Hovland und Janis (1959) vermuteten, daß die höhere Beeinflußbarkeit der Frauen auf Geschlechterunterschieden in der Sozialisation beruht. Während Frauen zur Submissivität und Nachgiebigkeit erzogen werden, wird bei Männern auf Unabhängigkeit und selbständiges Denken Wert gelegt. McGuire (1969) meldete jedoch Bedenken gegen diese Erklärung an, da sie ausschließlich Unterschiede in der Akzeptierungsbereitschaft für die Geschlechterunterschiede verantwortlich mache. Wenn aber die erhöhte Beeinflußbarkeit der Frauen tatsächlich allein auf einer erhöhten Akzeptierungsbereitschaft beruhen würde, dann müßte man in Suggestionsuntersuchungen größere Geschlechterunterschiede erwarten als in Überredungskontexten. Tatsächlich finden sich aber gerade bei der Suggestibilität nur äußerst schwache Unterschiede (Hilgard, 1965).

Als alternative Erklärung schlug McGuire (1969) vor, daß die größere Beeinflußbarkeit der Frauen auf einer besseren Rezeption der Kommunikation beruht. Frauen scheinen größere verbale Fähigkeiten zu besitzen als Männer, und es ist deshalb wahrscheinlich, daß sie auch die in den Kommunikationen enthaltenen Argumente besser verstehen. Dies würde ihre erhöhte Beeinflußbarkeit erklären. Gegen diese Interpretation spricht allerdings, daß sich Geschlechterunterschiede am häufigsten in Konformitätssituationen feststellen lassen (Eagly, 1978), also einem Kontext, in dem das Verständnis von Informationen nur eine untergeordnete Rolle spielt.

Als weitere mögliche Ursache für die Geschlechterunterschiede in Kommunikationsuntersuchungen sieht McGuire (1968) die Thematik vieler Argumentationen, die in diesen Untersuchungen Verwendung fanden. Diese Kommunikationen, die von den meist männlichen Versuchsleitern verfaßt wurden, behandeln vielfach Themen, über die Frauen weniger gut informiert sind als Männer. So werden relativ häufig wirtschaftliche, politische oder militärische Fragestellungen verwendet. Wenn aber Männer über bessere Vorinformationen verfügen, sollte es ihnen auch leichter fallen, effektive Gegenargumente zu formulieren. Dies würde die größere Wirksamkeit dieser Kommunikationen bei den weiblichen Versuchspersonen erklären.

Eagly (1978) dehnte diese Überlegungen auf Untersuchungen in Konformitätssituationen aus. Auch hier werden häufig Einstellungs-Items zu politischen und sozialen Fragen verwendet, über die Frauen weniger gut Bescheid wissen als Männer und sich deshalb vermutlich auch ihrer eigenen Position weniger sicher sind. Selbst bei den visuellen Reizen, wie sie gewöhnlich in der Asch-Situation (Asch, 1956) verwendet werden, sind

Frauen relativ zu Männern benachteiligt, da sie über schlechtere visuell-räumliche Fähigkeiten verfügen. Nach diesen Überlegungen sind also Frauen nur deshalb leichter beeinflußbar, weil in der Mehrzahl der Untersuchungen Urteile in Bereichen verlangt wurden, in denen Frauen weniger kompetent sind als männliche Versuchspersonen.

Bei dieser Kritik konnte es nicht ausbleiben, daß man sich erneut mit der empirischen Berechtigung der Schlußfolgerungen über Geschlechterunterschiede befaßte. Diese Analyse (Eagly, 1978) führte zu einem überraschenden Ergebnis. Obwohl sich Frauen in Konformitätsuntersuchungen als tatsächlich leichter beeinflußbar erwiesen als männliche Versuchspersonen, ließen sich vergleichbare Unterschiede bei Kommunikationsuntersuchungen kaum belegen. Bei Durchsicht von 62 Untersuchungen, in denen die Möglichkeit von Geschlechterunterschieden in der Beeinflußbarkeit geprüft wurde, fand Eagly (1978) nur zehn Arbeiten (16%), in denen sich Frauen als leichter beeinflußbar erwiesen. In all diesen Untersuchungen waren politische oder militärische Themen verwendet worden. Weiterhin ergab sich ein eindeutiger historischer Trend. Von 22 Untersuchungen, die vor 1970 veröffentlicht wurden, erwiesen sich Frauen in sieben (32%) als leichter beeinflußbar. In den 40 nach 1970 veröffentlichten Arbeiten fand sich hingegen nur in drei (8%) ein Geschlechterunterschied. Die Gründe für diesen Trend sind allerdings im nachhinein schwer festzustellen. Es ist möglich, daß die „Women's Liberation"-Bewegung die Frauen zu größerer Unabhängigkeit motiviert hat oder daß sie sich inzwischen besser über politische Fragen informieren. Weiterhin ist natürlich denkbar, daß die schon in den sechziger Jahren häufiger werdenden weiblichen Sozialpsychologen auch in den Kommunikationsuntersuchungen „Geschlechter-faire" Themen verwendeten. Für diese letzte Annahme spricht ein Befund von Eagly (persönliche Mitteilung), daß das Geschlecht der Autoren die beste Vorhersage von Geschlechterunterschieden in der Beeinflussung erlaubt. Männer finden Frauen leichter beeinflußbar. Immerhin!

6.5.4 Induzierte Unterschiede in der Beeinflußbarkeit

6.5.4.1 Widerlegungstraining als Schutz: Die „Impf-Theorie" von McGuire

Die in jahrzehntelanger Forschung erworbene Kenntnis der Determinanten des Einstellungswandels kann natürlich nicht nur zur Entwicklung besserer Beeinflussungsmethoden verwendet werden, sondern auch dazu, die individuelle Resistenz gegen Einflußnahmen zu erhöhen. Ein recht erfolgreicher Versuch in dieser Richtung wurde von McGuire (1964) unternommen, der sein Verfahren aus seiner „Impf-Theorie" (Innoculation Theory) ableitete, die auf einer Analogie zur Medizin beruht. McGuire überlegte sich nämlich, ob nicht die Maßnahmen, die traditionell zur Erhöhung der körperlichen Resistenz gegen Krankheitserreger zur Anwendung gebracht werden, Hinweise darauf erlauben würden, wie man auch in der sozialen Situation die menschliche Resistenz gegen bestimmte Versuche der propagandistischen Einwirkung oder Beeinflussung erhöhen könnte. Allerdings betont McGuire, daß er die Analogie nicht so verstanden wissen möchte, daß Beeinflußbarkeit als krankhaft und Resistenz als gesund betrachtet wird. Auch katatonisch Schizophrene und manche Schwachsinnige zeigen sich gegenüber Beeinflussung äußerst resistent.

Zwei in der Gesundheitsfürsorge beliebte Methoden zur Erhöhung der Resistenz gegen Krankheitserreger sind die *unterstützende Therapie* und die *Impfung*. Wenn man zum Beispiel eine Grippe vermeiden will, kann man versuchen, die Abwehrkräfte des Organismus dadurch zu stärken, daß man gesund lebt, vitaminreich ißt und viel schläft. Wirksameren Schutz erhält man jedoch durch eine Impfung. Hier werden die Abwehrkräfte des Körpers dadurch stimuliert, daß man ihn einer geschwächten Form des Krankheitserregers aussetzt. Analog könnte man jemanden gegen Überredungsversuche resistent zu machen versuchen, indem man ihm entweder eine Reihe von Argumenten vorlegt, die seine Meinung stützen, oder aber ihn vor dem eigentlichen Angriff auf seine Überzeugungen einigen relativ schwachen Argumenten aussetzt, die seine Überzeugungen angreifen und ihn diese Argumente widerlegen lassen. McGuire vermutet, daß auch in der sozialen Situation eine derartige „Impfung" mit abgeschwächten Gegenargumenten wirksamer sein würde als eine „unterstützende Therapie". Die größere Effektivität der Impfung würde darauf beruhen, daß sie die Person motiviert, schon vor dem eigentlichen Angriff über Gegenargumente nachzudenken.

Eine derartige „Impfung" ist vermutlich dann besonders wirksam, wenn sich der Angriff auf Überzeugungen richtet, die in einer Gesellschaft derart weit verbreitet sind, daß es praktisch nie notwendig war, diese Ansichten zu verteidigen. Beispiele für solche „kulturellen Selbstverständlichkeiten" wären die Annahme, daß man sich nach jeder Mahlzeit die Zähne putzen sollte oder daß Geisteskrankheiten nicht ansteckend sind. Wenn man es nie notwendig hatte, eine bestimmte Meinung durch Argumente zu stützen, dann wird es einem in der Überredungssituation äußerst schwer fallen, geeignete Gegenargumente vorzubringen. Man wird deshalb leicht Opfer des Überredungsversuches. Durch den in der „Impfung" enthaltenen Scheinangriff macht man hingegen die Erfahrung, daß diese Ansichten angreifbar sind, und man wird dadurch motiviert, über Gegenargumente nachzudenken.

In einer ersten Untersuchung verglichen McGuire und Papageorgis (1961) die relative Wirksamkeit von „Impfung" und „Stützungstherapie" als Verfahren zur Erhöhung der Resistenz gegen Überredungsversuche. In den Stützungsbedingungen wurden den Versuchspersonen Argumente vorgelegt, die eine bestimmte allgemein als richtig akzeptierte Meinung stützten und die weiterhin in Kurzaufsätzen begründet wurden. In den Impf-Bedingungen wurden hingegen Argumente gegeben, die gegen eine weit verbreitete Ansicht sprachen, die aber dann in Kurzaufsätzen widerlegt wurden. Zur Prüfung der Effektivität dieser Maßnahme wurden die Versuchspersonen in einer zweiten Sitzung Kommunikationen ausgesetzt, in denen die so vorbehandelten Überzeugungen als irrig angegriffen wurden. Als Kontroll-Bedingung wurde dabei auch jeweils eine durch kein Vortraining verstärkte Überzeugung attackiert.

Die Ergebnisse belegen eindeutig die Überlegenheit des Widerlegungstrainings gegenüber der Stützung. Während die Überzeugung der Versuchspersonen von der Richtigkeit der durch Stützung vorbehandelten Meinungen nach dem Angriff kaum über der von der Richtigkeit der nicht vorbehandelten Kontroll-Items lag, erwiesen sich die durch Widerlegungstraining gestärkten Überzeugungen als äußerst resistent. Allerdings verlieren diese Befunde etwas an Überzeugungskraft, wenn man erfährt, daß die beim Widerlegungstraining benutzten Argumente dieselben waren, die später für den Angriff auf die Meinungen verwendet wurden. Damit bleibt unklar, ob die Wirkung des Widerlegungstrainings, wie nach der Theorie zu erwarten, darin bestand, daß die Versuchspersonen durch das Training zum Nachdenken über die zuvor als selbstverständlich akzeptierten Meinungen stimuliert wurden oder ob die Wirkung darauf beruhte, daß spezifische Argumente zur Widerlegung des späteren Angriffes vorgegeben wurden.

Papageorgis und McGuire (1961) prüften diese alternativen Erklärungen in einer Untersuchung, in der beim Widerlegungstraining entweder dieselben oder andere Argumente benutzt wurden wie bei den späteren Angriffen auf die Meinungen. Ein Stützungstraining wurde in dieser Untersuchung nicht durchgeführt. Wiederum erhöhte das Widerlegungstraining die Resistenz der vorbehandelten Überzeugungen relativ zu den Kontroll-Meinungen. Zwischen den beiden Impf-Bedingungen fand sich hingegen kein signifikanter Unterschied, was die Annahme stützt, daß die Wirkung des Widerlegungstrainings auf der Motivierung der Versuchspersonen zum Nachdenken über Gegenargumente beruht und nicht auf der Bereitstellung spezifischer Gegenargumente.

Diese Interpretation wurde auch in einer Untersuchung von Anderson (1962) gestützt, in der ein Teil der Versuchspersonen vor dem Widerlegungstraining die Zusicherung erhielt, daß ihre Ansicht über die Meinungsaussagen allgemein geteilt wurde. Dies sollte ihre Sicherheit in die Richtigkeit dieser Ansichten weiter erhöhen und damit die Wirkung des nachfolgenden Widerlegungstrainings vermindern. Tatsächlich erwies sich der spätere Angriff bei diesen Versuchspersonen als signifikant effektiver als bei Teilnehmern, die einem Widerlegungstraining unterzogen wurden, ohne zuvor Informationen über eine allgemeine Übereinstimmung erhalten zu haben. Dieses Ergebnis ist besonders interessant, da es zeigt, daß soziale Unterstützung nicht immer die Resistenz gegen Überredung erhöht. Bei Meinungen, die schon als kulturelle Selbstverständlichkeiten akzeptiert werden, scheint zusätzliche soziale Unterstützung zu übermäßiger Sicherheit zu verleiten und damit die Widerstandsfähigkeit gegenüber Überredung zu vermindern.

6.5.4.2 Vorwarnung als Schutz vor Überredung

Nach der Analyse von McGuire (1964) beruht die Schutzwirkung des Widerlegungstrainings hauptsächlich darauf, daß es auf die potentielle Angreifbarkeit von zuvor für unangreifbar gehaltenen Standpunkten aufmerksam macht und dazu motiviert, sich über Gegenargumente Gedanken zu machen. Während bei den von McGuire benutzten „kulturellen Selbstverständlichkeiten" ein gewisses Training in der Widerlegung von Argumenten, die gegen den akzeptierten Standpunkt sprechen, notwendig ist, müßte es bei weniger kritiklos akzeptierten Meinungen als Schutz genügen, die Versuchsperson vor einem Angriff zu warnen. Sobald sie den Angriff auf einen bestimmten von ihr vertretenen Standpunkt erwartet, kann sie sich durch antizipatorische Gegenargumentation auf die Abwehr des Überredungsversuches vorbereiten und sollte somit schwerer zu überzeugen sein.

Die Annahme, daß die Warnung vor einem Angriff auf eine bestimmte Position die Überredbarkeit der Versuchspersonen vermindert, wurde erstmals von Allyn und Festinger (1961) überprüft. In dieser Untersuchung wurden Schüler einem Kommunikator ausgesetzt, der für eine Heraufsetzung des Mindestalters für den Führerscheinerwerb plädierte, ein bei Schülern unpopulärer Standpunkt. Die Hälfte der Versuchspersonen wurde bei Vorstellung des Redners gewarnt, daß dieser für eine stärkere Konrolle jugendlicher Autofahrer argumentieren würde (Warnungs-Bedingung) und daß sie anschließend ihre eigene Meinung zu dieser Frage angeben müßten. Die anderen Versuchspersonen wurden nicht gewarnt und glaubten weiterhin, daß sie die Persönlichkeit des Redners einzuschätzen hätten. Während sich im mittleren Meinungswandel kein Unterschied zwischen den Bedingungen ergab, fand sich im Prozentsatz der Versuchspersonen, die einen deutlichen Einstellungswandel aufwiesen, ein signifikanter Unterschied in der erwarteten Richtung. Von den gewarnten Versuchspersonen änderten nur 20% ihre Meinung, hingegen 43% von den nicht gewarnten.

So gut dieses letzte Ergebnis mit unseren Überlegungen vereinbar ist, bleibt fraglich, ob diese Unterschiede als Folge der Warnung interpretiert werden dürfen, da sich die beiden Versuchsbedingungen neben der Warnungsmanipulation noch in anderer Hinsicht voneinander unterscheiden. So erwarteten etwa nur die gewarnten Versuchspersonen, daß sie später nach ihrer Meinung gefragt würden, was sie zu einer kritischen Auseinandersetzung mit den vorgebrachten Argumenten veranlaßt haben mag. Eine weitere alternative Erklärung der Befunde, auf die Allyn und Festinger selbst hinweisen, geht von der Annahme aus, daß nicht die Warnung die Wirkung der Kommunikation in der Experimentalgruppe verminderte, sondern die in der Kontrollgruppe gegebene Anweisung, die Persönlichkeit des Sprechers zu beurteilen, die Wirksamkeit der Kommunikation in dieser Bedingung erhöhte, indem sie die Zuhörer ablenkte und an der Formulierung effektiver Gegenargumente hinderte. Wie wir ja inzwischen wissen, führt Ablenkung häufig zu einer Erhöhung des aus einer Kommunikation resultierenden Einstellungswandels. Bei dieser Vieldeutigkeit der Ergebnisse wird für immer fraglich bleiben, ob die Untersuchung von Allyn und Festinger (1961) als erste Demonstration der Wirkung der Vorwarnung oder der von Ablenkungseffekten zu gelten hat.

Die Ergebnisse einer Untersuchung von Freedman und Sears (1965) bestätigen jedoch die Wirkung der Warnung und stützen weiterhin die Interpretation des Warnungseffektes als Folge antizipatorischer Gegenargumentation. Freedman und Sears setzten Schüler einer Kommunikation aus, in der wie bei Allyn und Festinger für eine Einschränkung der Fahrerlaubnis für Jugendliche plädiert wurde. Die Versuchspersonen wurden entweder vor Beginn des Vortrages auf den Standpunkt des Redners hingewiesen, oder sie hörten den Vortrag ohne Vorwarnung. Erwartungsgemäß zeigten die Argumente bei den nicht vorgewarnten Versuchspersonen eine signifikant größere Wirkung.

Weiterhin manipulierten Freedman und Sears aber auch den Zeitraum zwischen der Warnung und der Kommunikation. Wenn nämlich die Wirkung der Warnung tatsächlich darauf beruht, daß Versuchspersonen vorsorglich Argumente gegen einen möglichen Überredungsversuch formulieren, sollte die Wirkung der Warnung zumindest im Zeitraum einer experimentellen Sitzung um so geringer sein, je weniger Zeit der Versuchsperson zwischen Warnung und Kommunikation gelassen wird. Freedman und Sears, die die Versuchspersonen in den Warnungsbedingungen entweder zwei oder zehn Minuten vor der Kommunikation über den Standpunkt des Kommunikators aufklärten, fanden dann auch nach einem Zeitraum von zehn Minuten eine deutlich, wenn auch nicht signifikant größere Wirkung der Warnung. Dieser Effekt konnte in einer späteren Untersuchung von Hass und Grady (1975) statistisch zuverlässig nachgewiesen werden.

Petty und Cacioppo (1977) unterzogen diese Interpretation der Wirkung von Warnungen einer direkten Prüfung, indem sie untersuchten, ob vorgewarnte Versuchspersonen die Zeit bis zur Darbietung der Kommunikation tatsächlich zur Formulierung von Gegenargumenten benutzten. In einem zwei-faktoriellen Versuchsplan manipulierten sie die Warnung vor der zu erwartenden Argumentation und die Aufforderung, vor Anhörung der Kommunikation die Gedanken der letzten Minuten schriftlich aufzuführen. Nach Darbietung der Argumentation wurde die Einstellung der Versuchspersonen zum fraglichen Thema erfaßt. Erwartungsgemäß zeigte sich, daß vorgewarnte Versuchspersonen mehr Gegenargumente aufführten und durch die Kommunikation weniger beeinflußt wurden als nicht vorgewarnte Personen. Die Aufforderung, die Gedanken aufzuschreiben, zeigte keine nachweisbare Wirkung auf die Größe des Einstellungswandels.

Wenn die Wirkung der Warnung tatsächlich ausschließlich darauf beruht, daß die Versuchspersonen zur vorsorglichen Gegenargumentation angeregt werden, dann sollte jedes Verfahren, das sie zur Formulierung von Gegenargumenten veranlaßt, eine mit der Warnung vergleichbare Wirkung auf den aus der Kommunikation resultierenden Einstellungswandel ausüben.

Petty und Cacioppo (1977; Experiment 2) prüften diese Überlegungen in einer Untersuchung, in der sie studentische Versuchspersonen mit oder ohne Warnung, einem Vortrag aussetzten, in dem argumentiert wurde, daß alle Studenten während der ersten beiden Studienjahre gezwungen werden sollten, in Studentenheimen zu wohnen, ein Standpunkt, dem kaum einer der Studenten zustimmte. Nachdem die Versuchspersonen einige Minuten auf den Beginn des Versuches gewartet hatten, wurde die Hälfte der Versuchspersonen gebeten, ihre Gedanken der letzten Minute aufzuschreiben. Die andere Hälfte wurde aufgefordert, die nächsten Minuten dazu zu verwenden, Gedanken zu der These zu sammeln, daß Studenten bis zum vierten Semester in Wohnheimen wohnen sollten. Anschließend wurden alle Versuchspersonen dem einstellungskonträren Vortrag ausgesetzt und ihre Einstellung erfaßt. Die Kommunikation führte nur in der Gruppe zu signifikantem Einstellungswandel, die nicht vorgewarnt war und die ihre (tatsächlichen) Gedanken während der Wartezeit aufzuführen hatte. Die Einstellungen der anderen drei Gruppen unterschieden sich nicht signifikant von denen einer Kontrollgruppe ohne Kommunikation. Die Warnung führte also in der Gruppe, die vermutlich aufgrund der Instruktion durch den Versuchsleiter die Zeit vor der Kommunikation damit verbrachte, Argumente gegen den Wohnzwang zu formulieren, zu keiner nachweisbaren Erhöhung der Resistenz gegen den späteren Überredungsversuch.

Zusammenfassend kann also festgestellt werden, daß ein Angriff auf die Überzeugungen einer Person an Wirksamkeit verliert, wenn diese vor dem Angriff gewarnt wurde (Allyn & Festinger, 1961; Freedman & Sears, 1965; Hass & Grady, 1975; Petty & Cacioppo, 1977). Es scheint weiterhin empirisch gut belegt zu sein, daß die Schutzwirkung der Warnung wesentlich darauf beruht, daß vorgewarnte Personen den Zeitraum zwischen Warnung und Angriff zur Formulierung von effektiven Gegenargumenten benutzen, mit denen sie die in der Kommunikation enthaltenen Argumente entkräften (Freedman & Sears, 1965; Hass & Grady, 1975; Petty & Cacioppo, 1977).

Allerdings trifft diese Generalisierung nur auf Themenbereiche und Überzeugungen zu, die für die Person von großer Bedeutung sind. Bei relativ unbedeutenden Fragen und Positionen scheint die Warnung vor einem Angriff auf diese Überzeugungen keine Wirkung auf den aus der Kommunikation resultierenden Einstellungswandel zu haben (McGuire & Millman, 1965) oder die Wirkung der Kommunikation sogar zu fördern (Apsler & Sears, 1968). In Untersuchungen, in denen die Einstellungen der Versuchspersonen nach der Warnung, aber vor der eigentlichen Kommunikation erfaßt wurden, zeigte sich bei wenig involvierenden Themen ein antizipatorischer Einstellungswandel (Cialdini et al., 1973; Cialdini et al., 1976; Cooper & Jones, 1970; Dinner et al., 1972; Hass, 1975; Hass & Mann, 1976; McGuire & Millman, 1965). In Erwartung einer einstellungskonträren Kommunikation ändern die Versuchspersonen ihre Einstellung schon vor Anhören der Argumente. Nicht völlig eindeutig ist, ob es sich bei dieser antizipatorischen Veränderung um eine Annäherung an die Position des Kommunikators oder an den Neutralpunkt des Einstellungskontinuums handelt (Cialdini et al., 1973;Hass, 1975; Hass & Mann, 1976). Die antizipatorische Veränderung dient allem Anschein nach der Selbstdarstellung. Die Versuchsperson möchte verhindern, daß sie vor sich selbst oder anderen leicht beeinflußbar erscheint, und ändert ihre Position deshalb schon vor dem Überredungsversuch. Die strategische Natur dieser Veränderung läßt sich auch dadurch belegen, daß Versuchspersonen sofort zu ihrer ursprünglichen Einstellungsposition zurückkehren, wenn sie erfahren, daß sie doch keiner einstellungskonträren Kommunikation ausgesetzt werden (Cialdini et al., 1973; Hass & Mann, 1976).

6.5.5 *Selbstüberredung und Rollenspiel: Die Wirkung aktiver Teilnahme am Überredungsprozeß*

Die Zielperson, so konnten wir in diesem Kapitel feststellen, spielt selbst als Zuhörer eine aktive Rolle, indem sie nämlich Argumente formuliert, die gegen die in der Kommunikation vorgebrachten Begründungen sprechen. Wenn man sie etwa durch Ablenkung an der Gegenargumentation hindert, führt dies zu einer Erhöhung der Beeinflußbarkeit. Eine weitere Methode, die Zielperson am Formulieren von Gegenargumenten zu hindern, besteht darin, ihr selbst die Verantwortung für die Kommunikation aufzubürden, etwa indem man sie auffordert, einen bestimmten Standpunkt im Rollenspiel zu vertreten. Wir haben uns bisher mit diesem Verfahren nur vom Blickpunkt der dissonanztheoretischen Analyse befaßt (S. 242 ff.). Bevor sich die Dissonanztheoretiker mit der Wirkung von einstellungskonträrem Rollenspiel auf Einstellungswandel zu beschäftigen begannen, gab es jedoch schon eine Reihe von Untersuchungen, die von Mitgliedern der Yale-Gruppe durchgeführt worden waren (etwa: Kelman, 1953; Janis & King, 1954; King & Janis, 1956). Der Anstoß zu diesen Untersuchungen ging von Hovland, Janis und Kelley (1953) aus, die ihre Analyse auf Annahmen über mögliche Unterschiede in der Informationsverarbeitung beim Rollenspiel im Vergleich zur „passiven" Informationsaufnahme (Zuhören, Lesen) aufbauten.

6.5.5.1 Rollenspiel und Informationsverarbeitung

Den Ausgangspunkt der Überlegungen von Hovland et al. (1953) bildet eine Untersuchung vn Janis und King (1954), in der überprüft wurde, ob man selbst durch die Argumente, die man im Rollenspiel vorbringt, mehr überzeugt wird als die Zuhörer. Die Untersuchung wurde mit Drei-Personen-Gruppen durchgeführt, in denen Argumente zu drei verschiedenen Themen vorgetragen wurden. Zu jedem der drei Themen war vom Versuchsleiter ein Argumentationsentwurf vorbereitet worden, der relativ extreme Schlußfolgerungen begründete. Während alle Versuchspersonen den Entwurf für alle drei Themen erhielten, mußte zu jedem Thema jeweils nur eine der Versuchspersonen unter Benutzung des vorbereiteten Entwurfs vortragen. Die anderen beiden waren Zuhörer. Auf diese Weise erhielten Rollenspieler und Zuhörer die gleiche Information. Unterschiede in der Größe des Einstellungswandels zwischen den Vortragenden und den Zuhörern konnten demnach nicht durch Informationsunterschiede zustande kommen. Die relevanten Einstellungen der Versuchspersonen wurden einige Wochen vor Beginn des Experimentes und dann zum Abschluß der Sitzung erfaßt. Ein

Vergleich der Größe des Einstellungswandels von aktiven und passiven Teilnehmern bestätigte bei zwei der drei Themen, daß Rollenspiel zu mehr Einstellungswandel führt als reines Zuhören. Nur bei einem der Themen (Zeitdauer bis zur Entwicklung eines Schnupfenheilmittels) ergaben sich keine Unterschiede. Janis und King (1954) begründeten dies mit dem höheren Schwierigkeitsgrad dieser Argumentation. Für diese Erklärung sprechen auch Unterschiede zwischen den Themen in der Einschätzung der Zufriedenheit der Versuchspersonen mit dem eigenen Vortrag. Personen, die über das Schnupfenmittel sprechen mußten, waren mit ihrem Vortrag wesentlich weniger zufrieden als die anderen Vortragenden.

Hovland et al. (1953) akzeptierten diese Befunde als Beleg für die größere Wirksamkeit aktiver Teilnahme an einer Argumentation im Vergleich zum reinen Zuhören. In ihrer Diskussion möglicher Mechanismen zur Erklärung solcher Unterschiede weisen sie schon auf alle später für relevant crachteten Prozesse hin:

(1) *Extrinsische Verstärkung:* Der Rollenspieler, der für seine Argumentation von den Zuhörern mit Anerkennung bedacht wird, fängt möglicherweise selbst an, die positiv verstärkten Argumente zu glauben.

(2) *Intrinsische Verstärkung:* Eine Variation dieser Verstärkungshypothese geht davon aus, daß der Rollenspieler durch seine Zufriedenheit mit seiner Leistung verstärkt wird.

(3) *Selektives Lernen:* Der Rollenspieler wird durch seine Aufgabe zu stärkerer Aufmerksamkeit motiviert. Der Vortrag zwingt ihn zur sorgfältigen Auseinandersetzung mit den Argumenten, was weiterhin das Lernen und Behalten der Argumente erleichtern sollte.

(4) *Improvisationsfaktoren:* Hier diskutieren Hovland et al. (1953) eine Reihe von Möglichkeiten: (a) Die Umformulierung der Argumente beim Rollenspiel erhöht ihre Verständlichkeit. (b) Die Aufgabe motiviert den Rollenspieler, die Argumente so zu formulieren, daß sie ihm besonders überzeugend erscheinen. Dadurch wird er selbst aber besonders anfällig. (c) Im Rollenspiel werden gewöhnlich auch neue Argumente vorgebracht, die der Rollenspieler sich selbst zuschreiben muß und die er dann möglicherweise eher akzeptiert als Argumente von anderer Seite. Dies wird allerdings nicht der Fall sein, wenn der Rollenspieler seine Kompetenz auf dem fraglichen Gebiet für gering hält. (d) Der Rollenspieler wird dadurch, daß er sich auf seinen Vortrag konzentrieren muß, am Formulieren von Gegenargumenten gehindert.

Die Wirkung extrinsischer und intrinsischer Verstärkung des Rollenspiels wurde in einer Untersuchung von King und Janis (1956) überprüft, in der je nach Versuchsbedingung eine vom Versuchsleiter verfaßte Argumentation entweder nach kurzer Lektüre frei vorgetragen, laut vorgelesen oder nochmals durchgelesen, aber nicht vorgetragen werden mußte. King und Janis (1956) gingen davon aus, daß Versuchspersonen, die die Argumentation nur vorlesen mußten, mit ihrem Vortrag zufriedener sein würden als Versuchspersonen in der Improvisationsbedingung. Die Zufriedenheitsurteile der Versuchspersonen bestätigten diese Annahme. Trotz der vermutlich geringeren intrinsischen Verstärkung zeigten sie in der Improvisationsbedingung größeren Einstellungswandel als in der Vorlesebedingung. Extrinsische Verstärkung wurde dadurch manipuliert, daß der Versuchsleiter den Vortrag der Versuchspersonen in der Improvisationsbedingung anschließend entweder lobte, kritisierte oder nicht beurteilte. Während dies die Selbsteinschätzung der Zufriedenheit signifikant beeinflußte, hatte es keinen Einfluß auf die Höhe des Einstellungswandels. Ähnliche Ergebnisse wurden von Greenbaum (1966) berichtet.

Zur Überprüfung der Wirkung von Aufmerksamkeitsunterschieden beauftragten Janis und King (1954) Versuchspersonen einer Kontrollbedingung, bei den Sitzungen aufmerksam zuzuhören und sich nachträglich Notizen zu machen. Obwohl diese Notizen relativ vollständig waren, änderte diese Gruppe ihre Einstellungen nur im selben Ausmaß wie die Zuhörer. In der Untersuchung von King und Janis (1956) wurde am Ende der Sitzung das Behalten der Argumente durch einen Erinnerungstest überprüft, wobei sich keine Unterschiede zwischen Vorlese- und Improvisationsbedingung zeigten. Obwohl spätere Untersuchungen (Greenwald & Albert, 1968; Watts, 1967) beim Rollenspieler bessere Leistungen im Behalten fanden als bei den Zuhörern, lassen die Befunde von King und Janis (1956) wie auch die Ergebnisse der Aufmerksamkeits-Kontrollgruppe von Janis und King (1954) vermuten, daß die größere Effektivität des Rollenspiels nicht auf selektivem Lernen der Argumente beruht.

Da die dargestellten Arbeiten (Janis & King, 1954; King & Janis, 1956) neben selektivem Lernen auch intrinsische und extrinsische Verstärkung beim Rollenspiel als Erklärung des im Vergleich zum Zuhörer größeren Einstellungswandels der Rollenspieler auszuschließen schienen, konzentrierte man sich in den späteren Untersuchungen auf eine Analyse der Improvisationsfaktoren. Zwei Experimente von Greenwald (1969, 1970) tragen wesentlich zum Verständnis der besprochenen Befunde bei. In der ersten Untersuchung (Greenwald, 1969) erhielten Versuchspersonen, die je nach Bedingung erwarteten, aktiv für ein anwendungsorientiertes oder ein wissenschaftsorientiertes Studium argumentieren zu müssen, sechs Argumente, die für ein wissenschaftsorientiertes Studium sprachen, mit dem Auftrag, die Stichhaltigkeit dieser Argumente zu beurteilen. Es zeigte sich, daß sowohl die eigene Einstellung wie auch die Rollenspiel-Erwartung diese Urteile beeinflußte. Wenn die Versuchspersonen erwarteten, eine Argumentation verfassen zu müssen, die mit ihren eigenen Einstellungen übereinstimmte, beurteilten sie alle Argumente für ihre Position als stichhaltig und lehnten Gegenargumente ab. Glaubten die Versuchspersonen hingegen, einen einstellungskonträren Aufsatz schreiben zu müssen, fanden sie eine etwa gleiche Anzahl von Für- und Gegenargumenten akzeptabel. Obwohl die Versuchspersonen diese Aufsätze nie verfassen mußten, zeigte eine Einstellungsmessung nach Lektüre der Argumente einen signifikanten Einstellungswandel in Richtung auf die zu vertretende Position.

Greenwald (1969) wertet diese Befunde als Anzeichen dafür, daß sich Rollenspieler aufgrund der Erwartung, eine bestimmte Position vertreten zu müssen, gegenüber Argumenten für diese Position aufgeschlossener zeigen, als dies sonst der Fall wäre. Er vermutet, daß diese Aufgeschlossenheit für den größeren Einstellungswandel beim Rollenspiel verantwortlich ist. Nach den Befunden zum antizipatorischen Einstellungswandel bei Erwartung eines Angriffes auf die eigene Position (etwa: Cialdini et al., 1973) besteht allerdings der Verdacht, daß es sich auch bei der Einstellungsänderung der Rollenspieler im Versuch von Greenwald (1969) um eine strategische Anpassung handelt.

In einer weiteren Untersuchung zeigte Greenwald (1970), daß sich die Aufgeschlossenheit der Rollenspieler auf Argumente beschränkt, mit denen sie sich nicht schon vor Übernahme des Rollenspielauftrages auseinandergesetzt haben. In dieser Untersuchung erhielten Versuchspersonen zehn Argumente zur Beurteilung, die für eine im einstellungskonträren Aufsatz zu vertretende Position (und damit offensichtlich gegen die eigene Position) sprachen. Die wesentliche Manipulation bestand im Zeitpunkt, an dem die Versuchspersonen den Rollenspielauftrag erhielten. In der Hälfte der Fälle erfuhren sie nämlich erst *nach* Beurteilung der Stichhaltigkeit der Argumente, daß sie einen einstellungskonträren Aufsatz schreiben mußten, während sie in der anderen Hälfte den Auftrag *vor* Beurteilung der Argumente erhielten. Erwartungsgemäß wurde die Stichhaltigkeit der einstellungskonträren Argumente bei Beurteilung vor dem Aufsatzauftrag wesentlich niedriger eingeschätzt als danach. Darüber hinaus zeigten aber Versuchspersonen, die sich vor dem Auftrag mit den Argumenten auseinandergesetzt hatten, auch nach tatsächlichem Rollenspiel keinen signifikanten Einstellungswandel, während die anderen Versuchspersonen ihre Einstellungen änderten. Diese Befunde weisen auf die Grenzen der Wirksamkeit des Rollenspiels bei vertrauten Themen hin. Allerdings muß bei der Einschätzung dieser Ergebnisse berücksichtigt werden, daß die Argumente nur kurz vor Schreiben des Aufsatzes und der Beantwortung des Einstellungsmaßes im Rahmen einer einzigen Untersuchung beurteilt wurden. Dies müßte die Wirksamkeit der Manipulation wesentlich verstärkt haben.

Insgesamt kann also festgestellt werden, daß trotz intensiver Forschung die Prozesse, die für die Effektivität des Rollenspiels als Methode der Beeinflussung verantwortlich sind, noch relativ ungeklärt sind. Man geht aber davon aus, daß die Rollenspiel-Instruktion den Rollenspieler zu größerer Aufgeschlossenheit gegenüber einstellungskonträren Argumenten veranlaßt und ihn weiterhin dazu motiviert, sich nur Argumente, die für die zu vertretende Position sprechen, ins Gedächtnis zu rufen und Gegenargumente zu unterdrücken („einseitige Informationsverarbeitung"; Janis & Gilmore, 1965). Beide Prozesse würden zwar die Wahrscheinlichkeit erhöhen, daß einstellungskonträre Argumente akzeptiert werden, aber wie wir gesehen haben, sind die empirischen Belege für diese Annahmen wenig befriedigend.

6.5.5.2 Der Einfluß der Belohnungshöhe auf Einstellungswandel nach einstellungskonträrem Rollenspiel: Dissonanz versus Informationsverarbeitung

Ein theoretischer Ansatz, der mit dem Anspruch entwickelt wurde, die Prozesse zu beschreiben, die für die einstellungsverändernde Wirkung des Rollenspiels verantwortlich sind, muß auch zur Erklärung der dissonanztheoretischen Untersuchungen des Einflusses der Belohnungshöhe auf Einstellungswandel herangezogen werden können. Wie wir im letzten Kapitel ausführten (S. 242 ff.), wurden sowohl positive wie auch negative Beziehungen zwischen der für das Rollenspiel versprochenen Bezahlung und der Größe des resultierenden Einstellungswandels beobachtet. Hier scheint die Erklärung der Befunde, in denen Einstellungswandel mit wachsender Belohnung zunahm, wenig problematisch. Es wäre naheliegend, daß gut bezahlte Versuchspersonen sich mehr anstrengen und bessere Argumente formulieren als schlecht bezahlte. Da weiterhin anzunehmen ist, daß auch das Ausmaß der Selbstüberredung von der Qualität der vorgebrachten Argumente abhängt, würde man eine positive Beziehung zwischen der für das Rollenspiel zu erwartenden Belohnung und dem resultierenden Einstellungswandel erwarten.

Leider lassen sich diese intuitiv einleuchtenden Annahmen empirisch nicht belegen. Weder die Länge noch die Überzeugungskraft der Aufsätze (eingestuft von unabhängigen Beurteilern) weist die vermutete einfache Beziehung zur Bezahlung und zum Einstellungswandel auf. So fand Rosenberg (1965) zwar, daß seine Versuchspersonen für 1 Dollar längere Aufsätze verfaßten als für 50 Cents, aber gerade diese beiden Bedingungen unterschieden sich nicht signifikant in der Höhe des Einstellungswandels. Die 5-Dollar-Bedingung hingegen, die einen im Vergleich zur 1-Dollar-Bedingung signifikant größeren Einstellungswandel aufwies, zeigte wiederum keinen Unterschied in der Aufsatzlänge. Die Beurteilung der Überzeugungskraft erbrachte zwar einen besseren, aber dennoch schwachen Zusammenhang. Allerdings wurde dieser von Linder et al. (1967) nicht repliziert, die in beiden Untersuchungen keine Beziehungen zwischen Qualität der Aufsätze und Belohnungshöhe oder Einstellungswandel feststellen konnten. Janis und Gilmore (1965) und Elms und Janis (1965) fanden zwar bei größerer Bezahlung längere Aufsätze, aber die größere Wortzahl war nicht immer von größerem Einstellungswandel begleitet. Collins und Hoyt (1972) vermuten dann auch, daß das Fehlen einer Beziehung zwischen Maßen der Qualität der vom Rollenspieler vorgebrachten Argumente und dem resultierenden Einstellungswandel eines der am häufigsten replizierten Forschungsergebnisse auf diesem Gebiet darstellt.

Als alternative Erklärung wäre denkbar, daß die höhere Belohnung zwar nicht die Qualität der Argumente, aber die Aufgeschlossenheit des Rollenspielers vergrößert. Damit ließe sich eine Erhöhung des Einstellungswandels auch bei unveränderter Qualität der Argumente begründen. Elms und Janis (1965) scheinen diese Interpretation vorzuziehen, wenn sie betonen, daß einstellungskonträres Argumentieren nur dann zu Einstellungswandel führt, wenn die Versuchspersonen den improvisierten Argumenten aufgeschlossen gegenüberstehen. Aus dieser Annahme läßt sich weiterhin auch eine Erklärung für die von der Dissonanztheorie vorhergesagte und häufig beobachtete negative Beziehung zwischen Belohnungshöhe und Einstellungswandel ableiten. Wenn nämlich eine ungewöhnlich hohe Belohnung bei den Versuchspersonen Verdacht bezüglich der Absicht des Versuchsleiters erregt, sie etwa vermuten läßt, daß ihre Bestechlichkeit überprüft oder ihre Mitarbeit für undurchsichtige Geschäfte ausgenutzt werden sollte, dann würde man in dieser Bedingung weniger Einstellungswandel erwarten als bei niedriger und damit unverdächtiger Belohnung.

Janis und seine Mitarbeiter bemühten sich in zwei nahezu identischen Untersuchungen (Janis & Gilmore, 1965; Elms & Janis, 1965) mit mäßigem Erfolg, diese Hypothese zu bestätigen. Um den Verdacht an der Motivation des Versuchsleiters zu stärken, stellten sie ihn in der Hälfte der Fälle als Vertreter einer negativ bewerteten Organisation dar, die die einstellungskonträren Argumente zu eigennützigen Zwecken benötigte. In der anderen Hälfte der Fälle war der Auftraggeber eine positiv bewertete Organisation, die aus scheinbar gemeinnützigen Motiven handelte. Weiterhin variierten sie in beiden Experimenten die Belohnungshöhe und den Zeitpunkt der Einstellungsmessung (vor oder nach Schreiben der Argumentation). Wenn man davon ausgeht, daß die hohe Belohnung hauptsächlich im Zusammenhang mit dem fragwürdigen Auftraggeber Verdacht erweckt, müßte sich nach dem Ansatz von Janis und Mitarbeitern eine dreifache Interaktion ergeben. Bei Einstellungsmessung vor dem Aufsatz und damit vor der Möglichkeit zur „einseitigen Informationsverarbeitung" wird kein Unterschied zwischen den Belohnungs- und Auftraggeber-Bedingungen erwartet. Bei Einstellungsmessung nach dem Aufsatz sollte hingegen bei positivem Auftraggeber eine positive und bei einem negativen Auftraggeber eine negative Beziehung zwischen Belohnungshöhe und Einstellungswandel auftreten.

In der ersten Untersuchung fanden Janis & Gilmore (1965) nur eine Interaktion zwischen der Auftraggeber-Bedingung und dem Zeitpunkt der Einstellungsmessung. Während nach dem Aufsatzschreiben unter beiden Belohnungsbedingungen mehr Einstellungswandel bei positivem als bei negativem Auftraggeber auftrat, fand sich kein vergleichbarer Unterschied bei Einstellungsmessung vor dem Aufsatzschreiben. Dieser Befund ist weder mit Dissonanzreduktion noch mit einseitiger Informationsverarbeitung erklärbar, obwohl er sich, wie Janis und Gilmore (1965) beredt ausführen, noch eher mit ihrem Ansatz vereinbaren läßt.

In der zweiten Untersuchung fanden Elms und Janis (1965) die erwartete dreifache Interaktion. Bei genauerer Betrachtung dieser Untersuchung drängt sich allerdings der Eindruck auf, daß Elms und Janis bei der Manipulation des Auftraggebers auch die Konsequenzen des Aufsatzschreibens variierten. Während man beim fragwürdigen Auftraggeber mit guten Argumenten den Erfolg eines undurchsichtigen Planes sichern half, hatte das Aufsatzschreiben beim positiven Auftraggeber keine negativen Konsequenzen. Damit wäre auch nach der Dissonanztheorie das Auftreten von Dissonanz und somit die negative Beziehung zwischen Belohnungshöhe und Einstellungswandel nur in der Bedingung mit fragwürdigem Auftraggeber zu erwarten gewesen.

Ein interessanter Versuch, die dissonanztheoretischen Überlegungen mit dem Ansatz von Janis und Gilmore (1965) in Einklang zu bringen, wurde von McGuire (1968) vorgeschlagen, der darauf hinwies, daß in der typischen Rollenspielsituation möglicherweise sowohl Dissonanz wie einseitige Informationsverarbeitung auftreten und zwar je nach Situation in unterschiedlicher Stärke. Da die Prozesse bei unterschiedlicher Belohnungshöhe in gegensätzlicher Richtung wirken, ließen sich mit dieser Annahme selbst jene Befunde erklären, in denen einstellungskonträres Rollenspiel keine Wirkung auf die Einstellungen zeigte.

Diese Überlegungen sind einleuchtend und können weiter präzisiert werden (McGuire, 1968). So lassen sich die experimentellen Situationen, in denen einstellungskonträres Rollenspiel untersucht wurde, nach dem Ausmaß des verlangten Argumentationsaufwandes auf einem Kontinuum anordnen. Zum Beispiel wird in der Situation bei Festinger und Carlsmith

(1959) kaum argumentiert; die Versuchsperson muß nicht begründen, warum die experimentelle Aufgabe interessant ist. In dieser Situation sollte deshalb die Dissonanz in reinerer Form auftreten als nach dem Verfassen einstellungskonträrer Aufsätze, wo sie von einseitiger Informationsverarbeitung überlagert würde. Ähnlich günstig wären Untersuchungen, in denen die Einstellung schon nach der Verpflichtung zum einstellungskonträren Verhalten und vor der Durchführung der Aufgabe erfaßt wird.

Diese Annahmen verdienen es, richtig zu sein. Leider tragen sie wenig zur Erklärung inkonsistenter Befunde auf diesem Gebiet bei. Weiterhin sprechen die schon angeführten Befunde von Untersuchungen, in denen die Konsequenzen des Verhaltens variiert wurden, gegen diese Interpretation (etwa: Collins & Hoyt, 1972; Nel et al., 1969). Da bei geringen Konsequenzen keine Dissonanz auftreten sollte, müßte sich hier die Wirkung der einseitigen Informationsverarbeitung besonders ausgeprägt nachweisen lassen. Tatsächlich unterscheiden sich die Einstellungen von Versuchspersonen, die einstellungskonträre Argumentationen bei geringen Konsequenzen schreiben mußten, gewöhnlich nicht von denen der Kontrollgruppe. Allerdings ist schwer einsichtig, warum das Verfassen von Aufsätzen nicht auch bei geringen Konsequenzen ein Mindestmaß an Einstellungswandel zur Folge hat. Obwohl also theoretisch gesehen beim einstellungskonträren Rollenspiel sowohl Dissonanz wie auch einseitige Informationsverarbeitung operieren mögen, ist äußerst unklar, unter welchen Bedingungen welcher der Prozesse die Oberhand behält.

6.6 Ein warnendes Schlußwort

Die Ergebnisse der Laboratoriums-Untersuchungen, die in diesem Kapitel dargestellt wurden, könnten zu der Annahme verleiten, daß Einstellungen leicht zu ändern sind. Schließlich gelang es in diesen Untersuchungen scheinbar mühelos, die Versuchspersonen von ihren ursprünglichen Ansichten abzubringen. Dieser Eindruck wäre falsch. Im Alltag ist es meist wesentlich schwieriger, unsere Mitmenschen zu beeinflussen.

Sozialpsychologen sind in der Regel nicht an der absoluten Größe des erzielten Einflusses interessiert, sondern an den Unterschieden zwischen den einzelnen Versuchsbedingungen. Die Frage aber, ob etwa ein glaubhafter Kommunikator effektiver ist als ein unglaubhafter, kann nicht beantwortet werden, wenn man Versuchsbedingungen herstellt, in denen beide einflußlos bleiben. Aus diesen Gründen sind Sozialpsychologen in ihren Experimenten bestrebt, optimale Bedingungen für den Einstellungswandel zu schaffen. Dies erzielen sie durch eine Reihe von Maßnahmen: Sie bevorzugen Einstellungsthemen, die für die Versuchspersonen von geringer Bedeutung sind, da Einstellungen bekanntlich um so leichter zu ändern sind, je weniger bedeutsam das Thema oder der eigene Standpunkt für die Versuchspersonen ist. Weiterhin erfassen sie den Einstellungswandel gewöhnlich kurze Zeit nach der Kommunikation, da die Wirksamkeit einer Beeinflussung in der Regel mit zunehmendem Zeitraum abnimmt (Ausnahme: Sleeper-Effekt). Dadurch wird gleichzeitig verhindert, daß die Versuchspersonen nach der Kommunikation Gegenargumenten ausgesetzt werden, die die Änderung rückgängig machen würden. Auch Diskussionen zwischen den Versuchspersonen während des Experimentes werden untersagt, da sie unkontrollierbare Einflußfaktoren in die Situation einbringen. Damit werden weitere potentielle Gegenkräfte unterbunden.

Im Alltagsleben haben Propagandisten die Bühne hingegen selten alleine zur Verfügung. Nach der Persil-Werbung kommt gewöhnlich ein Werbespot der Firma Sunlicht und nach einem CDU-Politiker ein Mann der SPD. Außerdem werden die für die Person bedeutsamen Einstellungen mit Bezugsgruppen, etwa der Familie, Freunden oder Kollegen, geteilt. Es ist zu erwarten, daß die Mitglieder dieser Gruppen durch Argumente und Gruppendruck einem allzu starken Abweichen von der Gruppenüberzeugung entgegen wirken würden.

Der bedeutsame Unterschied zwischen Beeinflussung im Rahmen eines sozialpsychologischen Experimentes und im Alltagsleben besteht vermutlich darin, daß unsere Versuchspersonen eine „captive audience" darstellen, die sich nach der in Unkenntnis der Aufgabe gegebenen Einwilligung zur Teilnahme am Experiment, der Kommunikation kaum entziehen können. Dadurch kann man sie Argumenten aussetzen, die ihren Einstellungen völlig widersprechen. Im Alltagsleben ist dies selten der Fall. Wie zahlreiche Untersuchungen zeigen (siehe: Freedman & Sears, 1965), erreichen Kommunikationen gewöhnlich nur jenen Personenkreis, der mit dem vertretenen Standpunkt sowieso schon übereinstimmt. Bei Wahlveranstaltungen der FDP findet man wenige CDU-Wähler, und wenn ein Politiker im Fernsehen spricht, hören gewöhnlich nur seine Anhänger zu. Andere Zuschauer benutzen die „Pause", um für den Getränkenachschub zu sorgen oder das Programm zu studieren. Versuchspersonen sozialpsychologischer Experimente sind hingegen in der Situation „gefangen" und können es nicht vermeiden, den Argumenten zuzuhören.

Bei diesen zahlreichen Unterschieden zwischen der experimentellen Situation und dem Alltag liegt die Frage nahe, ob sich aus den dargestellten Untersuchungen tatsächlich für den Alltag gültige Schlußfolgerungen ziehen lassen. Dies ist eine Frage der Güte unserer Theorien. Wenn die Unterschiede zwischen den Situationen bekannt sind und wenn man weiterhin die Auswirkungen der Unterschiede auf die Größe des Einstellungswandels kennt, dann ist eine Übertragung möglich. Allerdings muß dabei berücksichtigt werden, daß sich die Wirkungen der einzelnen Faktoren nicht in allen Fällen addieren, sondern daß auch komplexe Wechselwirkungen auftreten können. Genau wie in der Wahrnehmungspsychologie entspricht auch in der Sozialpsychologie das Ganze nicht immer der Summe der Teile.

Literatur

Abelson, R.P. Modes of resolution of belief dilemmas. *Journal of Conflict Resolution,* 1959, 3, 343-352.

Abelson, R.P. & Rosenberg, M.J., Symbolic Psycho-Logic: A model of attitudinal cognition. *Behavioral Science,* 1958, 3, 1-8.

Abelson, R.P., Aronson, E., McGuire, W.J., Newcomb, T.M. Rosenberg, M.J. & Tannenbaum, P.H. (Hrsg.), *Theories of cognitive consistency: A sourcebook.* Chicago: Rand McNally, 1968.

Adams, J.S., Reduction of cognitive dissonance by seeking consonant information. *Journal of Abnormal and Social Psychology,* 1961, 62, 74-78.

Aderman, D., Effects of anticipating future interaction on the preference for balanced states. *Journal of Personality and Social Psychology,* 1969, 11, 214-219.

Aderman, D. & Brehm, S.S., On the recall of initial attitudes following counterattitudinal advocacy: An experimental reexamination. *Personality Social Psychology Bulletin,* 1976, 2, 59-62.

Adorno, T.W., Frenkel-Brunswik, E., Levinson, D.J. & Sanford, R.N., *The authoritarian personality.* New York: Harper and Row, 1950.

Ager, J.W. & Dawes, R.M., The effect of judges' attitudes on judgement. *Journal of Personality and Social Psychology,* 1965, 1, 533-538.

Ajzen, I. & Fishbein, M., Attitudinal and normative variables as predictors of specific behaviors. *Journal of Personality and Social Psychology,* 1973, 27, 41-57.

Ajzen, I. & Fishbein, M. Attitude-behavior relations: a theoretical analysis and review of empirical research. *Psychological Bulletin,* 1977, 84, 888-918.

Allport, G.W., Attitudes. In Murchison, C.M. (Hrsg.), *Handbook of social psychology.* Worcester, MA: Clark University Press, 1935.

Allport, G.W., The historical background of modern social psychology. In Lindzey, G. & Aronson, E. (Hrsg.), *The handbook of social psychology,* Band 1. Reading MA: Addison-Wesley, 1968.

Allyn, J. & Festinger, L., The effectiveness of unanticipated persuasive communications. *Journal of Abnormal and Social Psychology,* 1961, 62, 35-40.

Anderson, L.R., MA. Thesis. University of Illinois, Urbana, Illinois. Zitiert in McGuire, W.J., Inducing resistance to persuasion, in Berkowitz, L. (Hrsg.), *Advances in Experimental Social Psychology,* Band 1. New York: Academic Press, 1964.

Anderson, N.H., Averaging versus adding as a stimulus-combination rule in impression formation. *Journal of Experimental Social Psychology,* 1965, 70, 394-400.

Anderson, N.H., Integration theory and attitude change. *Psycholgical Review,* 1971, 78, 171-206.

Anderson, N.H. Cognitive algebra: Integration theory applied to social attribution. In Berkowitz, L., (Hrsg.) *Advances in experimental social psychology,* Band 7. New York: Academic Press, 1974.

Apsler, R. & Sears, D.O., Warning, personal involvement, and attitude change. *Journal of Personality and Social Psychology,* 1968, 9, 162-166.

Aronson, E., The psychology of insufficient justification: An analysis of some conflicting data. In Feldman, S. (Hrsg.), *Cognitive consistency.* New York: Academic Press, 1966.

Aronson, E., Dissonance theory: Progress and problems. In Abelson, R.P. et al. (Hrsg.), *Theories of cognitive consistency: A sourcebook.* Chicago: Rand McNally, 1968.
Aronson, E. & Carlsmith, J.M., Effect of severity of threat on the valuation of forbidden behavior. *Journal of Abnormal and Social Psychology,* 1963, 66, 584-588.
Aronson, E. & Mills, J., The effect of severity of initiation on liking for a group. *Journal of Abnormal and Social Psychology,* 1959, 59, 177-181.
Aronson, E., Turner, J.A. & Carlsmith, J.M., Communicator credibility and communication discrepancy as determinants of opinion change. *Journal of Abnormal and Social Psychology,* 1963, 67, 31-36.
Asch, S.E., Studies of independence and submission to group pressure: I. A minority of one against a unanimous majority. *Psychological Monographs,* 1956, 70, Nr. 417.
Bandura, A., Vicarous processes: A case of no-trial learning. In Berkowitz, L. (Hrsg.), *Advances in experimental social psychology,* Band 2. New York: Academic Press, 1965, (a).
Bandura, A., Influence of models reinforcement contingencies on the acquisition of imitative responses. *Journal of Personality and Social Psychology,* 1965, 1, 589-595, (b).
Bandura, A., *Social learning theory.* New Jersey: Prentice-Hall, 1977.
Barber, T.X. & Silver, M.J., Fact, fiction, and the experimenter bias effect. *Psychological Bulletin Monograph Supplement,* 1968, 70, 1-29.
Bard, P., Central nervous mechanism for the expression of anger in animals. In Reymert, M.L. (Hrsg.), *Feelings and emotions: The Mooseheart Symposium.* New York: McGraw-Hill, 1950.
Baron, R.S., Baron, P.H. & Miller, N., The relation between distraction and persuasion. *Psychological Bulletin,* 1973, 80, 310-323.
Bem, D.J., An experimental analysis of self-persuasion. *Journal of Experimental Social Psychology,* 1965, 1, 199-218.
Bem, D.J., Inducing belief in false confessions. *Journal of Personality and Social Psychology,* 1966, 3, 707-710.
Bem, D.J., The epistemological status of interpersonal simulations: A reply to Jones, Linder, Kiesler, Zanna, and Brehm. *Journal of Experimental Social Psychology,* 1968, 4, 270-274.
Bem, D.J., Self-perception theory. In Berkowitz, L. (Hrsg.), *Advances in experimental social psychology,* Band 6. New York: Academic Press, 1972.
Bem, D.J. & McConnell, H.K., Testing the self-perception explanation of dissonance phenomena: On the salience of premanipulation attitudes. *Journal of Personality and Social Psychology,* 1970, 14, 23-31.
Berger, S.M., Conditioning through vicarious instigation. *Psychological Review,* 1962, 69, 450-466.
Bergin, A.E., The effect of dissonant persuasive communications on changes in a self-referring attitude. *Journal of Personality,* 1962, 30, 423-438.
Bergius, R., Werbik, H. & Winter, G., Urteile deutscher Arbeitnehmer über Völker in Relation zur Zahl ihrer ausländischen Bekannten. *Psychologische Beiträge,* 1970, Band XII, 2.

Berkowitz, L., The concept of aggressive drive: Some additional considerations. In Berkowitz, L. (Hrsg.), *Advances in experimental social psycology,* Band 2. New York: Academic Press, 1965.
Berkowitz, L. & Cottingham, D.R., The interest value and relevance of fear arousing communications. *Journal of Abnormal and Social Psychology,* 1960, 60, 37-43.
Berlin, B. & Kay, P.,*Basic color terms: Their universality and evolution.* Berkeley: University of California Press, 1969.
Berscheid, E. & Walster, E., *Interpersonal attraction.* Reading MA: Addison-Wesley, 1969.
Bevan, W. & Pritchard, F.J., The anchor effect and the problem of relevance in the judgement of shape. *Journal of General Psychology,* 1963, 69, 147-161.
Beyle, H.C., A scale of measurement of attitude toward candidates for elective governmental office. *American Political Science Review,* 1932, 26, 527-544.
Billig, M. & Tajfel, H., Social categorization and similarity in intergroup behavior. *European Journal of Social Psychology,* 1973, 3, 27-52.
Birnbaum, M.H. & Stegner, S.E., Source credibility in social judgement: Bias, expertise, and the judge's point of view. *Journal of Personality and Social Psychology,* 1979, 37, 48-74.
Bochner, S. & Insko, C.A., Communicator discrepancy, source credibility, and opinion change. *Journal of Personality and Social Psychology,* 1966, 4, 614-621.
Bogardus, E.S., Measuring social distances. *Journal of Applied Sociology,* 1925, 9, 299-308.
Bredenkamp, J., Experiment und Feldexperiment. In Graumann, C.F. (Hrsg.), *Handbuch der Psychologie*, Band 7. Sozialpsychologie (1.Halbband). Göttingen: Hogrefe, 1969.
Brehm, J.W., Postdecision changes in the desirability of alternatives. *Journal of Abnormal and Social Psychology,* 1956, 52, 384-389.
Brehm, J.W. & Cohen, A., Re-evaluation of choice alternatives as a function of their number and qualitative similarity. *Journal of Abnormal and Social Psychology,* 1959, 58, 373-378.
Brehm, J.W. & Cohen, A.R., *Explorations in cognitive dissonance.* New York: Wiley, 1962.
Brigham, J.C., Ethnic stereotypes. *Psychological Bulletin,* 1971, 76, 15-38.
Brock, T.C., Effects of prior dishonesty on post-decision dissonance. *Journal of Abnormal and Social Psychology,* 1963, 66, 325-331.
Brock, T.C., Commitment to exposure as a determinant of information receptivity. *Journal of Personality and Social Psychology,* 1965, 2, 10-19.
Brock, T.C., Communication discrepancy and intent to persuade as determinants of counterargument production. *Journal of Experimental Social Psychology,* 1967, 3, 296-309.
Brock, T.C. & Balloun, J.L., Behavioral receptivity to dissonant information. *Journal of Personality and Social Psychology,* 1967, 6, 413-428.
Brodbeck, M. The role of small groups in mediating the effects of propaganda. *Journal of Abnormal and Social Psychology,* 1956, 52, 166-170.
Brown, D.R., Stimulus-similarity and the anchoring of subjective scales. *American Journal of Psychology*, 1953, 66, 199-214.

Brown, R., *Social Psychology.* New York: The Free Press, 1965.
Brown, R. & Lenneberg, E.H., A study in language and cognition. *Journal of Abnormal and Social Psychology,* 1954, 49, 454-462.
Bruner, J.S., Personality dynamics and the process of perceiving. In Blake, R.R. & Ramsey, G.V. (Hrsg.), *Perception: An approach to personality.* New York: Ronald Press, 1951.
Bruner, J.S., On perceptual readiness. *Psychological Review,* 1957, 64, 123-152.
Burnham, R.W. & Clark, J.R., A test of hue memory. *Journal of Applied Psychology,* 1955, 39, 164-172.
Byrne, D., Interpersonal attraction and attitude similarity. *Journal of Abnormal and Social Psychology,* 1961, 62, 713-715.
Byrne, D., *The attraction paradigm.* New York: Academic Press, 1971.
Byrne, D., Ervin, C.R. & Lamberth, J., Continuity between the experimental study of attraction and real-life computer dating. *Journal of Personality and Social Psychology,* 1970, 16, 157-165.
Calder, B.J., Ross, M. & Insko, C.A., Attitude change and attitude attribution: Effects of incentive, choice, and consequences. *Journal of Personality and Social Psychology,* 1973, 25, 1, 84-99.
Campbell, D.T., The indirect assessment of social attitudes. *Psychological Bulletin,* 1950, 47, 15-38.
Campbell, D.T., Enhancement of contrast as composite habit. *Journal of Abnormal and Social Psychology,* 1956, 53, 350-355.
Campbell, D.T., Factors relevant to the validity of experiments in social settings. *Psychological Bulletin,* 1957, 54, 297-312.
Campbell, D.T., Social attitudes and other aquired behavioral dispositions. In Koch, S. (Hrsg.), *Psychology, A study of a science,* Band 6. New York: McGraw-Hill, 1963, 94-172.
Campbell, D.T., Stereotypes and the perception of group differences. *American Psychologist,* 1967, 22, 817-829.
Campbell, D.T., The generality of social attitudes. Unveröffentlichte Doktorarbeit. University of California, Berkeley, 1947. Zitiert in McGuire, W.J., The nature of attitude change. In Lindzey, G. & Aronson, E. (Hrsg.), *Handbook of social psychology,* Band 3. Reading MA: Addison-Wesley, 1969.
Campbell, D.T. & Stanley, J.C., Experimental and quasi-experimental designs for research. In Gage, N.L. (Hrsg.), *Handbook of research on teaching.* Chicago: Rand McNally, 1963.
Cannon, W.B., The James-Lange theory of emotions: A critical examination and an alternative. *American Journal of Psychology,* 1927, 39, 106-124.
Canon, L.K., Self-confidence and selective exposure to information. In Festinger, L., *Conflict, decision, and dissonance.* Stanford, California: Stanford University Press, 1964.
Cantril, H. & Hunt, W.A., Emotional effects produced by the injection of adrenalin. *American Journal of Psychology,* 1932, 44, 300-307.
Cartwright, D. & Harari, F., Structural balance: A generalization of Heider's theory. *Psychological Review,* 1956, 63, 277-293.
Chapanis, N.P. & Chapanis, A., Cognitive dissonance: Five years later. *Psychological*

Bulletin, 1964, 61, 1-22.

Chen, W., The influence of oral propaganda material upon students' attitudes. *Archives of Psychology,* 1933, Nr. 150.

Chu, C.D., Fear arousal, efficacy, and imminency. *Journal of Personality and Social Psychology,* 1966, 4, 517-524.

Chu, G.C., Prior familiarity, perceived bias, and one-sided versus two-sided communications. *Journal of Experimental Social Psychology,* 1967, 3, 243-254.

Cialdini, R.B. & Insko, C.A., Attitudinal verbal reinforcement as a function of informational consistency: A further test of the two-factor theory. *Journal of Personality and Social Psychology,* 1969, 12, 342-350.

Cialdini, R.B., Levy. A., Hermann, P. & Evenbeck, S., Attitudinal politics: The strategy of moderation. *Journal of Personality and Social Psychology,* 1973, 25, 100-108.

Cialdini, R.B., Levy, A., Hermann, P., Kozlowski, L. & Petty, R.E., Elastic shifts of opinion: Determinants of direction and durability. *Journal of Personality and Social Psychology,* 1976, 34, 663-672.

Clark, E.L., Motivation of Jewish students. *Journal of Social Psychology,* 1949, 29, 113-117.

Clore, G.L. & Byrne, D., A reinforcement-affect model of attraction. In Huston, T.L. (Hrsg.), *Foundations of interpersonal attraction.* New York: Academic Press, 1974.

Cohen, A.R., Communication discrepancy and attitude change. *Journal of Personality,* 1959, 27, 386-396.

Cohen, A.R., Some implications of self-esteem for social influence. In Janis, I.L. & Hovland, C.I. (Hrsg.), *Personality and persuasibility.* New Haven: Yale University Press. 1959.

Cohen, A.R., An experiment on small rewards for discrepant compliance and attitude change. In Brehm, J.W. & Cohen, A.R., *Explorations in cognitive dissonance.* New York: Wiley, 1962, 75-77.

Cohen, A.R., Brehm, J.W. & Latanę B., Choice of strategy and voluntary exposure to information under public and private conditions. *Journal of Personality,* 1959, 27, 63-73.

Collins, B.E., The effect of monetary inducements on the amount of attitude change produced by forced compliance. In Elms, A.C. (Hrsg.), *Role-playing, reward and attitude change.* New York: Van Nostrand, 1969.

Collins, B.E. & Hoyt, M.F., Personal responsibility-for-consequences: An integration and extension of the „forced compliance" literature. *Journal of Experimental Social Psychology,* 1972, 8, 6, 558-593.

Collins, B.E., Ashmore, R.D., Hornbeck, F.W. & Whitney, R.E., Studies in forced-compliance: XIII and XV. In search of a dissonance-producing forced compliance paradigm. *Representative Research in Social Psychology,* 1970, 1, 11-23.

Cook, T.D. & Campbell, D.T., The design and conduct of quasi-experiments and true experiments in field settings. In Dunette, D. (Hrsg.), *Handbook of industrial and organizational psychology.* Chicago: Rand McNally, 1976.

Cook, T.D., Gruder, C.L., Hennigan, K.M. & Flay, B.R., History of the sleeper effect: Some logical pitfalls in accepting the null hypothesis. *Psychological Bulletin,*

1979, 4, 662-679.

Cook, T.D., Bean, J.R., Calder, B.J., Krovetz, M.L. & Reisman, S.R., Demand characteristics and three conceptions of the frequently deceived subject. *Journal of Personality and Social Psychology,* 1970, 14, 185-194.

Cooper, J. & Jones, R.A., Self-esteem and consistency as determinants of anticipatory opinion change. *Journal of Personality and Social Psychology,* 1970, 14, 312-320.

Cooper, J. & Worchel, S., Role of undesired consequences in arousing cognitive dissonance. *Journal of Personality and Social Psychology,* 1970, 16, 199-206.

Cooper, J., Fazio, R.H. & Rhodewalt, F., Dissonance and humor: Evidence for the undifferentiated nature of dissonance arousal. *Journal of Personality and Social Psychology,* 1978, 36, 280-285 (a).

Cooper, J., Zanna, M.P. & Taves, P.A., Arousal as a necessary condition for attitude change following induced compliance. *Journal of Personality and Social Psychology,* 1978, 36, 1101-1106 (b).

Coopersmith, S., *The antecedents of self-esteem.* San Francisco: Freeman, 1967.

Corey, S.M., Professed attitudes and actual behavior. *Journal of Educational Psychology,* 1937, 28, 271-280.

Cromwell, H., The relative effects of audience attitude in the first versus the second argumentative speech of a series. *Speech Monographs,* 1950, 17, 105-122.

Dabbs, J.M. & Leventhal, H., Effects of varying the recommendations in a fear-arousing communication. *Journal of Personality and Social Psychology,* 1966, 4, 523-531.

Darwin, C.R., *The expression of emotions in man and animals.* London: John Murray, 1872.

Davies, J.C., Toward a theory of revolution. *American Sociological Review,* 1962, 27, 5-18.

Dawes, R.M., *Fundamentals of attitude measurement.* New York: Wiley, 1972.

Dawes, R.M., Singer, D. & Lemons, F., An experimental analysis of the contrast effect and its implications for intergroup communications and the indirect assessment of attitudes. *Journal of Personality and Social Psychology,* 1972, 21, 281-295.

DeFleur, M.L. & Westie, F.R., Attitude as a scientific concept. *Social Forces,* 1963, 42, 17-31.

Deutsch, M. & Gerard, H.B., A study of normative and informational social influence upon individual judgement. *Journal of Abnormal and Social Psychology,* 1955, 51, 629-635.

Dinner, S.H., Lewkowicz, B.E. & Cooper, J., Anticipatory attitude change as a function of self-esteem and issue familiarity. *Journal of Personality and Social Psychology,* 1972, 24, 407-412.

Doise, W., Csepeli, G., Dann, H.-D., Gouge, C., Larsen, K.S. & Ostell, A., An experimental investigation into the formation of intergroup representations. *European Journal of Social Psychology,* 1972, 2, 202-204.

Dollard, J. & Miller, N.E., *Personality and Psychotherapy.* New York: McGraw-Hill, 1950.

Drachman, D. & Worchel, S., Misattribution of arousal as a means of dissonance reduction. *Sociometry,* 1976, 39, 53-59.

Eagly, A.H., Comprehensibility of persuasive arguments as a determinant of opinion change. *Journal of Personality and Social Psychology,* 1974, 29, 758-773.

Eagly, A.H., Sex differences in influenceability. *Psychological Bulletin,* 1978, 1, 86-116.

Eagly, A.H. & Warren, R., Intelligence, comprehension and opinion change. *Journal of Personality,* 1976, 44, 226-242.

Eagly, A.H., Wood, W. & Chaiken, S., Causal inferences about communicators and their effect on opinion change. *Journal of Personality and Social Psychology,* 1978, 4, 424, 435.

Easterlin, R.A., Does economic growth improve the human lot? In David, P.A. & Reder, M.W. (Hrsg.), *Nations and households in economic growth. Essays in honor of Moses Abramovitz.* New York: Academic Press, 1974.

Ebbinghaus, H., *Über das Gedächtnis.* Leipzig, 1885.

Edwards, A.L., *Techniques of attitude scale construction.* New York: Appleton-Century-Crofts, 1957.

Edwards, W., The theory of decision making. *Psychological Bulletin,* 1954, 51, 380-417.

Ehrlich, D., Guttman, I., Schönbach, P. & Mills, J., Postdecision exposure to relevant information. *Journal of Abnormal and Social Psychology,* 1957, 54, 98-102.

Eiser, J.R., Enhancement of contrast in the absolute judgement of attitude statements. *Journal of Personality and Social Psychology,* 1971, 17, 1-10.

Eiser, J.R., Judgement of attitude statements as a function of judges' attitudes and the judgemental dimension. *British Journal of Social and Clinical Psychology,* 1973, 12, 231-240.

Eiser, J.R. & Mower-White, C.J., Evaluative consistency and social judgement. *Journal of Personality and Social Psychology,* 1974, 30, 349-359.

Eiser, J.R. & Mower-White, C.J., Categorization and congruity in attitudinal judgement. *Journal of Personality and Social Psychology,* 1975, 4, 769-775.

Eiser, J.R. & Stroebe, W., *Categorization and social judgement.* London: Academic Press, 1972.

Ekman, P. & Friesen, W.V., Constants across cultures in the face and emotion. *Journal of Personality and Social Psychology,* 1971, 17, 124-129.

Ekman, P., Friesen, W.V. & Ellsworth, P.C., *Emotion in the human face: Guidelines for research and an integration of findings.* New York: Pergamon Press, 1972.

Elms, A.C. & Janis, I.L., Counter-norm attitudes induced by consonant versus dissonant conditions of role-playing. *Journal of Experimental Research in Personality* 1965, 1, 50-60.

Erdman, G. & Janke, W., Interaction between physiological and cognitive determinants of emotions: Experimental studies of Schachter's theory of emotion. *Biological Psychology,* 1978, 6,61-74.

Erdman, G. & van Lindern, I., The effects of beta-adrenergic stimulation and beta-adrenergic blockade on emotional reaction. *Psychophysiology,* im Druck.

Esch, J., A study of judgements of social situations. Unveröffentlichtes Referat. Zitiert in Heider, F., *The psychology of interpersonal relations.* New York: Wiley, 1958.

Evans, R.I., Rozelle, R.M., Noblitt, R. & Williams, D.L., Explicit and implicit per-

suasive communications over time to initiate and maintain behavior change: New perspectives utilizing a real-life dental hygiene situation. *Journal of Applied Social Psychology,* 1975, 5, 150-156.
Everett, J.L., Motivation and job success. Unveröffentlichte Magister-Arbeit. Cambridge: School of Industrial Management, Massachusetts Institute of Technology, 1959. Zitiert in Brown, R., *Social Psychology.* New York: Free Press, 1965.
Ewing, T., A study of certain factors involved in changes of opinion. *Journal of Social Psychology,* 1942, 16, 63-88.
Eysenck, H.J. & Crown, S., National stereotypes: An experimental and methodological study. *International Journal of Opinion and Attitude Research.* 1948, 2, 26-39.
Eysenck, H..J. & Crown, S., An experimental study in opinion-attitude methodology. *International Journal of Opinion and Attitude Research,* 1949, 3, 47-86.
Feather, N.T., Cigarette smoking and lung cancer: A study of cognitive dissonance. *Australian Journal of Psychology,* 1962, 14, 55-64.
Feather, N.T., Cognitive dissonance, sensitivity, and evaluation. *Journal of Abnormal and Social Psychology,* 1963, 66, 157-163.
Feldman, N.S., Higgins, E.T., Karlovac, M. & Ruble, D.N., Use of consensus information in causal attributions as a function of temporal presentation and availability of direct information. *Journal of Personality and Social Psychology,* 1976, 4, 694-698.
Ferguson, L.S., The influence of individual attitudes on construction of an attitude scale. *Journal of Social Psychology,* 1935, 6, 115-117.
Festinger, L., Informal social communication. *Psychological Review,* 1950, 57, 271-282.
Festinger, L., A theory of social comparison processes. *Human Relations,* 1954, 7, 117-140.
Festinger, L., *A theory of cognitive dissonance.* Stanford: Stanford University Press, 1957. Theorie der kognitiven Dissonanz. Bern: Huber, 1978.
Festinger, L., *Conflict, decision, and dissonance.* Standford: Stanford Universtiy Press, 1964.
Festinger, L. & Carlsmith, J.M., Cognitive consequences of forced compliance. *Journal of Abnormal and Social Psychology,* 1959, 59, 203-210.
Festinger, L. & Maccoby, N., On resistance to persuasive communications. *Journal of Abnormal and Social Psychology,* 1964, 68, 359-366.
Festinger, L., Riecken, H.W. & Schachter, S., *When prophecy fails.* New York: Harper & Row, 1956.
Fillenbaum, S., Prior deception and subsequent experimental performance: The "faithful" subject. *Journal of Personality and Social Psychology,* 1966, 4, 532-537.
Fishbein, M., Attitude and the prediction of behavior. In Fishbein, M. (Hrsg.), *Readings in attitude theory and measurement.* New York: Wiley, 1967.
Fishbein, M., A behavior theory approach to the relations between beliefs about an object and the attitude toward the object. In Fishbein, M. (Hrsg.), *Readings in attitude theory and measurement.* New York: Wiley, 1967.
Fishbein, M. & Ajzen, I., Attitudes toward objects as predictors of single and multiple behavioral criteria. *Psychological Review,* 1974, 81, 59-74.

Fishbein, M. & Ajzen, I., *Belief, attitude, intention and behavior.* Reading, MA: Addison-Wesley, 1975.

Flament, C., *Applications of graph theory to group structure.* New Jersey: Prentice Hall, Englewood Cliffs, 1963.

Fraser, C., Group risk-taking and group polarization. *European Journal of Social Psychology,* 1971, 1, 493-510.

Freedman, J.L., Involvement discrepancy and change. *Journal of Abnormal and Social Psychology,* 1964, 69, 290-295.

Freedman, J.L., Long-term behavioral effects of cognitive dissonance. *Journal of Experimental and Social Psychology,* 1965, 1, 145-155, (a).

Freedman, J.L., Preference for dissonant information. *Journal of Personality and Social Psychology,* 1965, 2, 287-289. (b)

Freedman, J.L., Confidence, utility, and selective exposure: A partial replication. *Journal of Personality and Social Psychology,* 1965, 2, 778-780. (c)

Freedman, J.L. & Sears, D.O., Selective exposure. In Berkowitz, L. (Hrsg.), *Advances in experimental social psychology,* Band 2. New York: Academic Press, 1965.

Freedman, J.L. & Sears, D.O., Warning, distraction, and resistance to influence. *Journal of Personality and Social Psychology,* 1965, 1, 262-266.

Frey, D., A new provocation for dissonance theory? *European Journal of Social Psychology,* 1976, 6, 387-399.

Frey, D., Die Theorie der kognitiven Dissonanz. In Frey, D. (Hrsg.), *Kognitive Theorien der Sozialpsychologie.* Bern: Huber, 1978.

Frey, D. & Irle, M., Some conditions to produce a dissonance and an incentive effect in a "forced-compliance" situation. *European Journal of Social Psychology,* 1972 2, 45-54.

Gadenne, V., *Die Gültigkeit psychologischer Untersuchungen.* Stuttgart: Kohlhammer, 1976.

Garner, W.R., *The processing of information and structure.* New York: Wiley, 1974.

Gellhorn, E., Motion and emotion: The role of proprioception in the physiology and pathology of the emotions. *Psychological Review,* 1964, 71, 457-472.

Gerard, H.B. & Mathewson, G.C., The effects of severity of initiation on liking for a group: A replication. *Journal of Experimental Social Psychology,* 1966, 2, 278-287.

Gilbert, G.M., Stereotype persistance and change among college students. *Journal of Abnormal and Social Psychology,* 1951, 46, 245-254.

Gillig, P.M. & Greenwald, A.G., Is it time to lay the sleeper effect to rest? *Journal of Personality and Social Psychology,* 1974, 29, 132-139.

Ginsburg, H. & Opper, S., *Piagets Theorie der geistigen Entwicklung.* Stuttgart: Klett, 1975.

Gniech, G., *Störeffekte in psychologischen Experimenten.* Stuttgart: Kohlhammer, 1976.

Goldstein, M., The relationship between coping and avoiding behavior and response to fear arousing propaganda. *Journal of Abnormal and Social Psychology,* 1959, 58, 247-252.

Gollob, H. & Dittes, J., Effects of manipulated self-esteem on persuasibility depending on threat and complexity of communication. *Journal of Personality and So-*

cial Psychology, 1965, 2, 195-201.

Greenbaum, C.W., Effect of situational and personality variables on improvisation and attitude change. *J. of Personality and Social Psychology*, 1966, 4, 260-269.

Greenwald, A.G., Cognitive learning, cognitive response to persuasion, and attitude change. In Greenwald, A.G. et al. (Hrsg.), *Psychological foundations of attitudes*. New York: Academic Press, 1968.

Greenwald, A.G., The open-mindedness of the counterattitudinal role player. *Journal of Experimental Social Psychology*, 1969, 5, 375-388.

Greenwald, A.G., When does role playing produce attitude change? Toward an answer. *Journal of Personality and Social Psychology*, 1970, 16, 214-219.

Greenwald, A.G. & Albert, R.D., Acceptance and recall of improvised arguments. *Journal of Personality and Social Psychology*, 1968, 8, 31-34.

Gruder, C.L., Cook, T.D., Hennigan, K.M., Flay, B.R., Alessis, C. & Halamaj, J., Empirical tests of the absolute sleeper effect predicted from the discounting cue hypothesis. *Journal of Personality and Social Psychology*, 1978, 10, 1061-1074.

Guttman, L., A basis for scaling qualitative data. *American Sociological Review*, 1944, 9, 139-150.

Guttman, L.A., The Cornell Technique for scale and intensity analysis. *Educational Psychological Measurement*, 1947, 7, 247-280.

Hammond, K.R., Measuring attitudes by error-choice: An indirect method. *Journal of Abnormal and Social Psychology*, 1948, 43, 38-48.

Hansen, R.D. & Donoghue, J.M., The power of consensus: Information derived from one's own and other's behavior. *Journal of Personality and Social Psychology*, 1977, 5, 294-302.

Harari, F., Norman, R.Z. & Cartwright, D., *Structural models: an introduction to the theory of directed graphs*. New York: Wiley, 1965.

Hardyck, J.A. & Braden, M., Prophecy fails again: A report of a failure to replicate. *Journal of Abnormal and Social Psychology*, 1962, 65, 136-141.

Harris, V.A. & Jellison, J.M., Fear-arousing communications, false physiological feedback, and the acceptance of recommendations. *Journal of Experimental Social Psychology*, 1971, 7, 269-279.

Hass, R.G., Persuasion or moderation? Two experiments on anticipatory belief change. *Journal of Personality and Social Psychology*, 1975, 31, 1155-1162.

Hass, R.G. & Grady, K., Temporal delay, type of forewarning, and resistance to influence. *Journal of Experimental Social Psychology*, 1975, 11, 459-469.

Hass, R.G. & Mann, R.W., Anticipatory belief change: Persuasion or impression management? *Journal of Personality and Social Psychology*, 1976, 34, 105-111.

Havemann, E. & West, P.S., *They went to College*. New York: Harcourt, Brace, 1952.

Heckhausen, H., *Hoffnung und Furcht in der Leistungsmotivation*. Meisenheim: Hain, 1963.

Heider, E.H., Universals in color naming and memory. *Journal of Experimental Psychology*, 1972, 93, 10-20.

Heider, F., Social perception and phenomenal causality. *Psychological Review*, 1944, 51, 358-378.

Heider, F., Attitudes and cognitive organization. *Journal of Psychology*, 1946, 21, 107-112.

Heider, F., *The psychology of interpersonal relations.* New York: Wiley, 1958. *Psychologie der interpersonalen Beziehungen.* Stuttgart: Klett, 1977.
Helson, H., *Adaptation-Level Theory.* New York: Harper & Row, 1964.
Hempel, C.G. & Oppenheim, P., Studies in the logic of explanation. *Philosophy of Science,* 1948, 15, 135-175.
Hendrick, C., Giesen, M. & Borden, R., False physiological feedback and persuasion: Effect of fear arousal vs. fear reduction on attitude change. *Journal of Personality,* 1975, 43, 196-214.
Herrmann, T., *Die Psychologie und ihre Forschungsprogramme.* Göttingen: Hogrefe, 1976.
Herrnstein, R.J., On the law of effect. *Journal of the Experimental Analysis of Behavior,* 1970, 13, 243-266.
Hess, E.H., Attitude and pupil size. *Scientific American,* 1965, 212, 46-54.
Hess, E.H. & Polt, J.M., Pupil size as related to interest value of visual stimuli. *Science,* 1960, 132, 349-350.
Higbee, K.L., Fifteen years of fear arousal: Research on threat appeals: 1953-1968. *Psychological Bulletin,* 1969, 72, 426-444.
Higgins, E.T., Rhodewalt, F. & Zanna, M.P., Dissonance motivation: Its nature, persistance, and reinstatement. *Journal of Experimental Social Psychology,* 1979, 15, 16-34.
Hildum, D.C. & Brown, R., Verbal reinforcement and interviewer bias. *Journal of Abnormal and Social Psychology,* 1965, 53, 108-111.
Hilgard, E.R., *Hypnotic susceptibility.* New York: Harcourt, Brace and World, 1965.
Himmelfarb, S. & Eagly, A.H. (Hrsg.), *Readings in attitude change.* New York: Wiley, 1974.
Hinckley, E.D., The influence of individual opinion on construction of an attitude scale. *Journal of Social Psychology,* 1932, 3, 283-296.
Hofstätter, P.R., *Einführung in die Sozialpsychologie.* Stuttgart: Kröner, 1959.
Holmes, J.G. & Strickland, L.M., Choice freedom and confirmation of incentive expectancy as determinants of attitude change. *Journal of Personality and Social Psychology,* 1970, 14, 39-45.
Holzkamp, K., *Wissenschaft als Handlung.* Berlin: de Gruyter, 1968.
Holzkamp, K., Wissenschaftstheoretische Voraussetzungen kritisch-emanzipatorischer Psychologie (Teil 1): *Zeitschrift für Sozialpsychologie,* 1970, 1, 5-21.
Hovland, C.I. (Hrsg.), *The order of presentation in persuasion.* New Haven: Yale University Press, 1957.
Hovland, C.I. & Janis, I.L. (Hrsg.) *Personality and persuasibility.* New Haven: Yale University Press, 1959.
Hovland, C.I. & Mandell, W., An experimental comparison of conclusion-drawing by the communicator and by the audience. *Journal of Abnormal and Social Psychology,* 1952, 47, 581-588.
Hovland, C.I. & Mandell, W., Is there a law of primacy in persuasion? In Hovland C.I. (Hrsg.), *Order of presentation in persuasion.* New Haven: Yale University Press, 1957.
Hovland, C.I. & Pritzker, H.A., Extent of opinion change as a function of amount of

change advocated. *Journal of Abnormal and Social Psychology,* 1957, 54, 257-261.
Hovland, C.I. & Sherif, M., Judgemental phenomena and scales of attitude measurement: Item displacement in Thurstone scales. *Journal of Abnormal and Social Psychology,* 1952, 47, 822-832.
Hovland, C.I. & Weiss, W., The influence of source credibility on communication effectiveness. *Public Opinion Quarterly,* 1951, 15, 635-650.
Hovland, C.I., Campbell, E.H. & Brock, T., The effects of "commitment" on opinion change following communication. In Hovland, C.I. (Hrsg.) *The order of presentation in persuasion.* New Heaven: Yale University Press, 1957.
Hovland, C.I., Harvey, O.J. & Sherif, M., Assimilation and contrast effects in communication and attitude change. *Journal of Abnormal and Social Psychology,* 1957, 55, 244-252.
Hovland, C.I., Janis, I.L. & Kelley, H.H., *Communication and Persuasion.* New Haven: Yale University Press, 1953.
Hovland, C.I., Lumsdaine, A.A. & Sheffield, F.D., *Experiments on mass communication.* Princeton: Princeton University Press, 1949.
Hull, C.L., *Principles of behavior.* New York: Appleton-Century-Crofts, 1943.
Insko, C.A., Primacy versus recency in persuasion as a function of the timing of arguments and measures. *Journal of Abnormal and Social Psychology,* 1964, 69, 381-391.
Insko, C.A., Verbal reinforcement of attitude. *Journal of Personality and Social Psychology,* 1965, 2, 621-623.
Insko, C.A., *Theories of attitude change.* New York: Appleton-Century-Crofts, 1967.
Insko, C.A. & Butzine, K.W., Rapport, awareness, and verbal reinforcement of attitude. *Journal of Personality and Social Psychology,* 1967, 6, 225-228.
Insko, C.A. & Melson, W.H., Verbal reinforcement of attitude in laboratory and nonlaboratory contexts. *Journal of Personality,* 1969, 37, 25-40.
Insko, C.A. & Oakes, W.F., Awareness and the "conditioning" of attitudes. *Journal of Personality and Social Psychology,* 1966, 4, 487-496.
Insko, C.A. & Schopler, J., Triadic consistency: A statement of affective-cognitive-conative consistency. *Psychological Review,* 1967, 74, 361-376.
Insko, C.A., Songer, E. & McGarvey, W., Balance, positivity, and agreement in the Jordan paradigm: A defense of balance theory. *Journal of Experimental Social Psychology,* 1974, 10, 53-83.
Insko, C.A., Blake, R.R., Cialdini, R.B. & Mulaik, S.A., Attitude towards birth control and cognitive consistency: Theoretical and practical implications of survey data. *Journal of Personality and Social Psychology,* 1970, 16, 228-237.
Insko, C.A., Worchel, S., Folger, R. & Kutkus, A., A balance theory interpretation of dissonance. *Psychological Review,* 1975, 82, 169-183.
Irle, M., *Lehrbuch der Sozialpsychologie.* Göttingen: Hogrefe, 1975.
Irle, M. & Möntmann, V., Die Theorie der kognitiven Dissonanz: Ein Resümee ihrer theoretischen Entwicklung und empirischen Ergebnisse 1957-1976. In Festinger, L. (Hrsg. Irle, M. & Möntmann, V.), *Theorie der kognitiven Dissonanz.* Bern: Huber, 1978.
Izard, C.E., *Patterns of emotions: A new analysis of anxiety and depression.* New York:

Academic Press, 1972.
Izard, C.E., *Human emotions.* New York: Plenum Press, 1977.
James. W., *The principles of psychology,* Band 2. New York: Dover Publications, 1950 (Originalausgabe: Holt, 1890).
Janis, I.L., Personality correlates of susceptibility to persuasion. *Journal of Personality,* 1954, 22, 504-518.
Janis, I.L., Anxiety indices related to susceptibility to persuasion. *Journal of Abnormal and Social Psychology,* 1955, 51, 663-667.
Janis, I.L., Effects of fear arousal on attitude change: Recent developments in theory and experimental research. In Berkowitz, L. (Hrsg.), *Advances in experimental social psychology,* Band 3. New York: Academic Press, 1967.
Janis, I.L., Attitude change via role playing. In Abelson, R.P. et al. (Hrsg.), *Theories of cognitive consistency.* Chicago: Rand McNally, 1968.
Janis, I.L. & Feshbach, S., Effects of fear-arousing communications. *Journal of Abnormal and Social Psychology,* 1953, 48, 78-92.
Janis, I.L. & Field, P.B., Sex differences and personality factors related to persuasibility. In Janis I.L. & Hovland, C.I. (Hrsg.), *Personality and persuasibility.* New Haven: Yale University Press, 1959.
Janis, I.L. & Field, P.B., The Janis and Field personality questionnaire. In Hovland, C.I. & Janis, I.L. (Hrsg.), *Personality and persuasibility.* New Haven: Yale University Press, 1959.
Janis, I.L. & Gilmore, J.B., The influence of incentive conditions on the success of role playing in modifying attitudes. *Journal of Personality and Social Psychology,* 1965, 1, 17-27.
Janis, I.L. & King, B.T., The influence of role-playing on opinion change. *Journal of Abnormal and Social Psychology,* 1954, 49, 211-218.
Janis, I.L. & Mann, L., A conflict-theory approach to attitude change and decision making. In Greenwald, A.G. et al. (Hrsg.), *Psychological foundations of attitudes.* New York: Academic Press, 1968.
Janis, I.L. & Mann, L., *Decision making.* New York: The Free Press, 1977.
Janis, I.L. & Rife, D., Persuasibility and emotional disorder. In Janis, I.L. & Hovland, C.I. (Hrsg.), *Personality and persuasibility.* New Haven: Yale University Press, 1959.
Janis, I.L. & Terwilliger, R. An experimental study of psychological resistances to fear-arousing communication. *Journal of Abnormal and Social Psychology,* 1962, 65, 403-410.
Jecker, J.D., The cognitive effects of conflict and dissonance. In Festinger, L., *Conflicts, decision, and dissonance.* Stanford: Stanford University Press, 1964.
Johnson, J.E. & Leventhal, H., Effects of accurate expectations and behavioral instructions on reactions during a noxious medical examination. *Journal of Personality and Social Psychology,* 1974, 29, 710-718.
Jones, E.E. & Davis, K.E., From acts to dispositions. In Berkowitz, L. (Hrsg.), *Advances in experimental social psychology,* Band 2, New York: Academic Press, 1965.
Jones, E.E. & Harris, V.A., The attribution of attitudes. *Journal of Experimental Social Psychology,* 1967, 3, 1-24.

Jones, E.E. & McGillis, D., Correspondent inferences and the attribution cube: A comparative reappraisal. In Harvey, J.H. et al. (Hrsg.), *New directions in attribution research,* Band 1. Hillsdale, N.J.: Erlbaum, 1976.

Jones, E.E. & Nisbett, R.E., The actor and the observer: Divergent perceptions of the causes of behavior. In Jones, E.E. et al. (Hrsg.), *Attribution: Perceiving the causes behavior.* Morristown, N.J.: General Learning Press, 1972.

Jones, E.E. & Sigall, H., The bogus pipeline: A new paradigm for measuring affect and attitude. *Psychological Bulletin,* 1971, 349-364.

Jones, E.E., Worchel, S., Goethals, G.R. & Grumet, J.F., Prior expectancy and behavioral extremity as determinants of attitude attribution. *Journal of Experimental Social Psychology,* 1971, 7, 59-80.

Jones, S.C., Self and interpersonal evaluations: Esteem theories versus consistency theories. *Psychological Bulletin,* 1973, 79, 185-199.

Jones, S.C. & Panitch, D., The self-fulfilling prophecy and interpersonal attraction *Journal of Experimental Social Psychology,* 1971, 7, 356-366.

Jones, R.A., Linder, D.E., Kiesler, C.A., Zanna, M.P. & Brehm, J.W., Internal states or external stimuli: Observers attitude judgements and the dissonance theory-self-persuasion controversy. *Journal of Experimental Social Psychology,* 1968, 4, 247-269.

Jordan, N., Behavioral forces that are a function of attitude and cognitive organization. *Human Relations,* 1953, 6, 273-287.

Karlins, M., Coffman, T.L. & Walters, G., On the fading of social stereotypes: Studies in three generations of college students. *Journal of Personality and Social Psychology,* 1969, 13, 1-16.

Katz, D., The functional approach to the study of attitude. In Fishbein, M. (Hrsg.), *Readings in attitude theory and measurement.* New York: Wiley, 1967.

Katz, D. & Braly, K.W., Racial prejudice and racial stereotypes. *Journal of Abnormal and Social Psychology,* 1933, 30, 175-193.

Katz, D. & Stotland, E., A preliminary statement to a theory of attitude structure and change. In Koch, S. (Hrsg.), *Psychology : A study of a science.* New York: McGraw-Hill, 1959.

Katz, D., Sarnoff, I. & McClintock, C., Ego-defence and attitude change. *Human Relations,* 1956, 9, 27-45.

Keating, J.P. & Brock, T.C., Acceptance of persuasion and the inhibition of counterargumentation under various distraction tasks. *Journal of Experimental Social Psychology,* 1974, 10, 301-309.

Kelley, H.H., Two functions of reference groups. In Swanson, G.E., et al. (Hrsg.), *Readings in social psychology,* New York: Holt, Rinehart & Winston, 1952, 2nd edition.

Kelley, H.H., Attribution theory in social psychology. In Levine, D. (Hrsg.), *Nebraska symposium on motivation.* Lincoln: University of Nebraska Press, 1967.

Kelley, H.H., Causal schemata and the attribution process. In Jones, E.E. et al. (Hrsg.) *Attribution: Perceiving the causes of behavior.* Morristown, N.J.: General Learning Press, 1972.

Kelley, H.H., The processes of causal attribution. *American Psychologist,* 1973, 28, 107-128.

Kelley, H.H. & Stahelski, A.J., Social interaction basis of cooperators' and competitor's belief about others. *Journal of Personality and Social Psychology,* 1970, 16, 66-91.

Kelman, H.C., Attitude change as a function of response restriction. *Human Relations* 1953, 6, 185-214.

Kelman, H.C., Processes of opinion change. *Public Opinion Quarterly,* 1961, 25, 57-78.

Kelman, H.C. & Hovland, C.I., "Reinstatement" of the communicator in delayed measurement of opinion change. *Journal of Abnormal and Social Psychology,* 1953, 48, 327-335.

Kelvin, P., *The bases of social behavior.* London: Holt, Rinehart & Winston, 1969.

Kerr, M., An experimental investigation of national stereotypes. *Sociological Review,* 1943, 35, 37- 43.

Kerrick, J., The effect of relevant and non-relevant sources on attitude change. *Journal of Social Psychology,* 1958, 47, 15-20.

Kidder, L.H. & Campbell, D.T., The indirect testing of social attitude. In Summers, G.F. (Hrsg.). *Attitude measurement.* Chicago: Rand McNally, 1970.

King, B.T. & Janis, I.L., Comparison of the effectiveness of improvised versus non-improvised role-playing in producing opinion changes. *Human Relations,* 1956, 9, 117-186.

Kleinhesselink, R.R. & Edwards, R.E., Seeking and avoiding belief-discrepant information as a function of its perceived refutability. *Journal of Personality and Social Psychology,* 1975, 31, 5, 787-790.

Klineberg, O., *Social Psychology,* New York: Holt, 1954.

Kornzweig, N.D., Behavior change as a function of fear arousal and personality. Unveröffentlichte Doktorarbeit, Yale University, 1967. Zitiert in Leventhal, H., Findings and theory in the study of fear communications. In Berkowitz, L. (Hrsg.), *Advances in experimental social psychology.* New York: Academic Press, 1970.

Kothandapani, V., Validation of feeling, belief, and intention to act as three components of attitude and their contribution to prediction of contraceptive behavior. *Journal of Personality and Social Psychology,* 1971, 19, 321-333.

Kruglanski, A.W. & Kroy, M., Outcome validity in experimental research: a reconceptualization. *Representative Research in Social Psychology,* 1976, 7, 166-178.

Kutner, B., Wilkins, C. & Yarrow, P.R., Verbal attitudes and overt behavior involving racial prejudice. *Journal of Abnormal and Social Psychology,* 1952, 47, 649-652.

Lakatos, I., Falsification and the methodology of scientific research programms. In Lakatos, I. & Musgrave, A. (Hrsg.), *Criticism and the growth of knowledge.* Cambridge: Cambridge University Press, 1970.

Lana, R.E., Pretest Sensitization. In Rosenthal, R. & Rosnow, R.L. (Hrsg.), *Artifact in behavioral research.* New York: Academic Press, 1969.

Landis, C. & Hunt, W.A., Adrenalin and emotion. *Psychological Review,* 1932, 39, 467-485.

Lange, C.G., *The emotions.* (Engl. Übersetzung, 1922). Baltimore: William & Wilkins, 1922 (Original 1885).

Lange, L., Neue Experimente über den Vorgang der einfachen Reaktion auf

Sinneseindrücke. *Philosophische Studien,* 1888, 4, 472-510.
LaPiere, R.T., Attitudes vs. actions. *Social Forces,* 1934, 13, 230-237.
LaPiere, R.T., Type-rationalizations of group antiplay. *Social Forces,* 1936, 15, 232-237.
Lawrence, D.H. & Festinger, L., *Deterrents and reinforcement: The psychology of insufficient reward.* Stanford: Stanford University Press, 1962.
Leach, E., In Lenneberg, E.H. (Hrsg.), *New directions in the study of language.* Cambridge: MIT Press, 1964.
Lenneberg, E.H., Color naming, color recognition, color discrimination: A reappraisal. *Perceptual and Motor Skills,* 1961, 12, 375-382.
Lesser, G.S. & Abelson, R.P., Personality correlates of persuasibility in children. In Janis I.L. & Hovland, C.I. (Hrsg.), *Personality and persuasibility.* New Haven: Yale University Press, 1959.
Leventhal, H., Findings and theory in the study of fear communications. In: Berkowitz, L. (Hrsg.), *Advances in Experimental Social Psychology,* Band 5. New York: Academic Press, 1970.
Leventhal, H., Emotions: A basic problem for social psychology. In Nemeth, C. (Hrsg.) *Social Psychology.* Chicago: Rand McNally, 1974.
Leventhal, H. & Niles, P.A., A field experiment on fear arousal with data on the validity of questionnaire measures. *Journal of Personality,* 1964, 32, 459-479.
Leventhal, H. & Singer, R.P., Affect arousal and postioning of recommendations in persuasive communications. *Journal of Personality and Social Psychology,* 1966, 4, 137-146.
Leventhal, H., Jones, S. & Trembly, G., Sex differences in attitude and behavior change under conditions of fear and specific instructions. *Journal of Experimental Social Psychology,* 1966, 2, 387-399.
Leventhal, H., Singer, R.P. & Jones, S., Effects of fear and specificity of recommendation upon attitudes and behavior. *Journal of Personality and Social Psychology,* 1965, 2, 20-29.
Leventhal, H., Watts, J.C. & Pagano, F., Effects of fear and instructions on how to cope with danger. *Journal of Personality and Social Psychology,* 1967, 6, 313-321.
LeVine, R.A. & Campbell, D.T., *Ethnocentrism: Theories of conflict, ethnic attitudes and group behavior.* New York: Wiley Interscience, 1972.
Lewin, K., Dembo, T., Festinger, L. & Sears, P.S., Level of aspiration. In McV.Hunt, J. (Hrsg.), *Personality and the behavior disorders.* New York: Ronald Press, 1944.
Liebhart, E.H., Wahrgenommene autonome Veränderungen als Determinanten emotionalen Verhaltens. In Görlitz, D. et al. (Hrsg.), *Bielefelder Symposium über Attribution.* Stuttgart: Klett-Cotta, 1978.
Likert, R., A technique for the measurement of attitudes. *Archives of Psychology,* 1932, 140, 44-53.
Lilli, W., Das Zustandekommen von Stereotypen über einfache und komplexe Sachverhalte: Experimente zum klassifizierenden Urteil. *Zeitschrift für Sozialpsychologie,* 1970, 1, 57-79.
Lilli, W. & Lehner, F., Stereotype Wahrnehmung: Eine Weiterentwicklung der Theorie Tajfels. *Zeitschrift für Sozialpsychologie,* 1971, 2, 285-294.
Linder, D.E., Cooper, J. & Jones, E.E., Decision freedom as an determinant of the

role of incentive magnitude in attitude change. *Journal of Personality and Social Psychology,* 1967, 6, 245-254.
Lippmann, W., *Public opinion.* New York. New York: Harcourt, Brace, 1922.
Lott, A.J. & Lott, B.E., A learning theory. Approach to interpersonal attitudes. In Greenwald, A.G. et al. (Hrsg.), *Psychological foundations of attitudes.* New York: Academic Press, 1968.
Lowell, E.E., The effect of need for achievement on learning and speed of performance. *Journal of Psychology,* 1952, 33, 31-40.
Lowin, A., Approach and avoidance: Alternative modes of selective exposure to information. *Journal of Personality and Social Psychology,* 1967, 6, 1-9.
Lowin, A., Further evidence for an approach-avoidance interpretation of selective exposure. *Journal of Personality and Social Psychology,* 1969, 5, 265-271.
Lumsdaine, A.A. & Janis, I.L., Resistance to "counterpropaganda" produced by one-sided and two-sided "propaganda" presentations. *Public Opinion Quarterly,* 1953, 17, 311-318.
Lund, F.H., The psychology of belief: IV. The law of primacy in persuasion. *Journal of Abnormal and Social Psycology,* 1925, 20, 183-191.
Mainord, W.A., Experimental repression related to coping and avoidance in the recall and relearning of nonsense syllables. Unveröffentlichte Doktorarbeit, Washington University, 1956. Zitiert in Goldstein, M.J., The relationship between coping and avoiding behavior and response to fear-arousing propaganda. *Journal of Abnormal and Social Psychology,* 1959, 58, 247-252.
Manis, M., The interpretation of opinion statements as a function of recipient attitude. *Journal of Abnormal and Social Psychology,* 1960, 60, 340-344.
Manis, M., The interpretation of opinion statements as a function of message ambiguity and recipient attitude. *Journal of Abnormal and Social Psyvhology,* 1961, 63, 78-81.
Maranon, G., Contribution à l'étude de l'action émotive de l'adrénaline. *Revue Francaise Endorinologique,* 1924, 2, 301-325.
Marchand, B., Auswirkung einer emotional wertvollen und einer emotional neutralen Klassifikation auf die Schätzung einer Stimulusserie. *Zeitschrift für Sozialpsychologie,* 1970, 1, 264-274.
Marshall, G., The affective consequences of "inadequately explained" physiological arousal. Unveröffentlichte Doktorarbeit, Stanford University, 1976. Zitiert in Izard, C.E., *Human emotions.* New York: Plenum Press, 1977.
Maslach, C., Negative emotional biasing of unexplained arousal. Unveröffentlichtes Manuskript, University of California, Berkeley, 1976. Zitiert in Izard, C.E., *Human emotions.* New York: Plenum Press, 1977.
Masling, J., Role-related behavior of the subject and psychologist and its effects upon psychological data. In Levine, D.L. (Hrsg.), *Nebraska Symposium on Motivation.* Lincoln, Nebraska: University of Nebraska Press, 1966.
McArthur, L.A., The how and what of why: Some determinants and consequences of causal attribution. *Journal of Personality and Social Psychology,* 1972, 22, 171-193.
McClelland, D.C., Atkinson, J.W., Clark, R.W. & Lowell, E.L., *The achievement motive.* New York: Appleton-Century-Crofts, 1953.

McGuire, W.J., Inducing resistance to persuasion: Some contemporary approaches. In Berkowitz, L. (Hrsg.), *Advances in experimental social psychology,* Band 1. New York: Academic Press, 1964.

McGuire, W.J., Personality and susceptibility to social influence. In Borgatta, E.F. & Lambert, W.W. (Hrsg.), *Handbook of personality theory and research.* Chicago: Rand McNally, 1968, 1130-1187.

McGuire, W.J., The nature of attitudes and attitude change. In Lindzey, G. & Aronson, E. (Hrsg.), *Handbook of social psychology,* Band 3. Reading MA: Addison-Wesley, 1969.

McGuire, W.J. & Millman, S., Anticipatory belief lowering following forewarning of a persuasive attack. *Journal of Personality and Social Psychology,* 1965, 2, 471-479.

McGuire, W.J. & Papageorgis, D., The relative efficacy of various types of prior belief-defense in producing immunity against persuasion. *Journal of Abnormal and Social Psychology,* 1961, 62, 327-337.

Melson, W.H., Calder, B.J. & Insko, C.A., The social psychological status of reward. *Psychonomic Science,* 1969, 17, 240-242.

Melton, A.W., Some behavior characteristics of museum visitors. *Psychological Bulletin,* 1933, 30, 720-721.

Merton, R.K., The self-fulfilling prophecy. In Merton, R.K., *Social theory and social structure.* New York: Free Press, 1968.

Merton, R.K., & Rossi, A.S., Contribution to the theory of reference group behavior. In Merton, R.K., *Social theory and social structure.* New York: Free Press, 1968.

Meyer, W.-U., *Leistungsmotiv und Ursachenerklärung von Erfolg und Mißerfolg.* Stuttgart: Klett, 1973.

Mikula, G. & Stroebe, W. (Hrsg.), *Sympathie, Freundschaft, Ehe: Psychologische Grundlagen zwischenmenschlicher Beziehungen.* Bern: Huber, 1977.

Milgram, S., Behavioral study of obedience. *Journal of Abnormal and Social Psychology,* 1963, 67, 371-378.

Milgram, S., Some conditions of obedience and disobedience to authority. *Human Relations,* 1965, 18, 57-76.

Milgram, S., Mann, L. & Harter, S., The lost letter technique of social research. *Public Opinion Quarterly,* 1965, 29, 437-438.

Miller, C.E. & Norman, R.M.G., Balance, agreement, and attraction in hypothetical social situations. *Journal of Experimental Social Psychology,* 1976, 12, 109-119.

Miller, N. & Campbell, D.T., Recency and primacy in persuasion as a funtion of the timing of speeches and measurement. *Journal of Abnormal and Social Psychology,* 1959, 59, 1-9.

Mills, J., Avoidance of dissonant information. *Journal of Personality and Social Psychology,* 1965, 2, 589-593. (a).

Mills, J., Effects of certainty about a decision upon postdecision exposure to consonant and dissonant information. *Journal of Personality and Social Psychology,* 1965, 2, 749-752 (b).

Mills, J., The effect of certainty on exposure to information prior to commitment. *Journal of Experimental Social Psychology,* 1965, 1, 348-355 (c).

Mills, J., Interest in supporting and discrepant information. In Abelson, R. et al. (Hrsg.), *Theories of cognitive consistency.* Chicago: Rand McNally, 1968.

Mills, J. & Ross, A., Effects of commitment and certainty upon interest in supporting information. *Journal of Abnormal and Social Psychology,* 1964, 68, 552-555.
Mills, J., Aronson, E. & Robinson, H., Selectivity in exposure to information. *Journal of Abnormal and Social Psychology,* 1959, 59, 250-253.
Minard, R.D., Race relations in the Pocahontas Coal Field. *Journal of Social Issues,* 1952, 8, 29-44.
Nel, E., Helmreich, R. & Aronson, E., Opinion change in the advocate as a function of the persuasibility of his audience: A clarification of his meaning of dissonance. *Journal of Personality and Social Psychology,* 1969, 12, 117-124.
Nelson, E. Attitudes. *Journal of General Psychology,* 1939, 21, 367-436.
Nisbett, R.E. & Borgida, E., Attribution and the psychology of prediction. *Journal of Personality and Social Psychology,* 1975, 32, 932-943.
Nisbett, R.E. & Gordon, A., Self-esteem and susceptibility to social influence. *Journal of Personality and Social Psychology,* 1967, 5, 268-276.
Nisbett, R.E., Caputo, C.G., Legant, P. & Maracek, J., Behavior as seen by the actor and as seen by the observer. *Journal of Personality and Social Psychology,* 1973, 27, 154-164.
Nuttin, J.M., Jr. Dissonant evidence about dissonance theory. Paper read at Second Conference of Experimental Social Psychologists in Europe, Frascati, Italy, 1964.
Nuttin, J.M.,Jr., *The illusion of attitude change.* London: Academic Press, 1975.
O'Brien, E.J. & Epstein, S., Naturally occurring changes in self-esteem. Referat auf dem Kongreß der American Psychological Association, New Orleans, 1975.
Opp, K.-D., *Methodologie der Sozialwissenschaften.* Reinbek: Rowolth, 1976.
Orne, M.T., On the social psychology of the psychological experiment: With particular reference to demand characteristics and their implications. *American Psychologist,* 1962, 17, 776-783.
Orne, M.T., Demand characteristics and the concept of quasi-controls. In Rosenthal R. & Rosnow, R.L. (Hrsg.), *Artifact in behavioral research.* New York: Academic Press, 1969.
Orne, M.T. & Scheibe, K.E., The contribution of nondeprivation factors in the production of sensory deprivation effects: The psychology of the "panic button". *Journal of Abnormal and Social Psychology,* 1964, 68, 3-12.
Osgood, C.E. & Tannenbaum, P.H., The principle of congruity in the prediction of attitude change. *Psychological Review,* 1955, 62, 42-55.
Osggod, C.E., Suci, G.J. & Tannenbaum, P.H., *The measurement of meaning.* Urbana: University of Illinois Press, 1957.
Osterhouse, R.A. & Brock, T.C., Distraction increases yielding to propaganda by inhibiting counterarguing. *Journal of Personality and Social Psychology,* 1970, 15, 344-358.
Ostrom, T.M., The relationship between the affective, behavioral, and cognitive components of attitude. *Journal of Experimental Social Psychology,* 1969, 5, 12-30.
Ostrom, T.M., The Bogus Pipeline. *Psychological Bulletin,* 1973, 4, 252-259.
Packard, V., *The hidden persuaders.* Harmondsworth, Middlesex: Penguin, 1960
Page, M.M., Social psychology of a classical conditioning of attitudes experiment. *Journal of Personality and Social Psychology,* 1969, 11, 177-186.

Papageorgis, D. & McGuire, W.J., The generality of immunity to persuasion produced bypre- exposure to weakened counterarguments. *Journal of Abnormal and Social Psychology,* 1961, 62, 475-481.
Parducci, A., Category judgement: A range-frequency model. *Psychological Review,* 1965, 72, 407-418.
Pawlow, I.P., *Conditioned reflexes.* London: Oxford University Press, 1927.
Pettigrew, T.F., Social evaluation theory: Convergences ans applications. In Levine, D. (Hrsg.), *Nebraska Symposium on Motivation.* Lincoln: University of Nebraska Press, 1967.
Petty, R.E. & Cacioppo, J.T., Forewarning, cognitive responding, and resistance to persuasion. *Journal of Personality and Social Psychology,* 1977, 35, 645-655.
Pfungst, O., *Das Pferd des Herrn von Osten.* Leipzig: Bart, 1907.
Piaget, J., & Inhelder, B., *Die Psychologie des Kindes.* Olten: Walter, 1973.
Piliavin, J.A., Piliavin, I.M., Loewenton, E.P., McCauley, C. & Hammond, P. On Observers' reproductions of dissonance effects: The right answers for the wrong reasons? *Journal of Personality and Social Psychology,* 1969, 13, 98-106.
Pintner, R. & Forlano, G., The influence of attitude upon scaling of attitude items. *Journal of Social Psychology,* 1937, 8, 39-45.
Pittman, T.S., Attribution of arousal as a mediator in dissonance reduction. *Journal of Experimental Social Psychology,* 1975, 11, 53-63.
Popper, K.R., *Logik der Forschung.* Wien: Julius Springer, 1934. (In der Ausgabe "1935".)
Popper, K.R., *Conjectures and refutations.* London: Routledge & Kegan Paul, 1963.
Popper, K.R., *The Logic of Scientific Discovery.* London: Hutchinson, 1968.
Postman, L., Toward a general theory of cognition. In Rohrer, J.H. & Sherif, M. (Hrsg.), *Social psychology at the crossroads.* New York: Harper, 1951.
Regan, D.T. & Cheng, J.B., Distraction and attitude change: A resolution. *Journal of Experimental Social Psychology,* 1973, 9, 138-147.
Regan, D.T. & Totten, J., Empathy and attribution: Turning observers into actors. *Journal of Personality and Social Psychology,* 1975, 32, 850-856.
Rhine, R.J., Some problems in dissonance theory research on information selectivity. *Psychological Bulletin,* 1967, 68, 21-28 (a).
Rhine, R.J., The 1964 presidential election and curves of information seeking and advoiding. *Journal of Personality and Social Psychology,* 1967, 5, 416-423 (b).
Rhodewalt, F. & Comer, R., Induced-compliance and attitude change: Once more with feeling. *Journal of Experimental Social Psychology,* 1979, 15, 35-47.
Robinson, J.P. & Shaver, P.R., *Measures of social psychological attitudes.* Ann Arbor, MI: Institute für Social Research, 1969.
Rodrigues, A., Effects of balance, positivity, and agreement in triadic social relations. *Journal of Personality and Social Psychology,* 1967, 5, 472-476.
Rogers, R.W., A protection motivation theory of fear appeals and attitude change. *Journal of Psychology,* 1975, 91, 93-114.
Rogers, R.W. & Mewborn, C.R., Fear appeals and attitude change: Effects of a noxiousness, probability of occurrence, and the efficacy of coping responses. *Journal of Personality and Social Psychology,* 1976, 34, 54-61.
Rogers, R.W. & Thistlewaite, D.L., Effects of fear arousal and reassurance upon

change. *Journal of Personality and Social Psychology,* 1970, 15, 227-233.
Rokeach, M. & Mezei, L., Race and shared belief as factors in social choice. *Science,* 1966, 151, 167-172.
Rosch, E., On the internal structure of perceptual and semantic categories. In Moore, T.E. (Hrsg.), *Cognitive development and the acquisition of language.* New York: Academic Press, 1973.
Rosch, E., Cognitive reference points. *Cognitive Psychology,* 1975, 7, 532-547.
Rosch, E., Human categorization. In Warren, N. (Hrsg.), *Advances in cross-cultural psychology,* Band 1. London: Academic Press, 1977.
Rosch, E., Principles of categorization. In Rosch, E. & Lloyd, B.B. (Hrsg.), *Cognition and categorization.* Hillsdale, N.J.: Erlbaum, 1978.
Rosenberg, M.J., Cognitive structure and attitudinal affect. *Journal of Abnormal and Social Psychology,* 1956, 53, 367-372.
Rosenberg, M.J., An analysis of affective-cognitive consistency. In Hovland, C.I. & Rosenberg, M.J. (Hrsg.), *Attitude organization and change.* New Haven: Yale University Press, 1960.
Rosenberg, M.J., When dissonance fails: On eliminating evaluation apprehension from attitude measurement. *Journal of Personality and Social Psychology,* 1965, 1, 28-42.
Rosenberg, M.J., The conditions and consequences of evaluation apprehension. In Rosenthal, R. & Rosnow, R.L. (Hrsg.), *Artifact in behavioral research.* New York: Academic Press, 1969.
Rosenberg, M.J. & Abelson, R.P., An analysis of cognitive balancing. In Rosenberg, M.J. et al. (Hrsg.), *Attitude organization and change.* New Haven: Yale University Press, 1960.
Rosenberg, M.J. & Hovland, C.I., Cognitive, affective, and behavioral components of attitudes. In Hovland, I. & Rosenberg, M.J. (Hrsg.), *Attitude organization and change.* New Haven: Yale University Press, 1960.
Rosenthal, R., Interpersonal expectations: Effects of the experimenter's hypothesis. Rosenthal R. & Rosnow, R.L. (Hrsg.), *Artifact in behavioral research.* New York: Academic Press, 1969.
Rosenthal, R. *Experimenter effects in behavioral research.* New York: Irvingston, 1976.
Rosenthal, R. & Fode, K.L., The effect of experimenter bias on the perfomance of the albino rat. *Behavioral Science,* 1963, 8, 183-189 (a).
Rosenthal, R. & Fode, K.L., Three experiments in experimenter bias. *Psychological Reports,* 1963, 12, 491-511 (b).
Rosenthal, R. & Rosnow, R.L. (Hrsg.), *Artifact in behavioral research.* New York: Academic Press, 1969.
Ross, L., The intuitive psychologist and his shortcomings: Distortions in the attribution process. In Berkowitz, L. (Hrsg.), *Advances in experimental social psychology,* Band 10. New York: Academic Press, 1977.
Ross, L., Greene, D., & House, P., The "false consensus effect": An egocentric bias in social perception and attribution processes. *Journal of Experimental Social Psychology,* 1977, 13, 279-301.
Ross, L., Rodin, J. & Zimbardo, P.G., Toward an attribution therapy: The reduction of fear through induced cognitive emotional misattribution. *Journal of Personality*

and Social Psychology, 1969, 4, 279-288.
Ross, M. & Shulman, R.F., Increasing the salience of initial attitudes: Dissonance versus self-perception theory. *Journal of Personality and Social Psychology,* 1973, 28, 138-144.
Sanada, T. & Norbeck, E., Prophecy continues to fail: A Japanese sect. *Journal of Cross-Cultural Psychology,* 1975, 6, 331-345.
Schachter, S., *The psychology of affiliation.* Stanford: Stanford University Press, 1959.
Schachter, S., The interaction of cognitive and physiological determinants of emotional state. In Berkowitz, L. (Hrsg.), *Advances in experimental social psychology,* Band 1. New York: Academic Press, 1964.
Schachter, S. & Singer, J.E., Cognitive, social, and physiological determinants of emotional state. *Psychological Review,* 1962, 69, 379-399.
Schlosberg, H.S., The description of facial expressions in terms of two dimensions. *Journal of Experimental Psychology,* 1952, 44, 229-237.
Sears, D.O., Biased indoctrination and selectivity of exposure to new information. *Sociometry,* 1965, 28, 363-376.
Sears, D.O., Opinion formation and information preferences in an adversary situation. *Journal of Experimental Social Psychology,* 1966, 2, 130-142.
Sears, D.O. & Freedman, J.L., Effects of expected familiarity with arguments upon opinion change and selective exposure. *Journal of Personality and Social Psychology,* 1965, 2, 420-426.
Sechrest, L., Personality. In Rosenzweig, M.R. & Porter, L.W. (Hrsg.), *Annual Review of Psychology,* Palo Alto: Annual Reviews Inc. 1976.
Secord, P.F. & Backman, C.W., *Social Psychology,* New York: McGraw-Hill, 1964.
Seligman, B.B., The American Jew. Some demographic features. In *American Jewish Yearbook,* 1950, 51, 3-52.
Selltiz, C., Edrich, H. & Cook, S.W., Ratings of favorableness of statements about a social group as an indicator of attitude towards the group. *Journal of Personality and Social Psychology,* 1965, 2, 408-415.
Selltiz, C., Wrightman, L.S. & Cook, S.W., *Research methods in social relations.* New York: Holt, Rinehart & Winston, 1976.
Shaffer, D.R., Another look at the phenomenological equivalence of pre- and post-manipulation attitudes in the forced-compliance experiment. *Personality and Social Psychology Bulletin,* 1975, 1, 497-500 (a).
Shaffer, D.R., Somme effects of consonant and dissonant attitudinial advocacy of initial attitude salience and attitude change. *Journal of Personality and Social Psychology,* 1975, 32, 160-168 (b).
Shaw, M.E. & Wright, J.M., *Scales for the measurement of attitudes.* New York: McGraw-Hill, 1967.
Sherif, C.W., Sherif, M. & Nebergall, R.E., *Attitude and attitude change.* Philadelphia: Saunders, 1965.
Sherif, M. & Hovland, C.I., *Social judgement.* New Haven: Yale Univ. Press, 1961.
Sherif, M. & Sherif, C.W., Attitude as the individuals own categories: The social judgement-involvement approach to attitude and attitude change. In Sherif, M. & Sherif, C.W. (Hrsg.), *Attitude, ego-involvement, and change.* New York: Wiley, 1967.

Sherif, M., Taub, D. & Hovland, C.I., Assimilation and contrast effects of anchoring stimuli on judgement. *Journal of Experimental Psychology,* 1958, 55, 150-155.

Sherman, S.J., Effects of choice and incentive on attitude change in a discrepant behavior stituation. *Journal of Personality and Social Psychology,* 1970, 15, 245-252.

Silverman, I., Ford, L., & Morganti, J., Inter-related effects of social desirability, sex, self-esteem and complexity of argument on persuasibility. *Journal of Personality,* 1966, 34, 555-568.

Six, B., Die Relation von Einstellung und Verhalten. *Zeitschrift für Sozialpsychologie,* 1975, 6, 270-296.

Skinner, B.F., *Verbal behavior.* New York: Appleton-Century-Crofts, 1957.

Skolnick, P. & Heslin, R., Quality versus difficulty: Alternative interpretation of the relationship between self-esteem and persuasibility. *Journal of Personality,* 1971, 2, 242-251.

Smith, M.B., Bruner, J.S. & White, R.W., *Opinions and personality.* New York: Wiley, 1956.

Snyder, M. & Ebbesen, E.B., Dissonance awareness: A test of dissonance theory versus self-perception theory. *Journal of Experimental Social Psychologie,* 1972, 8, 502-517.

Snyder, M., Tanke, E.D. & Berscheid, E., Social Perception and interpersonal behavior: On the self-fulfilling nature of social stereotypes. *Journal of Personality and Social Psychology,* 1977, 35, 656-666.

Sodhi, K.S., & Bergius, R., *Nationale Vorurteile.* Berlin: Duncker und Humblot, 1953.

Staats, A.W., Social behaviorism and human motivation: Principles of the attitude-reinforcer-discriminative system. In Greenwald, A.G. et al. (Hrsg.), *Psychological foundations of attitudes.* New York: Academic Press, 1968.

Staats, A.W., Experimental demand characteristics and the classical conditioning of attitudes. *Journal of Personality and Social Psychology,* 1969, 11, 187-192.

Staats, A.W. & Staats, C.K., Attitudes established by classical conditioning. *Journal of Abnormal and Social Psychology,* 1958, 57, 37-40.

Stachowiak, J. & Moss, C., Hypnotic alterations of social attitudes. *Journal of Personality and Social Psychology,* 1965, 2, 77-83.

Steiner, I.D., Whatever happened to the group in social psychology? *Journal of Experimental Social Psychology,* 1974, 10, 94-108.

Storms, M., Videotape and the attribution process: Reversing actors' and observers' points of view. *Journal of Personality and Social Psychology,* 1973, 27, 165-175.

Stotland, E., Katz, D. & Patchen, M., The reduction of prejudice through the arousal of self-insight. *Journal of Personality,* 1959, 27, 507-531.

Stouffer, S.A., Suchman, E.A., DeVinney, L.C., Star, S.A. & Williams, R.M., jr. *The American soldier, Band 1. Adjustment during army life.* Princeton: Princeton University Press, 1949.

Strodtbeck, F.L., Family interaction, values, and achievement. In McClelland, D.C., Baldwin, A.L., Bronfenbrenner, U. & Strodtbeck, F.L. (Hrsg.), *Talent and society.* Princeton: Van Nostrand, 1958.

Stroebe, W., An experimental and theoretical study of social judgement. Unveröf-

fentlichte Doktorarbeit. University of London, 1968.
Stroebe, W., Self-Esteem and interpersonal attraction. In Duck, S. (Hrsg.), *Theory and Practice in Interpersonal Attraction.* London: Academic Press, 1977.
Stroebe, W., Selbstwertgefühl und Attribution: Individuelle Unterschiede in der Ursachenerklärung von Erfolg und Mißerfolg. In Görlitz, D. et al. (Hrsg.), *Bielefelder Symposium über Attribution.* Stuttgart: Klett-Cotta, 1978 (a).
Stroebe, W. (Hrsg.), *Wege der Forschung, Sozialpsychologie I,* Darmstadt: Wissenschaftliche Buchgesellschaft, 1978 (b).
Stroebe, W., Das Experiment in der Sozialpsychologie. In Stroebe, W. (Hrsg.), *Wege der Forschung: Sozialpsychologie, Band 1.* Darmstadt: Wissenschaftliche Buchgesellschaft, 1978 (c).
Stroebe, W., The level of social psychological analysis: A plea for a more social social psychology. In Strickland, L.H. (Hrsg.), *Soviet and Western perspectives in social psychology.* Oxford: Pergamon Press, 1979.
Stroebe, W., Diehl, M. & Stroebe, M.S., Counterattitudinal advocacy and social support: In search of dissonance. Berichte aus dem Fachbereich Psychologie der Universität Marburg. Nr. 61. Marburg, 1978.
Stroebe, W., Eagly, A.H. & Stroebe, M.S., Friendly or just polite? The effect of self-esteem on attribution. *European Journal of Social Psychology,* 1977, 7, 1-10.
Stroebe, W., Thompson, V.D., Insko, C.A. & Reisman, S.R., Balance and differentiation in the evaluation of linked attitude objects. *Journal of Personality and Social Psychology,* 1970, 1, 38-47.
Tajfel, H., Cognitive aspects of prejudice. *Journal of Social Issues,* 1969, 25, 79-97.
Tajfel, H., Experiments in intergroup discrimination. *Scientific American,* 1970, 223, 5, 96-102.
Tajfel, H. (Hrsg.) *Differentiation between social groups.* London: Academic Press, 1978.
Tajfel, H. & Jahoda, G., Development in children of concepts and attitudes about their own and other countries. *Proceedings of the 18th International Congress of Psychology,* Moscow Symposium, 1966, 36, 17-33.
Tajfel, H. & Wilkes, A.L., Classification and quantitative judgement. *British Journal of Psychology,* 1963, 54, 101-114.
Tajfel, H., Sheikh, A. A. & Gardner, R.C., Content of stereotypes and the inference of similarity between members of stereotyped groups. *Acta Psychologica,* 1964 22, 191-201.
Tajfel, H., Flament, C., Billig, M. & Bundy, R.P., Social categorization and intergroup behavior. *European Journal of Social Psychology,* 1971, 1, 149-178.
Tannenbaum, P.H., Mediated generalization of attitude change via the priniciple of congruity. *Journal of Personality and Social Psychology,* 1966, 3, 493-499.
Tannenbaum, P.H., The congruity principle: Retrospective reflections and recent research. In Abelson, R.P. et al. (Hrsg.), *Theories of cognitive consistency: A source-book.* Chicago: Rand McNally, 1968.
Tannenbaum, P.H. & Gengel, R.W., Generalization of attitude change through congruity principle relationships. *Journal of Personality and Social Psychology,* 1966, 3, 299-304.
Tannenbaum, P.H. & Norris, E., Effects of combining congruity principle strategies

for the reduction of persuasion. *Sociometry,* 1965, 28, 145-157.

Taylor, S.E. & Fiske, S.T., Point of view and perceptions of causality. *Journal of Personality and Social Psychology,* 1975, 32, 439-445.

Taylor, S.E. & Fiske, S.T., Salience, attention, and attribution: Top of the head phenomena. In Berkowitz, L. (Hrsg.), *Advances in experimental social psychology,* Band 11. New York: Academic Press, 1978.

Taylor, S.E., Fiske, S.T., Close, M., Anderson, C. & Ruderman, A., Solo status as psychological variable: The power of being distinctive. Unveröffentlichtes Manuskript, Harvard University 1977. Zitiert in Taylor, S.E. & Fiske, S.T., Salience, attention, and attribution: Top of the head phenomena. In Berkowitz, L. (Hrsg.), *Advances in experimental social psychology,* Band 11. New York: Academic Press, 1978.

Terman, L.M. & Oden, M.H., *The gifted child grows up.* Stanford: Stanford University Press, 1947.

Tittle, C.R. & Hill, R.J., Attitude measurement and prediction of behavior: An evaluation of conditions and measurement techniques. *Sociometry,* 1967, 30, 199-213.

Thibaut, J.W. & Riecken, H.W., Some determinants and consequences of the perception of social cuasality. *Journal of Personality,* 1955, 24, 113-133.

Thomas, W.I. & Znaniecki, F., *The polish peasant in Europe and America.* Boston: Badger, 1918.

Thurstone, L.L., Attitudes can be measured. *American Journal of Sociology,* 1928, 33, 529-554.

Thurstone, L.L. & Chave, E.J., *The measurement of attitude.* Chicago: University of Chicago Press, 1929.

Timaeus, E., *Experiment und Psychologie. Zur Sozialpsychologie psychologischen Experimentierens.* Göttingen: Hogrefe, 1974.

Tomkins, S.S., *Affect, imagery, consciousness,* Band 1. *The positive affects.* New York: Springer, 1962.

Tomkins, S.S., *Affect, imagery, consciousness,* Band 2. *The negative affects.* New York: Springer, 1963.

Triandis, H.C., Cultural influences upon cognitive processes. In Berkowitz, L. (Hrsg.), *Advances of experimental social psychology,* Band 1. New York: Academic Press, 1964.

Triandis, H.C. & Triandis, L.M., Some studies of social distance. In Steiner, I.D. & Fishbein, M. (Hrsg.), *Recent studies in social psychology.* New York: Holt, 1965.

Turner, M.B., *Philosophy and the science of behavior.* New York: Appleton-Century-Crofts, 1967.

Upshaw, H.S., Own attitude as an anchor in equal appearing intervals. *Journal of Abnormal and Social Psychology,* 1962, 64, 86-96.

Valins, S., Cognitive effects of false heart-rate feedback. *Journal of Personality and Social Psychology,* 1966, 4, 400-408.

Verhaeghe, H., Mistreating other persons through simple discrepant role playing: Dissonance arousal or response contagion. *Journal of Personality and Social Psychology,* 1976, 1, 125-137.

Verplanck, W.S., The control of the content of conversation: Reinforcement of

statements of opinion. *Journal of Abnormal and Social Psychology,* 1955, 51, 668-676.
Volkmann, J., Scales of judgement and their implications for social psychology. In Rohrer, J.H. & Sherif, M. (Hrsg.), *Social psychology at the crossroads.* New York: Harper & Row, 1951.
Wagmann, M., Attitude change and authoritarian personality. *Journal of Psychlogy,* 1955, 40, 3-24.
Waly, P., & Cook, S.W., Effect of attitude on judgements of plausibility. *Journal of Personality and Social Psychology,* 1965, 2, 745-749.
Watson, J.B. & Raynor, R., Conditioned emotional reactions. *Journal of Experimental Psychology,* 1920, 3, 1-14.
Watts, W.A., Relative persistence of opinion change induced by active compared to passive participation. *Journal of Personality and Social Psychology,* 1967, 5, 4-15.
Watts, W.A. & Holt, L.E., Persistence of opinion change induced under conditions of forewarning and distraction. *Journal of Personality and Social Psychology,* 1979, 37, 778-789.
Weber, S.J. & Cook, T.D., Subject effects in laboratory research: An examination of subject roles, demand characteristics, and valid inference. *Psychological Bulletin,* 1972, 77, 273-295.
Weiner, B., Frieze, I., Kukla, A., Reed, L., Stanley, R. & Rosenbaum, R.M., Perceiving the causes of success and failure. In Jones, E.E. et al. (Hrsg.), *Attribution: Perceiving the causes of behavior.* Morristown, N.J.: General Learning Press, 1972.
Wever, E.G. & Zener, K.E., The method of absolute judgement in psychophysics. *Psychological Review,* 1928, 35, 466-493.
Wheeler, L., Shaver, K.G., Jones, R.A., Goethals, G.R., Cooper, J. Robinson, J.E., Gruder, C.L. & Butzine, K.W., Factors determining choice of a comparison other. *Journal of Experimental Social Psychology,* 1969, 5, 219-232.
Whittacker, J.O., Opinion change as a function of communication attitude discrepancy. *Psychological Report,* 1963, 13, 763-772.
Whittacker, J.O., Resolution of the communication. Discrepancy issue in attitude change. In Sherif, M. & Sherif, C.W. (Hrsg.), *Attitude, ego-involvement, and change.* New York: Wiley, 1967.
Whorf, B.L., Linguistics as an exact science. *Technology Review,* 1940, 43, 61-63.
Whorf, B.L., *Language, thought, and reality: Selected writings of Benjamin Lee Whorf.* (Herausgegeben von Carroll, J.B.) Cambridge, MA: MIT Press, 1956.
Wicker, A.W., Attitudes versus actions: The relationship of verbal and overt behavioral responses to attitude objects. *Journal of Social Issues,* 1969, 25, 41-78.
Wicklund, R.A., & Brehm, J.W., *Perspectives on cognitive dissonance.* Hillsdale, N.J.: Erlbaum, 1976.
Witte, W., Experimentelle Untersuchungen von Bezugssystemen. *Psychologische Beiträge,* 1960, 4, 218-252.
Wixon, R.D. & Laird, J.D., Awareness and attitude change in the forced-compliance paradigm: The importance of when. *Journal of Personality and Social Psychology,* 1976, 34, 376-384.
Woodmansee, J.J., The pupil response as a measure of social attitudes. In Sumners,

G. (Hrsg.), *Attitude measurement.* Chicago: Rand McNally, 1970.
Woodruff, A.D. & DiVesta, F.J., The relationship between values, concepts, and attitudes. *Educational and Psychological Measurement,* 1948, 8, 645-660.
Woodworth, R.S., *Experimental psychology,* New York: Holt, 1938.
Wyer, R.S., jr. *Cognitive organization and change: An information processing approach.* Potomac, Maryland: Erlbaum, 1974.
Zadny, J. & Gerard, H.B., Attributed intentions and informational selectivity. *Journal of Experimental Social Psychology,* 1974, 10, 34-52.
Zajonc, R.B., *Social psychologv: An experimental approach.* Belmont, CA: Brooks/-Cole, 1967.
Zajonc, R.B. & Burnstein, E., The learning of balanced and unbalanced social structures. *Journal of Personality,* 1965, 33, 153-163 (a).
Zajonc, R.B. & Burnstein, E., Structural balance, reciprocity, and positivity as sources of cognitive bias. *Journal of Personality,* 1965, 33, 570-583 (b).
Zanna, M.P. & Cooper, J., Dissonance and the pill: An attributional approach to studying the arousal properties of dissonance. *Journal of Personality and Social Psychology,* 1974, 29, 703-709.
Zanna, M.P., Higgins, E.T. & Taves, P.A., Is dissonance phenomenologically aversive? *Journal of Experimental Social Psychology,* 1976, 12, 530-538.
Zanna, M.P., Kiesler, C.A. & Pilkonis, P.A., Positive and negative attitudinal affect established by classical conditioning. *Journal of Personality and Social Psychology,* 1970, 14, 321-328.
Zavalloni, M. & Cook, S.W., Influence of judges' attitudes on ratings of favorableness of statements about a social group. *Journal of Personality and Social Psychology,* 1965, 1, 43-54.
Zellner, M., Self-esteem, reception, and influenceability. *Journal of Personality and Social Psychology,* 1970, 15, 87-93.
Zimbardo, P.G. & Formica, R., Emotional comparison and self-esteem as determinants of affiliation. *Journal of Personality,* 1963, 31, 141-162.
Zipf, G.K., *The psycho-biology of language.* Boston: Houghton Mifflin, 1935.

Autorenverzeichnis

Sachverzeichnis